Querverlag

Dorit David

Unter ihren Augen

Roman

Dieser Roman ist ein Werk der Fiktion, welches auf historischen Ereignissen der zwanziger und dreißiger Jahre in Hannover basiert. Im Interesse von Dramaturgie und Spannung wurden einige Begebenheiten leicht abgeändert oder frei erfunden. Ein Anspruch auf historische Korrektheit besteht nur zu Teilen. Ausführliche Erläuterungen sind im Nachwort zu finden.

Erste Auflage März 2020

Umschlag und grafische Realisierung von Sergio Vitale unter Verwendung einer Fotografie aus dem Jahre 1929 von ullstein bild – Gerhard Riebicke.

Gesamtherstellung: Finidr
ISBN 978-3-89656-285-2
Printed in the Czech Republic

Bitte fordern Sie unser Gesamtverzeichnis an:
Querverlag GmbH
Akazienstraße 25, 10823 Berlin
www.querverlag.de

Für Jutta

„Am Anfang war der Tanz und nicht das Wort."
Rudolf von Laban

Prolog

1933

An einem klaren, kalten Septembermorgen stieg Lieselotte Daube aus der Elektrischen – in der linken Hand einen Umschlag, in der rechten den abgelaufenen Fahrschein. Sie lächelte einem Buben zu, der sich über das Trudeln der Fahrkarte freute, die sie mit elegant-lässigem Schwung in die Luft warf.

Zügigen Schrittes näherte sie sich einem blauen Postkasten. Einige Passanten kreuzten ihren Weg, während sich das Kreischen der Straßenbahnräder in der Ferne verlor. Ein Opel fuhr an ihr vorbei. Die Luft war gesättigt vom Duft der Auspuffgase. Dem Geruch der Zukunft. Ihrer Zukunft. Einer Zukunft ohne Berta.

Das Licht der Herbstsonne blendete sie und eine milde Kühle drang durch den Stoff ihrer dünnen Viskosehandschuhe, als sie den Briefkasten erreichte.

Merkwürdig. Fast fühlt es sich wie Frühling an, dachte sie. Die Vorosterzeit war stets ein Beginn in ihrem Leben. Der Junge beobachtete sie noch immer. Schwarz kündete die Schrift im Fenster des blauen Kastens die nächste Abholung an. *Sonntag, sieben Uhr dreißig.* Inmitten des Straßenlärmes reihte sich das metallische Zuschlagen der Briefklappe in all die flüchtigen Geräusche ein. Den Jungen im Blick behaltend, deutete Lieselotte einen höflichen Diener vor dem Postkasten an und gab dem Dach einen Klaps zum Abschied. Das Kind lachte und sie winkte zurück.

Liselotte hatte vor einigen Wochen ihren siebenundzwanzigsten Geburtstag gefeiert und soeben ihre Lehrerin denunziert.

1

1924 – Frühjahr

Sie war laut. Laut und herrisch. Eine Stimme wie der Dampfstrahl aus einem Wasserkessel. „Was sind das für Tischtücher? Holt die weißen!“, befahl sie. Die scharfen Worte Berta Habenichts drangen durch die verglasten Scheiben der großen Halle bis in den Flur. Die Mädchen zuckten zusammen. Zu dritt standen sie vor der Seitentür, die zum Sportsaal des Turn-Klubbs Hannover führte, und warteten, dass sie hereingerufen wurden: Lieselotte, Else Marie und Tilla. Für die Kür ihrer Lehrprüfung im Fach Handgeräte war es Lieselotte erlaubt, von zwei Assistentinnen begleitet zu werden. Tilla und Else Marie ahnten nur, wie aufgeregt ihre Kommilitonin war. Anzumerken war Lotte kaum etwas, denn das blonde, hochgewachsene Mädchen wirkte gefasst. Lediglich ihre blaugrauen Augen verrieten ihre Anspannung. Lottes rechte Braue zuckte; unwirsch schüttelte sie den Kopf. Der kleine Verrat ihres Körpers ärgerte sie. Im Gegensatz zu den anderen Mädchen war Lieselotte mit ihren achtzehn Jahren ernster und strenger zu sich als jede Lehrerin.

„Du musst keine Angst haben." Else Maries Worte halfen nur wenig.

„Du hast uns so oft angeleitet." Tillas Beruhigungsversuche machten es nur noch unerträglicher.

„Gutsein genügt nicht bei ihr." Mit zusammengepressten Lippen deutete Lotte in Richtung Berta Habenicht, die gerade mit der Prüfungskommission hinter den breiten Glastüren entlangschritt. Tilla nickte.

Vor dem Schwingportal der großen Halle hielt die Gruppe inne und wartete, bis die Prüfungsassistentinnen die gemusterten Tischdecken gegen die weißen ausgetauscht hatten, dann öffnete Berta Habenicht energisch die Türen und begab sich mit der Kommission zu den Tischen. Geschäftig nahmen sie alle Platz.

Tilla und Else Marie wechselten Blicke. „Du hast wirklich nichts zu befürchten, Lotti. Du bist gut. Du bist schön. Bei dir stimmt die Linie von Brust bis Po." Tilla versuchte zu scherzen. „Schau, damit kann ich nicht dienen." Sie wackelte mit ihrem Hinterteil.

Lieselotte grinste leicht gequält, aber Tilla hatte recht. Die Figur der dunkelhaarigen Kommilitonin war im Gegensatz zu ihrer die einer Pyknikerin: kantige Gesichtszüge, kräftige Knochen und selbst, wenn das schwarzlockige Mädchen gar nichts mehr aß oder bis zum Äußersten trainierte – feiner würden ihre Körperlinien nie werden, höchstens eckiger. Da war die Natur bei Lieselotte gnädiger gewesen. Ihre ohnehin grazile Figur hatte durch das mehrjährige Unterrichtstraining an Kontur gewonnen. Wie rasch alles gegangen war! Verflogen, die Wochen, die Monate, die Jahre an der Berta-Habenicht-Schule. Und wie oft hatte sie mit stillem Stolz abends im Bett ihre nackten Beine betrachtet. Wohlgeformt, gerade und entspannt. Diese Beine gehörten ihr und doch taten sie es wiederum nicht. Ihr Körper war zwar das Produkt einer eisernen Disziplin, aber ihre Gestalt hatte Lotte Berta Habenicht zu verdanken. Viele Mädchen in der Ausbildung neideten ihr diesen Körper, nur war das etwas, das Lotte im Moment am wenigsten kümmerte.

„Hauptsache, die Zensur stimmt hinterher", sagte sie schroff.

„Selbst, wenn Frau Habenicht einen spüren lässt, dass man nichts wert ist, gerecht in der Note bleibt sie", erwiderte Tilla und Else Marie nickte leidvoll. „Mach dir nicht ins Hemd. Du warst gut. Du bist gut, und du wirst auch heute gut sein."

Dennoch zitterten Lottes Hände, als sie das Netz vom Haken nahm und die Bälle unter ihren Assistentinnen aufteilte. Sie hatte sich eine Ball-Kür ausgedacht, die Bewegungsnotation aufgeschrieben und vor einer knappen Woche bei Frau Habenicht eingereicht. Alles termingerecht. Schweigend standen sie vor der Tür zur großen Halle, dann vernahmen die drei Mädchen endlich Lottes Namen.

„Fräulein Daube, bitte!"

„Vorwärts", zischte Tilla, „ab in die Höhle der Löwin!"

Kaum aber hatten sie den großen Turnsaal betreten und Position bezogen, rief Berta Habenicht scharf: „Mit Begleitung? Ohne Begleitung?"

Lotte stockte und blickte hilfesuchend zu Else Marie und Tilla. Hatte sie jetzt schon etwas falsch gemacht? Eine Assistenz war doch erlaubt.

„Fräulein Daube, warum schauen Sie wie ein Laubfrosch aus Zelluloid?"

„Meine Assistenz …", stotterte Lotte. Ihre Stimme klang dünn.

„Papperlapapp! Wer redet denn von der Assistenz? Ich spreche von der Be-glei-tung! Benötigen Sie Musik? Ja? Nein? So etwas hätte ich gerne vorher gewusst." Gebieterisch klopfte Berta Habenicht mit dem Stift auf die Prüfungsunterlagen. Offenbar war sie erzürnt, dass ausgerechnet ihre beste Schülerin einen so gravierenden Fehler begangen hatte.

„Aber ich habe doch schon dem Fräulein Dorn Bescheid …", versuchte Lotte zu erklären.

Berta Habenicht schnitt ihr das Wort ab. „Das gehört in Ihre schriftliche Ausarbeitung. Als Anmerkung. Vernachlässigen Sie nie die Theorie. Beginnen Sie nun." Das nachgeschobene, deutlich mildere Lächeln in Bertas Habenichts Gesicht nahm Lotte schon nicht mehr wahr. Ihre Hände zitterten so sehr, dass sie den Ball nicht mehr halten konnte. Ständig fiel er hinunter und jedes Mal, wenn er ihrem Griff entsprang, rollte er natürlich immer in Richtung der Kommission. Tilla und Else Marie versuchten zu helfen, wo sie nur konnten, aber vergeblich. Verbissen rang Lotte um jene Fassung, mit der sie während der gleichen Übung in der Vorprüfungszeit geglänzt hatte. Es schien ein Desaster zu werden.

„Ich versteh es nicht!", flüsterte Tilla Else Marie in einem unbeobachteten Augenblick zu. „Sonst ist die Habenicht doch nie so streng mit ihrem Daube-Sternchen gewesen?"

„Prüfung ist eben Prüfung", wisperte Else Marie zurück.

Schweigend verfolgte die Kommission hinter den gestärkten Tischtüchern Lieselottes Kür: Links Dorothea Bragge – Berta Habenichts Schulsekretärin und rechte Hand –, daneben Dr. Kahlbutz und noch weiter rechts ein Amtsmann, den die Mädchen noch nie zuvor gesehen hatten.

Schweißtropfen drangen aus Lottes Poren, aber es gelang. Ohne Fehler brachte sie den ersten Teil zu Ende. Für den zweiten ließ sie sich das Seil bringen. Eifrig liefen Else Marie und Tilla zu den Handgeräten, legten die Bälle ab und eilten zurück. Als Else Marie Lieselotte das Seil in die Hand drückte, flüsterte sie ihr mit dem Rücken zur Kommission zu: „Du bist die Beste. Glaub das endlich." Lottes Körper straffte sich. Für den zweiten Teil hatte sie etwas Besonderes vor. Eine Improvisation. Kaum ein Mädchen traute sich das zu, aber alle wussten: Frau Habenicht war damit zu beeindrucken, schließlich improvisierte sie selbst gern. Die Schulpianistin, Fräulein Dorn, saß aufrecht am Klavier und verfolgte Lieselottes Bewegungen mit dunklem Blick. Ihre Finger ruhten auf den Tasten, warteten auf ihren Einsatz, und Lotte meinte plötzlich, eine warme Welle aus Mitgefühl wahrzunehmen, so, als hätte sie noch eine dritte Verbündete. Dann gab Berta Habenicht das Zeichen, Lotte füllte ihren Brustkorb mit Atemluft und Irma Dorn begann zu spielen. Die weichen Klänge der Schumann-Melodie verzauberten den riesigen Raum und ließen ihn sofort wärmer und milder erscheinen. Alles ging erstaunlich leicht. Mühelos kombinierte Lieselotte die Bewegungsfolgen. Tilla und Else Marie atmeten auf und beobachteten, wie sie sich langsam dem Fluss ihres Körpers hingab und alle unnütze Spannung von ihr abfiel. Das Zittern ihrer Hände verebbte und endlich kam Leben in die Choreografie. Verstohlen zwinkerte Else Tilla zu.

Plötzlich aber begann Lotte zu stocken. Ein dummer Stolperer. Unglücklicherweise verfing sie sich in ihrem Seil und die Rolle rückwärts misslang. Zornig sprang Lieselotte auf und schlug mit dem Seil auf den Holzboden, als würde sie ihn auspeitschen. Die Kommission war irritiert und den beiden Mädchen stockte der

Atem. Was machte Lotte da? So riskierte sie durchzufallen! Panisch blickte Else Marie zum Fräulein Dorn, das noch immer konzentriert hinter ihrem Klavier saß und voller Elan in die Tasten hieb. Else Marie stutzte. Die sonst so zurückhaltende Pianistin schlug nämlich nicht nur einfach in die Tasten, sie hämmerte auf sie ein, und das war auch längst nicht mehr Schumann, was Irma Dorn da spielte. Das war frei erfunden! Energisch und voller Inbrunst unterstützte sie Lottes seelischen Ausbruch mit freudigen, kraftvollen Akkorden und einer dramatischen Melodie, die sich in immenser Wucht bis hin zur hohen Decke, zu den Spitzbögen der Halle entlud. Irrte sich Else Marie oder huschte da ein teuflisches Lächeln über das sonst so reglose Gesicht der Schulpianistin? Immer noch peitschte Lotte auf den Holzboden ein. Nun jedoch im Takt der kräftigen Akkorde. Als würde es zum Stück gehören.

Ein Beben ging durch die Jury. Der Amtsmann hob die Augenbrauen, Dorothea Bragge nickte anerkennend und Berta Habenicht tat etwas, was Tilla und Else Marie noch nie gesehen hatten. Sie lachte herzlich mit offenem Mund. Dann schrieb sie mit schwungvoller Geste etwas auf das Papier. Lotte achtete längst nicht mehr auf ihre Lehrerin. Selbstvergessen führte sie einen zornigen Tanz mit ihrem Seil auf. Inzwischen schien ihr alles gleichgültig geworden zu sein. Ihre überschüssige Energie entlud sie in wilden Drehungen, bis auch diese verebbten und sich die frei improvisierte Etüde dem Ende neigte. Behutsam legten sich die Hände des Fräulein Dorns auf die Tasten, dann verschwanden sie auf ihrem Schoß. Als die Musik verklungen war, wurde Berta Habenichts Miene wieder undurchdringlich.

„Warten Sie bitte draußen", ordnete sie an und die Mädchen verließen den Turnsaal.

Noch bevor die große Tür hinter ihnen zufiel, verkündete Else Marie strahlend: „Jawoll!". Siegesgewiss blitzten ihre Augen unter dem dunklen Pony. Hinter ihr krachte die Tür ins Schloss und die Mädchen zuckten zusammen. „Verdammt!", rief Else. „Das wollte ich nicht." Übertrieben rollte sie die Augen, zog ihre Schultern bis an die Ohrläppchen hoch und erstarrte in gespieltem Schreck. Lotte lachte wider Willen auf. Ihre beste Freundin sah aus wie ein Wiesel, das halb mit einem Affen verwandt war. „Du hast es geschafft! Ich hab's doch gesagt!", triumphierte Else Marie und klopfte Lotte auf den Rücken.

„Abwarten", erwiderte sie, „noch habe ich es nicht schwarz auf weiß."

Qualvolle zehn Minuten dauerte es, dann wurde sie endlich hineingerufen. Wieder verbrachten Tilla und Else Marie einige Augenblicke im zugigen Vorraum, dann öffnete sich abermals die Tür und auch Lottes blaugraue Augen glühten.

„Eine Eins!“ Im Takt ihrer Worte hüpfte Liselotte fröhlich auf und ab. Der kindliche Freudenausbruch übertrug sich sofort auf Tilla und Else Marie.

„Hat sie gesagt, warum sie deinen Fauxpas nicht bewertet hat?“, fragte Tilla.

„Sie sagt doch nie etwas.“

„Aber offenbar hat es ihr bestens gefallen.“

„Herzlichen Glückwunsch, meine Liebe!“, seufzte Else Marie aufrichtig. Auf einmal wirkte sie wie ein eingeschüchtertes Kind. „Und morgen bin ich dran. Florettfechten.“ Lotte packte ihre Freundin bei den Schultern. „Nicht auf den letzten Metern einknicken“, spottete sie. „Benimm dich. Du stichst sie doch alle an die Wand!“ Else Marie nickte stumm. Auch etwas, das sehr selten vorkam. „Muss ich dich noch in die Seite boxen? Kommst du dann wieder zu dir?“

„Vielleicht“, wimmerte Else Marie. „Mir rutscht gerade mein ganzer Schneid in die Hose!“

„Denk morgen einfach, es wäre ein normaler Unterricht.“ Lotte zwinkerte. Aber ganz so befreit, wie sie sich gerade gab, war sie auch nicht. Ihre allerletzte Abschlussprüfung stand noch bevor. In zwei Tagen.

„Sehr gut, Fräulein Daube!“

Die erste Frage hatte Lotte, ohne zu zögern, beantwortet, dennoch beschlich sie das Gefühl, die Zeiger der Uhr an der Wand wären eingefroren. Trotz der aufsteigenden Hitze versuchte sie gelassen zu erscheinen, aber die eiserne Kralle im Genick, die ihre Klauen nach sämtlichen Gedanken ausstreckte, wusste das zu verhindern. Gegen das Zittern ihrer Knie führte Lotte einen ebenso erbitterten Kampf wie um die Leere im Hirn. Sie brauchte ihre innere Freiheit! Die Kralle in ihrem Kopf schloss sich bereits um all das mühsam gelernte Wissen. Sie musste sich konzentrieren.

„Worin unterscheidet sich die Säuglingsgymnastik in grundsätzlicher Weise von der Gymnastik der Erwachsenen?“

Frau Habenichts Worte klangen freundlich und ihr Blick war an diesem Tag katzenhaft hell. Durch die hohen Fenster fielen die Sonnenstrahlen in den Raum und schufen eine erleuchtete Arena um die zwei zusammengeschobenen Tische, an denen die Kommission wartete. Dorothea Bragge wie immer neben Bernhard Kahlbutz, dem Landeskrüppelarzt, in der Mitte Berta Habenicht, daneben der Amtsmann mit dem Monokel, den sie noch von ihrer Lehrprobe kannte, und ganz links das Fräulein Dorn, heute als Protokollantin.

Lieselotte rang in der Mitte des Raumes nach Worten. Die alles vernichtende Kralle streckte sich. Wenn sie nicht endlich dagegen anging, bliebe sie als stumme Hülle zurück.

„Nun?“

Noch immer dieser helle, freundliche Blick. Niemals in ihrer gesamten Ausbildungszeit war Berta Habenicht so außergewöhnlich entgegenkommend gewesen. Das kurze Lächeln verwirrte Lieselotte so sehr, dass sie die Frage komplett vergaß. Die Kralle hatte ihr Großhirn erreicht.

„Ist Ihnen übel?“, erkundigte sich Dorothea Bragge kühl und schrieb etwas in ein kleines, schwarzes Heft.

Dr. Kahlbutz neigte seinen Kopf an Dorothea Bragges Ohr und flüsterte. Sein Schnurrbart berührte dabei ihre Wange.

„Nein! Mir war nur kurz schwindelig, so dass ich die Frage nicht verstanden habe. Akustisch, meine ich“, rettete sich Lotte.

Berta Habenicht nickte und wiederholte ihre Worte. „Entladen Sie sich“, schob sie milde nach. „Diese Anspannung ist unnötig.“

Entladen – Relaxieren – Loslassen von Muskelspannung! Endlich sprang ein Mechanismus in ihrem Kopf an. Übertriebene Denkanstrengungen lassen Spannungen zurück. *Genau!* Aber das war nicht die Antwort auf die Frage. Unerbittlich spulten sich lauter tote Worte in ihr ab, als wäre sie ein Kinetograf, der statt auf Hebeldruck auf Stichworte ansprang und Sätze statt Bilder produzierte. *Eine letzte, angespannte Nervenerregung bleibt auch im Ruhefall bestehen, und deshalb kommt es in den Muskeln zu keiner Erschlaffung …* Lotte kniff die Augen zusammen, presste die Lippen aufeinander und wartete, bis der falsche Satz in ihrem Schädel zum Schluss gekommen war. Jetzt nur nichts sagen, was falsch war. Abwarten. Passiv bleiben. Passiv bleiben. Passiv. Da! Plötzlich saß das entscheidende Wort an der richtigen Stelle. Die Kralle löste sich und erschlaffte. Die richtige Antwort lag auf der Hand.

„Die Säuglingsgymnastik unterscheidet sich von der Erwachsenengymnastik vor allem dadurch, dass hauptsächlich passive Bewegungen zur Anwendung kommen. Der oberste Leitsatz lautet immer: Nicht schaden!“, stieß sie erleichtert hervor. „Außerdem sollen alle Ausführungen am Säugling ruhig vonstattengehen. Das starke Durchdrücken der Gelenke ist beim Säuglingsturnen zu vermeiden, weil sich sonst die Bänder überdehnen und die kleinen Knochen zum Säbelbein verunstalten."

Berta Habenicht nickte. Nichts anderes hatte sie erwartet. Ein Gefühl der Erleichterung durchflutete Lottes Körper und ehe sie sich's versah, hatte sie sämtliche Fragen beantwortet. Es überraschte sie sogar, als Fräulein Bragge verkündete: „Danke, Fräulein Daube, Sie können fürs Erste hinausgehen."

Da waren nur noch Lottes Füße, die sie trugen. Sie selbst war nicht mehr anwesend. Ein fremder, bewegter Körper, der in aufrechter Haltung einen unwirklichen Raum durchquerte. Schwebend. Eine Hand – war es die eigene? – legte sich auf die Klinke, drückte sie hinab, öffnete die Tür. Draußen blieb sie stehen. Kam zu sich. Niemand wartete im Treppenhaus. Else Marie konnte nicht kommen. Ihr Vater war erkrankt und Elses Mutter zu Verwandten nach Amerika verreist. Flüsternd sprach sie sich Mut zu: „Was man wirklich will, muss man ganz alleine tun."

Eines Morgens hatte Lotte es entdeckt. Das, was sie wirklich wollte. Tanzen. Nur das. Fünf Jahre alt war sie gewesen. Das erste Sonnenlicht fiel damals in die Kammer der schmal geschnittenen Arbeiterwohnung. Goldene, gespannte Saiten einer riesigen Harfe. Rasch hüpfte sie aus ihrem Bett und sprang barfuß im Leinenhemdchen zwischen den Sonnenstrahlen der elterlichen Diele herum, glaubte, sie würde mit jeder Berührung einen himmlischen Ton erzeugen – einen Klang, den alle hören könnten. Mutter, Vater und die drei toten Brüder. Eingesponnen im dämmernden Licht erschuf sie sich eine Welt, die nur ihr gehörte und in der alles schön blieb, solange sie nur tanzte.

Dann stand plötzlich der Vater in der Tür und ein großer, grauer Schatten fiel in ihre Traumwelt. Sie wusste nicht, wie lange er ihr schon zuschaute, sah nur, dass er lächelte. In diesem Moment schob sich eine Wolke vor die Sonne. Das schöne Lichterspiel versank im Holz, aber das Leuchten in seinen Augen blieb. Ein Licht, das nur ihr galt. Er hatte sie gesehen, kam näher, hob sie hoch. Lotte roch die Morgenseife und den Duft von frisch gebrühtem Kaffee. Vorsichtig lehnte sie ihren verschwitzten Schopf an den warmen Hals und hörte auf das Pochen unter der Haut. Die Zeit versank und der Morgen wurde zu einer alles umschließenden Hülle aus Wärme, Herzschlag und Vaterduft. Als ihr Vater viele Monate später zitternd aus dem Krieg zurückkehrte, hatte sie ihn nicht wiedererkannt. Da war nur ein fremder, zerbrochener Mann, dessen Blick erloschen war. Ein Schattenwesen war heimgekehrt. Tagtäglich hatte er mit seinem Invalidenbein in der Küche gehockt. In seinen unruhigen Augen flackerte der Krieg, ebenso wie in seinen nächtlichen Schreikrämpfen. Immer öfter hatte Lotte das Bedürfnis, der trüben Luft zu entkommen, die dieses Gespenst in der Küche verströmte. Es würde sie alle vergiften. Weh tat es zu sehen, wie der Blick ihrer Mutter dem des Schattenvaters immer ähnlicher wurde, schlimm war es zu hören, wie auch ihre Stimme bebte, wenn sie seinen Schnaps wegräumte und sich schnell dabei duckte.

Immer öfter war da Almut Brostel aufgetaucht, ihre Patentante, hatte zuerst mit der Mutter geredet und von Abstinenzlergaststätten erzählt, und als das nichts nützte, hatte sie das Lottchen für ein paar Stunden aus der Arbeitersiedlung entführt, um über den Markt zu spazieren, schöne Dinge einzukaufen und ihr neugierige Fragen über die Schule zu stellen. Diese hellen Stunden hatte Lotte geliebt. Sie waren selten und kostbar.

All das lag nun lange hinter ihr. Die Brostels, allen voran ihre Tante Almut, kümmerten sich inzwischen bestens um sie. Viel mehr, als ihr lieb war. Besonders heute am Prüfungsmorgen, als Lotte das Frühstück beiseitegeschoben hatte, mit dem Gefühl, ihre Tante würde sie am liebsten füttern wollen. Was man wirklich will, muss man ganz alleine tun. Viele Stunden war das her.

Unvermittelt gaben ihre Knie nach, Schwindel ergriff sie und kraftlos sank sie auf die Treppenstufen der Berta-Habenicht-Schule. Ein leerer Magen rächt sich; schon wurde ihr übel. Schnell sprang sie auf und hastete die halbe Treppe nach oben. Kaum war sie auf dem Abort angekommen, übergab sie sich, aber da sie nichts im Leib hatte, kam kaum etwas heraus. Der schwache Kreislauf hatte ihr einen Streich gespielt. Gott sei Dank fand sie ein sauberes Taschentuch in ihrer Rocktasche, und noch während sie sich die Mundwinkel säuberte, hörte sie unten die Tür zum Prüfungsraum aufgehen. Dann ihren Namen. Ein neuer Schwall Übelkeit übermannte sie. Im Treppenhaus wurden ungeduldige Worte gewechselt. Offenbar dachte man, sie hätte das Gebäude bereits verlassen. So schnell wie möglich musste sie hinunter. Als sie die schmale Holztür aufstieß und sich das Kleid glattstrich, wurde sie plötzlich unfreiwillige Zeugin eines Gespräches.

„Sie ist es nicht“, hörte sie die Stimme von Fräulein Bragge.

„Es braucht seine Zeit“, erwiderte Berta Habenicht, aber die Bragge widersprach ihr.

„Du hast dich getäuscht. Sie hat es einfach nicht.“

„Abwarten. So etwas kann sich noch entwickeln.“ Gebannt lauschte Lotte der Unterhaltung und starrte auf die Wohnungstür von Berta, ein halbes Stockwerk höher, denn die Schule war gleichzeitig Lehrerwohnung.

„Sie hatte ihre zwei Jahre“, sagte das Fräulein Bragge, „du hast in ihr Dinge gesehen, die sie nicht ausfüllt. Du hast sie protegiert. Aber sie ist es nicht.“

„Ihre Leistungen sind doch ausgezeichnet. Geradezu brillant“, hörte sie Berta Habenicht ärgerlich widersprechen. Der gekränkte Unterton ihrer sonst so gebieterischen Lehrerin verwirrte sie.

„Sie ist eine Mitmacherin, Berta, darin ist sie gut. Sie erbringt Höchstleistung, wenn man sie einfordert. Aber sie wird nie etwas von sich heraus kreieren. Sie ist keine Unternehmerin und das unterscheidet sie eindeutig von uns.“

„Warten wir es ab.“

„Sie wird niemals etwas von sich aus tun. Vielleicht ist sie zäh, aber viel zu brav. Nimm es endlich hin.“ Lotte hörte ein resigniertes Schnaufen, ein Geräusch an Berta Habenicht, das ihr fremd war. Wenn sie jetzt noch länger wartete, würde es nur peinlich werden. Geräuschvoll schloss sie die Tür zur Toilette und stiefelte laut die Treppe hinunter. Zwei überraschte Augenpaare musterten sie eindringlich. Der Befürchtung der Frauen, ob sie ihr Gespräch belauscht hätte, schmetterte sie ein fröhliches: „Entschuldigen Sie bitte, ich habe mich nur etwas frisch gemacht!“ entgegen. Sofort entspannten sich die Gesichter und der gewohnt amtliche Ausdruck kehrte in ihre Mienen zurück. Die Bragge senkte den Kopf, Lieselotte schritt an ihr vorbei und Berta Habenicht schloss die Tür hinter ihnen. Das kurze Nicken verriet nichts mehr von dieser eigenartigen Resignation, die Lotte so verunsichert hatte.

Nun stand sie ein letztes Mal vor der Jury. Die fünf Gesichter wirkten maskenhaft. Im Schnurrbart des Landeskrüppelarztes verschwand ohnehin jede Regung. Der ältere Herr vom Amt putzte ausgiebig sein Monokel und schob es an den Platz zwischen Stirn und Wange zurück. Dorothea Bragge schrieb in steifer Haltung etwas auf. Nur die dunklen Augen des Fräulein Dorns musterten sie äußerst interessiert. Seit Irma Dorn vor zwei Tagen mit dem vollen Einsatz ihrer Pianistinnenhände ihre Tanzimprovisation gerettet hatte, sah Lotte sie in einem anderen Licht. Ihre Blicke trafen sich und sie spürte darin mehr als das reine Interesse an einer Schülerin, die auf ihr Ergebnis wartete. Warum schmunzelte Irma so? Betraf es ihre Note?

Eisern hielt sie dem Blick stand. Die Pianistin neigte den Kopf, lehnte sich zurück und lächelte noch breiter. Schnell blickte Lotte weg. Weshalb schwiegen alle so lange? War sie durchgefallen? Und was hatte das seltsame Gespräch im Hausflur zu bedeuten? Noch nie wollte sie eine „Unternehmerin“ werden. Oder war man das, sobald man Frauen in Gymnastik unterrichtete? Lieselottes Magen war so leer wie ihr Hirn, alle Gefühle hatte sie hinausgewürgt.

Endlich hüstelte Berta Habenicht. Die Prüfungskommission nahm umgehend Haltung an und Lotte hörte die Worte: „Mit Bravour bestanden!“ Tränen stiegen ihr in die Augen. Jedem schüttelt sie die Hand. Alle lächelten. Fräulein Dorn umschloss ihre Hand sogar und flüsterte anerkennend: „Meinen allerherzlichsten Glückwunsch!“ Dann durfte sie gehen. Kurz vor der Tür rief Berta Habenicht noch: „Fräulein Daube?“

„Ja?“

Routiniert ließ ihre Lehrerin die sekundenlange Stille wirken. Lotte wandte sich um. Es fiel ihr schwer, Berta Habenichts Blick standzuhalten. Sie schluckte. Diese Augen. Lag darin etwas Flehendes? Endlich nickte Berta Habenicht. „Wir sehen uns zwar noch zur Zeugnisausgabe, aber dennoch: Vergessen Sie bitte eines nie, Fräulein Daube: *Alles* ist eine Frage der Haltung.“

„Natürlich“, stieß sie verwirrt hervor. Aber Frau Habenicht war noch nicht fertig.

„Es ist nur sehr, sehr wenigen gegeben, in aufrechter Weise durchs Leben zu gehen.“

„Das weiß ich doch, Frau Habenicht.“ Noch einmal knickste sie.

„Und noch wichtiger ist es, das nie zu vergessen“, schloss Berta und entließ sie endlich. Lotte wandte sich ab und eilte hinaus. Ihre Schritte hallten durch den dunklen Hausflur, dann presste sie die Jugendstiltür aus Eiche auf und trat mit einem erlösten Seufzer ins Freie. Im Vorgarten überwältigte sie der Duft von Bärlauch und aufgebrochener Erde. Auf dem Hinweg hatte es geregnet, aber nun zeigten sich zerrissene Wolken am Frühlingshimmel und die milde Mittagssonne wärmte ihr das Gesicht. Sie schloss die Augen, richtete ihre Nasenspitze gen Himmel, breitete die Arme aus und sog die frische Luft tief in sich ein.

Endlich war sie eine anerkannte Gymnastiklehrerin.

2

1924 – Wenige Monate zuvor

„Befreit euren Ausdruck!“ Bis in die letzte Reihe hallten die Worte Berta Habnichts durch die neogotische Turnhalle. Die noch verbleibenden Unterrichtsstunden waren gezählt, denn wenige Wochen blieben den Seminaristinnen bis zur Abschlussprüfung kurz vor Ostern. Im vorgegebenen Takt wechselten die Mädchen vom Standbein aufs Spielbein. Vor Frau Habenicht parierten alle. Sogar das Fensterglas in den Spitzbögen des Mauerwerkes schien unter ihren Rufen zu erbeben. Auch der Holzboden des großen Saals befand sich in permanenter Schwingung. „Diese Armut in eurer Körperlichkeit!“ Der herrische Tonfall gehörte ebenso zu Berta Habenicht wie ihr stets in die Luft gerecktes Kinn und der spöttische Ausdruck ihrer Augen. Lieselotte liebte diese Augen. Demonstrativ warf Berta ihren biegsamen Leib nach hinten, ohne jedoch ihre Elevinnen aus den Augen zu verlieren. Sie hatte sie alle im Blick. Immer.

„Angetreten zum Spalier!“, beendete die Schulleiterin die Sequenz. Man konnte das leise Raunen und den allgemeinen Seufzer der Erleichterung bis in die Empore hören. Dort oben beobachtete eine hellblonde Frau mit kurzgeschnittenem Haar und in aufrechter Haltung das Treiben auf dem Parkett. Das Fräulein Bragge.

„Achselhaarkontrolle“, wisperten die Mädchen und bildeten hastig eine, der Größe nach geordnete Reihe. Rasch richteten sie ihre Füße seitlich aus und erhoben – die Gesichter dem rechten Gewölbe zugewandt – ihre Hände in Richtung Decke. Unter einem Spalier durchgestreckter Mädchenarme spazierte Berta Habenicht nun entlang und inspizierte auf das Genaueste die bloßgelegten Körperregionen ihrer Elevinnen. Auf Höhe des letzten Spalierdrittels blieb sie unvermittelt stehen und runzelte die Stirn.

„Natürlich, Ingeborg. Wie überraschend.“ Langsam strich sie mit dem Zeigefinger die Achselhöhle des Mädchens entlang.

„Es sprießt und gedeiht.“

Das verhaltene Kichern der Mädchen brach sich an den hohen Turnhallenwänden, erreichte die blonde, große Frau auf der Empore und kehrte als ein vielfach zurückgeworfenes Wispern zurück. Berta Habenicht beachtete das Getuschel nicht. Ihr strenger Blick galt Ingeborg. Betreten schaute die braunhaarige, muskulöse

Schülerin zu Boden. Eine mangelhafte Körperpflege konnte den Zensurendurchschnitt drastisch senken.

„Wenn anderorts der Frühling ausbricht, mag das ja recht hübsch anmuten, aber in meinem Unterricht haben solche Triebe nichts zu suchen. Zur nächsten Stunde sind sie rasiert, Fräulein Giesecke." Das Mädchen mit dem widerspenstigen Haar trat aus der Reihe, nickte und eilte in Richtung der Duschräume.

Zügigen Schrittes flanierte Berta Habenicht die Reihe hinab, wohl wissend, dass sich hinter ihrem Rücken die Mädchen des vierten Semesters gegenseitig in die Rippen boxten.

Auch Lieselotte schüttelte den Kopf. Sie konnte nicht verstehen, wie jemand derart nachlässig sein konnte. Die Achselbesichtigung war fester Bestandteil des Unterrichtes.

„Unsere Inge begreift es einfach nicht …", raunte ihr Else zu, „… aber Proletarierin bleibt eben Proletarierin. Bei der hat sich die Habenicht gehörig vergriffen. Im Gegensatz zu dir." Sofort errötete Lieselotte. Sie mochte nicht auf ihre Herkunft angesprochen werden, aber eine Familie ließ sich leider nicht abwaschen. Niemals hätte sie sich die Ausbildung zur Gymnastiklehrerin leisten können. Das große Glück, dass sie einen der begehrten Freiplätze ergattert hatte, konnte sie noch immer nicht fassen. Als einziges Mädchen im Semester, das nicht bezahlen musste, hatte sie auch zu beweisen, es verdient zu haben. Ein Arbeiterkind inmitten von Bürgertöchtern. Oft betrachtete die Schulleiterin sie einen Moment länger als andere. Sie, die aus dem Conti-Viertel, ein eisernes Kind – wie ihre Patentante Almut beschwor, das vierte nach drei vorangegangenen. Alle ihre Brüder waren gestorben. Niemand hatte geglaubt, dass ausgerechnet Lotte überleben würde. Sogar einem Brand war sie entkommen. Aber nun war sie hier. Unter den Augen Berta Habenichts.

Aus diesem Grund verstand Lotte einfach nicht, was so schwer daran war, sich einzugliedern. Ingeborg war wohl doch zu dumm. Gehobenere Mädchen wie Else Marie durften schon eher provozieren. Als Tochter des wohlhabenden Inhabers eines Uhrengeschäftes im Herzen Hannovers war ihre Ausbildung ein Luxus, den Else Marie ihrem Vater abgetrotzt hatte. Sie wollte nicht als Hausmütterchen enden und hatte so lange aufbegehrt, bis der Herr Uhrmacher weich geworden war.

„Die Beherrschung des Labilen im Tanz", schossen die Worte von Berta Habenicht durch die Halle. Abermals fuhr Lotte zusammen. Wie kann das schmale Fräulein Dorn am Piano da vorn nur so gleichmütig bleiben, dachte sie ehrfürchtig, denn neben Berta

Habenicht saß wie immer in Rhythmischer Gymnastik die dunkelhaarige Pianistin am Klavier. Aufrecht und ernst schaute sie auf ihre Hände und spielte konzentriert und ohne aufzublicken eine Suite von Mozart. Die glänzende Schellackfarbe des Instrumentes und der leicht missmutige Ausdruck ihres Gesichtes gaben den Schülerinnen – insbesondere Else Marie – ständig Anlass zu Scherzen. „Die Dorn tickt wie ein Uhrwerk", flüsterte Else.

„Scht!", zischte Lotte.

„Aber manchmal tickt sie auch nicht ganz richtig."

„Sei still."

Frau Habenicht warf bereits Blicke in ihre Richtung. Else verstummte. Das Fräulein Dorn hingegen überhörte sämtliches Geplapper. Sie lächelte ohnehin nie. Die Pianistin spürte schon im Voraus, wann sie Frau Habenicht wieder einmal der „Dorn im Auge" war, über den die Seminaristinnen so gerne scherzten, und es erfüllte sie scheinbar mit Gleichmut. Ihre Finger jedoch hüpften und sprangen über die Tasten, als führten sie ein ganz eigenes, viel fröhlicheres Leben.

„Sie liegen kolossal daneben! Hören Sie es nicht?"

Irma unterbrach das Spiel, ohne aufzuschauen, und begann erneut mit dem Auftakt.

„Wenn Sie es schon nicht *hören*, dann sollten Sie es wenigstens sehen! Die Mädchen sind völlig aus dem Takt geraten!"

Berta Habenicht blieb unerbittlich. Auch mit dem Personal. Irma Dorn hielt den Blick gesenkt.

„Wenn Sie hin und wieder aufschauen täten, dürfte es Ihnen nicht entgehen."

Auch über diese Ermahnung hörte die Klavierspielerin hinweg, wie über alle vorangegangenen. Sie war es gewohnt, für schuldig erklärt zu werden. Irma Dorns Spiel aber war tadellos. Es lag an Berta Habenicht selbst, die kaum eine Phrase treffsicher oder gar einen Auftakt korrekt anzusagen in der Lage war. Die Schulleiterin improvisierte lieber – was ja ohnehin modern war.

Das Fräulein begann mit unbewegter Miene ein weiteres Mal, die Suite zu spielen. Das vielfache Echo machte es noch schwerer, einen Rhythmus herauszuhören. Mehr recht als schlecht folgte Lotte nun den Bewegungen der Vortänzerin, als sie Berta Habenichts prüfenden Blick spürte.

„Atmen, Kind!", rief Berta ihr zu. „Wo bist du nur mit deinen Füßen?" Lotte erstarrte. Manchmal verfiel Berta bei ihr in ein vertrauliches Du. Meist bedeutete das milde Nachsicht. Dennoch brach ihr der Schweiß aus. Aber der katzenhafte Blick ihrer Lehrerin fokussierte bereits Else Marie. „Und was durchpulst schon wieder das Fräulein Förster?"

Erschreckt fuhr Else Marie herum. Berta Habenicht stand dicht hinter ihr.

„Ich habe nur … es ist nichts …"

„Öffnen Sie gefälligst den Mund."

„Natürlich", erwiderte Else Marie und Berta Habenicht zog die Augenbrauen zusammen. „Ich bewundere Ihre Fähigkeit, mit nahezu ungeöffneten Lippen durch noch geschlossenere Zähne zu sprechen. Der Sprechfehler aller Hannoveraner."

Wieder nickte Else Marie ergeben. „Lieblichkeit und Schönheit wohnen nicht in geraden Linien. Passen Sie auf ihre Mundmuskulatur auf, sie verkümmert, Fräulein Förster! Im Übrigen haben Sie jetzt Pause, meine Damen."

Schnurstracks begab sich Berta Habenicht in Richtung Hauptausgang, nickte dem Fräulein Bragge auf der Empore zu und überließ die Mädchen und die Pianistin sich selbst. Ein paar vorsichtige Akkorde erklangen zum Abschluss, die Musik wurde melodischer und Schumanns Träumerei erfüllte den Turnsaal. Niemand bemerkte, wie Irma Dorn ihre Lider schloss und lächelte. „Jetzt hast du auch dein Fett wegbekommen", frotzelte Lieselotte, „Sie lässt niemanden aus."

„Doch. Dich, falls dir das noch immer entgangen ist!", erwiderte Else Marie patzig, aber Lieselotte wusste, ihr Ärger würde verfliegen, sobald die Pause vorbei war.

Leiser Stolz regte sich, wenn Lotte daran dachte, wie schnell es ihr gelungen war, eine Habenicht-Schülerin zu werden. Jenen Morgen würde sie nie vergessen, als sie das Bad verriegelte und sich mit Vaters Rasiermesser von allen Härchen befreite. Weil es die Linie störte. Weil der Ästhetik der schönen Schwingungen keine haarigen Nester im Weg sein durften. Anfangs hatte sie sich ein paarmal verletzt. Aber nachdem sie sich den handtellergroßen Block aus Alaun auf die Haut presste, verheilte es rasch. Wie gut es getan hatte, das wirre Relikt des alten Lebens Strich für Strich zu entfernen! Den dumpfen Geruch des Tages, die Ausdünstungen des Kummers, die Trostlosigkeit in der Küche, die Erinnerungen an den Brand. Als mit dem Schaum endlich die letzten, dunklen Reste eines gestrigen Lebens im Abfluss versickerten, hatte sie sich neu gefühlt. Der Duft der Seife versprach ein lichtes Dasein.

Zwei Jahre waren seitdem vergangen, zwei Jahre, in denen die Habenicht-Schule ihr neues Zuhause geworden war. Und nicht nur der Abschluss stand Lotte bevor. Die große Tanzvorführung in der Schauburg würde die Krönung von allem sein. Ihr Herz galoppierte bei dem Gedanken an diesen besonderen Auftritt wie die Finger des Fräulein Dorns. Nur unregelmäßiger. Die Grammatik der Bewegungsfolge hatte sie gepaukt wie eine Besessene. Und schon in zwei Wochen würde sie auf einer riesigen Bühne tanzen. Vor Hunderten von Zuschauern!

Nach dem Pausengong lief sie rasch in die Umkleide. Nach Elses Geschichten stand ihr nicht der Sinn, sie wollte heim. Ab jetzt zählte jede Stunde, denn neben dem Auftritt gab es immer noch die Prüfungen.

Zu Hause angekommen, warf Liselotte die Tasche schwungvoll in die Ecke ihrer Kammer. Trotz des tiefen V-Ausschnitts ihres Jumpers und der fast winterlichen Kühle im Hausflur war ihr beim Treppensteigen warm geworden. Erhitzt streifte sie sich den Pullover über den Kopf, öffnete die Knöpfe ihres Faltenrockes und ließ ihn auf die Dielen fallen. Erlöst warf sie sich in Unterwäsche auf das Bett und stieß mit dem Fuß ihre Tasche in Richtung Tür. Sollte sie dort Wache halten, ihr getreuer, lederner Posten. Zur Sicherheit. Falls die Tür ohne Warnung aufging. Ein Hemmschuh, der ihr einen winzigen Moment verschaffte, in dem sie sich die Decke überwerfen könnte, um sich vor den neugierigen Blicken ihrer Patentante zu schützen. Tante Almut würde sie erst in zwei Stunden zum Abendbrot rufen, aber man wusste ja nie.

Lotte lehnte sich zurück und schaute durch das Fenster ihrer Kammer auf das prachtvolle Theatergebäude gegenüber: die Schauburg. Nie wieder würde sie in ihre Siedlung zurückkehren. Sie war das einzige Kind in dem großen, leeren Nest der Familie Daube geblieben; hochaufgeschossen, spinnenbeinig. Dem frühen Tod ihrer Brüder zum Trotz hatte sie eine so unanfechtbare Gesundheit entwickelt, dass der Vater sie manchmal die „eiserne Lotte" gerufen und über ihre „Kanzlernatur" gescherzt hatte. „Das Mädel hat die Widerstandskraft von drei Kerlen. Ist nicht totzukriegen." Ihre Mutter lächelte nicht darüber. Arbeitermädel in einer Arbeitersiedlung nahe der Conti-Fabrik. Lieselotte erinnerte sich nicht daran, jemals krank gewesen zu sein, dafür aber, dass sie um ein Haar erstickt wäre, als in der Reifenfabrik ein Brand ausgebrochen war. Im Materiallager. Daran, wie sie gegen die Stahltür trommelte, bevor der Qualm ihr das Bewusstsein raubte. Der Gestank von geschmolzenem Gummi war ihre letzte Erinnerung.

Der Vater rannte mit dem bewusstlosen Kind ins Krankenhaus. Bereits am nächsten Tag sprang sie von ihrer Metallpritsche, stibitzte die eingeweichten Brotreste vom Nebentisch, hangelte sich auf den Fenstersims des Krankensaales und fütterte die Tauben – sehr zur Freude ihrer Bettgenossen und zum Ärger von Schwester Helene. Die zeterte fürchterlich, aber Lotte war kerngesund und durfte nach Hause. Sie lernte in dieser Zeit, sich weit wegzuträumen, einem fernen, schönen Moment entgegen, einem Tag, der herrlicher wäre als alle Tage zuvor. In einem Zwischenraum ihres Herzens hielt sie dafür stets einen Platz frei, der niemandem Zugang bot. Und nun geriet dieser ferne Tag in greifbare Nähe, dort drüben würde er beginnen, in einem der schönsten Theater des Deutschen Reiches. Jedermann schwärmte davon, allen voran die Brostels, ihren Pateneltern, bei denen sie wohnte. Die Schauburg! Als Lotte zum ersten Mal am Arm ihrer Patentante durch die großen Räume spaziert war, erschien ihr das Leben vor und hinter den Kulissen wie ein ferner Glanz, unerreichbar und verlockend. Warm und rot leuchteten die Vorhänge, Düfte von teuren Parfüms, Sekt und französischer Seife erfüllten den Abend und das Licht der Scheinwerfer glich den Sonnenstrahlen auf den Dielen ihrer Schlafkammer aus Kindertagen.

Alle Gedanken an die Rückkehr in die feuchte Wohnung hatte Lieselotte an diesem Abend beiseitegeschoben und klammerte sich an den Arm ihrer Tante. Diese Stunde sollte einfrieren – wie eine Fotografie – sie wollte darin herumwandeln. Die Brostels hatten ihr eine Theaterkarte zum sechzehnten Geburtstag geschenkt, dem Tag, den ihr Vater vergessen und ihre Mutter mit einem „Jetzt bist du endlich groß geworden" kommentierte. Die Kühle in den Worten hatte ihr nur wenig ausgemacht, denn das Geschenk ihrer Pateneltern überstrahlte alles. Tante Almut und Onkel Winfried waren begüterte Leute und Parteifreunde ihrer Eltern – allerdings bislang kinderlos und das würde auch so bleiben. Der Onkel, ein überzeugter SPDler, kümmerte sich als Beamter bei der Conti um Buchhaltung und Finanzen und die Tante sich um Lotte. Almut liebte ihre „Quasitochter" und rannte damals fast wöchentlich an der *Frauenkörperschule für Gymnastik und Atmung* sämtliche Türen ein. Lotte sollte dort studieren und unabhängig werden. Sie sollte auf eigenen Beinen stehen und nicht mehr auf das Werksköchinnengeld und die erbärmliche Pension ihres Vaters angewiesen sein. Auch wenn Almut ziemlich altmodisch war, so begriff sie in den Jahren nach dem Krieg, dass die neuen Zeiten vielversprechend für junge Frauen waren, wenn sie sich selbstständig machen konnten. Das Mädchen musste raus aus dem Dreck. Der Auftakt zu ihrem neuen Dasein begann an ihrem sechzehnten Geburtstag in der Schauburg. Der Namen des Boulevardstückes war Lotte längst entfallen, nicht aber das Gesicht eines sehr jungen Akteurs.

„Superb!“, hatte Tante Almut angesichts des Jünglings immer wieder ausgerufen, und Lotte wusste nicht, was das Wort bedeutete, aber das gelegentliche Ohrenwackeln des jungen Mannes brachte sie immer wieder zum Lachen. Hinter ihr wurde getuschelt, er sei ein hochbegabter Schüler aus dem Goethe-Gymnasium, ein Franz Theodor Schmitz, der sich im Programmheft aber unbedingt Theo Lingen nennen wollte. Lieselotte fand ihn amüsant. Mehr aber nicht. Dennoch zog Almut sie den ganzen Abend damit auf. Ihre Patentante schien sich viel eingehender für junge Herren zu interessieren als Lotte selbst. Aber dann erblickte sie plötzlich diese Frau in der Menge. Sie mochte Ende zwanzig sein und überstrahlte alles. Aufrecht und stolz sprach sie inmitten einer Gruppe wichtiger Herren. Tante Almut deutete auf die Männer und flüsterte: „Heute sind sogar der Intendant und der Herr Direktor anwesend. Was für ein Glück!“ Breit lächelte sie in Richtung der Kahlköpfe, doch Lieselotte hatte nur noch die Frau im Visier, die mit wachen, hellbraunen Augen auf die Herren einredete. Plötzlich hielt sie inne und schaute zu Lieselotte.

Den braun-gelben Blick würde sie nie vergessen. Sonnendurchflutet – zeitlos und warm. In Lotte war nur Aufruhr. Wildwasser. Irritiert wandte sie sich ab und suchte Halt bei Almut. Aber die Bewegung in ihr hörte nicht auf. Als hätte der Blick der luchsäugigen Fremden in ihr etwas zum Keimen gebracht. Einen Winzling, der in ihrer Seele Wurzeln schlug und aus dem noch am selben Abend ein Halm trieb, der sich zu einem Stängel auswuchs und an dessen Ende eine Knospe aufbrach. Ein neues, seltsames Gefühl. Bedrohlich. Vergeblich hatte Lotte später an jenem Abend in der Schauburg versucht, einen zweiten Blick zu erhaschen. Die fremde Frau blieb verschwunden und das bittersüße Ziehen wurde von Almuts aufgeregtem Geplapper fortgeschwemmt.

„Du musst zum Friseur, Lotte. Aus diesen Affenschaukeln bist du längst rausgewachsen. Ist alles gut? Ganz blass um die Nase, das Kind. Wird Zeit, dass der Sommer kommt.“

Lotte nickte, aber Almuts Geplapper kümmerte sie wenig. Was sollte sie auch sagen? Schon immer war sie eine „Käsige“, eine, die nicht aus der Masse hervorstach: mit geflochtenen Zöpfen in einem Blond, das jeder dritte Straßenköter mit sich herumschleppte, und den kleinen, wimpernarmen Augen. Schweinsäuglein, nannte ihre Mutter sie, wenn sie versuchte zu scherzen.

„Es geht mir gut“, sagte sie zur Tante. „Und danke für den Abend.“

So war es damals gewesen. Vor zwei Jahren in der Schauburg. Der Tag, an dem Lieselotte zum ersten Mal in die Augen jener Unbekannten geblickt hatte und deren Namen sie bald erfahren und nie wieder vergessen würde: Berta Habenicht.

Kühl war es in der Dachstube geworden. Die Wärme hatte sich verzogen, fröstelnd wickelte sich Lotte in ihre Wolldecke. Allzu gern beschwor sie die erste Begegnung mit Berta herauf. Ihr Leben hatte ab diesem Moment begonnen. Alles war hell geworden. Das Gras duftete anders und das Blau des Himmels galt nicht mehr irgendjemandem, sondern ihr.

Nur wenige Wochen nach diesem Abend, als Lieselotte mit Tante Almut bei einer Probestunde in der Frauenkörperschule hospitierte, erkannte sie sie wieder. Die Fremde aus der Schauburg war die stadtbekannte Gymnastikpäpstin! Die Knie zitterten Lotte, als sie nach der Probestunde das Büro betraten. Das Gespräch rauschte an ihr vorbei, als Berta Habenicht ihrer Tante die Aufnahmemodalitäten erläuterte. Wortlos starrte sie auf den Boden und konnte nicht begreifen, dass es wirklich um sie ging. Erst als Berta ein zweites Mal nach ihrem Namen fragte, erwachte sie aus ihrer Taubheit.

„Lieselotte Daube, Fräulein Habenicht“, erwiderte sie deutlich und mit einem eifrigen Knicks.

„Frau Habenicht, mein Kind!“, fuhr ihr die Leiterin über den Mund.

„Pardon, verzeihen Sie … ich dachte …“, stotterte Lotte, errötete und blickte verzweifelt zu Almut, aber auch die Tante wirkte unglücklich.

„Ich wollte nicht …“

Berta Habenicht verzog die Mundwinkel zu einem Lächeln. „Nun, Sie denken sicher, ich bin verheiratet? Nein, bin ich nicht. Merken Sie es sich trotzdem. In Zukunft: Frau Habenicht. Ich brauche keinen Mann, um mich zu erhöhen.“

Selbst Tante Almut wirkte angesichts dieser Worte kleiner als sonst. Aber die Schulleiterin hatte nur Augen für Lotte.

„Fräulein Daube, Sie werden in den kommenden zwei Jahren hoffentlich lernen, warum sie ihren eigenen Beinen mehr trauen dürfen als einem einzigen Mann.“ Lotte spürte den wohlwollenden Blick, der über ihre Figur glitt. Sie begaben sich eine Etage tiefer in den kleinen Turnraum. „Kleiden Sie sich bitte aus für die

Nacktprobe." Fragend sah Lotte auf, um sich zu vergewissern, ob sie sich richtig gehört hatte.

„Herr Dr. Kahlbutz ist heute verhindert, aber ich denke, mein Auge ist erfahren genug, um zu kontrollieren, inwieweit Ihr Körper geschult werden muss." Schnell schälte Lotte sich aus den Kleidern und stand, mit einer Unterhose bekleidet, im Turnraum, die Arme schützend vor die Brust gelegt.

„Ihr Leib ist nichts Anstößiges", ermunterte sie Berta Habenicht, „oder ist Ihnen kalt?" Vehement schüttelte Lotte den Kopf.

„Na also. Das höchste Gut, mit dem Sie ausgestattet sind, ist die Hülle Ihres Ichs. Nichts anderes werden wir erziehen. Bewegen Sie sich bitte einmal quer und einmal längs durch den Raum."

Froh, ihre Unterhose anbehalten zu dürfen, schritt Lotte durch den Raum.

„Einmal laufen bitte", bat Frau Habenicht. Beim Springen spürte sie deutlich das Auf und Ab ihrer Brüste. War das nicht vulgär? So gut sie es konnte, schob sie ihre Befangenheit beiseite. „Der gymnastische Lauf ist kein Dauerlauf", hörte sie Frau Habenichts Worte, und an Almut gewandt: „In den Anlagen Ihrer Nichte sehe ich Vielversprechendes. Lieselotte hat nicht nur ein ‚totes Etwas' zwischen den Armen und Beinen wie viele andere Anwärterinnen. Wenn erst einmal die Gärungen der Jungfernzeit vorbei sind, sehe ich für sie eine gute Zukunft."

Voll Mutterstolz lächelte die Tante. Einige Runden ließ die Schulleiterin sie noch laufen, bis sie keuchte. „Das hohle Kreuz ist der Ursprung Ihrer Luftnot", bemerkte Frau Habenicht gleichmütig, „Aber genau deshalb kommen Sie ja nun zu mir."

Sie durfte sich anziehen.

„Noch Fragen zur Unterrichtskleidung?"

Mit ironischem Lächeln musterte Berta Habenicht die Statur der Tante, die ihrerseits einen Zettel studierte.

„Ein naturfarbenes Kleid mit rostrotem Kragen, Gürtel und Saum, ein Tanzkittel, zweiteiliger Anzug für drinnen, dreiteiliger Anzug fürs Freie, drei Paar Hallenturnschuhe und ein Kimono zum Überziehen", murmelte Berta Habenicht, während sie sich hinter ihren Schreibtisch begab. Lieselottes Eltern hatten darauf bestanden, wenigstens für die Kleidung aufzukommen, aber das ignorierte Almut.

„Ihre Nichte kann gern gebrauchte Unterrichtskleidung in Anspruch nehmen. Die Sachen sind sauber und unversehrt", unterbrach Berta Almuts Lektüre. „Wie ich sehe, haben Sie einen Handkoffer dabei." Almut nickte. „Sie können in die Requisitenkammer gehen und sich von meiner Kollegin, Fräulein Bragge, helfen lassen." Almut verabschiedete sich, und als sich Lotte auf der Schwelle umwandte, schaute sie abermals in ein braun-gelbes Augenpaar.

„Wenn Sie mehr als nur Salongymnastik betreiben möchten", rief die Schulleiterin der Tante hinterher, „meine Kurse stehen auch der gestandenen Dame offen."

Das warme Gefühl jenes Tages im Büro von Frau Habenicht überrollte Lieselotte erneut. Wohlig streckte sie sich unter der Wolldecke aus und betrachtete die Risse im Putz der schrägen Wände. Es war wie ein Naturgesetz. Sie konnte gar nicht anders, sie *musste* diese Frau verehren. Seit damals hatte sich nichts daran geändert.

Niemand brauchte ihr zu erklären, dass Berta Habenicht ein großes Herz für arme Mädchen hatte.

Seufzend zupfte sie die Wolldecke zurecht. Ihr Auftritt an der Schauburg war nur eine Sache. Die Prüfungen jagten ihr mehr Angst ein als die Vorstellung, auf der Bühne zu versagen. Was den Lernstoff anging, war sie so sicher wie mit geschlossenen Augen beim Kartoffelschälen.

Lediglich unter dem Blick ihrer Lehrerin befiel sie die schreckliche, existenzielle Furcht, sie zu enttäuschen. Ich muss sicher sein, dachte sie, doppelt sicher. Schlafessicher.

Seufzend richtete sie sich auf und griff nach den Büchern. Das blaue Haarbändchen am Hinterkopf hatte sich gelöst und das mattblonde Haar fiel ihr glatt auf die Schulter. Lotte verspürte keine Lust mehr, in die Kleider zu schlüpfen, und wickelte sich fester in die graue Decke.

Von unten erklang ein klirrendes Geräusch. Tante Almut schüttete etwas auf dem Wohnzimmertisch aus. Vermutlich zählte sie wieder die wertlos gewordenen Münzen, die sie unnötig aufbewahrte. Ihre weinerliche Nostalgie ging ihr ziemlich auf die Nerven. Bevor Lieselotte nach oben gegangen war, hatte sie den monatlichen Obolus auf die Kommode im Flur gelegt, denn ihre Patentante war zugleich ihre Vermieterin. Aber die zwei Papiermark, die Lotte entrichtete, waren nur ein symbolischer Betrag. Tante Almut war nicht darauf angewiesen. Ihre Mutter hatte die Bezahlung erstritten, weil sie vor den Brostels nicht so bedürftig dastehen wollten. Ein Reststolz in all ihrer Trübseligkeit war ihr erhalten geblieben.

3

Wie so oft war Tante Almut kurzatmig und gereizt, während sie das Abendessen auftischte. Lauter als nötig stellte sie das Geschirr auf den Tisch. Erika, das Zugehmädchen, das ihr hin und wieder im Haushalt zur Seite stand, hatte sie heimgeschickt.

„Es gefällt mir nicht", murmelte sie, als die Tür ins Schloss fiel. „Entweder neigt Erika neuerdings zur Wassersucht oder sie ist guter Hoffnung."

Lieselotte wusste nichts zu erwidern. Vor Kurzem war sie selbst erst achtzehn geworden. Unter ihresgleichen hätte sie weniger Hemmungen gehabt, über intime Dinge zu plaudern, aber mit der Tante? Also nickte sie nur und legte das Messer ordentlich neben den Teller. Der matte Glanz des Silbers war schon länger einem stumpfen Schwarz gewichen. Rasch schaute sie nach, ob sich noch genügend Kreide in der Besteckschublade befand, die das erneute Anlaufen des Silbers verhindern sollte. Ein willkommener Grund mehr, den neugierigen Anspielungen der Tante zu entfliehen. Geräuschvoll zog Lotte sämtliche Küchenschubladen auf. Keine Kreide. Auch im Hängeschrank wurde sie nicht fündig. Rasch notierte sie „Kreide" auf einen Zettel und schob ihn unter den Tontopf mit dem Rest Brot. Am Sonntag würden sie wieder polieren müssen. Als sie zurückkehrte, entnahm sie Almuts hochrotem Gesicht, dass die Tante sich wieder einmal in einen ihrer Gummigürtel gezwängt hatte. Moderner, aber auch nicht besser als das Korsett.

„Lotte", schnaufte sie, „hast du an mein Wasser gedacht?"

„Ach!" Lotte, stürmte hinaus, diesmal ins Badezimmer, und ließ mit einem viel zu kräftigen Strahl das kalte Wasser in die Wanne prasseln. Sie hatte völlig vergessen, dass Freitag war! Wie zum Trotz wollte der Tauch-Condor nicht gehorchen. Zweimal sprang ihr der Schlauch des kleinen Badeofens aus der Hand, bevor sie es schaffte, ihn anzuschließen. Das Gerät war neu. Almuts Stolz. Vorsichtig versenkte Lotte das Öfchen im Wasser.

„Dieses furchtbare Ding!", hörte sie die Tante vor der Tür schnaufen. Noch immer lamentierte sie über ihren Taillengürtel. Weshalb ließ sie ihn nicht einfach weg? Lotte schüttelte den Kopf. Sie verstand es nicht. Tante Almut schien es wichtiger zu sein, eine halbwegs schlanke Figur zu haben, als durchzuatmen. Trotz der zurückliegenden Hungerjahre war sie nie wirklich dünn geworden und wenn sie die Treppen hinaufstieg, hörte es sich an, als würde sie dreimal so viel wiegen. Auch das Dienstagstraining bei Frau Habenicht bewirkte leider nichts.

Erneut stöhnte sie auf dem Flur und murmelte etwas von „mal spazieren gehen müssen". Lotte seufzte. Spazierengehen allein würde wenig helfen, jedenfalls nicht in der Art, wie Almut es tat. Völlig unrhythmisch. Jedes Mal, wenn sie beim Einkaufen in kleinen Schritten neben ihr die Straße zum Drogisten hinaufwatschelte, schikanierte sie die armen Muskelgruppen – dummerweise auch noch die Falschen. Solche Feinheiten lagen leider außerhalb von Almuts Interesse. Bei dem Gedanken, Almut in Haltungsschulung zu belehren, grinste Lotte in sich hinein und drehte den Hahn auf.

Fünfzehn Minuten später eilte sie wieder ins Esszimmer. Wie so oft streiften die Blicke ihrer Tante ihre Statur. Energisch straffte Lotte ihren Oberkörper, wie sie es im Unterricht gelernt hatte, und ging in federnden Schritten zum Tisch. Als sie sich abwandte, um einzudecken, spürte sie noch immer die Blicke. Wehmütig und verbittert ist sie, dachte Lotte. Das unverhohlene Starren fühlt sich an wie der Gummigürtel, den sie anstelle ihres Korsetts trägt. Abermals musste sie grinsen.

„Wir erwarten heute Abend Besuch, Lotte", ließ Tante Almut vernehmen. „Wir benötigen ein Gedeck mehr."

Beflissen nickte sie und huschte in die Küche.

„Wer kommt denn?", fragte sie neugierig.

„Willi", erwiderte Almut.

Es klang unwirsch, aber Lotte vermutete, dass das wohl an der eingesperrten Lunge und nicht an ihrer Abneigung gegenüber Herrn Schröter lag – einem dicklichen Parteigenossen von Winfried Brostel. Weshalb konnte die Tante nicht einmal zu Hause alle Fünfe gerade sein lassen? Stattdessen zwängte sie sich in Kleidung des vorigen Jahrhunderts, und ihren Gedanken ließ sie genauso wenig Luft. Statt sich legere, modische Kleidung zu kaufen, schnürte sie sich nur noch fester ein. Hauptsache, die Form bleibt gewahrt! Lotte ließ sich ihren Spott nicht anmerken und lächelte die Tante höflich an. Almut erwiderte ihr Lächeln nicht.

„Jetzt haben auch die Griechen ihre Republik ausgerufen! *Jámas*!"

Willibald Schröters Glas knallte laut auf den Tisch. Almut zuckte zusammen, während Lieselotte die Bierkrüge beiseiteräumte. Onkel Winfried kniff die struppigen Augenbrauen zusammen, fegte den *Volkswillen* vom Tisch und konzentrierte seinen Blick auf den Boden des leeren Schnapsglases. Bedächtig hob er es hoch und hielt es sich vor das rechte Auge. Als ob er versuchen würde, sich das Schielen beizubringen, dachte Lotte amüsiert.

„Ich weiß nicht", brummte Onkel Winfried, „ich hab das Gefühl, diese Revolte ist ein falscher Fuffziger."

„Republik ist Republik!" Willi griff nach der Flasche, ohne Almut eines Blickes zu würdigen, und schenkte sich nach.

„Die sogenannten Republikausrufer", dozierte Winfried, „kommen von oben, Willi, von ganz oben! Das sind gar nicht die Proletarier. Mit denen sind die doch zerstritten. Das kann nichts werden mit der Griechenrepublik."

„Schwarzmaler", widersprach Willi und prostete Almut zu, die sich angewidert wegdrehte. „Überall ist Republik! Ganz Europa wird Republik. Prost!" Winfried runzelte die Stirn.

„Sie haben den König abgesetzt. Aber seitdem haben sie nur noch Streit im Kopf. Das wird nichts!"

„Haben wir auch", widersprach Willi energisch. „Dreißig Parteien! Und alle zanken sich um die Stimmen der Wähler wie die Weiber um die Farben in der Mode. Das sind Geburtswehen. Prost auf alle jungen Republiken dieser Welt!" Suchend sah sich der dicke Mann nach der Flasche um, aber Almut hatte sie bereits weggesperrt, und die Vitrine war ihre Festung. Wieder musste Lotte grinsen.

„Na, Mädel, was lachst du? Recht hast du. Du bist die Zukunft!" Sein nächstes Glas galt Lotte. Sie wollte gerne zu Bett. Für sich sein. Lernen. Unschlüssig stand sie auf und nestelte am Saum ihrer Bluse. Tante Almut studierte die Beilage *Für unsere Frauen*, schaute kurz auf, nickte und entließ sie gnädig.

„Ich weiß nicht", hörte Lotte Winfried brummen, als sie in ihre Kammer stieg, „ich hab bei der Weimarer Republik kein so gutes Gefühl."

„Der Schnaps macht es jedenfalls nicht besser", ließ die Tante mürrisch verlauten.

„Was besser?" Winfried blickte zu seiner Frau auf, als hätte er sie in diesem Moment entdeckt.

„Dein Gefühl", erwiderte sie lakonisch. „Gute Nacht, die Herren!"

Lieselotte stand noch immer auf der Stiege und hörte die Scharniere der Badezimmertür quietschen.

„Die Badetücher, Lotte! Wo sind die Badetücher?", rief Almut. „Und sperr die Tür zum Bad ab, wenn du gehst."

Ärgerlich stapfte Lotte wieder hinab. Natürlich, sie hatte die Tücher vergessen! Eine halbe Stunde später hockte sie noch immer im Badezimmer und schrubbte ihrer Tante den Rücken.

„Bäder sind für die Haut dasselbe wie Turnen für die Muskeln!" Gelangweilt bewegte Lotte die Bürste auf dem breiten Rücken hin und her. Almuts Finger hinterließen graue, nasse Flecken an den Rändern der Zeitung.

„Gymnastik für die Haut. Sie üben … Au, Lottchen!"

„Entschuldige bitte!" Lotte zuckte zusammen. Fast wäre sie eingenickt inmitten der monotonen Bewegung. Das Rot am Rücken der Tante leuchtete an der Schulter besonders stark.

„Wo hast du nur deinen Kopf?"

„Die Prüfungen …"

„Wie bitte?" Almut blätterte umständlich um. Lottes Blick fiel auf ihre schwimmenden Brüste; wie kleine, flache Inseln wölbten sie sich aus dem Wasser und schaukelten sanft. Mit einem Mal fiel die Müdigkeit von ihr ab. Sie wollte aufhören zu starren, aber es gelang ihr nicht. Almuts Leib schien auf einmal zart und verletzlich. Als würde eine Sehnsucht von ihm ausgehen. Noch immer stand sie neben der Badewanne und fixierte die glänzenden Inseln. Ihre Tante hatte sich wieder in ihren Artikel vertieft.

„Du machst die Pferde wild", sagte sie, ohne aufzusehen. „Es ist noch viel Zeit bis zu den Prüfungen. Erst einmal freuen wir uns auf eure gymnastische Vorführung in der Schauburg." Kurz hob sie ihre Augenbrauen, dann folgte der typische Seufzer, die Zeitung glitt auf den Boden und Almut versank bis zum Kinn in der Wanne.

„Ach, Kind. Mir will einfach nicht warm werden!" Das Wasser schwappte über den Rand, zwei weiße Kniescheiben durchstießen die Wasseroberfläche und die Zwillingsinseln versanken.

„Der vorletzte Winter war schon so lang und der Sommer auch nichts Rechtes. In den Zeitungen steht was von einer neuen Eiszeit." Unschlüssig stand Lotte daneben und blickte auf das nasse Papier.

„Geh endlich schlafen, Kind!"

Erleichtert machte sie, dass sie fortkam. In der Stube verabschiedeten sich die Männer an der halboffenen Tür. Das fachsimpelnde Palaver hallte durch das Treppenhaus. Hastig nahm sie die wenigen Stufen der Stiege auf einmal und betrat ihre Kammer. Gedankenverloren sank sie auf den Stuhl und lehnte sich zurück. Die Dunkelheit des Abendhimmels drang durch die Luke. Tintig wie ein blauschwarzes Gemälde, dachte sie. *Tiefe ohne Echo*, würde sie es nennen. Seufzend beugte sich Lotte über den Tisch, entzündete die Petroleumlampe und vertiefte sich in das hellblaue Buch mit der Aufschrift *Funktionelles Frauenturnen*. Ihre Augen begannen zu brennen, als der Mond längst durch das schwarze Viereck gezogen war und ein dumpfer Gong der Standuhr von unten herauf durch die Dielen drang. Müde löschte sie das Licht und ging zu Bett. Sie hatte zu lange gelernt. Die Spannung raubte ihr den Schlaf. *Relaxieren* echote Berta Habenichts Stimme in ihr. Ärgerlich warf Lotte sich von einer auf die andere Seite und versuchte sich zu entspannen. Vergeblich. Wissen allein reicht eben nicht, dachte sie, aber ohne geht es auch nicht. Irgendwann gegen Morgen sank sie in einen unruhigen Schlaf.

4

Einige Tage später trieb die Sonne bereits das junge Laub aus den Knospen der Bäume entlang der Georgstraße. Die Luft über den Rabatten roch nach frisch aufgebrochener Erde.

Else Marie und Lieselotte bummelten eingehakt in Richtung Bibliothek, die sich im Stadtamt für Leibesübungen befand.

„Guten Tag!", schmettert Else Marie einem älteren Herrn mit Schnauzer entgegen. Nickend lüftete der Mann seinen schwarzen Hut, ohne das Lächeln zu erwidern.

„Wer war das?", fragte Lieselotte.

„Der Landeskrüppelarzt, Dr. Kahlbutz."

„Woher kennst du ihn?", fragte sie erstaunt.

„Ich kenne ihn gar nicht", flötete Else Marie. „Ich weiß erst seit heute Morgen, wer er ist. Er kam direkt aus dem Schulbüro und plauderte unverschämt lange mit der Bragge auf dem Flur." Verschmitzt kniff sie ein Auge zusammen. „Über Säuglingsgymnastik!"

„Soso", erwiderte Lieselotte.

„Vielleicht hat er ein Auge auf sie geworfen", spekulierte Else Marie.

„Oder zwei", fügte Lotte hinzu.

„Er ist ja so blind." Else lachte. „Sonst hätte er längst bemerkt, dass …"

Die Mädchen schreckten von einem lauten Hupen zusammen und rannten in Richtung Bordstein. Eine Droschke knatterte vorbei.

„Was hätte er sonst bemerkt?", hakte Lotte nach.

„Dass es unnütz ist."

„Ist es das?"

„Das blonde Fräulein ist nicht mehr zu haben, dafür lege ich meine Hand ins Feuer!" Sie lachte und wedelte mit den Fingern in der Luft. „Sogar alle beide!"

„Woher willst du das wissen?“

„Weil ich im Gegensatz zum Herrn Doktor noch zwei Augen im Kopf habe.“

„Unsere Schulsekretärin ist vergeben? Spann mich doch nicht auf die Folter!“

Else lachte eine Oktave höher und Lotte schwieg ärgerlich. Typisch, dachte sie. Die Fopperei war nervtötend. Ohne Weiteres konnte Else wildfremde Leute in Gespräche verwickeln – Menschen aller Art und Couleur, bei denen Lotte es niemals wagen würde. Else gab sich weltmännisch. Eigentlich liebte sie das leise Kribbeln, wenn Else ihr heimlich ihre Elfenbein-Zigarettenspitze zeigte und sich darüber lustig machte, wie ihr Herr Vater wohl darauf reagieren würde, sobald er es wüsste. Mit Else konnte man ganze Abende vertändeln. In ihrer Gegenwart war das Leben immer hell und leicht. Nur diese frotzelnde Hinhalterei ging ihr zunehmend auf die Nerven. Aber sie wusste auch: Je neugieriger sie sich zeigte, umso weniger würde Else Marie ihr verraten, insbesondere, was mit der großen, blonden Bragge sein solle.

„Ich habe überhaupt keine Ahnung!“, kicherte ihre Freundin provokant, als Lotte eisern schwieg. Dann kniff sie ihr in die Seite und spöttelte: „Hab ich nicht. Wirklich nicht. Hab-ich-nicht! Habenicht!“ Dabei zwinkerte sie und kniff Lotte ins Ohrläppchen. „Die Bragge und die Habenicht – weißt du's nicht?“

„Lass!“, erwiderte Lotte gereizt, „Hör auf mit so was!“

„Willst du es nicht wissen?“

„Nein. Es ist uninteressant.“ Im selben Moment ärgerte sie sich. Natürlich hätte sie es zu gern gewusst. Aber sie hasste es, vorgeführt zu werden, gerade weil sie aus einem Stadtteil kam, der als roh und dumm galt. Außerdem war sie sich plötzlich gar nicht mehr so sicher, ob sie Elses Offenbarungen wirklich hören wollte. Mit undurchdringlicher Miene spazierte sie eingehakt weiter. Else Marie mit einem spitzbübischen Grinsen, Lieselotte bockig schweigend.

So endeten ihre kleinen Streitereien oft. Das Gute daran war, dass das bisschen Frost nicht lange anhielt. Spätestens bei der nächsten kleinen Sensation schmolz er dahin.

Die Mädchen beeilten sich nicht. Die Bibliothek war noch einige Stunden offen und die Sonne wärmte verlockend. Auf der Straße roch es nach Pferdedung und Auspuffgasen. Eine Kutsche mit zwei Apfelschimmeln versperrte eine Nebenzufahrt, und ein Automobilbesitzer beschwerte sich lautstark. Else Marie schnitt schon wieder Grimassen. Hin und wieder blieben sie vor einem Schaufenster stehen und betrachteten die Auslagen.

„Meine Hallenturnschuhe überdauern den Sommer nicht", seufzte Lieselotte. „Die sind hin. Und ich mag keinem auf der Tasche liegen."

„So oder so brauchst du neue." Else Marie zog sie in Richtung *Kröpcke*. Die Stühle vor dem Caféhaus waren zu einem guten Drittel besetzt.

„Als frischgebackene Gymnastiklehrerin würden deine Schüler Augen machen, wenn du barfuß unterrichtest."

„Schülerinnen!", korrigierte Lieselotte. Ganz im Sinne ihrer Ausbildung, wollte sie ausschließlich Frauen unterrichten. Else Marie bedachte sie mit skeptischem Blick. „Wer sich's leisten kann", bemerkte sie schnippisch. „Ich jedenfalls wäre froh, wenn ich wenigstens ein, besser noch zwei Beine auf den Boden bekäme. Ohne meine Eltern." Grinsend fügte sie hinzu: „Und ohne nackte Zehen."

„Du hast recht. Wie immer", erwiderte Lotte und Else Marie drückte ihr einen Kuss auf die Wange.

„Mach dir keine krausen Gedanken wegen des Geldes. Komm, ich lad dich ein!"

„Nicht schon wieder!", schimpfte Lotte lachend.

„Lotteliebling, lass mich das machen!" Else feixte.

„Die Zeiten sind vorbei, dass mich eine Tasse Kaffee für dich um 8000 Mark erleichtert hat, und für einen Haarschnitt muss mein Herr Vater Gott sei Dank auch nicht mehr mit Händen voller Eier bezahlen. Wie findest du ihn eigentlich?"

„Deinen Vater?"

„Unsinn!" Schmissig warf Else Marie ihren neuen Bubikopf hin und her.

„Na, fesch", murmelte Liselotte und blinzelte über die Köpfe der Gäste hinweg. Eigentlich fand sie Else Maries neue Frisur zu eckig, aber der Tag war zu schön für einen Streit. Inzwischen hatten sie ein sonniges Plätzchen gefunden. Else schwatzte und Lotte ließ es plätschern. Mit ihrem Mundwerk bestritt ihre Freundin die vorderste Front jeder Unterhaltung. Schweigen war einfach gegen ihre Natur. Redefett, dachte Lotte und schloss die Augen. Aber Else blieb unbeirrbar. „Je mondäner eine Frau gekleidet ist, umso weniger sollte sie darunter tragen, aber das Wenige sollte exquisit sein." Ihre Freundin hatte ausgiebig den *Anzeiger* studiert und brauchte dringend Abnehmer für ihre Neuigkeiten. Lotte genoss blinzelnd die Sonne auf ihren Wangen. Gut, dass Else Marie aus einem Elternhaus kam, wo man nicht jeden Pfennig umdrehte. Sie freute sich auf den echten Bohnenkaffee.

„Stell dir vor, achtzehn Männer und Frauen nackt in den Straßen! … sag mal, hörst du mir überhaupt zu?"

Lotte schreckte auf. „Was? Welche Straßen?"

„Moskau", erwiderte Else Marie. „Die sind so alt wie wir und völlig unbekleidet. Demonstrieren mit selbstgemalten Plakaten. *Fort mit dem Schamgefühl.*" Sie lachte so laut, dass sich zwei Herren vom Nebentisch umdrehten. „Für freie Körperkultur!", stieß sie prustend hervor. Die Herren glotzten. Eigentlich liebte sie Elses Geschichten. Nur die Dosis war manchmal zu hoch.

„Und dann?"

„Dann sind Spaziergänger auf sie losgegangen. Na ja, aber die Habenicht ist ja auch keinen Deut besser."

„Das ist doch was ganz anderes!", ereiferte sich Lotte. Im selben Moment errötete sie. Verdammt. Das passierte ihr oft. Besonders, wenn sie Frau Habenicht verteidigte.

„Natürlich ist das etwas anderes. Warum musst du immer alles so schrecklich ernst nehmen?"

Ärgerlich zuckte Lotte mit den Schultern. Else hatte mit ihrer spitzen Bemerkung auf die Nacktfotos angespielt, die Berta Habenicht von sich veröffentlicht hatte. Vor einiger Zeit waren die Aufnahmen in der *Körperkultur der Frau* erschienen. Die Lehrerin hatte sich vor, während und nach drei Monaten Training unbekleidet ablichten lassen, um anhand der Fototafeln zu zeigen, wie sich ein Frauenkörper durch ihr Training veränderte. Pure Abbildungen des Lebens und Liselotte bewunderte sie. Else hingegen war für alle Dinge zu begeistern, die einfach nur modern oder irgendwie aufregend waren – sie glich einem Schmetterling, und neuerdings flatterte sie sogar laut schwätzend zu den Veranstaltungen der Kommunisten.

Lotte bedauerte zutiefst, dass der tägliche Kontakt mit Berta Habenicht seinem Ende entgegenging. Aber die leise Trauer blieb ihr Geheimnis. Selbst Else wusste nichts davon. Wozu auch? Sie würde ohnehin nicht verstehen, was Lotte an dieser schroffen und unerbittlichen Person fand.

„Wenn du mich fragst", fuhr Else fort, „ist das Berta-Habenicht-Institut längst nicht das beste. Ich wäre viel lieber auf die Wigman-Schule gegangen."

„Wenn du meinst." Lottes Blick glitt über die Köpfe der Gäste, während sie mit dem Löffel in der Kaffeetasse rührte. Für einen kurzen Moment schloss sie die Augen.

„Mein Vater hat leider nicht mit sich reden lassen. Er nennt die Wigman eine Hexe. Mary Wigman!"

„Hm."
„Die Labanesen sollen ja viel freier sein"
„Die was?"
„Schulen, die nach der Laban-Methode arbeiten."
„Was soll das sein?"
„Irgendwas Individuelleres eben. Aber es ist in Hamburg, Lotte! Hamburg ist *die* Tanzstadt!" Else Marie strich sich fahrig durch den Bubikopf.
„Soso."
Mit diesen Wohlstandsproblemen hatte Lotte nichts am Hut. Sie war einfach nur froh, überhaupt auf eine Schule zu dürfen.
„Lotte?"
„Ja, ich habe es gehört. Aber Frau Wigman unterrichtet doch in Dresden."
„Weiß ich doch!" Else Marie lachte schon wieder so unerträglich laut, dass sich die beiden Herren vom Nachbartisch umwandten.
„Vielleicht fürchtet mein Herr Vater Mary Wigmans magische Kraft. Außerdem ist sie hier geboren, wusstest du das?" Lieselotte nickte. Diese Frau interessierte sie nicht. Frau Habenicht hatte ihr das Gefühl gegeben, etwas Besonderes zu sein und nicht irgendeine Mary aus Sachsen.
Ihr Kaffee war kalt geworden, aber Lotte schlürfte genüsslich, die milde Bitterkeit mochte sie gern.
„Na ja, der Unterricht an anderen Schulen ist uns ja sowieso verboten. Der Einheitlichkeit unserer Entwicklung wegen!" Wieder wieherte Else ungeniert. Lotte mied inzwischen die Blicke der Herren. Mittlerweile war die Sonne gewandert und blendete. Im Gegenlicht sah sie, wie Else Marie dem Kellner ein Zeichen gab. Es dauerte keine Minute, bis er erschien. Lange kramte ihre Freundin in ihrer Börse und der Kellner begutachtete ihren Haarschnitt.
„Goldmark, Rentenmark, Reichsmark … so viel Deutschland in einem einzigen Portemonnaie!", beschwerte sie sich und Lotte nickte. Auch das würde bald ein Ende haben. Endlich zahlte sie. Die Mädchen erhoben sich, und während Else Marie nun mit schauerlichem Unterton von den ominösen Schädelfunden am Leineufer berichtete, hörte Lieselotte den bissigen Kommentar vom Nebentisch. „Lächerlich, wie sie uns ständig nachzuäffen versuchen!"
Spöttisch pfiff einer der Männer ein scharfes „TssTss" durch seine breite Zahnlücke und starrte Else ungeniert nach. Er war hässlich und alt, hatte schiefe Zähne und zählte mindestens dreißig

Jahre. Niemals würde sie sich von so einem ins Gespräch verwickeln lassen. „Haare sind wie junge Frauen!", rief Else Marie so laut, dass es alle Gäste hören konnten. „Wenn sie ausgehen wollen, gehen sie aus!" Reflexartig fuhr sich der Mann über seine lichte Stelle am Hinterkopf.

„Pritzelpuppe!", bellte er.

„Was meint er?", fragte Lotte, als sie außer Hörweite waren.

„Er vergleicht mich mit Anita Berber", sagte Else nicht ohne Stolz. „Aber er ahnt nicht, wie sehr mich das freut!"

„Wer ist das?", fragte Lotte.

„Die verderbteste Tänzerin aller Zeiten. Sie hat Ausdruck."

„Aus Hannover?"

„Sie ist überall. Sie tourt. Du glaubst es nicht. Sie tanzt, als wäre sie ihrem eigenen Körper ausgeliefert."

„Und das ist verderbt?"

Else Marie lachte. „Nein. Aber sie ist auch noch anderen Dingen hörig."

„Du verrätst es mir sicher gleich", erwiderte Lotte.

„Na klar!", frohlockte sich Else. „Champagner, Morphium, Kokain, männliche Geschlechtsteile …"

„Aufhören!", kreischte Lotte.

„Sag ich doch. Verderbt."

5

Sie bekam das Zittern nicht unter Kontrolle. Ihre Beine – zwei Pappeln im Wind! Energisch presste sie sie unter dem Schulpult zusammen. Warum konnten sie denn jetzt nicht tänzerische Gymnastik haben oder wenigstens die Schritte für den Auftakt durchgehen? Dann ließe sich diese schreckliche Aufregung forttanzen.

Endlos erschienen Lieselotte die Stunden und der Auftritt am nächsten Tag besetzte all ihre Gedanken. Die Anatomielektion wollte nicht in ihren Kopf. Keine durchgehende Linie bekam sie zu Papier, gerade mal einen zittrigen Strich für ein Männchen, an dem sich die Organe einzufügen hatten!

„Der *levator ani* ist ein Muskel und schließt die untere Beckenöffnung und die durch ihn durchtretenden Öffnungen. After und Scheide also." Alles in Lotte versteifte sich. Neben sich spürte sie Else Maries provozierendes Grinsen, dessen Erwiderung sie vermeiden musste. Fräulein Bragge, die vor der Fensterbank auf und ab lief, warf bereits missmutige Blicke um sich. Vor der Bragge hatte sie bei Weitem nicht den Respekt wie vor Berta Habenicht. Trotzdem war es besser, wachsam zu sein, denn die Bragge galt nicht nur als die rechte Hand, sondern auch als das dritte Auge der Schulleiterin. Sie führte die Aufsicht, weil die Studienrätin für anatomisches Zeichnen erkrankt und Berta Habenicht schon in der Schauburg mit dem Einrichten der Bühne befasst war. Fahrig zeichnete Lotte drei Linien, aber die Gedanken an den morgigen Abend ließen sich nicht bändigen. Die Sonne vor den Fenstern, die erst zur Mittagszeit über die Dächer kletterte, um ihr Licht in die Straße zu werfen, wärmte. Schon bald würden es die Scheinwerfer tun. Das Fräulein ließ ihren Blick über die Köpfe der Schülerinnen gleiten. Er verriet, dass selbst das geringste Feixen über ihren Unterrichtsgegenstand geahndet werden würde. „Der *levator ani* stützt die Gebärmutter von unten. Ist er erschlafft …" Lotte bemerkte aus den Augenwinkeln, wie sich Else Marie prustend wegdrehte. Dicht neben ihr war das Fräulein Bragge zum Stehen gekommen. Ihr blondes, kurzgeschnittenes Haar wurde von der Mittagssonne beleuchtet. „Mit Senkungen behaftete Schülerinnen sollten vermeiden, Bauchmuskeln und Zwerchfell anzuspannen." Und während ihr Zeigefinger im Rhythmus der Silben auf Elses Schreibpult pochte, fragte sie scharf: „Was meinen Sie denn, warum ist dies unbedingt zu vermeiden, Fräulein Förster?"

Natürlich hatte Else Marie keine Antwort darauf. Das Fräulein Bragge bedachte sie eines spöttischen Blickes. „Bei Druck von oben wird die Gebärmutter gegen die Scheidenöffnung gepresst." Bei diesen Worten drehte das Fräulein sich einmal um die eigene Achse und ergänzte: „Und manchmal sogar durch sie hindurch!"

Damit wandte sie sich ab. Als sie das Lehrerpult fast erreicht hatte, öffnete sich leise die Klassenzimmertür und Magda von Ahlten schlüpfte hinein. Kaum hatte sie sich niedergelassen, musste sie auch schon wieder aufstehen.

„Wenn das gnädige Fräulein meint, ohne Entschuldigung zu spät kommen zu dürfen, und glaubt, ohne entsprechende Kleidung am Unterricht teilzunehmen, dann stellt sich die Frage, ob sie vergessen hat, ihr Großhirn zu wecken?"

Betreten klammerte sich Magda sich an ihre Stuhllehne.

„Umkleiden. In unserem Unterricht dulden wir keine Klassenunterschiede. Da hilft Ihnen auch kein Adelstitel." Mit gesenktem Kopf verließ Magda das Klassenzimmer. Wenige Minuten später saß sie, wie alle anderen, hinter ihrem Pult: im roten Trainingsanzug.

„Unsere Gebärmutter ist ein Körperteil wie jedes andere“, hub das Fräulein Bragge erneut an. Abermals verriet Elses zusammengepresster Mund ihren aufflammenden Lachanfall. „Und doch ist sie vom Sittenkodex zum Nichtvorhandensein verurteilt.“ In diesem Moment wandte sich die Bragge an Else Marie. „Vielleicht interessiert es ja einige der Trägerinnen zu erfahren, wie ihr Leib zusammengesetzt ist?“ Else schien zu bersten.

„Haben Sie sich noch nie gefragt, in welcher Weise diese Körperkräfte zu Fortpflanzungszwecken wirksam anzuwenden sind?“ Nun trennte das Fräulein Bragge nur noch eine Handbereit von Else.

„Gibt es Gründe für Ihr Amüsement, Fräulein Förster?“

Wie kann eine Gesichtsfarbe nur so schnell von rot zu weiß wechseln, dachte Lotte.

„Stehen Sie auf!“

Else gehorchte.

„Überlassen Sie, Fräulein Förster, ein Nachdenken über Ihren eigenen Körper lieber einem bezahlten Arzt?“ Die Frage klang barsch.

Verzweifelt knetete Else Marie ihre Hände. Sie wollte die Demütigung so rasch wie möglich hinter sich bringen.

„Wenn Sie einem Arzt gegenübertreten, schweigen Sie also höflich?“

Ein kleinmütiges Nicken war die Antwort.

„Sehen Sie!“ Triumphierend wandte sich die Bragge ab. „Was für eine Unterwürfigkeit! Selbst das kesse Fräulein Förster, stolze Besitzerin eines gesunden Körpers, besorgt das Nachdenken darüber nicht selbst, sondern überlässt diese Pflicht irgendeinem geprüften Akademiker!“ Ein so dunkles Rot hatte Lieselotte im Gesicht ihrer Freundin noch nicht gesehen.

„Ich frage mich, warum ausgerechnet Sie unsere Schule besuchen“, schloss die Bragge. „Ihr kleinmädchenhaftes Gegacker beweist nicht die erforderliche Reife.“

Über Magdas Gesicht huschte ein zufriedenes Lächeln. Den Rest der Unterrichtsstunde brauchte sich Lotte wegen Else keine Sorgen mehr zu machen. Kurz bevor der Unterricht durch den Zimbelklang im Flur des Schulgebäudes beendet wurde, schloss die Bragge: „Falls Sie derzeit mit Periodenkrämpfen behaftet sind, achten Sie bitte darauf, die Beckenbodenmuskeln zu entspannen. Das Loslassen des *levator ani*“, letztmalig bedachte sie Else Marie mit einem strafenden Blick, „lässt sich sehr leicht auf diskretem Weg erreichen. Sie müssen nicht einmal darüber reden, meine Damen!“ Bei diesen Worten klappte sie ihre Aufzeichnungen zusammen, klemmte sich das schwarze Buch unter den Arm und verließ den Raum. Erneut warf Lotte einen Blick auf die Schuluhr. Noch einunddreißig Stunden. Dann wäre sie in der Schauburg. Inmitten von Bühnenlicht. Hundert Augenpaare im Publikum. Mindestens. Dazwischen Winfrid und Almut. Das Zittern wurde wieder schlimmer. Angespannt starrte sie auf ihre unvollständige Zeichnung. Erst der Stoß in die Seite holte sie zurück. „Mit deinen drei Strichen kommst du nicht weit!“, drängte Else Marie. Es folgte das leidige Kneifen in ihren Unterarm. „Was kraust du die Stirn wie ein Sorgenmütterchen? Mach hin!“

„Ist ja gut!“, zischte Lotte und zeichnete fahrig die fehlenden Organe an das Knochengerüst.

„Wenn du noch länger herumliegst, bekommst du Frühlingsgefühle! Mach, dass du aufstehst, Lotte, die Schauburg wartet nicht!“ Almuts Stimme weckte sie rüde. Lieselotte schreckte auf und blinzelte gegen das Licht. Hatte sie verschlafen? Vor dem Fenster war ein herrlicher, blauer Himmel. Wie gern würde sie die Augen wieder schließen, ebenso wie die Tür ihrer Kammer, die die Tante, ohne anzuklopfen, aufgestoßen hatte. Aber nun saß sie kerzengerade im Bett, den Schreck in den noch warmen Gliedern. Der Auftritt – heute. Das Lampenfieber kehrte zurück. Beinahe sehnte sie sich den wohligen Schlaf zurück. Gestern Nacht hatte sie sich selbst überrascht. Lautlos wie eine Katze war sie gewesen. Zum allerersten Mal. Tante Almut hätte sogar neben ihr stehen und nichts bemerken können, so still war alles geschehen. Noch immer war sie erstaunt darüber, eine derartige Welt zwischen ihren Beinen vorzufinden.

„Der *levator ani* ist ein Muskel und schließt die untere Beckenöffnung… Sie konnte nicht einschlafen gestern Abend und hatte ihn nur ein wenig untersuchen wollen, rein anatomisch. Die dunkle Öffnung, die sie vorsichtig mit dem Mittelfinger ertastete, schien aber kein Ende zu nehmen, sie war glatt und wie aufgeblasen. Ballonfleisch. Erst rieselte es leicht, dann kitzelte es und dann überkam sie plötzlich ein Hunger und eine unermessliche Gier nach Berührung. Ein Tier wuchs in ihr heran. Es winselte und drängte weit hinten am Ende des glatten Tunnels. Nicht zu hören, aber zu fühlen. Klagend, langgezogen, sehnsuchtsvoll.

Lottes Handmitte schimmerte silbrig im Licht des hereinfallenden Mondes, als das Tier in ihr langsam zur Ruhe kam. Alle Finger rochen nach Kastanienblüte, ein wenig scharf und gleichzeitig nach Frischgebackenem. Sie schmeckten salzig und sauer zugleich. Das Rufen in ihr war verhallt. Das Tier satt. Niemand war Zeuge geworden. Sie hatte gelauscht, aber von unterhalb der Treppe drang nur Winfrieds Schnarchen durch die Holzdielen. Dann war sie endlich eingeschlafen.

Die Patentante stiefelte bereits die Stiege hinab und wirtschaftete in der Stube. Seufzend schwang Lotte sich aus dem Bett. Almuts Rufen erklang bereits zum dritten Mal. Ihr großer Tag begann.

Vor dem Umkleideraum der Schauburg standen unzählige Glasflaschen mit Wasser, Kisten mit Tanzgarderobe, Handtrommeln, Holzscheiben und Tüchern. Bälle und Reifen versperrten den Zutritt.

„Vorsicht!“, rief ein Bühnenwerker von der zwei Meter hohen Leiter, auf der er einen neuen Vorhang an Drahtseilen hin- und herbewegte. Ärgerlich schüttelte er den Kopf, als wieder ein Mädchen über die Bühne huschte, nur um sich zum hundertsten Male zu vergewissern, wo ihr Stellplatz war. Kurz zuvor hatte er schon einmal die Nerven verloren, als die Regenvorrichtung über der Bühne angegangen war und den Tanzboden in eine riesige Pfütze verwandelte. Selbst der hintere Vorhang war nicht verschont geblieben. Berta stauchte ihn zusammen, er setzte sich zwar stimmgewaltig zu Wehr, aber dann war ihm doch nichts anderes übriggeblieben, als den Boden aufzuwischen und einen neuen Vorhang zu richten.

Die Zeit wurde knapp. Ungehalten stieg der Bühnenarbeiter von der Leiter und trug sie hinaus. Berta nickte ihm hinterher. Es war ihre Art, Dank auszudrücken. Ihr Blick wanderte durch den Saal. Die Lampen an der Decke verströmten ein sanftes Licht wie gläserne Fruchtdolden. Der gemalte Fries über dem grauvioletten Vorhang strahlte in Goldtönen. *Ausfahrt ins Meer des Lebens.* Passend zur Aufführung, dachte Berta zufrieden. In sanften Kurven schwangen sich die Parkettreihen bis hin zu den Salonlogen hinauf und schimmerten in sattem Rubin. Sie schloss die Augen und genoss den Moment der Ruhe vor dem Sturm.

Panisch stürzte Lieselotte durch den Gang zur Garderobe. Viel zu spät war sie eingetroffen. Zeitgleich mit Magda von Ahlten. Während Magda jedoch seelenruhig durch die Garderobe spazierte, schlug Lotte das Herz bis zum Hals. Und das, obwohl sie nur ein paar hundert Schritte entfernt von der Schauburg wohnte. So ein Pech! Ihr Kostüm war gerissen. Das Hausmädchen, hatte ihr schnell geholfen. Sie hasste es, zu spät zu kommen. Die reinste Hölle. Außer Atem stürzte sie in den Umkleideraum.

„Es tut mir leid, ich …", rief sie und hielt vor der schmalen Tür zur Garderobe inne. Es war nicht der frische Schweißgeruch, vermischt mit dem Duft von Veilchenseife und Puder, der Lotte den Atem nahm. Auch nicht die heillose Unordnung, die Berta Habenicht, wäre sie hier hereinspaziert, empört hätte. Es war das Schauspiel von knapp drei Dutzend junger, halbentkleideter Mädchen auf engstem Raum. Dieser Anblick war ihr nicht neu, aber heute war etwas anders. Und dieses Etwas hing in der Luft, aufreizend und irritierend. Diese schier unüberschaubare Menge aufgeregter Frauen mit gelöstem Haar, die sich ihrer Blöße nicht bewusst waren und die sich Leib an Leib schwatzend Strümpfe oder Leibchen auszogen! Es war das Meer aus weißer Haut, die Umrisse zahlloser Brüste, die fließenden Konturen von Schenkeln, die mit gestreckten Füßen aus Schuhen glitten, die weißen Spitzenbündchen kurz unter dem Bauchnabel … Lotte erstarrte wie heißes Wachs, das über einen Kerzenrand geschwappt war. Sie erkannte das Gefühl. Jener Freitag. Am Wannenrand der Tante. Da war es wieder, nur viel stärker.

„Lotte, was ist?" Tilla zupfte sie am Ärmel.

Reflexartig verschlossen sich ihre Lippen. Ein paar Seminaristinnen lachten und prüften den Sitz ihrer Strümpfe.

„Brauchst du Wasser?", fragte Tilla besorgt.

„Nein, ich … ich meine, wenn … wenn hier jetzt ein Mann hereinspaziert, ein Mann … verstehst du, Tilla?"

Else Marie drängte sich durch das Gewimmel und zog Tilla lachend mit sich. „*Du* bist doch kein Mann, Lotte! Beeil dich!"

Tief holte sie Luft. Tilla und Else hatten recht und trotzdem – soeben hatte sie das Gefühl gehabt, mit den Augen eines Mannes zu sehen.

„Steh nicht rum, Lotte. Sie lassen schon ein!" Magda von Ahlten schob sie auf die letzte freie Ecke.

„Hier." Und weil Lotte noch immer starrte, stupste Magda sie in den Rücken. „Hast du Veronal genascht?"

Sie schüttelte sich wie ein nasser Hund. „Nein, es ist nur Lampenfieber."

Auf den Gängen vor den Garderoben ertönte bereits die Zimbelglocke als Zeichen für die letzte Stellprobe.

Auch Tilla gelang es nicht, ruhig zu bleiben. „Sei still!", fauchte Else, „sonst brummt uns die Habenicht wegen dir noch den ‚langsamen Schritt' auf!" Vor dem preußischen Militärdrill hatten sie alle Respekt. Noch eine halbe Stunde bis zum Auftritt.

6

Alles Warten war vorbei. Die ersten Takte der Suite erklangen, und mit dem großen Schwung einer halben Armdrehung wirbelte Lieselotte auf die Bühne – den Blick konzentriert auf den Haarschopf ihrer Freundin gerichtet. Von den holzvertäfelten Wandelgängen blickten hunderte Augenpaare auf sie herab. Rhythmisch schwang Elses Bubikopf auf und ab und Lotte folgte ihr. Die hundertmal gehörten Klänge von Pachelbels Suite sorgten endlich für das Abschwellen ihrer Aufregung. Schlafessicher waren ihre Bewegungen, und das Publikum rückte in weite Ferne. Allein die Scheinwerfer waren wie große Augen auf sie gerichtet – allmächtig und alles verschluckend. Nur noch sie selbst war da – inmitten von Licht. Das Verschmelzen von Atem und Bewegung. Ihr war, als würde Berta selbst an den tausend Enden der Lichtfäden stehen und sie führen. Es war so leicht. So schön: dieses Einssein. Sie waren nicht mehr einzeln, sondern ein vielleibiger, anmutiger Frauenkörper. Ein Schwarm aus Eleganz, der mit Hingabe die Luft durchquerte und die Wogen teilte. Alle anerzogene Bewegung war längst in das Unterbewusste hinabgesunken. Hingebungsvoll bog sie ihren Leib dem Licht entgegen und verlor sich im gleißenden Hell unter den Augen Berta Habenichts.

Die Theaterpause verflog und hinter den schwarzen Vorhängen der Seitengänge warteten die Mädchen bereits auf den nächsten Auftritt. Der Pianist legte seine langen, schmalen Finger auf die Tasten, sein Kopf nickte in Richtung der Vorhanggasse. Das Zeichen für den Beginn.

„Hast du seine Hände gesehen?“, flüsterte Else Marie. Lotte schwieg und straffte sich.

„Er macht das mit viel mehr Herzblut als die Dorn. Schade, dass unsere Garderoben so weit auseinanderliegen!“, flüsterte Else.

„Autsch!“ Ein Ellenbogenstoß brachte sie zum Schweigen.

„Schluss jetzt!“

„Scht!“

„Ruhe da vorne!“

Echoartig setzte sich das Geflüster durch die Reihe der Mädchen fort.

Konzentriert saß der Pianist vor dem Flügel und atmete tief ein. Dann schlugen seine Finger die Tasten an. Ruhige, warme Klänge erfüllten den Saal. Die Mädchen begaben sich in die Ausgangsposition. Das Intro war ihnen vorgeschrieben, aber dann hatte Berta mehrere Achterfolgen für die tänzerische Fantasie gelassen. Freie

Improvisation! In Lottes Seele wurde es weit. Improvisieren war wie der Tanz auf den Sonnenstrahlen damals auf den Dielen ihrer Schlafstube, ohne Enge, ohne Vorschrift. Nur das Herz führte und der Körper folgte.

Der aufbrandende Applaus holte sie in die Gegenwart zurück. Hinter seinem Flügel war der Pianist aufgestanden und verbeugte sich. Lotte tat es wie die anderen, aber sie nahm alles um sich herum wie durch einen Schleier wahr. Innerhalb dieses brodelnden, diffusen Lichtes ergriffen Hände andere Hände. Warme Hände, aufgeregte Hände – ihre Hände, rechts und links. Blindlings folgte sie dem Zug in Richtung Bühnenrand und verbeugte sie sich in das Tosen des Applauses hinein. Die Mädchenreihen teilten sich, zogen sie mit sich und die Tänzerinnen verschwanden hinter den Vorhängen. Dreimal mussten sie hinaus in das schöne, warme Licht. Und ganz vorn im Zuschauerraum spürte sie sie. Durch all das Helle hindurch: Bertas Blicke.

Ihre Anzüge waren nass – trotz des aufgetragenen Puders. Die Gesichter glänzten vor Stolz und Erleichterung. Eilig schlüpften sie in der Garderobe aus den verschwitzen Sachen. Die Abendkleider warteten auf sie. Unbändig freuten sie sich auf die Premierenfeier, den krönenden Abschluss.

„Ich hasse Improvisation", ereiferte sich Tilla, während sie sich ein samtgrünes Kleid über die Hüften zog. „Ich kann gar nicht tanzen vor lauter Denkerei. Es ist so albern! Warum tut sie das mit uns? Wir sollen doch keine Tanzmeister werden, die sich Choreografien ausdenken."

„Genau!"

„Ich mag es auch nicht", räumte Magda ein. „Aber es sind ja nur ein paar Takte. Das müssen wir lernen."

„Für dich doch ideal, Magda. Du musst ja nichts mehr lernen", frotzelte Tilla. „Niemand würde beim Auftakt merken, dass du zu spät bist. Einfach, weil es keinen eindeutigen Anfang gibt." Einige lachten.

„Das ist modern", warf Else Marie ein. „Die Wigman ist berühmt damit geworden." Nun sagte niemand mehr etwas. Auch Lieselotte schwieg ärgerlich. Was sollte das Geplapper? Es zerstörte alle Erhabenheit, alle Schönheit. Sollten sie doch endlich hinausschwirren ins Gefeiere. Sie ließ sich viel Zeit beim Umziehen und verstand nicht, wie man einer, bis zum Überdruss geübten Bewegung den Vorzug geben konnte, wenn man doch die Möglichkeit zum freien Tanz bekam? Spürten die armseligen Geschöpfe gar keine seelische Regung in sich? Weshalb waren sie überhaupt auf diese Schule gekommen, warum bezahlten sie so viel Geld? Reiche, dumme Gänse. Berta bot ihnen Entfaltung, aber sie interessierten sich nur für technische Vollkommenheit. Tanzmaschinen.

Allmählich leerte sich die Garderobe. Das Geplauder wurde dünner, schwang sich vor der Tür zu einem hysterischen Gejauchze auf und verlor sich. Sogar Magda war in Eile. Lotte betrachtete sich. Das Glas des Spiegels war mit feinem Nebel und mattschwarzen Flecken durchzogen. Wie die goldumrahmte Oberfläche eines blinden Teiches, dachte sie. Die unvermittelte Stille dröhnte in ihren Ohren. Düfte von Mädchenschweiß und Kirscharoma sättigten die Luft der Kammer. Ihren Tanzanzug hatte sie gegen ein schwarzes, einfaches Kleid getauscht. Über dem Dekolleté war es mit einer glänzenden Gagatbrosche verschlossen, einem Erbstück ihrer Großmutter. Das daumennagelgroße Oval aus schwarzem Gestein mit Anstecknadel hatte sie bekommen, kurz bevor sie zu den Brostels zog. „Großmamas Auge", hatte Mutter gesagt, „vielleicht wacht es besser über dich als ich." Selten hatte die Mutter so warme Worte für sie übriggehabt. Deshalb bedeutete Lotte die Brosche mehr, als sie in Mark und Pfennig wert war.

Noch einmal richtete sie die Brosche, dann verließ die Garderobe. Beinahe wäre sie gestolpert. Vor der Tür türmten sich Blumengebinde und kleine Kränze. Wie auf einem Friedhof, dachte sie und bückte sie sich. Lauter Ehrenbekundungen. Deshalb das Gejubel vor der Kammer vorhin. Einige der handbeschrifteten Kärtchen an den Gebinden besah sie sich genauer. *Für das Fräulein Förster in tiefster Ergebenheit von A.,* stand da auf einem Strauß mit blauen Veilchen. Hatte Else Marie ihn übersehen? A. Wer war das? Der Pianist eher nicht. Es musste jemand sein, den Else länger kannte. Von einem A. hatte sie noch nichts erzählt.

Sie schnuppert an den anderen Gebinden. Iris, Rose und ein Strauß Maiglöckchen. Wo bekam man jetzt Rosen her? Es musste ein vermögender Verehrer sein. Für sie war nichts dabei. Wozu auch, sie war glücklich genug. Eilig lief sie los. Der Bühnensaal schlummerte still vor sich hin, die Wandelgänge waren leer und durch die großen Fenster sah sie einige Gäste auf den Balkonen im Abendlicht. Fröhlich erhoben sie ihre Gläser, schwatzten, und zwei küssten sich innig. Rasch eilte sie weiter den Gang hinunter, ließ den Zuschauerraum hinter sich und stieß die Tür zum Foyer auf.

Das Übermaß an exzellent gekleideten Frauen und Männern überwältigte sie. Von der Bühne aus hatte sie nichts sehen können, aber nun wurde ihr schlagartig bewusst, welches Umfeld sie erwartete. Das schwarze, schlichte Kleid, in dem sie sich noch vor wenigen Minuten so elegant gefühlt hatte, verblasste angesichts der Fülle von tiefglänzendem Satin und heller Seide. Ihr stumpfes Schwarz wirkte verloren in einem Irrgarten aus Frackschößen, weißen Hemden, roten Roben und Goldgefunkel. Verlegen strich ihre Hand über den schlichten Stoff und prüfte den Sitz der Gagatbrosche.

Die Eltern der anderen kannte sie nicht, nur den freundlichen Herrn Förster. Die unerwartete Nähe zu den Herrschaften, ausstaffiert mit Pelz und changierenden Stoffen, fühlte sich fremd an. Als wäre sie in einem Traum gefangen, den sie zwar immer herbeigesehnt, aber der nun, da er Gestalt angenommen hatte, gar nicht auszuhalten war. Diese Welt war schön. Nur einen Makel hatte sie. Sie selbst gehörte nicht hierher. Verlegen blieb sie am Rand stehen. Selbst die Kellner liefen mit vollen Gläsern Söhnlein Rheingold an ihr vorbei, ohne sie eines Blickes zu würdigen. Nebenan unterhielt sich eine Gruppe.

„Sehr zeitgemäß. Besonders das Interieur! Behaglich und intim“, bemerkte eine Dame in einem grauen Kleid. In ihrer Nähe fühlte sich Lotte weniger schäbig.

„Ideal für Schöpfungen der modernen Tanzkunst“, erwiderte ein hochgewachsener Herr. Seine Finger waren schlank und seine Stimme säuselnd. Eher ungewöhnlich für einen Mann seiner Statur.

„Für stille Genießer, so wie Sie?“, scherzte die Dame. Der Mann lächelte höflich.

„Ich bevorzuge es klar und unaufdringlich“, erwiderte er charmant und warf einen Blick zu Liselotte. Sie erschrak. Eine Sekunde lang huschte ein anerkennendes Lächeln über seine Lippen, dann wandte er den Blick ab.

„Von Schlichtheit kann ja wohl kaum die Rede sein bei tausend Plätzen“, gurrte die Dame, die um seine Aufmerksamkeit buhlte.

„Und von jedem Platz auch noch beste Sicht auf die Bühne! Es gibt keinen einzigen ungünstigen Platz“, mischte sich eine korpulente Frau ins Gespräch. Lotte beobachtet sie eine Weile. Dem Mann schien es nicht zu gefallen, wie sich die ältere Frau aufdrängte. Er blieb einsilbig. Manchmal schaute er kurz zu Lotte hinüber. Die dicke Dame schien das nicht zu merken. Enthusiastisch plauderte sie weiter.

„Schauburg! Wie undeutsch. Ich finde, man sollte sie endlich umbenennen. *Hannovers Theater* – das wäre doch angemessen.“

Einige nickten.
„Es ist germanisch."
„Wie bitte?"
„Das Wort: Schauburg hat germanischen Ursprung", bemerkte der Mann leise. Die Dame verstummte sofort.
„Theater – das ist das eigentliche Fremdwort, wenn Sie es schon so genau nehmen wollen", fügte er lächelnd hinzu. Nun errötete die Dicke.
„Wie auch immer!", ereiferte sie sich nach einem kurzen Moment. „Jedes Kino an jeder Straße nennt sich jetzt so. Schauburg! Wir leben in neuen Zeiten, mein Herr, und da braucht es neue Namen."
„Bluff und Sensationen finden Sie in den Metropolen genug", erwiderte der Herr. „Ich jedenfalls bin froh, hier zu sein!" Galant hob er sein Glas und nickte Lieselotte abermals zu. Und plötzlich fiel es ihr ein. Der große Mann war der Pianist! Im Gegenlicht hatte sie auf der Bühne nur seine Silhouette erkennen können. Aber die Hände! Sie würde Else danach fragen – später. Offenbar konnte sich der Mann mit der sanften Stimme noch genau an sie erinnern.
Neugierig reckte sie den Kopf und beobachtet die Damen und Herren der gehobenen Gesellschaft. Je länger sie es tat, umso weniger Scheu empfand sie und umso mehr fiel ihr auf, dass irgendetwas mit dieser tadellosen Welt nicht stimmte. Etwas lief der Schönheit zuwider, passte nicht zu dem Dünkel. Und plötzlich fiel es ihr wie Schuppen von den Augen: Wie unvorteilhaft sie sich bewegten! Natürlich, die Herrschaften ließen sich ja von morgens bis abends bedienen, nahmen nie ein Kleidungsstück selbst aus dem Schrank, sie trugen ja noch nicht einmal einen Stuhl zum Tisch. Ob sie sich überhaupt bückten, wenn ihnen etwas herunterfiel? Die entblößten Arme der meisten waren hässlich und ihre Schulterlinien ohne Schwung. Selbst der Teint unter dem teuren Rouge erschien Lotte grau und stumpf. Sie musste lächeln, als drei vornehmen Damen in unrhythmischen Triolen an ihr vorüberwatschelten. Auf hohen Absätzen warfen sie ihre Hüften ordinär von links nach rechts, nur die Mittlere war wie ein Besenstiel unterwegs.
Unvermittelt blickte Lotte in ein Augenpaar, das ihr vertraut war. Irma. Was machte Irma Dorn unter den Gästen? Die Pianistin nickte ihr zu. Wieso war sie nicht am Flügel gewesen? Schmunzelnd stand sie neben ein paar Frauen in Reformkleidern und Hosen. Vielleicht war Lotte ja doch nicht so fehl am Platz.

Zögernd trat sie näher. Irma Dorn winkte in ihre Richtung. Jetzt sah Lotte den Verband. Eine Handverletzung. Ach so. Abermals spürte sie Blicke von der Seite. Dieses Mal die von Berta Habenicht.

Mit forschem Gang teilte die Lehrerin das Labyrinth der Abendgesellschaft. Respektvoll wich man zur Seite, nickte ihr anerkennend zu. Hin und wieder hob sich ein Champagnerglas in ihre Richtung; die Schulleiterin erwiderte die Bekundungen durch ein beiläufiges Nicken. Zielstrebig schritt sie durch die Gasse direkt auf Lieselotte zu. Erschrocken fuhr sich Lotte über das Kleid. Vor Aufregung verlor sie jede Eleganz. An ihrer Brosche nestelnd, rang sie um Fassung. Frau Habenichts Miene ließ nicht erkennen, was sie mit ihr vorhatte. Das Kinn, wie immer leicht erhoben, beschrieb Berta einen Halbkreis um das Mädchen, blieb eine Handbreit hinter ihr stehen und legte vertraulich einen Arm um ihre Schultern. Lotte errötete. Das Klirren eines Silberlöffels drang an ihr Ohr und das Gemurmel verebbte. Endlos lang kam ihr der Augenblick vor, bis endlich die Stille eintrat, die Berta Habenicht angemessen erschien, um das Wort zu erheben. Tapfer ertrug Lotte die Blicke, welche abschätzend über ihr schlichtes Kleid wanderten. Lediglich der Pianist und das Fräulein Dorn lächelte wohlwollend.

„Meine Mädchen!", erhob Berta Habenicht ihre Stimme. „Ohne Sie wäre dieser Abend nicht zu dem exzellenten Erfolg geworden, den wir erlebt haben, und diese anmutige Schönheit …", sie ergriff Liselottes Arm und führte ihn wie zum Tanz in die Höhe, „… wird auch ‚die fließende Schönheit' genannt. Sie hinterlässt keine dauerhaft erstarrte Form."

Bestätigendes Gemurmel folgte und Berta ergänzte: „Diese Schönheit ist deshalb besonders, weil sie sich immer wieder selbst erzeugt …" In einer kurzen, wohlgesetzten Pause führte sie Lottes Arm sanft nach außen. „… durch die Bewegung eines Armes oder die Haltung des Kopfes." Fast ohne Berührung strich Bertas Hand Lottes Nacken entlang. Sie erschauderte. Dann folgte ein neckischer Stups und prompt gab sie dem Impuls mit einer halben Drehung nach. Kaum zu glauben! Vor allen Augen vollführte Berta einen extravaganten Tanz mit ihr, wobei sie bei jedem Wort ihre Hand über diejenige Körperpartie strich, über die sie gerade referierte.

„Bewundern Sie die Neigung des elastischen Oberkörpers, die schöne Linienführung und die Leichtigkeit des Schrittes!" Mit Schwung drehte sie Lieselotte mitten ins Auditorium hinein. Die

Zuhörer wichen zurück und Lotte hüpfte lachend in die Menschenmenge. Keinerlei Furcht war mehr in ihr. Wie auf der Bühne. Sie vollendete ihre Drehung und lief zu ihrer Lehrerin zurück, die sie mit den Worten empfing: „Eine wahrhafte Natürlichkeit ergibt sich aus der Hemmungslosigkeit und der Würde des Ganges." Lotte knickste und Berta ergänzte: „Nietzsche äußerte sich einmal sehr treffend, indem er sagte: Schönheit sei kein Zufall." Alle Umstehenden applaudierten und selbst Dorothea Bragge nickte, als wären es ihre eigenen Worte.

Da entdeckte Lieselotte in der Menge Almut und Winfried. Eng standen sie beieinander, ein wenig schüchtern, wie eine in Bronze gegossene Statue. Die Brostels strahlten einen solchen Stolz aus, dass Lotte traurig wurde. Ihre Eltern waren nicht gekommen. Der Vater lag mit Typhus im Bett und ihre Mutter war bei ihm geblieben. Aber so wie Almuts Augen glänzten, war Lotte sich sicher, sie würde ihrer Mutter noch in dieser Nacht einen Brief schreiben und darin den ganzen Abend ausbreiten. Almuts Bericht wäre schillernd und allumfassend, angefangen von Berta Habenichts grüner Haarspange in den braun schimmernden Locken, bis hin zu den letzten Worten ihrer Rede. Das Zeugnis ihres ersten Erfolges würde nicht untergehen.

Gerade wollte sich Lotte lautlos aus dem Kreis der Aufmerksamkeit stehlen, um endlich ihre Pateneltern zu begrüßen, als Frau Habenicht sie abermals am Arm ergriff und an sich zog. „Zurzeit Ciceros waren Männer und Jünglinge den Frauen an Schönheit bei Weitem überlegen." Wieder spürte Lotte Bertas Hand in ihrer. Fest und warm. Irma Dorn musterte sie und runzelte die Stirn. Berta behandelte selbst die Gäste wie eine Schulklasse. Mit großer Begeisterung referierte sie über die Schönheitspflege im alten Athen und beendete ihre Ausführung mit einer großen Geste in Richtung Liselotte. „Und was soll ich sagen? Sie taten es mit großem Erfolg: In zwei bis drei Geschlechtern war bereits alles verinnerlicht!"

Abermals applaudierte die Menge. Almut und Winfried ganz besonders. Die Augen ihrer Pateneltern funkelten wie das Schwarz ihrer Gagatbrosche. Abermals wollte sie dem Fokus der Menge entkommen, aber noch immer hielt Berta ihre Hand fest. „Es ist entscheidend, dass man die Kultur an der rechten Stelle beginnt. Nicht an der Seele oder am Geist. Die richtige Stelle ist der Leib, die Gebärde! Und der Rest folgt daraus." Nun waren die Umstehenden doch irritiert. Nicht der Geist, nicht die Seele? Hatte Berta Habenicht nicht eben noch Nietzsche zitiert? Der Applaus wurde dünner. Einige schauten sich fragend an. Lediglich Almut und Winfrid klatschen mit unzerstörbarem Lächeln.

Berta ließ sich nicht beirren. „Was einst der Muskelapparat griechischer Männer zu erreichen vermochte, das steht ebenso in der Macht der Frau." Wieder wirbelte sie Lotte herum. Irma Dorn verzog ihren Mund halb spöttisch, halb mitleidig. Mit leisem Stolz blickte Lieselotte in die Runde. Am rechten Rand des Halbkreises winkte Else Marie und die Mädchen der Vorführgruppe grinsten.

Bertas Hand strich Lottes Rücken hinab, während die linke über ihre Schultern glitt und sie leicht herabdrückte. Eine Geste, die Lotte kannte. Sie sollte sich entladen. Wieviel hätte sie dafür gegeben, unter ihren Händen ein schulterfreies Abendkleid zu tragen, und während sie der Wärme der Hand nachspürte, schloss Berta mit den Worten: „Die Griechen sind das erste Kulturereignis in der Geschichte, weil sie taten, was nottat. Das Christentum, das den Leib verachtete, ist das größte Unglück der Menschheit!" Nun ließ Berta von ihr ab und verließ den Platz.

In einem Loch ohne Applaus blieb Lotte zurück. Lediglich ein irritiertes Raunen der Gäste erfüllte das Foyer. Irma Dorn hob kurz die Schultern und wandte sich wieder ihrer Frauengruppe zu. Der Kreis zerbröselte, die Menschen verteilten sich, teils lachend, teils kopfschüttelnd, und hier und da erhaschte Lieselotte ein anerkennendes Nicken. Auch der große Mann war verschwunden.

„Das war wieder mal eine typische Habenicht, oder?" Else Maries Bubikopf schob sich an ihre Wange. Lotte nickte und ihre Freundin hakte sich ein.

„Sie macht einfach keinen Unterschied zwischen uns Schülerinnen und denen da!" Abfällig nickte Else in Richtung der Damen, die ihre Köpfe zusammensteckten und tuschelten. Ihre Handtaschen wie Gebetsbücher vor die Brust gepresst, als müssten sie die Bibel verteidigen, die Berta soeben beschmutzt hatte. „Sie belehrt die halbe Welt. Und die andere Hälfte interessiert sie nicht."

Lotte erwiderte nichts, noch ganz im Bann der Berührung.

„Gut, dass ich bei ihr und nicht bei der Wigman gelandet bin. Schau mal, wie sie sich das Maul zerreißen." Else Marie deutete auf das Damentrüppchen. Schnell zog sie Lotte in Richtung des Auflaufs. Ihren Einwand, dass sie jetzt zu ihren Pateneltern müsse, ignorierte Else. Während sie an den Frauen vorbeiflanierten, spöttelte sie: „Denken Sie an ihre Haltung, meine Damen! Ist eine Haltung zu haben nicht das Allerwichtigste?" Sie rief es nicht zu laut, aber auch nicht so leise, dass es niemand bemerken würde.

Die Damen stobten auseinander, als wäre ein abstoßender Magnet in ihrer Mitte gelandet. Dann schüttelten sie die Köpfe und sanken wieder zusammen. Nur ihre Köpfe wippten nach.

„Wie ausgewachsene Puten!", gurrte Else. Lotte musste lachen, obwohl sich ihre Freundin da eine gehörige Frechheit leistete. Aber im Abglanz von Berta Habenicht konnten sie sich einiges erlauben.

„Wer ist eigentlich A.?", fragte Lieselotte nach zwei Gläsern Sekt. Ihr wurde langsam schwindelig, ein köstlicher Schwindel.

„Wegen der Veilchen?", erwiderte ihre Freundin angeheitert.

„Ja, natürlich wegen der Veilchen."

Statt einer Antwort reckte Else den Hals nach dem Pianisten, der an ihnen vorbeiging.

„Ein Niemand. Ein armer Wicht", sagte sie.

„Woher kennst du ihn?"

„Ich kenne ihn nicht. Er läuft mir hinterher."

„Das tun Männer nun einmal."

„Und Hunde", widersprach Else. Derweil versuchte sie die Blicke des Pianisten zu erhaschen. Erfolglos.

„Du bist ungerecht."

„Ich suche eben aus, wer mir gefällt, Lottchen."

„Nenn mich nicht so. Du läufst Männern hinterher!"

Else gab endlich das Augenklimpern mit dem Pianisten auf. Ihr Blick funkelte.

„Wenn es sich lohnt, Lotte, warum nicht?"

„Und wenn sie dich dann eine Hündin nennen?"

„Das wäre mir egal, solange ich den kriege, den ich will."

Insgeheim bewunderte Lotte Elses Kühnheit. Ihre Freundin glaubte fest daran, dass ihr von Natur aus ein glückliches Leben zustand.

„Und wenn er genauso denkt wie du?", fragte Lotte.

„Dieser gewisse A?"

„Ja."

„Dann muss er sich wohl noch eine ganze Weile gedulden."

„Warte nur nicht, bis du alt und fett wirst", spottete Lotte.

Else lachte dreckig und zog sie in Richtung der Silbertablette. „Im Moment bräuchte ich eher Pillen zur Busenvergrößerung!"

„Gibt's so was?"

„Es gibt alles, Lotte. Kostet ein Vermögen und macht sogar das da weg." Sie griff sich an die Schlüsselbeine. „Diese hässlichen Knochenvorsprünge."

„Ich finde das aber schön", sagte Lotte.

„Du bist ja auch kein Mann“, raunte Else. „Er heißt übrigens Arthur.“

„Wollte ich das irgendwann mal wissen?“, erwiderte Lotte.

„Ja, wolltest du.“ Beschwipst flanierten sie durch die Menge auf der Suche nach den Brostels.

Es war kurz vor Mitternacht, als sie schließlich ein letztes Mal in die Garderoben zogen, um ihre Kostüme einzusammeln.

„Willst du ihn ewig warten lassen?“, drängte Lotte ihre Freundin, die selbstvergessen mit der Nase im Veilchenstrauß versank und dabei verzückt kleine Papierschnipsel, die Reste ihrer Verehrerkarte, in die Luft warf.

„Meinst du Arthur?“

„Nein! Deinen Vater natürlich.“

„Wieso, der unterhält sich doch draußen prima mit den Brostels.“

Lotte konnte es trotz des leichten Rausches nur schwer ertragen, dass jemand auf sie wartete.

„Komm schon.“

„Diese ständige Aufpasserei. Dieses Nachhause-Gebringe! Ich mag nicht, wie ein Hund vor der geschlossenen Zwingertür zu hecheln, bis ich endlich großjährig werde“, beschwerte sich Else Marie.

„Sei froh, dass du jemanden hast, dem du etwas bedeutest.“

Überrascht warf Else Lotte einen Blick zu. Sie sah verletzt aus.

„Du hast recht“, räumte sie ein. „Aber Almut liebt dich doch auch abgöttisch.“ Im gleichen Moment bemerkte sie, in welchen Fettnapf sie getreten war. Viel zu schnell hatte Lotte sich weggedreht. Bestürzt nahm sie sie in den Arm.

„Ach, Lotti, sei nicht traurig, komm! So ein schöner Abend. Voller Ruhm und Duft!“ Kitzelnd hielt sie ihr den Veilchenstrauß unter die Nase. „Ich habe dich doch auch lieb. Mehr als alle A's und alle Mütter und alle Väter dieser Welt!“ Aber Lotte war nicht aufzumuntern. Else kitzelte sie so lange mit dem Sträußchen im Nacken, bis sie schließlich aufgab und lachte.

„Außerdem bist du Bertas Augenstern.“

„Ach was!“

„Wenn ich es doch sage.“

„Komm jetzt.“

„Ja doch!“

Mit Händen voller Taschen mit Kostümen beeilten sie sich, den Seitenausgang zu erreichen. Der Uhrmacher und die Brostels waren jedoch nicht zu sehen.

„Siehst du?“, monierte sich Else.
„Vielleicht vorne, am Haupteingang?“
Im selben Moment bog eine Schar Nachtschwärmer um die Ecke. Der Trupp bestand aus niemand anderem als aus Dorothea Bragge am Arm des Landeskrüppelarztes Dr. Kahlbutz, gefolgt von Berta Habenicht und einem weiteren Paar. Neben dem älteren Herrn, dessen Gesicht zur oberen Hälfte von einem schwarzen, breitkrempigen Hut, und zur unteren durch einen langen Bart verdeckt wurde, lief eine dunkelhaarige Frau mit wachen und freundlichen Augen. Hinter ihnen spazierten drei weitere Damen und ein Kahlkopf, die den bärtigen Herrn einholen wollten und ihm ständig „Herr Professor!“ zuriefen. Munter debattierten sie miteinander. Lotte und Else wichen zurück und ließen die Prozession vorbei.
„Lasst uns noch zu Steinitzens gehen!“, vernahmen sie Dorothea Bragges Stimme.
„Ein verführerisches Angebot, aber Theodor muss morgen zeitig raus“, erwiderte die Frau mit den warmen Augen. Der Bärtige nickte stumm.
„Und du, Ada? Musst du auch so früh aufstehen?“, scherzte Berta. Die kleine Frau löste sich vom Arm des Professors und hakte sich bei ihr ein.
„Ich werde ihm packen helfen. Eine nicht ganz unwichtige Dienstreise, ein Vortrag“, sagte sie mit verhaltenem Stolz. „Er sammelt seine Gedanken und ich seine sieben Sachen für den Koffer.“
„Auf ein winziges Stündchen, Ada! Es sind doch nur ein paar Schritte bis zur Georgstraße, und Käthe macht immer so herrliche Häppchen.“
„Warum eigentlich nicht?“, ließ der Professor sich vernehmen. „Kommt Kurt denn auch?“
„Nein, der schwittert gerade mal wieder außerhalb von Hannover“, erwiderte Dorothea lachend.
„Immer noch auf Da-da-Feldzug?“, erkundigte sich Berta.
„Nein, rein privat. Auszeit auf dem Lande.“
Die Gruppe hielt inne, änderte die Richtung und verlor sich in Richtung Opernhaus. Else seufzte inbrünstig.
„Verstehst du jetzt, warum ich es nicht ausstehen kann, immer noch unmündig zu sein? Seit ich vierzehneinhalb bin, könnte ich Kinder in diese Welt werfen, aber behandelt werde ich wie eine Zehnjährige.“ Als Lotte nichts darauf erwiderte, fuhr sie fort. „Nicht, dass ich welche haben will, aber da tobt das wilde Nachleben vor meiner Nase und ich bin nicht dabei!“

„Da würden dir deine einundzwanzig Jahre auch nichts nützen, wir sind überhaupt nicht eingeladen. Ich kenne die Familie nicht mal."

„Ach, Lotti, du Einfaltspinsel, die Steinitz betreibt doch ein offenes Haus. Du weißt wirklich gar nichts, was?"

Lotte schwieg beschämt und Else fuhr begeistert fort.

„Da trifft sich *die* Bohème von Hannover. Jetzt! Ich fasse es nicht, und ich? Ich liege an der Leine!"

„Gott sei Dank liegst du da nicht!", erwiderte Lotte und pfiff die Melodie von *Warte, warte, nur ein Weilchen* an. Wieder lachte Else. „Ich kann auch aus anderen Gründen an der Leine liegen, meine Liebe. Es gibt auch noch schöne Dinge im Leben einer Frau. Nicht nur Massenmörder und Halsabschneider." Sie seufzte so laut und sehnsuchtsvoll, dass Lotte ihr die Hand vor den Mund presste. Wirklich ernst nehmen konnte sie das kindische Gehabe nicht.

Entschieden zog sie sie in Richtung Haupteingang. War Else denn niemals satt? Diese Vergnügungssucht musste mit ihrem Leben im Überfluss zu tun haben. Sie hatten doch einen wunderbaren Abend hinter sich. Wozu noch mehr? Lotte schmerzten die Füße, sie war erschöpft, freute sich auf die Stille. Natürlich würde sie nicht gleich einschlafen, aber das war doch gerade das Schöne: Man konnte, sooft man wollte, den Abend Revue passieren lassen, jede Sekunde, jede Minute, bis einen die Müdigkeit mitnahm. Aber Else? Sie war wohlstandskrank.

Als die Mädchen den Haupteingang erreichten, nahmen die Brostels Lieselotte mit geöffneten Armen in Empfang. Elses Vater deutete einen Handkuss an und verbeugte sich. Seine Augen blitzen unternehmungslustig. Wie die von Else, dachte Lotte. Nur seine Worte klangen vernünftiger.

„Wenn Sie die Prüfungen zu Ostern mit der gleichen Bravour absolvieren, wie die Vorführung heute Abend, kann sich unser Land auf eine Generation tüchtiger, junger Frauen freuen", sagte er anerkennend.

„Allerdings! Unsre Lotte hat uns noch nie enttäuscht." Winfrid nickte gefällig und sog genüsslich den Rauch seiner Salem Gold ein. „Kraft und Schönheit, das habe ich heute Abend dutzendfach gehört."

„Und gesehen!", fügte Almut hinzu. Es schien, als wäre ihre sonst so eingesunkene Haltung ein wenig aufrechter geworden. Steht ihr gut, dachte Lotte. Zuschauen zeigt also auch Wirkung. Sie verabschiedeten sich. Während sie in verschiedene Richtungen auseinandergingen, bemerkte Lotte, wie Else ihrem Vater etwas ins Ohr flüsterte.

„Gute Nacht und schlaf recht schön!", rief Else Lotte nach. Ihren Vater am Arm hüpfte sie in die Dunkelheit. Die beiden bogen in Richtung Georgstraße ein.

„Ebenso!", rief Lotte zurück.

„Wohnt der Uhrmacher nicht in der Südstadt?", erkundigte Almut kopfschüttelnd.

„Vielleicht wollen sie ja noch ein wenig durch die Nacht schwittern", entgegnete Lotte.

„Ach, verlustiert sich die Stadtgesellschaft mal wieder beim Nervenarzt?", brummte Winfried gutmütig.

„Ja", erwiderte Lotte und fühlte sich überlegen. Sie war besser informiert als ihre Tante. Es tat so gut, mit dem Onkel auf Augenhöhe zu reden. „Und Frau Habenicht ist auch dort", fügte sie hinzu. Almut nickte nur.

„Soll sie mal. Ist ja auch nicht mehr so jung. Vielleicht findet sich da jemand für sie." Winfried schüttelte den Kopf. „Sie ist zu stolz. Das schlägt die meisten Verehrer in die Flucht."

Lotte schwieg.

„Im Übrigen gibt es modernere Schulen als ihre", ergänzte er. „Es lohnt sich vielleicht, darüber nachzudenken." Was genau er damit meinte, erfuhr Lotte an diesem Abend jedoch nicht mehr.

„Deinem Vater geht es übrigens wieder besser", unterbrach die Tante. Dann sagten alle drei nichts mehr. Von ihren Pateneltern flankiert, ging Lotte wonnetrunken nach Hause. Nur wenige Wochen später bestand Lotte mit Bravour als Beste des Jahrgangs ihre Abschlussprüfung. Winfried bekam sich gar nicht mehr ein vor Stolz.

„Mädchen, du bist jede Investition wert!", schmetterte er, als er mit gereckter Brust ihr Zeugnis begutachtete. „Kennst du eigentlich schon die Labanschule?"

7

1924 – Frühsommer

Ein paar Wochen zuvor war Lieselotte achtzehn Jahre alt geworden. Tante Almut hatte eine Feier im Dornröschen arrangiert, einem hübschen Freiluftlokal am Leineufer mitten im Grünen, und auch Lottes Eltern waren gekommen. Sie sahen so friedfertig aus, wie sie da Arm in Arm die Allee hinaufspazierten. Es war das schönste Geschenk für Lotte an diesem Nachmittag.

Doch bereits am Kaffeetisch unter dem Schatten der grünen Bäume glich ihr Vater schon wieder einem Klotz, reglos vor seinem Stück Kuchen. Ein Kriegsmahnmal samt Streuselplunder, dachte Lotte, da hilft auch die ganze Sahne nichts. Mit stumpfen Blicken auf die Fähre am Leineufer machte er das kleine Fest, mit dem sie zugleich ihren erfolgreichen Abschluss feierten, schwer. Warum nur? Es war doch Friede seit sechs Jahren.

Muntere Familien setzten von einem Ufer zum anderen über und strömten zum Biergarten hinauf. Kreischend warfen Kinder Steine ins Wasser, Vögel flatterten auf und die Sonnenstrahlen glitzerten auf den Wellen. Doch all das konnte nichts ausrichten gegen die Schwermut ihres Vaters. So vermied es Lieselotte einfach, ihn anzusehen. Ihre Mutter gab sich Mühe, freundlich zu sein. Ab und an stahl sich ein dünnes Lächeln auf ihre Lippen. Zum Abschied strich sie flüchtig über die Gagatbrosche, die Lottes Überwurf verschloss. „Du bist wie sie", murmelte sie leise und Lotte fragte nicht, ob sie damit ihre Großmutter oder den dunkel schimmernden Stein meinte. Angeheitert zahlte Winfried und sie gingen wieder auseinander.

Der Monat verflog und der Sommer entschlüpfte dem Frühling wie ein feuchtes Küken dem Ei. Nach einigen, unsicheren Gehversuchen plusterte schließlich der Juli sein Gefieder auf und stolperte in Richtung des Monats, in dem Lotte ihre schwarze Brosche und ihr Herz endgültig an Berta verlor. Noch immer wohnte sie bei den Brostels, noch immer half sie Almut im Haushalt und zahlte ihren monatlichen Obolus, von dem sie nicht ahnte, dass Onkel Winfried ihn schon jahrelang beiseitelegte und für sie ansparte. Seit Wochen war Lotte auf der Suche nach Arbeit gewesen und hatte einige Abendstunden an der Frauenfach- und Haushaltungsschule bekommen. Man schätzte ihre Arbeit dort sehr und bot ihr bei Bewährung Aussicht auf mehr. So war Lotte viel unterwegs.

Der späte Abend eines vorletzten Augusttages jedoch war für junge Frauen nicht geeignet, um sich an Häuserecken herumzudrücken oder gar draußen zu sitzen. Außerdem war Lotte noch immer nicht mündig. Ihren ganzen Mut hatte sie zusammengenommen, um sich an diesem Abend heimlich aus dem Haus zu schleichen. Vorbei an der Hellhörigkeit der Wände war sie durch das verräterisch hallende Treppenhaus geschlüpft, auf die schwach beleuchtete Straße hinaus. Erika, die Haushaltshilfe, war am Nachmittag wieder einmal unpässlich gewesen. Ein Kind erwartete sie entgegen den ständigen Munkeleien der Tante noch immer nicht, und so hatte Lotte Almut angeboten, den Rest des angelaufenen Silberbestecks zu putzen, selbst wenn es bis nach Mitternacht dauern sollte. Müde und dankbar wankte Almut in die Schlafkammer, wo der Onkel bereits sägte.

„Wenn es doch auch für dieses Übel eine Erfindung geben täte!", seufzte sie matt. „Ich würde, ohne zu lamentieren, meinen Tauch-Condor opfern."

Es war schon zweiundzwanzig Uhr, als Liselotte die Tür fast geräuschlos hinter sich zuzog. Eine gute halbe Stunde später harrte sie bereits vor der Windmühlendiele aus, einer gut gefüllten Kabarett-Kneipe nahe dem Herzen der Innenstadt Hannovers. Der Himmel war bedeckt. Kein Sternbild zu sehen. Hin und wieder riss ein Stückchen Himmel auf. Einmal zeigte sich sogar der Mond und dicht neben ihm ein heller Stern. Eine weiße Sommersprosse, dachte Lotte und versuchte ihre Aufregung im Zaum zu halten.

Durch die Fenster des Lokals hatte sie inmitten der Gäste Bertas Silhouette ausgemacht. So sehr hatte sie gehofft, dass Berta hier sein würde. Die Aufregung war nicht umsonst gewesen. Noch einmal äugte sie neugierig durch die Scheiben und sah, wie Berta lachte. Ihr Oberkörper bog sich nach hinten und der braune, volle Lockenkopf wirkte im Gegenlicht wie ein eigenständiges Wesen. Lediglich durch glänzende Spangen gebändigt, wippte er bei jeder ihrer temperamentvollen Bewegungen hin und her. So gelöst und befreit kam sie Lotte vor wie ein anderer Mensch. Sogar das Fräulein Dorn war anwesend. Die beiden Tischgäste neben Berta waren Lotte unbekannt. Mehr Gesichter konnte sie nicht erkennen. Hin und wieder jedoch schob sich ein blonder Pagenkopf dazwischen.

Frierend tänzelte Lotte von einem Bein auf das andere. In der Eile hatte sie ihre Jacke daheim gelassen. Sicher würde es noch eine Zeit dauern, bis die Damen zur Heimkehr aufbrächen. Ungeduldig nestelten ihre Finger an der kleinen Brosche am Kragen ihrer kunstseidenen Bluse. Wenn sie ausging, trug sie das Erbstück immer. Noch in der Dachkammer hatte sie den Stein auf Hochglanz poliert und sich an seinem samtigen Widerschein erfreut, dann erst kam das Silberbesteck an die Reihe. Seitdem waren über zwei Stunden verstrichen. Und eine davon drückte sie sich bereits auf der schmalen Gasse vor der Windmühlendiele herum. Zögernd beschloss Lieselotte ein weiteres Mal die Straße hinunterzugehen, nur ein kleines Stück in Richtung Oper, dorthin, wo früher einmal eine Windmühle gestanden hatte, nur ein paar Meter vielleicht, bis zur nächsten Häuserecke. Zielstrebig sollte es aussehen. Sie würde weiterhin so tun, als hätte sie es eilig, nach Hause zu kommen. Dennoch durfte sie sich nur so weit von der Diele entfernen, dass ihr nicht entging, wenn Berta hinaus und auf die Straße trat.

Es war nicht das erste Mal, dass sie ihrer ehemaligen Lehrerin heimlich nachstellte, aber noch nie hatte sie sich getraut, sie anzusprechen. Durch ihre diskreten Ausflüge wusste sie jedoch, dass Berta Habenicht an bestimmten Abenden – meist am fünften Tag der Woche – gern die Windmühlendiele aufsuchte. Sie würde es dieses Mal darauf ankommen lassen, es endlich wagen und sie ansprechen. An der nächsten Ecke hielt Lieselotte abermals inne und schaute, ob jemand sie beobachtete. Auf der engen Straße war niemand zu sehen. Auch hinter den Fenstern blieb es ruhig. Besonnen machte sie kehrt und absolvierte das gleiche Manöver in die andere Richtung. Niemand sollte sie für ein leichtes Mädchen halten. Nicht weit von ihr, in der Nähe des Kröpcke, hatte sie ein paar Achtgroschenjungen gesehen. Zu dumm, dass sie ausgerechnet hier warten musste.

Nach ungefähr acht oder neun dieser absurd-zügigen Marschgänge öffnete sich plötzlich die Tür der Windmühlendiele und jemand betrat den Gehsteig. Ein Schreck durchfuhr ihren Leib, aber als sie erkannte, dass es nicht Berta Habenicht war, durchströmte sie Erleichterung. Die innere Zerrissenheit machte ihr mehr zu schaffen als die Kühle der Nacht. Eine fremde, männliche Gestalt wankte davon. Herr mit Hut. Seinen Mantel trug er trotz seines Rausches ordentlich über den rechten Arm gelegt wie ein Kellner das Leinentuch. Erneut lehnte sich Lotte an den gusseisernen Pfahl der Laterne und blinzelte in den Lichtkreis zu den zuckenden Nachtfaltern hinauf. Die Gemütslage abzuschütteln war unmöglich. Weshalb fehlte ihr nur der Mut?

Das Examen war längst bestanden. Mit Bravour sogar. Noch bei der Zeugnisausgabe war Berta Habenicht auf sie zugetreten, hatte ihr mit ebenbürtigem Blick die Hand gereicht und sie lächelnd „meine neue Kollegin" genannt. Die Erinnerung an diesen einzigartigen und wunderbaren Moment beschwor Lotte fast täglich herauf. Seit dieser Stunde nannte sie sie insgeheim nur noch Berta. Leider war das schöne Gefühl rasch verflogen und hatte allzu schnell einer leisen Schwermut platzgemacht. Seit dem Tag, an dem Lieselotte die Schule für immer verlassen hatte, fühlte sie ein gefräßiges Loch in sich. Es wuchs mit jeder Nacht, gefüllt mit nichts anderem als der Sehnsucht nach Berta. Eine fremde Macht lenkte ihre Schritte. Selbst wenn sie ihre alltäglich notwendigen Gänge machte, zwang diese sonderbare Energie sie zu Umwegen, nur, um ihrer Lehrerin so oft wie möglich zu begegnen. Wie viele Wochen waren seitdem mit Grübeleien verstrichen, wie sie es einfädeln könnte, unverfänglich mit Berta in näheren Kontakt zu treten. Als Kollegin auf Augenhöhe, als Sportsfreundin in einem Verein, als Vertraute, als ...?

„Fräulein Daube?" Erschreckt fuhr Lotte zusammen. Vor ihr stand Berta. So dicht. So prompt. Die unerwartete Nähe verschlug ihr den Atem. Kein Wort brachte sie heraus.

„Meine ehemalige Seminaristin! Na, so was. Was machen Sie hier?"

Überrumpelt kämpfte Lotte mit Silben und Worten, während Bertas katzenhafte Augen sie musterten. Alles, was Lotte sich zurechtgelegt hatte, wurde in diesem Moment hinfällig. Ihr dilettantisches Vorhaben, so zu tun, als würde man sich zufällig auf dem Weg nach Hause begegnen, wirkte nur noch lächerlich. Stirnrunzelnd blickte Berta ihr in die Augen.

„Warten Sie auf jemanden?"

Lotte schüttelte den Kopf.

Bertas Mund umspielte ein amüsierter Zug. „Drinnen ist es wärmer. In jeder Hinsicht." Wieder lächelte sie. Komplizenhaft.

„Nein", sagte Lotte. „Ich war nur zufällig hier."

„Sie haben ganz unabsichtlich an dieser Laterne gewartet?"

Beschämt blickte sie zu Boden.

„Nun, es geht mich nichts an, Fräulein Daube, schließlich sind Sie nicht mehr meine Elevin. Aber im Moment ist es nicht besonders ratsam, hier draußen vor der Diele zu warten, auf wen auch immer." Als Berta sich von ihr abwandte, schossen Lotte die Tränen in die Augen. Vertan! Der günstige Moment, eben noch hoffnungsvolle Gegenwart, war im Handumdrehen schon zur Vergangenheit geworden. Wie oft hatte sie sich im Unterricht Bertas Worte zu Herzen genommen, ihre körperlichen und seelischen Hemmungen endgültig beiseitezulassen, sich zu befreien. Warum gelang ihr das nicht mit Worten?

Ihre Hände begannen zu zittern, und ein Schluchzen entrang sich ihrer Kehle. Berta wandte sich um. „Fräulein Daube!", flüsterte sie erstaunt und schob ihre Hand unter Lottes Kinn. „Warum so verzweifelt?"

Lotte blickte auf. War da ein warmer, einladender Unterton? In ihrer Verzweiflung beschloss sie, alles auf eine Karte zu setzen. „Ich würde gern eine Freundin werden!“, stieß sie hervor. Berta Habenicht stutzte und lachte hell auf. Lieselottes nachgesetztes, leises „von Ihnen“ hörte sie nicht mehr. Herzlich nickend wies sie in Richtung des Lokals.

„Eine Freundin also. Nun gut. Aber wie Sie wissen sollten, ist es nicht ganz ungefährlich, wenn Sie hier draußen bleiben. Weshalb sind Sie denn nicht zu uns hineingekommen?“

„Ich, ich …“ Mit diesem Entgegenkommen hatte Lotte überhaupt nicht gerechnet. Verzweifelt stotterte sie herum, aber alle Erklärungsversuche misslangen. Endlich legte ihr Berta vertraulich eine Hand auf die Schulter. Ein Schauer überlief sie. Es war wie damals in der Schauburg. Unter ihrer warmen Hand kam sie zu sich. Wurde wieder ganz. Im gleichen Moment spürte sie schon einen Kuss an ihrer Wange. Dann einen zweiten, flüchtigen auf ihren Lippen. War das ein Traum? Die Zeit blieb stehen. Aber wenn es ein Traum war, hatte sich die dazugehörige Stimmung verschoben. Das Bild des Kusses eilte vorüber, während ihr Herz stockte und ihr Atem ausblieb. Alles war vorbei. Berta stand eine halbe Armlänge vor ihr – lächelnd. Lotte starrte auf ihre Lippen. Aus Bertas Mund hüpften Worte, sprangen auf das Kopfsteinpflaster und galoppierten davon. Unmöglich, ihnen zu folgen.

„… noch andere Tage, Lieselotte. Wenn Sie es heute nicht schaffen, dann werden Sie es eben ein andermal wagen. Sie müssen sich nicht fürchten vor *denen* da drinnen.“ Lotte nickte, aber sie verstand nichts. Bertas Küsse hatten sie aller Klarheit beraubt.

„Allerdings“, fügte Berta hinzu, „Vielleicht haben Sie dazu nicht mehr allzu viel Zeit. Es wird mehr und mehr gehetzt, seit Haarmann gestanden hat. Die Umstände sind äußerst ungünstig. Vielleicht wird die Diele bald geschlossen. Seien Sie also beherzt. Es ist nur eine Frage der Haltung, wie Sie wissen.“

„Werden Sie denn am nächsten Donnerstag wieder hier sein?“, fragte sie unsicher.

Berta neigte ihren Kopf und kniff die Augen zusammen.

„Im Moment habe ich leider zu viele Verpflichtungen, um die nächsten Wochen in Lokalen zu verbringen.“ Wieder schob sich ihre Hand unter Lottes Kinn. Diesmal fordernder. „Oder hatten Sie heute in Betracht gezogen, *mich* hier zu treffen?“

Heiße Röte schoss Lieselotte ins Gesicht. „Nein“, entfuhr es ihr viel zu heftig. Sie musste fort. Jetzt.

Benommen knickste sie, wandte sich ab und rannte davon. An der nächsten Ecke schon hielt sie inne, lehnte sich an die Backsteine eines Mauervorsprungs und atmete stoßweise. Aus der Ferne vernahm sie Bertas kraftvolles Lachen. Lotte widerstand dem Impuls weiterzulaufen. Andere Frauen gesellten sich dazu. Sie vernahm Irma Dorns Stimme. Ihre Neugier wurde stärker und übertönte das Klopfen ihres Herzens. Zaghaft lugte sie hinter der Ecke hervor und lauschte in Richtung der Stimmen. Es war dieselbe Gruppe der Frauen, die sich vorhin um den Tisch versammelt hatte, und sie waren im Begriff, sich zu verabschieden.

„Valeska, wir sehen uns demnächst zur Premiere, wenn du mal wieder mit aller Macht in die Süßigkeiten hineinplatzt!" Jemand lachte laut auf. „Und bestell der Georgi die besten Grüße von mir!" Berta schüttelte einer grazilen Dame die Hand.

„Auf den Brettern, die die Welt bedeuten, muss man mit der Welt gehen!", erwiderte die Dame mit dem großen schön geschwungenen Mund. „Wir sollten das nicht vergessen."

„Vergiss lieber nicht, Yvonne zu grüßen!"

„Gert grüßt Georgi, wie befohlen!" Die zierliche Dame tippte sich in soldatisch-fescher Manier an den Schirm einer nichtvorhandenen Offiziersmütze und verschwand strammen Schrittes in der Dunkelheit. Berta und Irma lachten ihr hinterher. Kurz vor der nächsten Biegung verfiel sie in ein groteskes Gezappel, das so komisch aussah, dass Lotte sich die Hand vor den Mund hielt, um nicht loszuprusten.

„Ist die nun eigentlich mit dem Kreuzberg zusammen?" hörte Lotte Irma fragen.

„Die Georgi? Vermutlich", erwiderte eine der anderen.

„Wo haben die sich kennengelernt?"

„Bei der Wigman im Kurs ganz sicherlich", vermutete Berta.

Schließlich vernahm Lotte noch ein paar Satzfetzen über einen Herrn Laban und dann wurde das Geplauder leiser und vorsichtiger. Wiederholt erklang abermals das Wort „Freundinnen", begleitet von gedämpft mehrstimmigem Gelächter. Vielleicht machen sie sich über mich lustig und hoffentlich hat Irma Dorn den Kuss nicht bemerkt, dachte Lotte und beschloss, Berta im Schutz der Dunkelheit noch ein wenig zu beobachten.

Langsam begann sich die Gruppe zu zerstreuen. Gerade als Lotte aufgeben wollte, sah sie, wie sich außerhalb des Scheins der Laterne zwei Frauen innig umarmten. Sehr innig, sehr lange und sehr vehement. Einmal mehr übermannte sie der Aufruhr ihres Körpers. Gebannt vom Anblick des in sich versunkenen Schattens starrte sie aus ihrem Versteck auf die Küssenden. Als wollen sich gegenseitig austrinken! Die blanke Panik ergriff sie, und als das Paar sich voneinander löste, schälte sich Bertas Gestalt aus dem Schatten. Hand in Hand schlenderte sie mit der anderen Frau die Straße herunter. Gebannt starrte sie den beiden nach. Abermals hielten sie inne und tauschten Zärtlichkeiten aus. Wer war das? Lotte wagte ein paar Schritte in Richtung des nächsten Vorsprunges. Aus dem Halbdunkel erkannte sie nun das andere Gesicht. Es war allzu deutlich. Das konnte nicht sein. Das dünne, blonde Haar, das im Nacken so sorgfältig ausrasiert war, gehörte unverkennbar zur Sekretärin des Schulbüros, dem Fräulein Bragge.

Lottes Fingernägel gruben sich in die Ziegel und alles in ihr sträubte sich zu begreifen, was dort geschah. Sie atmete heftig. Dass diese perfekt aufeinander abgestimmten Frauen im Schulbetrieb eng miteinander verbunden waren, war ein unangefochtener Tatbestand. Sie hatte bislang in keine andere Richtung zu denken gewagt, trotz Elses Anspielungen. Bis jetzt. Der eindeutige Anblick der beiden riss ihr gesamtes Weltbild nieder. Sie musste nachdenken. Natürlich wusste sie, dass Dorothea Bragge am Institut Bertas rechte Hand war. Berta war die äußere Erscheinung und die Bragge sorgte für das Funktionieren des Inneren. Die Bragge war nicht hübsch. Immer hielt sie sich im Hintergrund. Als Unterrichtsassistenz, als Schriftführerin, als Vorsprecherin bei Ämtern. Aber immer wurde sie von Berta zu allen Prüfungen eingeladen, und sogar beim Verarzten von Wunden hatte Lotte schon ihre fürsorglichen Hände gespürt. Jedes Mal, wenn Berta nach Kassel reiste, um dort Choreografien am Theater zu entwickeln, übernahm die Bragge die Führung der Schule.

Aber das hier? Noch immer hielt sich das Frauenpärchen eng umschlungen. Und wie sie sich umarmten! Ein Gefühl in Lotte begriff plötzlich, dass Berta Habenicht und Dorothea Bragge schon lange ein Liebespaar waren, genau wie Else Marie es ihr seit Jahren weiszumachen versuchte. Sie stand im Dunkel und wusste nicht, wie lange, aber als sie zu Ende gedacht hatte, erschien es ihr wie eine Ewigkeit. Seit wann lebten die beiden schon in diesem verborgenen Ehebund zusammen – wie Mann und Frau – einer innigen Verbindung, die kein Kirchenmann, kein Amt, sondern nur die eigene Heimlichkeit besiegelte?

Lotte begann zu laufen. Nur weg! Fort von Berta Habenicht, fort von Dorothea Bragge, fort von den aufgescheuchten Faltern unter dem Laternenlicht. Sie lief, so schnell sie konnte, achtete weder auf den Weg noch auf ihre Tränen.

Mit fahrigem Schwung trat sie in ein handbreites Loch und schlug hin. Nur mit Gewalt unterdrückte sie einen lauten Schrei, als ihr der messerscharfe Schmerz durch den Knöchel schoss. Beim Versuch, sich aufzurichten, wimmerte sie leise. Rasch vergewisserte sie sich, dass ihr Missgeschick von den Frauen unbemerkt geblieben war. Aber da war niemand mehr. Die beiden hatten sich aus dem Lichtkreis der Laterne in eine Seitenstraße zurückgezogen.

Schluchzend versuchte Lotte sich aufzurichten. Hinter ihr knarrte es, und abermals öffnete sich die Tür zur Windmühlendiele. Eine neue Gruppe trat heraus und zerstreute sich lachend. Lotte stellte ihr rechtes Bein auf, verlagerte das Gewicht nach vorne und stützte sich mit dem Ellenbogen auf das unversehrte Knie. Absurderweise hämmerten die Worte längst vergangener Unterrichtstunden durch ihr Hirn: *Der Akt des Aufstehens gestaltet sich nur dann als schön, wenn die Füße in Schrittstellung gehalten, das Gesäß eingezogen ist und der Schenkelmuskel das Streckamt von alleine versieht …*

Aufhören! Es war so absurd und lachhaft! Sogar unter Schmerzen musste sie an diese Definitionen denken. Tief amtete sie durch. Wenigstens war der innere Aufruhr abgeflaut. Leise stöhnend sah sie sich noch einmal um. Niemand beachtete sie. Der erste Schock ließ nach, aber dafür kehrte der Schmerz zurück.

Bei dem Versuch, den Fuß zu belasten, durchfuhr ein scharfer Stich ihr Bein. Mit zusammengepressten Lippen bewerkstelligte sie ein paar kreisende Bewegungen. Wenigstens das. Ihr Gelenk ließ sich bewegen. Eine Sehne, hoffte sie, vielleicht nur eine Überdehnung. Vorsichtig stand sie auf. Das Zittern ließ sich nicht beherrschen. Vorwärtshumpelnd stützte sie sich an der Häuserwand ab.

„Darf ich behilflich sein?“

Ein junger Mann eilte auf sie zu und schob ihr ungefragt den Arm unter.

„Ist Ihnen etwas zugestoßen?“ Der Griff des Fremden war fest und geschult, seine Stimme ernsthaft besorgt.

„Ein Loch … auf der Straße, ich war unachtsam.“

„Wenn Sie gestatten? Ich begleite Sie nach Hause“, erbot sich der Fremde. „Mein Name ist Erwin. Erwin Gellert. Können Sie den Fuß denn aufsetzen?“

„Kaum“, erwiderte Lotte kleinlaut. Die besorgte Ausstrahlung des jungen Mannes beruhigte sie. „Aber es ist nichts gebrochen, bestimmt nicht.“

„Zeigen Sie mal.“ Der Mann mit dem Namen Erwin Gellert prüfte durch das dünne Leder ihres Stiefels vorsichtig die Beweglichkeit des Knöchels.

„Scheint so, als hätten Sie recht“, erwiderte er freundlich.

„Sind sie Arzt?“

„Nein, nur der Sohn des Stadtturnrates.“ Dieser Erwin klingt fachmännisch, dachte sie und erwiderte: „Sie kennen sich also mit Sportverletzungen aus?“

Er nickte ernst. „Ich turne selbst.“ Verstohlen wischte sich Lotte die Nase am Blusenärmel ab.

„Wie praktisch, Sie zu treffen“, murmelte sie. „Ich bin Lieselotte Daube. Danke, dass Sie mir geholfen haben.“ Dass sie beinahe Berufskollegen waren, verschwieg sie lieber. Plötzlich hielt er inne, bückte sich, hob etwas auf, begutachtete es kurz und ließ es in die Hosentasche gleiten.

„Mein Manschettenknopf hat das Weite gesucht“, bemerkte er lächelnd.

„Wen gab es denn heute Abend in der Diele zu sehen?“, fragte Lotte und humpelte tapfer neben dem jungen Mann her. Erwin schmunzelte. „Diesen köstlichen Kellner. Haben Sie noch nie von ihm gehört?“ Lotte schüttelte den Kopf.

„Friedel Schwarz“, fuhr Erwin fort. „Herrlich! Der begabteste Damenimitator, den man kennt.“ Lotte schwieg. Sie hatte überhaupt noch keinen Damenimitator gesehen.

„Ich bin von einem Besuch gekommen und es ist spät geworden“, flunkerte sie.

„Schauen Sie sich das an. Die Lampen wurden eingeworfen!“

Kopfschüttelnd wies Erwin auf das zerbrochene Glas einer Laterne unweit des Lokals. „Die Polizei sollte sich lieber um diese Randalierer und Vagabunden kümmern als darum, harmlose Kneipen für Amüsements zu schließen!“ Mit einem Kopfnicken deutete er auf das Lokal.

„Aber die Lampen sind gar nicht schuld an meinem Unfall!“, widersprach Lotte. „Ich bin bei vollstem Licht gestolpert. Das kann man nur tollpatschig nennen.“

In Erwins Augen glitzerte es. „Seien Sie einfach nur froh, dass es nicht hier geschehen ist. Die ganzen Scherben! Es wäre doch schade um Ihre Hände gewesen.“ Er blieb stehen und ergriff ihren freien Arm. Plötzlich hatte er ihre Hände in seinen. Mit beiden Daumen strich er prüfend über ihre Handrücken. Lotte war unwohl. „Ab dort drüben können Sie mich getrost alleine gehen lassen. Von da aus ist es nicht mehr weit bis nach Haus.“

„Kommt nicht infrage“, widersprach Erwin. „Auch wenn das Haarmann-Monster hinter Schloss und Riegel sitzt, heißt das noch längst nicht, dass Hannovers Straßen um diese Zeit sicherer wären!“

Nun begann er ihr auf die Nerven zu gehen. Sein gönnerhafter Ton klang fast, als ob der Herr Gellert selbst dafür verantwortlich wäre, dass der perverse Fritz gefasst worden war. Eine grausige Geschichte. Auch wenn es sich bei den armen Opfern um Jungen handelte, hatte selbst Tante Almut ihr seitdem verboten, bei Einbruch der Dunkelheit das Haus zu verlassen. Es war auch erst einen Monat her. Damals veranlasste die Polizei, den Wasserstand der Leine zu senken, weil spielende Kinder am Ufer fünf Schädel entdeckt hatten. Nach dem Senken des Wasserspiegels waren dann dreihundert menschliche Knochen ans Tageslicht gekommen! Schrecklich. Man munkelte von mindestens zweiundzwanzig Jungen.

„Furchtbar, diese Vorfälle“, seufzte Lotte und schüttelte sich. Dann blieb sie stehen. „Gut“, sagte sie entschlossen, „dann bringen Sie mich eben nach Hause. Aber eines würde ich doch gern wissen, warum soll denn die Windmühlendiele plötzlich geschlossen werden?“

„Man redet hier. Man redet dort.“ Nun wirkte Erwin noch oberlehrerhafter. „Die Polizei hat nach dem Haarmanngemetzel jeden Mann auf dem Kieker, der sich mehr für Damenimitatoren als für die Damen selbst interessiert, wenn Sie verstehen?“

„Ach!“, entfuhr es Lotte, „Sie meinen, die Diele ist …?“ Sie wagte nicht, den Satz zu vollenden, sie fand kein Wort dafür.

„… unter anderem ein Treffpunkt für Freunde und Freundinnen“, vollendete ihn Erwin Gellert und zwinkerte. „Aber nicht ausschließlich“, fuhr er fort, Lotte wachsam im Auge behalten. „Und wenn ich für mich sprechen darf, ich gehe dort einfach nur gern wegen des Cabarets hin.“

Freundinnen!, schoss es Lotte durch den Kopf. Natürlich. Kalt und heiß wurde ihr zugleich. Sie hätte es sich denken können. *Freundinnen* nannten sich auch Frauen, die Frauen liebten. Else Marie hatte einmal darüber gefrotzelt. Sie wurde still.

„Ist Ihnen kodderig?“ Erwin musterte sie besorgt. Lotte war stehengeblieben und blickte die Straßenflucht hinunter. Langsam schob sich Erwins Gesicht in ihr Blickfeld. „Tut Ihnen noch etwas anderes weh? Haben Sie sich den Kopf angeschlagen?“ Sein Tonfall war wieder besorgt.

Wortlos schüttelte sie den Kopf. Sie musste sich sammeln, konnte nicht alles auf einmal begreifen. Da war nur noch das drängende Bedürfnis, sich hinzulegen und in ein schmerzlinderndes, weiches Dunkel zu fallen. Schlafen. Wieder war da Erwins Hand an ihrem Körper. Dieses Mal zwischen ihren Schulterblättern.

„Nein. Mir ist nur etwas übel“, erwiderte sie und gab ihrer Stimme Festigkeit.

„Dann handelt es sich wohl um einen kleinen Schock“, erwiderte Erwin. Dieser leise Stolz in seiner Stimme. Trotz der Schmerzen beschleunigte sie ihren Schritt. Vielleicht wäre er besser Arzt geworden statt Turner, dachte sie. Letztlich war es ihr einerlei. Sie wollte nur noch eins: in ihre Dachkammer. Widerstandslos ließ sie sich von Erwin unterhaken, während sie ihm durch kurzes Kopfnicken mal die linke und mal die rechte Richtung wies.

„Würden Sie mich wiedersehen wollen?“, fragte Erwin vor der Haustür. Plötzlich klang seine Stimme nicht mehr so sicher. Lotte erbat sich Bedenkzeit. Eine Woche. Er blieb hartnäckig. Vergeblich versuchte sie ihn abzuwimmeln und verwies auf ihre strenge Tante. Schließlich schrieb er ihr seine Adresse auf ein Stück Papier. Das Blatt zittert leicht, als er es ihr hinhielt. Lotte schielte zum Haus ihrer Pateneltern hinauf und vergewisserte sich, dass alle Fenster dunkel waren.

„Gehen Sie jetzt bitte“, flehte sie. Endlich deutete Erwin einen Diener an, machte kehrt und eilte davon. An seinem leichten, fast springenden Gang erkannte Lotte den Turnersohn. Kurz widerstand sie dem Impuls, den Zettel zu zerreißen, und steckte ihn ein. Sie verspürte nicht wirklich das Bedürfnis, auf ein weiteres Treffen mit diesem Erwin, aber eine ferne Stimme mahnte sie, den Fetzen mit der gekrakelten Adresse zu behalten. Vielleicht wäre dieser Herr Gellert noch zu etwas nütze und gegen einen guten Freund hatte sie nichts einzuwenden.

In der Kammer angekommen, faltete sie den Zettel auf Daumennagelgröße zusammen und schob ihn unter die Stifte in ihrem Federetui. In der Wohnung blieb es still. Niemand hatte ihr Kommen bemerkt. Triumphierend lächelte sie. Die Müdigkeit war verflogen. Zu viel war geschehen, zu laut brauste und raste es in ihrem Schädel, und als sich Lotte ihre Bluse aufknöpfte, bemerkte sie mit Schrecken, dass ihre Gagatbrosche fehlte.

8

Es gab etliche Situationen, in denen es Berta Habenicht missfiel, beobachtet zu werden. Sie besaß ein feines Gespür dafür, und dieser Instinkt beschützte schon lange das Leben, das sie führte.

Obwohl das Unzuchtgesetz bei Frauen nicht angewendet wurde, wäre es unvorsichtig gewesen, durch eine übermäßig zur Schau gestellte, bedauerliche Neigung schlafende Paragrafenhunde zu wecken, die die geltende Ordnung neu erfanden. Das arrogante Gehabe der Sittenkontrolleure war ihr auch so zuwider. Zudem fand Berta ihre „Neigung“ alles andere als bedauerlich. Aber wenn es schon eine Krankheit sein musste, dann sollte sie doch gleichbedeutend sein mit Liebestollheit oder Sehnsuchtsfieber, denn Dorothea Bragge war das Beste, Schönste und Liebreizendste, was ihr je passiert war.

Sie mussten beide nur achtsam sein, wer sie sah und wann. Im Moment jedoch waren sie unter sich und vor unliebsamen Blicken geschützt – im Obergeschoß der Eichstraße, eine Etage über den Schulräumen.

Dennoch war dieser Augenblick ungeeignet, Zeugen zu haben. Berta stand in ihrem Zimmer und betrachtet sich. Nackt. Der Spiegel vor ihr log nicht. Es sei denn, sein Erbauer hatte ihn in eine unnatürliche konvexe Form gebogen. Aber der Spiegel war plan. Die unnatürliche Form war Berta selbst, und ihr Bild zeigte sich gnadenlos in dem geschliffenen Glas. Verstimmt zog sie den Ansatz ihres beginnenden Bauches ein. Nein! Sie würde nicht, wie andere Frauen, in ein paar Jahren die Hände in den gebirgigen Schoß legen und stumpfsinnig die Verunstaltung ihres Bauches mit den Worten kommentieren: „Tja, das kommt mit dem Alter." Ein dicker Bauch brauchte nicht zu kommen. Nichts anderes lehrte sie schließlich seit Jahrzehnten. Anderseits konnte Berta nichts finden, was sie falsch machte. Weder gönnte sie sich wie Dorothea ein ausgiebiges Nachtmahl, wenn sie Hunger verspürte, noch lümmelte sie in gepolsterten Ecken irgendwelcher Cafés herum und schob Sahnestücke in sich hinein. Sogar die Elektrische mied sie, wenn es möglich war, das Ziel zu Fuß zu erreichen.

„Ach, Liebes, was schaust du so miesepetrig?", fragte Dorothea, während sie sich auf dem Chaiselongue fläzte. Wie immer trug sie ihr fliederfarbenes Hausgewand. Als Berta schwieg, unterbrach sie ihr Schreiben und setzte sich auf. Was für Herren der Pyjama zur Nacht ist, zieht sie tagsüber an, dachte Berta, aber es stand ihrer

Freundin außerordentlich gut. „Ich bin dabei, mich in eine Bodenvase zu verwandeln!", seufzte sie.

„Wie poetisch. Nur zu, solange du nicht schlaff in der Straßenbahn herumsitzt, dass es aussieht, als ob du mit deinen Gesäßmuskeln den Wagen bremst, brauchst du nichts zu befürchten. Jede Schönheit ist Bewegung. Deine Worte."

„Doro, lass das bitte!" Bertas Ton war so herrisch, dass der große Pudel, der ihr um die Beine scharwenzelte, erschreckt zur Seite sprang.

„Doch nicht du, Baldur!"

„Lass deine Altfrauenlaunen nicht an unserem Prinzen aus!"

Dorothea schwang ihre Füße über die Lehne auf den Boden, erhob sich aus den Polstern, schritt zur Kaminkonsole, griff sich ein Schüsselchen aus Meißner Porzellan und trug es hinaus. Der rotäugige Hund folgte ihr rutenwedelnd. Eigentlich liebte Berta Doros trockenen Humor. Zudem war ihre Freundin heute besonders gutgelaunt, schließlich hatte sie den halben Vormittag mit einem Besuch im Ledergeschäft Rissmann verbracht. Der Inhaber war genauso hundenärrisch wie ihre Gefährtin und betrieb eine Abteilung *Alles für den Hund.* Carl Wilhelm und Dorothea vertrugen sich prächtig. Jedes Mal kehrte sie mit einem neuen Accessoire zurück. Heute war es ein violettes Halsband. Den halben Tag war sie außer Haus gewesen und noch immer summte sie frohgelaunt im Flur. Bald schon hörte Berta sie in der Küche klappern, um für Baldur das Essen zu richten.

Auf dem Beistelltisch neben dem Chaiselongue lag aufgeschlagen ihr Poesiebändchen wie ein eckiger, cremefarbener Schmetterling. Dorotheas handgeschriebenen Zeilen bedeckten das Innere seiner Flügel. Sie hatte die Angewohnheit, ihre Gedichte quer über die ganze Breite der Seiten zu schreiben, und nicht, wie gewöhnliche Dichter es taten, erst das linke und dann das rechtes Blatt zu füllen. Aber Doro war ja auch keine gewöhnliche Frau. Schliefen sie – und dieser Umstand ergab sich äußerst selten – zusammen in einem Doppelbett, beanspruchte ihre Gefährtin auch dort die gesamte Breite. Aber dies war nicht der Grund, weshalb Berta und Dorothea trotz gemeinsamer Wohnung in zwei getrennten Schlafräumen nächtigten. Ihre Liebe und das gemeinsame Geschäft waren zu kostbar, um unvorsichtigerweise in eine Situation zu schlittern, die ihnen das Genick gebrochen hätte.

Noch immer klapperte Dorothea in der Küche. Leises Schmatzen drang zu ihr.

„Du Unmensch!", rief Berta. „Warum lässt du deinen Prinzen denn nicht in der Stube fressen?"

„Bei aller Liebe, ich möchte keine Blutwurstflecken auf dem Perser."

Bertas Blick fiel abermals auf den Spiegel. Mehr denn je sollte sie auf ihre Haltung achten. Nichts anderes war von so existenzieller Bedeutung. Sie kniff ihre Augen zusammen und reckte ihr kleines, rundes Kinn in die Luft. Das groteske Fettanhängsel ihres Doppelkinns, dieser abscheuliche Fettwulst, der den Anfang vom Ende markierte, war schon deutlich zu erahnen. Nirgends würde man auf ein griechisches Relief mit einem Doppelkinn treffen.

„Wäre ich Bildhauerin statt Schriftstellerin, ich würde dich in Stein meißeln", bemerkte Dorothea beiläufig, als sie die Stube betrat und einen wohlwollenden Blick auf ihre nackte Gefährtin warf. Baldur folgte ihr schwanzwedelnd.

„Und dann würdest du mich mit deinem Meißel von all den schauerlichen Ansätzen befreien?" Berta zupfte an der Haut unterhalb des Kinns.

„Nicht doch, Berta, das hast du wirklich nicht nötig!"

„Noch nicht, meine Liebe!" Nackt, wie sie war, schritt sie zum Bücherregal, zog ein in Leder gebundenes, dickes Buch heraus und legte es sich auf den Kopf. Das schwarze, schwere Ding war mit goldenen, Jugendstil-Ornamenten überzogen.

„Statt dich über mich zu amüsieren, solltest du es auch tun", kommentierte sie das Augenrollen ihrer Freundin.

Selbst, wenn Dorothea Bragge viel mehr Wirkung auf ihre Außendarstellung legte als Berta, so tat sie körperlich gesehen höchstens ein Drittel von dem, was Berta den lieben langen Tag veranstaltete, um sich diese Schönheit zu erhalten. Kurz, sie war faul und ziemlich eitel. Auch was ihre Anrede betraf. Dorothea musste des Öfteren neue Schülerinnen zurechtweisen, die sie, sobald sie nach den Aufnahmemodalitäten aus Bertas Büro zu ihr kamen, mit „Frau" anredeten. Im Gegensatz zu Berta beharrte Dorothea Bragge auf ihrem „Fräulein". Sie mochte es nicht, wenn man glaubte, sie sei verheiratet.

„Geistige Schönheit, meine Liebe, muss auch trainiert werden", ließ sie sich vernehmen. „Und vielleicht tun sich irgendwann Wunder der Medizin auf, die uns auch ohne Schweißflecke vor dem Vergänglichen bewahren. Oder es wenigstens aufschieben", bemerkte sie, bevor sie sich wieder in ihr Schreibheft vertiefte.

„Steinmetzmedizin? Nein danke." Berta spazierte geraden Hauptes mit dem Konversationslexikon Band sieben auf dem Kopf durch das Zimmer und Dorothea musste sich eingestehen, dass ihre Freundin recht hatte. Im tiefsten Herzen bewunderte sie sie für ihre Ernsthaftigkeit, täglich dicke Wälzer auf dem Scheitel zu balancieren, nur um längs der Schädeldecke, ein Konturenbewusstsein zu entwickeln. Natürlich nie, ohne vorher die goldene Treppat-Sanduhr in die Fünf-Minuten-Position gedreht zu haben. Ein Geschenk Rogers. Roger Treppat war einer ihrer engsten Künstlerfreunde.

„Dieses Mädchen …", begann Dorothea unvermittelt.

„Lieselotte?"

„Ja", erwiderte Dorothea und fuhr fort: „Sie geht mir nicht mehr aus dem Kopf. Merkwürdig, dass sie sich nachts vor der Diele herumtreibt. So gehemmt, wie sie immer war. Meinst du, es ist gefährlich, wenn sie über uns Bescheid weiß?"

„Vielleicht. Vielleicht aber auch nicht."

„Du magst sie, nicht wahr?"

„Ich denke nur an unsere Schule, Dorothea."

„Du hältst sie wirklich noch immer für eine potenzielle Nachfolgerin?"

„Vielleicht. Wenn ihre Zeit gekommen ist."

„Was macht dich da so sicher?" Skeptisch schüttelte Dorothea den Kopf.

„Ihr eiserner Wille."

„Du hast einen Narren an ihr gefressen."

„Mag sein", erwiderte Berta gelassen.

„Sie ist zu brav."

„Noch, meine Liebe, noch."

9

Er musste sie wiedersehen und turnte wie besessen, um dem quälenden Gedanken zu entfliehen. Die Luft der Sporthalle roch nach Männerschweiß und die alten, glatten Rundhölzer des Barrens hieben ihm blaue Flecken in die Lenden, als er zum wiederholten Mal für den Handstand Aufschwung nahm. Sie ging Erwin nicht aus dem Kopf. Dieses fremde, blonde Mädchen hatte etwas entfacht. Ständig rutschte er ab. Verdammt. Er hatte vergessen, sich die Hände einzureiben, und der Eimer mit dem Magnesiumpulver befand sich in der gegenüberliegenden Ecke der Halle.

Immer wieder Lieselotte. Sie besetzte seine Gedanken, sobald er sich gehenließ. Ihren Nachnamen wusste er nicht mehr, aber der war herauszubekommen. Die Jungs am anderen Ende der Halle zeigten schon auf ihn und boxten sich hinter dem Rücken des Turnmeisters in die mageren Arme. Hätte er in diesem Alter sicher auch getan. Der Schweiß rann ihm den Nacken hinab. Er ignorierte die Knirpse. Genauso wie er die meisten Mädchen in seinem Alter übersah.

Auf Festen und Feiern gab es fesche Dinger, die ohne jede Frage bereit gewesen wären, sich mit ihm einzulassen. Hin und wieder spürte er die begehrlichen Blicke von Stadtratstöchtern auf den Gala-Veranstaltungen, zu denen er den Vater begleiten musste. Seine Mutter liebte und er hasste es. Das Salonlöwendasein war öde und fad. Seit jenem Abend vor der Windmühlendiele aber war der Jagdinstinkt in ihm erwacht. Nie zuvor hatte er sich mit einem Mädchen auf so ungewohnte Art unterhalten. Sie schien selbstbewusst und klug, diszipliniert und demütig zugleich. Vor allem aber hatte ihn der verletzte Ausdruck ihrer hellen Augen berührt, als sie so wortlos vor sich hingestarrt hatte. Ebenso ihre Disziplin, mit der sie danach sekundenschnell ihre Fassung wiedererlangte, als wäre nichts. Er musste das Aufleuchten ihrer blauen Augen noch einmal sehen.

Ob sie ihn mochte? Oft schon hatte er beim Flanieren die verhaltenen Worte „hochgradig fesch“ vernommen und weil er zudem der Sohn eines angesehenen Mannes war, interessierten sich speziell die höheren Töchter für ihn. Ein Umstand, den seine Eltern wohlwollend beobachteten. Ihm war das zuwider. Schon lange rebellierte er gegen ihre Ansichten. Ebenso wie gegen ihre Prunksucht. Ihre Welt war nicht seine.

Für heute genug. Erwin sprang vom Barren und griff sich das Handtuch. Es nützte nichts, das Training wühlte ihn noch mehr auf. Ärgerlich steuerte er die Umkleidekabinen an. Den schmächtigen Nachwuchstalenten war das Feixen vergangen. Hastig atmend hingen sie an den Sprossenwänden wie schmale, nasse Wäschestücke. Erwin grinste über die dünnen Knabenbeine, die sich mühsam im Takt in den Neunzig-Grad-Winkel hoben. Die Stimme des Trainers überschlug sich vor Eifer und die kleinen Gesichter glänzten dunkelrot. Niemand beachteten ihn. Gut so. Er wollte nicht angesprochen werden als der Sohn des Herrn Stadtturnrates. Er hatte es satt, die Blaupause seines Vaters oder das „Söhnlein

Rheingold" seiner Mutter zu sein. Seit Längerem liebäugelte er mit den Ansichten eines Herrn Marx und interessierte sich für die Ereignisse östlich von Polen. Lenin und die Revolution vor sieben Jahren in Russland – das waren Reizworte für seinen alten Herrn, mit denen er als sein Sohn behutsam umgehen musste, solange er noch unter seinem Dach lebte.

Dieses Mädchen aber, Lieselotte, kam aus einer anderen Welt. Sie duftete nicht nach vornehmen Seifen oder Parfüms. Ihr Lächeln war anders und erzählte von einer harten Seite des Lebens, die den Stadtratshühnern fremd war. Ausgerechnet sie hatte ihn abgewiesen. Er wusste nicht, weshalb. Wegen seiner Größe? Die schöne Blonde überragte ihn um eine halbe Kopflänge, was seinen Eifer nur noch mehr entfachte.

Plötzlich war ihm bewusst geworden, wie lange er sich schon nach einer Gefährtin auf Augenhöhe sehnte und sein Instinkt flüsterte ihm zu, dass sie so war wie er.

Im Umkleideraum bemerkte er seine Erektion und ließ sich auf der schmalen Holzbank nieder. Niemand außer ihm war im Raum. Als er hinter sich an den Haken griff und seine Hand in die Bundfaltenhose schob, um ein Taschentuch herauszufischen, fühlte er ihn wieder – den kleinen Klumpen. Ihr Schmuckstück. Er hatte sie angelogen, als er sich in der Gasse nach seinem Manschettenknopf bückte und behauptete, der Knopf sei ihm abgesprungen. Geistesgegenwärtig hatte er ihre schwarze Brosche an sich genommen und als Pfand gesichert. Einen Hoffnungsanker. Bislang hatte sie sich noch nicht gemeldet. Vielleicht war sie zu stolz. Zu anständig. Aber er hatte das Pfand.

Zuversichtlich schloss er die Hand um die Brosche. Sein Taschentuch war heruntergefallen und leuchtete weiß unter der Bank. Er hob es auf und wickelte das schwarzsilberne Ding darin ein. Die Erregung hatte sich gelegt und sein Geschlecht war fügsam geworden. Geschwind zog er den durchnässten Turnanzug aus, hängte ihn an den Haken und begab sich in den Duschraum. Er wollte fertig sein, bevor das Purzelvolk in die Umkleide stürmte.

„Ein junger Herr war da!" Tante Almut stand, den Türrahmen ausfüllend, auf der obersten Stufe der Stiege und durchbohrte Lotte mit Blicken. Sie erschrak.

„Ein Herr Gellert!", echote von unten eine Männerstimme hinauf. Onkel Winfrieds Interesse war also auch geweckt. Heiße Röte schoss ihr ins Gesicht. Natürlich, ein Mann von Erwins Schlag würde nicht so schnell lockerlassen. Dieser ehrgeizige Junge war schließlich ein Leistungssportler. Sie hatte ihn unterschätzt und gehofft, die Sache wäre erledigt gewesen. Ein Fehler, einfach den Kopf in den Sand zu stecken. Jetzt hatte sie den Salat. Erwin machte ihr seine Aufwartung im Beisein von Tante Almut und dem Onkel Winfried!

„Viel zu klein für dich!", raunzte Winfried von unten. „Stattlich, aber nicht dein Kaliber!"

Almut verdrehte die Augen.

„Allerdings, der Sohn des Stadtturnrates ist vielleicht keine ganz so schlechte Partie", brummte er im selben Atemzug. „Was hat er denn abgegeben, Almut?" Für einen Moment schien Almut überrascht. Dann zog sie ein Päckchen hinter ihrem Rücken hervor, nicht größer als ein Zigarrenetui, und reichte es Lotte, ohne einen Schritt über die Schwelle zu tun.

Was nun? Sollte sie unter den Augen ihrer Tante ein Balzgeschenk öffnen? Desinteressiert ließ Lotte das Päckchen auf das Bett gleiten.

„Danke, Tante Almut."

Die Tante jedoch machte keine Anstalten zu gehen.

„Willst du nicht nachschauen, was es ist?" Ihre Stimme hüpfte bei diesen Worten, dabei wäre ihre Tante ohnehin die Letzte gewesen, mit der sie über Erwin sprechen würde. Noch immer stand sie in der Tür mit ihrem breiten Lächeln. Becken gleich Mimik, dachte Lotte gehässig. Unwillig griff sie nach dem Päckchen, löste betont langsam und auf recht komplizierte Art das Band und begann es widerwillig auszuwickeln.

„Galant!", entfuhr es der Tante. „Ein Taschentuch! Hat Stil, der junge Herr." In dem mit hellblauer Spitze umhäkelten Taschentuch, in dem sich ein eingesticktes Monogramm befand, war ein weiteres Päckchen aus grauem Papier. Lieselotte seufzte. Almut seufzte. Das doppelte Seufzen unterschied sich gravierend. Lotte spürte etwas Hartes unter dem Papier und die Tante reckte den Kopf. Ihr eingesunkener Hals erstreckte sich in voller Länge. Explizite Neugier, wäre eine gute Vorgabe für den Kurs von haltungsgeschädigten Frauen, dachte Lotte und drückte unschlüssig auf dem Papierklumpen herum.

„Verheimlichst du mir etwas?", fragte Almut skeptisch. „Ist es ein Ring? Willst du dich etwa …"

Mit einem leisen Aufschrei fiel Lotte der Inhalt des Papierklumpens aus den Fingern, und etwas Glitzerndes kullert auf dem Dielenboden herum. Schwarz und funkelnd. Die Brosche! Lottes

Hände zitterten, als sie sich vor Überraschung den Mund zuhielt. Almut überschritt ohne Umschweife die Schwelle, trat ins Zimmer und bückte sich danach.

„Der Gagat!" Fassungslos starrte sie auf die Brosche. Ihr Hals hatte sich wieder zusammengefaltet und war zurück auf die Schultern gesunken, aber ihr Kopf blieb hochrot und angeschwollen. Mit zorniger Empörung stieß sie hervor: „Wie kommt ein Familienerbstück in den Besitz dieses ...?" Händeringend suchte sie nach einem Wort, das kriminell genug war. In ihrem Gesicht wechselten sich Misstrauen, Entsetzen und Fassungslosigkeit so schnell ab, dass Lotte nur ahnen konnte, was für eine Geschichte sich hinter der Stirn ihrer Tante abspielte. Ein Drama aus einem Groschenheft. Ein junges Mädchen, das erst die Brosche seiner Bluse, dann die Bluse selbst und anschließend seinen Anstand verlor.

„Er hat sie nur gefunden!", begehrte Lotte auf. „Sie war mir verlorengegangen."

„Was ist denn los da oben?", dröhnte Winfried aus der Stube.

„Das würde ich auch gern wissen", erwiderte Almut und wurde eisig.

„Du wirst uns einiges erklären müssen", verlangte sie und schloss ihre Faust um die Klinke. Lotte vergrub das Gesicht in den Händen.

„Ich werde jetzt mit Winfried reden." Schwer trat Almut auf die Stufen der Stiege ein, während sie weiter lamentierte. Das Drohende ihres Tonfalls war einer dünnen Weinerlichkeit gewichen. „Was sollen wir nur deinen Eltern sagen? Dass du dich mit fremden Männern herumtreibst? Du bist noch nicht einmal großjährig."

Tränen schossen Lieselotte in die Augen. Ihre zusammengeballte Faust umklammerte das braune Papier. Zögernd öffnete sie ihre Finger und ihre Tränen fielen auf den zerknitterten Klumpen. Sie entfaltete ihn. Wenigstens war der kleine Brief der Tante entgangen. Glück im Unglück. Lotte schob von leisen Schluchzern geschüttelt, die Nachricht unter ihr Kopfkissen. Sie musste sich kümmern, und die Sache in Ordnung zu bringen. Bald.

10

1925

Erwin zeigte in Richtung der schmalen Wiese; grell leuchteten die Rabatten in Gelb und Violett. Das Gras der Seitenstreifen des Stadions glänzte, als hätte es jemand lackiert. Vor ein paar Minuten war Regen niedergegangen und die Erde schimmerte feucht. Erwin klappte den Schirm zusammen und bot Lieselotte den Arm an. Beherzt hakte sie sich ein. Stark war er. Und warm. Ob ihm heute Abend die Schulter schmerzen würde, so angespannt wie er den Ellenbogen hielt? Sie lächelte.

Nun kannten sie sich schon ein paar Monate, aber seine Steifheit hatte er noch immer nicht abgelegt. Vielleicht lag es an der Spärlichkeit ihrer Treffen, denen Lotte immer erst dann zustimmte, wenn sie meinte, dass der Bogen ihrer Ablehnung überspannt sei. Mittlerweile warfen sogar Almut und Winfried ein wohlwollendes Auge auf ihre Verbindung. Auch wenn sie noch nicht großjährig war, so war Erwin es. Das beruhigte und besorgte die Tante zugleich. Damals war Almut sehr verletzt gewesen. Lotte hatte ihr Vertrauen mit dem heimlichen, nächtlichen Ausflug vor über einem halben Jahr in den Sand gesetzt. Sicher hätte Almut nichts gegen einen jungen Verehrer einzuwenden gehabt. Sie mochte es nur nicht, wenn Dinge hinter ihrem Rücken geschahen. Und einmal angestoßen, konnte Lotte das, was sie seinerzeit ins Rollen gebracht hatte, nicht ohne Weiteres wiedergutmachen. Also hatte sie sich entschlossen zu tun, was getan werden musste. Während sie die von ihren Tränen verschwommenen Tintenschrift entzifferte, stellte sich langsam eine merkwürdige Ruhe ein.

Verehrtes Fräulein Daube,
verzeihen Sie mir, dass ich entgegen unserer Vereinbarung den Kontakt zu Ihnen suche. Ich bin in jener Nacht im letzten Sommer unseren Weg noch einmal zurückgegangen. Die Begegnung mit Ihnen ließ mich seither nicht zur Ruhe kommen und so suchte ich den Ort unseres Zusammentreffens erneut auf. Im Schein einer Laterne fand ich dieses Schmuckstück. Jemand hat es verloren oder fortgeworfen. Ich hob es auf, mit dem festen Vorsatz, es im Fundbüro bei der Polizei abzugeben, aber es gelang mir nicht, da es mich ständig an unsere Begegnung erinnerte – und als Sie sich nun so gar nicht mehr meldeten, stand mein Vorhaben fest: Ich würde Sie aufsuchen und es Ihnen zum

Geschenk machen. Vielleicht haben Sie Freude daran? Nehmen Sie es mir nicht übel, aber ich möchte Sie gerne wiedersehen, denn in unserer zufälligen Begegnung liegt doch etwas Schicksalhaftes …
Ihr verehrter Erwin Gellert.

Ruhig hatte sie den Zettel in ihren Schoß sinken lassen. Erwins Worte und seine Avancen lösten noch immer nichts in ihr aus. Im Gegenteil, sie sah nun klarer denn je. Ein junger Mann, der ein Schmuckstück gefunden, es sozusagen im Nachhinein gestohlen hatte – und es der Dame seines Herzens schenkte? Was sollte sie von so einem halten? Ein ehrliches Finderherz besaß er jedenfalls nicht. Hatte Erwin sie für so dumm und einfältig gehalten? Sie war eine moderne Frau. Aber da er nun einmal nicht abzuschütteln war, zog sie den kleinen, zusammengefalteten Zettel, auf dem seine Adresse stand, aus ihrem Federmäppchen, suchte ihn am nächsten Tag ohne Umschweife auf und bat um ein Treffen.

Die zweite Verabredung hatte dann in aller Offenheit und an einem verregneten Sonntag bei Kaffee und Kuchen mit Almut und Winfried stattgefunden. Winfried nickte anerkennend, als Erwin sich im Gespräch über den Kampfausschuss einiger Unistudenten entrüstete, die dagegen protestierten, dass der von Erwin so hochgeschätzte Herr Theodor Lessing weiter unterrichten sollte. Winfried teilte seine Empörung. Schließlich kandidierte Lessing für die SPD.

„Dieses Pack brüllt bei seinem Protest nur herum und hält sich für schlau! Das sollen Studierte werden? Tölpel, die es nicht aushalten, dass ein Philosophiedoktor ein bisschen an Hindenburgs Fassade kratzt? Da könnten sie ja gleich jeden Witzbold des Amtes entheben, der einen Schnurrbart auf all die hässlichen Wahlplakate kritzelt!“, ereiferte sich Erwin.

„… wenn Hindenburg nicht schon einen hätte!“ Winfried lachte donnernd über seinen Witz. Erwin schmunzelte höflich, was den Onkel ermunterte weiterzuschwadronieren: „Und dann zerren sie auch noch den Juden aus der Mottenkiste. Ich sage dir eins, mein Junge, das alles zielt nur darauf ab, uns SPDler in der Regierung auszuhebeln!“

Auch, wenn er mit dem groben Temperament des Onkels nichts anzufangen wusste, auch wenn Erwin ein ja KPDler war, so zeigte sich doch, dass die beiden Männer gewisse Ansichten teilten. Und Lotte war sich sicher, Erwin tat es nicht, um sich bei ihrem Onkel einzuschmeicheln. Die Politik war ihm genauso wichtig wie die Liebe. Nach zwei großen Tortenstücken, die die Haushaltskasse um glatt eine Mark erleichtert hatten, goss der Onkel sich seinen vierten Schnaps hinter die Binde, und während er sein trunkenes Gemüt wässerte, wischte Almut sich verstohlen das Feuchte aus den Augen. Sie war gerührt vom Schneid des jungen Verehrers. Danach durfte Erwin klingeln, wann er wollte, Almut hatte ihn in ihr Herz geschlossen und von Winfried bekam er jedes Mal einen Schnaps. Die Sache mit der Kränkung war durch.

Der Himmel riss an einigen Stellen auf und Lotte und Erwin fanden einen Platz in den hinteren Rängen. Hin und wieder wurde das ungleiche Paar verstohlen gemustert und Lotte tat sich schwer damit, aufrechtzugehen, wie sie es gelernt hatte. Die stolze Haltung betonte ihren Größenunterschied noch mehr. Erwin war freudig überrascht, als er sie zum Gau-Frauenturnfest einlud und sie ohne Umschweife zugesagt hatte. Als sie ihm auf dem Weg zum Stadion auch noch das langersehnte Du anbot, wurde seine Miene weich.

Nun saßen sie eng unter freiem Himmel beieinander. Vorletzte Reihe. Ein Chor eröffnete die Vorführung. Erwins Hand schob sich auf ihre und sie ließ ihn gewähren. Gebannt verfolgten sie das Geschehen auf dem Rasen der Arena. Nach dem Einlauf des Reigens wanderte seine Hand bereits über ihren Unter- und nach der Nummer mit den Keulenschwingmädchen ihren Oberarm hinauf. Sie wehrte sich nicht, als sie sich um ihre Schultern legte, und schaute in die Arena. Das Schweigen war unerträglich. Das Ganze bekam zu viel Bedeutung. Sie musste über etwas Unerhebliches reden.

„Ich bin froh, dass es dieses Turnfest für Frauen gibt", sagte sie betont fröhlich.

„Allerdings." Erwin umschloss ihre Schulter noch fester. „Wurde auch Zeit. Mein alter Herr behauptet, dass übermäßiger Sport eine gewisse Sorte von Frauen heranzüchtet. Und die gefällt ihm überhaupt nicht."

Neugierig fragte Lotte: „Was denn für eine Sorte?"

„Die Frau der straffen Faser."

„Und welche Sorte ist ihm lieber?"

„Die mit der nachgiebigen Faser. Er hält nichts von Mädchen, die im Wettkampf ihre Weiblichkeit einbüßen und das Schönste, was sie haben, verlieren."

„Und du? Findest du die Mädchen da unten hässlich?"

Sie beobachteten die vier Geräteturnerinnen im Stadion, die synchron ihre Übungen absolvierten. Lotte bückte sich nach ihrem Schuh, nicht, weil er drückte, sondern um sich für einen kurzen Moment aus Erwins Umarmung zu winden.

„Ich finde überhaupt nichts", erwiderte er.

„Aber dein Vater ist doch Turnrat im Stadtamt für Leibesübungen?"
„Na und?"
„Mein Onkel hat erzählt, dass er den Bau des Bootshauses für den Frauen-Ruderclub unterstützen wird."
„Aber nur, wenn sie wanderrudern."
„Ja und?"
„Blödsinn, dass sie keine Rennen rudern dürfen. Zumal die Wanderboote mindestens doppelt so schwer sind. Völlig absurd."
„Findest du Mädchen mit Muskeln hässlich?"
„Ich sprach von meinem Vater."
„Der Apfel fällt nicht weit vom Stamm", spottete sie.
„Ich kann bei den Mädchen da unten keine Vermännlichung feststellen", erwiderte Erwin unwirsch und blickte sie an. Sie lächelte zurück und der Zug um seinen Mund wurde wieder weich. Er hatte wirklich einen schönen Mund.
„Du gefällst mir doch auch", gestand er, „gerade, weil du so sportlich bist!" Und plötzlich war es da. Das zarte Rieseln im Nacken, ein kaum spürbares, warmes Ziehen im Bauch und das leicht aufgebrachte Klopfen ihres Herzens. So, wie es zu sein hatte. Endlich, dachte sie, endlich erwache ich. Dankbar lehnte sie sich an seine Schulter und Erwin nahm sie in den Arm. Wie von selbst legte sich ihr Kopf in seine Halsbeuge. Er wandte sich ihr zu. Ein Kuss?
„Nein", sagte sie leise und schob ihn von sich. „Nicht jetzt."
„Ist es dir zu öffentlich?", fragte er. Sie gab sich Mühe, sein Lächeln zu erwidern. Ein dünnes Lächeln. Seine Augen blitzten. Sie errötete, und er hielt es für Zustimmung.
„Komm", sagte er und nahm sie bei der Hand. „Ich weiß etwas Besseres." Ergeben ließ sie sich mitziehen.

Die Sonne war hervorgekommen, und ihre Wärme hatte die Feuchtigkeit vom Kopfsteinpflaster gesaugt. Im hellen Blau tummelten sich ein paar zerrissene Wölkchen. Lotte sah zu ihnen hinauf und leckte sich den Geschmack von Sahne und Eierlikör von den Lippen. Ihr war durchaus bewusst, dass Erwin sie dabei beobachtetet, aber sie tat weiterhin so, als wäre sie ganz und gar in die Betrachtung des azurblauen Sonntagshimmels vertieft. Als ihr Blick zum Cafétisch zurückwanderte, lag dort ein in Seidenpapier gewickeltes, beigefarbenes Päckchen.
„Nein!", rief sie entrüstet. „Erwin, das möchte ich nicht." Die Erinnerung an sein erstes Geschenk, ihre eigene Brosche, kehrte

zurück, auch wenn sie „die Sache" nie wieder angesprochen hatte. Vehement schob sie das Geschenk von sich. Er erwidert nichts und nickte ihr auffordernd zu. Seine Augen funkelten. Widerstrebend wickelte sie das Päckchen aus. Um Himmels willen, dachte sie. Diese fein gearbeiteten Sommerhandschuhe mussten ein Vermögen gekostet haben. Der weiche Stoff roch so neu und ihre Finger glitten hinein wie in eine zweite Haut. Sie errötete, stammelte ohne Punkt und Komma von „viel zu viel" und „überhaupt gar nicht nötig" und „bin nur ein einfaches Mädchen" und „woher wusstest du denn die Größe …"

Beschwichtigend strich er über ihre Hände, zahlte, griff nach dem Schirm und bot ihr den Arm an. Sie bedankte sich, schwieg und nahm ihn. Eine schon fast vertraute Geste, der sie gerne folgte. Im Grunde ehrte es sie zutiefst, dass ihr jemand so ausdauernd den Hof machte – die Sache mit der Brosche? Geschenkt! – und Erwin war ein höflicher und distanzierter Verehrer. Die Unterhaltung mit ihm war jedes Mal schön; immer hatten sie ein gemeinsames Thema. Als er ihr den Weg durch die eng stehenden Tische des Cafés bahnte und dabei versehentlich den Gehstock eines Herren umriss, fiel Lottes Blick auf einen blonden Bubikopf. Sie erstarrte. Da saß unter einem Sonnenschirm die Bragge. Fieberhaft suchten ihre Augen nach dem dazugehörigen Gegenstück. Ohne Erfolg. Von Berta keine Spur. Sie entspannte sich. Neben der Bragge hockte nur Dr. Kahlbutz – der Landeskrüppelarzt – und verschlang das Fräulein mit Blicken. Else Marie hatte nicht übertrieben. Das Fatale daran war, die Bragge erwiderte nichts. Ihre aufrecht distanzierte Körperhaltung verriet lediglich ein höfliches Interesse an dem älteren Gegenüber. Lotte musste grinsen. Plötzlich bemerkte sie, wie das Fräulein sich umwandte und sie ungeniert anstarrte. Eilig grüßte Lotte und folgte Erwin, der sie geschäftig durch die engen Zwischenräume lotste.

„Komm!" Erleichtert hakte sie sich ein, aber ihre Gedanken drehten sich um Berta. Wo sie wohl war? Hatte sie vielleicht auf einem der Holzbänke des Stadions gesessen? Das Frauenturnfest ließ sich Berta gewiss nicht entgehen. Wie gerne wäre sie ihr begegnet. Und weshalb war Berta nicht zusammen mit ihrer Freundin dort gewesen? Zutiefst bedauerte sie, dass es nur die reizlose Bragge und nicht Berta selbst gewesen war, mit der es diesen kurzen Blick gegeben hatte. Plötzlich stieg die verdrängte Sehnsucht aus den Tiefen ihres Gemütes wieder herauf. Sie beschleunigte ihren Schritt und Erwin folgte ihr leicht amüsiert. Im Stadtpark hielt er inne und griff um ihre Taille. Die Wärme seiner Hand drang durch den Stoff des Kleides bis auf ihre Haut. Hinter einer großen Eiche im Schutze eines Fliederbusches stand eine Bank. Wie für ein Stelldichein gemacht. Hatte Erwin gewusst, dass sie hier vorbeikommen würden? Nein, das konnte nicht sein, sie selbst hatte ja in ihrer Willkür den Weg vorgegeben. Unschlüssig stand sie vor der Bank, während Erwin eifrig ein paar vom Wind herabgerissene Zweige von den Brettern wischte. „Komm schon."

Als sie noch immer nichts erwiderte, zog er sie zu sich.

„Ich habe noch etwas für dich", flüsterte er. Sie war zu verwirrt, um etwas zu erwidern, aber die warme und ruhige Art, wie er zu ihr redete, weckte erneut das weiche Beben in ihr. Zaghaft lehnte sie sich an ihn. Plötzlich war sein Gesicht dicht vor ihr. Viel zu nah. Seine Zunge schob sich in ihren Mund. Viel zu schnell. Sein Atem vermischte sich mit ihrem, und alles Schöne und Leichte verflog. Das wohlige Rieseln schlug in Ekel um. Am liebsten hätte sie ihn heftig von sich gestoßen, aber der unerwartete Umschwung verwirrte sie selbst. Er sollte aufhören. Zugleich aber tat er ihr leid. Er hatte ewig gewartet, ihre Ablehnungen ertragen, ihr Handschuhe gekauft, sie musste das jetzt durchstehen.

Seine Bartstoppeln, seinen Erbsensuppen-Atem, seine Zunge. Sie musste es aushalten; das war ihr Tribut. Nur die halboffene Tür in ihr, die Erwin zuvor mit viel Geduld und Mühe aufgestoßen hatte, schlug zu. Innerlich hatte Lotte sich abgewandt und war fortgeflogen. Seine Zunge tummelte sich in ihrem Mund. Da war kein Gefühl mehr. Nichts an diesem Kuss war vergleichbar mit dem Augenblick vor der Windmühlendiele mit Berta. Der Moment der flüchtigen Berührung ihrer Lippen war etwas Unvergleichbares. In jener Nacht war Lottes Leib erfüllt gewesen von Bertas Nähe und Bertas Atem. Jetzt aber floh ihre Seele und entfernte sich rasch, als verließe sie der lebendigste Teil von ihr und es war, als schaute sich von oben zu. Was sie dort sah, war ein gewöhnliches Liebespärchen wie jedes andere auch. Mit dem kleinen Unterschied, dass sie selbst, Lotte, die Hauptperson war. Erstaunt beobachtet sie, wie geschmeidig sie seinen Bewegungen nachgab, wie sich ihr Kopf mal hierhin und mal dorthin neigte und wie sie hin und wieder seine drängenden Hände auf die Taille zurückschob. Auch das Grüppchen junger Mädchen, das den sandigen Weg entlangstolperte, warf kichernd verstohlene Blicke in Richtung Fliederstrauch.

Endlich ließ er von ihr ab, und langsam kehrte Lieselotte in ihren Körper zurück. Noch immer spürte sie seine erhitzten Hände durch den Stoff ihres Kleides. Seine Augen strahlten, obwohl sie ihm zu verstehen gab, dass es für heute genug sei. Er war sich seiner Sache sicher. Verlegen strich sie die Kleidung zurecht. Er erhob sich und bot ihr den Arm. Es war ein Jammer, dass sie seine ungestümen Gefühle nicht erwidern konnte, aber vielleicht brauchte es Zeit. Um sein hübsches Gesicht und seinen feschen Körper beneideten sie die anderen Mädchen sicher. Schneid besaß er ja, und vor allem gehörte er nicht zu denen, die ständig den starken Mann markierten. Leider, und das bedauerte Lieselotte, während sie nebeneinander hergingen, war sie offensichtlich für all die männlichen Reize immun. Eine große Traurigkeit überkam sie. Überbordend, so dass sie Mühe hatte, ihre Tränen zurückzuhalten. Erwin hielt inne.

„Was hast du?“, fragte er.

„Nichts.“ Sie hasste diese Frage. Sie hasste diesen Moment, hasste seinen besorgten Blick und die plötzliche Wärme in seiner Stimme. „Ich habe rein gar nichts!“ Energisch nahm sie seine Hand und drückte sie fest. Damit war alles gesagt. Wortlos gingen sie weiter. Die frische Luft des frühen Abends beruhigte ihre aufgebrachte Seele. Es hätte mich schlimmer treffen können, dachte sie. Sie war einfach nur noch nicht so weit. Liebe braucht Zeit. Ein wenig würde sie heute noch mit ihm spazieren gehen, dann könnte sie verlangen, nach Hause gebracht zu werden. Sollte Erwin sich ruhig noch mehr bei der Tante beliebt machen. Es konnte nicht schaden. Lieselotte achtete auf ihre Schritte und lächelte ihm zu. Ein wenig Aufschub war gewonnen.

11

„Ich hab die Daube gesehen.“

„Was für ein Zufall. Mir ist sie schon lange nicht mehr über den Weg gelaufen. Und wo?“

„Auf dem Gau-Frauenturnfest. Sah aus, als stecke sie gerade in einer unerhörten Beziehung fest.“

„Mit wem?“

„Er sah dem jüngsten Sporn unseres Stadtturnrates überraschend ähnlich.“

„Der, aus dem Athletenclub?“

Dorothea und Berta lachten zugleich auf.

„Beim Eis-Essen hat er ihr doch tatsächlich echt waschlederne Handschuhe geschenkt.“

„Sein Vater ist ja auch eine Kapazität. Und du bist ihnen gefolgt?"

„Nur mit den Augen. Ich war neugierig. Der Junge zeigt schon eine kolossale Haltung. Und trotzdem hat unser Däubchen immer, wenn er weggeschaut hat, ein Gesicht gezogen, als würde er übel riechen."

Berta schmunzelte.

„Ich habe sie nur zufällig gesehen. Sie wäre mir überhaupt nicht weiter aufgefallen, wenn sie mich nicht so ungeniert angestiert hätte. Diese eng stehenden Augen. Wie der Doppellauf einer Flinte. Unheimlich."

„Warst du allein im Café?"

„Nein, mit Bernhard Kahlbutz. Bin eingeladen worden."

„Gibt er noch immer keine Ruhe?"

„Zäh wie ein Terrier. Passt zu seinem Schnauzer. Hat sich lebenslang festgebissen an der Vorstellung, mein Herz zu erobern. Gebuckelt hat er, dass ich es kaum noch ertragen konnte."

„Wie es sich gehört für einen Landeskrüppelarzt."

Der gemeinsame Lachanfall ließ das obligatorische Buch von Bertas Kopf rutschen. Dann hörte Berta auf zu lachen und blickte nachdenklich aus dem Fenster.

„Mach dir keine Gedanken, Berta. Als ich gemerkt habe, dass mich das Fräulein Daube im Visier hat, war ich ganz besonders geschmeidig mit ihm."

„Der arme Kerl. Jetzt hast du ihn eingeseift. Aber irgendwann kommt die kalte Dusche."

„Noch nicht, Liebes. Aber gegen den bohrenden Blick deiner ehemaligen Elevin ist Bernhard ein wertvoller Schutzschild."

„Ich weiß", erwiderte Berta und seufzte. Sie hatte ja auch jemanden. So einen Alibi-Verehrer. Es war nötig. Seine edel gearbeitete Sanduhr, ein Geschenk vom letzten Sommer, ein elegantes, in Holz geschnitztes Stundenglas, erinnerte sie ständig daran. Roger Treppat. Weshalb ihr der Worpsweder Maler ausgerechnet ein mit Sand gefülltes Standglas geschenkt hatte, blieb ungewiss, aber Roger spielte gern mit Deutungen. Vielleicht sollte sie sie mit ihrem feinen weißen Geriesel an ihre alljährliche, sorglose Zeit am Strand von Spiekeroog erinnern? Vielleicht wollte er ihr zu verstehen geben, dass ihm die Zeit davonlief in Bezug auf die Hoffnungen, die er sich machte? Vergebliche Liebeswünsche eines Mannes, die der breite, nach dem offenen Meer gelegenen Strand mit seinen weiten Wattwiesen und bewaldeten Dünentälern nur verstärkt hatte. Wie oft waren sie zusammen dorthingereist, auf der Suche nach einem geeigneten Ort für Bertas künftige Sommerschule. Ein Flecken Erde sollte es sein mit Sonne, Luft und Meer für alle, die in der freien Natur zu sich selber kommen wollten. Arbeitsgemeinschaften würden sie dort erschaffen! In den hübschen Holzhäusern und auf dem ausgedehnten Dünengelände. Von anatomischen Studien, Atemgymnastik, Gruppentanz bis hin zu gehobenen Kunstbetrachtungen, ja, vielleicht sogar Anleitungen im Bewegungszeichnen, das alles könnte es dort geben. Dazu moderne Vorträge und lebendige Diskussionen …

Rogers Wangen hatten ebenso geglüht wie ihre. Er hatte für ihre flammenden Einfälle immer ein offenes Ohr und ein noch viel offeneres Herz, von dem sie nicht genau wusste, ob es ihrer Person oder ihren Ideen galt. Sie hatte ihn gar nicht erst fragen müssen, ob er sie auf die Insel begleitete. Die Idee kam von ihm selbst, und es war auch nicht ihr erster, gemeinsamer Aufenthalt am Meer, aber für Berta blieb die Verbindung mit dem Maler nicht mehr als eine innige Freundschaft. IHRE Freundschaft hatte einen entscheidenden Vorteil gegenüber der leidigen Verbindung zwischen Dorothea und dem Landeskrüppelarzt. Roger Treppat wusste über alles Bescheid. Sie hatten es zwar nie ausgesprochen, aber er ahnte ihre geheime Verbindung zu Dorothea, er begriff, dass die beiden Frauen weit mehr teilten, als nach außen hin sichtbar war, und dennoch waren ihm die Hoffnungen auf mehr nicht auszutreiben. Vielleicht stellte er sich insgeheim eine Ménage-à-trois vor. Viele Künstler träumten davon, und Berta ließ ihm die Illusion. Bei ihrem letzten gemeinsamen Aufenthalt jedoch war etwas passiert, von dem sie im Nachhinein noch immer nicht sagen konnte, ob es ein Fluch oder ein Segen war.

Roger hatte vor seinem Spaziergang beim Verlassen des Strandhauses sein Skizzenbuch auf die Fensterbank gelegt. Sie war im Haus zurückgeblieben. Draußen war es zu windig. Sein Büchlein lag offen im Licht der Nachmittagssonne auf dem blau gestrichenen Holz. Im Grunde hatte Roger sie geradezu verführt, es in die Hand zu nehmen, und darin zu blättern. Sie konnte nicht widerstehen. Vielleicht hatte er genau das beabsichtigt, weil sie ihn nicht anrührte. Möglicherweise wünschte er sich, dass auch sie in seiner Seele las, dass, wenn sie ihn schon nicht liebkoste, wenigstens die Seiten seines Büchleins berührte, vorsichtig und voller Bewunderung. Und so folgte Berta dieser unausgesprochenen Weisung und begann in dem Buch zu blättern und seine Zeichnungen zärtlich mit den Fingerspitzen nachzufahren.

Ganz unverfänglich hatte es begonnen. Sie erfreute sich an den losen Strichen, die mit einer einzigen Bewegung all das umschrieben, was sie hier umgab. Das Sichtbare und das Unsichtbare. Unvermittelt stach ihr zwischen den Skizzen ihr eigener Name ins Auge, und, statt das Büchlein unbesehen auf die Fensterbank zu legen, begann sie weiterzublättern. Nicht einmal Scham empfand sie. Vielleicht, so redete sie sich ein, wollte er es ja. So genial Roger mit Farben und Linien kommunizieren konnte, so schwer tat er sich mit dem gesprochenen Wort. Die unruhigen Zeilen waren, ohne eine Linie einzuhalten, quer über das Papier geschrieben und richteten sich an ein unbekanntes Du. Berta las.

Warum lässt du es nur zu, dass wir diese Fotos machen? Immer und immer wieder. Fotos, auf denen ich aussehe wie ein fleischgewordenes Hecheln? Weshalb archivierst du diese Fotos? So sorgfältig. Warum widmest du mir sogar ein kleines, gold-graues Album, welches du dann wie nebenbei auf dem Klavier liegen lässt? Und warum tust du auf den Bildern so, als wären wir ein Paar, und was meintest du wirklich damit an jenem Nachmittag, als du bereitwillig darauf eingingst, uns beide vor eurer Laube in Szene zu setzen? Was spielst du für ein Spiel, an dem auch Dorothea nicht unbeteiligt ist? Immer fotografiert sie – immer uns zwei. Das immergleiche Bild. Auf einer Blumenwiese, am Strand, unter den Birken … immer und immer und immer wieder. Berta, warum?

Die Worte sprangen ihr entgegen. Auch wenn es wehtat zu erfahren, wie ihn diese Fotografien verstörten, auf denen er aussah wie ein tanzender Elefant vor dem Hintergrund einer bleiernen Nordsee, sie hörte nicht auf zu lesen. Ja, er hatte recht. Sie hatten zusammen Spaß gehabt, damals, als er vor ihr posierte wie ein junger Seminarist. Die Luft war salzig und der Nachmittag leicht. Keck hatte Roger den Träger seines Turneranzugs über die Schulter gleiten lassen und die Zehen in Ballettmanier ausgestreckt. Sie hatten gelacht, so sehr gelacht. Die Sache war ja auch äußerst spaßig gewesen. Aber die Lichtbilder waren es nicht. Nicht für ihn.

Betreten schaute sie aus dem Fenster. Sie hatte nie verletzende oder herabwürdigen Worte zu ihm gesagt. Aber die Fotos tun es, dachte sie. Roger war mit ganzer Seele Maler und verstand die Sprache von Bildern. Sie schämte sich so. Genug davon. Rasch klappte sie das Skizzenbuch zu. Als Roger von seinem Strandspaziergang zurückgekehrt war und ihr lachend von seiner eigenen Dummheit berichtete, sein Arbeitsbüchlein vergessen zu haben, lief sie schnell in die Küche und bereitete ihm einen Kräutertee, und als sie mit zwei dampfenden Tassen zurückkam, saß er bereits mit seinem Stift in der Hand auf einem Schemel und skizzierte drei halbverwelkte Tulpen und einen fleckigen Messingkessel, die die Zimmerwirtin vergessen hatte abzuräumen. Seit diesem Nachmittag vor der Fensterbank mit dem verbotenen Buch und dem Blick auf den Strand bemühte sie sich, Roger weniger Hoffnungen zu machen. Auch gab es einige blutleere Versuche, ihn zusammen mit Dorothea zu fotografieren. Berta wollte der „ganzen Geschichte" wieder mehr Leichtigkeit verschaffen. Ein paar Wochen später versuchte sie ein Gespräch mit ihm zu führen, bei dem er nicht viel sagte. Aber nie wieder lag das Buch leichtfertig irgendwo herum.

Sei es drum, dachte Berta, wenigstens in dieser Beziehung spielten sie mit halbwegs offenen Karten. Roger war ihr lieb und teuer. Er war mehr als ein Freund und weniger als eine Leidenschaft.

„Ich werde mich frühestens zu deiner Filmpremiere wieder mit Herrn Dr. Kahlbutz verabreden. Das muss reichen", riss Dorothea sie aus ihren Gedanken. „Und wegen dem Mädchen solltest du dir nicht so einen Kopf machen."

„Es ist mir gleich, ob die Daube eine von uns ist", murmelte Berta abwinkend.

„Sie ist es nicht, Berta."

„Das hast du schon oft gesagt."

„Und ich habe recht. Sie ist einfach nur merkwürdig."

„Du irrst dich, Doro. Sie hat etwas. Und ich meine nicht nur ihre Neigung. Sie braucht nur ein wenig Zeit. Lieselotte ist fachlich gut, sie hat Ausdauer und Willen, und sie wird besser. Ich werde sie Ada Lessing anempfehlen. Das Mädchen muss Kurse bekommen, an der Volkshochschule."

„Ich versteh nicht, woran du erkennen willst, dass sie so besonders ist", seufzte Dorothea und gab sich geschlagen.

Merkwürdig, dass ihr entging, was für Berta auf der Hand lag. Allein schon der Blick des Mädchens, damals im Büro, auch wenn sie es vor lauter Schüchternheit verbarg, war der Blick einer ausgehungerten, ehrgeizigen Seele. Ihre Körpersprache verriet ein Feuer der Begeisterung. Sie war Arbeiterkind, ja, aber genau deshalb hatte sie einen unstillbaren Hunger und saugte alles auf, was Berta ihr vor die Füße warf. Sie begriff schneller als alle anderen, zeigte einen höheren Verwertungsmodus und hatte eine besondere Arbeitslust, aber gut, Dorothea interessierte sich nicht allzu sehr für die Schülerinnen. „Wen hast du denn noch auf dem Gau-Frauenturnfest getroffen?", erkundigte sich Berta.

„Ein paar wichtige Nasen vom Hannoverschen Musterturn-Klubb und den Loges natürlich. Der Mann hat jetzt übrigens eine Schule für Bewegungskunst gegründet."

„Hast du mit ihm geredet?"

„Ein wenig."

„Und wie lange geht seine Ausbildung?"

„Ein Jahr."

„Lächerlich."

„Mein Reden."

„Er ist nicht der Einzige, Berta. Alle naselang bläst sich plötzlich ein Gymnastikprophet zu einer neuen, angeblichen Lebensphilosophie auf."

„Ich weiß. Wie Pilze schießen sie gerade aus dem Boden. An jeder Ecke wächst eine Neue. Eine extravaganter als die andere. Hast du schon von Laban gehört? Ein einziger Gymnastiktaumel! Und alle halten sie die eigene Methode für alleinseligmachend."

„Und du?"

Berta schwieg, schlüpfte aus ihren Strümpfen und entfernte ihre Haarspangen, so dass ihr das rotbraune, schwere Haar auf die Schultern fiel. Mit schnellem Griff fasste sie es im Nacken zusammen. „Ich kümmere mich nicht darum", erwiderte sie bestimmt. „Ich mache nur meine Arbeit."

„Du hast ja auch genug zu tun", murmelte Dorothea unwillig. Es passte ihr gar nicht, dass ihre Geliebte in letzter Zeit so oft unterwegs war. Inmitten des Turnfestes hatte sie den Sitzplatz verlassen, nur um ihren Zug nach Berlin zu erreichen.

„Warum so vorwurfsvoll? Gönnst du mir meinen Erfolg nicht?"

„Noch ist dein Film nicht fertiggedreht."

„Ist er wohl!"

„Erscheint denn wenigstens dein Name denn im Abspann?"

„Weiß ich noch nicht." Mit Schwung drehte Berta den Haarknoten in die endgültige Form, griff nach den Spangen und steckte das wirre Gebilde fahrig an ihrem Hinterkopf zusammen. Dorothea bemerkte es. Dieser alles entscheidende Film – *Wege zu Kraft und Schönheit* – bedeutete ihrer Gefährtin viel.

„Triffst du wieder die Riefenstahl, wenn du dort bist?"

„Ist ja unumgänglich, wenn ich ihr die Choreografie beibringen soll. Bist du eifersüchtig?"

„Nein", erwiderte Dorothea nachdrücklich und ergriff ihr schwarzes Notizheft. Dann legte sie es wieder weg und nahm stattdessen ein Buch zur Hand. Berta seufzte. Das war ein untrügliches Zeichen, dass ihre Gefährtin sich erden musste. Dorothea fand ihre geistige und seelische Ruhe in Büchern und Gedichten. Sie schätzte nicht nur den verstorbenen Goethe, Schiller und Lessing, sondern auch den höchst lebendigen Philosophen Theodor Lessing aus Hannover. Ihre Gefährtin bewunderte seine präzise und scharfsichtige Art zu erzählen. Die Bilder, die er malte, beschrieben nicht nur die Äußerlichkeiten eines Menschen, sondern feinste Vorgänge der Seele. Das imponierte Dorothea zutiefst. Zudem war Berta mit der Frau des Philosophieprofessors, Ada Lessing, befreundet. Auch dem Schwitters war Doro nicht abgeneigt. Zudem schrieb sie selbst. So suchte und fand sie ihre seelische Sicherheit in Gedichten und Geschichten.

Plötzlich schaute Dorothea in Richtung Fenster. Draußen wurde es mit einem Mal dunkel, obwohl es erst früher Nachmittag war. Berta trat an den Sims. Dorothea legte das Buch beiseite und erhob sich. Während Berta der Regenwand entgegensah und ihre Arme fröstelnd um sich schlang, näherte sie sich langsam und sagte leise, Wange an Wange: „Wir beide unterhalten eine Mädchenschule, Berta. Du bist stundenlang mit ihnen zusammen. Ich sollte gefeit sein gegen eifersüchtige Gefühle.“ Nach diesen Worten küsste sie ihren Nacken und Berta nahm den milden Duft von Lilienmilchseife wahr. Dorothea wandte sich ab und ließ sich auf das Chaiselongue fallen. Dann klappte sie ihr schwarzes Heft auf, zückte den Stift und Berta wusste, in der kommenden Stunde würde ihre Geliebte nicht ansprechbar sein. Dorothea sah sich als Künstlerin, verhielt sich wie eine und redete so. Vermutlich war sie sogar eine. Selbst dann noch, wenn sie tagsüber wie ein Amtsgaul im Sekretariat schuftete.

Dorothea kam gut zurecht mit diesen zwei Leben, und sie neidete Berta auch den kreativen Erfolg mit dem Riefenstahl-Film nicht. So hoffte Berta wenigstens. Wenn es denn einer werden würde. Immer noch war sie sich noch unsicher. Doch selbst, wenn sie mit diesem Projekt nicht berühmt werden würde, weil ihr Name nirgends auftauchte, so versprach sie sich zumindest einen regen Zulauf ihrer Kurse.

Seufzend wandte sich vom Fenster ab. Manchmal hatte sie das Gefühl, sich in mehrere Teile zu spalten. Aber die Choreografien, die sie in Kassel am Theater entwickelte, mussten *neben* den Kursen in Hannover abgehalten werden und die Vielfahrerei erschöpfte sie zunehmend. Und nun auch noch dieser Film, der an allen möglichen Ecken in Deutschland gedreht wurde. Am dringlichsten aber blieb immer noch ihre Schule, die es aufzubauen galt. Noch einmal seufzte sie. Dorothea schaute kurz auf, ohne sie anzublicken. Trotz allem war Berta guter Hoffnung, denn sogar Almut Brostel, die träge, wasserschwere Tante des Daube-Mädchens, ging jetzt zu ihr. Für ältere, verheiratete Frauen kam das Turnen zunehmend in Mode. Gut so. Der Film würde einschlagen. Ganz bestimmt.

Draußen krachte es, und vor ihren Fenstern entlud sich ein prächtiges Gewitter. Der schwallartig einsetzende Regen prasselte auf den Sims. Im nassen Fensterglas erblickte Berta ihr Spiegelbild und lächelte sich zu. Zu ihren Damenkursen „ging man". Man nahm nicht einfach nur am Unterricht teil. Zumindest hier hatte sie sich längst einen Namen gemacht, war eine Kapazität. Dieser Aufklärungsfilm würde das i-Tüpfelchen ihrer Karriere sein. Wen hatte sie allein schon während der Produktion getroffen! Leni Riefenstahl und Mary Wigman waren nur einige davon. Selbst wenn Dorothea eifersüchtig gewesen wäre, hätte sie keinen Grund dazu gehabt. Berta hatte keinen Finger breit Platz, sich auch noch um eine Liaison zu kümmern. Ihre Affäre war die Schule. Ihre Liebe, Dorothea. Oder umgekehrt.

Noch am selben Abend setzte sie sich an ihren Sekretär und verfasste einen Brief an Ada Lessing.

Liebe Ada,
ich habe einen Fund gemacht. Einen, auf den unsereine jahre-, wenn nicht jahrzehntelang hofft! Du weißt es besser als ich: Man wühlt in Schlamm und Schlick, aber das meiste, das man für Bernstein hält, erweist sich als nasser Tand, Glas oder Kalk. Aber ich, Ada, ich habe keinen Bernstein, sondern einen Rubin gefunden. An einem Nordseestrand. Einen Rubin! Wie gerät ein Edelstein in die Nordsee? Wie gerät eine Lieselotte Daube an meine Schule? Das Mädchen hat eine felsenfeste Kruste und einen noch härteren Kern, als ich vermutete. Aber ich spüre schon ihren Glanz.

Stell dir vor, mir kommt es vor wie gestern, da stand sie vor mir, in meinem Büro, mit ihrer Tante. Sie entstammt übrigens dem Lindener Milieu, traurige Geschichte. Aber trotz ihrer Herkunft hat sie etwas Reines an sich. Das komplette Gegenteil der Tante. Wenn ihre Mutter ähnlich spannungslos auftritt, frage ich mich, wer ihr diese natürliche Anmut vererbt hat. Als wäre ein Schwanenei in ein Entennest gelegt worden. Man ahnt eine aristokratische Haltung, die noch unentdeckt ist. Aber in ihrem Blick ist sie zu spüren. Ada, ich traue ihr Großes zu! Noch wagt sie es kaum, mir in die Augen zu schauen, aber hinter ihrem Versteckspiel im eigenen Körper verbergen sich eine Kraft und eine Disziplin, die dem Mädchen selbst noch nicht bewusst sind.

Stell dir vor, ich sagte zu ihr: „Heben Sie doch endlich den Kopf, Fräulein Daube!" Sie schaute auf und ich sehe plötzlich in die Augen einer Nachfolgerin. Eine Leitwölfin. Noch steckt sie im Schafspelz. Leider. Es wäre ein Verbrechen, sie in dieser Haut zu belassen. Hilf du mir. Ich habe einen Termin am kommenden Dienstag mit deinem Büro vereinbart. Dort wird sie vorsprechen. Gib ihr eine Stelle. Vertrau mir.

Deine Berta H.

12

Das Licht schmolz zusammen und hurtige Klavierakkorde erfüllten den Kinosaal des Ufa-Palastes. Hingerissen vom Wunder der bewegten Bilder verfolgten Lieselotte und Else Marie den Film. Auf der Leinwand flammte es hell auf. Übergewichtige, massige, verschwitzte Körper in puritanischen Gewändern hievten sich über die Straße. Schwerfällig quetschten sie sich aus ihren Automobilen, während sie hastig gestikulierten oder heftig miteinander stritten. Sie betraten eine vollgestopften Wohnung, schlossen schwerfällig die Holztüren und streckten beim Aufhängen der Mäntel ihre Bäuche so weit heraus, dass Lotte abfällig lächelte. Was für armselige Gestalten. Drohend beschwor eine weiße Schrift auf schwarzem Grund den baldigen Untergang der modernen Zeiten herauf: eine kränker werdende, bewegungsstarre Gesellschaft.

„Köstlich, diese Spießer!" Else Marie kicherte. Hart schlug der Pianist in die Tasten. „Das würde unser Fräulein Dorn aber eleganter hinbekommen", wisperte sie. Sie saßen im ersten Rang in der dritten Reihe. „Wusstest du eigentlich, dass man der Dorn eine Affäre mit einer Schülerin nachsagt?" Unwirsch schüttelte Lotte den Kopf.

„Sei leise", bat sie. Leider ohne Erfolg.

„Dann hat das Mädchen die Dorn aber bestohlen und sich aus dem Staub gemacht."

„Halt den Mund."

„Die Ausbildung kann sie nun vergessen."

„Psst!"

Die Dame vor ihr schüttelte bereits den Kopf. Widerwillig schwieg ihre Freundin, und die flackernden Bilder tauchten den Kinosaal in ein aschiges Licht. „Als würde man in einer Vollmondnacht von einem irre hüpfenden Mond beschienen!", flüsterte Else Marie.

„Ruhe!", kam es prompt aus der Reihe vor ihnen. Eine Dame mit einer gelben Chrysantheme im Knopfloch rutschte ärgerlich auf ihrem Polster herum. Sie war den Mädchen schon beim Einlass aufgefallen und verbreitete einen durchdringenden Geruch, von dem sie sich nicht sicher war, ob ihn die Blume oder das Parfum verströmte. Lieselotte beugte sich vor und flüsterte ein paar entschuldigende Worte, aber die Dame winkte nur ab. *Wege zu Kraft und Schönheit,* leuchtete es in großen, weißen Lettern in den Saal.

Zu dieser Vorführung im frisch eröffneten Ufa-Kino am Aegidientorplatz war in Hannover alles erschienen, was Rang und Namen hatte. „Die Habenicht hat's ins Hautprogramm geschafft! Das ist so irre!"

Lieselotte stöhnte resigniert auf.

„Und wenn man bedenkt, Lotti, dass *wir* ihre Elevinnen waren! Und nun hat sie bei so einem Kassenschlager mitgemacht. Das ist die Sensation überhaupt." So berauscht war Else Marie davon, einen Abglanz von Bertas Berühmtheit zu erhaschen, dass sie gar nicht merkte, wie unerträglich sie war. Stiller Stolz würde ihr besser stehen, dachte Lotte. Außerdem war es hochnotpeinlich. Hoffentlich gab sie bald Ruhe.

Die Handlung auf der Leinwand begab sich weit in die Vergangenheit. „das Bad einer römischen Dame" erstand vor ihren Augen. Leichtfüßig sprangen die Sklavinnen mit einem Ball auf der Wiese umher, bis ein Ruf sie erschreckte: „Die Domina hat ihr Bad bestellt!" Eilig wurden Tücher, Seife, Kämme, Bänder, Öl und Rasiermesser herbeigetragen, Schnüre gelöst, Tunikas herabgelassen, Wasser getragen – viel Wasser. Flinke Füße, weiße Arme und schwingende Brüste belebten die Szene. Münder lächelten, Lippen öffneten sich und die Gewänder sanken herab. Haut wurde sichtbar. Viel Haut. Die Kamera suchte Nähe, suchte das Lächeln der übermütigen Mädchen, spürte das süffisante Zwinkern der Badenden auf und tauchte ein in den arglosen Wildwasserspaß, der sich zwischen den Säulen aus Marmor entlud. Ein Raunen ging durch den Saal.

Aber so schnell der römische Traum erschienen war, so rasch war er wieder verschwunden. Der Kinematograf zeigte nur vier junge Männer im Schnee. In kurzen Unterhosen tollten sie auf eisbedeckten Abhängen herum, schlugen Purzelbäume, bewarfen sich mit Bällen, besprangen bäuchlings das kalte Weiß und kraulten darin, als würden sie die Schwimmweltmeisterschaften in einer neuerfundenen Disziplin erobern. Die Schrift auf hellem Grund verriet, dass die tollkühnen Burschen aus Bayern stammten und gerade ihre Morgentoilette absolvierten. „Die Neff-Brüder!“, zischelte Else Marie. „Aus dieser Familie würde ich mir auch gern ein Viertel Stück abschneiden. Ich könnte mich bloß nicht entscheiden für wen. Was meinst du?“

„Gar nichts!“ Die ständige Unterbrechung ärgerte Lieselotte. Verächtlich stieß sie die Luft aus.

„Ist ja schon gut“, beschwichtigte sie Else. „Ich weiß, dich interessiert das ja nicht, du hast ja deinen Erwin. Aber ich, ich hab nichts.“

„Natürlich hast du was“, flüsterte Lotte gereizt.

„Was denn?“

„Pause! Jetzt.“ Lotte wusste, Elses Männerpause würde sowieso höchstens ein paar Tage halten. Vorgestern beschäftigte sie ein Samuel, und übermorgen würde sie einen Alfred haben oder einen Ludwig.

„Jetzt gib endlich Ruhe!“ So barsch hatte Lotte Else noch nie zusammengestaucht, aber es schien zu wirken. Resigniert sank ihre Freundin in den Sessel zurück und starrte nach vorne. Endlich. Im Dunkel versuchte Lotte zu erkennen, wo Berta und die Bragge Platz genommen hatten. Wie vermutet, saßen sie in der vordersten Reihe des ersten Ranges. Nichts an der Art, wie die beiden Frauen auf die Leinwand schauten, verriet etwas von der Innigkeit ihrer Beziehung. Zwischen ihnen hockte wie so oft in demütiger Haltung Dr. Kahlbutz. Als aus der Dunkelheit die Worte: *Je geistiger der Mensch, desto schlechter seine Kopfhaltung* aufleuchteten, schoss sein magerer Hals rasch in die Höhe, als hätte ihn ein Insekt gestochen. Die Bragge flüsterte ihm etwas ins Ohr, woraufhin er heftig nickte. Lotte war verwirrt. Hatte das etwas zu bedeuten? War an den Gerüchten, die Else Marie so gern über das Frauenduett verstreute, am Ende doch nichts dran? War das, was sie vor der Windmühlendiele beobachtet hatte, nicht echt gewesen? In dem Moment hob Berta den Arm, um ihre Haare zu richten. Keinen noch so kleinen Blick schenkte sie der Bragge. Hatte es vielleicht gar nichts zu bedeuten gehabt? Waren sie damals beschwipst und einfach nur weinselig über die Ufer getreten?

Die Attraktion des Filmes verlor für Lotte ihren Zauber. Stattdessen zog Bertas Silhouette sie mehr und mehr in den Bann. Alles rückte fort: die Leinwand, das Klimpern des Klaviers, die puderigen Gerüche. Allmählich versank Lotte in einer Blase. Außerhalb der Zeit, raumlos und angefüllt mit Wärme und Zuversicht. Das alte Gefühl war wieder da. Berta. Immer nur Berta. Die Erinnerung an den Abend, an dem sie ihre Silhouette durch die Scheiben des Lokals beobachtet hatte. Es war wie ein Déjà-vu. Außer Lotte schauten alle auf das Filmgeschehen. Niemand bemerkte, wem Lottes Aufmerksamkeit galt. Erst das laute, kollektive Lachen riss sie aus ihrer Versunkenheit. Sie fuhr zusammen, als Else Marie ihr in die Seite boxte. Von links wehte ein strenger Geruch herüber, der einer bleichen Frau zuzuordnen war, die sich die Haare gebrannt hatte. Silbergolden glänzten die Wellen in der Dunkelheit. Erwin war nicht mitgekommen, er hatte ihnen nur die Karten besorgt – dank des Einflusses seines Herrn Vaters –, aber ihn interessierte an diesem Abend nur eines: die Tagung seiner Partei. Unaufhaltsam entwickelte er sich zu einem waschechten KPDler. Im Grunde war Lotte erleichtert, dass er nicht da war. Der Freundinnenabend mit Else Marie versprach ein Eintauchen in die sorglose Zeit als Seminaristin. Und spätestens jetzt war sie froh, dass er ihr nicht auf die Pelle rückte. Ihm wäre die ungeteilte Aufmerksamkeit für Berta nicht entgangen.

Lotte atmete tief ein. Als sich das Geschehen auf der Leinwand jener Sequenz näherte, die die Tänzerinnen zeigte, mit denen Berta die Choreografie eingeübt hatte, entstand zunehmend Unruhe in der ersten Reihe. Bertas Kopf wandte sich abwechselnd nach rechts und links, nickte und wippte, die Locken sprangen herum, und dann deutete sie auf eine der Lichtbild-Tänzerinnen. Die Bragge hingegen saß kerzengerade da. Teilte sie nicht die Freude ihrer Freundin?

Berta war ergriffen. Sie vergaß ihre Haltung und ihren Körper angesichts dessen, was sie auf der Leinwand sah. Die zersplitterten Anstrengungen des letzten Sommers, die Herumreiserei und die schlaflosen Nächte hatten sich gelohnt. Der Name Habenicht war von nun an untrennbar verbunden mit der bewegten Silhouette einer nackten Riefenstahl, ebenso wie mit der grazilen Schönheit ihrer Schülerinnen als wahre Poetinnen des nackten Leibes. Roger kam ihr in den Sinn. Wie oft waren sie am Meer gewesen? „Siehst du?“, hatte er zu ihr gesagt und auf die Wellen gedeutet. „Bewegung wird erst schön durch Rhythmus. Ich kann diese Art von Schönheit nicht abbilden. Aber du kannst es.“

Das Lichtspiel erschien Lotte wie hinter einem Schleier und der sechsteilige Film rauschte an ihr vorbei. Gebannt starrte sie auf den Schattenriss. Erst als das Licht anging, der Applaus aufbrandete und sich das Publikum erhob, bemerkte sie, dass ihr

Rücken steif geworden war. Anderthalb Stunden waren vergangen.

„Nun gehen Sie doch!“ Von links drängte die Dame mit der Goldwelle. und leicht benommen folgte Lotte Else Marie durch die engen Sitzreihe nach draußen. Das Gedränge war übermächtig. In tippelnden Schritten durchquerten sie die Zugänge zur Empore, stiegen die Treppe hinab und rückten schubweise mit den Besuchern in das geräumige Foyer des Kinos. Silbertabletts mit Häppchen empfingen sie und eisgefüllte Champagnerkübel wurden durch die Halle getragen. An mehreren Ecken applaudierte man spontan, Kupferberg und Henkel trocken schäumten und die Garderobe zeigte eine riesige Spannbreite. Die Filmpremiere in Hannover wurde würdig gefeiert.

„Wie damals in der Schauburg, Lotte!“, jauchzte Else. „Manchmal wünschte ich mir, mein ganzes Leben wäre eine Premiere.“ Lotte nickte abwesend, denn ihre Gedanken waren woanders.

„Schau mal da, unser Fräulein Dorn, und wie immer in schwarz!“ Mit einer schnippischen Kopfbewegung wies Else Marie in Richtung Garderobe, wo die Schulpianistin gerade ihren Mantel auslöste. Irma sieht traurig aus, dachte Lotte und beobachtete sie. Plötzlich schien Irma ihren Blick zu spüren und drehte sich um. Lotte errötete. Einen Augenblick lang hielt Irma inne, dann wandte sie sich ab und ging stolz in Richtung Ausgang.

„Unser Irmchen streckt die Brust heraus, als trüge sie einen Nerz. Ich bin mir sicher, es ist nur ein Dobermann. Gefärbt!“

„Vielleicht hat ihre Liebschaft ja ihren echten mitgehen lassen“, erwiderte Lotte kühl.

„Sie hatte nie einen.“

„Es war auch nicht ganz ernst gemeint“, entgegnete Lotte.

„Seit wann machst du Scherze?“

„Seit eben“, erklärte Lotte, ohne zu lächeln. Else Marie wieherte vor Vergnügen. „Soll ich mal die teure Dame markieren und uns einen Champagner ordern?“

„Besser, du glitzerst jemanden an, der nach Pinke-Pinke aussieht“, konterte Lotte, was Else Marie abermals zum Lachen reizte. Ihre Reizschwelle war ohnehin niedrig. Bodennah vermutlich. Vielleicht gehörte das Gegacker zu ihrem Vorspiel, den Sekt zu erbeuten, denn die umstehenden Herren wurden bereits auf sie aufmerksam. Wie erhofft, löste sich Else Marie von ihrem Arm, glitt zwischen zwei Damen in streng auf Taille geschnittenen Kostümen hindurch und verschwand zwischen einer Gruppe in Reformkleidern. Dann tauchte sie weit hinten auf und winkte jemandem aus einer Reihe exaltierter, androgyn wirkender Besucher zu. Wen sie dort zu entdecken glaubte, würde Lotte noch früh genug erfahren. Sie war sich jedenfalls sicher, dass Else Marie nicht ohne zwei randvoll gefüllte Kristallgläser zurückkehren würde.

Wie zufällig geriet sie in die Nähe jener Gruppe, in der sich Berta angeregt mit einer Dame unterhielt, die sie mit Ada ansprach. Die Frau war schön und trug eine moosgrüne Kombination. Ada. Ein Name, der Lieselotte ebenso wie dessen Trägerin mit den freundlichen Augen auf Anhieb gefiel. Dieser Name war modern, klang nach Bildung und nach Obhut. Lieselotte reckte den Hals, drehte sich einmal um die eigene Achse und gab vor, nach ihrer Freundin Ausschau zu halten. Else dürfte ruhig eine Weile fernbleiben. Ihr Manöver gelang, denn prompt erklang Bertas Stimme hinter ihr.

„Das Fräulein Daube! Schön, Sie zu sehen. Kommen Sie doch zu uns." Nun errötete Lieselotte doch, aber das passte hervorragend in ihr kleines Spiel der Zufälligkeiten.

„Darf ich vorstellen? Das ist Frau Ada Lessing und das ist eine meiner begabtesten Seminaristinnen des Vierundzwanziger-Jahrgangs, das Fräulein Daube!" Die beiden Frauen gaben sich die Hand. Aus den Augenwinkeln bemerkte Lotte, wie ihnen auch das Fräulein Dorn zunickte, die noch am Ausgang stand. Berta erwiderte ihren Abschiedsgruß. Auch Lotte nickte höflich. Dann wandte Berta sich wieder Lieselotte zu. „Frau Lessing ist Geschäftsführerin der Volkshochschule. Eine ihrer künftigen und wichtigsten Ansprechpartnerinnen, was Ihre berufliche Laufbahn angeht, meine Liebe!" Daraufhin zwinkerte Berta Ada Lessing zu. Frau Lessing blinzelte zurück und wurde plötzlich von einem Schluckauf befallen. Eilig drückte sie dem Herrn neben sich das Sektglas in die Hand und versuchte dagegen anzugehen. Lotte stockte. *Meine Liebe?,* sie hatte sich doch nicht verhört?, Berta Habenicht hatte diese Worte gesagt. *Meine Liebe.* Irritiert sprangen ihre Blicke von Ada Lessing zu Berta. Waren die beiden angeheitert? Der milde verschwommene Blick ihrer ehemaligen Lehrerin und der Schluckauf von Frau Lessing sprachen ja dafür. Das Glas in Bertas Hand war bereits leer. Aber noch bevor Lotte ein Gespräch beginnen konnte, erregte sich Berta schon wieder ausschweifend über ihr Lieblingsthema.

„Das Gymnasium war im antiken Griechenland der Ort, wo Männer und Knaben Gymnastik machten! Der Körper war genauso wichtig wie der Geist." Rotwangig stimmte Ada Lessing ihr zu. Hatte sich die rundliche Frau von der Volkshochschule überhaupt ihren Namen gemerkt, für den Fall, dass sie um eine Stelle vorsprach? Lotte hoffte es inständig. Zumindest ihr Gesicht sollte Frau Lessing in Erinnerung behalten. Oder besser noch, ihre Haltung. Ein Kellner glitt an der kleinen Gruppe vorbei.

„Noch einen Kupferberg, die Damen?“ Beflissen nahm er den Frauen die leeren Gläser ab und reichte ihnen neue. Auch Lotte erhielt eins.

„Prost, meine Lieben!“, jubilierte Berta. „Auf einen Film, der Deutschland hoffentlich in Bewegung bringt.“

„Auf dich, Berta! Und unsere Zusammenarbeit“, fügte Ada Lessing hinzu und bedachte Lotte mit einem neugierigen Blick. Er fühlte sich fremd an. Wie ein Kleid, das viel zu teuer und zu kostbar war. War dieser Sektausschank eine Eintrittskarte zum inneren Kreis? Einem Zirkel von Frauen, die etwas zu sagen hatten, die etwas wagten und die soeben mit ihr auf eine neue Zukunft stießen?

Sie konnte es kaum glauben. Endlich war sie dort, wo sie immer sein wollte.

Der Schaumwein perlte auf ihrer Zunge und schmeckte nach Zukunft, er drang durch die Poren und schoss ihr ins Blut. Weder Else noch Erwin fehlten ihr in diesem glanzvollen und perfekten Augenblick. In einer goldenen Blase stand sie zwischen diesen großen Damen, trank Sekt und alles war umwerfend schön. Es war das, was Else Marie wohl „eine Sensation“ nennen würde. Und es war gut. Aber das Sahnetüpfelchen an der ganzen Sache war, dass sich die Bragge weit und breit nicht sehen ließ. Lotte strahlte und Ada Lessing schmunzelte mütterlich.

„Ist denn Fräulein Bragge gar nicht zugegen?“, fragte Lotte in ihrem Überschwang. Der Sekt war ihr schnell zu Kopf gestiegen, aber schließlich fehlte das Fräulein nie bei derartigen Anlässen. Aus Bertas Gesicht verschwand alle Friedfertigkeit.

„Natürlich ist sie anwesend“, erwiderte sie schroff. Dann aber, als hätte sie sich selbst dabei ertappt, kehrte die außergewöhnliche Milde ihres Ausdrucks zurück. Schwungvoll nahm sie einen großzügigen Schluck Kupferberg und widmete sich Ada Lessing.

„Sie glauben gar nicht, wie andere Völker uns in diesen einfachen Regenerationskenntnissen voraus sind!“ Und ohne weiter auf Lotte einzugehen, plauderten die beiden Damen weiter.

„Vor allen Dingen haben diese Völker das Kulturwort *hetzen* nicht in ihrem Körper“, sagte Berta.

„Allerdings“, pflichtete ihr Ada bei. „Sie haben einfach nicht diese Uhr im Leib wie wir Hyperkultur-Kinder!“

Berta lachte rau und Lotte bemerkte, dass Berta auch das zweite Glas – oder war es bereits das dritte? – fast ausgetrunken hatte.

„Diese krankhafte Spannung in unseren Körpern ist nur auf das Hetztempo zurückzuführen“, erwiderte sie.

„Den Geist nicht zu vergessen“, spöttelte Ada. „Alles ist davon durchseucht.“

„Das derzeitiges Tempo verzehnfacht unseren Kräfteverbrauch. Meine Worte!“

„Und deine Bilder, Berta!“ Abermals erhob Ada ihr Glas.

„Nicht alle. Nur eine winzige Sequenz“, fügte Berta in gespielter Bescheidenheit hinzu. Die beiden Frauen kicherten wie Schülerinnen. Und dann plötzlich löste sich Berta aus dem Gespräch und schaute Lotte sekundenlang an. Irritiert schüttelte sie den Kopf. „Wie kann man so schöne Haare haben und sie so hässlich zusammenstecken? Dieses Haar muss man offen tragen!“ Fahrig griff sich Lotte in ihr volles, zu einem festen Dutt aufgedrehten Haar und prüfte den Sitz ihrer Spangen. Sie spürte, wie die Hitze ihre Wangen flutete.

„Kein Grund, die Farbe zu wechseln, meine Liebe“, gebot Berta. „Tun Sie es einfach bei nächster Gelegenheit. Öffnen Sie zuerst Ihr Haar. Dann sich. Und dann Ihr Leben.“ Noch bevor Lotte den Sinn dieser freimütigen Worte verstand, stand Else Marie neben ihnen. Freudig strahlend hob sie zwei randvolle Kristallgläser in die Luft. „Meinen ehrerbietigsten Glückwunsch, Frau Habenicht, zu diesem Meisterwerk“, rief Else und knickste.

„Danke, Fräulein Förster. Dieses Werk hat viele Meister. Und Meisterinnen.“ Berta lächelte Ada zu. „Ich nehme an, Sie konnten etwas lernen?“

„Aber sicher doch, Frau Habenicht“, erwiderte Else mit übermütigem Stolz. Berta neigte in Unterrichtsmanier den Kopf. „Und das wäre, Fräulein Förster?“

Bereitwillig ließ sich Else auf das Spiel ein.

„Nun, dass zum Beispiel nichts Unmoralisches darin liegt, seine Aufmerksamkeit allen Körperteilen zuzuwenden. Es gibt Tausende von gebildeten Frauen, die nicht einmal wissen, was das Becken ist! Aber dank Ihnen, Frau Habenicht, zähle ich ja nun nicht mehr dazu. Auf das Wohl einer Meisterin.“ Else schlug die Hacken zusammen, erhob ihr Glas, warf den Kopf in den Nacken und führte es zum Mund. Wie Wodka kippte sie den Sekt hinunter. Berta erstarrte und Lotte war perplex. Ihre Freundin hatte es für zwei Sekunden geschafft, eine Habenicht sprachlos zu machen.

„Danke, Fräulein Förster“, erwiderte Berta schließlich. „Wie ich sehe, mangelt es Ihnen weder an Schneid noch an Sekt.“

Else Marie drückte Lotte das leere Glas in die Hand und setzte das zweite, welches eigentlich für sie bestimmt war, an ihre Lippen. So viel Frechheit verschlug Lotte die Sprache.

„Nur nachgereift scheinen Sie nicht zu sein", erwiderte Berta kühl. „Aber ich denke, Sie können sich gegenseitig noch eine Menge beibringen, meine Damen." Damit wandte sie sich ab und widmete sich einer Dreiergruppe bärtiger Herren. Der Kreis öffnete sich und nahm sie auf. Auch Ada Lessing war inzwischen verschwunden.

„Diese Ewiggestrigen", monierte Else Marie. „Schau sie dir an: Der Erste ein verschmiertes Monokel auf der Nase, der zweite einen Bismarkschnauzer und der dritte hat seinen mageren Hals in seinen Stehkragen gesperrt wie ein herausgeputzter Pleitegeier."

„Komm, Else!" Lotte wollte nicht für Aufsehen sorgen. Schon gar nicht vor den Augen Bertas. „Lass uns aufbrechen."

„Was? Jetzt, wo es erst richtig turbulent wird?"

„Ich bin müde, Else."

„Das kann nicht dein Ernst sein, Lotti. Oder wartet Erwin auf dich?"

„Nein. Ich möchte einfach nur gehen."

„Daraus wird nichts. Wie du vorhin bemerkt hast, geht meine Herrenpause ihrem Ende entgegen und wo krieg ich besser einen Paul oder ein Ludwig her, wenn nicht hier? Bitte, Lotti, ich suche doch einen, der nicht alle Tage mit Kümmel in der Wirtschaft versauert. Ich will einen mit Geist."

Widerstrebend ließ Lotte sich mitziehen. Mit Geist, dachte sie. Der Geist, den Else Marie sich vorstellte, entsprang oft den Launen des Champagners und war von dem eines Kümmelschnapses nicht weit entfernt. Arm in Arm schlenderten sie weiter, hörten dem Premierengezwitscher zu, vernahmen Loblieder auf die neue weibliche Körperkultur und das Fachsimpeln über Projektoren, und während Else Marie sich schließlich an einen mädchenhaften Burschen hängte, der sich Leolino nannte, suchte Lottes Blick nach einem Plätzchen abseits des Trubels.

Ausgelassen wippten Else und Leo auf der Stelle und schmetterten einen Schlager, der sich auf Elses Abendgarderobe bezog – ein kurz über dem Knie endender und in Bommeln auslaufender Fetzen. Lotte löste sich von dem trillernden Paar und streifte umher. Hin und wieder beobachtete sie jedoch auch verschlossene Gesichter. Wie moralinsaure Skulpturen standen sie in den Ecken. Manche kritzelten wichtigtuerisch in schwarze oder blaue Heftchen, die sie dann demonstrativ zuklappten und dabei bedeutsam in die Runde schauten. Gezischte Worte wie: Oberprüfstelle, Reichslichtspielgesetz und Entsittlichung drangen an Lieselottes Ohr.

„Lass uns jetzt bitte nach Hause gehen!“, bat Lieselotte Else Marie nach einer Stunde ziellosen Herumstromerns.

„Ich habe ihm mein lila Seidenband geschenkt!“

„Wem?“

„Dem Hübschen“

„Deinem Pausenende?“

Gurrend lachte Else Marie auf. Dann schaute sie ernst und würdevoll. Ihr Blick hatte bereits große Schwierigkeiten, Lotte zu fokussieren.

„Aber nein. Du hast für so etwas gar kein Gespür, oder?“

„Wofür?“

„Der ist vom anderen Ufer, vom ganz anderen. Lotti!“

Natürlich, das hätte sie sich ja denken können.

„Kannst du ein bisschen weniger mit deinem Hinterteil wackeln?“, bat sie Else. „Du siehst aus wie auf einer Unterrockmodenschau.“

„Ein Jammer, du hast wirklich überhaupt keine Ahnung. Das ist die Farbe der Saison“, säuselte Else und verfiel in einen Gassenhauer. „Es geht die Lou Lila von Kopf bis Schuh lila ...“ Unbekümmert winkte sie ihrem Leolino zu, verteilte Küsschen und stolperte über ihre Füße. Rasch ergriff Lotte sie beim Arm und zog sie an den silbernen Servierwagen vorbei in Richtung Garderobe. Sie wollte endlich die Mäntel auslösen. Else war allein schon wegen ihres verlorengegangenen Gleichgewichtes nicht mehr in der Lage dazu. Es dauerte einige Zeit, aber sie hatten Glück, Berta beachtete die peinliche Situation nicht, und draußen näherte sich gerade die Elektrische. Der Blick auf die Uhr, die unweit des Kinos auf dem Rasen stand, zeigte an, dass die Polizeistunde das bunte Treiben der Premierenfeier sowieso bald beenden würde.

13

Lotte erwachte schweißnass. Der wiederkehrende Alptraum setzte ihr zu. Seit Erwin sie geküsst und sie nur kurze Zeit später Berta wieder getroffen hatte, ging es ihr nicht gut. Immer öfter empfand sie eine uferlose Kälte. Die Wahrheit war über sie hereingebrochen – in Form eines verliebten Mannes, von dem sie nichts wollte, und einer Frau, die ihr Herz in Unruhe versetzte.

Erwin und Berta. Lotte brachte sie beide nicht zusammen. Stattdessen bedrängte sie die Sehnsucht stärker als je zuvor. Wenn sie nur an Berta dachte, wurde ihr schon warm. Hatte sie es wirklich gesagt? *Meine Liebe*. Hilflos sank sie ins Kissen zurück. Tagsüber tat sie solche Gedanken als kindisches Zeug ab, doch sobald sie müde wurde, kehrte die Sehnsucht wieder. Vor dem Fenster stand der Halbmond und tauchte die Dachkammer in ein fahles Licht. Langsam wurde ihr kühl. Hatte sie Laute von sich gegeben? Im Traum? Was, wenn die Tante sie belauscht hatte? Leise warf sie die Decke ab, stand auf und wechselte die Nachtwäsche. Angestrengt versuchte sie das Knarren der losen Dielen zu vermeiden. Das klamme Nachthemd breitete sie umständlich über dem Stuhl aus. Bis morgen früh würde es trocknen, dann könnte sie es mit einem Lavendelsäckchen zurück in den Schrank legen. Almut würde keinen Anlass bekommen, sie zu fragen, weshalb sie so einen „Verschleiß" hatte. An Schlaf war nicht mehr zu denken. Lotte tappte zu ihrem kleinen Handspiegel und betrachtete ihr Gesicht. Ihre Augen wirkten gar nicht müde und das Haar fiel im Widerschein des fahlen Lichtes hell auf ihre Schultern. Offen. Wie es Berta gefallen hätte.

Behutsam streifte sie den Träger des Nachthemdes über die rechte Schulter. Ihr volles Haar bedeckte das Schlüsselbein und einen Teil ihrer kleinen, festen Brust. Die rosige Warze lugte keck unter den Strähnen hervor. Rasch schob sie den Träger zurück, zündete eine Kerze an, setzte sich auf ihren Stuhl und lehnte sich zurück. Meistens vertrieb ein wenig Helligkeit die Hirngespinste. Ihr Blick wanderte zum Dunkel der Dachluke und wieder zurück auf den Tisch. Die Schreibmappe. Vielleicht sollte sie die Gedanken versuchen loszuwerden. Wo war nur ihr Federhalter?

Hätte sie mit dem Kuss bei Erwin doch gewartet! Hätte sie nur „nein" gesagt. Dann wären ihr diese Albträume erspart geblieben und mit ihnen der Widerwille vor dem nächsten Wiedersehen. Stattdessen sehnte sie sich ständig nach Berta. Als Schülerin war sie nie so besessen gewesen, aber da hatte sie sie auch jeden Tag gesehen. Beim Treffen im Ufa-Palast hatte Berta ihr unmissverständlich zu verstehen gegeben, dass sie ihre Gegenwart schätzte. Sie hatte sie sogar bei Frau Lessing an der Volkshochschule eingeführt. Es lag ihr also etwas an ihr und die Bragge war den ganzen Abend weit und breit nicht zu sehen gewesen. Sollte sie es nicht endlich wagen, Berta ein paar Zeilen zu schreiben? Bei diesem Gedanken wurde Lieselotte beinahe heiter zumute. Sie fand den Füller zwischen den Blättern der Mappe und schrieb drauflos.

Liebe Frau Habenicht,
Heute steht nur ein halber Mond am Himmel. Er ist klar und kalt. Schön ist er gewiss, aber nur halb. Einfach weggeschnitten. Das Dunkel der anderen Seite stößt ab und lockt zugleich. Ebenso ergeht es mir mit Ihnen. Beides ist in mir: ein großes Streben und eine große Furcht. Ein Hell. Ein Dunkel. Aber dieses Dunkel ist die Sehnsucht in mir. Immer wird sie da sein. Ein Loch, so groß, dass es größer nicht werden kann. Vielleicht irgendwann härter an den Rändern, wenn Sie mir auf meinen Brief niemals antworten würden … Ich würde dann an so einem harten Rand vor dem Abgrund stehen, in das Dunkel blicken und warten. Und wenn ich riefe und nicht anderes hörte als nur mein eigenes Echo, dann könnte ich nur selbst herantreten und in diese Leere hineinspringen. Ach, diese Zeilen werden Sie ohnehin nicht erreichen. Niemals werde ich diesen Brief versenden …

Jäh unterbrach sie ihr Schreiben und warf den Füller fort, als hätte sie sich verbrannt. Was war nur mit ihr los? Weshalb musste sie so flammende Zeilen schreiben, wo sie doch mit Erwin so zärtlich war? Gut, der schlimme Kuss war eine Sache, den sollte sie nicht überdramatisieren – und ja – es hatte eine Zeit mit ihm gedauert, aber eigentlich ließen seine Avancen sie nicht unberührt, und wenn sie zusah, wie er turnte, schlug ihr Herz sogar ein wenig schneller. Erregt erhob sie sich und lief, ohne weiter auf das Knarren der Dielen zu achten, auf und ab. Ihr Blick fiel auf die schwarze Brosche ihrer Großmutter. Das kleine, getreue Schmuckstück lag auf dem Regalbrett und blickte einäugig ins Dunkel. Es half nichts. Sie musste sich endlich eingestehen, die lauwarme Zuneigung für Erwin unterschied sich fundamental von der lodernden Leidenschaft zu Berta. Erwin hatte etwas Erdiges, was ihr Halt und Sicherheit spendete. Berta jedoch entfachte eine brausende, feurige Energie in ihr. Was bedeutete das alles nur? Sie schien mehrere Herzen zu haben.

Behutsam nahm sie die Brosche vom Regal. Dann sollte es eben so sein. Dann hatte sie wohl zwei Herzen. Dann könnte das eine doch einfach inkognito bleiben. Lotte legte die Brosche neben den Brief auf den Schreibtisch und setzte sich wieder. Seufzend stützte sie den Kopf in die Hände. Bislang war es ihr doch ganz gut gelungen, ihre zwei Herzen zu verbergen. Andererseits, vielleicht wollte Berta auch gar nichts von ihr wissen? Schon war sie drauf und dran, das Schreiben zu zerreißen. Aber nein! – dachte sie, es muss sein, ich muss es wagen, was immer auch geschieht. Vielleicht besaß auch Berta mehrere Herzen. Wenn sie sogar Frauen einstellte wie Irma Dorn, die ebenfalls Frauen zugeneigt waren, dann gab es dafür mit Sicherheit einen Grund. Dieser Brief durfte in keiner Schublade verschwinden. Das Gefühl der Leichtigkeit kehrte zurück. Ja – sie war auf dem richtigen Weg. Befreit bückte sie sich nach dem Füller und schrieb weiter.

Dass Sie meine Lehrerin wurden und ich zu ihrer Seminaristin, war ein Zufall, ein Same, den jemand anderes in mein Leben gesät hat und aus dem das Schicksal erwuchs, dass sich unsere Wege kreuzten. Berta, ich will offen zu Ihnen sein, denn weder schreibe ich Ihnen diesen Brief als Schülerin noch als Kollegin. Nehmen Sie es mir bitte nicht übel. Der Anlass meines Briefes liegt in unserer nächtlichen Begegnung vor der Windmühlendiele begründet. Es ist schon einige Zeit her und noch immer fällt es mir schwer, die geeigneten Worte zu finden für das, was mich bewegt, sobald ich in Ihrer Gegenwart bin. Damals, kurz nachdem wir uns vor dem Lokal begegneten, verlor ich meine Gagatbrosche. Ich war zutiefst verzweifelt. Der Trauerstein, wie meine Oma ihn nannte, ist mir sehr lieb. Sie sagte, er sei aus den Rinden uralter Tannen entstanden, hätte Jahrtausende keine Sonne gesehen – nur Fäul- und Modernis. Dann hätte ihn eine Menschenhand geborgen, seine Schönheit erkannt, ihn ans Tageslicht befördert, geschnitzt und geputzt. Das alles haben auch Sie mit mir getan, als ich noch Ihre Schülerin war. Als mir die Brosche nach unserer Begegnung verlorenging, war mir, als würde ein weiteres Stück meiner Seele fehlen. Ich schreibe „weiteres“, denn das andere Stück hatte mich mit Ihrem Kuss bereits einige Augenblicke zuvor verlassen. Es war Ihnen gefolgt. Dieses intime Eingeständnis fällt mir sehr schwer und ich hoffe zutiefst, ich trete Ihnen durch meine Offenbarung nicht zu nahe …

Etwas später, wie durch ein Wunder, kehrte die Brosche zu mir zurück. Ich habe die unerwartete Rückkehr als ein Zeichen genommen und gewagt, diesen Brief an Sie zu verfassen. Liebe Berta, seien Sie jetzt nicht überrascht, ich möchte Ihnen diesen Stein schenken – als

Ausdruck meiner innigen Freundschaft. Als Lehrerin habe ich Sie schon immer verehrt, ich würde es gern als ihre Freundin tun. Sehen Sie in diesem Geständnis und meinem Geschenk ein Zeichen meiner Dankbarkeit für alles, was Sie mir bereits gegeben haben. Ich würde mich glücklich schätzen, wenn Sie Gefallen an ihr fänden und mir Gelegenheit böten, Sie wiederzusehen.

In herzlicher Ergebenheit, Ihre Lieselotte Daube

Nachdem Lotte die Blätter sorgsam zusammengefaltet und mit der Brosche in ein Kuvert geschoben hatte, überfiel sie eine geradezu fundamentale Müdigkeit. Leise suchte sie nach einem Versteck für den Brief und entschied sich für das Kopfkissen. Daraufhin schlief sie so tief wie lange nicht mehr. Wenige Stunden später erwachte sie mit einem fast berauschenden Gefühl, ab jetzt würde ein besseres Leben beginnen. Noch am frühen Morgen trug Lieselotte den Brief durch das dämmrige Licht Hannovers in Richtung Eichstraße, huschte durch die Eisengitterpforte des Vorgartens und warf das Schreiben in den Briefkasten der Berta-Habenicht-Schule. Niemand bemerkte sie außer ein grimmig dreinblickender Alter, der auf der gegenüberliegenden Seite der Straße hinter dem Küchenfenster stand und hinausstarrte.

14

Unwillig sah Berta zum Fenster hinaus. Schon das dritte Mal in dieser Unterrichtsstunde. Was trieb dieser greise Gaffer da auf der anderen Straßenseite? Jedes Mal, wenn sie näher ans Fenster trat und die tanzenden Mädchen aus ihrem Blick entließ, versteckte der Alte mit dem graugrünen Hut eilig seinen Operngucker hinter dem Rücken und tat so, als flanierte er den Bürgersteig entlang. Glaubte er, sein gieriges Starren würden ihr verborgen bleiben? Selbst die Mädchen hatten ihn bereits entdeckt und wagten es nur nicht, in ihrer Anwesenheit darüber zu tuscheln. Lediglich an Irma Dorn glitt alles ab. Die Pianistin war wie immer unanfechtbar für alle Außenreize. Kurz überlegte Berta, die Unterrichtsstunde zu unterbrechen, auf die Straße zu gehen und ihn zur Rede zu stellen. Sie kannte ihn. Für gewöhnlich verhielt er sich höflich und distanziert, lüftete seinen Hut, wenn sie sich begegneten, aber sein Lächeln war schon immer gequält. Sie mochte ihn nicht. Hin und wieder bekam er Besuch von seiner Tochter und deren Sohn, einem dünnhaarigen blassen Knaben. Sie interessierte sich sehr für die Schule, im Gegensatz zu ihrem Vater. Des Öfteren schon hatte sie Berta in ein Gespräch verwickelt und großes Interesse an ihren Kursen gezeigt. Daher wusste Berta, dass der alte Kerl verwitwet und zuvor Beamter gewesen war. An seinem Klingelschild bellte einem der Name *Wetzlaff* entgegen. Und genauso bissig war auch seine verklemmte Neugier. Auf jämmerliche Weise versuchte er sein Gesicht zu wahren, welches im Zwiespalt zwischen Trieb und Anstand zu einer giftig erstarrten Fratze wurde.

„Fräulein Dorn, übernehmen Sie!", wies Berta Habenicht die Pianistin an, verließ kurzentschlossen den Parkettsaal im Erdgeschoss und ließ die Mädchen in ihren Turnanzügen zurück. Ärgerlich durchschritt sie den Hausflur und stieß mit kraftvoller Geste die Tür zur Straße auf. Der Alte erstarrte. Dann humpelte er eilig, auf seinen Gehstock gestützt, die Straße hinunter. In nur wenigen Schritten hatte Berta ihn erreicht und versperrte ihm den Weg.

„Was glauben Sie, Herr Wetzlaff, in meinen Unterrichtsräumen so ausgiebig und ungeniert beobachten zu können?"

Der greise Herr stolperte, bevor er sich wieder fing und der überraschte Zug in seinen Augen zu einem gehässigen Blitzen wurde. „Ich wollte mich nur vergewissern", näselte er, „ob Ihre minderjährigen Schülerinnen auch gebührlich bekleidet sind oder ob in Ihrer Schule gegebenenfalls gegen das Jugendsittlichkeitsgesetz verstoßen wird. Man sollte immer auf alles ein Auge haben."

„Was erlauben Sie sich?" Bertas Zorn entflammte.

Die dünnen, knochigen Hände des alten Wetzlaff raschelten provokant in den Seiten einer zusammengefalteten Zeitung in seiner Manteltasche, von der Berta nur die Hälfte der Titelzeile las, die sie allzu gut kannte.

Wege zu Kraft und Schönheit. Verstoß gegen das Reichslichtspielgesetz? „Turnen und Sport" in Bayern klagt an. Propagandistische Verherrlichung von Nacktkultur. Niedrige Instinkte werden …

Sie hatte nichts weiter als Abscheu für ihn übrig. Wie lange hatte der Widerling sie und ihre Mädchen schon im Visier, und woher wusste er überhaupt, dass sie eine der Filmschaffenden gewesen war? Vielleicht durch seine Tochter? Wie auch immer. Selbst, wenn der alte Kläffer längst nicht mehr im Amt war, den Aufsichtsrat trug er noch mit sich herum wie seinen hässlichen, mit einem Löwenkopf verunstalteten Gehstock. Der Alte blinzelte zu ihren Unterrichtsräumen hinüber. An den Fensterscheiben drängten sich die Mädchenköpfe, die im gleichen Moment auseinanderstoben, als Berta sich umwandte.

„Solchen Tendenzen muss entschieden widersprochen werden!", dozierte er.

„Klären Sie mich bitte auf, von welchen Tendenzen Sie reden?" Berta nahm eine Pose ein, die es dem Alten unmöglich machte, an ihr vorbeizukommen, ohne auf die Straße zu treten.

„Schon gut, schon gut", brummte der Greis. Mit ihrer Angriffslust hatte er nicht gerechnet. So schnell also werden sie klein, diese kurzbeinigen Köter, dachte Berta.

„Sprechen Sie ruhig weiter. Was haben Sie gegen die Pflege des Leibes an meiner Schule vorzubringen?"

„Ich habe gar nichts gegen Ihre Schule", murmelte der Alte böse.

„Das würde mich auch wundern." Bertas Stimme schwang sich zum Unterrichtston auf: „Sie sind doch eigentlich alt genug zu wissen, dass vor dem Krieg ausschließlich unsere männliche Jugend körperlich durchgebildet wurde?" Aber Hillmar Wetzlaff verstand nichts von Bertas Dramaturgie und tippelte nur unbehaglich von einem Bein auf das andere.

„Also", fuhr sie fort. „Unserer weiblichen Jugend ermangelt eine solche Durchbildung. Gesunder Sportsgeist, Herr Wetzlaff, hat kein Geschlecht. Falsche Leibesscham ist ihm fremd. Spreche ich deutlich genug?" Weder nickte der Alte noch war zu erkennen, ob er überhaupt eine Regung verspürte, aber sein Schweigen genügte ihr. Erst als sie ihre dominante Haltung aufgab und ihn vorbeiließ, wandte er sich um und rief mit dünner Stimme: „Sie werden noch an mich denken!"

Nun denn, er knurrt schon wieder, dachte sie. Hund bleibt Hund, auch wenn man ihm die Venus von Milo zeigt. Siegesgewiss wandte sie sich ihrem Schulgebäude zu, hinter dessen Scheiben sich die Mädchen drängten. Lachend hielten sie ihrem strengen Blick stand. Kein Wunder. Der Unterricht war vorbei. Irma Dorn hatte zur Pause geläutet.

Daheim im Salon hatte Dorothea sämtliche Zeitungen auf dem Perserteppich ausgebreitet. Den rotäugigen Baldur hatten sie unter lautem Gebell in die Küche verbannt. Sein stetiges Winseln und das Scharren an der Tür bildeten den Unterton ihrer Stimmung angesichts der vielen Zeitungskritiken.

„Du wirst vor niemandem etwas zu befürchten haben", beruhigte Dorothea ihre Freundin. „Sie sind in der Minderzahl. Ein winziges Grüpplein. Eine Handvoll selbstgerechter Turner. Einfach lächerlich angesichts der Begeisterungsstürme."

Berta nickte besorgt.

„Aber trotzdem, ein einziger Tropfen bitteren Zeugs reicht aus, ein Fass Wein zu verderben. Das ist eine schwerschädigende Kritik. Sie entstellt den ganzen Charakter unseres Filmes." Stirnrunzelnd rieb sie sich die brennenden Augen. Sie hatte schlecht geträumt, war gegen drei Uhr erwacht und nicht wieder eingeschlafen. Sie fühlte sich benommen.

„Gib mir ein Glas!", bat sie.

„Endlich wirst du vernünftig", erwiderte Dorothea, öffnete den Campari und schenkte zwei Gläser ein. Die Uhr schlug zwölf. Noch hatten sie Mittagspause.

„Kein normaler Mensch wird deine Bilder als ein öffentliches Ärgernis empfinden."

„Es sind nicht nur meine. Es betrifft die Szene des römischen Bades genauso wie das Urteil des Paris."

„Ihr seid trotzdem in der Überzahl und braucht euch von verbeamteten, alten Jungfern beiderlei Geschlechts nichts vorschreiben zu lassen."

„Diese verklemmten Greise paaren sich aber allzu gern mit prüden Ministerialräten und heraus kommt irgendeine Zensur. Ich möchte nicht, dass man unser Werk im gleichen Atemzug mit Sündenbabel nennt. Nachher wird es noch dem Jugendverbot unterworfen! Es ist ein Aufklärungsfilm und keine Nudistenverherrlichung."

„Lass sie doch ihr kleines Restgift verspritzen. Das sind die letzten Zuckungen einer sterbenden Grubenotter."

„Dein Wort im Ohr von wem auch immer!" Endlich lächelte Berta spärlich. Es schmerzte Dorothea, sie so niedergeschlagen zu sehen. Eine Verschwendung von Gefühlen, vor allem nach dieser herrlichen Premierenfeier. Trotz der Polizeistunde waren sie spätnachts heimlich im Stadtwald gewesen, mit einer Flasche Sekt, die sie im Licht eines wie mit der Lanze abgeschnittenen Halbmondes leerten. Die übrige Nacht hatte Dorothea ausnahmsweise im Bett ihrer Freundin verbracht, aber am Morgen war sie dann allein erwacht. Berta lag bereits in ihrem Bett, war hellwach, der Unterricht rief. Nun jedoch war Mittagspause und am Nachmittag würden ein paar Stunden folgen. Besorgt beobachtet Dorothea, wie ihre Freundin sich die Stirn rieb. Rasch stand sie auf, eilte zum Medizinschränkchen im Bad, holte ein Tütchen heraus und streute das weiße Pulver in das Campariglas.

„Bitte!"

Berta wartete, bis sich das Aspirin aufgelöst hatte, warf den Kopf in den Nacken und schüttete das Zeug hinunter.

„Und was meinst du dazu?", fragte sie mit säuerlicher Miene.

„Was soll ich wozu meinen?"

„Findest du sie unerheblich?"

„Wen denn?"

„Die Nacktaufnahmen."

Doro wandte sich zum Fenster und schwieg. Berta war verunsichert, denn die gesamte Journaille widersprach sich. Ein anderes Blatt hatte nämlich behauptet, der Film sei überfrachtet.

„Nein, ganz und gar nicht", erwiderte Dorothea nach einer Weile. „Ich fand nur den Film im Allgemeinen etwas zu lang."

„Wirklich? Warum?" Wieder huschte der leidige Ausdruck über Bertas Gesicht. Sofort taten Dorothea die offenen Worte leid. Sie wollte ihre Freundin nicht kritisieren.

„Ach, Berta, du weißt, ich bin Dichterin. Ich verdichte und liebe Verdichtetes."

„Du hast dich also gelangweilt? Hast du dich deshalb vor der Feier danach gedrückt?"

„Ich habe mich nicht gedrückt, ich brauchte nur etwas frische Luft zwischendurch. Der Film? Nun ja, er ging insgesamt ein winzig kleines Etwas in die Breite." Unwillkürlich strich sich Berta über die Taille. Dorothea lachte. „Der Film, Berta. Nein, was ich meine, ist: Dieser Streifen ist eine unsägliche Aufzählung von Sportarten und Tänzern. Eine Berühmtheit jagt die andere. Im Vorübergehen streift die Kamera die ganze Welt, nichts geht wirklich in die Tiefe. Aber du kannst da am wenigsten für." Berta schluckte.

„… und was meinst du zur Römerin?"

„Ein wenig kitschig für meinen Geschmack. Viel Schnörkel und ein paar Mätzchen, aber hübsch trotzdem, sehr apart. Wirklich." Dorothea warf ihrer Freundin verwegene Blicke zu. Als sie nicht darauf einging, sondern weiter vor sich hinstarrte, schloss sie: „Der Streifen wird ein Standardwerk, Berta. Glaub mir. Hier und da muss man vielleicht ein paar Verzierungen abklopfen, aber das wird schon."

„Du würdest ihn also kürzen?"

„Wie ich bereits sagte." Dorothea ging diese Zweifelei langsam auf die Nerven.

„Und fällt sonst noch was unter den Hammerblick deines gnadenlosen Auges?", fragte Berta und grinste leidlich.

Gott sei Dank, sie hat ihren Humor wiedergefunden, dachte Dorothea und erwiderte: „Ich habe mich gefragt, wozu ein Herr

Mussolini unbedingt durch das Bild reiten und wozu ein Gerhard Hauptmann in stürmischer See auf einem Felsblock dichten muss? Ich sehe da keinen Zusammenhang. Außer, jemand wollte andeuten, dass die Dichtkunst auch eine rhythmische Übung ist.“

Endlich lachte Berta auf und warf ihren Kopf nach hinten. Der heftige Schmerz ließ sie zusammenzucken.

„Verdammt!“

„Leg dich hin, ich unterrichte so lange“, bot Dorothea ihr an, „bis dein gesunder Geist in deinen geschundenen Körper zurückkehrt.“ Berta verzog kaum eine Miene und nickte erleichtert.

„*Mens sana in corpore sano*“, murmelte sie.

„Das war nur ein Scherz, Liebling!“, sagte Dorothea.

Abermals wollte Berta nicken, ließ es aber sein. Dorothea liebte Zitate. Aber bei diesem war sie der unumstößlichen Meinung, dass ein gewaltiger Irrtum in seiner Übersetzung passiert sei, denn dass nur ein gesunder Geist in einem gesunden Körper wohne, hielt sie für veraltet.

„Angeblich soll ja Sokrates ein krummes Scheusal gewesen sein“, brummte Berta.

„Wenn ein Buckel jemals der neue Sitz des Gehirnes werden sollte, gebe ich mir die Kugel. Ich gehe jetzt nach unten“, sagte sie zu ihrer Freundin, die auf dem Chaiselongue wie hingegossen dalag und vorsichtig atmete.

„Berta?“

Ein gemäßigtes Brummen drang unter einem elfenbeinweißen Arm hervor.

„Erhol dich. Ich bekämpfe jetzt die Unwissenheit. Der gesamte Bandapparat der Wirbelsäule wartet auf deine Elevinnen.“ Dorothea griff nach den Anatomiefolianten.

„Vergiss den Sakralkanal nicht“, murmelte Berta.

„Niemals.“

Bevor Dorothea hinausging, trug sie rasch die gesammelte Post des Vormittags in den Salon und legte sie auf Bertas Sekretär.

„Ich schaue die Rechnungen durch, sobald ich aus Kassel zurück bin“, erklärte Berta matt.

„Das hat Zeit, Liebes. Eile ist die Tüchtigkeit von Stümpern. Sagt zumindest Ambrose Bierce. Welchen Zug nimmst du denn?“

„Den nächstbesten“, erwiderte Berta mit geschlossenen Augen und sah nicht, wie ihre Gefährtin einen mattgelben, handbeschrifteten Umschlag in den Händen hin und her drehte, bevor sie ihn stirnrunzelnd zu den anderen Briefen legte und die Wohnung verließ.

15

Lieselotte öffnete die Wohnungstür und stand in der Diele. Die Zimmer lagen still. Tante Almut hatte gleich nach ihrer wöchentlichen Turnstunde einen Arzt aufgesucht, denn sie klagte schon seit zwei Wochen über schreckliche Rückenschmerzen, denen mit Gymnastik nicht beizukommen war.

Selten war Lotte allein. Üblicherweise genoss sie dann die Stille der Wohnung und wandelte durch die Zimmer, in der Vorstellung, es wären ihre. Sie würde alles anders einrichten. Weniger monumental. Einzelne helle Stücke vielleicht, hübsch an den Wänden verteilt, mit viel Platz, so dass der Raum atmen konnte. Außerdem würde sie das dunkle Bett vom Fenster wegschieben, um in der Früh bei geöffneten Flügeln zu turnen – zum Gezwitscher der Vögel und im Angesicht der Bäume. Aber jetzt wirkte die Leere bedrohlich auf sie. Als würde das Klopfen ihres Herzschlags von den Wänden hallen.

Laut fiel die Tür hinter ihr ins Schloss. Sie fuhr zusammen. Ein Luftzug. Was hatte sie nur getan? Kurz, bevor die Dämmerung hereinbrach, glaubte sie noch fest daran, die Dämonen der Nacht auf das gelbe Papier gebannt zu haben. Es hatte gutgetan. Dennoch war es eine Schande, die unerhörten Zeilen nicht bei Tagesanbruch dem Ofen überlassen zu haben. Wie waghalsig, das Schreiben in den Briefkasten der Schule zu werfen! Sie hatte Dämonen besiegen wollen. Ein Irrtum, wie sich jetzt zeigte. Die Traumgespenster hatten bereits neue Geister aus sich selbst heraus gezeugt. Und diese hatten ihr eingeflüstert, die Worte nicht einfach auf einem Papier zu belassen, sondern ihren Finger befohlen, das Kuvert zu öffnen, den Klebstreifen zu befeuchten und den Brief zu verschließen. Die Stimmen hatten auch ihre Schritte gelenkt. Und dann war es vorbei. Der Brief war aus ihren Händen in den Kasten hineingeglitten, und der gedämpfte Aufschlag auf den Metallboden hatte ihre Tat besiegelt.

Der plötzliche Schwindel war übermächtig und sie sank auf den Stuhl. Die Dämonen waren schuld. Sie hatten sie gezwungen, ihr Herz in flammende Zeilen zu verwandeln und es an Berta zu senden. Das, was sie da noch pulsierend in sich spürte, war nur das Echo ihres Organs. Verzweifelt vergrub sie ihr Gesicht in den Händen. Was würde Berta von ihr denken? Was konnte sie tun, wenn gar nichts geschah? Das wäre das Schlimmste aller Szenarien. Aber was, wenn Berta zurückschrieb? Etwas *musste* doch geschehen, etwas *würde* passieren. Sie konnte sich nur nicht vorstellen, was.

Drei Nächte wälzte sie sich schlaflos in ihrem Bett. Jeden Morgen war sie stiller und blasser. Almut warf bereits argwöhnische Blicke auf ihren Bauch.

„Es ist wegen meinem Vorstellungsgespräch an der Volkshochschule", beruhigte sie die Tante. „Schließlich geht es darum, ein Bein auf dem Boden zu bekommen." Ihr war übel. Kurzerhand schob sie den Frühstücksteller weg. Almut runzelte skeptisch die Stirn und schwieg.

„Du willst doch nicht, dass ich für immer hier wohnen bleibe", sagte Lotte unvermittelt. Die Tante schluckte. Diese Worte schienen sie noch mehr zu beunruhigen. Mit einem Mal wurde Lotte klar: Die Tante wollte sie gar nicht hergeben.

„Du kannst gerne hierbleiben und Miete zahlen", sagte sie kleinlaut.

Lotte unterdrückte ihren Einwand und erklärte: „Für die nächste Zeit werde ich das tun." Sie räusperte sich. „Du musst doch auch einsehen, dass ich langsam zu alt bin, um in einem Mädchenstübchen zu wohnen. Soll Erwin denn immer erst durch eure Wohnstube, um mich zu besuchen?" Zum ersten Mal brachte sie ihn so offensiv ins Spiel. Erwin konnte ihr helfen, sich aus diesem Nest zu befreien.

Der Anblick der zusammengesunkenen Almut rührte sie plötzlich. Wie sie so dastand. Ein verlassenes, gealtertes Huhn inmitten seines leeren Nestes. Unwillkürlich stand Lieselotte auf und streichelte ihren Oberarm. Wie warm er sich anfühlte. Vielleicht wünschte sich ihre Patentante Enkel? Sie stand da, als bemerkte sie Lottes Streicheln gar nicht. Noch immer hatte sie nichts erwiderte, nur bei dem Wort Erwin war sie in sich zusammengesunken.

„Ich bin dir sehr dankbar, für alles", sagte Lotte leise. Solche Worte hatte sie ihrer Tante gegenüber noch nie geäußert. In die Augen von Almut stieg ein feuchter Glanz. Weder Lotte noch Almut wussten etwas zu sagen. Die Nähe war fremd. Mit einem energischen Seufzer schüttelte Almut Lottes Hand von der Schulter und wandte sich ab. „Geh nur zu deiner Volkshochschule. Aber iss und trink vorher etwas, sonst kippst du vor den Leuten aus den Latschen. Wer will schon jemanden anstellen, der so dünn und unausgeschlafen daherkommt?"

„Ja", erwiderte Lotte erleichtert, setzte sich wieder und aß.

16

Das Gespräch an der Volkshochschule war gut verlaufen. Lieselotte hatte der Geschäftsführerin Ada Lessing persönlich die Hand geschüttelt, und Frau Lessing erinnerte sich an ihren Namen, war überaus entgegenkommend und hatte versprochen, sich für sie einzusetzen. In Hochstimmung schritt Lieselotte durch die Straßen. Nach einem ausgiebigen Spaziergang durch die Oststadt atmete sie tief durch. Vielleicht hätte sie demnächst eine Stelle! Stark fühlte sie sich und frei. Kurzerhand verzichtete sie auf ihren eigentlichen Weg in die Innenstadt und hielt geradewegs auf die Eichstraße zu. In diesem Augenblick war sie sich plötzlich sicher. So sicher wie noch nie in ihrem Leben. Sie würde es wagen.

Eine Viertelstunde nur brauchte sie für den Weg, den sie sonst in fünfundzwanzig Minuten zurückgelegt hätte. Atemlos harrte sie vor dem Haus mit der Nummer zehn aus, wartete, bis sich ihre Lungen beruhigt hatten, und öffnete beherzt das Eisengittertor. Rasch lief sie die letzten Meter auf die hohe Holztür des Backsteingebäudes zu, über dessen Oberlicht das Schild *Berta-Habenicht-Schule* prangte. Dort angekommen holte sie tief Luft und stieß die Tür auf. Vor ihr lagen wie ein Versprechen im halbdunklen Hausflur die hellen, blankgewienerten Stufen der Treppe. Ihre Finger lösten den aufgesteckten Haarknoten, ließen die Spangen in der Manteltasche verschwinden und fuhren durch das kräftige Haar, bis es glatt und ohne Verwirrung auf die Schultern fiel. Dann stieg sie die Treppe hinauf. Als sie die oberste Stufe des zweiten Stockwerks erreichte, vernahm sie hinter der Wohnungstür eine gedämpfte, aber aufgebrachte Unterhaltung. Zögernd näherte sie sich der Tür mit dem Schild *Privat*. Bertas Refugium. Es lag direkt über den Schulräumen. Genau zweimal war Lieselotte während ihrer Ausbildungszeit hier oben gewesen. Einmal, um einen ekelerregenden, rotäugigen Pudel auszuführen. Berta hatte mit einer bösen Bronchitis im Bett gelegen und die Bragge war für sie nach Kassel zum Choreografieren gefahren. Das zweite Mal harrte sie hier aus, weil sie eine Geburtstagskarte samt Geschenk von ihren Eltern abgeben sollte. Eine selbstgebrannte Marille – passend zur Schnapszahl dreiunddreißig. So alt, wie Berta gerade geworden war.

Aller guten Dinge sind drei, ermutigte sich Lotte. Heute war sie jedoch nicht hier, weil man sie geschickt hatte. Heute war sie um ihrer selbst willen gekommen. Unvermittelt gaben ihre Knie nach. Nein, befahl sie sich, aber das verfluchte Zittern hörte nicht auf.

Von drinnen vernahm sie die wütenden Worte. „Unzulässig! Unzulässig! Hör doch auf. Was kümmert's mich? Ich werde nicht all meine Prospekte deshalb einstampfen lassen!" Bertas Stimme. Jemand antwortete ihr. Lotte konnte nicht verstehen, was, und auch nicht, von wem die Erwiderung kam, aber dass es eine Frau war, war sicher.

„Der Senator soll sich nicht so aufspielen. Sobald unsere Faltblätter aufgebraucht sind, werde ich den Passus *behördlich genehmigtes Ausbildungsinstitut* umgehend streichen. Ganz, wie der Herr Amtschimmel befiehlt." Wieder erklang die andere Stimme. Besänftigend. Unverständlich.

„Ach was! Erbsenzähler, Korinthenkacker … *Ich* werde nicht mit ihm reden. *Du* kannst gerne zum Trammplatz gehen und vor der Tür des Stadtschulrates buckeln. Ich tue, was ich für richtig halte. Punkt." Erschrocken wich Lotte einen Schritt zurück. Die Tür öffnete sich und die Schulsekretärin trat heraus. Überrascht ließ Dorothea Bragge einen Blick auf das Mädchen fallen, hielt inne, schnürte ihren Gürtel enger und stiefelte mit einem verächtlichen Schnaufen die Treppen hinab. Kurz überlegte Lieselotte, es ihr nachzutun und es lieber am nächsten Tag zu versuchen, als Berta Habenicht in der Tür stand.

„Fräulein Daube?" Einen Moment lang war sie sprachlos.

„Ich würde gern mit Ihnen reden", stotterte Lotte.

„Dann treten Sie mal ein." Es war schwer zu erkennen, ob sich hinter diesen salopp gesprochenen Worten ein Lächeln verbarg, denn schon wandte sich Berta ab und gebot ihr zu folgen. Zügig durchschritten sie den kleinen Flur. Ohne weitere Worte wies sie Lotte einen Platz im Salon zu und verschwand in einem angrenzenden Raum. Zögernd ließ sich Lotte in einem grünen Samtsessel nahe dem großen Doppelfenster nieder, welches einen Blick auf die herrliche Krone einer großen Kastanie freigab. Sie kannte den Baum von unten. Im ebenerdigen Tanzsaal konnte man nur den knorrigen Stamm sehen. Berta Habenicht hantierte klappernd in der Küche.

„Vielen Dank für Ihren Brief, Lieselotte." Lächelnd kehrte sie mit einer weiß goldenen Porzellankanne zurück und setzte sich in den Sessel gegenüber. Ihr blaues Kleid leuchtete in klarem Kontrast zum hellen Beige des Polsters. Ruhig schenkte sie ihr den Tee ein und warf einen kurzen Blick in Richtung des aufgefalteten Papiers auf ihrem Sekretär.

Den flammenden Mädchenbrief hatte Berta erst gestern geöffnet, kurz nach ihrer Rückkehr aus Kassel. Das offenherzige Schreiben ihrer ehemals besten Schülerin war mehr als überraschend gewesen. Während ihrer letzten Begegnung bei der Filmpremiere hatte sich Lieselotte zwar etwas befreiter gezeigt, so dass sie schon eine leise Hoffnung hegte, sie würde sich in Sachen Selbstbehauptung endlich entwickeln, aber dieser Brief legte ein überaus rasantes Tempo vor!

Beim Absetzen der Kanne ließ sie ihre ehemalige Seminaristin nicht aus den Augen. Das Mädchen trug die Haare offen. Leider wagte sie es kaum hochzuschauen und richtete den Blick ständig auf ihre Hände. Ein Rückfall. Leider. Berta seufzte leise. Schon damals, als Lieselotte im Büro mit ihrer Patentante vorsprach, war ihr dieses Kind mit seiner offenkundigen Vorliebe für die eigene Unsichtbarkeit aufgefallen. Sie erinnerte sich gut. Lieselottes Figur war auch untrainiert tadellos, das Haar kräftig und glatt. Sie hatte schon damals, wie sie es Ada geschrieben hatte, einem ungeschliffenen Rohdiamanten geglichen. Die Patentante hingegen war das exakte Gegenteil; diese plumpe Frau hatte ihr das Mädchen damals in einer Weise feilgeboten, die an die ungesunde Aufregung eines Kunden am Tresen eines Pfandhauses erinnerte. Ihr Herumfuchteln vor dem Schreibtisch war unnütze Kraftvergeudung gewesen, denn Berta hatte längst den verborgenen Schatz erkannt. Der unreife Backfisch gehörte zu jener seltenen Spezies, der sie Großes zutraute, wenn sie ihr Wachstum nur in die richtige Richtung lenkte. Vielleicht würde das biegsame Bäumchen zu einem tragenden Stamm heranreifen, dachte sie damals, dem sie ohne Bedenken ihre Schule anvertrauen würde, wenn die Zeit gekommen war. Eines war unumstößlich: Die Berta-Habenicht-Schule würde ausschließlich an eine Berta-Habenicht-Schülerin vererbt werden.

Und nun hatte sich dieses Häuflein Demut plötzlich mit solch furiosem Brief offenbart, in einer schnörkelhaften und nachgiebigen Schrift. Die ausgeprägten Rundungen machten das zärtliche Geständnis trotz der wunderbaren Worte ein wenig behäbig. Sicher hatte sich das Kind damit selbst überrascht. Ihr merkwürdig unschlüssiges Verhalten beim Zusammentreffen vor dem Lokal sprach auch dafür. Aber Lieselotte Daube – eine Freundin? Ernsthaft lila, wie man so sagte? Dorothea hatte es ihr immer wieder ausgeredet. Die hastigen Blicke, das eilige Wegschauen – sie hatte dieses Gebaren für unreife Schüchternheit gehalten, die das Daubemädchen – wollte sie es zu etwas bringen – dringend ablegen müsste. Aber diese Sache hier verlief gerade in eine unliebsame Richtung. Sie wollte keine kindliche Liebhaberin, sondern eine fähige Kollegin aus Lieselotte machen.

Nachdenklich lehnte sie sich zurück und nippte an ihrem Tee, während sie Lotte nicht aus den Augen ließ. Vielleicht sollte ich dem Kind besser einen Campari anbieten, dachte sie. Das Mädel scheint mit dem Sessel zu verwachsen. Ein Sofablümchen. Zeig dich endlich!, dachte Berta. Als noch immer nichts geschah, lehnte sie sich zurück und betrachtete den Himmel vor dem Fenster. Eine herannahende Wolke schob sich vor die Nachmittagssonne. Verhalten musterte Lotte Bertas Kleid. Ihre Brosche war nirgends zu entdecken. Ihr Brief lag aufgefaltet auf dem Sekretär. Berta schwieg und tat, als wäre sie allein.

„Dann hatte ich also recht, damals?“, unterbrach Berta nach einer endlosen Weile ihr Schweigen. „Sie hatten vor der Windmühlendiele auf *mich* gewartet?“ Lottes Mut versickerte mit dem Licht vor dem Fenster. Lächelnd schüttelte Berta den Kopf. „Ich hätte es wissen müssen.“ Sie beugte sich vor und griff nach ihrer Hand. „Ich habe es geahnt“, fügte sie leise hinzu. „Sie brauchen auch nicht zu befürchten, dass Sie mir mit ihrem Schreiben zu nahegetreten sind, und Sie haben wirklich sehr hübsch geschrieben. Aber das konnten Sie ja schon immer.“

Hoffnungsvoll schaute Lotte auf. Im Blick von Berta fand sie jedoch nichts, was nur dem Funken einer Leidenschaft nahekam. Bertas drückte ihre Hand. „Sie sahen an jenem Abend so erstaunt aus. So rührend und erinnerten mich an ein großes, argloses Kind. Es tut mir wirklich leid, wenn ich Ihnen körperlich zu nahegetreten bin. Es war wirklich nicht meine Absicht, Sie so zu verwirren.“ Ihre Stimme klang fürsorglich und bestimmt.

„Aber das haben Sie nicht … es ist nur …“, stammelte Lotte, „… es war doch mein erster Kuss … mit einer Frau.“

„Meiner nicht“, erwiderte Berta. „Aber das ist hier nicht von Belang, Fräulein Daube.“ Lotte erstarrte. War das ein Zuspruch? Eilig schob sie alle Befürchtungen beiseite.

„Ich … ich glaube, ich habe mich in Sie …“ Aber sie beendete den Satz nicht. Es war demütigend. Bertas Mundwinkel zuckten leicht. Verwirrt starrte sie auf Bertas Lippen.

„Ich bin nicht frei, Fräulein Daube“, sagte Berta ernst. „Und wenn wir beide uns hier schon treffen, sollte es wirklich um ganz andere Dinge gehen. Es gibt Wichtigeres in Ihrem Leben.“ Alles Scherzhafte war aus ihrer Stimme verflogen.

„Aber ich liebe Sie!“, stieß Lieselotte vehement hervor. Nun war es geschehen. Ein Ruck ging durch Berta. Was war plötzlich in dieses Mädchen gefahren? Dieser Blick. Diese direkte Art. Dieser abrupte Wechsel. Stand etwas zu befürchten? Zu lange hatte sich Lieselotte unterwürfig gezeigt, so lange, dass Berta es fast aufgegeben hatte zu hoffen, dass Lotte innerhalb ihrer Ausbildungszeit endlich Führungsqualitäten entwickeln würde. Das flammende Empfehlungsschreiben an Ada Lessing war ein letzter Versuch gewesen, sie in die Richtung zu stupsen. Und nun das. Etwas an Lieselotte Daube stimmte ganz und gar nicht. Die zarte Wölbung ihrer Brust bebte. Berta konnte ihr Herz schlagen sehen. Erst hatte sich das Mädel jahrelang im Griff und nun verlor es jeden Halt und gab einer Liebesromanze den Vorzug statt der eigenen Kariere? Berta hatte sich vertan, sie hatte viel zu lange falsche Hoffnungen geweckt. Diese Instinktlosigkeit verärgerte sie zutiefst.

„Nein, unmöglich!", erwiderte sie harsch. „Zwischen Ihnen und mir liegt ein beträchtliches Stück Leben. Das muss Ihnen doch bewusst sein!" Dann lachte sie. Es war ein kaltes, demonstrativ abwehrendes Lachen. „Wie konnten Sie nur glauben, dass Sie und ich …!"

In Lottes Ohren klang der unvollendete Satz wie das Klirren eines Degens, der sich ohne Umweg in ihre verletzlichste Stelle bohrte. Sie wurde bleich. Das feurige Aufbegehren war vorbei. Die wunderbare Furchtlosigkeit nach ihrem Brief – all das schnitt Bertas Lachen einfach ab. In Lotte zerbrach etwas, wie der morsche Dachboden eines alten Hauses, den man unvorsichtigerweise betreten hatte. In ihrer Kehle wurde es eng, ihre Augen brannten, aber sie drängte die Tränen zurück. Alles hatte Lotte offenbart. In diesem einen kostbaren Augenblick. Es war genau der Moment, der das Zuviel an Zuwenig hatte, das kleine Bisschen, der Tropfen, das Gramm, welches den Zeiger einer Waage von der einen in die andere Richtung schwingen ließ, von Hoffnung zu Verzweiflung, von Zuneigung zu Verbitterung. Die Küsse, die einzigen, flüchtigen, die ihr Berta damals schenkte, waren nur ein loses Versprechen gewesen, das nie ausgesprochen wurde. Aber dennoch war es in Lotte zu einem Hunger angewachsen, der nie gestillt worden war, zu einem Geheimnis, das nicht leise sein wollte. Und jeder dieser Küsse war ein Hauch, der schon damals die Gewalt eines zerstörenden Wirbelsturmes in sich trug.

Lotte sprang auf, eilte zum Sekretär, ergriff den Brief und stürzte aus der Wohnung. Sie hörte nicht mehr, wie Berta ihr nachlief, das schwarze Schmuckstück in der erhobenen Hand. Nun aber, da sie verschwunden war, umschloss Berta es mit ihren Fingern und zog stirnrunzelnd die Wohnungstür zu. Sie hatte kein gutes Gefühl. In allem, was Lieselotte betraf, hatte sie sich getäuscht. Was zuvor eine Ahnung gewesen war, lag nun offen auf dem Tisch. Für die entscheidenden Dinge besaß Lieselotte kein Rückgrat.

Die Tränen liefen und liefen. Lieselotte konnte nicht aufhören zu weinen. Sie rannen sogar noch die Wangen herab, als Erwin das Café Kröpcke betrat. Eifrig winkte sie ihm zu und wischte mit dem Handrücken hastig das Feuchte fort. Bevor er sie ansehen konnte, beugte sie sich schnell über die Karte und tat so, als wäre sie in die Preise vertieft. Erwin gab dem Kellner ein Zeichen – für sich einen schwarzen Kaffee, für Lotte einen mit Sahne und Zucker.

„Ich bin gleich wieder da", versprach sie ihm, stand auf und verschwand auf der Damentoilette. Fünf Minuten später kehrte sie mit einem kühlen Lächeln auf den Lippen zurück.

„Danke für den Kaffee."

„Und? Hast du sie getroffen?"

„Wen?", fragte Lotte irritiert.

„Frau Lessing natürlich. Wie ist sie? Wie war dein Vorsprechtermin, Liebes?"

„Sie war sehr freundlich und sagte mir, dass ich die nächsten drei Monate am Dienstagabend probeweise Gymnastikstunden geben darf. Allerdings in Gemischtkursen." Besorgt musterte Erwin ihr Gesicht. Sie kniff die Lippen zusammen. Sicher waren ihre Augen noch immer gerötet. Gott sei Dank ahnte er nichts von ihrem Gefühlsdesaster, das sich keineswegs um ihre berufliche Zukunft drehte. Die blindstolze Leichtgläubigkeit verliebter Männer hatte ihn fest im Griff. Noch nicht einmal von der kleinen Szene mit Berta und Ada Lessing am Abend der Filmpremiere hatte sie ihm erzählt.

„Das wird schon", sagte Erwin. „Was macht sie denn für einen Eindruck auf dich?"

„Wer?"

„Frau Lessing natürlich. Wo bist du denn mit deinen Gedanken, Lottchen?" Die Verniedlichung ärgerte sie.

„Und warum hegst du ein solches Interesse an dieser Frau?", fragte sie spitz.

„Weil ich wissen möchte, wer wohl die Schokoladenseite des hochgelobten Philosophiedozenten Theodor Lessing ist."

„Und weshalb ausgerechnet dieser Herr Theodor?"

„Lessing, mein Liebes, *der* Lessing!"

Weshalb zieht er nur so eitel seine Augenbrauen nach oben, dachte Lotte und erinnerte sich an den Abend, als sie den Professor und seine Frau am Eingang der Schauburg beobachtet hatte.

Und ob sie wusste, wer Lessing war. Ich muss mir doch nicht vorzeigen lassen, wie ungebildet ich bin, dachte sie. Nicht von Erwin. Laut schnäuzte sie in ihr Taschentuch.

„Liebling, dieser Mann ist ein exzellenter Beobachter. Neulich hat er sogar behauptet, es könne bald eine Zeit anbrechen, in der man Leute wie Haarmann als kleine Stümper belächelt."

Ihr war kodderig. Sie konnte ihm kaum noch zuhören, aber besser, er interessierte sich für diesen Theodor, als dass er ihren vorlauten Gefühlen auf die Schliche kam. Es tat weh, aber sie gab sich weiter interessiert.

„Was meint er denn damit?"

„Den neuen politischen Wind, Lottchen. Der Herr Professor hat dem Hindenburg ans Bein gepinkelt."

„Wem?"

„Unserem früheren Generalfeldmarschall. Unser Reichspräsident."

Sie nickte, als hätte sie es nur kurz vergessen, und Erwin fuhr fort: „Lessing behauptet, Hindenburg sei nur eine Null, ein Zero und dass die Geschichte ständig zeige, dass hinter so einem Zero immer ein künftiger Nero verborgen steht. So eine Behauptung gibt Sturm."

„Ich versteh dich nicht. Solches Gerede ist das Gehirngespinst älterer Herren."

„Unterschätze nicht die Gefahr, die von älteren Herren ausgeht", scherzte Erwin, aber seine Augen blieben ernst. Lieselotte schnäuzte sich noch einmal, das Taschentuch gab ihr Halt. Der filigran gehäkelte Rand zwischen ihren Fingerkuppen und der Duft nach Fliederseife beruhigte sie. Allmählich verflog ihr Unwohlsein. „Morgen werde ich mich auch noch in der Frauenfach- und Haushaltungsschule vorstellen. Vielleicht kann ich dort bei den Kinderpflegerinnen Säuglingsgymnastik geben."

Erwin nickte.

Lieselotte fuhr fort: „Sie ist eine imposante Frau mit mütterlichen Augen und gepflegter Garderobe."

„Wer?"

„Ada Lessing. Das wolltest du doch wissen."

„Nichts anderes hatte ich mir vorgestellt."

Diese Ehrfurcht in Erwins Augen. Lotte fand das Getue um den Professor Lessing reichlich übertrieben.

„Mein Vater ist übrigens mit Lessing bekannt. Er ist außerordentlich klug", fügte er hinzu. „Es ist gut, wenn du Beziehungen dorthin aufbaust. Erzähl mir mal genau, wie es war." Seine fürsorgliche Art besänftigte sie, und während sie leise über ihr Vorsprechen berichtete, koppelte sich ihre Stimme allmählich von dem Gefühl der Trauer ab. Sie plauderte, als hätte es das Intermezzo in Bertas Wohnung nie gegeben, und vielleicht wirkte ihr Tonfall gedämpfter als sonst, vielleicht etwas unbeteiligter, aber sie konnte sich darauf verlassen: Ihre Stimme verriet sie nie.

In den Minuten, in denen sie Erwin ausführlich über das Vorsprechen berichtete, geschah in Lotte Gewaltiges. In ihrem Empfinden trennte sich eine Welt ab. Sie empfand rein gar nichts mehr. Die sehnsuchtsschwangere Vision, so mächtig sie auch gewesen war, entfernte sich, wurde kleiner und kleiner. Bald hatte sie nichts mehr mit ihr zu tun. Mit dem kühlen Plauderton schnitt sie Stück für Stück alles ab, was sie jemals damit verbunden hatte. Berta musste Vergangenheit werden. Und als Erwin ihr einen großen Eisbecher zur Feier des Tages bestellte, unsicher wurde und sie umständlich fragte, ob sie vielleicht seine Verlobte werden wolle, lächelt sie gleichmütig.

„Gerne", erwiderte sie. „Sehr gerne sogar. Unter einer Bedingung."

„Die da wäre?"

„Hör bitte auf, mich Lottchen zu nennen."

17

Die Leere in ihr war geblieben. Im Wohnzimmer schlug es zwei und der Mond wanderte hinter dem schwarzen Silhouettengeäst der Bäume entlang. Ein böiger Nachtwind zerrte hin und wieder an den losen Blättern, Almut und Winfrid schliefen. Lotte lehnte sich in den Sessel zurück, in dem Winfried sonst seine Salem Gold rauchte. Sie hatte den Ofen angefeuert und die Klappe offengelassen. Lange blickte sie in das pulsierende Orange. Das Briefpapier mit den Worten an Berta, die Zeilen aus schwarzer Tinte, die eigentlich hätten dunkelrot sein müssen von all der verspritzen Liebe, waren verbrannt. Die Küsse vor der Windmühlendiele und der Brief würden ihr Geheimnis bleiben.

Vorsichtig schloss sie die Klappe. Es fiepte leise. Das Verbrennen bei dünner Luftzufuhr klingt wie ein ameisengroßes Orchester, dachte sie. Es singt, es geigt, es schreit, miaut leise. Noch einmal öffnete sie die Ofenklappe und versank im Anblick der lodernden

Glut. Es gab nichts mehr davor und nichts danach, nur den Übergang von einem in den anderen Zustand. Ein letztes Mal blies sie in die ersterbenden Flammen. Der Anblick von Glut war heilsam. Totes wird heiß, dachte sie, und Orange wird Braun. Starres tanzt, Altes bricht und die Reste der verkohlten Birkenrinden flackern wie Wimpel im Wind. Ich will sehen, wie Berta verschwindet, in ihrem eigenen Schicksal, in dem ganzen grausamen Aufruhr, den ihre Andersartigkeit hervorruft. Immer sticht sie heraus, bohrt sich in die Herzen, tötet, statt sich anzupassen. Man muss sich anpassen. Alle passen sich an. Jeder Teil wird Teil eines Anderen. Lieselotte ballte die Faust und dachte: Ich will, dass das Unglück Teil von ihr wird. Dass es nicht mehr zu trennen ist von ihr. Dann erhob sich, schloss die Ofenluke und ging zu Bett. Irgendwann würde das Blatt sich wenden.

Als Dorothea Bragge nach Lieselottes überraschendem Besuch in ihre Wohnung zurückgekehrt war – mit der ärgerlichen Nachricht, dass die behördliche Genehmigung für die Berta-Habenicht-Schule sich weiter hinauszögerte –, war Berta durcheinander gewesen.

„Sie war hier", sagte sie und drehte eine schwarze Brosche zwischen ihren Fingern. Offensichtlich hatte sie eine Kanne schwarzen Tee in sich hineingeschüttet. Selbst ihren geliebten Pudel, der hechelnd um sie herumscharwenzelte, beachtete sie kaum. Ein verstörender Anblick.

„Komm", schlug Dorothea vor und legte den Pudel an die Leine. „Gehen wir doch ein Stück, und du erzählst mir, was passiert ist."

Berta nickte, sie zogen sich ihre Mäntel an, gingen hinaus und Berta schwieg eine ganze Weile. Zügig durchquerten sie die Oststadt, kreuzten die Königsstraße in Richtung Schauburg und schlenderten der untergehenden Sonne entgegen. Die herbstliche Kühle war deutlich zu spüren. Dorothea wollte zum Maschteich, Baldurs wegen. Als sie die Weinstraße ein Stück hinunterschlenderten und Dorothea vor einem blankgeputzten Schaufenster stehenblieb, begann Berta plötzlich zu reden. Noch während Dorothea die ausgestellten Fotografien durch die Fenster betrachtete, sprach Berta mit so leiser Stimme, dass Dorothea es nicht wagte, sie zu unterbrechen. Weder beachtete sie den an der Leine zerrenden Pudel noch die Ladeninhaberin, die durch die Vorhänge ihrer Auslage lugte und sich freute, das zwei Frauen an ihrem neueröffneten Atelier Interesse zeigten.

„Möchten Sie vielleicht hineinkommen?", fragte sie forsch und trat auf den Bürgersteig. Eilig richtete sie ihr Schild über dem Eingang, auf dem *Werkstatt für Lichtbildkunst* zu lesen war.

„Vielleicht ein andermal", erwiderte Dorothea freundlich. „Ihr Atelier ist hochinteressant. Sie sind neu in der Straße?"

Die Fotografin nickte. Ihr Name sei Aenne Heise und sie habe erst vor Kurzem das Fotoatelier hier eröffnet, erwiderte sie. Sie bräuchte dringend Kundinnen, deshalb nutze sie jede Möglichkeit, Kontakte zu knüpfen. Berta runzelte die Stirn.

„Kennen wir uns vielleicht?", fragte sie.

„Nicht, dass ich wüsste", erwiderte die Frau mit den wachen Augen, die trotz ihrer ernsten Miene zu lachen schienen. Sie dürfte noch keine dreißig sein, mutmaßte Berta. Um ihren schlanken, aber kräftigen Hals baumelte eine handliche Leica.

„Ich arbeite als Journalistin für die *Niedersächsische Tageszeitung*", erklärte Dorothea. „Haben Sie vielleicht eine Reklamekarte? Ich könnte für Sie Werbung machen. Ihre Fotografien im Schaufenster gefallen mir."

„Natürlich, einen Moment." Eifrig stürzte die dunkelhaarige Frau in ihre Werkstatt. Hinter den Gardinen der darüberliegenden Wohnung bewegte sich etwas. Dorothea meinte, zwei Gesichter zu erkennen. „Wie auf dem Dorf", murmelte sie.

„Jetzt weiß ich endlich, weshalb sie mir bekannt vorkommt", sagte Berta. „Sie muss sich auf einer der GEDOK-Veranstaltungen herumgetrieben haben." Nachdenklich nickte Berta. Die frisch gegründete Gemeinschaft Deutscher und Österreichischer Künstlerinnenvereine war ein Sammelbecken für Frauen, die endlich auf eigenen Beinen stehen wollten. Viele tummelten sich dort. An die junge Frau konnte sich Berta jedoch nur dunkel erinnern. Bereits wenige Augenblicke später hielt Dorothea das handtellergroße Pappkärtchen in der Hand. *Aenne Heise – Photographischer Eine-Frau-Betrieb* las sie und schmunzelte.

„Wir werden uns sicher wiedersehen", versprach Dorothea der jungen Frau. Wieder bewegte sich die Gardine oberhalb des Ateliers.

„Lauscher hören oft Dinge, die sie nicht verstehen", zitierte Dorothea lauter als nötig einen ihrer Lieblingsdichter G. K. Chesterton.

„Das sind nur zwei alleinstehende Jungfern. Meine Vermieterinnen."

„Aha", erwiderte Berta. „Für Sie besteht also die Annahme von Jungfernschaft, nur weil zwei Frauen zusammenleben?"

Lachend winkte Aenne Heise ab. „Nein, so meine ich es gar nicht. Es sind Schwestern, die es für ihre Pflicht halten, ein Auge auf mich zu haben, vermutlich, weil ich selbstständig bin."

„Soso." Dorothea lächelte.

Nachdem die junge Frau sich verabschiedet hatte und wieder in ihrem Atelier verschwunden war, schlenderten sie weiter und nahmen ihren Gesprächsfaden wieder auf.

„... und dann ist das Däubchen aus der Wohnung getürmt, als wären Horden von Berserkern hinter ihr her. Noch nicht einmal ihre Brosche wollte sie wiederhaben. Ich hätte sie ihr hinterherwerfen müssen. Sie wird sich hoffentlich beruhigen", schloss Berta mit fester Stimme, aber Dorothea hörte ihren Zweifel.

„Sicher wird sie das", erwiderte sie.

„Sie ist in einem zerrissenen Zustand."

„Lass sie", besänftigte Dorothea sie und wunderte sich. Weshalb konnte Berta diese Begegnung nicht einfach hinter sich lassen? Sie war doch sonst nicht so rückwärtsgewandt. Und schon gar nicht ehemaligen Schülerinnen gegenüber. Hatte die Daube vielleicht doch mehr Bedeutung, als sie bisher geglaubt hatte?

„Lass uns etwas essen gehen", schlug Dorothea vor.

„Ja, das ist vielleicht das Beste. Ich war in letzter Zeit so oft unterwegs, ich weiß gar nicht mehr, wie sich das anfühlt: ganz in Ruhe an einem Tisch zu sitzen. Weißt du eigentlich, dass sie in Düsseldorf einen Speisewagen in der Straßenbahn haben?

„Nein!"

„Doch."

„Essen auf Rädern!"

„Pervers."

„Bewegung ist eben doch nicht alles", sagte Dorothea.

„Jedenfalls nicht unter meinem Suppenteller", entgegnete Berta.

Die Tage verliefen zäh. Alles erinnerte sie an Berta. Das ständig umschlagende Wetter erinnerte an sie. Die Kursvorbereitungen erinnerten an sie. Jeder verfluchte Kastanienbaum tat es. Selbst das Nicht-an-sie-Denken erinnerte an sie. Lotte versuchte sich abzulenken. Es half. Unter betriebsamem Wäschefalten und bei den Monatsabrechnungen mit den vielen Zahlen blieb wenig Raum für Gefühl. Die ruhelose Betriebsamkeit entfachte einen lindernden Wind, der das Brennen schmälerte und ihren Blick auf etwas fokussierte, was nicht wehtat. Aber ihre Traurigkeit ließ sich nicht ganz verdrängen. Abends kroch sie durch die Ritzen der Geschäftigkeit und tauchte in jenem Moment auf, wo sie die Hände in den Schoß oder ihren Kopf auf das Kissen legte. Der Schmerz breitete sich über ihre Seele, hüllte sie ein und machte die Nacht zum Tag.

Fallen gelassen. Zurückgelassen. Allein. Berta hatte sie nie erkannt. Berta sah nur ihre Schule. Berta besaß einen unstillbaren Geltungsdrang und beherrschte das Aussaugen derer, die sich nicht behaupten konnten, vortrefflich. Wieso war Lieselotte nur ihre Schülerin gewesen? Wozu hatte Berta sie benutzt, wenn sie sie immer so eindringlich angeschaut hatte, so vielversprechend, so anders als die anderen? Was hatte sie ihr vorgegaukelt? Besser zu sein als die, aus deren Umfeld sie sie herausgehoben hatte? Wozu diese Hoffnungen, wenn sie sie wieder zurückstieß? Sie hatte verloren. Ihre Enttäuschung verwandelte sich langsam in Groll, dann in eine leise Bitterkeit. Und ganz allmählich reifte ein Gedanke in ihr. Wenn Offenbarung und Verlust eine Einheit bilden, dachte sie, wenn das eine das andere bedingt, dann würde sie suchen, bis auch sie eine ebenso offene Stelle an Bertas Herzen finden würde. Und dann würde sie sie zwingen, sich ebenfalls zu offenbaren. Wenn Berta einen behandelte wie etwas Nichtswürdiges, dann war man eben etwas Nichtswürdiges, ein Tier. Nur keines, das fortlief, um sich zu verstecken, sondern eines, das sich mitten im Laufen umwandte und zum Sprung ansetzte. Unfehlbar. Eine Katze. Lieselotte hatte nicht umsonst bei Berta gelernt.

18

1929

Winfried hatte ein Automobil! Seine sensationelle Anschaffung. Der kleine Hanomag war zwar ein Firmenauto, aber dennoch sein Wagen. Jedenfalls gebärdete er sich so. Stolz brauste er mit Lieselotte in Richtung Aegidientorplatz. Der Fahrtwind zerrte an ihren Haaren, Kinder blieben stehen und winkten. Lotte lachte. Wie ein Halbwüchiger hämmerte Winfried fröhlich auf sein Lenkrad ein. Von den Sitzen duftete es neu nach Fabrik. Mit jeder Faser ihres Leibes genoss Lotte es, neben ihm zu sitzen. Vier Jahre waren inzwischen vergangen. So viel war geschehen. Besonders seit dem Tod ihres Vaters war dies endlich einmal ein befreiter Moment.

Ein seliges Lächeln auf den Lippen, schloss sie die Augen und spürte dem Vibrieren des Motors mit ihren Füßen nach. Das kleine Auto, das Kommissbrot, wie es auch hieß, war noch nicht lange auf dem Markt und wurde auch „der Wagen des kleinen Mannes" gerufen, aber ihr Onkel gebärdete sich wie ein ganz großer. Fröhlich knatterte er über die Hildesheimer Straße.

„Das Ding braucht keine Hupe!", brüllte er, obwohl sie neben ihm saß. „Man hört ihn immer rechtzeitig!" Wieder musste sie lachen, er hatte recht, das Auto ratterte mit seinen 10 PS unüberhörbar durch die Straßen. Immer wieder winkten ihnen Passanten zu. Offensichtlich überall, wo sie auftauchten. Das kleine Blechwunder rief Beifallsbekundungen bei wildfremden Leuten hervor.

„Mein Prachtstück!", brüllte der Onkel begeistert. „Da werden noch deine Urenkel was von haben, Lotte. Irgendwann gehört er mir! Und wenn dein Erwin sich mal traut, dir einen Heiratsantrag zu machen, dann leih ich ihn euch aus. Da haben nur zwei drin Platz! Da kannst du totsicher sein, dass unsere Almut außen vor bleibt, wenn ihr zwei Täubchen euren Ausflug macht." Sein Lachen übertönte das Geknatter und Lotte grinste.

„Deiner Tante bekommt übrigens das Turnen überhaupt nicht! Neuerdings behauptete sie, sie hätte ein Schaukelbecken, und ich wäre daran schuld!" Lotte bekam einen Lachkrampf und der Onkel fuhr fort: „Sie schwört jetzt auf Salben und Essenzen!"

Mal wieder, dachte sie, es war in der Tat eine kurze Episode geblieben – Almuts Ausflug in die Welt der Turnerinnen. Im Badeschrank hatte sie neulich wieder eine Zehnerkur Entfettungsmittel gegen Korpulenz gefunden, auf der in dicken Lettern: *Keine Änderung der Lebensweise!* stand. Als sie die Tante damit überraschte, redete Almut sich nur heraus: „Ach, Kindchen, immer diese Turnerei. Jetzt sollten wir auch noch laufen, da hab ich aufgehört, ich renne mir doch nicht die Schwindsucht an den Hals!" Nun liebäugelte sie wieder mit ihrem Gummigürtel und schwärmte von Wettkochveranstaltungen. Das Leben einer Hausfrau war eben doch ihr Reich. Statt des Dienstagstrainings bei Berta nahm sie lieber am Glanzplättkurs des Heimchenbundes teil.

Ach, es tat so gut, mit dem Onkel durch Hannover zu fahren. Als Lotte vor sich hin lächelte, hakte er nach: „Was ist jetzt mit der Spritztour? Nimmst du das Angebot an?"

„Dein Bestechungsgeschenk zur Hochzeit? Und ob!", rief sie ausgelassen.

Drei Monate später war Lieselotte verheiratet, natürlich nicht wegen des motorisierten Versprechens, sondern weil sie endlich eine weitere Ausbildung in Hamburg beendet hatte.

Dank der finanziellen Großzügigkeit ihres Onkels hatte sie nach ihrem Abschluss zwei Jahre in der Labanschule in Hamburg verbracht. Beim „großen Rudolf", wie Winfried ihn gern titulierte. Winfrieds Bruder lebte in der Hansestadt, und seine Familie hatte Lieselotte mit offenen Armen empfangen und für die Ausbildungszeit bei sich aufgenommen. Als Gegenleistung half sie in der Hauswirtschaft mit. Den Kredit, den ihr Onkel ihr zur Verfügung gestellt hatte, würde sie natürlich zurückzahlen, aber Winfried ließ ihr Zeit. Es hatte sie stolz gemacht, bei den „Labanesen" lernen zu dürfen, denn unter den Fittichen von Rudolf von Laban war sogar Mary Wigman Schülerin gewesen.

Ihre Freundin Else Marie hingegen konnte mit dem Namen der einst so vergötterten Tänzerin schon lange nichts mehr anfangen. Lotte seufzte, wenn sie daran dachte. Es war schade, aber Else hatte sich entfernt. Von vielen Dingen. Vielleicht hätte Lotte besser auf sie achtgeben müssen. Aber während ihrer zweiten Ausbildungszeit in Hamburg hatten sich ihre Wege getrennt. Dennoch, die Sache war es wert gewesen. In Hannover hatte sie Selbstbewusstsein und Haltung gelernt, aber bei Laban wurde der neue Tanz *erfunden* und nicht nur vordiktiert. Berta liebäugelte mit der Improvisation, aber Laban lebte sie. Berta war funktional, Laban beseelt. Berta war eine unbedeutende Vorstufe, Laban Kult. Lotte schloss die Augen und gab sich dem Fahrtwind hin.

19

„... weil nur die Schlankheit siegt, beugt sie den Rumpf ..." Den schnarrenden Singsang begleiteten die munter hüpfenden Akkorde eines Pianos. Willy Rosens Kassenschlager drang in voller Lautstärke aus dem Radioapparat, als Lieselotte die Türschwelle zu Elses Wohnung überschritt. Halbnackt wippte ihre Freundin in Charleston-Manier auf sie zu. Der Regler war auf Anschlag gedreht. Seufzend warf Lotte ihren blauen Überzieher ab. Seit sie wieder in Hannover war, hatte sie beschlossen, sich häufiger um Else zu kümmern. Das Uferlose in ihrer Art beunruhigte sie.

„Ist Arthur nicht da?" Verstohlen blickte Lotte sich um, obwohl sie wusste: wäre er anwesend, würde Else nicht barfuß auf knarrenden Dielen zu ohrenbetäubender Rundfunkmusik herumspringen. Arthur und Else teilten sich seine winzige Wohnung, obwohl Else ihr Zimmer im Hause ihrer Eltern behielt. Ihr Freund war Musiker und kein Kind von Traurigkeit, aber allzu oft zwangen ihn hämmernde Kopfschmerzen in die Waagrechte, ins Dunkel und in die Stille. In dieser Hinsicht war der Saxophonist eine schlechte Partie für Else. Jedenfalls tagsüber. Sieben Uhr abends jedoch verschwand sein Kopfweh, und dann spielte er für die vergnügungssüchtigen Nachtschwärmer Swingmusik im Tanzpalast.

„... ob am Rhein, ob an der Elbe, überall ist es dasselbe, alle Frauen kann man turnen sehn!“, schnarrte es aus dem Empfänger, und obwohl Lotte ihre Schuhe bereits ausgezogen hatte, tanzte Else noch immer herum. Es ärgerte sie. Offenbar hielt Else es für unnötig, ihr Hausschuhe anzubieten. Ihre affektierte Art ging ihr zunehmend auf die Nerven. Auch das backfischartige Gehopse fand sie nicht mehr altersgemäß.

„Brust heraus, soweit der Vorrat reicht!“, krähte Else inbrünstig mit. Unflätig schob sie ihren Busen vor und schüttelte ihn in obszöner Manier wie die Damen aus den einschlägigen Varietés.

„Hör auf damit“, flehte Lotte. In den letzten vier Jahren hatte Else ordentlich zugelegt. Sechs Pfund pro Winter, schätzte Lotte. Aus dem mageren Ding von damals war zwar noch kein richtiger Rollmops geworden, aber von Schlankheit konnte nicht mehr die Rede sein. Es schien Lieselotte mehr zu stören als Else selbst.

„Hörst du nur noch dieses alberne Zeug, oder turnst du auch hin und wieder noch?“

Else Marie hielt inne, ging zum Radio und schaltete ab. „Was ist nur aus dir geworden? Langweilig bist du. Zum Gähnen. Der reinste Hausfrauenzettel!“

Seufzend ließ Lotte sich auf einen Stuhl sinken und schaute sich um. Liederlich und nachlässig sah es aus, seit Else Marie der Gymnastik den Rücken gekehrt hatte. Vielleicht aber hatte diese Unordnung schon immer in Elses Seele gehaust. Ihre unzähligen Liebhabereien der letzten Jahre sprachen dafür. Zur gleichen Zeit, als Lotte Erwin kennenlernte, bändelte Else mit einem rotbärtigen Johann aus dem Ruderclub an, der ihr aber nur so lange gefiel, bis es ein Hanomacker sein musste, ein kerniger Maschinenschlosser, der ständig nach Fabrik stank und den sie auf einer KPD-Versammlung mit Erwin kennengelernt hatte. Nur ein paar Wochen, dann war es Else zu anstrengend geworden, ihn jeden Freitag am Werktor aus dem Strom der Feierabend-Schlosser herauszufischen, damit er seine Lohntüte nicht versoff – und später sie um Geld anbettelte. Es folgten in rascher Abfolge ein Bäckergeselle, ein entfernter Cousin, der Jura studierte, und ein Polizist. Bis sie im letzten August plötzlich von einem Offiziersschüler – einem schmucken Uniformierten – redete, der im Reitstiefelviertel wohnte. „Er heißt Claus, ist ein Herr Graf und hat mir sogar seinen Ehrensäbel gezeigt", kicherte sie mit ungläubiger Ehrfurcht, als sie Lotte einmal in Hamburg besuchte. Und als Lotte vehement die Kaffeetasse abstellte, dass sich sogar der Kellner des kleinen Cafés erschrocken zu ihnen umdrehte und sie Else Marie zurechtwies, sich so intimes Geschwätz zu verbitten, hatte Else ausgerufen: „Nein, Lotti, nicht, was du denkst! Der Herr Schenk von Stauffenberg ist der tollste Kavallerist seines Jahrgangs und hat wirklich einen waschechten Säbel für hervorragende Leistungen bekommen." Daraufhin errötete Lotte und Else amüsierte sich grinsend über „Lottes wüste Gedankenwelt".

Vier Wochen später schon schrieb sie ihr nach Hamburg, dass das stolze Techtelmechtel mit dem Adligen vorbei sei und der Herr Graf keiner Rede mehr wert. Die einzige Äußerung, zu der sich Else später noch herabließ, war: „Er ist furchtbar ehrgeizig. Genau wie du!" Abfällig hatte sie abgewunken. „Nur seine Hengste und die Karriere im Kopf. Und so ernst. Überhaupt nichts für mich. Viel zu jung." Die Ausrede hatte Lotte ihr jedoch nicht abgenommen. Der von Stauffenberg zählte mal gerade zwei Jahre weniger als sie. Vermutlich war es umgekehrt: Er hatte sich von ihr abgewendet. Die Vehemenz, ihn schlechtzureden, sprach dafür.

Und dann tauchte wieder Arthur bei ihr auf. Diesmal zierte sie sich nicht lange. Kurze Zeit, nachdem sie dem dunkelhaarigen Saxophonisten verfallen war, wirkte Else Marie auf einmal wie verändert. Regelrecht entpuppt. Nur, dass sie zuvor keine Raupe, sondern bereits ein Schmetterling gewesen war. Aber wie war die Steigerungsform eines Schmetterlings? Nachtfalter, vielleicht? Genau, ihre Freundin glich einer überdrehten Motte. Nur noch tagsüber nannte sie sich Else Marie. Wenn es dämmerte, verwandelte sie sich in eine Elena Mercurie. Unter diesem Künstlernamen trat sie auch auf. Die Arbeit in der Roten Mühle verdarb ihren Charakter noch mehr. Else zeigte zwar kein Soloprogramm im Tanzpalast in der Schillerstraße – das war den berühmteren Damen des Gewerbes vorbehalten –, aber sie hatte ein festes Engagement mit fünf anderen Revue-Mädchen. Allabendlich bildeten sie die erotische Staffage der Bühne.

„Soll ich uns ein bisschen einheizen?", fragte Else augenzwinkernd, bückte sich und griff nach Feuerholz.

„Ja, bitte." Alles hat sie verlernt, dachte Lotte resigniert, selbst das einfache Bücken.

„Denk doch wenigstens an die Kniesäge, statt dein Hinterteil in die Luft zu recken wie eine Kuh."

„Wie sollte ich die heilige Kniesäge denn je vergessen?", höhnte Else. „Aber Arthur hat sie mir abgewöhnt. Dieser Anblick …", sie wackelte neckisch mit dem Gesäß, „… ist ihm lieber. Er vergöttert ihn geradezu!"

Lotte wandte sich ab. Vulgär war sie geworden. Und dass ihre Freundin gleich alles verwarf, was gesund war, enttäuschte sie noch mehr, denn die Kniesäge war harte Arbeit gewesen. Alle aus der Schule beherrschten sie im Schlaf: das Verlagern des Gewichtes beim Hinhocken. Das Schaukeln und Abfedern auf Ballen und Fersen. Es schonte die Gelenke und hal,f anmutig auszusehen. Selbst, wenn man nur heizte.

„Roll nicht so mit den Augen, Lotte. Arthur ist eben ein Genießer."

„Ja. Das ist auch nicht zu übersehen." Der langhaarige Musiker aß und trank gern und viel. „Aber du musst das ja nicht noch unterstützen!"

„Mit meinem dicken Hintern?", fragte Else spitz. „Meinst du das?"

„Else, bitte!", fuhr Lotte sie an. „Ich habe nicht dick gesagt. Es ist lediglich die Art, wie du dich …"

„Ja?"

„Ich finde es unzüchtig." Sie verkniff sich weitere Kritik, aber es ließ sich nicht leugnen: ein schmal gehaltenes, umrissfestes Gesäß besaß sie längst nicht mehr.

„Der erste Welttanz der Geschichte war übrigens das Menuett", sagte Else schnippisch.

„Ja, und?"

„Sein Inhalt war das Liebesspiel."

Lotte winkte nur ab.

„Solange meine Mulden hier noch zu sehen sind", sagte Else und tippte mit ihren lackierten Nägeln auf die Schlüsselbeine, „kannst du nicht behaupten, ich hätte meine Figur verloren. Dafür ist unsere Berta umso mehr aus dem Leim gegangen!" Ganz allmählich begann sich Else vor dem Spiegel in das blonde Gift Elena Mercurie zu verwandeln. „Unsere große, unfehlbare Gymnastikpäpstin!", flötete sie. Und damit hatte sie recht. Obwohl Berta ständig in Bewegung schien, war ihr Leib über die Ufer getreten. Die Taille hatte sie noch nicht ganz verloren und ihre Bewegungen blieben nach wie vor geschmeidig, aber das gnadenlose Vorhandensein ihres dicken Bauches ließ alle anderen Schönheitsmomente zerfallen.

„Auch, wenn sie sich nichts anmerken lässt, ich bin mir sicher, es nagt an ihr!"

Lotte nickte abwesend. Noch immer trug Berta das Echo ihrer Schönheit in sich, nur der grazile Schwung ihrer Silhouette war lange verflogen. Lotte erinnerte sich noch gut an die Fotografien in der Zeitschrift, damals, als ihre Lehrerin nackt posierte für die Wissenschaft. Nun war Berta dick, aber das felsenfeste Bewusstsein ihrer Schönheit schien tief mit ihr verwachsen zu sein. Sie hätte ein Flusspferd sein können, aber der Glaube an sich selbst bewirkte, dass sie trotz der Massigkeit elegant dahinglitt, wissend, dass alle Blicke auf sie gerichtet waren. Diese innere Überzeugung war wohl Magie, denn Berta Habenicht wurde als eine wahrhaft königliche Schönheit wahrgenommen.

„Manchmal stelle ich mir vor, sie säße auf der Schulbank und hörte sich selbst zu. Erinnerst du dich noch?"

„Nur zu gut", erwiderte Lotte. *„Es ist dem denkenden Menschen schlechthin unverständlich, wie Tausende und Abertausende von Frauen den dicken Bauch können erscheinen und wachsen sehen, ohne Himmel und Erde in Bewegung zu setzen, um sich desselben zu entledigen!"*

Die Vehemenz, mit der Berta ihre Worte herausfeuerte, ließen keinen Zweifel. Und nun, wie zum Hohn, begehrte ihr eigener Körper gegen sie auf. Es *musste* sie kränken. Leise Genugtuung regte sich in Lieselotte, auch wenn Jahre dazwischen lagen.

Anfangs hatte die Erinnerung an die Zurückweisung noch wehgetan. Momente, die ihr heute wie hinter einem Schleier vorkamen. Es ging ihr damals schlecht. Als wäre in ihr eine Falltür gewesen und alles, was darüberlag, sackte ins Nirgendwohin. Anfangs passierte Lotte das ständig. Überall konnte das Gefühl sie anspringen. Zum ersten Mal in ihrem Leben bekam sie ein Empfinden für das Wort „Leiden", eine fühlbare Ahnung von Kraftlosigkeit. Sie spürte die Grenze, wo der reine Wille nichts mehr auszurichten schien. Also stolperte sie geradeaus, quälte sich jeden Morgen aus den Federn, auch wenn sie lieber liegengeblieben wäre, und alles nur, weil sie dem schlimmsten aller Gefühle entrinnen musste: Bedürftigkeit. Es hatte ihren Vater gefressen, ihre Mutter geholt, es sollte sie nicht kriegen. Sie war eine Überleberin. Sie und das Tanzen. Sie und die Anmut.

Und irgendwann spürte sie, dass sie nicht mehr ganz darin verlorenging. Lotte gewöhnte sich an das Einsacken und Wegknicken und ganz allmählich verloren auch die kleinen Schrecken ihre Endgültigkeit.

Es war anstrengend, das erste Jahr, und erst als sie an die Labanschule ging, wurde es endlich leichter.

Hamburg war ihre seelische Rettung gewesen. Und noch etwas anderes hatte sie lernen müssen, nämlich, dass ihr in der Traurigkeit niemand helfen konnte. Die tröstende Hand von Erwin, der nichts ahnte, war eine Last. Niemandem wollte sie sich zuwenden außer sich selbst. Erwin oder Else zeigen zu müssen, dass es ihr doch recht bald besser ging, war Zwang und Lüge zugleich. Nur in der Einsamkeit war sie frei. Den einzigen tröstlichen Gedanken, den sie hin und wieder zuließ, war eine durchsichtige, schwebende Hand mit zarten Fingern, die sie sanft berührte, als wäre sie ohne Gewicht, so dass sie sich gefahrlos hingeben konnte. Das hatte nichts mehr mit plumpem Menschsein zu tun. Dass diese ätherische Wärme hin und wieder Züge von Berta annahm, musste sie hinnehmen. Sie hatte Bertas Herz nicht gewinnen können und sie lange auf einen Sockel gestellt. Sie hatte sie bewundert, geliebt und beneidet, aber das war nun vorbei.

Laban hatte sie geheilt, und jeder Haarriss im Fundament der Habenicht-Säule ließ Lieselottes Haupt ein Stück mehr in die Höhe ragen. Jeder Zentimeter von Bertas zunehmender Reizlosigkeit linderte die alte Demütigung. Lotte hatte ihre schöne Figur behalten, Berta nicht. Lotte hatte inzwischen gut besuchte Kurse und verdiente knapp drei Mark die Stunde. Sie hatte trotz der Zeit des Börsenkrachs dank Onkels Gönnerschaft weitergelernt und konnte nun nach einer neuen Methode unterrichten. Berta nicht. Lange schon stand sie mit ihr auf gleicher Ebene. In ihr bebte es nicht mehr, wenn sie Berta sah. Ihr Herz blieb stumm auf den Fluren der GEDOK, bei denen sie die Bragge mit Berta zufällig sah. Lotte schwieg eisern, wenn sie sich bei den Veranstaltungen des Turn-Klubbs über den Weg liefen, und verspürte nur eine leise Verachtung, wenn Berta mit hoch gerecktem Kinn – einer zunehmend lächerlichen Pose – auf den Vernissagen an ihr vorbeiflanierte. Nur manchmal, ganz selten, war da ein sehr leiser und dumpfer Schmerz. In ungeschützten Augenblicken, meist, wenn Lotte sehr müde war oder mit Erwin schlief. Aber in Augenblicken wie diesen, wenn Else Marie so herrlich lästerte, fühlte Lotte sich wiederhergestellt. Einzig und allein, dass sie es niemals gewagt hatte, ihre Brosche zurückzufordern, blieb ein Stachel in ihrem Fleisch.

„Sicher führt sie einen Kampf mit sich“, sagte Lotte. „Ganz bestimmt. Sie ist eine harte Frau.“

„Im Gegensatz zu mir, willst du damit sagen?"

„Vielleicht." Mit dem Wuchern des Specks auf Elses Hüften war ihr Redefett leider nicht geschwunden. Die Geschwätzigkeit war angeboren und Else Marie würde sie noch mit ins Grab nehmen.

„Sie ist übrigens noch immer nicht verheiratet. Und das Fräulein Bragge auch nicht."

„Ach, Elli", erwiderte Lotte. Es war inzwischen ein offenes Geheimnis, das viele kannten, die mit Berta näher zu tun hatten, aber Lotte wollte partout nicht darüber reden. Bei dem Versuch, die Seidenstrümpfe anzuknöpfen, fegte Else mit ihrem Ellenbogen eine Zeitung von der Sessellehne. Raschelnd fiel sie auf den Boden. *Blutmai* stand auf der Titelzeile. Unwillig warf Else einen Blick auf den Dreispalter. „Mit ihren Thesen schüren sie nur Bürgerkriegsängste", monierte sie, während sie eine Augenbraue nachmalte. „Das ist nicht gut. Sie sollen sich einfach nur vertragen mit den Sozis."

„Wer?" Lotte ging in die Knie, hob die Zeitung auf, faltete sie ordentlich zusammen und legte sie zurück auf das Sofa.

„Ich rede von den Kommunisten."

„Ach so. Vermutlich hast du recht. Besser, sie hätten nicht demonstriert am ersten Mai." Es war nur so daher gesagt, damit Else endlich Ruhe gab, doch es misslang, denn während Else das Rouge auftrug, die Lippen nachzog, falsche Wimpern anheftete und den Goldpuder auftupfte, erfuhr Lotte in voller Gänze, was ihre Freundin neuerdings von den Kommunisten hielt. Vor einiger Zeit noch hatte sie eine ganz andere Meinung vertreten. Else warf ihre Überzeugungen ab, wie sie glitzernde Kleidungstücke fallen ließ – Abend für Abend vor einem johlenden Publikum –, und alle halbe Jahre suchte sie sich ebenso eine aufregendere politische Liaison. Vermutlich interessierte sich Arthur nicht für die Ideen eines Sowjetdeutschlands so wie Paul, Ludwig oder sonstwer vor ihm.

Lotte war sich nie ganz sicher gewesen, ob die Sätze, die da aus Else Maries Mund sprudelten, angelesen oder nur nachgeplappert waren. Die Freundin besaß das Talent einer Schauspielerin und brachte die Worte so ergriffen und feurig hervor, dass man sie ihr auf Anhieb glaubte. Von daher war die jetzige Berufswahl zumindest ein ernstzunehmender Schritt in die richtige Richtung. Lotte mochte das ganze politische Geschwätz nicht. Auch Erwin kannte kaum ein anderes Thema. Demoverbot hin oder her. Im Gegensatz zu Else war Erwin jedoch ein ehrlicher Roter, aber wenn Lotte jetzt damit anfing, hatte sie vielleicht den schönsten Streit am

Hals. Also schwieg sie und widmete sich ihrem Rocksaum. Else wechselte zum nächsten Tagesordnungspunkt.

„Es wird übrigens gemunkelt, die Lessing hätte was mit der Habenicht am Laufen."

Ein Stich – haarfein – schoss durch ihr Gemüt. Augenblicklich hatte Lotte sich wieder unter Kontrolle.

„Soso", sagte sie kühl.

„Kannst du dir das nicht vorstellen oder interessiert es dich wirklich nicht?"

„Letzteres."

„Ach, Lotte, das glaube ich dir nie. Du hast sie doch angehimmelt damals. Ich habe es genau gesehen."

„Ich war ein Backfisch. Sie meine Lehrerin."

„Ich war auch ein Backfisch. Sie war auch meine Lehrerin."

„Du schwärmtest doch für Mary Wigman, wenn ich dich erinnern darf, und wolltest ihr sogar hinterherreisen."

„Stimmt", räumte Else Marie ein. „Ich erinnere mich dunkel. Amerika."

„Siehst du?", erwiderte Lotte und lächelte.

Aber Else hatte sich festgebissen.

„Andererseits ist es nicht zu leugnen, dass du ihre Lieblingsschülerin warst. Sie hat dich bevorzugt, wo es nur ging."

„Dummes Zeug."

„Wie du meinst. Aber ich habe meine Quellen."

„Was für Quellen?"

„Es wird geredet. Hier und da."

Lotte runzelte die Stirn. Was wusste ihre Freundin? Lotte hatte ihre eigenen geheimen Gedanken nie geteilt. Der einzige, verräterische Brief, den es gab, war verbrannt.

„Nun spuck es aus. Du platzt ja bald!", entgegnete Lotte ungeduldig.

„Es wird erzählt, dass die Habenicht des Öfteren Schülerinnen bevorzugt behandelt. Aus welchen Gründen auch immer." Elses Mund verzog sich zu einem schelmischen Grinsen. „Wer weiß, vielleicht führt sie ihre freiheitliche Gesinnung auch noch anderswo ein als nur in die goldlockigen Köpfchen ihrer Elevinnen?"

„Du bist ekelhaft, Else. Ich weiß nicht, was mich noch bei dir hält!" Empört stand Lotte auf. „Dieser Beruf verdirbt dich."

„Lottchen! Setz dich doch. Warum so prüde? Wir sind gestandene, moderne Frauen, keine Puritanerinnen. Preußen kann ruhig ein paar lose Mundwerkerinnen gebrauchen. Die Weimarer macht's möglich und meine Nächte sind bunter denn je. Warum verkneifst du dir das beste Stück Leben?"

„Ich mag keine Gerüchte. So was ist Verleumdung."

„Erwischt! Du nimmst sie noch immer in Schutz. Deine Berta."

„Hör auf!"

Wider Willen war sie laut geworden. Aus Elses bestürzter Miene war alles Schelmische verschwunden.

„Lottchen, ist ja gut! Das wollte ich nicht. Nun setz dich doch wieder."

Lieselottes Augen brannten. Nein, keine Tränen jetzt! Nicht hier. Wieder einmal hatte Else es in ihrer penetrant bohrenden Art geschafft, an Dingen zu rühren, über die sie nie wieder nachdenken wollte.

„Ich mag es einfach nicht. Das Gerede", sagte sie entschieden und wischte sich über die Augen.

„Ist ja gut." Else legte den Arm um sie. „Hast du gerade Ärger? Mit Erwin?"

„Nein", sagte Lotte und entwand sich der Umarmung.

„Wirklich?"

„Es ist alles wie sonst." Sie stand auf und räumte das Kaffeegeschirr ab. „Ich muss los", sagte sie. „Dann viel Spaß dir heute Abend."

„Danke!"

„Und mach keinen Unsinn."

„Ich denke, ich soll Spaß haben?" Else zwinkerte ihr zu und Lotte rang sich ein leidiges Lächeln ab.

„Die GEDOK-Frauen warten nicht auf mich", erwiderte sie knapp. „Wenn ich zu spät bin, werden sie mich nie in die Tanzabteilung aufnehmen."

„Warum willst du unbedingt in die Tanzabteilung? Geh doch zur Gymnastik."

„Da hockt Berta im Vorstand. Als erste und einzige Vertreterin." Lotte grinste leidig. Else lächelte aufmunternd zurück.

„Du hast recht, mach lieber was Eigenes. Neben Berta wirst du es in dem Verein sowieso nicht schaffen."

„Das habe ich auch nicht vor. Sie ist und bleibt eine Gymnastikerin. Da bin ich rausgewachsen."

Else Marie kämpfte schon wieder mit ihren Strumpfbändern, und als sie sich die Seidenstrümpfe zum dritten Mal über die Schenkel zog, seufzte sie: „Es wird Zeit, dass ich mal bei dir vorbeikomme, Lotti. Unsere Rhythmen beißen sich. Immer wenn ich aufwache, macht deine Schule schon wieder dicht."

„So weit ist es ja nun auch nicht bis zur Langen Laube. Die Straße liegt keine zehn Minuten von dir. Außerdem ist Erwin bis zum frühen Abend dort."

„Ich möchte nicht zu Erwin, ich möchte zu dir!"

„Um dir unsere neuen Räume anzuschauen, reicht es auch, dass Erwin dort ist. Es ist wirklich hübsch geworden. Poliertes Parkett. Fischgrätenmuster. Die Wände lachsfarben. Erwin hat seinen Herrn Papa angepumpt. Widerwillig, aber er hat es getan."

„Er liebt dich eben. Ist dir das eigentlich klar?"

„Mehr, als du denkst", sagte Lotte kurz angebunden, eilte zur Tür und lief die Treppen hinab.

20

Sie musste sich ohnehin beeilen, und nun regnete es auch noch! Lotte keuchte und fluchte. Dabei war gerade die heutige Sitzung so wichtig. Sie lief ohne Unterlass, und es war ihr egal, ob sie dabei in Pfützen trat und ihre Strümpfe nass wurden. Heute ging es um etwas. Eine Tanzaufführung im Planetarium stand bevor und sie konnte sich glücklich schätzen, dass die GEDOK ihr erlaubte, mit ihrer Schule dort aufzutreten.

Lange war es her, dass sie bei der GEDOK das erste Mal um Aufnahme gebeten hatte. Noch zu ihrer Labanzeit. Längst konnte sie die Statuten auswendig singen. Von daher wusste sie nur zu gut, dass dieser Verein zwar auch Laien, aber vor allem professionellen Künstlerinnen unter die Arme griff. Nur musste man sich diese Profession erst einmal verdienen, und das war alles andere als leicht. Lotte arbeitete hart daran, denn die *Gemeinschaft Deutscher und Österreichischer Künstlerinnenvereine* war nicht dazu erschaffen worden, um spießige Häkel-, Tee- und Bügelrunden zu fördern. Der Umstand, dass Berta in einem der Vorstände saß, machte die Sache nicht einfach.

Verzweifelt schaute sie auf die Bahnhofsuhr. Zu spät. Die Sitzung hatte bereits begonnen. Jetzt konnte sie nur noch rennen, was das Zeug hielt. Binnen weniger Minuten erreichte sie das Gebäude. Völlig verschwitzt und außer Atem hastete sie die letzten Stufen empor und stieß die Tür zum Sitzungsraum auf. Eine muntere Debatte empfing sie. Das Vorbereitungstreffen war in vollem Gange. Es ging gerade um die Farbe der Gymnastikanzüge in der Programmabfolge. Vorwurfsvoll blickten einige auf. „Ein Stromausfall in der Elektrischen“, keuchte sie atemlos. „Ich bin die ganze Zeit gerannt.“ Hastig faltete sie ihren Mantel zusammen.

„Es gibt Garderobenständer. Dort drüben. Sie dürften die Räumlichkeiten doch kennen, Fräulein Daube.“

Natürlich, Berta!

„Daube-Gellert bitte“, korrigierte Lotte mit Nachdruck. „Und – Frau“, fügte sie leise hinzu.

„Ach, ja. Sie haben ja geheiratet“, bemerkte Berta beiläufig und lächelte unergründlich. Eilig hängte Lieselotte den Mantel an den Haken. Ihren Tonfall hat sie nie geändert, dachte Lotte ärgerlich. Aber wenigstens ließ sie Erwin aus dem Spiel. Das Ziel allein war wichtig. Sonst nichts.

„Welche Farbe trägt deine Gymnastikgruppe?“, erkundigte sich Wilhelmina von der Hagemann-Schule.

„Gelb“, erwiderte Lotte. „Wie immer. Weißt du doch.“ Langsam gewann sie wieder Oberwasser. Nur nicht unterkriegen lassen. Schließlich war es nicht ihre erste öffentliche Aufführung. Berta runzelte die Stirn. Das konnte vieles bedeuten, vielleicht störte Gelb das Gesamtbild beim Applaus oder es lähmte das Zuschauerauge, wenn sich die erdige Sandfarbe der Tanzkittel mit dem Lindgrün der Habenicht-Schülerinnen vermischte. Möglicherweise missfiel Berta aber auch nur, dass Lotte ihre Haare wie immer zu einem strengen Dutt aufsteckte oder irgendein anderes Detail in der Programmfolge. „Dürfen wir denn Anneliese noch erwarten?“, fragte Berta, ohne aufzublicken. Gott sei Dank, dachte Lotte. Sie war nicht die Einzige, die sich verspätete.

„Welche Schule war das?“

„Loheland!“ Vehement schaute Berta auf und warf Wilhelmina einen vorwurfsvollen Blick zu. Lotte schmunzelte, als sie sah, wie diese zusammenfuhr. Aber schon vertiefte sich Berta wieder in den Ablauf. Um den Eichentisch waren fast alle Plätze belegt. Schließlich fand Lotte einen freien Hocker gegenüber Berta und setzte sich leise.

„Gehen, gehen, nochmals gehen! Das ist nicht unbedingt revolutionär. Das müssen wir entzerren!“, stöhnte Berta und zitierte: „Schlechte Gangarten, gute Gangarten, Phasen der Gangentwicklung, Raumrichtungsgehen … Die Zuschauer schlafen uns ein, schon beim Lesen dieses Programms.“ Niemand erhob Einspruch. Alle wussten: Berta selbst würde gleich mit einem passenden Gegenvorschlag kommen. „Gut, meine Damen, nehmen wir also die Loheländer kurz vor die Pause, und Hagemann eröffnet stattdessen. Dann passt die Ausdrucksspannung mit der Tamburinbegleitung exakt dazwischen. Noch Fragen?"

„Ja", meldete sich Lieselotte. „Ich habe am selben Tag noch eine weitere Aufführung und müsste vor der ersten Pause durch sein."

„Ach. Eine Aufführung? Wo denn?" Berta wurde weich. Sie ist neugierig, frohlockte Lieselotte.

„Beim Stiftungsfest des Artillerievereins in Celle", erwiderte sie mit verhaltenem Stolz.

„Beim Artillerieverein? Soso. Was sagt denn Ihr Mann dazu, der Kommunist?" Als Lieselotte schwieg, ließ Berta nicht locker: „Wer tagt denn da genau?"

„Die niedersächsischen Elektrizitätswerksdirektoren."

„Ach, dann können Sie denen vielleicht das mit Ihrer Panne in der Elektrischen erzählen. Falls Sie dort jemals ankommen sollten." Es war scherzhaft gemeint, aber niemand lachte. Berta warf einen etwas versöhnlicheren Blick in die Runde und fuhr fort: „Ich verstehe natürlich, Fräulein … Frau Daube … ich schau mal, was sich machen lässt." Lotte verkniff sich dieses Mal die Korrektur ihres Namens. Sie wollte Berta nicht schon wieder Anlass bieten, sich lustig zu machen. Mit schmalen Lippen notierte Berta etwas auf ihrem Zettel, verschob hier, strich da etwas durch, schüttelte den Kopf und begann erneut zu listen.

„Nein", murmelte sie unwirsch. „Das passt nicht. Das stimmt alles hinten und vorne nicht!"

„Was denn?", fragte Lotte leise.

„In der jetzigen Reihung müsste Ihre Gruppe vor meinem Film tanzen. Das geht nicht. Die Elemente beißen sich. Sie würden sich gegenseitig in ihrer Wirkung entheben." Ach, dachte Lotte, da liegt also der Hund begraben. Der neue Film. Inzwischen hatte Berta nämlich einen weiteren Streifen produziert. *Gesund und elastisch durch Gymnastik* – ein Kulturlehrfilm. Jetzt fürchtete sie sicher, dass Lottes Gruppe das tote Schwarzweißgeflimmer an die Wand tanzte. Mit Recht. Die Daube-Gellert-Schule hatte sich inzwischen einen guten Ruf erarbeitet, der darin bestand, dass ihre Vorführungen freier und vitaler waren. Man merkte es an der Art des Applauses. Bei ihr wurde immer ein klein wenig frenetischer, unkontrollierter geklatscht.

„Bitte!", drängte Lotte und bemühte sich, trotz ihrer Verzweiflung distanziert zu erscheinen. „Ich kann den Vertrag mit der Stiftung nicht mehr rückgängig machen. Meine Schule braucht das Geld. Wir haben doch gerade renoviert."

„Erwin Gellert und Sie?"

Nun errötete sie doch. Holte Berta jetzt das dunkle As ihrer Vergangenheit aus dem Ärmel, um es auf perfide Art auszuspielen? War da nicht ein ironisches Aufblitzen in den Augen? Und wenn schon, dachte sie und erwiderte trotzig. „Ja, ich mit meinem Mann." Es fiel ihr schwer, unbeteiligt zu klingen, aber Berta nickte ohne weiteren Kommentar. Na also. Was wusste sie denn schon von Erwin und ihr? Als wäre die romantische Liebe der Kitt der Welt! Was sie und Erwin zusammenhielt, war eine nahezu perfekte Ergänzung. So, wie das Gewinde eine Mutter mit ihrer Schraube verband, so hatte sich aus ihrer tänzerischen Gabe und seinem Turntalent eine Symbiose entwickelt, deren Resultate sich sehen lassen konnten.

„Und Ihren Auftritt zur Tanzveranstaltung der GEDOK wollten Sie so ganz nebenbei aus dem Ärmel schütteln?"

„Eben nicht. Genau deswegen bitte ich doch um eine Verlegung in den ersten Teil." Maßloser Ärger stieg in ihr auf. Gerade Berta, die so viel herumreiste, um ihre eigene Karriere zu protegieren, warf ihr nun vor, sich die Termine zu eng zu setzen?

„Die Arbeit in der GEDOK ist Ihnen sehr wichtig, ja?", drängte Berta weiter. Lieselotte schluckte. Natürlich wusste Berta von ihrem Antrag zur Aufnahme in die Tanzabteilung. Zielte die Frage darauf ab? Und sagte ihr Berta – als Vorsitzende der Gymnastikabteilung – durch die Blume, dass sie sich entscheiden sollte und dass sie andernfalls schlechte Stimmung gegen sie machen würde? Noch nicht einmal eingeladen hatte man sie auf die Sitzung, in der es um *ihre* Aufnahme ging. Es verunsicherte sie zutiefst. „Natürlich. Sehr wichtig sogar", erwiderte sie mit fester Stimme.

„Es ist alles eine Frage der Haltung, Frau Daube-Gellert, jede einzelne Entscheidung, die Sie treffen." Ironisch blitze es aus ihren hellbrauen Augen.

„Ich könnte doch mit ihr tauschen", mischte sich Wilhelmina hilfsbereit ein. „Es wäre sogar günstig. Meine Schülerinnen hätten dann mehr Zeit zum Umkleiden."

Abermals runzelte Berta die Stirn und vertiefte sich in ihren Zettel. „Gut", schnaubte sie nach einer Weile. „So müsste es endlich gehen! Dann erreicht Frau Daube-Gellert auch noch ihren Zug, so die Elektrische will."

„Sie will!", entgegnete Lieselotte so hell und befreit, dass Berta spontan auflachte. Lieselotte fiel ins Lachen ein. Ein kurzer Augenblick der Übereinstimmung blitzte zwischen ihnen auf, ein minimaler Moment der Anerkennung. Keine von ihnen hätte gewinnen können. Flüchtig lächelten sie einander an. Ein warmer, leiser

Schauer, ein Echo der Erinnerung, überlief Lotte. Ob es Berta ebenso erging?

„Sehr gut, dann rutscht also Hagemann flugs nach hinten."

Schwungvoll ergriff Berta Habenicht einen blanken Zettel und schrieb in schrägen Buchstaben: *Szene 13 „Sicherheit": Ansaugen des Körpergewichtes nach vorne.*

„Vielen Dank für Ihre Mühe, Frau Habenicht", sagte Lotte gelöst.

„Wir mühen uns alle. Es gibt nichts zu danken", erwiderte Berta freundlich. Wieder sahen sie sich an. In diesem Moment wurde die Tür aufgestoßen und Anneliese betrat keuchend den Raum. „Es tut mir leid, die …"

„Elektrische!", riefen die Frauen im Chor und lachten.

21

Das neue Anzeiger-Hochhaus war der Stolz ganz Hannovers. Rot und herrschaftlich ragte es am Goseriedebad in den grauen Herbsthimmel – vierundfünfzig Meter Backstein, das erste Hochhaus der Stadt. Und unter seiner Kuppel: das Planetarium. Imposant, halb amerikanisch, halb norddeutsch. Noch nicht lange war es her und Lieselotte erinnerte sich genau an den Anblick, wie es vor der Baustelle von Schaulustigen nur so wimmelte und die Polizei nur mit Mühe den Verkehr in Griff bekam. Die Redaktion des *Anzeigers* war aus der Schillerstraße fort- und in das Hochhaus umgezogen. Sehr zum Bedauern Else Maries, die sich noch immer ihre Nächte in der Roten Mühle um die Ohren schlug. Das Tanzlokal war ebenfalls in der Schillerstraße beheimatet und Else hatte die räumliche Nähe des Nachtclubs zur Redaktion immer gern als Beweis angeführt, dass ihr Gewerbe durchaus solide und keineswegs so schmutzig war, wie Lotte immer behauptete.

Seit einer Stunde warteten sie nun schon vor dem Backsteinpalast. Noch bevor ihre Mädchen dort tanzten, gab es im Planetarium eine Darbietung für alle. Das vorfreudige Getuschel unter den Wartenden versetzte Else Marie und auch Lotte in Aufregung. Bislang hatte sie erst ein einziges Mal in ihrem Leben ein Tellurium gesehen. Das war noch am Lyzeum gewesen. Ein lustiges Ding. Eine Art Planetenmaschine, kompliziert konstruiert, die den Umlauf der Erde um die Sonne und den des Mondes um die Erde zeigte. Diverse Kugeln kreisten wie von unsichtbarer Hand bewegt auf Drahtspiralen umeinander. Die unsichtbare Hand entpuppte sich jedoch als versteckte Kurbel. Das moderne Planetarium im Anzeiger-Hochhaus hingegen war ein Lichtbildkino! Mit leuchtenden Augen hatte Else ihr erzählt, dass man dort oben in eine vollkommene Illusion eintauchte. Als würde man unter Hannovers echtem, wolkenlosem Nachthimmel sitzen!

„Wann öffnen sie endlich? Die Leute stehen schon bis auf die Straße!“, drängte Else.

„Ich hoffe gleich“, erwiderte Lotte ungeduldig, „Es muss pünktlich losgehen, sonst ...“

„Mach dir keine Gedanken. Das wird es. Sie sorgt schon dafür“, beruhigte sie Else. Hoffentlich. Berta Habenicht hatte Lottes Gruppe in der Reihung jetzt so platziert, dass alle rechtzeitig in Celle sein konnten. Sie atmete tief durch und versuchte das Lampenfieber in den Griff zu bekommen. Gute Gedanken mussten her. Der Besuch der Planetenshow war kostenlos. Ein Bonus. Seit längerer Zeit hatte sie ohnehin den Eindruck, dass je mehr sie im öffentlichen Leben mitmischte, sie auch mehr davon profitierte. Manche Dinge waren plötzlich gratis. Wie dieses Spektakel. Endlich war sie im Begriff, sich einen Namen zu machen, und die Vorteile, die so ein Rang mit sich brachte, waren enorm.

Die Türen öffneten sich und zusammen mit den Gästen wurden Lotte und Else in die Vorhalle gespült. Im Schneckentempo bewegte sich die Schlange vor dem Fahrstuhl in Richtung der Stahltüren. Häppchenweise vertilgte die Kabine die Gäste. Die Türen summten beständig, leise und zufrieden, bevor sie sich abermals öffneten und neue Menschen verschluckten.

Endlich waren sie an der Reihe. Die Reise über zehn Geschosse begann mit einem leichten Vibrieren. „Und ab zum Mond!“, frohlockte Else Marie. Mit metallischem Brummen verschloss sich die Kabine. Lotte und Else waren umringt von zwei Herren in grauen Anzügen und einigen Damen, deren Hüte sich ständig im Weg waren. Rasierseifen-, Rosenwasser- und Cognacgeruch erfüllte den Raum. Genießerisch schloss Else die Augen, sog den Duft ein, während sie nach oben fuhren. Viel zu schnell erreichten sie die Kuppel. Brummend öffneten sich die Türen zum hohen Gewölberaum und ein leuchtendes Weiß strahlte ihnen entgegen. Auf der Kuppeldecke und an den Wänden bewunderten sie die künstliche Silhouette Hannovers.

„Lass uns dorthin“, sagte Lotte und schob Else in Richtung Mitte. Um einen imposanten, schwarzen Apparat reihten sich zahlreiche Stühle. Flüsternd verteilten sich alle und schon waren die begehrten Plätze belegt.

„Da!"

In der dritten Reihe entdeckte Else zwei freie Stühle. Sie schoben sich durch die Sitzenden und langsam kehrte Ruhe ein. Hinter der Bühne in den separaten Vorbereitungsräumen führte Berta das Gesamtregiment. Lieselotte war es recht, denn nur so kam sie in den Genuss der Planetenshow. Behutsam schloss jemand die Türen und sofort wurde es stockdunkel. Hinter den Kulissen fieberten Lottes Mädchen bereits ihrem Auftritt entgegen. Lächelnd lehnte sie sich zurück. Über ihnen entfaltete sich der nächtliche Sternenhimmel in vollster Pracht. Ein Raunen ging durch die Menge und Lotte glaubte tatsächlich, in die Unendlichkeit zu blicken. Deutlich schimmerte die Milchstraße durch das Gefunkel. Dann erschienen wie von unsichtbarer Hand geschrieben die Titel der Tierkreiszeichen am Himmel.

„Siehst du den Pfeil?", flüsterte Else. Lotte nickte. Ein rotes kleines Dreieck bewegte sich mal hierhin und mal dorthin, während eine sonore Stimme die Naturgesetze erklärte.

„Das ist der Bildweiser", flüsterte Else.

„Was?", fragte Lotte.

„Na, das schwarze Ding, mit dem der Mann den Pfeil bewegt. Sein Zauberstab!" Else grinste. Der Himmel über ihnen begann sich zu drehen und Lotte wurde schwindelig. Sie musste sich an Elses Ellenbogen klammern.

„Der helle Wahnsinn, nicht wahr?"

„Ja."

Minutenlang flog über ihren Köpfen die ganze Sternenpracht hinweg, bis schließlich die Sonne am Horizont aufging. Ihr folgte der Mond. „Wie ein Liebhaber", zischte Else und Lotte lächelte.

„Dauernd versucht sie ihm zu entkommen, aber er holte sie immer wieder ein. Turnt einfach unter und über ihr herum!"

„Der Arme", erwiderte Lotte und löste sich von Elses Ellenbogen.

„Denkst du, was ich denke?", frotzelte Else.

„Erwin?"

„Erwin." Lotte seufzte leise. „Machen das nicht alle Männer?"

„Und ob, das sind Naturgesetze", kicherte Else.

Nach und nach zogen die Planeten über dem Horizont, Venus, Mars und Merkur. Die eine gemessen, der andere ausschweifend oder in eiliger Bahn. Nur wenige Minuten und dann hatte sich das Himmelsgewölbe einmal um sich selbst gedreht. Ohne Weiteres rollten über zwanzigtausend Jahre einfach dahin. Lotte war gebannt, vergaß ihre Gruppe, den Zeitdruck, ja, sogar Bertas Anwesenheit. Sämtliche Sinne waren erfüllt vom tiefdunklen Blau und dem Tanz aus Licht und Schatten. Der Bildweiser ließ die Zeit rückwärtslaufen, hielt sie an und drehte das Universum nach seinem Belieben um die eigene Achse.

„Er ist wie Gott", flüsterte Else und deutete auf den Mann am Projektor.

„Nur viel vornehmer", erwiderte Lotte.

„Wie stellst du dir denn Gott sonst vor?", stichelte Else.

„Na, jedenfalls nicht so", erwiderte Lotte, bevor ein gezischeltes *Psst*! hinter ihrem Rücken ertönte.

„Ja doch!", gab sie zurück. Sie hatte ohnehin nicht vor, darüber zu debattieren, wie sie sich Gott vorstellte. Ein Mann, der nur Kriege und Schlachten generierte, Leben erschuf, um es zu vernichten, und einem Kind den Vater stahl. Es lohnte sich nicht, darüber nachzudenken, ganz im Gegensatz zu dem Wunderwerk über ihren Köpfen. Und das Beste daran – es war menschengemacht.

Als das Licht langsam anging, erhob sich Lotte, huschte gebückt durch die Stuhlreihen und begab sich zu ihren Schülerinnen.

Das geflüsterte *bis gleich!* und Elses warmen Händedruck nahm sie gar nicht mehr wahr.

„Seit sie ihren Lehrfilm wieder aus der Planetenshow genommen hat, herrscht sie wenigstens nicht mehr jeden an, der ihr vor die Füße läuft!" Agathe plapperte ungefiltert vor sich hin und war ein einziges Nervenbündel, als Lotte die Tür zur Hinterbühne hinter sich zuzog. Die Planetenshow näherte sich der ersten Pause und die letzten Minuten vor dem Auftritt, besonders mit Agathe, ihrer Vorzeigeschülerin, waren nervenzerreißend. Berta hatte sich bereits in den Vorführraum begeben und nun plapperte Agathe noch ungehemmter. Wie oft hatte Lieselotte ihr schon ins Gewissen geredet, aber ohne Erfolg. Das Lampenfieber verwandelte dieses Mädchen in ein Wortgeschoß. Längst hätte sie sie der Gruppe verwiesen, wenn sie nicht so eine begnadete Tänzerin gewesen wäre. Was Agathe mit ihrer Zunge nicht schaffte, vermochte ihr Körper. Er gehorchte ihr bis ins letzte Zehenglied. Einzig und allein deshalb ertrug Lotte vor den Auftritten ihr aufgeregtes Gehabe.

„Ich habe Frau Habenicht sogar lächeln sehen, als der Bildweiser mit ihr geredet hat. Celle ist kein Problem, hat sie mir versprochen, unser Zeitplan ist unter allerbester Kontrolle, hat sie gesagt ..."

Lotte nickte und seufzte: „Der Bildweiser ist der Stab und nicht der Mensch, du Dummchen." Für eine halbe Sekunde verstummte Agathe. Dieser Berta-Lehrfilm hatte sie alle kirre gemacht. Nun jedoch hatte der Zufall entschieden. Bertas ganzer Stolz war seit gestern aus der Programmfolge gefallen. Wie eine Sternschnuppe. Die Schwierigkeit, den Lehrfilm an die gewölbte Oberfläche der Kuppel zu projizieren, war unüberwindbar gewesen.

Aufgeregt tippelte Agathe herum und spielte offensichtlich mit einem Ring in ihren Fingern.

„Was machst du denn da? Der Schmuck gehört abgelegt, wie oft muss ich das noch sagen!", schimpfte Lotte. Das Mädchen schrak zusammen, sprang zur Fensterbank und legte das dunkel glänzende Ding ab. Ertappt schlich sie zurück. Lotte warf einen Kontrollblick zur Fensterbank und erstarrte. Was sie für einen Ring gehalten hatte und was da so friedlich vor sich hinschimmerte, war nichts anderes als ihre Gagatbrosche! Nur mit großer Mühe widerstand sie dem Impuls, hinzurennen und den Gagat an sich zu reißen.

Die Augen aller Schülerinnen waren auf sie gerichtet, und draußen erklang bereits das Zeichen für ihren Auftritt. „Genug geschwätzt, raus mit euch!", rief sie. Schnell verdrängte Lotte das Bild der Brosche und schlüpfte mit ihrer Gruppe in den Raum. In dem Moment ihres Erscheinens entpuppte sich Agatha vor den Zuschauern zu der erstklassigen Tänzerin, die Lotte kannte. Ganz im Sinne von Mary Wigman sprach sie ausschließlich mit ihrem Körper, und wie an einem unsichtbaren Band zog das Mädchen die Kette der Tänzerinnen hinter sich her. Ihre geschmeidigen Körper gingen auf und unter und wurden zu Wogen eines tosenden Meeres, das ein wütender Poseidon entfesselt hatte. Nach zwanzig Minuten erstarrten die Wellen und die Tänzerinnen formierten sich zum Sternbild des Walfisches. Das Licht erlosch und sie glitten zurück in das Dunkel der Hinterbühne. Als Lotte die Tür zum Vorführraum hinter sich schloss und in Richtung Fensterbank eilte, war ihre Brosche verschwunden.

22

„Hopp, hopp, die Elektrische wartet nicht! Beeilt euch!" Sie ließ den Mädchen kaum Zeit zum Umkleiden, mussten sie doch den Zug nach Celle erwischen. Zwar entging ihren Elevinnen leider der rauschende Abschlussapplaus, von dem ihr Else später erzählte, aber sie erreichten gerade noch ihren Anschluss. Atemlos und schweißgebadet stürmten sie eine Stunde später das Gebäude des Artillerievereins an, schlüpften in die kaum getrockneten Tanzkittel und legten los. Die angeheiterten Herren honorierten den Einsatz nicht nur mit Beifall. In einem extra für die Mädchen eingerichteten Hinterzimmer wartete ein reichhaltiges Buffet auf sie und ein verlockender Geruch von frischgebackenem Weißbrot, Butter, Sahne und duftigem Kaffee schlug ihnen entgegen. Die warme Suppe mit weichgekochtem Rindfleisch trieb den hungrigen Mädchen die Röte in die Wangen. In den wenigen Minuten, die ihnen zwischen der Ehrung der Kameraden und der Fahnenaufstellung blieb, schlugen sie sich hastig die Bäuche voll. Kurz vor Ende des Abends mussten sie noch ein weiteres Mal in den Saal, um die Männer zwanglos als Tischdamen zu unterhalten. Gegen dreiundzwanzig Uhr verließen sie das Haus durch die Hintertür so schnell, wie sie gekommen waren, um ihren Nachtzug zu erreichen.

Endlich lag Lieselotte im Bett. Zwei Aufführungen hintereinander, was für eine Rosskur! Sämtliche Knochen taten ihr weh. Aber alles war gut verlaufen und morgen erwartete sie ein freier Tag. Erwin lag bereits neben ihr und schlief. Vorsichtig streckte sie ihre Gliedmaßen aus und seufzte. Sie wollte ihn nicht wecken. Erneut kam ihr die Brosche in den Sinn. Was hatte das Schmuckstück in dem Hinterzimmer zu suchen gehabt? Agathe konnte sie nicht gehören, so schuldbewusst, wie sie aus der Wäsche geschaut hatte. Keinem ihrer Mädchen. Lediglich Berta und ihre Elevinnen waren hinten verblieben, während Lottes Gruppe getanzt hatte. Hatte Berta die Brosche weiterverschenkt? An eine ihrer Schülerinnen? Zuzutrauen wäre es ihr.

Der alte Groll und die Verletzung wurden wieder in ihr wach. Nein, Schluss damit! Mit größter Mühe schob sie die Gedanken beiseite. Der Tag war zu schön gewesen, und sie liebte ihre Arbeit mehr als alles. Zufrieden konnte sie sein. Zweimal wöchentlich leitete sie schließlich ihre Damenkurse an der Haushaltungsschule an und mittwochs gab sie sogar noch Unterricht an der Volkshochschule. Die sechs kleinen Mädchen folgten ihr gern. Lieselotte hatte den Ruf, ein besonders feines Verständnis für die kindliche Psyche zu besitzen. Am Nachmittag warteten dann endlich ihre eigenen Tanzräume auf sie. Vieles musste noch verputzt werden. Oft wischte sie den Handwerkern hinterher und eilte anschließend noch zu den GEDOK-Treffen, um später am Abend weiter zu unterrichten. Zu guter Letzt verlangte Erwin hin und wieder, dass sie sich auch auf seinen Parteiversammlungen sehen ließ, aber da konnte er lange warten. Lotte lächelte stolz. Als sie ihn neben sich schnarchen hörte, überflutete sie das wunderbare Gefühl von Zufriedenheit. Endlich begann ihr Leben zu leuchten. Langsam, aber sicher bewegte es sich auf einer himmlischen Bahn – wie die Sterne am Firmament des Planetariums. Erfüllt schlief sie ein.

Irgendetwas hatte Lotte geweckt. Sie fühlte sich angespannt und ausgelaugt. Ob sie schlecht geträumt hatte, konnte sie nicht sagen. Eine Zerschlagenheit steckte ihr in den Knochen. Vergeblich schloss sie die Lider und versuchte in den Schlaf zurückzufinden. Es misslang, sie wurde nur noch wacher. Ausgerechnet heute am Sonntag! Unwillig stand sie auf und kramte leise in ihrem Kleiderschrank. Eigentlich war sie zu müde, um eine Entscheidung zu treffen. Rock oder Hose? Beides ließ sie halb herausgezogen liegen und setzte sich dürftig bekleidet ans Fenster. Der *Hannoversche Anzeiger* lag seit gestern auf dem Tisch. Erwin hatte ihn mitgebracht. Ihr Blick fiel auf die Schlagezeile eines zweispaltigen Artikels, als sie plötzlich seine Hand unter ihrem Hemd spürte. Warm und vertraut. Leise hatte er sich hinter ihr aus dem Bett geschlichen.

„Heute nicht“, wehrte sie ihn ab, griff nach ihrer Bluse über der Stuhllehne und entwand sich seinen Händen. Lächelnd zog er sie an zu sich.

„Komm schon“, raunte er. „Es ist Sonntag. Lesen kannst du später.“ Sie müsste ihn jetzt schon ein zweites Mal fortstoßen, aber sie tat es nicht. Ungeduldig nestelten Erwins Finger bereits am Verschluss ihres *Formas* herum. Fast zwei Mark hatte sie für ihren neuen Büstenhalter vor ein paar Tagen hingelegt. Selbst Else hatte nicht herumgemäkelt. Schmiegsam, weich und wunderbar zum Tanzen. Er war es wert gewesen. Sie seufzte. Tanzen wäre ihr jetzt lieber. Erwins Begehren bedrängte sie. Es war nicht so, dass sie gar keine Lust gehabt hätte, noch einmal ins warme Bett zu schlüpfen. Aber sie mochte den Liebesakt, wenn es hell war, gar nicht. Morgens roch man ungewaschen, die ganze Nacht lag einem noch auf der Zunge, und ohne Zahnpaste schmeckte jeder Kuss abgestanden.

Während sie noch immer unschlüssig auf dem Stuhl saß, liebkoste Erwin bereits ihren Hals, Weder vermochte sie es ihn abzuwehren noch sich ihm hinzugeben. Ihre Hand kraulte das weiche Fell von Bertram, ihrem roten Kater, der ihnen vor zwei Wochen zugelaufen war. Seit sie aus den Federn geschlüpft war, strich er maunzend um ihre Beine. Gleich zwei Männer auf einmal.

„Komm schon, gib nach", schnurrte Erwin ihr ins Ohr.

„Das Tier hat Hunger", sträubte sie sich.

„Ich bin das Tier", raunte er. Jetzt müsste sie schon fast Gewalt anwenden, um die Sache zu beenden. Er hatte sich in Fahrt geküsst. Seine Lippen drängten und seine Zungenspitze zog eine warme Spur an ihrem Hals nach sich, die langsam auskühlte.

„Mir ist kalt", flüsterte sie. Erwin grinste, packte sie um die Taille, hob sie hoch und stieß sie aufs Bett. Kurz schrie sie auf, fing sich und landete mit einer eleganten Drehung auf den Daunen. Er lachte. „Mein gefallenes Mädchen!" Rasch stahl er ihr das Kissen unter dem Rücken weg, warf die Decke mitsamt dem Oberbett über sie, so dass nur noch ihr Kopf herausragte, und verschwand unter den Daunen. Dort setzte er seine Küsse fort. Gedämpft hörte Lotte ihn arbeiten. Sie gab sich nicht hin, sie gab einfach auf, ließ zu, was geschehen musste, schaute mit halbgeschlossenen Lidern in die dämmrige Helle und träumte sich fort.

Auf den kahlen Ästen der Buche putzten zwei Krähen an ihrem Gefieder. Ob sie bereits nisteten? Lotte war bislang kinderlos geblieben. Sie konnte nicht einmal sagen, ob sie etwas vermisste. Als Erwin plötzlich in sie eindrang, reckte sie sich und bog ihren Hals nach hinten. Zwischen ihren Beinen spürte sie sein beständiges Auf und Ab. Als würde er einen Acker bearbeiten. Wo war sie nur hin, die natürliche Schönheit in der Bewegung? Galt sie nichts mehr, wenn Frau und Mann sich liebten? Über vieles Medizinische unterhalb des Nabels hatte Berta im Unterricht gesprochen. Nur *darüber* nicht. Verflog die Eleganz der Körper zwischen Drang und Trieb?

Sie kam ihm ein wenig entgegen, spreizte die Schenkel und mischte einen heiseren Klang in ihr Seufzen. Dann würde es rascher gehen und hinterher wäre er umso friedvoller und sie könnte sich endlich dem widmen, wozu sie wirklich Lust verspürte: eine Handvoll klares Wasser ins Gesicht werfen, den Leib waschen und den Morgen beginnen – mit viel Milch für Bertram – dazu ein starker Bohnenkaffee in einer weißen, großen, schönen Tasse – dampfend auf dem Tisch. Und in aller Ruhe die Beilage im *Anzeiger* studieren.

Erwins Kopf stieß plötzlich wie der eines Schwimmers nach oben, den Blick animalisch auf sie gerichtet. Mit dem nächsten Stoß würde er sich in ihr entladen. Langsam schloss sie die Lider und drapierte ihren Arm über ihren Kopf. Eine schlummernde Venus war sie für ihn. Eine nackte Göttin inmitten einer blühenden Landschaft. Sie öffnete leicht ihre Lippen. Wenn sie sich auf diese Art hingab, schien es Erwin am liebsten zu sein. In den drei Jahren, in denen sie schon zusammenlebten, hatte sie in seinem Gesicht abzulesen gelernt, dass er das Unberührte, das Knabenhafte an ihr liebte. Mit Frauen wie Else Marie, die ihre Weiblichkeit feilboten wie überreifes Obst, konnte er nichts anfangen. Es jagte ihm sogar Angst ein, vermutete sie. Frauen, die offensiv und anbiedernd waren, mied er mit Blicken. Wenn man sich jedoch zurückhaltend gab, sich entzog, dann erwachte das Tier in ihm. Vermutlich könnte sie ihn sich wirksamer vom Leibe halten, wenn sie sich gebärdete wie Elena Mercurie. Aber das war müßig, darüber nachzusinnen. Spätestens nach einem Monat ohne Liebespiel wurde er zänkisch wie ein altes Weib. Das Leben war geschmeidiger, wenn sie regelmäßig seinen Wünschen nachkam. Es machte ja auch kaum Mühe, war nur hin und wieder etwas lästig. Aber das war das Leeren des Ascheeimers auch. Solche Dinge mussten einfach getan werden, wollte man es ein bisschen warm haben.

Vorbei. Endlich. Schnaufend lag er auf ihr. Zwischen ihren Körpern war es heiß. Sein Rücken glänzte und sein Kopf ruhte erschöpft auf ihrem Brustbein. „Du hast unglaubliche Muskeln!", murmelte er beseelt und sie lächelte, denn er spielte auf jene Körperregionen an, die sich rund um den *levator ani* befanden. Inzwischen war sie trainiert genug, sich auch dort zu üben. Es brachte ihr in stillen Stunden ein wenig Abwechslung, schließlich hatte sie schon als Backfisch einiges in sich entdeckt. Die heimlichen Stunden mit sich selbst waren ein schöner Ausgleich. Irgendetwas musste man doch als Frau von der Erotik haben.

„Weshalb drehst du dich eigentlich immer weg?", fragte Erwin. Die Frage überraschte sie.

„Ich dachte, du magst das."

„Ich möchte dich aber ansehen."

„Wozu?"

„Ich will dabei sein, wenn du Lust bekommst."

„Ich möchte das nicht." Sein plötzlicher Sinneswandel irritierte sie. Noch nie hatten sie beide darüber gesprochen.

„Warum nicht?" Erwin ließ nicht locker.

„Es ist unschön."

„Wie kommst du denn darauf?“, forscht er.

„Weil es so ist. Man tut es nicht. Das ist … das ist so … Es gehört sich nicht, wie es sich auch nicht gehört, eine Frau nach einem Hundertmeterlauf schamlos abzufotografieren.“

„Spielst du auf den *Anzeiger* an?“, fragte Erwin, richtete sich auf und warf einen ironischen Blick in Richtung Fensterbank. Verlegen nickte sie. Dieses schlimme Bild. Das Foto einer Läuferin, die kaputt auf dem olympischen Rasen lag. Mit dieser Ablichtung wollte man beweisen, dass es gegen die Natur war, Frauen zu internationalen Wettkämpfen zuzulassen. In Amsterdam waren einige Sportlerinnen schon nach achthundert Metern zusammengebrochen und der *Anzeiger* orakelte, dass nun auch der Turn-Klubb seinen Frauen den Tausendmeterlauf verbieten würde. Erwin lachte. „Lottchen! Ich betreibe doch keinen Sport mit dir im Bett. Ich liebe dich. Das ist was ganz anderes.“

„Trotzdem ist es kein schöner Anblick, Erwin. Bitte verlang es nicht von mir!“ Ärgerlich schlüpfte sie unter die Decke, während er sich anzog.

„Es ist dumm“, sagte er nach einer Weile und knöpfte sich die Hosenträger an. „Seit Jahrzehnten dürfen Frauen die fünftausend Meter des Steinhuder Meeres durchpflügen, aber nicht in der Lage sein, lächerliche tausend Meter zu laufen?“

„Im Meer schwimmen ja auch keine Fotografen herum“, ereiferte sich Lotte. Sie schlüpfte aus dem Bett, warf sich ihre Bluse über, bückte sich nach den Holzscheiten und brach ein paar Späne ab. Der Sonntagsartikel verschlimmerte nur ihre Laune. Beherzt knüllte sie die Titelseite zusammen und warf sie mit den Kiefernholzspänen in den Ofen. Die kleinen Flammen züngelten an der sportverzerrten Fratze der Läuferin, bis nur noch schmutzig weiße Fetzen im Ofen tanzten. Brände hatten seit eh und je etwas Reinigendes. Bertram strich um ihre Beine und schnurrte. Erwin summte vergnügt beim Rasieren. Nachtragend war er nicht. Wenigstens waren ihre Verspannungen verschwunden. Es würde doch noch ein guter Sonntag werden.

23

Heute war der Tag. Der Tag, an dem es klappen musste. Ihr Antrag lief nun schon seit Ewigkeiten. Am Vortag hatte Lotte voller Bangen in der Geschäftsstelle der GEDOK angerufen und endlich den alles entscheidenden Termin vereinbart. Ein Fräulein Giere meldete sich am Telefon, ein Mädchen mit heller und zuversichtlicher Stimme, mit einem Klang, der ihr Mut machte. Wenn sie endlich in die Tanzabteilung der GEDOK aufgenommen würde, müsste sie auch nicht mehr so kleinlaut vor Berta buckeln, dann hätte sie ihren festen Kreis und ihre eigenen Leute hinter sich. Dann würde es Treffen ohne Berta geben! Aber nach wie vor hieß es, dass für Lieselottes Aufnahme ihre künstlerische Förderungswürdigkeit geprüft würde. Eine Ablehnung müsse nicht begründet werden. Herrgott! Ihre künstlerische Förderungswürdigkeit? Was sollte das? Was fehlte denn noch? Sie hatte bereits vor der Jury getanzt – einen Auszug aus dem Werk „Die Nacht“ von Laban. Außerdem die vielen Stippvisiten in ihren Kursen – zahllose Hospitationen! Sogar ihre Auftritte waren besucht worden. Wer haderte denn jetzt immer noch damit, dass sie würdig war? Wer genau entschied in diesem nebulösen Wirrwarr, und mit welchen Argumenten? Profession, Sachkenntnis, Befähigung – diese Worte standen wie eiserne Torhüter vor der Bewilligung. Sie verstand es nicht, denn ihre Arbeit ernährte sie doch! Das war höchst professionell! Sicher hatte Berta da ihre Finger im Spiel.

In einem Verband von hundertfünfzig Damen, der es sich zum Ziel gesetzt hatte, andere Frauen zu fördern, würde eine Berta nicht wort- und tatenlos herumsitzen. Vielleicht hatte sie nicht auf alle Sparten Einfluss, aber ganz gewiss auf ihrem eigenen Gebiet. Lotte seufzte schwer. Aber heute, heute war doch *ihr* Tag. Die Nachweise waren tadellos. Ihre Arbeit war es auch. Schluss mit diesen Gedanken. Sie hatte nichts zu befürchten.

Energisch betrat sie das vornehme, hohe Haus, drückte die schwere Tür auf, nahm drei Stufen auf einmal, schritt zielstrebig auf den Fahrstuhl zu und betätigte den eisernen Knopf. Während sie wartete, streifte ihr Blick das weitläufige Foyer. Dunkle Holzvertäfelungen gaukelten Mahagoni vor. Lilien und Seerosen zierten in einträchtiger Abfolge die bunten Ornamente der Wandkacheln und die schwarzweißen Fliesen unter ihren Füßen erweckten den Eindruck eines riesigen Schachbrettes.

Genauso fühlte sie sich jedes Mal bei den Versammlungen der GEDOK. Sie war eine Figur in einem Strategiespiel. Die dauernden

Fragen, die strengen Blicke. War sie Bauer, Läufer, Springer? Und wer führte die Figuren? Berta? Oder existierte auch Berta in diesem Spiel nur als eine von vielen? Und wenn es wirklich ein Spiel war, würde es Lotte irgendwann gelingen, die Gestalt zu wandeln? Vom Bauernmädchen zur Königin? Sie zuckte zusammen, denn plötzlich vernahm sie Schritte. Jemand stiefelte energisch die Treppe herunter und bog in das Foyer ein. Perplex vergaß sie zu grüßen.

„Guten Tag, Frau Daube-Gellert", sagte das Fräulein höflich. Lotte schluckte und erwiderte: „Guten Tag, Fräulein Dorn!"

„Zur GEDOK?", fragte Irma ohne Umschweife.

„Ja", gestand Lotte. „Kommen Sie denn auch von der Sprechstunde?"

„Nein, ich bin rein privat hier", sagte die Pianistin. „Ist heute Sitzung?"

„Nein, ich komme noch immer wegen meines leidigen Aufnahmeantrags."

„Oh, dann wünsche ich Ihnen viel Glück!", flötete Irma.

„Das wünsche ich mir auch", entgegnete sie kleinlaut.

„Eigentlich wüsste ich nicht, was dem im Wege stehen sollte, bei Ihrer Begabung."

Verblüfft schaute Lotte auf. „Meinen Sie das ernsthaft?" Irmas ironische Blicke verunsicherten sie jedes Mal. Aber jetzt sah sie nur warme Zuversicht in ihren Augen.

„Ich bitte Sie. Ich weiß doch, wovon ich spreche. Zwei Jahre Ausbildung sind eine lange Zeit. Außerdem sind Sie doch auf Ihrem Gebiet schon lange berufstätig, oder?"

„Ja. Ich habe sogar die Laban-Ausbildung hinter mir."

Anerkennend hob Irma die Augenbrauen. „Ach! Deshalb haben Sie sich in Hannover so rar gemacht. Ich dachte zwischenzeitlich schon, Sie wären weggezogen."

Nun war Lotte noch mehr überrascht. „Nein, ganz im Gegenteil, ich bin doch gern hier." Irmas Augen musterten sie freundlich und ein feines Lächeln umspielte ihre Mundwinkel. „Laban also. Das ist ja wirklich hochinteressant. Dem bergeversetzenden Glauben von der Macht des Tanzes sind nun also auch Sie verfallen?" Jetzt blitzte es wieder ironisch aus ihren Augen. Aber gleich darauf verschwand das Funkeln und sie sagte ernst: „Also, wenn ich jetzt nicht wegmüsste, würde ich Sie glatt auf einen Kaffee einladen." Dann stockte sie kurz. „Oder vielleicht auf mehr, wenn Ihr Antrag durch ist?"

Lotte errötete. „Danke, vielen Dank", erwiderte sie schnell, um von ihrer plötzlichen Verlegenheit abzulenken. „Sie scheinen sich ja sehr sicher zu sein."

„Und ob! Sie unterschätzen sich wirklich. Ich muss jetzt leider los. Aber die Einladung steht. Wann immer Sie wollen." Irma Dorn zwinkerte ihr zu, lief durch das Foyer, drehte sich an der Tür um und rief ihr ein „Toi, Toi, Toi, ich glaube an Sie!" zu. Dann war sie verschwunden.

Lotte atmete auf und fasste Mut. Noch immer kam kein Fahrstuhl. War er kaputt? Stirnrunzelnd trat sie dichter an die Stahlmaschen der Aufzugstür heran und blinzelte durch die Verstrebungen nach oben. Alle Seile standen still. Dann fiel ihr Blick auf die Gittertür, die den Schacht vom Fahrstuhl trennte. Sie stand ein winziges Stück offen. Einen Spaltbreit nur, aber das genügte, um den Personenverkehr lahmzulegen. Weshalb waren Menschen nur so unachtsam? Energisch drückte Lieselotte die Tür ins Schloss, und prompt begannen die Seile mit ihrer leisen, dröhnenden Arbeit. Natürlich hätte sie auch laufen können, aber sie liebte es so sehr, Aufzug zu fahren. Es war großstädtisch, herrschaftlich und einfach kolossal! Besonders hier, in diesem stilechten, selbstbewussten Haus.

Die Kabine war holzvertäfelt, mit zwei eingelassenen, gegenüberliegenden Spiegeln, in denen sie sich hundertfach wiedererkannte – Alice im Wunderland. Ehrfürchtig schob Lieselotte die Fahrstuhltür zu und drückte auf die Ziffer Vier. Mit einem klappernden Ruck setzte sich das Gefährt in Bewegung. Durch das geschliffene Glas der schmalen Fester konnte sie die Treppenaufgänge hinabgleiten sehen. Zwei Hosenbeine über glänzenden Schuhen fuhren senkrecht in die Tiefe. Im Spiegelglas überprüfte sie rasch ihr Gesicht. Der Wimpernstrich und die Schatten auf den Lidern saßen perfekt. Im Dämmerlicht wirkten ihre Züge viel weicher als sonst. Vor ein paar Tagen hatte Else Marie ihr gezeigt, wie sie durch die richtige Schattierung den ungünstigen Eindruck ihrer eng stehenden Augen mit etwas Rouge und Puder aufheben konnte. Das brachte auch ihre blauen Augen zum Leuchten. Ihr Gesicht strahlte dadurch viel mehr Offenheit aus, und die brauchte sie jetzt am allermeisten. Weltoffenheit, nicht Engstirnigkeit. Bei vielen Entscheidungen kam es auf Äußerlichkeiten an. Nicht nur vor Männern. Auch bei Frauen. Und wenn Lieselotte in den letzten Monaten etwas gelernt hatte, dann dieses: Noch mehr als blaue Flecke, die man sich in der Männerwelt holte, schmerzten unsichtbare, verbale Stutenbisse. Körperliche Gewalt kannte sie ohnehin nicht, denn Erwin war friedlich. Im Gegensatz zu Arthur und Else Marie. Aber das war eine andere Geschichte.

Pling! Das Getriebe rastete ein, durch die Kabine ging ein Ruck und die Seile kamen zur Ruhe. Ein wenig schwankte es, dann war sie angekommen. Noch einmal prüfte sie den Sitz ihres Haarknotens. Dann drehte sie den Knauf der kleinen Holztür, gab dem Gitter einen Stups und betrat den weichen, grünen Läufer des Korridors. Sie folgte den Nummerierungen, die sie schließlich zu Zimmer 72 führte, hinter deren Tür das Fräulein Giere auf sie wartete.

„Wir haben Ihre Nachweise geprüft. Es sieht gut aus, Frau Daube-Gellert!“, empfing sie das Fräulein, deren helle, fröhliche Stimme am Telefon so jung geklungen hatte. Die Sekretärin der Geschäftsstelle musste mindestens fünfzig sein. Zarte Falten durchzogen ihr kleines Gesicht und die gepflegten Hände mit den exzellent manikürten, aber unlackierten Nägeln reichten Lotte einen dicken, noch nicht verklebten Umschlag mit den Worten: „Es fehlt nur noch die Unterschrift der ersten Vorsitzenden. Wir könnten ihn heute mit der Post versenden, oder aber Sie beschleunigen die Sache und gehen mit dem Schreiben persönlich zum Georgsplatz in ihr Büro. Es ist Dienstag, da ist sie zugegen. Beeilen Sie sich, es ist nur noch eine halbe Stunde geöffnet.“

„Das schaffe ich!“, jauchzte Lieselotte und fast stiegen ihr die Tränen in die Augen. „Vielen, vielen Dank!“ Am liebsten hätte sie der Frau einen Kuss auf die porzellanfarbene Wange gedrückt. Zum ersten Mal konnte sie die überschäumenden Ausbrüche von Else Marie nachempfinden.

Sie war frei, endlich frei und selbständig! Sie war autonom, sie war in die Tanzabteilung der GEDOK aufgenommen worden! Sie hatte sich ein Gebiet erobert, das Berta nicht betreten konnte. Tanz! Nicht bloß Leibesübung. Berta war lediglich Gymnastikerin. Tanz! Dieses Areal hatte sie Laban zu verdanken, und noch gehörte es ihr in Hannover allein. Endlich stand sie auf Augenhöhe mit Berta. Freudig stürzte Lieselotte aus dem Büro die Treppe hinunter. Auf den Fahrstuhl pfiff sie. Nichts konnte dem Himmel näher sein als das Laufen und Hüpfen zum Georgsplatz 4! Endlich frei, frei, frei. Frei von Berta. Wäre sie jetzt dem Fräulein Dorn begegnet, sie wäre ihr um den Hals gefallen und hätte sie mitten auf den Mund geküsst.

„Auf die neue Zeit! Auf Lotte. Auf uns alle“, prostete Erwin allen zu und erhob sein Herrenhäuser Pils. Er war der Einzige in der Runde im Dornröschen, der Bier trank, denn die drei Frauen teilten sich eine Flasche Söhnlein Rheingold.

„Und was für ein Zufall, dass mir an so einem Tag auch noch eine Fotografin über den Weg läuft!“ Lieselotte strahlte ununterbrochen, als hätte jemand ihre Mundwinkel mit Gummiband und unsichtbaren Heftklammern hinter ihren Ohren befestigt.

Seit Mittag Punkt zwölf war dieser glückselige Zustand nicht mehr vergangen. Als sie den Georgsplatz mit der alles entscheidenden Unterschrift verlassen hatte, stieß sie im Treppenhaus abermals mit einer Frau zusammen. Es war eine dunkelhaarige Fremde, die eine Kamera samt Lederriemen quer über der Brust trug. Verwegen sah das aus wie auf der Pirsch mit einer Waffe, und genauso war auch ihr Blick – forsch, durchdringend und unbestechlich. Aenne war ihr Name, und sie hatte Lotte nach der Zimmernummer der Vorsitzenden gefragt. Beinahe wäre sie zu spät gekommen, aber Lotte griff Aenne bei der Hand, lief mit ihr zurück nach oben und beschwatze die erste Vorsitzende so lange, bis sie dem Fräulein Heise doch noch einige Minuten ihrer kostbaren Zeit einräumte, und Aenne gab Lotte, als sie eintrat, das Zeichen, kurz zu warten, es würde nicht lange dauern, sie wolle nur eine Werbeanzeige für das Jahrbuch vor Redaktionsschluss abgeben. Und so waren sie hinterher ins Gespräch gekommen und Lotte hatte die Fremde spontan zu einem Umtrunk anlässlich der ganzen, glücklichen Ereignisse eingeladen.

„Auf Lottchens Karriere!“, stieß Else schon reichlich angeheitert hervor. Sie schwankte bedrohlich beim schnellen Aufrichten. Ihr kleiner Senkrechtstarter war nur von kurzer Dauer, dann fiel sie zurück und verschüttete den halben Sekt auf die Hose von Aenne. Die junge Frau schüttelte nur gelassen den Kopf. „Kein Problem. Sekt macht keine Flecken.“

„Jetzt haben Sie ja den besten Eindruck von mir!“, lamentierte Else. Dann beugte sie sich sehr weit zu Aenne hinüber. „Sonst bin ich wirklich trittsicher. Muss ich ja auch als Bühnengirl. Nur ein Fehltritt, und schon geht‘s bergab!“, kicherte sie. „Aber auf mich passt ja immer jemand auf.“ Grinsend nickte sie in Richtung Tanzkapelle, wo ihr Geliebter Arthur hochrot in sein Saxophon blies. In den Pausen wechselte er mit seiner Freundin heiße Blicke. Es schien ihm nichts auszumachen, dass Else schamlos flirtete, indem sie ständig ihr Glas in die laue Frühsommerluft stieß und jedem, der es nicht hören wollte, „Auf unsere Frauen!“ entgegentrötete. Es amüsierte ihn lediglich.

Was für eine merkwürdige Beziehung, dachte Lotte. Aber genau das würde Else Marie von ihr und Erwin wohl auch behaupten.

„Was kostet denn so ein Atelierbesuch bei Ihnen?“, fragte Else Marie kokett und warf ihren Bob nach hinten, was natürlich nichts nützte – schließlich war es ein Bob.

„Sie meinen eine Aufnahme?“, erwiderte Aenne.

„Ja, alles zusammen eben.“

„Ich fotografiere keine Menschen“, sagte Aenne ernst. „Jedenfalls keine, die ich nicht kenne.“

„Oh!“, erwiderte Else und suchte nach Worten.

„Wie ist das zu verstehen?“, forschte Lotte neugierig. Diese Frau gefiel ihr. Schon im Treppenhaus.

„Ich lüge nicht gern. Aber die meisten möchten umschmeichelt werden“, erklärte Aenne. „Eine bestimmte Neigung der Linse, und schon kannst du unendliche Sprunghöhen vortäuschen.“ Irritiert verzog Else das Gesicht.

„Hä?“

„Ich rede gerade von Landschaften“, erklärte Aenne. „Für die Werbung mag das ja noch angehen. Solche Verkürzungen machen aus kleinen Gärten Riesenparks. So was geht natürlich auch bei Porträts – eine geschickte Stellung im Raum, und schon ist dein Doppelkinn weg.“

„Wie bitte?“, empörte sich Else und fasste sich in die Halsbeuge.

Lotte lachte und Aenne fuhr fort: „Mich langweilt das. Ich mache auch keine Negativretusche, um Falten oder Flecken wegzuwischen.“

„Können Sie sich so eine Haltung überhaupt leisten?“, fragte Erwin skeptisch.

„Ich arbeite daran, sie mir leisten zu können“, erwiderte Aenne kühl. Diese Kühnheit erinnerte Lotte an ihren eigenen alten Wunsch, ausschließlich Frauen zu unterrichten. Wie schnell hatte sie ihn aufgegeben! Sie musste ja Geld verdienen. Vom Luxus der exklusiven Auswahl, wie Berta ihn sich mit ihrer Schule leistete, war sie noch weit entfernt. Aber das bedeutet nicht, dass sie diesen Wunsch aus den Augen verloren hatte, und Aenne Heise dachte offenbar wie sie. Auch sie hatte einen Antrag bei der GEDOK, nur in einer anderen Sparte – Kunstgewerbe.

„Ich habe meine Prinzipien“, fuhr Aenne an Erwin gewandt fort. „Wenn ich Menschen fotografiere, tue ich es, weil sie mich interessieren, dann will ich ihr Wesen einfangen. Das gelingt nur sehr selten in einer flüchtigen Momentaufnahme und schon gar nicht, wenn sie anfangen zu posieren.“ Aenne warf einen kurzen Seitenblick zu Else Marie, die ihrem Arthur ein Luftküsschen nach dem anderen zuwarf und zeitgleich von einem älteren Herrn zum Schwof herangezogen wurde.

„Was fotografieren Sie denn so?“, fragte Erwin.

„Räume, Mode … Objekte eben.“

„Interessant.“

Als Aenne Erwins Stirnrunzeln bemerkte, ergänzte sie: „Das Blättchen des Hausfrauenvereins zum Beispiel hat gerade letztens angefragt, ob ich für einen zweiseitigen Beitrag drei moderne Küchengeräte ablichte. Vielleicht hilft das beim Verstehen?“

Erwin nickte noch immer skeptisch.

„Es gibt viel zu viele unvorteilhafte, reißerische Aufnahmen von Menschen“, mischte sich Lotte ein. „Im *Anzeiger* hatten sie neulich eins, das um die halbe Welt ging. Sehr zum Nachteil für uns Frauen. Ich kann gut verstehen, dass Sie Objekten den Vorzug geben. Menschen sind unberechenbar.“ Aenne schwieg, dann blickte sie auf und schaute ihr länger in die Augen, als Lotte lieb war. Schnell sah sie nach unten. Was denkt sie jetzt von mir? Studiert sie mich etwa schon mit dem Auge einer Fotografin? dachte Lotte, aber verwarf den Gedanken sofort.

„Wollen wir uns nicht endlich duzen?“, schlug Aenne vor.

„Gerne!“, stieß Lotte erleichtert aus und Aenne lächelte so breit, dass ihr warm wurde.

„Hat es bei dir auch so lange gedauert mit der Aufnahme bei der GEDOK?“, fragte Lotte.

„Nein, dank Ida ging das recht schnell. Ich danke ihr noch immer auf Knien.“

„Ida Dehmel?“

„Ja.“

Lotte seufzte leise. Ida Dehmel hatte die GEDOK in Hannover gegründet, und sie war Kunstgewerblerin. Aenne hatte also einen leichten Einstieg gehabt.

„Mach dir nichts draus, die Warterei bedeutet gar nichts“, tröstete Aenne sie. „Ida hat es auch nicht leicht gehabt. In Berlin haben sie sie sogar abgelehnt.“

„Wieso das?“, fragte Lotte überrascht. Eine Frau, die in Hannover einen Verband ins Leben rief, aber in der Hauptstadt keinen Fuß in den gleichen Verein bekommt? Wie sollte das gehen?

„Sie haben dort gesagt, Kunsthandwerk sei keine Kunst. Es sei hausbacken und kleinkariert.“

„Aber in Hannover funktioniert es?“

„Nun ja, Ida will das Ansehen der GEDOK schon hochhalten, deshalb sind die Maßstäbe in der Qualität auch sehr streng gesetzt. Darum schauen sie eben auch genau und länger hin.“

„Dann hast du entweder Glück gehabt oder du bist sehr, sehr gut." Wieder lächelte Aenne. Wieder wurde Lotte warm.

„Arbeitest du eigentlich für die Zeitung?" Einem Fremdkörper gleich drang Erwins Stimme zwischen sie.

Mit einiger Verzögerung wandte sich Aenne um. „Ich arbeite auch *daran*", raunte sie dunkel. Erwins Blick blieb fragend. „Nun gut", räumte Aenne ein, „ganz ohne Scherz: Ja, ich habe hin und wieder sehr gut bezahlte Aufträge, aber ich lichte nicht vor Ort ab. Schauen Sie ab und an mal in die Beilage des *Anzeigers.* Da werden Sie um meinen Namen nicht umhinkommen."

„Gilt das Du etwa nicht für mich?", scherzte Erwin. Doch Lotte entging die winzige Spur Argwohn seines Tonfalls nicht.

„Aber natürlich!" Gönnerhaft boxte Aenne Erwin in den Oberarm.

„Sie arbeitet daran", konterte Lotte und lachte. Der trockene, hemdsärmelige Humor dieser Frau imponierte ihr.

Aenne klopfte Erwin auf die Schulter. „Oder noch besser, du kommst in fünf Tagen zum *Tee am Montag* in die Sedanstraße. Dort hängen einige Bilder von mir."

„Kostenpunkt?"

„Zwei Mark für dich und eine für Lieselotte, als frisch gebackenes Mitglied!"

„Hab ich etwa was verpasst?" Mit ihrem ausladenden Hinterteil schwang sich Else Marie zwischen Erwin und Aenne auf die Bank.

„Nur eine Fotoausstellung, Elli. Ausschließlich Objekte. Da gibst du doch keine müde Mark aus, oder?", frotzelte Erwin.

„Kommt auf die Art der Objekte an", säuselte Else mit dem Singsang einer Elena Mercurie und lehnte sich provokant lasziv an seine Schulter. „Hat jemand was zum Rauchen? Meine Zigarettenspitze verglüht vor Einsamkeit!"

„Hier, mein verkommenes Subjekt", brummte plötzlich eine andere, noch tiefere Stimme hinter ihnen. Schmal und haarig schob sich eine Faust mit muskulösen Fingern zwischen die Schultern von Erwin und Else und öffnete sich langsam. Eine Selbstgedrehte für Else lag darin, weiß, dünn und etwas zerknittert. Warm drang Arthurs Atem an ihr Ohr. Irritiert blickte Else sich in Richtung Tanzfläche um. Die Kapelle machte Pause. Ertappt quiekte sie und Erwin verzog das Gesicht. Dennoch entging Lotte nicht, wie Erwin ihr ohne Stirnrunzeln ins Dekolleté und vor allem auf den Hintern starrte. Erstaunlicherweise regte sich aber nichts in ihr. Außer vielleicht einer Spur von Langeweile und ein wenig Mitgefühl. Kein Funken von Eifersucht war da. Dabei waren Elses Reize durchaus ein sensationeller Hingucker, und ohne Frage konnte sie ihre erotischen Pfunde auch exzellent bewegen, wenn auch nicht in der Art, wie sie es mal gelernt hatte. Aber selbst, wenn Lotte ein Mann wäre, *das* wäre ihr einfach zu billig. In Einem nur wurde sie sich zunehmend sicherer: dass sie sich wohl bislang in Erwins Vorlieben ein wenig geirrt hatte.

„Ich wurde neulich auf der Straße schon einmal gefragt, ob ich für die Presse fotografiere", erklärte Aenne.

„Ach ja?"

„Ja. Von zwei Damen mittleren Alters. Eine von ihnen kannte ich sogar, aber sie hat mich nicht erkannt. Hat vermutlich mit zu vielen Gesichtern zu tun, leitet eine Schule und ist auch in der GEDOK."

„Ach." Abrupt verschwand Lottes gute Stimmung.

„Sie hat ein bemerkenswertes Profil."

„Von wem sprecht ihr da?" Else Maries Mund war dicht an Lottes Ohr und ihr Zigarettenatem roch penetrant. Ohne den Umstand ihres Gewichtes zu beachten, setzte sich Else auf Lottes Schoß.

„Von Berta. Du drückst!", seufzte Lotte und spendete der Gesellschaft ein leidliches Lächeln.

„Du hältst nichts von ihr?", frage Aenne geradeheraus.

„Sie pflegt eine Hassliebe!", fuhr Else Marie dazwischen. Aenne tat, als hätte sie Elses Worte nicht gehört, und blickte weiter zu Lotte. Wieder dieser tiefgründige Blick. So direkt. So dunkel. So warm, dass sie glatt die Frage vergaß. Aenne verwirrte sie zutiefst und rief etwas Fernes und Diffuses in ihr wach. Angst und Sehnsucht.

„Wie bitte?", fragte Lotte abgelenkt.

„Du kennst Frau Habenicht?"

„Wir waren ihre Elevinnen!" Wieder Else, und während sie sich glucksend nach hinten warf, drückte sie ihr ganzes Gewicht tief in Lottes Schoß. Schmerzvoll verzog Lotte das Gesicht.

„So schlimm?", fragte Aenne. „Aber gut, man hört von so einigen, sie wäre ein Drachen."

„Nein, nein!", wiedersprach Lotte heftig. „Und jetzt, los runter von meinem Schoß, du Nilpferd! Du bist doch kein Mops!"

„Aber sie arbeitet dran!", brummte Erwin schmunzelnd.

Beleidigt schob sich Else Marie auf das Sofa zurück und gab Erwin einen Klaps auf den Hinterkopf.

„Nein, Berta Habenicht ist nicht so schlimm. Ich habe viel bei ihr gelernt. *Wir* haben viel bei ihr gelernt", korrigierte sie sich und warf einen Blick zu Else, die nun Trost auf Arthurs Oberschenkeln suchte, um ein wenig später in seinen Lippen zu versinken.

„Berta Habenicht ist eine imposante Erscheinung", bestätigte Aenne. „Ich habe sie zum ersten Mal auf einer Modeausstellung kennengelernt. Da wollte ich Aufnahmen von Tanzanzügen machen, aber sie versperrte mir den Blick, war mit einer anderen ins Gespräch vertieft. Also wartete ich und hatte derweil genug Zeit, sie zu beobachten. Sie hat ein natürliches Charisma, wirklich eindrucksvoll."

„Ohne Zweifel." Lotte blieb einsilbig. Der Verlauf dieses Gespräches begann ihr zu missfallen. Das schöne Freiheitsgefühl versandete.

„Ich traf sie noch ein andermal, als ich architektonische Aufnahmen von der Turn-Klubbhalle machen sollte. Wieder musste ich mich gedulden, sie trainierte gerade eine Mädchengruppe für eine Vorführung und überzog entsetzlich."

Lotte nickte. Sie kannte das. Wenn Berta an etwas arbeitete, gab sie sich künstlerisch. Dann existierte keine Uhrzeit, kein Limit, keine Ablenkung, bis „das Werk" fertig war.

„Da war ich dann schon sehr ungehalten. Ich meine, wir sind *alle* in der GEDOK. Wir sollten uns gegenseitig unterstützen und nicht im Wege stehen. Wozu machen wir das denn sonst?"

„Du hast vollkommen recht."

„Nun gut, ich habe ihr dann gezwungenermaßen eine Weile zugeschaut und hätte beinahe spontan meine Kamera aufgebaut. Die Mädchen waren nur auf sie ausgerichtet. Wie ein Schwarm Fische! Manche hingen an ihren Lippen wie Schmetterlinge am Flieder. Das hatte wirklich eine ganz eigene Ästhetik. Als wären sie alle eins. Der Anblick war so faszinierend, dass ich vergaß, dass es Personen sind. Und ich Personen ja nicht ablichte." Aenne lachte.

„Es *sind* Objekte", erwiderte Lotte ernst.

„Was?" Aenne schien das als Scherz aufzufassen.

„In ihren Augen sind alle Schülerinnen Material. Du hast das damals also ganz richtig erfasst." Aennes Lächeln erstarb und für einen kurzen Moment wirkte sie fassungslos.

„Doch so schlimm?", fragte sie und beugte sich zu Lotte, damit Else es nicht hörte.

„Sie hat mich zu dem gemacht, was ich jetzt bin, und ich musste keinen Pfennig dafür bezahlen. Dafür muss ein Mensch dankbar sein", erwiderte Lotte kühl. Wieder musterte Aenne sie mit ihrem braunen Blick. Wieder länger, als es Lotte lieb war, und sie errötete. Warum war es ihr plötzlich so wichtig, was eine Aenne Heise von ihr dachte?

„Ich verstehe", sagte Aenne schließlich. „Da wollte jemand fliegen lernen und wurde auf einen Baum gehoben."

„So ähnlich."

„Na dann! Auf deine, auf meine, auf unsere schillernden Flügel!" Aenne erhob ihr Glas. „Ist noch was vom Rheingold da?"

Zum ersten Mal in ihrem Leben lag Lotte sturzbetrunken und dennoch hellwach auf ihrem Bett. Es war vier Uhr morgens und sie lächelte noch immer die Zimmerdecke an. Das Licht des Vollmonds vor dem Fenster warf ein Schattenkreuz an die weißgetünchten Wände. Erwin schnarchte schon seit Stunden neben ihr, seine Hand lag in ihrer. Ihre Zehen lugten keck unter der Decke hervor; sie bewegte sie geschmeidig hin und her. Tänzerinnenfüße. Anmutig sah das aus. Zehn kleine Kinderlein tanzen auf dem Bett …

Seit heute Nachmittag war alles federleicht geworden. Als hätten sie ihre Füße endgültig aus dem Morast gezogen, in dem sie jahrzehntelang gesteckt hatte. Während ihrer Ausbildung hatte es auch schöne Momente gegeben – nach der Schauburg, und in Hamburg bei Laban, wo sie gelernt hatte, kein Schatten mehr zu sein, sondern ein Individuum. Aber immer dann, wenn es ihr gerade gutzugehen schien, hatte jedes Mal erneut der Sumpf nach ihr gegriffen und sie in den Morast zurückzogen.

Ganz besonders schlimm war es 1926, im Jahr nach dem Tod ihres Vaters, gewesen, nach der Typhuskatastrophe. Halb Hannover schien unterzugehen. Die hohen Herren vom Amt übersahen alle Warnzeichen. Kein Desinfektionskommando war hinterhergekommen, kein Krankenwagen, kein Doktor, niemand, nur die Salmonellen. Aber die Schlimmsten von allen war die Journaille. Da lag ihr Vater schon im Sterben, und der Bürgermeister verfolgte nur ein einziges Ziel: die Leute von der Presse zu besänftigen. Dann starb ihr Vater, noch bevor er für das Krankenhaus abgeholt werden konnte.

Ihre Wut war damals maßlos. Tatenlos sah der Bürgermeister zu. Niemand traute sich, Essen zu kaufen. Erwin blieb damals die ganze Zeit an ihrer Seite und stieg mit seinen Kameraden auf die Barrikaden. „Verbrecher!", skandierten sie vor dem Stadtparlament. Erwin und seine Freunde fanden ein Ventil für ihre Wut. Sie nicht. Aber auch Else Marie ging es schlecht. Sie hatte ihre ältere Schwester an den Typhus verloren und war mit ihrer Familie zu Verwandten aufs Land gereist.

Erwin und Winfried standen an Lottes Seite. Erwin mit seinem Willen, nicht aufzugeben, und Winfried mit einem Kredit, denn die Ausbildung in Hamburg war für sie nicht nur eine Flucht, sie war wie eine Neugeburt gewesen.

Lotte seufzte erschöpft, entzog Erwin sachte ihre Hand und drehte sich zur Seite. So war das. Aber erst die Aufnahme bei der GEDOK hatte in ihr das Gefühl der kompletten Genesung erzeugt. Das silbrige Licht des Mondes verschwand aus dem Fensterkreuz, die Schatten verblassten und der Morgen schlich sich in Zimmer, als Lotte lächelnd in den Schlaf fand.

24

1929 – Herbst

„Komm rein, ich zeig sie dir!"

Aennes Werkstatt war nicht das, was der Name „Werkstatt" versprach, oder das, was Lieselotte sich unter einem Atelier vorgestellt hätte. Kein lichtdurchfluteter Saal vollgestellt mit Staffeleien, Stativen, Diwans, Fellen und ornamentverzierten Decken. Noch nicht einmal ein großer Raum empfing sie. Dann musste sie lachen in Anbetracht dieser naiven, romantischen Vorstellung, an der sicher die Gemälde der alten Meister schuld waren, die sie so gern ansah. Natürlich, sie lebten im zwanzigsten Jahrhundert! Da durfte, ja, da musste ein Atelier etwas ganz anderes sein. Etwas wie Aennes Werkstatt. Würde nicht das Schild über dem Eingang ein *Werkstattatelier* versprechen, so würde Lotte das, was Aenne nicht ohne Stolz als „ihr Reich" bezeichnete, für eine ganz normale, eher spärlich eingerichtete Junggesellenwohnung halten.

Neugierig sah sie sich um. In der rechten Ecke des Raumes stand ein merkwürdiges Konstrukt, das sie an eine abgesägte, verwinkelte und neu ineinander verschraubte Leiter erinnerte. Ein Stuhl vermutlich. Als Lehnen dienten diverse, schmale Stücke aus derbem Stoff. Sitzpolster und Sitzlatten fehlten gänzlich. Stattdessen war die Fläche mit einem groben Material, das, wie in eine Mangel gestreckt, bespannt war. Aenne blinzelte Lotte zu, verschwand kurz hinter einem Regal und kam mit ihrer Kamera wieder hervor. Verschmitzt schwang sie sich auf das merkwürdige Möbelstück und hantierte geschickt mit einer schwarzen Dose und ihrem Apparat herum. „Das ist eigentlich nur eine Leihgabe, ich sollte da gar nicht drauf sitzen, sondern es nur fotografieren." Lotte betrachtete den Lattenstuhl. Er sah gar nicht übel aus, sogar recht modern. „Ein echter Breuer. Bauhaus – sagt dir das was?"

Lotte schüttelte den Kopf.

„Und hier, dahinter, siehst du meine Dunkelkammer?" Stolz schob Aenne einen schweren Vorhang aus dunklem Samt beiseite, hinter dem sich allerlei Gerätschaften, flache Becken mit Flüssigkeiten, braune Glasflaschen und eine utopisch anmutende Lampe befanden. Es roch streng nach Chemikalien. Wie konnte sie hier nur schlafen, fragte Lotte sich. Zu Hause wurde ihr schon übel, wenn der Abfalleimer länger als zwei Tage ungeleert herumstand. Das hier biss regelrecht in der Nase. Dennoch nickte sie ehrfürchtig.

„Fotos entwickeln kann ich nur nach Einbruch der Dunkelheit. So lichtdicht ist das purpurne Prachtstück nämlich auch nicht", erklärte Aenne ihr.

„Er ist wunderschön!", flüsterte Lotte und strich sanft über den Vorhangstoff. Weich, dunkel und in einer Farbe voller Glut, wie Aennes Blick, dachte sie und erschrak sofort über ihren Gedanken. Schnell zog sie die Hand zurück.

„So wertvoll ist der Stoff nun auch wieder nicht. Keine Scheu, Lilo! Du bist hier nicht in einem Museum, sondern bei mir!", ermunterte sie Aenne. *Lilo.* Niemand sonst nannte sie so. Nicht Lotte, Lotti oder Lottchen, sondern Lilo. Es klang schön, salopp und modern. Man sollte etwas leichter an alle Dinge herangehen, dachte sie. Auch an die alten Gefühle. Abermals befühlte ihre Hand den weichen, roten Vorhang.

„Manchmal nutze ich ihn als Hintergrundkulisse für Porträts."

Lotte stutzte. „Ich denke, du machst keine Menschenbilder?"

Wieder lachte Aenne. „Hübsch gesagt. Doch das tue ich zuweilen, nur nicht im üblichen Sinne. Außerdem hatte ich vorgestern keine Nerven, deine Freundin abzuwimmeln, sie scheint in ihrer Bettelei sehr hartnäckig zu sein. Deshalb habe ich das so rigoros verneint."

„Aha." Erstaunlich, wie rasch sich Aenne ein wahrhaftiges Bild über Else machen konnte, dachte Lotte.

„Du siehst apart aus vor dem Samt. Deine Haut ist sehr hell. Als ob du leuchtest."

„Wirklich?" Rasch fasste sie sich ins Gesicht. Eine schnelle Hitze flog über ihre Wangen. Dass sie noch immer so leicht erröten musste. Modern war das sicher nicht.

Aenne aber nahm keine Notiz davon und blickte fasziniert zwischen dem Fenster und Lotte hin und her. „Das Tageslicht ist absolut perfekt!", frohlockte sie. Dann stürzte sie hinaus auf die Straße. Dort stand sie wie gebannt, ihr Gesicht gen Himmel gewandt, und breitete weit ihre Arme aus, strahlend wie ein Kind, das sich über den ersten Schnee des Jahres freut. Wieder und wieder drehte sich Aenne lachend um die eigene Achse. Irritiert starrte Lotte durch die großen Scheiben nach draußen. Im nächsten Augenblick war Aenne wieder in der Werkstatt.

„Ich würde gerne ein paar Fotos von dir schießen. Was meinst du, Lilo? Würde es dir etwas ausmachen, die Bluse auszuziehen? Ich bräuchte eine freie Nackenpartie." Lotte hatte keine Zeit, etwas zu erwidern, die junge Fotografin trat einfach an sie heran, ergriff ihren Blusenkragen, öffnete ihn und drückte ihn behutsam zur Seite. „So würde es auch gehen, siehst du? Aber schöner wäre es, wenn deine Schultern ganz frei sind."

Anstandslos folgte Lieselotte ihrem Wunsch, knöpfte die oberen Knöpfe auf und drapierte den weißen Stoff locker um die Schultern. Eine zunehmende Unsicherheit befiel sie. Nicht, weil sie das hier einfach so tat, sondern weil es ihr ein leises Vergnügen bereitete. Es lag so viel mehr Zärtlichkeit, so viel mehr Versprechen im vorsichtigen Öffnen ihrer Bluse als an jenem Sonntag, an dem Erwin ihr ans Mieder gegangen war … aber sie geht mir doch gar nicht ans Mieder, dachte sie plötzlich, das Erotische kommt ganz allein von mir.

„Ist dir das besondere Licht da draußen auch aufgefallen?", fragte Aenne.

„Äh … nein … ich weiß nicht", stotterte sie.

„Du bist ja genauso zerstreut wie das Licht!", lachte die Fotografin, öffnete die Klappe ihrer Kamera und legte den Rollfilm ein. „Irgendwas ist in der Luft. Etwas, das die Sonne hinter einem Schleier versteckt, obwohl gar keine Wolkendecke zu sehen ist. So ein sonderbarer, leuchtender, gebrochener Nebel … und das am helllichten Tag." Aenne konnte sich kaum halten vor Begeisterung. Angesichts des diesigen Tageslichts geriet sie völlig aus dem Häuschen.

„Komm noch ein wenig näher an die Fensterscheibe, bitte, Lilo!", bat sie sie, die Kamera vor dem Gesicht haltend.

„So, wie ich jetzt bin?" Irritiert zupfte Lotte an ihrer Bluse herum und äugte auf die Straße. Was, wenn jetzt Passanten kämen? Andererseits, was sollte dieses altbackene, jungfernhafte Getue? Sie war keine Jungfrau mehr. Sie war Künstlerin, ebenso wie Aenne.

„Mit der Bluse … so, ja?“, vergewisserte sie sich.

„Natürlich, was denkst denn du?“, erwiderte Aenne. Mit einer Mischung aus Kühnheit und Scheu trat Lotte so dicht an die Fensterscheibe heran, wie sie meinte, es zu müssen. Auf der gegenüberliegenden Straßenseite flanierte ein schwarzgekleideter Herr mit einem hellbraunen Hund vorbei. Als sein Blick die Ladenfenster streifte, hielt er inne. Erstaunt hob er die Augenbrauen, korrigierte dann aber sofort sein überraschtes Gaffen und bückte sich nach etwas. Dann putzte er umständlich an seinen Schuhen herum. Lotte spürte deutlich, wie sehr er versuchte, in halb abgewandter Pose weitere Blicke in den Laden zu erhaschen. Reflexartig spreizte sie ihre Finger über ihrem Dekolletee. Es kostete sie Mühe, dem Drang zu wiederstehen, sich schleunigst wieder anzuziehen.

„Halt! Warte, bleib so. Lass den Blick stehen. Genauso.“

Tapfer hielt Lieselotte die Position.

„Wie ein Gewächs“, murmelte Aenne hinter der Linse. „Eine Lilie … oder … eine weiße Mohnblume.“ Es klickte, schnarrte, klickte im Wechsel unter ihren Händen. „Nur noch drei Schuss, dann bist du entlassen“, erklärte sie und drehte den geriffelten, runden Knopf der Kamera bis zum Anschlag. Wie der Verschluss von Winfrieds Flachmann, dachte Lotte. Ihr Patenonkel redete auch immer davon, *etwas mit Schuss* zu veredeln – allerdings in einem ganz anderen Zusammenhang.

„Versuch so zu bleiben. Denk an was Alltägliches“, kam die Anweisung.

„Mach ich doch“, flüsterte Lotte und dachte weiter an Winfried. Überhaupt konnte sie mit ihrem Onkel inzwischen viel mehr anfangen als mit Almut. Die Tante war nur noch jammervoller geworden, seit Lottes Vater tot und Lotte nach Hamburg gegangen war.

„Wo bist du eigentlich aufgewachsen, Lilo?“ Inzwischen hatte Aenne wieder auf dem Lattenstuhl Platz genommen, ihre Kamera im Schoß platziert und den belichteten Film in die Patrone zurückgekurbelt. Lotte schaute aus dem Fenster. Der Herr mit dem Hund war verschwunden. Sie knöpfte ihre Bluse zu, ließ die oberen beiden Knöpfe offen.

„Im Lindener Dreck“, sagte sie und probierte ein verwegenes Lächeln. Interessiert schaute Aenne auf. Lotte versuchte ihrer Stimme mehr Festigkeit zu geben.

„Ich war eine kleine Arbeitergöre und mein Vater ein Kriegszitterer. Sechsundzwanzig ist er gestorben.“

„Ach, der Typhusskandal. Diese faulige Ricklinger Brühe, die da aus den Wasserhähnen kam." Aenne rutschte vom Stuhl und hörte sofort mit der Kurbelei auf. „Das tut mir leid, Lilo."

„Muss es nicht", wehrte Lotte ab. „Das ist lange her." Sie wollte nichts mehr davon hören. Nicht hier und nicht jetzt, wo alles so schön war. Aber Aenne ließ nicht locker.

„Dieser Verbrecher von Bürgermeister. Ein Skandal, dass der überhaupt noch im Amt ist."

„Ja, das sieht mein Onkel auch so", erwiderte Lotte resigniert, weil das Gespräch jetzt auch noch politisch wurde.

„Der Menge gehört abgesetzt!" Ganz entflammt war Aenne vor Empörung. Erst als Lotte eisern weiterschwieg, wechselte Aenne das Thema. „Meine Eltern sind auch sehr früh gestorben. Ich war sechzehn."

„Ach."

„Ja. Im Krieg war ich zuerst noch im Lazarett. Als Laborantin. Den Bakterienkram habe ich dann aber schnell hinter mir gelassen. Die Chemie hat's mir angetan. Und danach die Fotografie."

„Bei mir war es der Tanz", erwiderte Lotte.

„Von Anfang an?"

„Schon immer." Wenigstens das konnte sie mit Gewissheit behaupten. Die Erinnerung an den Blick ihres Vaters und wie sie damals auf den Dielen tanzte – ausschließlich unter seinen Augen – schien ihr stabilstes Moment im Leben zu sein. Es war ihr kostbarster und ältester Augenblick, den sie sich bewahren musste, solange sie lebte. Vielleicht war das Licht damals das gleiche wie heute gewesen? In Gedanken versunken stand sie noch immer vor dem Fenster.

„Wann ist denn eure nächste Aufführung?", fragte Aenne, stupste sie in den Rücken und verschwand in der Dunkelkammer.

„Was?", fragte Lotte perplex.

„Euer Tanz. Ich würde ihn mir anschauen, zum rein privaten Vergnügen, mal ganz ohne die Linse vor der Nase!"

„Ach so. Ja, der! Wir hoffen noch auf die große Celler Weihnachtsmesse."

„Was ist geplant?"

„Sechsundzwanzig Fachgeschäfte stellen da aus, und der Verband der weiblichen Handels- und Büroangestellten richtet das Fest aus. Jedes Jahr schon. Wir wären zum ersten Mal dabei."

„Und was macht ihr?"

„Ein oder vielleicht zwei von zehn Bildern. Das Thema wird sein: *Rund um die Liebe*."

„Warum nur zwei?“

„Es sind noch mehr Gymnastikschulen in der Auswahl. Und es gibt zwei Abteilungen. Niemand kann auf zwei Hochzeiten zugleich tanzen.“ Lotte dachte an Berta. Sie würde nicht umhinkommen, dort wieder einmal mit ihr zusammenzutreffen. Die Brosche kam ihr in den Sinn, schnell schob sie den Gedanken fort. Vielleicht hatte sie ja Glück und Berta war in der anderen Abteilung. Der Gedanke an die Anwesenheit von Aenne stimmte sie milde. Die dunkelhaarige Fotografin hätte ihre Schwester sein können, eine, die sie nie hatte.

„Ich muss jetzt los“, sagte Lieselotte bedauernd und schaute auf die Uhr. „Vielen Dank für die Einladung. Ich will dich auch nicht weiter von der Arbeit abhalten.“

„Zu spät für deine Rücksichtnahme“, erwiderte Aenne und strich versöhnlich über die Lehne des Bauhausstuhls. „Und du muss dich nun leider bis morgen gedulden! Heute habe ich das ganze Licht für Lilo verbraucht.“ An Lieselotte gewandt ergänzte sie keck: „Mit künstlichem mach ich es nämlich nicht!“ Dann sprang sie auf, lief zur Tür und öffnete sie. Laue Abendluft strömte herein. Sie standen einander gegenüber. In Aennes braunen Augen spiegelte sich das abnehmende Licht. Himmel in den Augen von Aenne, dachte Lotte versonnen.

„Auf Wiedersehen, Lilo!“

„Auf Wiedersehen, Aenne!“

In den nächsten Wochen sahen sie sich nur selten. Der Sommer verging wie im Flug. Kaum hatte Lotte ihre Arbeit an den Tanzbildern beendet, war Aenne mit ihren Stuhl-Fotos erfolgreich gewesen und hatte sie gewinnbringend verkauft. Else Marie tanzte noch immer durch die Nächte und Erwin hatte endlich die letzten Handwerksarbeiten im Tanzsaal fertiggestellt. Es war bitter nötig gewesen, denn der Herbst versprach ungemütlich und der Winter kalt zu werden.

25

1929 – Winter

„Ha! Unsere Arbeit bedürfe einer Feilung! Lachhaft! Ich möchte gar nicht wissen, ob das mondäne Nilpferd wieder dahintersteckt!" Außer sich vor Empörung zerknüllte Lieselotte den Brief und warf ihn zornig hinter sich. In hohem Bogen sauste das Papier durch die Luft. Kurz bevor es auf dem Parkettboden ihres kleinen Tanzsaals aufprallte, fischte es Erwin aus der Luft. Argwöhnisch faltete er es auseinander und las die gestochene Schrägschrift des Schreibens, das das Logo der GEDOK trug.

„Bertas Unterschrift ist das aber nicht", bemerkte er und versuchte sie zu besänftigen. Behutsam trat er näher und legte die Arme um Lotte.

„Lass mich, ich bin nicht in Stimmung!" Aufgebracht stieß sie ihn von sich, entriss ihm den Brief und zerknüllte ihn erneut. Sie wollte sich überhaupt nicht beruhigen! Sie wollte sich aufregen. Sie war im Recht. Da redete jemand in perfider Weise ihre Tanzpoeme schlecht, und das so kurz vor der Celler Weihnachtsmesse. Das durfte nicht wahr sein! Wütend las sie vor: „‚Wir legen Ihnen nahe, dass Ihre Arbeit wohl einer Feilung bedürfe, bitte ändern Sie ihre Szenen dementsprechend.' Was soll das heißen, bitte? Dass wir schlampig arbeiten? Dass unsere Tänzerinnen nachlässig in ihren Bewegungen sind? Vielleicht kommen die GEDOK-Damen mit der neuen Freiheit unseres Ausdrucks nicht zurecht! Wer nur einfarbig malt, versteht eben die Schönheit eines Regenbogens nicht, und gerade Berta, dieses taktlose Rindvieh … wenn ich der gesamten Gymnastikabteilung heute Abend stecken würde, dass diese Kuh keinen einzigen Auftakt auf den Punkt ansagen kann, würde dieses Trampeltier dann auch so einen Brief bekommen?"

„Wer sagt dir denn, dass Berta dahintersteckt? Das vermutest du doch nur."

„Ich *weiß* es, Erwin. Frag mich nicht, wieso."

„Du schenkst dieser Frau zu viel Aufmerksamkeit."

Höhnisch lachte Lieselotte auf. „Ich? Das glaubst du doch wohl selbst nicht! Andersrum wird ein Schuh draus. Sobald ich mich aus ihrem Blickfeld begebe, drängt sie sich wieder hinein." Als Erwin ungläubig die Stirn runzelte, fuhr sie umso vehementer fort: „Oder wie erklärst du dir das? Ich trete in die GEDOK ein, sie behandelt mich weiter wie ihre Schülerin. Ich mache meine eigene Schule auf, sie ignoriert sie. Ich bewerbe mich für die Celler Weihnachtsmesse und höre wochenlang überhaupt nichts, bis ausgerechnet *sie* mich so ganz nebenbei im Treppenhaus auf meine Tanzbilder anspricht. Man *kann* ihr gar nicht ausweichen. Sie ist immer und überall."

Erwin zuckte nur hilflos mit den Schultern. Im Grunde verstand er ihren überschäumenden Ärger. Zudem bewunderte er

Lottes Leidenschaft und hatte sie in all den Jahren nur noch mehr lieb gewonnen. Sein Instinkt, was ihren Charakter betraf, hatte ihm recht gegeben. Lieselotte war zielstrebig wie keine. Ausgenommen Berta Habenicht vielleicht. In seinen Augen erschloss sich jedoch noch immer nicht, weshalb Lotte sich so an ihr aufrieb. Diese Matrone konnte Lottchen doch niemals das Wasser reichen. Der Geifer, der zwischen den beiden Frauen sein Unwesen trieb, war völlig übertrieben. Vielleicht lag es einfach daran, dass es die Frauen noch nicht gelernt hatten, mit ganz gewöhnlicher Konkurrenz auf dem wirtschaftlichen Markt umzugehen. Sie mischten ja noch nicht lange mit, unternehmerisch gesehen. Und wer weiß, wie lange es noch dauern würde, bis sie einander mit weniger heftigem Gemütsbrausen akzeptierten und in Ruhe arbeiten ließen. Sowieso ist dieses Modell vom Kapitalismus am Absterben, dachte er. Im Kommunismus würden solche Rivalitäten ein Ende finden, wenn es endlich nicht mehr darum ging, sich von den Futternäpfen wegzubeißen. Aber bis dahin war es ein weiter Weg und dafür würde er kämpfen. Lottes Schneid wäre in diesem Kampf weit besser zu gebrauchen als bei dem sinnlosen, kleinmütigen Hickhack um den besten Platz auf der Bühne. Wenn sie es doch nur verstehen würde! Im Moment jedoch war Lotte für jeden erhabenen Gedanken unzugänglich.

„Hier!" Mit sich überschlagender Stimme warf sie die Handvoll kleiner Schnipsel in die Luft. „Der beste Beweis!" In kleinen Luftspiralen trudelte das zerrissene Papier durch die Luft und rieselte auf den Boden, während draußen vor den Fensterscheiben der Schnee sein eigenes wildes Spiel trieb.

„Ich gehe morgen in die Georgstraße. Ich will wissen, von wem das ausgeht!"

Im Büro der Vorstandsvorsitzenden war es am nächsten Vormittag recht warm. Erst nach einigen Minuten bemerkte Lieselotte, dass sie im Eifer des Gefechtes vergessen hatte, ihren Mantel abzulegen. Sämtliche Treppen war sie hinaufgerannt und vermutlich noch immer hochrot im Gesicht. Den Fahrstuhl hatte sie ignoriert und atemlos das kleine Büro gestürmt. Eine stellvertretende Vorsitzende starrte sie entgeistert an.

„Was bedeutet Feilung?" Eigentlich war es keine Frage, sondern ein Befehl. So heftig hatte Lotte die Worte herausgestoßen und mit der Hand auf die Tischplatte geschlagen.

„Es ist wegen der Männer“, antwortete die Frau prompt hinter ihrem Schreibtisch und zuckte nur hilflos mit den Schultern. Sie wusste genau, um was es ging.

„Ach!“, ereiferte sich Lotte mit hochroten Wangen. „Natürlich möchte ich auch die Männer aus meinen Kursen bei der Celler Weihnachtsmesse auftreten lassen. Was ist dabei?“

„Es sind zu viele.“

„Es sind fünfzehn.“

„In den anderen Gruppen sind überhaupt keine Männer. Das widerspricht in dieser Fülle den Prinzipien der GEDOK, Frau Daube-Gellert. Sie haben vor nicht allzu langer Zeit doch auch davon profitiert, dass unsere Vereinigung explizit Frauen fördert. Oder etwa nicht?“ Die Stimme der stellvertretenden Vorsitzenden gewann wieder an Festigkeit. Lottes musste sich kurz setzen. Etwas versöhnlicher fuhr die Dame fort: „Wir setzen uns doch nicht ohne Grund für diese Förderung ein. Von mir aus können Sie es gern Bevorzugung nennen. Aber Fakt ist, dass wir Frauen im normalen Kunstbetrieb schlechter ausgebildet sind und nie ernst genommen werden. Verstehen Sie die Beschränkung nun besser?“

„Aber Ihre Musikanten sind doch auch durchweg männlich. Schicken Sie die denn auch fort? Wollen Sie Ihre Veranstaltung ganz ohne Musik?“, erwiderte Lotte trotzig.

„Die gehören ja nicht direkt zu uns.“

„Also meinen Sie das mit Feilung: dass ich meine besten Tänzer außen vor lassen soll?“

„Nicht ganz. Wir haben ja sehr lange ein gutes Wort für Sie eingelegt und uns mit allen Mitgliedern abgesprochen. Zwei Männer sind nun erlaubt. Höchstens.“ Lotte sog scharf die Luft ein.

„Eine Feilung!“, fauchte sie. „Wo gehobelt wird, da fallen Späne, das sagt man doch so, oder? Und wo gefeilt wird, wird auch Staub aufgewirbelt. Und das tue ich jetzt. Wenn Sie mir die Hälfte meiner Gruppe so kurz vor dem Fest zusammenstreichen, dann werde ich diese Szene eben nicht aufführen lassen!“ Noch einmal schlug Lotte mit der flachen Hand auf den eichenschweren Tisch. Mit diesem Ultimatum setzte sie alles auf eine Karte, und das wusste sie. Sämtliche Tanz-Bilder der anderen Gruppen waren aufeinander abgestimmt. Ihr Rückzug würde in die Gesamtdramaturgie für alle Beteiligten eine schwere Kerbe schlagen.

Die Vorsitzende verstummte umgehend und schaute betreten auf ihre Hände. Vielleicht habe ich noch eine Chance, dachte Lotte. „Rund um die Liebe! – Was meinen Sie wohl, weshalb meine Gruppe gemischt ist?", fragte sie mit Nachdruck.

Irritiert blickte die Vorsitzende auf und runzelte die Stirn. Nach einer Weile erklärte sie unsicher: „Das ist wirklich nicht unser Problem, daran hätten Sie doch vorher denken müssen."

In Lieselotte stieg ein so unbändiger Zorn auf, dass sich ihre Stimme überschlug. „Nein! Nein! Nein! Ich lasse es nicht zu, dass eine impertinente Kuh alles verdirbt!" Empört schreckte die Vorsitzende zusammen. Lotte erschrak, als sie sah, was sie angerichtet hatte. Sofort korrigierte sie sich. „Oh, nein. Entschuldigen Sie bitte, ich habe wirklich nicht Sie damit gemeint."

„So? Wen denn sonst?" Die Dame beruhigte sich, neigte den Kopf und beugte sich vor. Ihre Augen funkelten neugierig.

„Ich will wirklich niemanden beschuldigen. Ich habe nur das Gefühl, jemand arbeitet hier gegen mich", sagte Lotte resigniert.

Die Vorsitzende musterte sie eine Weile, krauste die Stirn und dann huschte ein doppeldeutiges Lächeln über ihr Gesicht.

„Sie reden aber nicht zufällig von der Frau Habenicht?"

„Es liegt mir ſern, jemandem etwas zu unterstellen", verteidigte sich Lotte. „Aber ich kann nichts dafür, dass ich nicht, wie manch elitäre Dame, ausschließlich Frauenkurse in Reinkultur anbieten kann." Hinter den Brillengläsern der Vorsitzenden arbeitete es. Lotte begann abermals zu hoffen. Vielleicht kam sie durch. Was blieb ihnen denn übrig? Erwin und sie hatten sich irgendwann dazu entschlossen, die Separierung nach Geschlechtern aufzuheben. Erwin fand das modern und sie wirtschaftlich nötig. Mittlerweile konnten sie es sich schlichtweg nicht leisten, jemanden, der gut war, abzulehnen, nur weil die Leibwäsche das falsche Organ bedeckte. Kameradschaftlichkeit zwischen Mann und Frau – das war Erwins Maxime. Und auch der Zulauf aus Arbeiterkreisen war nicht zu unterschätzen. Sie hatte Abstriche machen müssen, ja, gegen ihren eigenen Wunsch … trotz allem wollte sie sich ihre Zerrissenheit nicht anmerken lassen, aber die verräterischen Tränen erkämpften sich bereits ihren Weg. Nicht jetzt, nicht hier, Atme, befahl sie sich sie, Atme! Sie musste ihre Gefühle im Zaum halten.

Mit belegter Stimme sagte sie: „Entschuldigen Sie bitte meinen Ausfall. Ich bitte Sie inständig: Lassen Sie mich einfach nur meine Arbeit machen."

Die Dame hinter dem Schreibtisch mied weiterhin ihren Blick und blätterte stattdessen in einem Protokoll. Verdammt, dachte Lotte. Ich habe es vergeigt. Wie zum Hohn kam die Sonne hinter den Wolken hervor, ihr Licht brach sich durch das Fenster und ließ den milchigen Dunst der beschlagenen Scheiben golden wirken. Was hätte sie nur für ein Zugeständnis gegeben! Ihre Wut wich einer jämmerlichen Verzweiflung. Wenigstens fünf, bat sie inständig in Gedanken, lasst mir bitte fünf Tänzer.

Das Verbot hing in der Luft. Lotte knetete die Hände. Noch immer schwieg die Vorsitzende, und die Sonne verschwand so rasch, wie sie gekommen war. Vor dem Fenster begann ein feines Schneewetter zu stöbern. „Zehn“, antwortete die Vorsitzende kühl. „Ich werde das dem engsten Kreis so mitteilen. Es ist meine alleinige Entscheidung. Bis morgen reichen Sie mir bitte eine fundierte Erklärung ein, aus der alle ersehen können, aus welchen künstlerischen Gründen diese Sonderregelung unverzichtbar ist.“

Umgehend hörte Lotte auf, ihre Hände zu kneten. Zehn? Hatte sie sich verhört? Ungläubig starrte sie auf die Lippen der stellvertretenden Vorsitzenden. Tatsächlich schien sie zu lächeln. Lieblich, diskret und mit geschlossenen Lippen. Aber aus ihren Augen sprach Ermunterung. Sie durfte zehn ihrer Tänzer mitnehmen? Hastig ergriff sie Mantel, Schal und Mütze. Die Handschuhe! Wo waren nur die Handschuhe? Jetzt nur keinen Fehler mehr machen, nicht dilettantisch wirken. Da. Unter dem Stuhl! Eilig bückte sie sich und stieß sich beim Aufrichten schmerzhaft an der Eichentischplatte.

„Na, Na. Verlieren Sie mal nicht Ihren Kopf“, sagte die Vorsitzende.

„Ich war nur ungeschickt“, erwiderte Lotte schnell. Für eine Zehntelsekunde hatte sie ihre Haltung vergessen. Dabei war Haltung alles. Wer hatte das immer gesagt? Innerlich lachte sie. Die heilige Berta. In dem Moment ihres Sieges, so klein er auch war, hatte sie diesen ehernen Grundsatz vergessen. Das musste ein Zeichen sein. „Auf Wiedersehen und vielen Dank!“, rief sie laut und eilte aus dem Büro. Benommen stolperte sie die Stufen hinab und konnte es einfach nicht fassen: Sie musste ihre Arbeit nicht mehr umchoreografieren. Sie hatte sich durchgesetzt. Sie hatte etwas bewirkt. Sie hatte gewonnen!

26

Aenne Heise hielt ihr Vorhaben, die große Celler Weihnachtsmesse ausschließlich privat zu besuchen, natürlich nicht ein. Wie selbstverständlich baumelte, als Lotte sie im Untergeschoss bei den Stahlrohrmöbeln begrüßte, die Leica um ihren Hals. Sie wunderte sich nicht darüber, denn vermutlich hätte sie genauso gehandelt, wenn ihr Herz nicht für den Tanz, sondern für die Fotografie geschlagen hätte.

„Siehst du ihn? Da steht er!“, schwärmte Aenne unvermittelt mit verliebtem Ton.

„Wer denn?“, fragte Lotte und hielt nach dem vermeintlichen Verehrer Ausschau. Es versetzte ihr einen feinen Stich, aber nirgends konnte sie jemanden entdecken, den sie Aenne hätte zuordnen können. Nur ein paar dickbäuchige, ältere Herren, an deren Seite sich Frauen befanden, die ungefähr Almuts Format ausfüllten. „Wen meinst du denn?“, fragte Lotte. Aber Aenne war bereits mit ihrer Kamera beschäftigt.

„Den Stuhl, wen denn sonst?“, erwiderte sie. Befreit lachte Lieselotte auf. Natürlich, ein Ausstellungsobjekt. Der Lattenstuhl, der noch bis vor Kurzem in Aennes Fotoatelier gestanden hatte, befand sich auf einem kleinen Podest und wirkte wie ein Fremdkörper neben all den modernen Gebilden aus Leder und Stahl. Sie hatte ihn gar nicht gesehen.

„Wann seid ihr genau dran?“, fragte Aenne, während sie fotografierte.

„Die erste Gruppe tanzt um drei und die zweite um vier.“

Aenne warf einen kurzen Blick auf ihre Armbanduhr, ein hübsches, schlichtes Silberding an ihrem Handgelenk.

„Gut, ich werde da sein. Wollen wir vorher noch etwas essen? Im Reformhaus verkaufen sie bestimmt ein paar köstliche Kleinigkeiten.“ Lotte wollte schon den Kopf schütteln, denn vor Auftritten hatte sie keinerlei Appetit. Ihren knurrenden Magen spürte sie in diesen Situationen nicht. Gegessen wurde einen Tag vorher. Aber sie unterdrückte ihr Kopfschütteln und nickte. Ein halbes Stündchen mit Aenne? Warum nicht?

„Gut“, sagte sie, „Ich fürchte nur, ich bekomme nichts herunter.“

„Für einen heißen Tee mit Honig wird schon noch Platz sein“, erwiderte Aenne und Lotte stimmte zu. „Magst du mit mir das verrückte Kasperletheater von Maximiliane Ackers ansehen? Das wird sicher wieder ein Gaudi.“

„Nur den Tee, für mehr habe ich keine Nerven", antwortete Lotte. Sie kannte die umtriebige Frau nur vom Hörensagen. Musste eine imposante Figur sein. Aber im Moment hatte sie wirklich nicht die Muße. So schlenderten sie eine Weile zwischen den Besuchern und Schaufenstern entlang. Hin und wieder trafen sie auf Stände, die außerhalb der Geschäfte aufgebaut waren. Auf den weißen, gestärkten Tischtüchern lagen Tannenzweige und selbstgefertigte Gegenstände hübsch drapiert. Gebasteltes, Genähtes und Gebackenes. Es duftete nach Fichtengrün und Punsch. Lotte hakte sich bei Aenne ein und ließ den Blick über die vielen, kleinen und schönen Dinge schweifen, Kunstgewerbe zumeist. Plötzlich durchfuhr sie ein Schreck. Abrupt hielt sie inne.

„Nanu?" Aenne schaute sie fragend an. Die Passanten hinter ihr liefen auf, stolperten und schimpften laut. Es war Lotte jedoch nicht möglich, sich zu entschuldigen, sie konnte es kaum in Worte fassen, denn was sie dort entdeckt hatte, was da keine zwei Meter auf einem sehr apart geschmückten Tisch lag, zwischen Häkeldecken, Messingfigürchen und Schnitzwerk – in geputzten Silber und schwarzfunkelnd –, war nichts anderes als ihre Brosche. Perplex starrte sie das Schmuckstück an.

„Hast du ein Weihnachtsgeschenk entdeckt?", scherzte Aenne. Irritiert schüttelte Lotte den Kopf und brachte kein Wort heraus.

„Lilo?"

Aennes Frage drang nur schwer zu ihr durch. Sie blickte von ihrem Gagat zurück auf das Mädchen, das hinter dem Verkaufstisch stand, und wieder zurück zur Brosche. Sie brauchte lange, um zu begreifen, dass da gerade ihre Brosche zum Verkauf feilgeboten wurde. Das Mädchen trug einen Kittel mit einem sorgfältig umsäumten Emblem der Habenicht-Schule. Neben dem Mädchen erhob sich Dorothea Bragge. Sie hatte sich einen kurzen Moment lang gebückt und war gerade wieder im Begriff, sich aufzurichten, um das Tannengrün auf dem Tisch zu vervollständigen. Zufrieden drappierte sie die Zweige nach links, um Platz zu schaffen für einen Stapel Lyrikbändchen, auf denen ihr Name prangte. In diesem Moment schaute sie zu Lotte auf. Ihre Blicke prallten aufeinander. Dorothea erfasste die Situation sofort. Reflexartig zuckte ihre Hand in Richtung der Gagatbrosche, dann aber besann sie sich eines Besseren und beließ es dabei, den Stapel der Gedichtbände auf die rechte Seite des Tisches zu verschieben, wobei sich der Blick auf das Schmuckstück für Lotte verstellte. Dann flüsterte sie der Schülerin etwas zu.

„Lilo, was hast du denn?"

„Es … es ist nichts“, stotterte sie. „Ich habe mich vertan. Lass uns schnell weitegehen.“ Hastig packte sie Aenne am Oberarm, so schmerzhaft, dass Aenne einen Schrei ausstieß, und zog sie fort.

Den Tee trank Lotte in schnellen, hastigen Schlucken und verbrannte sich die Zunge. Aenne wunderte sich, konnte ihr aber nichts entlocken, denn Lotte war in Gedanken woanders. Sie musste etwas unternehmen.

Lotte fiel nur nicht ein, wie sie es anstellen konnte, an ihre Brosche zu kommen, ohne sich die Blöße zu geben. Eines ihrer Mädchen benutzen, vielleicht? Sie musste eins instruieren. Vielleicht könnte sie sie zurückkaufen. Schnell.

„Ach, bevor ich's vergesse, hier sind sie“, sagte Lotte hastig zu Aenne, nachdem sie ihr leeres Glas wieder abgegeben hatte, und drückte ihr die Eintrittskarten für die Tanzveranstaltung in die Hand. Umständlicherweise hatte sie sie selbst im Schuhhaus Ahlrichs kaufen müssen, obwohl sie Mitwirkende war. Aber so waren die Regeln. Aenne wollte damals zwei Karten, aber sie hatte Lotte nicht verraten, für wen die andere bestimmt war. Diese Maximiliane vielleicht.

„Was bekommst du?“, fragte Aenne.

„Vier Mark.“ Lotte wartete ungeduldig, bis die Fotografin das Geld zusammenhatte. Wenn Aenne sie nach nur einer Karte gefragt hätte, würde sie jetzt spendabel abwinken. Aber so?

„Ich freue mich drauf, wir sehen uns!“, frohlockte Aenne und gab ihr das Geld. Zwinkernd machte sie auf dem Absatz kehrt, eilte an riesigen Schaufenstern mit Nähmaschinen und Fahrrädern vorbei, hielt kurz vor den Beleuchtungsartikeln an und verschwand schließlich in Richtung Reformhaus. Lotte wandte sich in die entgegengesetzte Richtung und hastete in die zweite Abteilung.

Wie erwartet, waren die Tänzer und Tänzerinnen schon eingekleidet. Das Gelb der Anzüge stand ihnen gut. Ganz besonders Artjom. Der russische Tänzer war eine außerordentliche Begabung. Es wäre ein Jammer gewesen, wenn er wegen des Männerverbotes nicht hätte auftreten dürfen. Sein dunkles, kräftiges Haar stand im schönen Kontrast zum gedämpften Sandgelb des Stoffes.

Rasch sah sie sich um. Eine ihrer Assistentinnen, die den Tänzerinnen beim Ankleiden half, lief gerade mit Nadel und Faden über die Bühne, um ein aufgerissenes Beinkleid zu nähen. „Käthe! Kommst du bitte?“

„Aber ich …“

Käthe Pfeiffer wirkte fast noch wie ein Kind mit ihrer makellosen Haut, ihrem runden, offenen Gesicht und den schwarzen, verspielten Locken. Irgendwann mit zwölf schien sie wohl nicht weitergewachsen zu sein, und erst vor Kurzem war sie von Lotte in einfache Assistenz- und Büroarbeiten eingearbeitet worden.

„Ich brauche dringend deine Hilfe, das Nähen schaffen sie schon allein!“ Prompt drückte das Mädchen dem perplexen Russen das Nähzeug in die Hand, der damit hinter die Kulissen lief. Jede von Artjoms Bewegungen wirkte wie maßgeschneidert, wie eine zweite Haut.

Lotte nahm Käthe beiseite und erklärte ihr schnell: „Unten in der Eingangsabteilung hat die Bragge einen Tisch mit Weihnachtskram aufgestellt. Zugunsten der Winterhilfe. Gleich neben dem Reformhaus. Ich habe dort eine schwarze Brosche mit schlichter Silberfassung entdeckt, eine, mit der man Blusenkrägen verschließt, versteht du?“ Käthe nickte eifrig. „Ich möchte sie haben. Ein perfektes Geschenk zu Weihnachten für meine Mutter. Lauf, und kauf sie mir.“ Bei diesen Worten kramte sie in ihrer Geldbörse und drückte Käthe fünf Reichsmark in die Hand. Erstaunt starrte Käthe auf das Geld. „Mach den Mund zu. Beeil dich bitte, lauf, bevor es ein anderer tut.“ Das Mädchen sprang davon. Artjom war inzwischen Nadel und Faden losgeworden und erschien mit weit ausgebreiteten Armen auf der Bühne.

Eines war sicher, dachte Lotte, als sie sein strahlendes Gesicht sah, wo auch immer der jüdische Russe auftrat, wurde er zum Mittelpunkt des Geschehens, selbst wenn er nur ganz hinten und synchron in der letzten Reihe tanzte. Der junge Mann glich einem geschmeidigen Raubtier mit schwarzer Mähne. Unter den geschwungenen Brauen glühten seine dunklen Augen. Sie und Erwin waren froh, ihn in ihrer Gruppe zu wissen.

Das Aufwärmen der Tänzerinnen war bereits in vollem Gange. Ungeübte Beobachter würden ein einziges Durcheinander auf der Bühne vermuten, aber es war wie das Stimmen von Instrumenten. Und genauso wie es sich in einem Orchestergraben anhörte, so sah es gerade aus. Einige dehnten und streckten sich; andere durchmaßen den Raum schwebend, wringend oder schiebend. Wieder andere rollten langsam und ganz in ihre Körper vertieft über den Boden. Manche sprangen mit großen Bewegungen über die rollenden Leiber hinweg. Aber niemand rempelte einen anderen an. Wie aufgeladene Teilchen wichen sie aus – immer ganz kurz, bevor es zu einer Kollision kommen könnte. Ihre Tänzer und Tänzerinnen besaßen ein inneres Radarsystem, das nicht über die Augen, sondern über ihre Körper funktionierte. Das gelang nur mit Übungen, die ungezwungen aus dem Innersten kamen – und das allein war ein beträchtliches Stück mehr als alles, was sie je bei Berta gelernt hatte. Lottes Schüler betrieben keine stumpfe Körpertechnik, sie schrieben mit ihren Körpern in den Raum!

Plötzlich hörte sie Käthes Japsen hinter sich und wandte sich um. Hochrot hielt ihr das Mädchen die fünf Reichsmark entgegen.

„Reicht es etwa nicht?“, fragte Lotte entsetzt und griff nach ihrer Börse. Unfassbar! Was für eine geldgierige Kuh, dachte sie, aber Käthe keuchte: „Sie war nicht da … die Brosche. Und als ich danach gefragt habe, hat das Mädchen nur den Kopf geschüttelt und gesagt, ich müsse mich irren.“

Verdammt, dachte Lotte und nahm Käthe das Fünfmarkstück aus den verschwitzten Fingern. „In Ordnung“, erwiderte sie und bemühte sich, ihre tiefe Enttäuschung zu verbergen. „Dann finde ich eben etwas anderes.“

„Tut mir leid, Frau Daube-Gellert, dass ich nicht schnell genug war, aber es war so ein Gedränge und …“

„Ja, ist ja gut, Käthe, geh bitte hinter die Bühne, da brauchen sie dich jetzt.“

Abermals atmete sie tief durch. Sie musste ihre Wut vergessen, der Auftritt war wichtiger. Erwin stand schon am Bühnenrand und gab letzte Anweisungen: „Hand- und Kopfbewegungen sind nur Verzierungen, konzentriert euch bitte mehr auf die Kraft.“

Der Anblick seiner ruhigen Präsenz besänftigete sie. Als Paar ergänzten sie sich perfekt. Er hatte den unbestechlichen Blick dafür, wenn nicht genügend Kraft hinter einer Bewegung stand oder wenn die Energie einer Tänzerin für den beabsichtigten Ausdruck nicht reichte. Lotte kümmerte sich um das Beseelte. Er mochte keine Tempeltanzallüren und war sich auch nicht zu schade, mit den Tänzerinnen einen simplen Hochsprung zu üben, damit sie in der Lage waren, einen sauberen „Flug“ hinzulegen. Bogensprünge aus dem Schwedischen waren seine Spezialität. Sie hingegen gab ihnen innere Freiheit. Die Tanzschule Daube-Gellert stand für fundierte Kraft und ausgefeilte Anmut. Ihr Mann war zwar nicht bei Rudolf von Laban gewesen, aber dennoch: Er hatte durch sie gelernt und arbeitete unter ihrem Namen. Artjom wiederum lernte durch Erwin und so würde sich Labans Choreosophie immer weiter fortsetzen. Darauf war sie stolz.

Wieder rief Erwin: „Artjom! Nicht so hastig. Versuche eher so zu tanzen, als ob deine Arme deine Beine verfolgen würden!“

„Und fülle die formale Bewegung mit seelischer Ladung auf!", rief sie dazwischen. Erwin nickte und Artjom füllte und füllte und füllte. Aber nicht nur seine Bewegungen, der ganze Raum lud sich auf. Zwischen ihm und den anderen tanzten tausend unsichtbare Funken.

„Sie sind wie Atome, die andere Atome abstoßen!", flüsterte Erwin begeistert und Lotte legte ihren Arm um seine Schulter. Immer wieder zog ihr Mann gern wissenschaftliche Vergleiche heran. Überhaupt hatte er ein skurriles Talent, aus den unmöglichsten Zusammenhängen getanzte Bilder zu erschaffen. Heute Morgen vor dem Treffen ging er sogar so weit zu behaupten, die Atomforschung sei mit dem Tanz verwandt, denn diese Urstoffe – so habe man herausgefunden – bestünden zum größten Teil gar nicht aus Materie, sondern aus einem gänzlich leeren Raum! Aus nichts anderem als Energie und Bewegung. Lotte hatte es genau diesen Einfällen zu verdanken, dass sich ihre Arbeit vom Üblichen abhob, so sehr, dass man ihr die „unerlaubten" Männer zugestanden hatte.

„Gibt es eigentlich ein Wort bei euch Deutschen, das bedeutet: nach oben sinken?", rief Artjom mit seinem russischen Akzent, während er an den Vorhängen herumzupfte. Die Galerie war mit Tüchern verhängt und ebenerdig – im Prinzip ein ganz normaler Fußboden ohne Podeste.

„Ich glaube nicht", erwiderte Erwin.

„Du hast es soeben erfunden, Artjom." Lotte lachte.

Der Russe war wirklich erfrischend. Vor einiger Zeit war er direkt aus einer Kommunistenversammlung in ihre Schule gesprungen, und sie hatten ihn sofort ins Herz geschlossen. Erwin half dem schwarzhaarigen Wirbelwind, wo er nur konnte, denn seine Aufenthaltsgenehmigung war ein schwebendes Verfahren. Jüdische Immigranten hatten kein einfaches Schicksal, aber der kleine Funken Hoffnung in ihm, in Lottes Schule bleiben zu dürfen, war tausendmal besser als gar kein Inhalt im Leben, beteuerte Artjom immer wieder. Und so roh die erste, improvisierte Inszenierung seiner Choreografie auch war, Artjom hatte sich als ein einzigartiges Talent herausgestellt.

„Er tanzt wie ein Mädchen!", hatte Lotte Erwin während der ersten Probestunde voller Staunen zugeflüstert. Seine Bewegungen waren fein und durchlässig, wie sie es nur bei ganz wenigen Männern während ihrer Laban-Zeit in Hamburg hatte erleben dürfen. Der Russe schien überhaupt kein Lampenfieber zu haben. Gut so. Die *Blume in blau* würde heute Nachmittag blühen. Ein getanzter, sich anmutig aufrollender menschlicher Blütenkelch aus zwanzig Leibern. Lieselotte freute sich schon auf das Raunen, wenn die Szene ihrem Höhepunkt entgegenstreben würde. Sie waren das zweite Bild des Zyklus *Rund um die Liebe*. Erwin lief bereits in Richtung Tür und bewachte den Eingang vor neugierigen Besuchern. Nicht mehr lange, dann würden sich die Pforten öffnen.

Kurz vor halb drei wurden alle zur letzten Gesamtstellprobe auf die Bühne gerufen. Nun waren sie vereint mit weiteren Gruppen – auch mit der von Berta. Nachdem Lieselotte ihre Brosche am Stand entdeckt hatte, war der alte Zorn entfacht. Sie würde in keinem Fall mehr klein beigeben, und der Triumph, ihre Männer durchgebracht zu haben ohne Erwins Zutun, machte sie nur noch stärker. Lotte sah sich um. Die Türen wurden geöffnet und das Publikum strömte herein. Zuerst entdeckte sie Aenne dicht neben Else Marie. Die beiden nahmen nebeneinander Platz. Natürlich! Jetzt erinnerte sie sich. Bei ihrem letzten Treffen im Dornröschen hatten sie über die Weihnachtsmesse geredet, und weil weder Erwin noch Else Marie Zeit hatten, sich um die Karten zu kümmern, hatte Aenne sich dazu bereit erklärt. Dann jedoch war wiederum Aenne eine Arbeit dazwischen bekommen und sie hatte Lotte gebeten, die Karten zu besorgen. Sie lachte sich leise aus. Was sollten diese dummen Eifersüchteleien auf eine GEDOK-Freundin? Im Grunde konnte sie das selbst beantworten, aber eine innere Instanz stellte immer wieder solche Fragen.

Berta Habenicht war vollauf beschäftigt und sah auf die Uhr. Eine Viertelstunde blieb ihr noch bis zur Gesamtstellprobe. Der Verband hatte allen Mitgliedern provisorische Umkleiden zur Verfügung gestellt. Der ihr zugewiesene, freigeräumte Lagerraum war lausig, schlecht beheizt und nur notdürftig gefegt. Ein süßlicher Duft zog durch die Ritzen der Türen, denn nebenan betrieb die Honigverwertung ihre Ausstellungsräume. Der verantwortliche Lagerist hatte Berta warten lassen, war irgendwann polternd erschienen und grollte, ohne aufzusehen, ein paar Begrüßungsworte in ihre Richtung. Als sie ihm die Hand reichte, lächelte er sogar – eine recht tote Bewegung in seinem Gesicht, dachte sie. Außerdem klebten seine Finger von Honig. Sie nahm sich vor, sich nicht durch diese äußerliche Unbill die Laune verderben zu lassen, und schickte ihre Schülerinnen mit aufmunternden Worten in die Umkleide. Ihre ewige Zu-spät-Kommerin Magda stolperte mit einem Stapel Handtrommeln um die Ecke. Berta tadelte sie mit strengem Blick und wies ihr einen Platz für die Instrumente zu.

Flink schlüpften die Mädchen in ihre hellgrünen Anzüge und langsam kehrte die Auftrittsroutine ein.

Mit unverhohlenem Stolz beobachtete Berta ihren tänzerischen Nachwuchs. Wie aufgeregt sie waren, wenn sie so spärlich bekleidet herumhüpften, als würde ihnen die Kälte nichts ausmachen. Wie sie strahlten, fiebrig und mit erröteten Gesichtern, und wie geschmeidig sie sich trotz aller Aufregung bewegten. Vor allem aber freute Berta sich an der Tatsache, mit welcher Ruhe ihre Mädchen immer wieder zu einer inneren Balance fanden, sobald sie in ihre Übungen eintauchten.

Zufrieden schloss sie die Tür des Lagers und begab sich nach oben in die zweite Abteilung. Dorothea war schon seit einigen Minuten im Vorführungsraum und sicherte Plätze. Als sie vor einer halben Stunde den Verkaufstisch für die Weihnachtshilfe abbauten und den kleinen Erlös in einem Leinensäckchen verstauten, berichtete ihr Dorothea von dem unliebsamen Zwischenfall mit der Daube.

„Und dann hat sie eines ihrer Täubchen losgeschickt. Aber ich habe das Schmuckstück rasch entsorgt. Dem Mädchen am Stand habe ich gesagt, sie solle auf keine Nachfragen diesbezüglich eingehen."

„Besser so."

„Sie hätte es auch einfacher haben können. Ich hätte es ihr gegeben, wenn sie mich gefragt und nicht so gestarrt hätte."

„Das würde sie niemals tun."

„Eben, Berta, sie hat keinen Schneid. Noch immer nicht. Sieh es endlich ein."

Berta brummte nur eine Antwort. Im Prinzip war es ihr egal. Aber an diesem Stück Stein jedoch schien Unheil zu kleben. Weshalb warf sie ihn nicht einfach weg? Merkwürdigerweise brachte sie jedoch genau das nicht übers Herz. Und ihn der Daube bei Gelegenheit in die Hand drücken? Nein, das käme einem Buckeln gleich. Wenn ihr etwas daran lag, müsste sie schon vorstellig werden und Gesicht zeigen.

Berta schob die Grübeleien beiseite. Zu sehr freute sie sich auf die Vorstellung. Vier Plätze hatte ihre Gefährtin reserviert. und wie immer würden sie nicht zusammensitzen, denn Dr. Kahlbutz flankierte Dorothea zur linken Seite und Doros Modistin Fradel Goldstein zu ihrer Rechten. Bei fast jeder Vorführung ließ sich Dorothea ihr bestes Kleid von Fradel umarbeiten.

Sie blickte auf die Uhr, sie musste sich jetzt wirklich beeilen, die Zeit drängte. Als sie die Tür zum Vorführungsraum aufstieß, prallte sie mit einer Künstlerin zusammen.

„Au!“ Erschreckt stolperte die junge Frau zurück. Beinahe wäre sie gefallen. Als sie ihr Gesicht hob, erkannte Berta, wer da so große Augen machte: Lieselotte Daube-Gellert. Innerhalb einer Sekunde fing sie sich und sagte höflich: „Entschuldigen Sie meine Eile, Frau Daube-Gellert, ich hatte wirklich nicht vor, Sie aus dem Weg zu räumen.“

Lotte hatte sich ebenfalls gesammelt und der Schreck war verflogen. So überraschend schnell hatte sie sich die Wiederbegegnung nicht vorgestellt, aber gut. Sie schmunzelte. Diese Art Lächeln war neu. Überlegen, kühl, fast arrogant.

Langsam kroch der angestaute Ärger der vergangenen Wochen in Berta hoch, der lästige Trubel, den Lottes selbstbezogenes Treiben bei der GEDOK ausgelöst hatte. Was erlaubte sich dieses Kind eigentlich? Rannte die Türen des Vorstandsbüros ein und untergrub Beschlüsse. Diese Person war hochneurotisch und exzentrisch. Sie kämpfte blind gegen Windmühlen und erspähte Anfeindungen, wo es nichts zu finden gab. Bezog alles nur auf sich. Eine Hybris ohnegleichen. So demütig und unauffällig, wie Lieselotte Daube sich einst gegeben hatte, so selbstgefällig und überzogen agierte sie jetzt. Die reinste Kraftverschwendung. Berta musste sich beherrschen, nicht ungehalten herauszuplatzen. Noch immer stand sie Lieselotte gegenüber. Das Mädchen lächelte kalt.

Berta presste die Lippen aufeinander, und ein letztes, ein hoffentlich allerletztes Mal, so dachte sie, meldete sich in ihr das leise Bedauern darüber, dass diese entschiedene Kraft, die da in Lottes Augen glühte, nicht mehr dem Fortbestand *ihrer* Schule zugute kam. Dann spürte sie nur noch Resignation. So war es eben. Höflich trat Berta einen Schritt beiseite. „Bitte sehr, Frau Daube-Gellert.“ Sie ergriff den Knauf der Tür, öffnete sie und wartete. Das gefrorene Lächeln im Gesicht ihrer ehemaligen Schülerin wirkte erzwungen. Federnden Schrittes ging Lotte an ihr vorbei. Haltung bewahrend. So ein Biest!, dachte Berta und warf mit ärgerlichem Schwung die Tür ins Schloss.

Seufzend ging sie in Richtung Bühne, auf der sich zwei ihrer Mädchen in Tanzanzügen tummelten. Gelb fehlte. Vermutlich war das Fräulein Lotte gerade auf dem Weg, ihre *Mann*schaft zu rekrutieren, dachte sie. Gleich würden sie alle zurück sein. Sie seufzte ein drittes Mal. Dieser nichtswürdige Streit. Berta hatte ja nichts gegen Männer. Viele ihrer einflussreichen Freunde waren männlich. Ihr engster Freund Roger war es. Rein gar nichts gab es gegen sie zu sagen. Im Gegenteil. Es war nur: Die Eigenschaften und den Einfluss, den Männer besaßen, forderte sie eben auch für sich. Das war nicht zu viel verlangt. Und dazu gab es Bereiche, in denen mussten Frauen ungestört üben dürfen, stark zu sein. Nicht alle waren wie sie selbst. Es gab überall weniger Begabte. Sogar eine Lieselotte Daube hatte davon profitiert. Diese Domänen *mussten* geschützt werden. Von starken Frauen. Dazu gab es schließlich die GEDOK, und so etwas hatte auch Frau Daube-Gellert zu begreifen. Schade um die lodernde Energie ihrer Sturheit, dachte Berta und widmete sich dem Einrichten der Bühne.

27

Dr. Bernhard Kahlbutz war ein anerkannter Orthopäde und schon vor vielen Jahren von der Provinz Hannover zum Landeskrüppelarzt ernannt worden. Tausende von Invaliden hatten seine behutsamen, wissenden Hände auf ihrer Haut gespürt. Bis in die äußersten Winkel war der Doktor gefahren, um sich auch um die letzten der von der Gesellschaft bemitleideten und belächelten Geschöpfe zu kümmern. Dennoch es gab noch eine andere Leidenschaft in ihm, weitab seiner beruflichen Bestimmung. Er war dem Tanz verfallen, er liebte die moderne Improvisation und er liebte Dorothea Bragge. Vielleicht ahnte er schon von Anfang an, wie einseitig und aussichtslos sein stetiges Werben war. Seit der Krieg seine Frau und seinen kleinen Josef aus dem Leben gerissen hatte, betrachtete er das bronzene Verwundetenabzeichen, das im verwaisten Kaminzimmer an der Wand hing, noch nicht einmal mehr mit Stolz. Nie hätte er gedacht, dass jemals eine andere Frau den Platz in seinem Herzen besetzen könnte. Aber seit dem Auftauchen dieses blonden, herben Fräuleins war ein sonderbares Licht in seine Seele gefallen. Vielleicht, weil sie so unzerstörbar wirkte, vielleicht, weil sie so unnahbar war, weil sie ihm deshalb auch nicht genommen werden konnte und weil der Aussicht, sie zu besitzen, eine ebenso unerschütterliche Frau im Wege stand: Berta Habenicht. Und nun saß er wieder einmal zwischen den beiden, zwischen allen Stühlen. Mitten im Vorführraum der großen Celler Weihnachtsmesse. Aber Hauptsache, in ihrer Nähe, dachte er und warf einen scheuen Blick zu Dorothea.

Freundlich wie immer lächelte sie zurück. Ihm wurde warm. Im Saal verebbten das Murmeln und Flüstern, das Licht verlosch und auf der Bühne begannen sich etwas auszubreiten. „Ausbreiten“

war das richtige Wort für diesen menschlichen Fluss an Leibern. Geschmeidig glitten sie zu Boden, um gleich darauf nach oben zu streben wie Gewächse einer schnell wachsenden Spezies. Eine getanzte Knospe, dachte Bernhard Kahlbutz. Wie die Liebe. Springt einfach auf – mitten im Frühling –, ob man will oder nicht.

Das erste Mal hatte er die große Frau mit dem schönen Namen Dorothea an einem Märzmontag getroffen. Das Datum würde er nie vergessen. Es war in der Habenicht-Schule gewesen, und eigentlich wartete er dort auf Berta wegen des neuen Faches, der Säuglingsgymnastik. Aber Dorothea blieb im Büro ständig an ihrer Seite, schrieb hier etwas auf, räumte da etwas um, und Berta schien es nicht zu stören, im Gegenteil, die Blonde gehörte dazu wie die Luft im Büro, ja, sie schien sogar das helle Doppel dieser Frau zu sein. Bertas lichte, goldene andere Seite – aber ebenso stark. An diesem Frühlingstag damals hatte er Mühe gehabt, dem Gespräch mit Berta zu folgen, und es brauchte noch ein paar weitere Visiten und ein paar Begegnungen mehr auf dem Flur, bis er es schließlich wagte, Fräulein Bragge auf einen Kaffee einzuladen. Umgehend hatte sie zugesagt. So wie jedes weitere mal danach. Immer und sofort. Daraus war ihre Freundschaft entstanden.

„Wer ist denn dieser Zirkuslöwe?“, unterbrach Bertas leise und scharfe Stimme Bernhards Gedanken.

„Ein Russe, meine ich“, wisperte Dorothea zurück. Obwohl Bertas Wortwahl abfällig war, entging Bernhard Kahlbutz nicht der anerkennende Unterton.

„Er gefällt mir außerordentlich gut“, wagte er zu äußern.

„Alle Fische legen Eier. Die russischen sogar Kaviar“, spöttelte Dorothea und schmunzelte zweideutig. Bernhard Kahlbutz lächelte zurück.

„Ein Prachtstück, ohne Zweifel, aber bei einer GEDOK-Aufführung völlig deplatziert“, räumte sie ein.

Hinter ihnen wisperte es ebenfalls. „Was ist das für ein Tanz? Wo bleibt denn die Musik dazu?“

Brüsk wandte sich Berta um: „Sehen Sie denn die Trommeln nicht?“, herrschte sie die Zuschauerin an.

„Trommeln? Sind wir hier im Urwald?“, giftete es mit dünner Stimme zurück. Sie gehörte einer schwarzgekleideten Witwe.

„Wer den Wolf scheut, sollte nicht in den Wald gehen“, mischte sich Dorothea leise ein.

„Impertinent!“, erboste sich die hagere Dame und zupfte an ihrem weißen Halskragen.

„Nicht ich, meine Liebe – Dostojewski.“ Die Witwe duckte sich und murmelte leise etwas, das nach „Russen, Neger und Judenpack“ klang.

Lieselotte entgingen diese missbilligenden Worte. Völlig eingenommen saß sie fünf Stuhlreihen weiter vorne und vernahm das anerkennende Raunen, als Artjom aus der Menge des bunten, vibrierenden Menschenklumpens herausgewirbelt wurde und eine weiche Luftrolle vollführte. Sanft landete er.

„Das war aber nicht abgesprochen“, flüsterte Erwin ihr ins Ohr.

„Ich weiß“, besänftigte sie ihn. „Aber es kommt gut an, findest du nicht auch?“ Und da war es wieder, das überlegene Blitzen in ihren Augen, das Erwin so mochte und ihm zeigte, wie sehr Lotte in eine Sache eintauchen konnte und sich um sonst nichts scherte. Der aufbrausende Applaus gab ihr recht.

Auch Else Maries Augen funkelten vor Begeisterung. Und das taten sie ganz sicher nicht, weil Arthur untätig mit seinem Saxophon am Bühnenrand saß und fast einschlief. An ihren roten Bäckchen erkannte Lieselotte, dass die Motte Mercurie wieder einmal auf ein neues Licht zusteuerte, diesmal ein russisches. Aenne saß neben ihr, umklammerte die Lederhülle ihrer Kamera und wirkte, als müsste sie sich beherrschen, nur ihre Augen und nicht die Linse zu benutzen. Lotte lächelte kurz, als sich ihre Blicke kreuzten. Die Darbietung schien ein Erfolg auf ganzer Linie zu werden. Das pulsierende Glücksgefühl durchstieß ihren alten Ärger und entfaltete seine reinigende Kraft.

Aenne saß, bis in die letzte Faser gespannt, auf ihrem Stuhl, während Else Marie vor Begeisterung hin und her rutschte. Dabei passierte es ihr, dass sie Aennes Tasche vom Stuhl riss. Dumpf, aber unüberhörbar klatschte es inmitten einer stillen Phase auf den Boden. Einige Zuschauer drehten sich um. Der ganze Inhalt lag verstreut unter den Stühlen. Unwillig runzelte Aenne die Stirn und gab Else durch ein rigides Handzeichen zu verstehen, dass sie das Einsammeln auf später verschieben solle. Als Else sich dennoch bückte, packte Aenne sie am Handgelenk und drückte sie auf ihren Stuhl zurück. Wie ein Stillleben lag der Inhalt der Tasche zu ihren Füßen. Schnell vergaßen die Leute die kleine Unterbrechung und ließen sich wieder vom Bühnengeschehen einfangen. Nur Lieselotte konnte ihren Blick nicht von den vielen kleinen Dingen abwenden, die zu Aenne gehörten. Offenherzig lagen sie da und forderten ihre Neugier heraus. Bislang hatte Lotte Aenne nur als Fotografin kennengelernt. Sie war reizvoll und irgendwie keine typische Frau, so wie Else Marie. Aenne sah wunderschön aus, aber sie war keine, die sich schminkte, puderte oder für Mode interessierte, außer wenn es um geschäftliche Aufträge ging. Und dennoch, die Handtasche einer Frau blieb immer etwas Intimes. Und es imponierte Lieselotte, dass es Aenne so gar nichts auszumachen schien, ihr Innenleben unter den Hinterteilen fremder Leute zu wissen.

Hatte sie so wenig zu verbergen? Neugierig warf Lieselotte wieder und wieder Blicke auf die Dinge unter dem Stuhl: ein paar schwarze Filmdosen, ein angerissener Zettel, auf dem die Worte *Tantrallampe – 500 Kerzenstärken* standen, ein großes kariertes Taschentuch, wie Männer es benutzten, ein Notizblock, ein Stift, aber keine Puderquaste, kein Handspiegel, dafür jedoch ein handtellergroßes, technisches Gerät, das aussah wie ein Rohr mit einer komplizierten Skala, ein Briefumschlag und ein grünes Buch. Das Buch und der Brief schienen die persönlichste Angelegenheit zu sein, die Aenne in ihrer Handtasche mit sich trug. Der Umschlag war unbeschriftet und das Buch lag so, dass die Schrift auf dem Kopf stand und Lieselotte länger brauchte, bis sie den Titel entziffert hatte: *Freundinnen.* Eine schöne Überschrift, auch wenn sie sie schmerzlich an die unheilstiftende Begegnung mit Berta vor Jahren in der Nähe der der Windmühlendiele erinnerte. In der Pause würde sie Aenne beim Einsammeln helfen. Das schmale, grüne Ding zog sie jetzt schon magnetisch an.

Lautes Applaudieren durchbrach die Stille. Rasch schaute Lotte auf. Der tosende Beifall brandete um ein dreifaches hoch, als die Gelben mit einem strahlenden Artjom nach vorne traten. Einige Zuschauer erhoben sich. Stürmisch drückte Erwin Lotte einen Kuss auf die Wange. Else hüpfte kopflos in Richtung Bühne. Das Missgeschick mit der Tasche schien sie vergessen zu haben. Mit einem hilfsbereiten Lächeln bückte sich Lotte, ergriff das Buch, klemmte es sich unter die Achsel und sammelte die anderen Kleinigkeiten zusammen. Als sie damit fertig war, erhob sie sich und ließ die Sachen in Aennes geöffnete Tasche gleiten.

„Danke!“, sagte Aenne. Am meisten freute sie sich darüber, dass der seltsame Tubus mit der komplizierten Skala heilgeblieben war.

„Was ist das eigentlich?“, erkundigte sich Lotte. „Ein zu kurz geratenes Fernrohr?“

„Mein Belichtungsmesser. Gott sei Dank unbeschädigt, Lilo.“

„Wenigstens ist er nicht bis ganz nach vorne gerollt.“

„Allerdings. Aber es wäre wirklich zu albern gewesen, unter die Beine der Leute zu kriechen“, erwiderte Aenne und wickelte das

Messgerät in ihr kariertes Taschentuch. Lotte hatte jetzt nur noch das Buch unter dem Arm und hielt den Brief in den Händen.

„Der ist für dich!“, sagte Aenne und deutet auf den Umschlag. „Ich hatte eigentlich nicht vor, ihn dir vor die Füße zu werfen.“

„Für mich?“ Sie errötete.

„Ja. Als Dankeschön, als Premierengeschenk, und überhaupt dafür, dass ich dich kennenlernen durfte. Mach ihn auf. Ich will dein Gesicht sehen.“

Mit zitternden Händen öffnete sie den Umschlag. Die Fotografie vom Sommer! Lotte lachte leise auf. Das sollte sie sein? Es war kaum zu glauben. Ungläubig musterte sie die Frau in Schwarzweiß wie eine Fremde. Ihr Haar wirkte selbst vor dem Samtvorhang dunkel und sie selbst sah so durchsichtig aus. Es musste an dem sonderbaren Licht gelegen haben, damals im Atelier. Ihre Augen blickten erstaunt über den Betrachter hinweg und waren von einer leisen Traurigkeit erfüllt. Die gespreizten Hände bedeckten die Schlüsselbeine, und der verrutschte Kragen ihrer geöffneten Bluse suggerierte einen intimen Moment, der gar nicht stattgefunden hatte.

„Nun? Was sagst du?“

„Kein Objekt, jedenfalls“, rutschte es ihr heraus.

„Nein, ganz bestimmt nicht“, lachte Aenne. „Magst du es?“

„Ich glaube ja“, erwiderte Lotte unsicher. „Ich sehe mich nur nicht so.“

„Aber die Kamera schon und die ist objektiv“, scherzte Aenne. „Mach damit, was du willst. Es war mir jedenfalls ein Vergnügen.“

„Danke, Aenne.“

„Bitte.“ Verlegen schob Lotte das Foto in den Umschlag zurück.

Nun klemmte nur noch das grüne Buch unter ihren Arm. Sie nahm es in die Hand. Verheißungsvoll wirkte die dunkelgrüne Broschur, und auf dem rosaroten Deckelschild konnte sie lesen: *Freundinnen – ein Roman unter Frauen von Maximiliane Ackers.* Unverwandt starrte sie das Büchlein an. Maximiliane – war das nicht die Verrückte mit dem Kaspertheater?

„Kennst du es?“, fragte Aenne unverblümt.

Lotte schüttelte den Kopf.

„Ein sehr lohnenswerter Roman, er ist schon im zehnten Tausend erschienen. Das ist wirklich beachtenswert. Ich kann ihn dir gerne ausleihen.“

„Worum geht es denn?“, fragte Lotte und blätterte scheu in den Seiten.

„Um eine romantische Liebe unter Frauen. Ich habe es mir gekauft, weil ich die Verfasserin kenne. Sie tritt oft in Hannover auf. Nicht nur mit Kaspertheater. Sie ist toll, Lilo! Hast du Maxi schon mal erlebt? Beim Weißen Affen war sie der Hingucker schlechthin. Warst du mal da?"

Wieder schüttelte sie den Kopf. Else Marie hatte ihr schon vor längerer Zeit begeistert von dem köstlichen Künstlerhaus-Gaudi und einer Frau in Handwerkertracht erzählt. Einer Burschikosen, die Liebeslieder für Frauen sang und dabei eine Klampfe bearbeitete. Der Weiße Affe – das war große GEDOK-Fest im letzten Jahr. Es hatte über die Kreise des Verbandes hinaus große Wellen geschlagen. Nur sie war wieder nicht dabei gewesen. Wie so oft ging es ihrer Mutter schlecht.

„Ich weiß nicht." Zögernd reichte sie Aenne das Buch zurück. „Mir fehlt einfach die Zeit zum Lesen."

„Zeit fehlt nicht. Du musst sie dir nehmen. Du wirst es wirklich nicht bereuen. Hier." Mit diesen Worten drückte ihr Aenne das Buch in die Hand. „Du wirst sie finden!"

„Finden?", fragte Lotte irritiert.

„Die Zeit."

„Jedes Ding hat seine Zeit ...", hörten sie plötzlich jemanden hinter sich.

„Ist von Shakespeare", sagte die Stimme. Dorothea Bragge – natürlich! In Aennes Gesicht flammte eine freudige Überraschung auf. „Doro!" rief sie. „Ich hatte dich hier vermutet, aber noch nicht gesehen. Wo sitzt ihr?" Beinahe rutschte Lotte das Buch aus der Hand. Die beiden kannten sich gut? Fast schien es so, denn sie plauderten unbefangen drauflos. Waren sie Artgenossinnen? Ihre Miene verschloss sich.

„Du verschenkst eine Maximilane Ackers?", fragte Dorothea neugierig, ohne Lotte eines Blickes zu würdigen. Wen wundert's, dachte Lotte und hatte das Bedürfnis, rasch zu verschwinden.

„Ja, sie ist großartig, ein Genuss! Nicht nur auf der Bühne."

„Eine begnadete Künstlerin! Mit einer so von Herzen kommende Ironie. Und immer elegant dabei. Außerdem schätze ich sie als hervorragende Lyrikerin."

„Du musst es ja wissen", sagte Aenne.

„Und ob, und ob, meine Liebe! Die Poesie ist eben unter die Weiber gekommen."

„Nichts Besseres kann uns geschehen."

„Übrigens hat Maximiliane vor, in die Kunstgewerbeschule zu gehen."

„Ach, nein."
„Ach, doch."
„Ein Hansdampf in allen Gassen"
„Maxi-Dampf." Wieder lachten die beiden Frauen unisono.
„Ich habe sie zum nächsten Modetee eingeladen, magst du auch kommen?"
„Warum nicht?"
Ein Wort gab das andere und Lotte fühlte sich ebenso überflüssig neben Aenne wie Dr. Kahlbutz neben Dorothea. Ihn jedoch schien es im Gegensatz zu ihr nicht zu stören. Er hatte nur Augen für seine Angebetete. Man kann sich ohne Weiteres eine unsichtbare Hundeleine dazu denken, dachte Lotte, während sie vernahm, wie sich die Bragge über Aennes „unerhörtes Materialgefühl" ausließ und voller Begeisterung behauptete, kein Silberschmuck käme an ihrer Linse vorbei. Unauffällig hielt Lotte Ausschau nach Berta. Aber weit und breit war keine Spur von ihr. Warum sollte sie sich auch in der Menge suhlen? Niemand beklatschte sie heute. Berta hatte verloren, jetzt zumindest. Ein leiser Stolz stieg in ihr auf und machte die unangenehme Begegnung wieder wett.

Noch immer unterhielten sich Aenne und die Bragge angeregt. Offenbar waren sie Kolleginnen beim *Anzeiger* oder der *Tageszeitung*. Rasch steckte sie das dunkelgrüne Büchlein ein und entschuldigte sich: „Aenne, ich muss jetzt zu meinen Schülerinnen!"
„Natürlich, natürlich!", erwiderte Aenne. „Und viel Freude mit der Lektüre!"
„Ja. Danke für das Bild."
„Bitte, gerne!"
Lotte machte sich auf den Weg, Else Marie zu finden, die in Richtung Bühne geeilt war. Sie entdeckte sie sofort. Ihre Freundin reckte so den Hals in die Höhe, dass sie nicht zu übersehen war. Angestrengt hielt sie Ausschau, aber nicht nach Arthur, der mit zwei anderen Künstlern für die Pausenmusik zuständig war. Es war allzu offensichtlich: Ihre Freundin suchte jemand anderen. Lotte ließ sich auf einen der Stühle nieder und beobachtete amüsiert, wie Else sich mehrfach umdrehte und wie selbstverständlich sie in den Umkleiden hinter der Bühne verschwand. Eine natürliche Scheu vor Intimität schien sie nicht zu besitzen. Nun, man würde ja sehen, was dabei herauskam. Der Saxophonist tat Lotte jetzt schon leid. Nicht nur Elses wegen. Auch wegen seines Engagements. Sein Auftrag hier war wirklich unerheblich. Im Grunde musste er Arthur und seinen Musikerkollegen, Hans und Walde-

mar aus der Tanzkapelle, völlig absurd erscheinen. Während der Aufführungen waren ausschließlich Geräuschmusik erlaubt: Handtrommeln oder der Rhythmus stampfender Füße für die Intonierung. Auf illustrierende Instrumentalmusik wurde verzichtet. Die Zeiten waren eben modern. Aber so ganz ablassen wollten die Veranstalter davon auch nicht, und so verschob man Saxophon, Geige und Klavier in die Pause. Lotte beobachtete erleichtert, dass Arthur zu beschäftigt war, um Elses werbendes Treiben zu bemerken. Mittlerweile blieb er in Bezug auf Elses Flatterhaftigkeit nicht mehr ganz so gelassen. Es dauerte einige Augenblicke und schon tauchte sie wieder auf. An ihrem enttäuschten Flunsch war abzulesen, dass ihre Bemühungen wohl vergeblich gewesen waren. Trotzig steuerte sie auf Lieselotte zu, ohne ihrem Arthur einen Blick zu gönnen. Else suhlte sich geradezu in ihrem Misserfolg.

„Er ist weg", platzte sie heraus, kaum, dass sie vor Lotte stand. „Hat mit Erwin die Biege gemacht. Hauptversammlung oder so. Parteigedöns. So ein Pech aber auch. Lassen uns einfach sitzen, unsere zwei Hübschen. Männer eben."

„Unsere? Wen meinst du denn?", fragte Lieselotte.

„Das schwarze Gold natürlich. Artjom. Lotte, tu doch nicht so moralisch. Mein Gott, was für ein Talent, und so was verschwendet sich an die Gymnastik!"

Das ging zu weit. „Was erlaubst du dir?", stieß Lieselotte empört hervor. „Ist dir in deinen losen Nächten entgangen, dass ich fast zwei Jahre lang in Hamburg war? Ein Laban bringt Tänzer hervor. Keine Gymnastik! Du hast nicht die geringste Ahnung, also halt lieber den Mund", wütete sie. Else war zu oberflächlich, um zu begreifen, dass Lotte die reine Gymnastik längst hinter sich gelassen und die Grenze zur Kunst überschritten hatte. *Das* machte sie seit einem Jahr aus. Vor allem aber unterschied es sie von Berta. Im Gegensatz zu Bertas funktionellem Turnen hatte Laban Seele. Haltung war eben nicht alles, und der Körper auch nicht nur einfach ein Ding, das man und für den Alltagsgebrauch zu stärken hatte. Er war heilig und Schöpfer von Bewegungen. Für diese Feinheiten war ihre Freundin zu einfach gestrickt. Else Marie sah stirnrunzelnd, wie es in Lotte arbeitete.

„Ist ja gut, Lottchen. Ich kann einfach nichts damit anfangen, wenn man den Tanz so schrecklich akademisiert."

„Und ich mag es nicht, wenn man ihn profanisiert", gab sie zurück.

„Apropos dein Laban", lenkte Else ab. „Magda von Ahlten hat es mir gesteckt! Erinnerst du dich noch an sie?"

Ja. Tat sie. Schließlich hatte Magda heute hinter den Kulissen Bertas Gruppe unterstützt. Unwillig schüttelte sie den Kopf.

„Unsere ewige Zu-spät-Kommerin, die durch jede Prüfung gerasselt ist. Aber die muss es ja wissen, weil: ihre kleine Schwester hat es ihr gesagt, und die macht nämlich gerade ihr erstes Semester bei der Habenicht, und Irma Dorn hat es auch bestätigt!"

„Was willst du mir eigentlich erzählen?" Für das blumige Einkreisen irgendeines neuen Tratsches hatte Lotte überhaupt keine Zeit. Und Lust schon gar nicht.

„Es wird dir nicht gefallen, aber stell dir vor: Berta erteilt jetzt stundenweise Laban-Unterricht!"

„Nein."

„Doch."

„Du willst mich aufziehen."

„Wenn ich es dir doch sage!"

„Das darf sie doch gar nicht."

„Meinst du, es interessiert sie?"

„Sie braucht dafür einen Nachweis."

„Sie scheint ohne Schein zu sein. Unsere Berta greift doch nach allem, was gerade modern ist."

„Dann soll sie doch die Ausbildung dafür machen."

Else Marie lachte so laut auf, dass sogar Aenne und Dorothea sich nach ihr umdrehten. „Berta? Zurück auf eine Schulbank? Nein, das kannst du nicht ernst meinen!" Und je mehr Else Marie an ihrem Lachanfall zu ersticken drohte, umso mehr verging Lotte die Laune. Das passte nun gar nicht zum heutigen Tag. Erst die Brosche, dann das hier.

„Der Laban-Verband wird sich sicher dafür interessieren", bemerkte sie trocken und Elses Gelächter verebbte. Sie verzog das Gesicht.

„Du willst sie anschwärzen?"

Mit einer raschen Bewegung prüfte Lotte den Sitz ihres Haarknotens, obwohl es nichts zu überprüfen gab, und erwiderte kühl: „Sie übertritt jede Linie. Sie ist grenzenlos in ihrer Ausbreitung. Dass man ihr endlich einen Riegel vorschiebt, hat nichts mit Anschwärzen zu tun. Jeder Mensch muss sich an die Regeln halten."

„Du könntest ja vorher mit ihr reden."

Jetzt lachte Lotte auf. „Du meinst: ihr ein Stichwort liefern und danach ihren Monolog über mich ergehen zu lassen? Hast du komplett vergessen, wie sie ist?"

„Dann schreib ihr einen Drohbrief, bevor du das dem Verband steckst."

„Für wen hältst du mich? Ich schreibe doch keine Briefe an Berta. Niemals." Lotte spürte, wie ihr eine verräterische Röte den Hals hinaufschoss.

„Wie du meinst", erwiderte Else kleinlaut und musterte sie.

Aber Lotte wollte sich nicht beruhigen. „Weshalb drängst du mich eigentlich so, dass ich gebührlich mit der Habenicht umgehen soll? Bist du gegen mich?"

Beschwichtigend hob Else ihre Hände. „Ach was, Lottchen! Himmel, nein. Ich meine nur … gleich so ein Brief an den Verband … ach, was weiß ich!"

„Ja, was bitte?", hakte sie zornig nach, aber Else Marie winkte nur ab.

„Ach, nichts, Lotti, eure ganzen Vereinszickereien interessieren mich eigentlich gar nicht."

Und als Lotte eisern schwieg wollte, zog sie sie am Arm zurück.

„Komm, lass uns nicht den schönen Moment verstreiten. Ich lade dich auf einen Sherry ein und du klärst mich ein wenig über deine Laban-Zeit in Hamburg auf." Else wusste genau, wie sie Lotte kriegen konnte, und Lieselotte ließ sich darauf ein, auch wenn sie genau wusste, dass Else sich mehr für die sommerlichen Eisboote auf der Alster als für den großen Rudolf interessierte.

Da lag das Buch auf ihrem Schoß. *Freundinnen – Ein Roman unter Frauen.* Erwin tagte noch immer, obwohl es draußen längst dunkelte, und Lieselotte vermochte es einfach nicht, das grüne, schmale Ding unbesehen in der Nachttischschublade verschwinden zu lassen. Minutenlang hockte sie schon auf der Bettkante. Gedankenverloren blätterte sie ein paar Seiten um, unschlüssig … und dann geschah es. An einem Satz blieb ihr Blick hängen. *Aber es war in ihrem Blut …*

Schwarz auf weiß stand es da, und Lotte wusste genau, was gemeint war. Fieberhaft blätterte sie zur ersten Seite zurück und langsam sank sie in ihr Kissen. Wie von selbst schoben sich ihre Füße unter die Decke. Lesend vergaß sie alles um sich herum. Sie las von den Sehnsüchten der siebzehnjährigen Eri, die der magischen Anziehung einer älteren Ruth verfallen war, las von dem unstillbaren Verlangen der Schauspielerin, der es mit Eri genauso erging, las von dem Wunsch, endlich beisammenzusein, der zum Scheitern verurteilt war. Die schreckliche Qual der beiden Frauen riss und zerrte an ihrer Seele, denn die zarte Liebe drohte zu scheitern, noch bevor sie begann. Die Furcht der beiden, geächtet zu werden, zersetzte unaufhaltsam ihre Zuneigung. Und als Erwin angetrunken und weit nach Mitternacht zurückkam, sich in voller Montur auf das Bett warf, las Lotte noch immer – bis zum Morgengrauen. Und alles, was sie gelesen hatte, war in ihr. *In ihrem Blut.* Das unselige Drama, das nicht in Aennes Tasche zurückgewollt hatte, dieses verfluchte Verhängnis von Eri und Ruth. Es war nicht zu bewältigen. Ihre Dämonen kehrten zurück, rüttelten und rissen an ihr. Sie zitterte sogar noch, als sie das Buch in die Schublade legte, das Licht löschte und mit kalten Fingern nach Erwins Hand griff – einer warmen, großen Männerhand, die ihren verzweifelten Druck nicht erwiderte. Sie würde diese Nacht nicht mehr einschlafen, sie konnte nur noch versuchen, die innere Wärme, die ihr abhandengekommen war, durch Erwins Hand zurückzugewinnen. Warum gerade sie? Ein falsches Herz im Körper. Losgerissen von allem, was richtig war. Ein Herz, das einen fremden Willen hatte. Was sollte sie anfangen damit? Unbändig wie ein junger Hund, wenn man die Leine nicht kurz genug hielt. Herztollheit war das. Es klopfte, hämmerte und pochte. Immer wieder versuchte Lotte ruhig und langsam zu atmen. Wenn ich diese Wut auf Berta bändigen kann, dann kann ich es auch mit der Liebe, sprach sie sich im Stillen zu, und auch wenn meine Neigung ein starkes Leiden ist, darf ich mich ihm nicht ergeben. Bislang habe ich doch jede Krankheit besiegt.

Sie atmete tief in den Unterbauch, und der Druck auf ihrer Brust ließ nach. Es würde schwer werden. Die beständige Wärme von Erwins Hand half ihr langsam zurück in eine Welt, die sie kannte. Sie wollte heimkehren dorthin, wo alles ruhig und richtig war.

28

„Was freue ich mich, wenn endlich Sommer ist. Fahren wir wieder nach Spiekeroog?" Erfrischt von einem Nachmittagsspaziergang betrat Dorothea mit Baldur die Wohnung und warf ihren Schal über den Haken der Garderobe. Der Pudel wirkte munter; er hatte einen guten Tag. Dorothea wusste, dass ihre Gefährtin da war, aber sie erhielt keine Antwort. Ein Blick in den Salon ließ sie stutzen. Im Sessel hockte Berta in einer ganz untypischen Art. Das hieß, vor geraumer Zeit hatte sie sie durchaus schon einmal so erlebt. Als Lieselotte Daube ihren flammenden Verehrerinbrief vorbeigebracht, dann wieder mitgenommen und dafür die verhexte Brosche vergessen hatte. Ebenso konsterniert wie damals starrte Berta auf ein Stück Papier. Zusammengesunken kauerte sie mit dem Rücken zu ihr, als hätte sie sämtliche Grundsätze ihrer eigenen Haltungsschulung vergessen. Ohne den Mantel abzulegen, eilte Dorothea zu ihr.

„Was ist los? Habe ich gerade ein Déjà-vu? Gibt es wieder einen obskuren Brief oder hältst du einfach nur ein Mittagsschläfchen im Sitzen?"

Berta schaute nicht auf, sondern schüttelte kaum merklich den Kopf. „Ich werde gegen die Daube vorgehen", sagte sie gefasst.

„Daube-Gellert, Liebes. Einst wolltest du sie noch aufbauen. Jetzt kämpfst du gegen sie?"

„Sie bekämpft mich. Das ist ein Unterschied." Mit fahriger Geste ließ Berta die einstweilige Verfügung des Laban-Verbandes auf das Marmortischchen segeln. Langsam kehrten ihre Lebensgeister zurück.

„Wieso? Was ist damit?" Dorothea eilte zum Tisch, ergriff das Blatt und ihre Blicke flogen über die Zeilen. Dann schüttelte sie den Kopf und murmelte: „Missbrauch des Wortes Laban-Technik … Erlaubnisschein … schützen gegen den unlauteren Wettbewerb unzureichend vorgebildeter Personen … den Hinweisen von Frau Daube-Gellert folgend …feststellen müssen …" Sie vergaß während der Lektüre sogar, die Leine des Pudels abzunehmen, der sich müde und schwanzwedelnd im Leder verfing und schließlich bei Berta Hilfe suchte. Aber auch die hatte nur ein halbherziges Kraulen für ihn übrig. Schließlich ließ Dorothea den Brief verächtlich auf das Schreibpult fallen und ging hinaus, um ihren Mantel abzulegen. „Ich hatte ihr ja nie getraut."

„Ich war blind damals", entgegnete Berta leise.

„So hart würde ich das nicht ausdrücken, aber eines ist gewiss: Du hast ihr Herz übersehen." Dorothea ließ sich auf den Sessel nieder. Behutsam befreite sie Baldur von seinem Fangstrick, was er mit einem freudigen Hecheln quittierte.

„Ihr Herz? So was stand nie auf meinem Lehrplan", erklärte Berta schroff.

„Es gibt Dinge, die gehen eben darüber hinaus." Dorothea angelte nach ihrem schwarzen Notizbuch.

„Mir fehlt die Zeit für derlei", erwiderte Berta.

Dorothea schlüpfte in ihre neuen Hausschuhe und freute sich am matten Glanz des gesteppten Satins.

„Ich weiß. Aber bei Lotte war das vielleicht ein schwerer Fehler", ließ sie vernehmen. Der Reißverschluss der neuen Schuhe klemmte. Ärgerlicherweise hatte er sich im lila Kunstpelzbesatz festgebissen. Fluchend versuchte sie das Missgeschick zu beheben. Angesichts der Banalitäten, die Dorothea verrichtete, wurde Berta zornig: „Was meinst du damit? Hätte ich etwa mit diesem dummen Ding anbändeln sollen?!"

Alarmiert schaute Dorothea auf. Berta war gerade dabei, sich in Rage zu reden. „Nein. Natürlich nicht!", beschwichtigte sie sie. „Aber nicht derart zurückstoßen."

„Kannst du mir von deiner duldsamen Weisheit etwas abgeben? Oder hast du einen passenden Spruch auf Lager?"

Dorothea atmete tief durch. Jetzt würde es schwierig werden, die Gefährtin wieder auf den Teppich zu bekommen. „Nun ja, ich meine, du hättest ihr Wege aufzeigen können, die von dir wegführen. Sie ist ja nicht unattraktiv. Eine andere hätte früher oder später ihr Herz erobert."

Zu spät kamen ihre versöhnlich gemeinten Worte. Berta lief bereits im Salon umher, hochrot, und ihre Stimme überschlug sich. „Genau das hatte ich ihr angeboten. Vor der Windmühlendiele! Ich habe mich ziemlich weit aus dem Fenster gelehnt, als ich *die Freundinnen* in ihrer Gegenwart ins Spiel brachte. Und was tut sie? Wegrennen! Inzwischen haben die da oben ja ohnehin alle unsere Lokale dichtgemacht. Diese Welt ist ein einziges Jammertal." In diesem Zustand konnte man Berta nur noch zustimmen oder sie mit geschickt gewählten Worten vom Thema weglocken, aber in keinem Fall über die Abmahnung reden.

„Ja", entgegnete Dorothea. „Kaum nachzuvollziehen, diese erbärmlichen Ängste vor einem Hosenclub! Ein Jammer." Berta beruhigte sich, aber die Sache mit diesem Mädchen schien sich zu einer Endlosgeschichte auszuweiten, dachte Dorothea besorgt.

Ihre Freundin hatte sich in den Sessel gesetzt und seufzte: „Wie auch immer. Was hätte ich denn noch tun sollen, damals? Sie taucht in meiner Wohnung auf und stellt sich eine Liaison mit mir vor! Doro, ich bitte dich, das war ein Angriff auf meine Privatsphäre. Ich konnte gar nicht anders, als sie wegzustoßen."

Nun erhob sich Dorothea. Das Klacken ihrer Holzabsätze klang entschlossen. Hinter dem Sessel blieb sie stehen. Berta spürte ihre sanften Hände auf den Schultern. „Ich bin ganz bei dir, Liebes", räumte sie ein. „Ich mag sie ja auch nicht, aber trotzdem – du bist die Erfahrene und sie war einfach nur jung und ungeschickt."

Geräuschvoll sog Berta die Luft ein. Es tat gut, unter Dorotheas Händen durchzuatmen. „Wie auch immer“, fügte sie erschöpft hinzu. „Ich bin jedenfalls mit der Angelegenheit Daube durch. Mein Hilfskontingent für bedürftige Mädchen hat sich aufgebraucht. Wenn man diese armseligen Geschöpfe aus dem Dreck holt, ist das eine Sache. Sie wirksam zu erziehen, eine andere. Ich habe das wohl immens unterschätzt.“ Endlich kommt sie auf den Boden zurück, dachte Dorothea.

„Sie entstammt einer anderen Welt, Berta. Es ist eine Frage der Perspektive.“

„Nein. Es ist ein Irrtum. Sie denken anders. Sie bleiben proletarisch und sie bleiben im Grunde immer dem verhaftet, wo sie hergekommen sind. Ihre Seele wohnt dort.“

Langsam und regelmäßig massierten Dorotheas Hände Bertas Nacken.

„Die Gedanken an diese Person tun dir nicht gut. Du darfst sie nicht weiter beachten.“

„Sie tut einiges dafür.“ Berta stöhnte leise auf. Doro hatte einen verhärteten Muskel erwischt.

„Lass dich nicht darauf ein.“

„Du kennst die GEDOK, Doro, du kennst den Laban-Verband und du kennst den Gymnastikbund. Wie soll ich ihr Wirken dort ignorieren? Diese Neuausgabe von einer Daube-Gellert bedient sich sämtlicher Strukturen. Außerdem benutzt sie seit einem Jahr auch noch meinen Namen für ihre Methode.“

„Lass sie. Was ist schon ein Name? Was uns Rose heißt, wenn es auch anders hieße, es würde dennoch lieblich duften.“

„Shakespeare?“

„In Ansätzen.“

„Deine Zitate helfen mir wenig weiter.“

„Gut, dann sage ich dir jetzt etwas in meinen Worten. Wenn die Daube dich benutzt, dann benutze zurück. Ein kluger Kopf weiß alles zu benutzen! Das allerdings ist wieder von Shakespeare.“

„Es ist mir ernst damit. Sie nennt sich Laban-Schülerin und unterstreicht auf ihren Prospekten noch immer ihre Ausbildung nach der Habenicht-Methode. Das ist bigott. Au!“ Zu tief hatte Dorothea in die Muskulatur gegriffen. Berta versteifte sich und nur mit Mühe konnte Dorothea sie in den Sessel zurückdrücken.

„Ist ja gut! Entlade dich. Ich kenne da einen Anwalt.“

Unbeeindruckt massierte sie weiter und stöhnend ließ Berta es über sich ergehen. „Sie ist stark geworden“, seufzte sie.

„Durch dich.“

„Und genau das macht mir Angst."

Drei Stunden später saßen die Frauen am Schreibtisch des kleinen Büros und studierten auf das genaueste die Reklamekarten der Daube-Gellert-Schule. Dorothea hatte bereits mit dem Anwalt telefoniert und herausbekommen, dass diese Reklamekarten ein irreführendes Bild ergaben. Der Teufel lag im Detail einer winzigen Formulierung, der sich zum großen Nachteil für Lieselotte Daube-Gellert auswachsen konnte, denn das Einstampfen und Neudrucken von Schul-Propagandamaterial war ziemlich kostspielig. Besonders für eine Berufsanfängerin, die keine Rücklagen hatte. Laut der Anschuldigung, die die Frauen in einem Brief an Frau Dauber-Gellert formulierten, bildet Lieselotte keine Lehrkräfte, sondern lediglich Schülerinnen nach der Habenicht-Methode aus. Aufgrund dieser Qualifizierung durfte sie also nur damit werben, Laban-Lehrkräfte hervorzubringen.

„... und so untersage ich Ihnen, meine Methode für Ihre Berufsbezeichnung zu benutzen, denn das gebührt nur den wirklichen Schülerinnen, nicht denen aus zweiter Generation", diktierte Berta, während Dorothea emsig tippte. „Für weitere Angelegenheiten und Rückfragen setzen Sie sich bitte mit meinem Anwalt in Verbindung", beendete sie ihr Diktat und Dorothea setzte mit schwungvoller Geste einen Punkt unter das Schreiben. Ein sattes Klacken der Taste beendete den Brief. „Lassen wir die Saat aufgehen", sagte sie und schaute zu Berta hoch. „Wer Wind sät, wird Sturm ernten."

29

1931 – Frühjahr

Es war laut und wild. Die vier Saxophonisten bliesen in ihre Instrumente, was das Zeug hielt und schwitzten wie die Nachtschwärmer auf dem Tanzparkett der Roten Mühle. Das Lokal roch nach Rauch, Alkoholdunst und Parfüm. Eine Luft zum Schneiden dick, dachte Lieselotte und schaute sehnsüchtig zu den Logenplätzen hinauf. Vor gut einer Stunde hatten sie alle oben zusammengesessen: Erwin, Aenne, Artjom und sie. Statt zu ihrem regelmäßigen Treffen ins Dornröschen zu gehen, hatte Else Marie einen Besuch in der Roten Mühle vorgeschlagen, wovon sie schon ewig schwärmte und wogegen sich Lotte stets erfolgreich gesträubt hatte. Die Rote Mühle war noch immer Elses dubioser Arbeitgeber. Draußen begann es warm zu werden, man hätte unter den Bäumen am Fluss sitzen können, aber Else hatte nur ihre Mühle im Kopf.

„Schau sie dir wenigstens an. Ein einziges Mal!", flehte Else Marie. „Und wenn du mich danach noch immer für ein anstößiges Luder hältst, will ich auch auf ewig meinen Mund halten." Das Versprechen nahm Lieselotte ihrer Freundin zwar nicht ab, aber die Aussicht, vergünstigt auf einem der besseren Plätze sitzen zu dürfen, ließ sie weich werden. Selbst Erwin und Aenne hatten Lottes ewiges Nein als Ziererei abgestempelt, und Lotte wollte nicht länger hausbacken wirken. Schon gar nicht in den Augen von Aenne. Das Buch war inzwischen wieder bei der Fotografin. So ganz nebenbei hatte sie es ihr zurückgegeben, und auf Aennes Frage, was sie davon hielte, antwortete sie: „Modern", woraufhin Aenne sie ausgiebig musterte.

„Es gibt auch eine ähnlich klingende Zeitschrift, vielleicht hast du schon einmal davon gehört, *Die Freundin.* Wenn du interessiert bist, könnte ich …"

„Nein, Nein!", wehrte Lieselotte ab. „Wie ich schon gesagt habe, ich habe wirklich wenig Zeit."

„Dafür hast du es aber rasant ausgelesen."

Lotte errötete und Aenne blinzelte skeptisch. „Oder … gar nicht gelesen?"

„Doch natürlich, was glaubst du denn!", erzürnte sie sich. „Eben darum so schnell. Weil ich kaum Zeit habe. Aber es ist gut. Wirklich. Sehr gut geschrieben. Sehr künstlerisch." Aenne bedrängte sie nicht weiter und ließ das grüne, kleine Buch in ihre Tasche gleiten.

Als sie den Tanzpalast in der Schillerstraße betraten, musste Lieselotte sich endlich eingestehen, dass das Etablissement exzellent, hübsch und überaus ansprechend war. Überhaupt nicht verkommen. In den Räumen herrschte ein wunderbar schattenloses und gedämpftes Licht. Gemütliche, weiß eingedeckte Tischchen waren im Saal verteilt, umstellt mit netten Stühlen, deren Lehnen an Herzen erinnerten, wie Aenne befand. Herzen, die keine Spitzen hatten, sondern nach unten hin offen waren, ergänzte Else lachend. Gepflegtes Holzparkett, goldener Stuck und eine dezente Raumbeleuchtung umgaben sie. Abgesehen von den vielen samtigen Rottönen wurde man in diesem Lokal in keiner Weise ans Rotlichtmilieu erinnert. Else Marie und Arthur hatten ihre Kontakte spielen lassen und bewirkt, dass Aenne, Erwin, Lotte und Artjom sich eine Loge teilen durften, von der aus sie die beste Sicht auf eine kleine, durch zwei Stufen erhöhte Bühne erwarteten. Man konnte Arthur direkt auf die Finger schauen. Sein wildgelocktes, schulterlanges Haar hatte er streng nach hinten pomadisiert und im Nacken zu einem kleinen Zopf zusammengefasst. In seiner ausgelassenen Bühnenpräsenz machte er wett, was die übrigen Musiker nicht schafften. Angesichts des introvertierten Bassisten, der beschämt zu Boden blickte, fragte sich Lotte, ob der vielleicht nur eine musikalische Aushilfe war. Die anderen beiden glichen sich wie Zwillinge in ihren enganliegenden Anzügen. Ihre weißen Hemden waren bis obenhin zugeknöpft und mit einer Fliege besiegelt.

„Egon und die Stipendiaten", bemerkte Aenne amüsiert.

„Wer soll das sein?", fragte Lotte.

„Niemand, hab ich mir eben nur ausgedacht. Die sehen so aus, als könnten sie so heißen, findest du nicht?"

„Egon …?"

„… ist Arthur." Sie lachten vergnügt. Der Saal verdunkelte sich, und Arthur entlockte seinem Instrument nun ein klagendes Intro aus inbrünstigen Tönen. Plötzlich pulsierte die Kapelle und der Bassist erwachte aus seinem Dornröschenschlaf. Flink bearbeitete der dicke Schlagzeuger sämtliche Trommeln und Becken, als besäße er sechs Hände. Dann fiel der Rest der Tanzkapelle ein und zusammen versprühten sie ein Tausendfaches an guter Laune. Die Bombe war geplatzt mit einem Inhalt aus ungezähmter Lebenslust, Glimmer und reiner Freude! Alle klatschten eifrig und der rote Vorhang hob sich für die versprochene Attraktion.

Mit geschmeidigem Hüftschwung betrat Vera Caroli, Gaststar des heutigen Abends, die Bühne. In ihrem fließenden Hosenanzug aus gelbem Satin hüpfte sie über das Parkett, als wären unter ihren Füßen Sprungfedern. Vom ersten Augenblick an war Lieselotte begeistert. Die Musik wurde getragener und Vera begann mit schwerer Stimme zu singen. Eine Melodie, die Lieselotte sofort ergriff. Düster und mit ungarischem Akzent sang sie von einer blauen Stunde zwischen Tag und Nacht, einer kurzen Zeit, die den Duft unstillbarer Sehnsucht verströmte. Madame Caroli sang so einfühlsam, dass Lotte meinte, den Duft sogar einatmen zu können. Veras lange Wimpern verwandelten sich zu schwarzen Schmetterlingsflügeln auf der Suche nach Unsterblichkeit.

„Sie ist wunderbar!", flüsterte Lotte leise und Aenne nickte. Dem Damensolo folgte Applaus, der Vorhang öffnete sich erneut und ein schlanker Mann mit Stock, Hut und schmalem Oberlippenbärtchen betrat die Bühne. Die Musik wechselte ins Schnelle. Das hüpfende Tempo riss nicht nur Lotte mit; niemand konnte dem Rhythmus widerstehen. Ein drittes Mal öffnete sich der Vorhang und spuckte ein Ballett von fünf Mädchen aus, die sich hinter dem Tänzer aufreiten.

„Ist das da Else Marie?", flüsterte Aenne Lieselotte ins Ohr und deutete auf eines der Mädchen. Lotte nickte. Tatsächlich, beinahe hätten sie ihre Freundin nicht wiedererkannt. Vielleicht, weil sie etwas anderes erwartet hatte? Sicher, die Girls trugen Federboas, hatten Zylinder auf dem Kopf und zeigten Bein bis ganz nach oben. Aber halbnackt waren sie nicht. Sie waren adrett.

„Toll, macht sie das. Nicht wahr?", begeisterte sich Aenne. „Als wäre es kinderleicht, wie Gummitwist hopsen! Wirklich elegant. Ich komme mir daneben vor wie ein Stück Holz!" Auch Artjom nickte. Glänzend wippten die Kragen der Blusen auf und ab. Die Oberteile der Mädchen waren tief ausgeschnitten und saßen in der Taille hauteng. Darunter mündeten sie in stramm sitzende, kurze, schwarze Höschen, die nichts Obszönes ausstrahlten. An den Außenseiten glitzerten silberne Streifen. Sportlich chic – gestand sich Lieselotte ein und eine goldblonde Elena Mercurie strahlte noch beim Schlussgalopp alle anderen Mädchen an die Wand. Es war Elses Sternstunde. Lieselotte, Aenne, Erwin und Artjom applaudierten, was das Zeug hielt, tranken Sekt und prosteten jedem neuen Auftritt vom Fräulein Mercurie zu, die jedes Mal in einem anderen Kostüm aus dem Backstage purzelte.

Nach dem dritten Glas Rheingold musste sogar Lotte einräumen, dass Elses Körperfülle ihrem tänzerischen Geschick nicht das Geringste anhaben konnte. Es machte sie nur reizvoller. Verstohlen schaute sie zu Erwin. Bildete sie sich gerade etwas ein, oder leuchteten auch seine Augen immer ein wenig mehr, wenn das Fräulein Mercurie auf der Bildfläche erschien? Oder war alles nur die rauschhafte Einbildung unter dem Einfluss des Reingolds? Was soll's, dachte Lotte, es ist, wie es ist, und der Abend ist einfach zu schön für dumme Gedanken.

Ihre Freunde wippten im Rhythmus der Tanzkapelle. Um kurz vor zwölf eroberten sich Vera Caroli und der smarte Conférencier mit dem schönen Namen Freddy Lusión ein letztes Mal die Bühne. Für ein Bübchen seiner Statur hatte Freddy erstaunlich viel Schmiss, dachte Lotte. Der Mann gefiel ihr sehr. Er versprühte einen so feinsinnigen Charme, dass ihm niemand böse sein konnte. Das ist keiner, der ohne einen Hintergrund auf den Putz haut, dachte sie, der hat es sicher faustdick hinter den Ohren. Charmant lächelte er alle Damen an, so direkt, dass sich ausnahmslos jede geschmeichelt fühlen musste. Sogar hier oben in ihrer Loge spürte sie das aufregende Kribbeln, als Freddy ihr zwei Kusshände und vielsagende Blicke zuwarf.

Vera Caroli stand ihm in nichts nach. Ungehemmt flirtete sie mit dem Publikum, insbesondere mit den Herren. Ihr Werben war ein Hauch salonfähiger, und mit spitzbübischer Freude beobachtete Lotte, wie Vera in aristokratischer Manier die zwei Stufen in den Saal hinunterglitt, zwischen den Tischen umherstreifte und die Herren mit mondäner Eleganz berührte. Ein Vorwitziger mit brauner Nickelbrille sprang auf, packte sie derb um die Taille, lüftete seinen Hut und setzte ihn der Sängerin auf den Kopf. Das Publikum pfiff begeistert. Vera quittierte die Frechheit mit einem minimalen Schmunzeln und platzierte als Antwort ihren satingelben Hintern auf den Schoß des Witzboldes. Flugs sprang Freddy dazu und setzte sich noch obenauf. Der kleine Mann entpuppte sich als wahrer Akrobat. Unter dem Gewicht der beiden, die ungeniert auf ihm herumturnten, verzog der Brillenheini das Gesicht. Schamlos poussierten sie vor seiner Nase miteinander, als wäre er nur ein Sockel. Das Publikum johlte noch lauter. Schließich ließen sie von ihm ab, Vera rückte den Hut zurecht, gab dem Herrn einen Versöhnungskuss, die Kapelle spielte einen Tusch und der Swing holte sie auf die Bühne zurück. Ein wahrhaftiges Traumpaar.

„Meine Damen und Herren, Mesdames et Messieurs, Ladies and Gentlemen!“, jubelte Freddy. „Kommen wir nun zur letzten Sensation des Abends!“ Eine spannungsgeladene Pause folgte.

„Männer und Frauen“, sagte er schließlich, „was sind das nur für Wesen? Sie erscheinen uns verschieden wie Tag und Nacht. Gegensätzlich wie Weiß und Schwarz, Hell und Dunkel, Sonne und Mond … Aber was, meine Damen, meine Herren, ist mit der Dämmerung? Mit der blauen Stunde? Kaum begonnen, schon zerronnen, und so flüchtig – man nimmt sie gar nicht wahr. Oder? Aber gibt es sie deshalb nicht? Und wenn doch, zu wem gehört sie? Zum Tag oder zur Nacht … Was meinen Sie?“

Einige Zuschauer riefen etwas, allen voran die lädierte Brille.

„Tag!“

„Nacht!“

„In die Kneipe!“

Süffisant lächelte Freddy. „Nun, wie Sie meinen. Aber eines ist sicher: Sie gleitet still von einem Zustand in den anderen. Nur, wo genau erstirbt das Licht und wo wird die Dunkelheit geboren?“

Niemand sagte mehr etwas.

„Sehen Sie, die Antwort auf diese Frage ist Ihnen abhandengekommen. Und ich verrate Ihnen auch, warum: Die Grenzen sind verschwommen. Sie existieren nicht mehr, und so, wie Sie bis eben nicht gemerkt haben, wann genau unser Saallicht zu schwinden begann, so können Sie bald auch nicht mehr mit Bestimmtheit sagen, an welcher Stelle im Raum wer von uns beiden jetzt befindet. Oder soll ich lieber sagen: was?" Vera und Freddys Silhouetten wurden von der Dunkelheit verschluckt. Als Letztes verglomm das weiße Dreieck des Hemdes mit der schwarzen Fliege unter Freddys Jackett. Seine helle Stimme wurde dunkler und dunkler und glitt hinein in Veras Stimme, wurde noch leiser und löste sich schließlich in ihrer auf. Dann begann Vera zu summen. Es klang wie das melodische Schnurren einer Katze. Beunruhigend und aufregend zugleich. Im Saal war es stockdunkel und nur die heisere Melodie und das Wischen und Schlagen der Besen des Schlagzeugs waren zu hören. In der Dunkelheit wurden die Geräusche lauter – wie in einem Traum. Lotte hielt den Atem an. Irgendetwas ging da vor, irgendetwas, das sie zutiefst beunruhigte.

Schlagartig zerriss ein Tusch die Stille, und es wurde hell. Ein weißer Spot tauchte die beiden in grelles Licht.

Nur war Vera nicht mehr Vera und Freddy nicht mehr Freddy.

„Sensationell!" Artjom pfiff begeistert.

„Faszinierend", stellte Aenne fest.

„Beispiellos", raunte Erwin.

Hand in Hand hatten die beiden innerhalb einer Minute nicht nur ihren Platz und die Abendgarderobe, sondern auch gleich ihr Geschlecht gewechselt. Vera stand da, mit blankem Schädel und dünnem Haarkranz unter einem gelüfteten Zylinder. Ein enganliegender Smoking umspielte die muskulöse Figur. Freddy grinste breit in gelbem Satin mit glänzendem, schwarzem Bubikopf, den schmalen Schnauzer wie eine Trophäe in die Luft gereckt. Nur eine dünne rote Linie über den weichen Lippen erinnerten noch an die Maskerade. Zwei Hermaphroditen.

Lotte war fassungslos, aber ihre Überraschung ging unter im rauschenden Applaus und dem Johlen der Zuschauer. Alle erhoben sich, nur sie blieb sitzen, kauernd auf dem Grunde eines tosenden Meeres, das alle anderen mit sich riss. Verdammt dazu, allein zu bleiben, nicht dazuzugehören, denn nichts schien mehr, wie es war. Das kokette Spiel war in Sekundenschnelle zu einem bohrenden Stachel mutiert, der ihr Innerstes vergiftete. *Denn es war in ihrem Blut …*

Niemand bemerkte ihre Verwirrung. Aenne lachte, Artjom befand sich auf dem Weg nach unten und Erwin füllte ihr Glas nach. Sie kippte es hinunter. Eine Weile saß sie noch in der Loge und beobachtete das Treiben von oben. Sie hatte Erwin mit den Worten beruhigt, ihr sei nur etwas schwindelig, sie komme gleich nach. Unten wurde die Tanzfläche eröffnet und der Swing eroberte das Parkett. Kaum noch jemand saß auf dem Stuhl, alle Logen waren leer und auch Else Marie war wieder zwischen den Gästen auf der Tanzfläche aufgetaucht. Sie genoss die Bewunderung ihrer Freunde in vollen Zügen, verströmte aus jeder Pore Glückseligkeit und war mit Artjom in der Menge verschwunden. Lotte stand auf und beschloss, ein wenig zu tanzen.

„Du bist ja ganz blass um die Nase!", spottete Artjom, als er mit Else Marie an ihr vorüberschwofte.

„Wie willst du das denn sehen, bei diesem Licht!", rief sie zurück, aber da war er schon wieder verschwunden. Er hatte recht, sie sollte sich amüsieren und nicht geistesabwenden in ihr Sektglas starren.

„Nicht so ganz deine Welt, Lilo?", erkundigte sich Aenne.

„Doch, doch!", beteuerte Lotte. „Es gefällt mir, aufregend."

„Aufregend?", mischte sich jemand neben ihnen ein. „Bieder ist das!" Der Brillenheini. „Da hättet ihr zwei Hübschen mal vor fünf Jahren herkommen müssen, da ging hier noch die Post ab!" Ohne Anstand rückte er Lotte auf den Leib. „Die Haare wurden kürzer, die Röcke wurden kürzer … und nu? Allet wieder vorbei!" Der Alkohol hatte ihm kräftig zugesetzt, also wechselte Lotte den Platz und suchte neben Aenne Schutz. Sie tauschten Blicke. Die lädierte Brille versuchte es nun bei der jungen Fotografin, aber auch Aenne war für seine groben Schmeicheleien nicht zugänglich. Schließlich ließ er von ihnen ab. Es wurde eng. Wo kamen nur all die neuen Gäste her? Bei dem Versuch, einer Junggesellentruppe auszuweichen, trat Lotte jemandem auf den Fuß.

„Au!"

„Oh, entschuldigen Sie bitte vielmals!", rief sie, wandte sich um und erschrak. Keine Nasenlänge vor ihr entfernt küssten sich zwei Männer mitten auf den Mund. Sie erstarrte. Und das Schlimmste: Einer von ihnen war Vera. Oder das, was von Vera übriggeblieben war. Reflexartig ergriff Lotte Aennes Unterarm und zog sie in die tanzende Menge. Bewegung brauchte sie, Hauptsache, dieses Bild verschwand aus ihrem Kopf! Tanzen, einfach tanzen. Sie schloss die Augen und ließ ihren Beinen freien Lauf. Es half. Es tat gut. Als sie die Augen wieder öffnete, gab Aennes Blick ihr Halt. Die unguten Gefühle lösten sich auf und eine wichtige Frage zerrann, die sie sich seit Mitternacht stellte: Wo war eigentlich Erwin abgeblieben?

Gegen zwei Uhr rief jemand: „*Black Bottom*!" Ein anderer johlte und der Brillenheini stimmte mit ein, so lange und so anhaltend, bis die Hälfte des Saals stampfend und klatschend einen *Black Bottom* einforderte. Die Kapelle wechselte in einen wilden Jazz und der Saal begann zu vibrieren. Und dann war auch Aenne plötzlich verschwunden. Noch nicht einmal Else Marie war zu sehen. Verwirrt hielt Lotte Ausschau. Während alle um sie herum zu stampfen begannen und im Rhythmus der Musik ihre Leiber aneinander rammten, die Becken hervorstreckten und die Rücken krümmten, kroch er plötzlich wieder hervor: der besitzergreifende, animalische Dämon, der sich durch die Ritzen des Tanzparketts unter den hämmernden Füßen nach oben drängte. Ein Gespenst, das nach Moschus, Kastanienblüten und Veilchenseife roch. Sie musste hier raus, brauchte frische Luft, wollte nach Hause. Sie wusste, sie brauchte nur ein Wort zu sagen und Erwin würde ihr folgen. Wenn sie nur wüsste, wo er steckte! Schwankend kämpfte sie sich durch die Menge in Richtung Ausgang und stieß die Tür auf.

„Na so was, Lilo!" Da stand Aenne und rauchte. „Na? Ein wenig Pause vom aufregenden Halbdunkel?"

„Ja", erwiderte Lotte, knotete ihren Bolero von der Hüfte und schlang ihn enger um den Oberkörper. Die kühle Nachtluft legte sich auf ihre verschwitzte Haut. Sie fröstelte. Aenne schien die Frische des Frühsommerabends nichts auszumachen. In ihrem schlichten, eleganten Abendkleid stand sie da und wirkte so stark und unanfechtbar mit ihrer Zigarette, dass allein schon dieser Anblick beruhigend auf Lotte wirkte.

„Schönes Kleid, übrigens", sagte Lotte. „Es fällt sehr hübsch."

„Ist geliehen", erwiderte Aenne. „Nächste Woche muss ich's zurückgeben. War auch so ein Fotoauftrag. Erinnerst du dich noch an die Modistin von Dorothea?"

„Auf der Weihnachtsmesse?"

„Ja, die Fradel. Fradel Goldsteins Freundin ist Schneiderin. Ist topmodern. Man schneidet den Stoff jetzt anders, diagonal zum Fadenverlauf. Deshalb wirkt der Schnitt eleganter. Kleiner Trick."

„Aha."

„Darf ich dich etwas fragen?", bat Aenne unvermittelt ernst.

„Natürlich."

„Bist du gegen solche?"

„Gegen welche solche?“

„Na, von der Sorte, von vorhin.“ Aenne fragte ohne hämischen Unterton, dass Lotte sich überrumpelt fühlte.

„Sagt man das so?“, fragte sie unsicher.

„So oder so. Man kann auch Invertierte, Unzüchtige, Effeminierte, erblich Benachteiligte oder warme Brüder zu ihnen sagen – es gibt Dutzende von Beschimpfungen.“ Jetzt klang sie schon zynischer. Lotte musste unbedingt wissen, woran sie war.

„Wie sagst du denn dazu?“, entgegnete sie.

„Männer“, sagte Aenne und schaute sie wieder mit diesem Blick an. Jedes Mal, wenn sie so schaute, hatte Lieselotte das Gefühl, als erwartete Aenne etwas Bestimmtes von ihr. Konnte sie ihr vertrauen? Oder war Aenne am Ende auch so eine? Hier jedenfalls war kein guter Ort für solche Gespräche. Sie musste der prekären Lage entkommen.

„Wieso eigentlich erblich benachteiligt?“, versuchte sie abzulenken.

„Die Wissenschaft hat's festgestellt.“

„Es ist angeboren?“

„Meinen manche.“

„Und du, was glaubst du?“

„Spielt es irgendeine Rolle, Lilo?“ Aenne erwartete eine Antwort. Aber sie konnte so schnell nichts sagen.

„Ja“, sagte sie schließlich leise. „Für mich spielt es eine Rolle.“

„Welche denn?“, fragte Aenne herausfordernd.

Lotte schluckte. „Man könnte es heilen“, erwiderte sie.

„Wozu?“

„Weil es doch krank ist?“, stieß sie hervor. Schlagartig wurde ihr traurig zumute, aber Aenne ließ nicht locker.

„Meinst du denn, dass es das ist?“

„Ich weiß es“, sagte Lotte bestimmt. Nun schossen ihr die Tränen in die Augen. Der Sekt in ihren Adern öffnete ihren wohlgehüteten Gefühlen Tür und Tor. Es war ihr mit einem Mal unmöglich, sich zu beherrschen, und so brach es aus ihr heraus. Schluchzend stand sie vor Aenne, stammelte, ohne einen Satz zu vollenden, ohne in Worte fassen zu können, was in ihr vorging.

„Ach, Lilo! Nicht doch. Nein. Es ist nichts Krankes daran, glaub mir. Es ist alles in Ordnung mit dir!“ Geschwind warf Aenne ihre Zigarette fort und umarmte sie fest. In Lotte wurde es hart. Das Gefühl kippte. Aus Verzweiflung wurde Wut. Rabiat stieß sie Aenne von sich weg. „Mit mir? Was meinst du denn damit? Natürlich ist mit mir alles in Ordnung. Wovon redest du überhaupt?!“

„Ach so." Sofort ließ Anne von ihr ab, nahm Abstand und runzelte die Stirn. Ihre Stimme klang kühl. „Wenn du meinst", sagte sie, hob ihre zerdrückte Zigarette auf und trug sie zu einem Abfalleimer.

Lottes Wut verrauchte sofort. Betreten stammelte sie: „Aenne, sei mir nicht böse, ich bin überarbeitet, so furchtbar müde und diese ständigen GEDOK-Streitereien zermürben mich. Ich hätte heute Abend einfach zu Hause bleiben sollen."

„Soll ich dich heimbringen?", bot Aenne ihr an. Sie sprach beherrscht und mit einem Gleichmut in der Stimme, als wäre nichts vorgefallen.

„Nein, danke", sagte Lotte rasch und fügte hinzu: „Aber vielleicht könnten wir Erwin suchen?"

„Kein Problem, Lilo."

Es tat gut, wie Aenne sie am Arm packte, sich bei ihr einhakte und sie zurück in den Dunst der Roten Mühle zog. Mit Aenne durfte sie es sich nicht verscherzen.

Als sie den Saal betraten, empfing sie ein helles Licht; die Logenschließer waren zugange und räumten gerade in den oberen Etagen Sektflaschen, Gläser und Scherben beiseite. Die Kapelle spielte zwar noch, aber der allgemeine Aufbruch lag in der Luft. Sie brauchten nicht lange zu suchen.

Der Anblick war entwürdigend. In einem Séparée, in der Nische unterhalb der Balkone, fanden sie Else Marie, in enger Umarmung von zwei Männern – einer davon Erwin. Sturzbetrunken und nicht mehr Herr seiner Sinne, lag sein Kopf in Elses rosigem Nacken. Seelig hielt er die Augen geschlossen und seine Hände umfassten ihre Taille von hinten. Beinahe wirkte es, als wäre er auf ihrem Rücken eingenickt. Else hingegen küsste einen anderen. Und der andere war niemand anderes als Artjom. Erstarrt blickte Lotte auf die Szene, aber anstatt Erwin zur Rede zu stellen, schaute sie sich panisch nach Arthur um, der noch immer in seiner Tanzkapelle spielte. Das Bild, das sich hier präsentierte, wollte nicht in ihren Kopf. Es stimmte nicht. Sie bekam kein Gefühl dazu. Fluchtartig stürzte sie zur Garderobe, aber Aenne hielt sie am Arm zurück und näherte sich mit ihr dem in sich versunkenen Trio.

Ungerührt klopfte sie Else Marie auf die Schulter und sagte: „Elli? Wir gehen jetzt."

Überrascht fuhren Artjom und Else auseinander. Erwin rutschte von Elses Rücken und fand sich torkelnd auf einem Stuhl wieder. Mit aufgerissenen Augen starrte er zuerst Lotte, dann Aenne, dann wieder Lotte an und bekam kein Wort heraus.

Geistesgegenwärtig empörte sich Else: „Erwin, du?“ Und an Lotte gewandt: „Wirklich, Lottchen, das musst du mir glauben, ich war die ganze Zeit nur mit dem hier beschäftigt!“ Arglos stand sie da, Hand in Hand mit Artjom – wie Hänsel und Gretel. „Deinen Erwin hinter mir habe ich gar nicht bemerkt.“

„Soso.“

Noch eine Stimme. Tief und dunkel und überhaupt nicht versöhnlich. Arthur. Halb geöffnet baumelte die schwarze Fliege an seinem Hals, das Saxophon hielt er noch in der Hand. Artjoms Blick versuchte ihn zu fokussieren, was ihm nicht gelang. Die einzig halbwegs nüchterne Person des Trios schien Else zu sein.

„Abmarsch nach Hause!“ Mehr sagte Arthur nicht. Seine Stimme war Eis. Augenblicklich ließ Else die Hand des Tänzers los, stand auf und stürzte davon. Arthur drückte Lotte sein Instrument in die Hand, trat einen Schritt auf Artjom zu, rieb sich die Faust und schlug ihm ins Gesicht. Der Tänzer stöhnte laut auf und sackte zusammen.

Erwin glich noch immer einer erstarrten Karikatur seiner selbst, Lotte stand mit geöffnetem Mund da, umklammerte das Saxophon und war außerstande, die Situation zu begreifen. Dann wandte sich Arthur Erwin zu und verpasste ihm mit der gleichen Wucht einen zweiten Hieb, und als wäre das reine Routine, rieb er sich noch einmal die Knöchel, entwand ihr brummend das Instrument und folgte Else Marie. Lieselotte beschlich das ungute Gefühl, dass aller guten Dinge drei wären, sie sagte es Aenne und Aenne stürzte Else hinterher, um sie vor dem drohenden Veilchen zu bewahren. Wie jämmerlich, dachte Lotte und musste an das kleine, violette Sträußchen denken, das einstmals vor der Tür zu Elses Garderobe gelegen hatte. Die Erinnerung schien Jahrzehnte her zu sein. Ein anderes Leben, mit anderen Veilchen.

Um sie herum hatten sich Menschen versammelt. Ein Türsteher drängte sich zu ihnen durch. „Gehen Sie jetzt bitte nach Hause!“, mahnte er. Die Gaffer zerstreuten sich spöttelnd, während Lieselotte noch immer dastand. Eine Salzsäule, inmitten des Chaos. „Ist Ihnen etwas passiert? Brauchen Sie Hilfe?“, fragte der Mann.

„Nein“, stotterte Lotte.

„Wir können die Schupo holen.“

„Um Gottes willen!“, stieß sie hervor und starrte auf Erwin, der neben Artjom kauerte.

„Ist einer davon ihrer?“

Sie antwortete nicht.

„Verstehe“, erwiderte der Mann. „Ich rufe Ihnen ein Taxi.“ Endlich konnte sie nicken. „Wir buxieren Ihren Knaben da hinein.“

„Danke!“ Sie versuchte ein Lächeln. Der Mann legte ihr seine Hand auf die Schulter. „Sehen Sie es als Service des Hauses.“

Dann pfiff er zwei Leuten aus der Tanzkapelle zu; es waren die beiden, die Aenne zu Beginn des Abends als „Stipendiaten“ bezeichnet hatte, und auf das Geheiß des Türstehers wurde Erwin unter den Armen ergriffen und nach draußen abtransportiert.

„Und den da? Lassen Sie uns den hier oder nehmen Sie ihn als Zugabe?“, fragte der Mann.

„Ich denke, der kann für sich selbst reden!“ Aenne war wieder an ihrer Seite. „Wir fahren jetzt. Vielen Dank!“, ordnete sie an.

Der Türsteher hob die Augenbraue in Anbetracht ihres barschen Tonfalls. „Warum so undankbar, mein Fräulein?“

„Sie sollten vielleicht öfter mal ein Auge darauf werfen, was für Personal sie einstellen. Frauen zu verprügeln, das passt einfach nicht in Ihr Etablissement“, sagte sie kalt. Der Mann hätte gerne etwas Gehässiges erwidert, aber ein paar feine Damen standen hinter ihm und warfen schon neugierige Blicke. Mit grimmiger Miene verschwand er in Richtung Künstlergarderobe. Es war sicher nicht das erste Mal, das Arthur so ausfällig wurde.

Die beiden Frauen fuhren mit dem Taxi heim und wuchteten Erwin ins Bett, der ohne Unterlass beteuerte, nur sein Lottchen zu lieben und sonst niemanden. Die körperliche Anstrengung tat Lieselotte gut. Aenne wollte sie trösten, aber sie hatte sich bereits gefangen. „Es ist wirklich gut und ich bin dir sehr dankbar“, sagte sie im Flur, bevor sie sich verabschiedeten. Das spärliche Licht warf Schatten auf ihre Gesichter. Ihre Augen glänzten dunkler denn je. In Lotte blitzte der ungestüme Wunsch auf, sie zu küssen, nur ganz kurz, aber dann erschrak sie vor sich selbst. Es war zu viel. Einfach zu viel.

„Du musst jetzt wirklich in dein Bett!“, sagte sie, schob Aenne hinaus und drückte die Tür fest ins Schloss. Dann warf sie sich, so wie sie war, aufs Bett neben Erwin, streifte die Schuhe ab und vergrub ihr Gesicht ins Kissen. Die feuchten Daunen schluckten ihre Tränen, und das erstickte Weinen weckte ihren Mann. Erwins warme Hand suchte ihren Rücken; sie ließ es geschehen. Als sie keine Tränen mehr hatte, sog sie den vertrauten Duft nach alten Gänsefedern ein. Erwins Hand lag noch immer auf ihrem Rücken. Sie war erschöpft und die ersehnte Müdigkeit übermannte sie. Langsam verblasste die Erinnerung an den aus den Fugen geratenen Abend und erstarrte zu einem unwirklichen Bild, das mit dem Schlaf davontrieb. Zu den anderen Bildern, tief in ihrem Inneren. Bald würde es den Ort erreichen, an dem es sicher war. Inbrünstig hoffte sie, dass sich auch Erwin am nächsten Tag an nichts mehr erinnern könnte. Dann schlief sie endlich ein.

30

Die kleine Käthe überbrachte Lotte den Brief des Rechtsanwaltes. Die Beschwerde beim Laban-Verband war nicht ohne Folgen geblieben. Lieselotte hatte Berta den Fehdehandschuh hingeworfen und Berta hatte ihn angenommen. Nun brannte die Luft.

„Das ist ja das Allerletzte!" Unbeherrscht fuhr Lieselotte das junge Mädchen an. Augenblicklich schreckte Käthe zusammen, was Lotte sofort leidtat. Käthe konnte ja nichts dafür.

Mit unwirscher Geste schickte Lotte sie hinaus. „Hol meinen Mann, sofort!", rief sie ihr hinterher. Käthe stürmte die Treppen hinunter, eilte durch den kleinen Korridor und platzte mitten in den Unterricht. Die Kinder erschraken ebenso über ihr plötzliches Erscheinen wie der Tanzmeister selbst. Sekundenlang war es still. Die Kleinen trugen zum ersten Mal ihre Kostüme für die Kinderoperette *Der Diamant des Geisterkönigs*. Der Junge im lila Gewand stand stocksteif in der Mitte des Saales. Auch die anderen Zauberwesen wagten nicht, sich zu rühren.

„Ihre Frau schickte mich", stotterte Käthe.

Erwin verstand sofort. „Bleib du hier", befahl er dem Mädchen, verschwand durch die Tür und ließ Käthe mit dem kleinen König, acht Prinzessinnen und einem Prinzen zurück.

Im winzigen Büro, das früher die Besenkammer gewesen war, saß Lieselotte auf einem Stuhl und starrte benommen ein Stück Papier an. Auf dem Brett an der Wand stand die Schreibmaschine bedrohlich schräg, daneben lag ein Briefumschlag. Erwin schwante nichts Gutes, als er sie so sah. Briefe und Lotte bedeuteten nur Scherereien. Auch das noch. Als wäre der Ärger noch nicht genug, denn zwischen ihnen war die Luft seit dem Abend in der Roten Mühle zum Schneiden dick. Es lag nicht daran, dass Erwin sich nicht entschuldigt hätte, im Gegenteil. Es lag an ihrer Abwehr. Immer dann, wenn er darüber zu reden versuchte, tat sie so, als wüsste sie gar nicht, wovon er sprach, und wurde zuckersüß. Das war unheimlich. Skeptisch nahm er das Schreiben und wendete es. „Anwaltsbüro?"

„Kam eben mit der Post“, sagte Lieselotte schmallippig.

„Bist du etwa kriminell geworden?“, versuchte Erwin zu scherzen, was ihm nicht gelang, und noch weniger, als er erkannte, dass das Schreiben nicht an Lotte allein, sondern an die Daube-Gellert-Schule gerichtet war.

Argwöhnisch überflog er den Brief, aus dem er erfuhr, dass die derzeitige Bezeichnung ihres Instituts irreführend sei und einer korrekten Rechtsgrundlage entbehrte, verbunden mit der Aufforderung, die Bezeichnung ihrer Ausbildung umgehend und in allen Registern zu ändern sowie auf Reklamekarten, Briefkopfbögen, Schulstempeln und Einladungen, ferner in Programmheften, Telefonbüchern und auf dem Amt schnellstmöglich zu berichtigen, andernfalls drohe ihnen eine behördliche Klage oder gar ein Prozess, für dessen Kosten sie selbstredend aufkommen müssten. Langsam begriff Erwin das Ausmaß dieser Vorwürfe. „So ein Fliegenschiss!“, stöhnte er auf. „Wegen einer so unerheblichen, winzigen Wortverdrehung so ein Aufstand. Das ist Erbsenzählerei!“

„Teure Erbsen und teure Fliegen“, erwiderte Lieselotte tonlos.

Erwin besah sich den Stempel der Anwaltskanzlei und die Unterschrift genauer. „Deine geliebte Feindin“, murmelte er. „Du scheinst wohl doch recht zu haben, sie hat es böse auf dich abgesehen.“ Noch immer schwieg Lotte erbittert. Erwin wusste nichts von ihrem Klagebrief an den Laban-Verband.

Nachdem Else Marie Lieselotte nach ihrem Entschluss, Berta anzuzeigen, so verächtlich angesehen hatte, hatte sie mit niemandem mehr darüber gesprochen. Noch nicht einmal mit Aenne. Ebenso wenig wollte sie mit Erwin darüber debattieren. Vermutlich hätte er sie nur dazu überredet, sich Berta Auge in Auge zu stellen. Er war ein ganz Aufrechter. Immer musste er alles bereden. Aber er verstand nicht, dass es Dinge gab, über die man nicht reden konnte.

„Dieser Kleinkrieg lohnt sich nicht für uns“, konstatierte er.

„Wo sollen wir denn so schnell das Geld hernehmen für all diese Änderungen?“

„Weiß ich nicht, Lotte.“ Gefasst nickte sie. Wenn Erwin so resigniert antwortete, konnte sie davon ausgehen, dass er seinen Vater als Geldgeber ausschloss. Es hatte sich „ausgevatert“, wie er das formulierte.

„Wir gehen systematisch vor“, schlug Erwin vor. „Zuerst die wichtigen Änderungen und dann Stück für Stück die kleinen. Wir kommen eben auch mal ein paar Wochen ohne gedruckte Reklamekärtchen aus.“

„Ich könnte Käthe beauftragen, mit der Hand ein paar neue zu beschriften, für den Notfall“, sagte Lotte matt und wusste selbst nicht, ob die Idee gut war. Im Grunde wusste sie gerade gar nichts mehr.

„Wir schaffen das, Lotte.“

Wieder war ihr zum Weinen zumute. Mutlos hockte sie auf dem Stuhl in ihrer ehemaligen Besenkammer und die Welt versank in einem Morast. Da spürte sie etwas Warmes an der Wange. Erwins Fingerspitzen. Behutsam nahm er ihr Gesicht in die Hände und zwang sie, ihn anzusehen.

„Du hast es bis hierhergeschafft, Lieselotte. Bis hierher. Das ist viel mehr, als jetzt noch vor dir liegt. Das ist wirklich nur ein Fliegenschiss. Mehr nicht.“

Plötzlich musste sie unter Tränen lachen. Es tröstete sie. Sie hatte eine gute Wahl mit ihm getroffen. Der Ausrutscher mit Else wurde unwichtig. Zusammengeschrumpft zu einem Nichts. Ihre Schule war wichtig. Sonst nichts. Tapfer stand sie auf, umarmte ihn und tat etwas, was sie noch nie von sich aus getan hatte.

Sie küsste ihn inbrünstig.

31

1931 – Spätsommer, Spiekeroog

Der Wind blies kräftig von Nordwest, und die See war rau. Bertas Waden schmerzten vom gemeinsamen Strandspaziergang, und so sehr sie das Gefühl auch liebte, wenn ihre nackten Füße den weichen Boden des Eilandes berührten, so musste sie sich eingestehen, dass jede Ganzheitlichkeit irgendwann ein Ende fand. Und dieses Ende kündigte sich an durch den Duft nach geräuchertem Fisch, der vom Dorf her durch die Dünen zog.

Es war außergewöhnlich, dass sie, so wie heute, zu viert unterwegs waren. Dr. Kahlbutz, Dorothea, Roger Treppat und Berta. Auf die Pferdebahn hatte sie wohlweislich verzichtet, denn alle waren der einhelligen Meinung gewesen: Nur das Gehen öffnet Augen und Sinne. So erfreuten sie sich an den grünen Spitzen der vorwitzigen Salzmiere, die aus dem Sand stieß, ebenso wie an den weichen, runden Büschen des Meersenfs und waren sich einig, dass alles Grün hier blasser erschien als auf dem Festland. Inzwischen hatten sie den Strand verlassen und Bertas Waden dankten ihr, dass der Boden unter den Fersen nicht mehr nachgab. Etwas weiter oben, längs der Dünen, wo der Weg befestigt und von Dünenrosen umsäumt war, hatten sie sich den restlichen Sand von den Füßen geklopft. Vergeblich, denn die feinen Körner zwischen den Zehen blieben haften und das Salz tat sein Übriges. Lachend hatten alle ihr Schuhwerk angezogen. Es scheuerte schrecklich.

Dr. Kahlbutz, der Älteste, seufzte verhalten auf, als endlich das Dach des alten Inselhauses in ihr Blickfeld geriet. Der Duft wurde stärker. Die Gaststube erwartete sie und der köstliche Geruch vermischte sich mit dem Salz des Meerwindes. Dorothea legte den Kopf in den Nacken und blinzelte gegen das Licht. Weiße Fetzen trieben am Himmel entlang; keine Wolke behielt lange ihre Gestalt. Gejagt und in Eile veränderten sie ihre Form, als wäre nur der Wandel ihre Bestimmung. Im brausenden Wind ging das Geschrei der Möwen unter. Das auf- und abschwellende Rauschen geriet zur Tonuntermalung eines gigantischen Stummfilms. Selbst das Tuten der Fähre erreichte sie nicht. Der Wind schluckte alles und Dorothea drückte sich eng an Bernhards Schulter. Sie hatte das Gefühl, den schmächtigen Mann mehr zu schützen als er sie.

Berta und Roger Treppat liefen ihnen voraus und stemmten sich gegen den Wind. Von hinten erweckten sie fast den Eindruck eines trauten Paares. Sogar ihr Tritt war synchron. Die beiden redeten nicht miteinander und dennoch wirkte es, als wäre ihr gemeinsamer Gang die Fortsetzung eines langen Gesprächs. Dorothea beneidete ihre Gefährtin um diesen intimen Maler-Freund. All das, was unausgesprochen zwischen Dr. Kahlbutz und ihr in der Luft hing, lag bei Berta und Roger offen auf dem Tisch. Glaubte sie zumindest. Genaues wusste sie nicht. In manchen Fragen hielt sich Berta sogar ihr gegenüber bedeckt. Noch einmal blieb Dorothea stehen, den Blick zum Himmel gerichtet. Nicht mehr lange, dann würde das Wetter umschlagen. An der Küste war kaum etwas von Dauer. Noch nicht einmal an diesem Sonntag.

Bertas Sommerschule auf Spiekeroog war auch in diesem Jahr wieder gut besucht gewesen, und neben den Erwachsenenkursen hatte sie das Angebot um die Kinderbetreuung erweitert. Das war auch einer der Gründe, weshalb der Landeskrüppelarzt Dr. Kahlbutz mit an Bord gekommen war. Die lösende Wirkung von Licht, Luft, Musik und Sonne zeigte nicht nur bei den Großen Wirkung. Seit Bertas zweiter Film derart erfolgreich war, hatte sie sich einen länderübergreifenden Ruf erobert. Die Kleinkindgymnastik war ihr leuchtendes Alleinstellungsmerkmal inmitten des Urwalds aus hervorsprießenden Gymnastiksystemen, Tanzrichtungen und dem, was die Freiheit der Weimarer Republik noch so ans Licht getrieben hatte. Man musste in diesem Dschungel überleben. Vor allem auf dem Markt.

Säuglingsturnen war im Kommen. Niemals wollten Dorothea und Berta eigene Kinder haben, aber nun hatten sie welche. Es kam Dorothea wie ein Gleichnis vor, denn das Wattenmeer galt als die Kinderstube der Nordsee. Junge Fische verbrachten dort ihre ersten zarten Jahre, bevor sie ins offene Meer zogen. Und während die blassen Mütter die Hemmungen ihrer nervösen Natur im Freien vertanzten, widmeten sich Berta und ihr Gefolge der Ertüchtigung der Kleinsten. Hier auf dem Eiland gab sich Berta weitaus gelöster als in der Hybris der Großstadt. Obwohl sie rund um die Uhr schuftete, wirkte sie entspannt, weniger herrisch und ihre braunen, dichten Haare – vom Seewind zerzaust – gaben ihr den verwegenen Anstrich einer Windsbraut. Sie lächelte viel, und weiche Züge umspielten ihren Mund. Das helle Braun ihrer Augen leuchtete bernsteinfarben, wenn die Mittagssonne hineinfiel. Roger hatte dieses warme Leuchten vor ein paar Tagen sogar in einem kleinen Aquarell eingefangen.

Der Erfolg hatte Berta rechtgegeben. Ihr Buch *Bewegungsfreude!* war nach dem Film rasant in die zweite Auflage gegangen. Es gab auf einmal ausländische Verlage, die sich dafür interessierten, und selbst die Franzosen und Spanier hatten Bertas Methode adaptiert. Höchste Priorität hatte der Grundsatz: *nil nocere* – nicht schaden. Vor allem aber hatte Berta Erfolg, weil sie es geschafft hatte, ihre Praktik in einfache Worte und Bilder zu fassen, so dass jede normale Mutter sie verstand. Das Buch war ein Renner geworden. Roger Treppat lieferte die Illustrationen, später kamen Fotografien dazu. Dr. Kahlbutz widmete ihr ein Vorwort.

In diesem Sommer hatten sie sich zu viert eine kleine Auszeit auf der Insel gegönnt, um ihren Erfolg ordentlich zu feiern. Der Spaziergang war nur ein kleines Vorspiel.

Einige Stunden später genossen Berta und Dorothea die Stille in der Pension Seestern. Noch immer waren sie satt vom Essen und eine angenehme Mattigkeit überkam sie. Die Assistentinnen waren abgereist, die Mütter mit ihren Kindern längst zu Hause, und erst nach dem Wochenende erwarteten sie neue Ferienschülerinnen. Rücklings lagen die Frauen auf ihrem breiten Doppelbett im gemeinsamen Schlafzimmer. Ein purer Luxus. Bernhard und Roger waren unten im großen Zimmer, das durch den Wintergarten einen herrlichen Weitblick auf die Wiesen der Insel bot. Nach ihrem Restaurantbesuch hatten sie zu viert unten den Abend vertändelt und ihre Erfolge mit reichlich Kupferberg nass, Sherry und Cognac begossen. Dorothea kicherte wie ein Backfisch bei dem Gedanken, wie bemüht locker Roger auf der Veranda versuchte, den Professor in ein Gespräch über Kunst zu verwickeln. Und wie Bernhard seinerseits bemüht sein würde, einen schlüssigen Anknüpfungspunkt zu finden, und sicher wieder Unmengen an Fragen stellen würde. Vielleicht fachsimpelten sie auch gerade über die Ästhetik der Anatomie von Aktmodellen.

Bernhard Kahlbutz dominierte das Gespräch immer gern durch Fragen. So gab er wenig von sich preis. Zudem war der Doktor sehr neugierig. Für Dorotheas Empfinden etwas zu neugierig. Gott sei Dank verfügte er in gleichem Maße über ein feines Gespür, wann es genug war. Über Medizinisches debattieren konnte man mit Bernhard jedenfalls prächtig. Die Frage jetzt war nur, ob sich die beiden Herren da unten auch unter vier Augen gut verstanden, denn Dorothea und Berta lagen verzückt ineinander auf dem Bett. Der Alkohol hatte sie leichtsinnig werden lassen. Die abgeschiedene Insel, das wilde Rauschen der Nordsee, das sich wie eine Schutzwand um alles legte, machte es ihnen leicht. Sie hatten ihr kleines Tête-à-Tête hier oben gar nicht geplant, aber nun lagen sie halb entkleidet auf dem Bett, während die Herren unten debattierten. Gedämpft drangen ihre Stimme nach oben. Weder Berta noch Dorothea hatten Lust, etwas daran zu ändern.

Mit kindlicher Freude knöpfte Dorothea ihrer Geliebten die Bluse auf. Berta wehrte sich halbherzig, aber auch das gehörte zum Spiel. Schon immer wollte sie umkämpft sein. Nicht umgarnt, nicht umschmeichelt, nicht verführt, sondern umkämpft. Berta fand ein erotisches Verlangen danach, dass jemand ihre Abwehr durchbrach. In diesem Sinne lag Roger mit seinen stetigen Avancen schon auf der richtigen Spur, aber die Raffinesse, mit der Dorothea vorging, beherrschte ohnehin kein Mann. Es widersprach einfach der maskulinen Natur, eine Frau wie Berta so zu nehmen, wie sie genommen werden wollte. Ausschließlich Dorothea besaß genügend Feinsinn, die Knöpfe ihrer Bluse genau so und nicht anders zu öffnen, dass ihre Geliebte das Gefühl bekam, es wäre zwingend notwendig, endlich allen Widerspruch aufzugeben. Die Art, mit der Dorothea ihre Brust umfing und ihr lächelnd, aber bestimmt Worte zuflüsterte, die sich wie zauberische Beschwörungen anhörten, machte sie nach und nach gefügig. Dorotheas Lippen, die sie kaum berührten, nur flüchtig streiften, weckten in Berta eine andere Seite. Ein neuer Mensch schlüpfte aus ihr, eine andere Berta, eine, die hilflos war, die an die Hand genommen und in ein Wundermärchen entführt werden wollte. Dorothea war ihr Mond, war die warme Luft, war Licht. Und mit jedem ihrer Küsse fühlte sich Berta mehr und mehr, als würde sie in einem schaukelnden Kahn liegen und in einen Hafen treiben. Nachgeben. Hingeben. Fortsein. Nichts sehnlicher wünschte sie sich … und ganz von selbst öffneten sich ihre Lippen, ihre Beine, ihre Arme. Sie spürte, wie Dorothea das Laken über sie zog. Ihre Hände suchten die Wärme ihrer Haut, ihres Mundes, ihres Schoßes. Ihre Glut wurde Feuer.

Fiebrig entdeckten ihre Hände die Zartheit zwischen ihren Schenkeln und etwas in ihr zersprang in unzählige Scherben. Ein lauter Seufzer entrang sich Bertas Kehle. Sie spürte, wie ihre Tränen die Schläfen hinunterliefen, und bäumte sich unter Dorotheas Händen auf. In diesem Moment öffnete sich die Tür.

Sie hatten es nicht gehört. Da lag plötzlich nur eine Stille in der Luft. Inmitten ihrer Liebkosung erstarrten sie. Roger stand da. Sein Blick wechselte von Überraschung zu Betretenheit. Eilig richtete Berta sich auf, zog das Laken über ihren Schoß und straffte sich.

„Ja, bitte?“, sagte Dorothea in einem Tonfall, der so nüchtern daherkam, als läge ihre Hand gerade auf einem amtlichen Schriftstück und nicht auf der Brust von Berta.

„Nichts für ungut, meine Damen“, nahm er mit höflicher Verbeugung die Farce an. Berta bemerkte, wie stark er schwankte. Stramm wie eine Haubitze.

„Ich hatte geklopft und meinte, ein *Herein* gehört zu haben“, bemühte er sich um eine geschliffene Betonung. Es misslang gründlich. „Aber ich habe mich getäuscht und bitte um Vergebung! Wir wollten nur vorschlagen, spazieren zu gehen. Bei Vollmond.“ Es dauerte lange, bis er die Worte vollständig herausbrachte. Die Frauen wechselten ein paar Blicke.

„Komm rein!“, befahl Berta. Roger zögerte, dann glitt sein Blick ins Süffisante. Dennoch blieb er auf der Schwelle stehen und wagte sich trotz Bertas Aufforderung nicht weiter ins Zimmer. Aufmerksam beobachtete er Dorothea, die sich erhob.

„Jetzt liegt es doch offen, Doro“, flüsterte Berta ihr zu. Sie machte sich nicht einmal die Mühe, ihre Bluse zuzuknöpfen. Wozu auch? Roger hatte sie schon mehr als einmal nackt gesehen, gezeichnet und gemalt. Warum lief Dorothea noch immer so betont brüskiert herum? Es war doch zwecklos zu lügen.

„Komm endlich rein und schließ die Tür“, bat Berta nachdrücklich. Roger zog den Kopf zwischen die Schultern und tat wie ihm geheißen.

„Setz dich bitte.“ Mit der flachen Hand klopfte Berta auf den freien Platz neben sich. In Dorotheas Augen flammte Empörung auf; Berta spürte förmlich, wie weh es ihr tat, Roger auf ihrem zerrauften Laken zu sehen, aber es musste sein. Klarheit bedeutete Sicherheit. Roger ließ sich nieder und warf noch immer seinen demütigen Hundeblick in Richtung Dorothea, die mit verschränkten Armen aus dem Fenster starrte.

„Wir haben nie darüber gesprochen“, fing Berta an und stockte. Wieder entstand eine bedrückende Stille. Statt einer Antwort nahm Roger sie in den Arm. Sein Cognac-Atem hüllte sie ein.

„Pssst! Nicht doch“, sagte er. „Es ist ja meine Schuld. Ich wollte euch nicht bloßstellen.“ Dreimal musste er ansetzen. Immer wieder stolperte er über das schwierige Wort. Dorothea stand da wie eine Statue. Eine seltsame Stimmung hing in der Luft und Berta kam es vor, als kämpften gerade zwei Wirklichkeiten miteinander. In der einen befand sie sich mit Roger. Für ihn existierte ihre Gefährtin gar nicht. In der anderen war sie zusammen mit einer erstarrten Dorothea, die Rogers Gegenwart nicht ertragen wollte. Nur Berta war in beiden Wirklichkeiten gleichzeitig und bis zum Zerreißen gespannt.

„Hab keine Furcht. Vor mir bist du sicher“, murmelte Roger, stand auf und schwankte, dass sie fürchtete, er würde fallen. Noch immer wirkte er wie ein geprügelter Hund. „Ich bin immer für dich da, das weißt du ja“, versicherte er ihr, stolperte zur Tür, verneigte sich in Richtung Dorothea, nuschelte ein „Nichts für ungut“ und verließ das Zimmer. Dann hörten sie ihn die Treppe hinunterpoltern. Die Tür stand offen und Berta erhob sich, um sie zu schließen. Roger rumorte unten noch. Als sie in den Treppenflur sah, durchfuhr sie ein Schreck. Da war noch ein Schatten, der sich bewegte. Sie schrie leise auf. Im Flur stand Bernhard dicht an der Wand. Wie lange schon?

„Was ist?“, hörte sie Dorothea fragen. Berta antwortete nicht, sondern blickte den Doktor an. Er starrte zurück. Das spärliche Licht war diffus, und im Halbdunkel konnte sie seinen Blick nicht deuten. Dann spürte sie Dorothea hinter sich. Niemand sprach. Der Arzt senkte den Kopf, wandte sich ab und stieg mit Bedacht die Treppe hinunter.

„Hat er etwas gesehen?“, fragte Dorothea sofort, nachdem Berta die Tür geschlossen hatte.

„Ich habe keine Ahnung. Er ist betrunken. Ist das von Belang?"
Dorothea schwieg.
„Haben wir etwas zu befürchten?", fragte Berta.
Ihre Gefährtin zuckte gereizt mit den Schultern.
„Du kennst ihn doch!", insistierte Berta.
Dorothea sah ziemlich unglücklich aus.
„Wie schätzt du ihn denn ein?", bohrte sie.
„Ich weiß es, ehrlich gesagt, nicht", seufzte Dorothea. „Er ist zu diskret, als dass ich etwas über ihn wüsste."
„Meinst du, du musst mit ihm reden?"
„Mit Sicherheit nicht. Seine Höflichkeit verbietet es ihm."
„Höflichkeit oder Feigheit?"
„Ist es nicht dasselbe?"
„Könnte er uns schaden?"
„Wenn wir ihm einen Grund dazu liefern, vielleicht." Dorothea sah die aufglimmende Furcht in Bertas Augen. Kontrollverlust war etwas existenziell Bedrohliches für sie beide.
„Ich glaube nicht, Berta. Er wird uns nichts tun." Sie nahm Berta in den Arm und flüsterte: „Er verehrt mich."
Aber ganz so sicher, wie Dorothea vorgab, es zu sein, war sie sich nicht mehr.

32

Hannover

Treff der wirklichen Freundinnen nur im Eldorado! Am Sonntag findet ein Fest der „Blütenpracht in Palermo" statt und wir laden dazu bei zivilen Preisen ergebenst ein. Kommt ins Eldorado in die Gretchenstraße 42. Lotti u. Bubi. Die beliebte und originelle „Tine" kellnert und sorgt für Stimmung.

Lotte war erwacht. Nicht, weil sie die verniedlichte Form ihres eigenen Namens in der Anzeige las, sondern weil ihr bewusst wurde, um welche Art von Treffen es sich da handelte. Als Backfisch hätte sie diese Einladung für harmlos gehalten, für ein heiteres Treffen zur Vergnügung von gelangweilten Hausfrauen, wie Almut eine war. Aber seit diesem grünen Buch, das ihr Aenne vor zwei Jahren untergeschoben hatte, war alles anders. Diese Welt war hinter einem fadenscheinigen Vorhang durchschaubar geworden.

Sogar das schöne Wort *Freundin* hatte seine Arglosigkeit verloren. Was hätte Lotte nur dafür gegeben, in jener Ahnungslosigkeit zu leben, in der ihre Augen diese Anzeige noch vor ein paar Jahren studiert hätten.

So sehr sie Aenne mochte, so sehr ärgerte es sie, dass ihre Freundin die Zeitung wie rein zufällig bei ihr auf dem Küchentisch drapiert hatte. Mit einem Stift hatte sie sogar einen Kringel um die Annonce gezeichnet – ohne Worte während des gemeinsamen Bohnenkaffees, wie in Gedanken. Und jetzt, da sie weg war, erhielten die Kringel Bedeutung. Wasserkringel um einen Stein, den jemand in einen See geworfen hatte. Größer und größer wurden sie, schlugen kleine Wellen und zerstörten das stille Bild. Ihre Freundin tat das absichtlich. Bestimmt.

Seit Lotte ihr in der Roten Mühle zu verstehen gegeben hatte, dass die Fotografin sich in ihren Neigungen täuschte, verloren sie keine Worte mehr über das Thema. Aber Aenne hatte andere Wege gefunden, sich mitzuteilen. Sie sprach fortan in Bildern, in kleinen „Taten" wie diesen; sie redete mit Blicken, mit vielsagendem Lächeln oder mit extra schnellem Abwenden. Und das Fatale war, Lotte verstand jede einzelne dieser Botschaften. Was Aenne dachte, aber nicht sagte, fand den Weg in ihre Seele umso treffsicherer.

Dieses Buch, dieses vermaledeite Buch! Nachdem sie damals den Deckel aufgeschlagen hatte, war sie hineingefallen wie durch eine Tür. Alice im Wunderland. Nur ohne Wunder. Was sie empfing, war Grauenland, Hexenland, Düsterland. Das Buch hatte sie unfreiwillig sehend gemacht, aber sie wollte nichts sehen. Nur ihr Blut wollte es.

Lotte zerknüllte die Seite mit der Anzeige, stopfte sie in den Ofen und zündete sie an. Mitten im Juli. Verbittert sah sie zu, wie die Flammen zupackten und kleine, braune Stellen wie dunkle Fingerabdrücke auf der Schrift hinterließen. Binnen weniger Sekunden vollendete die Glut ihr zerstörerisches Werk. Der Anblick ließ Lotte jedes Mal die Zeit vergessen. Sobald etwas loderte, brannte und fraß, fühlte sie sich lebendig. Einem Feuer zuzusehen rief immer Vergnügen hervor. Reine, archaische Freude. Und auch wenn sie wusste, dass Erwin sich heute Abend darüber aufregen würde, verbrannte sie schließlich die gesamte Zeitung. Die Freude an der Macht war stärker. Ihr Mann würde schon einen Tag ohne Nachrichten auskommen.

Lotte zuckte zusammen, als sie die Ofenklappe schloss. Es hatte geklopft. Hatte Aenne etwas vergessen? Lotte blickte sich um. Der

Stuhl am Küchentisch und der Haken an der Garderobe waren leer. Nein, Aenne vergaß nie etwas.

„Lottchen? Bist du da?“ Eine weinerliche, fast bettelnde Stimme hinter der Tür verriet Else Marie. „Sei da! Bitte.“ Es klang erbarmungswürdig. Eilig ging Lotte zur Tür und öffnete. Da stand sie. Ausnahmsweise ohne sichtbare blaue oder rote Flecken im Gesicht, wie beim letzten Besuch vor drei Wochen. Es war ungewöhnlich für Else Marie, aber seit zweieinhalb Jahren hatte sie den Geliebten nicht gewechselt. Und sie opferte einiges für diese Treue. Noch immer war Else mit Arthur zusammen, der sich von einem freiheitsliebenden Gönner in einen jähzornigen Haudegen verwandelt hatte. Warum schickte sie ihn nicht endlich zum Teufel? Als würde sie Buße tun, seit dem unglücklichen Abend in der Roten Mühle, um zu beweisen, dass sie keinesfalls ein so loses Luder sei. Diesen Beweis zahlte Else mit blauen Flecken.

Für Lotte brauchte es dieses Bekenntnis nicht. Wie oft hatte sie Else schon beschworen, sich von Arthur zu lösen. Und genauso oft hatte Else ihr dann von der anderen Seite Arthurs vorgeschwärmt, die Lotte nie zu Gesicht bekam. Wie warmherzig er sei, wie sehr er sie liebe, wie oft er nach seinen Attacken mit rührenden Geschenken vor ihrer Tür stehe … Das letzte Mal mit einer gelben Rose aus Zelluloid zum Anstecken. Geweint hatte er sogar, zu ihren Füßen gelegen, und dann erklärte Else ihr, dass es gut für sie wäre, wenn jemand sie ab und zu mal zur Räson brächte, denn Arthur erlaubte ihr ja mehr als alle Liebhaber je zuvor, und, und, und … Es war die immer gleiche Leier. Lotte konnte sich nicht erklären, weshalb sie ausgerechnet an diesem Prügelknaben hing. So viel Bessere hatte es vor ihm gegeben. Es musste sich um einen geheimen Zwang handeln. Vermutlich lag ihr Grund ihrer Hörigkeit in ihrem Unterleib.

„Komm rein“, sagte Lotte und schloss die Tür hinter ihr. Else eilte in die Stube und ließ sich auf einen Stuhl fallen.

„Hier riecht es verbrannt“, stellte sie fest.

„Hat er dich wieder verprügelt?“, fragte Lotte, aber Else schüttelte den Kopf.

„Er ist weg.“

„Arthur?“, fragte Lotte, obwohl sie es an Elses Miene sah. Gleich würde sie in Tränen ausbrechen.

„Ausgewandert.“ Ihre Mundwinkel zitterten. „Amerika“, stieß Else hervor. „Er wollte schon im Februar raus. Hindenburg hat ihm gestunken, hat er gesagt. Aber ich hab's nicht ernstgenommen.“

„Hindenburg?“, echote Lotte.

„Der Typ würde nicht lange fackeln und demnächst die Demokratie abschaffen, hat Arthur gesagt, aber ohne ihn. Da wäre er weg.“

„Sei froh“, erwiderte Lotte unvermittelt.

Mit einem Hundeblick sah Else zu ihr auf. „Kann ich grad nicht.“

„Dann wirst du es eben lernen.“

„Ich hab Angst, Lotte. Jetzt, wo er wirklich gegangen ist, wird es vielleicht wahr, verstehst du?“

„Was meinst du?“

„Dass es noch mehr Unruhen geben wird? Vielleicht sogar Straßenkriege?“

„Ach was. Dein Arthur will weg. Amerika hat ihn doch immer gereizt. Die Wigman ist übrigens auch gerade da. Aber die kommt zurück. Arthur hat vermutlich nur einen Grund gesucht und ihn endlich gefunden: Hindenburgs Geschwafel.“

„Meinst du?“

„Ja, meine ich.“

„Vielleicht wollte er mich auch nur loswerden, Lotte?“

„Hör jetzt auf damit!“

„Ich werde mich an keinen Mann mehr binden!“

„Warum das denn auf einmal?“

„Lass mal wirklich den nächsten Krieg kommen, sind sie plötzlich *alle* weg und dann muss man auf unbestimmte Zeit leiden.“

„Wo soll denn jetzt ein Krieg herkommen?“, fragte Lotte und lachte. Die verzweifelte Hysterie ihrer Freundin trieb wirklich paranoide Blüten. Und dass nun auch noch die große Weltpolitik für Elses Liebeskummer herhalten musste, war lächerlich, aber Else lamentierte weiter. „Krieg allein ist ja schon schlimm genug. Das weißt du doch besser als ich.“ Jetzt spielte sie auch noch auf ihren Vater an. Ärgerlich ignorierte sie es, aber Else redete sich in Rage. „Besetzung hier, Besetzung da! Und wenn dann noch dein Herz besetzt wird von einem, der nie wieder zurückkommt, dann kommst du gar nicht mehr auf die Füße.“

„Mag sein“, räumte Lotte ein. Vielleicht war es ja gut, wenn Else sich dieser Überzeugung hingab und mal eine Weile nur mit sich selbst auskommen musste. Lottes Zustimmung ließ sie verstummen. Betreten schaute sie sie an.

„Was ist denn jetzt schon wieder?“, erkundigte sich Lotte.

„Ach, Lotte, was red ich da! Ich will dir nicht auch noch deine Liebe mit Erwin schlechtreden.“

„Es kommt kein Krieg. Schluss jetzt.“

Betrübt schwieg Else. Lotte verstand sie nicht. Else war ihr fremd geworden. Selbst bei dem Gedanken, dass Erwin wirklich in einen Krieg ziehen müsste, verspürte sie keine große Furcht. Erstens machte sie sich kein Bild vom Tod, und zweitens stürzte der Gedanke an Erwins Abwesenheit sie nicht in haltlose Verzweiflung.

„Liebst du ihn denn überhaupt?“, fragte Else und schnäuzte sich.

Lotte runzelte die Stirn. „Was soll die dumme Fragerei?“ Else zog den Kopf ein und verstummte, aber insgeheim gab Lotte ihr recht. Sie hatte ihr Herz nie wirklich an Erwin gebunden. An keinen Mann. Der Einzige, den sie jemals mit Inbrunst geliebt hatte, war ihr Vater. Vielleicht schlug ihr Herz ja deshalb so falsch. Vielleicht war es aus dem Takt gebombt worden. Der große Krieg hatte so viel durcheinandergebracht. Plötzlich war Lotte Else sogar dankbar für die Erkenntnis. „Es ist gut so, wie es ist“, sagte sie tröstend und legte sie eine Hand auf die Schulter ihrer Freundin. „Vielleicht hast du ja sogar recht.“

Mit feuchten Augen starrte Else sie an. „So was hast du noch nie zu mir gesagt!“ Ungläubig schüttelte sie den Kopf. „Dass ausgerechnet du glaubst, dass ich recht habe. Wo kann ich mir das bitte hinschreiben? Ich möchte es in Stein meißeln lassen, mit Datum und Uhrzeit.“ Lotte musste lachen. Elses Gemütswandel von tief-bestürzt zu munter-fidel erheiterte sie jedes Mal. Ihre tränennasse Freude war ansteckend. „Ich werd’s in der Zeitung abdrucken lassen“, fuhr Else munter fort. „Die zehn Mark gönn ich mir! Und dann schneide ich mir die Anzeige aus und rahme sie golden ein!“

Da war es wieder, das Wort Anzeige. Lotte blickte zum Ofen. Die Blütenpracht von Palermo im Eldorado hatte sich dennoch in ihr Gedächtnis gebrannt, samt Datum, Uhrzeit und Adresse. Plötzlich kam ihr etwas Verrücktes in den Sinn.

„Weißt du was, Else?“, sagte sie heiter. „Wir gehen morgen aus. Lass uns die Männer für ein paar Stunden vergessen. Alle. Die toten, die verflossenen, die aktuellen und die zukünftigen.“

Überrascht jauchzte Else auf. „Was ist denn in dich gefahren, Lotti?“

„Die pure Vergnügungssucht“, erwiderte Lieselotte trocken.

„Wohin willst du mich entführen?“

„Zu Lotti und Bubi.“

Ihrer Freundin klappte der Kiefer herunter. „In die Gretchenstraße?“

„Und wenn?"

„Au fein!", jubilierte sie. „Endlich, endlich wirst du vernünftig!" Das Ganze war so absurd, dass Lotte herzlich lachen musste und sich den Rest des Tages nicht mehr fragte, welcher Teufel sie eigentlich geritten hatte. Etwas musste endlich passieren.

33

Geruhsam schlenderten Lieselotte und Else Marie die breite Baumallee in Richtung Bahnhof hinunter, ließen den schönen Boulevard – die Georgstraße – hinter sich, umrundeten das Bahnhofsgebäude und liefen in Richtung Oststadt. Irgendwann passierten sie die Eichstraße. Es war lau, die Sonne strahlte und Lotte wurde von einer absurden Heiterkeit befallen, als sie an der Habenicht-Schule vorbeiflanierten. Die Schulräume waren nicht einsehbar, denn den Blick in den Tanzsaal verwehrten schwere Vorhänge, und auch die Gardinen der oberen Etage, in denen Berta und Dorothea Bragge ihre privaten Gemächer bewohnten, waren zugezogen.

„Das möchte ich mir auch mal irgendwann leisten können", seufzte Else. „Jedes Jahr verreisen, raus hier und monatelang in die Sommerfrische ans Meer."

„Sie arbeiten dort", erwiderte Lotte. „Das weißt du doch."

„Lass mich einfach ein kleines bisschen träumen, ja?", widersprach Else und summte *Eine kleine Sehnsucht* vor sich hin. Lotte überließ sie ihren Illusionen, und Arm in Arm bummelten sie weiter. Die intime und separate Bar Eldorado war bereits im Frühjahr eröffnet worden. Immer sonntags servierte man dort den beliebten Fünf-Uhr-Tee, und obwohl Lotte mit jedem Schritt blümeranter wurde, fühlte sie sich an Elses Arm so sicher wie noch nie. Falls irgendetwas aus dem Ruder laufen sollte, würde Else sie schon retten. Aber was sollte eigentlich aus dem Ruder laufen an einem Sonntagnachmittag bei hellstem Sonnenschein?

„Übrigens, man munkelt, sie wollen endlich die einteiligen Gymnastikanzüge einführen."

„Wer munkelt?", fragte Lotte.

„Na, Loges, der, der den Einteiler erfunden hat. Er kriegt das bald durch. Der ist viel praktischer. Ich sag dir, die prüden Zeiten ändern sich ..."

„Seit wann interessierst du dich denn wieder für Gymnastikkleidung?“, unterbrach Lotte sie. „Darüber bist du doch längst hinaus.“

Else erwiderte nichts, sondern grinste nur vielsagend. Nanu, dachte Lotte, sollte ihre Freundin plötzlich ein vernünftigeres und konventionelles Leben anstreben? Schön wäre es ja, wenn sie sich endlich ausgetobt hätte. Vielleicht sollte man Arthur dafür danken.

Endlich waren sie angekommen. *Gretchenstraße 42* stand auf einem weißen Emailleschild. Lotte zögerte noch, aber da stieß Else Marie bereits frohgelaunt die Haustür auf und nickte ungeduldig. „Komm jetzt!“ Durch einen schmalen, düsteren, aber angenehm kühlen Hausflur gelangten sie über eine dreistufige Treppe in einen Vorraum. Vor einer grün lackierten Tür verkaufte ein Mädchen mit schwarzem Zylinder Eintrittskarten. Lieselotte bezahlte, und das Mädchen sah sie herausfordernd an. Merkwürdigerweise widmete die Empfangsdame Else Marie keinen Blick.

„Möchtest du vielleicht unsere neueste Ausgabe kaufen?“, fragte das Mädchen. Die Stimme war dunkel und sanft und stand im Kontrast zu ihrer schmalen, jünglingshaften Statur. Lottes Blick fiel auf den Zeitschriftenstapel neben dem Tischchen. *Die Freundin.*

„Aber natürlich“, antwortete sie mit fester Stimme. Sie bezahlte und staunte über sich selbst, dann betraten sie den Salon, und ein kleines Café empfing sie. Der Fußboden war mit gelben, grünen und weißen Fliesen ausgestattet. Linkerhand von der Eingangstür, in den Innenhof hinausgebaut, befand sich ein entzückender Erker mit einem Wintergarten und inmitten des dadurch gebildeten Winkels im Hof wuchs ein Zierbäumchen. Man konnte die farbigen Mosaiksteinchen des Terracotta-Topfes erkennen, aus dem es liladoldig blühte. Schmetterlingswolken stobten auseinander, als ein Caféhausmädchen in eleganten Hosen das Fenster öffnete. Sofort wehte ein süßer Duft durch den Salon und vermischte sich mit dem von frisch gebrühtem Bohnenkaffee zu einer sommerlichen Melange. An den Wänden rechts und links von Tür und Wintergarten scharten sich etliche kleine, runde Tische um eine Freifläche in der Mitte, die zum Tanzen einlud. Das schmale Klavier aus hellem Holz an der Wand machte die Einrichtung komplett. Neugierig betrachtete Lotte die Fotografien an den Wänden. Beindruckende Frauenporträts waren da zu sehen. Ob Aenne welche davon gemacht hatte? Eigentlich schade, dass die Fotografin nicht dabei war, bedauerte sie, jetzt, wo sie es schon einmal gewagt hatte herzukommen. Mit Aenne zu ihrer Linken und Else Marie zu ihrer Rechten wäre sie bestimmt gut aufgehoben gewesen. Aber die Fotografin war wieder einmal beruflich verreist.

„Guck mal, die da. Deren Badewasser riecht bestimmt nach dem teuersten Parfüm, das man derzeit kriegen kann." Else wies mit dem Kopf in Richtung eines vollbesetzten Tisches, an dem sich vier Frauen unterhielten. Zwei Paare, offenkundig. Die Dame, der Else das teure Badewasser unterschob, trug ein bodenlanges, elegantes Sommerkleid, das ihre rechte Schulter entblößte. Um ihren Kopf war ein Blütenkranz gewunden.

„Vielleicht duftet sie ja doch eher nach Eselsmilch", erwiderte Lotte trocken, und Else wieherte. Die Damen wandten sich zu ihnen um und musterten sie.

„Ich glaub's nicht, das ist unsere Irma!"

Tatsächlich, neben der eleganten Dame erkannte auch Lotte das Fräulein Dorn.

Augenblicklich setzte Else Marie eine vornehme Miene auf. „Das wird sicher amüsant", flüsterte sie und suchte nach einem passenden Platz. Auch Lotte wechselte mit der Pianistin einen kurzen Blick. Irma nickte ihr zu. Dann flüsterte ihr die lila Dame etwas ins Ohr, woraufhin Irma den Kopf schüttelte und sich wieder der Gesellschaft an ihrem Tisch zuwandte.

Die jungen Frauen suchten sich einen Platz im Wintergarten mit Blick auf das Schmetterlingsbäumchen. Und während Else Marie sich in *Die Freundin* vertiefte, belauschte Lieselotte ein Gespräch am Nebentisch. Eine Brünette in Hemd mit Schillerkragen frohlockte: „… endlich. Ich glaube, die Zeiten werden besser."

„Na, ich weiß ja nicht, Gerda", widersprach die andere.

„Ich meine für uns, meine Liebe, nicht wirtschaftlich."

„Mag sein."

„Sei nicht immer so pessimistisch, der Bund darf immerhin schon wieder Werbung machen, öffentlich, meine ich. Sonst wären wir zwei Hübschen ja nicht hier in diesem kleinen Paradies."

„Der Haarmann hat uns damals alles kaputtgemacht."

„Freilich. Aber nicht ganz allein."

„Allerdings."

Ein Déjà-vu. Mit einem Male sah sie sich nicht mehr in der Gretchenstraße, sondern in der Windmühlendiele sitzen. In ihren Gedanken aber stand sie nicht wie damals davor, sondern saß nun inmitten der Frauen und blickte hinaus. Es war seltsam. So viel Zeit lag zwischen damals und heute, ein beträchtliches Stück Leben, und so sehr sie es sich damals gewünscht hatte, diese geheimnisvollen *Freundinnen* kennenzulernen, so wenig verspürte sie jetzt endlich Erfüllung, da sie hier war. Zu viel war in der Zwischenzeit passiert.

Damals nach dem Haarmannprozess hatte ein Lokal nach dem anderen dichtgemacht. Es wurde polizeilich verordnet, weil das Scheusal über dreißig Jungen verführt, getötet und – Lieselotte mochte gar nicht weiter darüber nachsinnen – sogar gegessen und ihr Fleisch verkauft hatte. Wochenlang stand es in der Zeitung, und Erwin brachte ihr ein Buch des Professors Lessings mit, in dem all diese Gräueltaten auf das Ausführlichste beschrieben waren. Zitternd vor Abscheu hatte sie darin gelesen. Nach der Hälfte der Lektüre musste sie aufhören. Alle heimlichen Treffpunkte der hannoverschen Unterwelt waren in dem Buch beschrieben, und eines befand sich in einem der schönsten Lokale der Kahlenberger Vorstadt. Dort gab man Gesellschaftsabende, an denen Jünglinge in weiblicher Ballkleidung ausgeführt wurden! Oder der alte Ballhof, auch sehr vornehm. Nur die Schäbigsten tummelten sich in der Schwule Guste, wo man auch nur auf ein bestimmtes Zeichen hineinkam. Nun, Jahre später hatte die Furcht vor dem Andersartigen plötzlich nachgelassen. Man konnte wieder hinsehen und das wollte Lotte auch. Sie war modern. Wenn doch Aenne hier wäre!

In diesem Moment erklang ein furioser Auftakt am Klavier. Aus einem kleinen Torbogen hinter der Küche sprang eine Frau im Hosenanzug samt silbernem Tablett hervor, auf dem mindestens zehn randvoll gefüllte Gläser Schampus standen. Ihre dunkle Uniform lag eng am Körper und am rechten Oberarm war ein Emblem aufgenäht, das Lotte irritierte. Die Ähnlichkeiten mit dem Abzeichen der braunen Schlägertruppen, denen sie immer öfter in den Straßen auswich, verwirrte sie. Bei genauerem Hinsehen sah sie erleichtert, dass statt des kantigen Kreuzes ein vierblättriges Kleeblatt appliziert war. Plötzlich stolperte die Kellnerin und rutschte aus. Geübt fing sie sich schnell wieder ein und steuerte, um dem Schwung entgegenzuwirken, mit dem vollen Gläsertablett direkt auf Lotte und Else zu. Else schrie, denn die schreckgeweiteten Augen der Kellnerin kündigten eine Katastrophe an. Lotte presste sich die Hände vors Gesicht und Else Marie sprang auf, die Zeitung vor ihre Brust haltend. Mit lautem Gepolter kippte ihr Stuhl um. Ein kollektiver Aufschrei am Nebentisch hallte durch den Raum. Als Lotte durch ihre gespreizten Finger das Tablett auf sich zusegeln sah, passierte jedoch gar nichts.

Sie nahm die Hände vom Gesicht. Der ganze Saal lachte. Mit ungerührter Miene stand die Kellnerin da, als wäre nichts passiert.

Die Gläser klebten am Tablett, der Sekt war nur gelbes Gelee und der Tollpatsch erwies sich als besagte Tine – ein Jonglierwunder mit Pokerface. Längst hatte sie das Tablett wieder eingefangen und drehte es in erstaunlicher Geschwindigkeit auf ihrem ausgestreckten Mittelfinger um die eigene Achse. Alle im Café applaudierten, pfiffen und johlten. Durch die Fenster brach die Sonne, und auch Lotte klatschte begeistert in die Hände. Elses Wangen glühten. Schon eilten zwei echte Kellnerinnen herbei und servierten Champagner, Kaffee mit Cognac, Chianti in traditionellen Bast-Flaschen und allerlei Spritziges in den unmöglichsten Farben und mit kleinen Blüten im Glas.

„Seid willkommen in Palermo, tanzt mit uns in das Inferno, taucht in Blütenzauberflammen, lasst den Winter uns verdammen ..." sang die schmale Klavierspielerin inbrünstig, und die Spaßkellnerin stimmte ein. Im Rhythmus des Liedes begann Tine zu steppen, und mit dem frechen, lauten Gesang fiel alle Anspannung von Lotte ab. Als würde mit jedem Schluck, den sie trank, und mit jedem fröhlichen „Klack-Klack", das die Schuhe auf den Fliesen hervorriefen, ein dunkler, schwerer Mantel von den Schultern gleiten. Sie schloss die Augen und wähnte sich irgendwo weit weg im Süden, an einem Fleck der Welt, an dem sie niemand kannte, wo alles leicht war und an dem sie niemand fragte, was sie tat und wen sie liebte.

Es war wieder wie damals im Zimmer vor ihrem Bett, als sie federleicht auf den Sonnenstrahlen hin- und hergesprungen war. Der Winter ist vorbei, dachte sie, und vielleicht endlich auch der Winter in meinem Leben. Verträumt lehnte sie sich zurück. Ihre Finger glitten über den Rand des Weinglases, und sie beobachtete Tine, wie sie gerade etwas Schwarzes und Rundes aus dem Dekolleté einer Dame zauberte.

„Oh! Was haben wir denn da!", staunte sie laut, huschte mit ihrer Beute zu Else Marie, hielt es ihr unter die Nase und ließ es – Hoppla! – in ihr Getränk fallen. Verzückt jauchzte Else auf. Das schwarze, hosenknopfgroße Bällchen entfaltete sich im Glas zu einer prachtvollen Blüte, die ihre dunklen Blätter zu einem Kelch entrollte.

„Wie apart!", staunte Else und strahlte die Spaßkellnerin an. Tine neigte sich herab und küsste Else Marie mitten auf den Mund. Lotte hielt die Luft an. Als wäre das nicht Überraschung genug, küsste Else Marie einfach zurück! Mit deutlicher Freude und lange. Lottes Herz schien einen Moment auszusetzen. Irritiert starrte sie auf das küssende Paar. Aber schon saß Tine auf ihrem Schoß.

So dicht, dass Lotte die schwarz umrandeten Augen und die feinen Puderkörnchen auf ihrer Wange erkennen konnte. Sie roch nach Maiglöckchen und Eierlikör. So sehr Lotte sie bemühte, Tines frivolem Augenaufschlag zu entkommen, es gelang ihr nicht. Tines Blick tauchte tief in den ihren ein, war aufreizend und sanft, scherzend und bestimmt. Merkwürdig, sie hat gar kein Gewicht, dachte Lotte noch, als sich Tines Gesicht immer mehr dem ihren näherte.

Die Kellnerin spürte ihre Scheu. Das Provokante ihrer Mimik verschwand und sie nahm ein wenig Abstand. Gelassen streifte sie sich den rechten Seidenhandschuh ab und strich Lotte über die Wange, als wäre sie ein Nesthäkchen, dem man versichern musste, dass es keinen Grund gab, Schlimmes zu befürchten. Dann schenkte sie ihr einen letzten Blick, erhob sich und tänzelte weiter. Mit einmal Mal fühlte sich Lotte leer. Der schillernde Vogel auf ihrem Schoß war davongeflattert.

„Mund zu, Lottchen", kicherte Else und stieß mit ihrer Schuhspitze an ihr Bein. „Wenn du jetzt wieder dein Maulaffen-Feilhalten-Gesicht machst, sieht das sehr unerotisch aus." Aber Lotte war außerstande zu erklären, dass sie gar nicht erotisch sein wollte. Eingesperrt in sich selbst saß sie vor ihrem Glas.

„Else, lass uns bitte lieber vielleicht recht schnell gehen", bat sie mit heiserer Stimme.

„Nichts da, jetzt wird getanzt." Schwungvoll erhob sich Else Marie, zog Lotte hoch, ergriff sie bei der Taille und führte sie auf die Tanzfläche. Else ließ ihr kaum Zeit nachzudenken, sie tanzte wie ein Kavalier. Ohne zu drängen, führte sie bestimmt und, obwohl Lotte die Tanzschritte gar nicht kannte, stupste Else sie immer in haargenau die Position, die gerade nötig war. Souverän manövrierte sie sie in jeden freien Zwischenraum, was zunehmend schwieriger wurde, da sich das Parkett rasch füllte. Ein paar Takte lang schloss Lotte die Augen, dann wechselte die Pianistin in einen Tango. Wenn Else ein Mann wäre, dachte Lotte, dann könnte sie sich vor Mädchen gar nicht retten. In ihren Armen gab es kein Geschiebe, kein rohes Packen am Arm, kein An-der-Taille-Gezerre und schon gar nicht das schmerbäuchiges Bedrängen. Es war einfach nur die pure und die reine Lust am schönen Tanzen. Sie beherrschte das aufregende Spiel zwischen Nähe und Distanz so perfekt, dass Lotte ganz entzückt war. Die kleinen atemlosen Pausen, die überraschenden Richtungswechsel – sie war Meisterin darin. Hin und wieder schloss Lotte selig die Augen und wenn sie sie öffnete, wippte auch das Fräulein Dorn an ihnen vorbei.

Lotte wusste nicht, wie spät es war, als sie nach unzähligen Tänzen wieder an ihrem Tisch saßen und die Flasche im Bast langsam zur Neige ging. Der Chianti hatte ihre Zunge gelöst und ihr ein kleines Geheimnis entlockt. „Aenne hat es mir erzählt", verriet sie Else. Dann winkte sie die Kellnerin nach einem „Kaffee mit Schuss". Vor den Fenstern des Lokals dunkelte es und die Luft war gesättigt vom Duft der Frauen.

„Und woher weiß die es?", fragte Else. Sie grinste und fand es überraschend, dass Lotte sich auf einmal dem Klatsch der GEDOK-Frauen anschloss.

„Dorothea hat sich Aenne anvertraut. Die Bragge und sie arbeiten doch beide zusammen für die Zeitung. Laufen sich ständig in der Redaktion über den Weg. In den Fluren."

„Ich dachte, die Bragge arbeite beim *Anzeiger*?"

„Ja, die Bragge schätzt Aenne, und Aenne mag ihren Schreibstil und außerdem bewundert sie ihre Gedichte. Sie haben sogar damit geliebäugelt, gemeinsam eine Ausstellung zu arrangieren. Fotografie und Text."

„Das ist uninteressant. Erzähl lieber weiter!"

„Also, Dorothea Bragge befindet sich laut Aenne in einer ziemlichen Zwickmühle."

„Wegen dieser Briefe?"

Lotte nickte und grinste. „Exakt."

Am Nachmittag beim Kaffeeklatsch vor einem Tag hatte sie von Aenne erfahren, dass Dorothea Bragge eine glühende Verehrerin hatte. Und die hieß nicht Berta. Die ominöse Frau mit dem Namen Vera Grünbaum würde ihr unaufhörlich flammende Liebesbriefe schreiben, täglich sogar. Unglücklicherweise war sie verheiratet und hatte vier Kinder. Es musste eine sehr prekäre Situation sein, denn Dorothea war mit dieser Frau schon lange eng – also sehr eng – befreundet. All die Jahre war nichts geschehen, aber nun regnete auf einmal lila Liebesbriefe und Dorothea hatte Mühe, sie vor ihrer Geliebten verborgen zu halten. Sie ging davon aus, dass Berta ihr nicht glauben würde, immer treu geblieben zu sein, zumal diese Briefe so plötzlich und ohne Vorlauf über sie hereingebrochen waren. „Außerdem ist die Grünbaum Jüdin", schloss Lotte.

„Na und? Was tut das denn zur Sache? Mein Vater ist auch Jude. Warum betonst du das so explizit?", mokierte sich Else.

„Warum betonst gerade *du* das?", konterte Lotte, „ich hab dich am Samstag noch nie in eine Synagoge spazieren sehen. Du lehnst doch alles, was dein Vater tut, kategorisch ab, seit du großjährig bist."

Beleidigt schaute Else auf den Boden.

„Was ist los, Else? Seit wann hast du eine politische Gesinnung?" Lotte lachte frech.

„Seit dem Hanomacker, wenn du es genau wissen willst. Der hat mich mit seinem Marxismus angesteckt. Aber soll ich dir mal was sagen? Ohne die Vorstellung von einem Herrn lebt es sich leichter. Man muss ja nicht gleich ein Bolschewik werden. Soll doch einfach jeder glauben, was er will. Wir leben in einer freien Republik."

Lotte schmunzelte. Else Maries Vater war vor einiger Zeit auch von seinem Glauben abgefallen. Nicht vom göttlichen. Nur vom Glauben an die eigene Tochter. Seit dem Tag, an dem er sie auf einem Plakat vor der Roten Mühle abgebildet entdeckt hatte, herrschte zwischen den beiden Totenstille, und seither hatte Else Geldsorgen. Kein Wunder, dass sie plötzlich dem Materialismus verfallen war.

„Lass uns heute Abend nicht über Politik und Kirche reden. Es macht nur die schöne Stimmung kaputt", bat Else. Lotte nickte, sie fand es ja auch, aber leicht war das nicht. Selbst hier in der kleinen Bar kroch die neue Verunsicherung durch die Ritzen. Niemand konnte sich der aufkommenden Stimmung ganz entziehen, und so unbeleckt konnte man gar nicht sein, nicht zu bemerken, wie der Ton zwischen den Leuten beim Bäcker am Tresen oder beim Schuster immer rüder wurde, wie Freunde und Bekannte sich plötzlich anbellten, die Türen knallten und sich nicht mehr grüßten, nur weil man in der neuen Partei war.

Plötzlich mischte sich ein gedämpftes Gejohle in die Klaviermusik und drang durch die verschlossenen Scheiben herein. Vor dem Fenster war Bewegung zu sehen. Mützen oder Kappen, dunkel, nicht genau zu erkennen. Dann kehrte wieder Ruhe ein und die Pianistin spielte einen Walzer. Einige Augenblicke später wurde die Tür aufgestoßen und ein Trupp angetrunkener Männer drängte auf die Tanzfläche. Die Klaviermusik verstummte. Es wurde still. Das Mädchen, das den Einlass gemacht hatte, stürzte mit dem Zylinder in der Hand herein und versuchte den Uniformierten zu erklären, dass sie sich verirrt hätten; es würde sich hier um eine rein private Geburtstagsfeier handeln. Aber es schien die Männer nicht zu interessieren. Beseelt stellten sie fest, dass es dieser Feier an einem grundsätzlich notwendigen Element fehlte: an handfesten Kerlen. Rotwangig und mit glasigen Augen nahmen sie ihre braunen Mützen von den Köpfen und begannen sich feixend im Lokal zu verteilen.

„Musik!“, rief ein drahtiger, noch nicht einmal ein Meter siebzig großer Mann in die Runde, aber niemand spielte. Auch auf Lotte und Else steuerten zwei Männer zu. „Weg hier. Mir wird eisig“, flüsterte Lieselotte. „Zu spät“, erwiderte Else tonlos. Die beiden Herren hatten sich zwei Stühle erobert und platzierten sich dreist an ihren Tisch.

„Augustin Löbler, mein Name!“, stellte sich der erste vor, indem er in Soldatenmanier die Hacken aneinanderschlug.

„Willi Gremmel“, brummte der andere, ohne zu salutieren, und schob seine Mütze auf den Tisch. Es war ungemein warm, der Schweiß stand ihm auf der Stirn und Lieselotte fragte sich, wie man im Sommer freiwillig so hochgeschlossene Jacken tragen konnte. Irgendwie erinnerte dieses Beharren auf korrekte Zugeknöpftheit sie an ihre Tante Almut. Allerdings vor Jahrzehnten.

„Bringt jemand aus dieser munteren Damenversammlung den beiden Hübschen hier mal gefälligst einen Cherry Cobbler!“, rief der Fülligere von beiden laut. Ohne seine Uniform, das sah Lieselotte sofort, hätte diese Qualle von Mann komplett an Kontur verloren. Der breite Gürtel unterhalb seines Oberkörpers schnürte den weichen Leib zusammen und ließ ihn abwärts des Gürtels in umso breiterer Pracht wieder hervorquellen. Eine Uniform ersetzt eben noch kein Korsett, dachte Lieselotte und erwiderte höflich: „Danke, meine Herren, aber wir sind gerade im Aufbruch.“

Damit erhob sie sich und nickte Else Marie zu, welche nicht widersprach, sondern rasch aufstand, sich bei ihr einhenkelte und den Männern den Rücken zuwandte. Überall im Saal waren Frauen aufgesprungen und diskutierten heftig. Die Empörung vibrierte. An den Tischen in der Nähe des Klaviers wurde es laut. Eine Welle des Aufruhrs schlug den Männern entgegen und begann sich auszubreiten. Flirrende Krawallstimmung brannte in der Luft. Ein Funke nur, und niemand hätte die Situation mehr im Griff gehabt. Wie festgewachsen standen Lotte und Else vor der Tür und beobachteten, wie einer der Braunen sich am Kleeblatt-Emblem von Tine zu schaffen machte. Er zerrte an ihrem Oberarm.

„Der sucht nur einen Grund, um sie anzupacken“, zischte Else ihr zu. „Solche Grobiane. Würde man denen allein ohne ihre Meute auf einem Schwof begegnen, sind sie verklemmt: Stundenlang würde sich so einer in den dunklen Ecken herumdrücken, bevor er sich traut, einen zum Tanz aufzufordern. Ekelhaft.“

„Ja“, erwiderte Lotte leise. „Die stürzen sie sich nur im Rudel auf alles, was blanke Beine und einen hübschen Mund hat.“

„Jetzt wird es doch noch politisch!“, flüsterte Else als Antwort.

„Niemals“, zischte Lieselotte. „Die sind nur auf Pöbeln und Frauenfang aus. Sie haben noch nicht begriffen, dass sie im falschen Gewässer fischen.“

„Dein Wort in Gottes Ohr!“

„Von welchem Gott sprichst du?“

Else Marie kam nicht mehr zu einer Erwiderung, denn die Gäste im Saal schienen sich auf den Pulk um das Klavier zu konzentrieren. Das Chaos wurde lauter. Jemand echote abfällig: „Damenclub!“

Die Pianistin schlug geräuschvoll den Deckel zu, was ihr eine Sekunde lang Gehör verschaffte, und ließ verlauten: „Richtig erkannt. Und nun Abmarsch, die Herren, Sie dürfen sich im Gleichschritt zurückziehen, da hinten ist die Tür!“

Die Männer lachten. Ein Vorwitziger torkelte in die Küche und rief: „Sind hier noch mehr von eurer Sorte?“

Dann kam er wieder heraus und stellte süffisant fest: „Ausgestorben!“

Ein anderer konterte: „Wer steht bei euch eigentlich am Herd, wenn ihr alle einen auf Mannsweib macht?“

„Verwildertes Nachtleben!“, grölte ein weiterer dazwischen. „Züchtigen müsste man euch.“ Die Stimmung glitt in etwas Gefährliches ab. Eine ältere Frau, die scheinbar eng mit dem Einlassmädchen verbunden war, erhob sich und drängte sich inmitten des uniformierten Pulkes. „Von euch dahergelaufenen Straßenkötern, die einer braunen Sekte und einem Haufen Scheiße huldigen, lassen wir uns nicht über den Mund fahren!“

Ihr feuriges Statement mischte die Trunkenbolde nur noch mehr auf. Mit besorgten Gesichtern versuchten die beiden Kellnerinnen ein paar der Anwesenden davon zu überzeugen, das Café schnellstens zu verlassen, denn die Männer formierten sich bereits, obwohl niemand Befehle erteilte.

Der Ein-Meter-siebzig-Kerl gebot mit hochrotem Kopf: „Ruhe!“, und die Kerntruppe verstummte. Dann zischte er der älteren Dame in drohendem Tonfall zu, dass sie sich nicht zu weit aus dem Fenster lehnen solle, es könne etwas herabfallen auf ihr hübsches, graues Lockenköpfchen – von ganz oben – denn, falls es ihr entgangen sein sollte: Der Reichstag hätte ziemlich bald nichts mehr zu sagen. Eine Wende stehe bevor.

Seine Worte gingen in einem aufbrausenden Protest unter. Von den Wänden schallte es mit aller Vehemenz zurück. Der Ein-Meter-siebzig-Mann verstummte inmitten des Tumultes ohne sichtbaren Grund und löste sich aus dem Schutz seiner Einheit.

Er hatte jemanden entdeckt und ging geradewegs auf eine Frau zu, die im Begriff war, das Café zu verlassen. Es war Irmas Freundin, diejenige, die Lotte und Else durch das bodenlange Kleid und die halbentblößte Schulter aufgefallen war. Ihr Blütenkranz war verrutscht. „Frau Dresen?“, rief er unsicher in ihre Richtung.

Die Dame wandte sich um. Auf einmal schien sie gar keine Furcht mehr zu haben, sondern trat dem Uniformierten entgegen und gebot ihm, Abstand zu halten. „Belästigen Sie mich nicht!“, sagte sie scharf.

Perplex hielt der Kleine inne und tat, wie ihm geheißen. Betreten blickten sie sich an. Im Saal war jedes noch so kleine Scharren zu hören. Auf dem Gesicht des Mannes war Irritation zu sehen. Auch Irma Dorn runzelte die Stirn. Ihre Freundin schaute sich ungehalten um. „Es gibt nichts zu sehen“, sagte sie bemüht locker an die Runde. In der Menge brach ein verwirrtes Tuscheln aus. Die Frau in lila beugte sich zu dem Mann hinab. Ihre Lippen bewegten sich lautlos, als sie ihm etwas ins Ohr raunte. Daraufhin fiel er in sich zusammen und sah auf einmal sehr nüchtern aus. Irma klappte vor Überraschung der Kiefer herunter. Haltung wahrend wandte sich der kleine Mann ab, trottete in Richtung seiner Truppe und zischte nun seinerseits dem Uniformierten Augustin Löbler etwas ins Ohr. Daraufhin holte der Dicke seine restliche Mannschaft mit bemüht lässigem Handwinken zusammen. Ein paar von ihnen brauchten Zeit zu begreifen, dass der schöne Tumult nun sein Ende gefunden hatte, und nach und nach setzte sich die Horde in Richtung Ausgang in Bewegung.

Als die Männer das Lokal verlassen hatten und die Frauen durch die Scheiben argwöhnten, ob auch wirklich alle verschwunden waren, kehrte langsam das flatterhafte Leben in den Saal zurück. Die Gäste entrüsteten sich, tuschelten und tauschten Eindrücke aus. Else Marie und Lieselotte sahen sich um.

„Wo ist eigentlich Irmas lila Freundin hin?“, fragte Lotte.

„Weg“, erwiderte Else schulterzuckend. Der Tisch, an dem sie eben noch saß, war leer und Irma und die zwei Frauen, mit denen sie Champagner getrunken hatte, standen mit entsetzten Mienen in der hintersten Ecke des Cafés. Eine von ihnen zuckte mit den Schultern und schüttelte den Kopf, die andere starrte verängstigt auf den Boden und Irma wiederholte, einer beschädigten Grammofonplatte gleich, den Satz: „Sophia? Niemals. Das glaub ich nicht.“

Neugierig drängte sich Else in Richtung der Kleingruppe. Nur oberflächlich hielt Lotte dagegen. „Sie ist keine von der Partei", hörten sie Irma sagen. „Das kann ich mir … das will ich mir nicht vorstellen!"

„Aber der Typ hat sie doch erkannt, oder?", vergewisserte sich die Zweite.

„Das glaube ich einfach nicht."

„Ich habe es doch gesehen, Irma. An seinem Blick. Und wie forsch sie auf ihn zugegangen ist."

„So ist sie halt." Irma wurde immer verzweifelter.

„Wir werden sie zur Rede stellen. Morgen."

„Meinst du, Sophia wird zum Treffen kommen, jetzt, wo sie so ohne ein Wort verschwunden ist?"

„Dann gehen wir eben bei ihr zu Hause vorbei. Ich will wissen, was Sache ist! Hast du gehört, wie er sie gerufen hat? Frau Drewen!"

„Dresen! Er hat Dresen gesagt. Sophia heißt aber Schultze."

„Wo wohnt sie denn? Lasst uns morgen gleich dort treffen."

Überraschenderweise stellten die drei Frauen fest, dass keine von ihnen wusste, wo diese Sophia Schultze oder Dresen eigentlich wohnte. Sie hatten sich bislang immer nur außer Haus getroffen. Selbst wenn Irma sie empfangen hatte, dann hatte das Stelldichein bei ihr stattgefunden. Betreten stand sie da, bis ins Mark erschüttert, und schüttelte den Kopf. Die beiden anderen klopften ihr tröstend auf die Schulter, bevor sie das Lokal verließen.

„Was war das denn für eine wilde Geschichte?", ließ Else sich vernehmen. Lotte wandte sich ab, um ihre Sachen einzusammeln.

„Ich glaube, da hat jemand gespitzelt. Arme Irma."

Else nickte. „Unsere Pianistin scheint einen schlechten Griff bei Frauen zu haben. Entweder wird sie beklaut oder bespitzelt."

„Lass uns verschwinden, bevor die Damen noch auf die Idee kommen, uns ins Visier nehmen."

„Wie kommst du denn darauf?"

„Wir sind keine von denen, Else. Das merken die viel schneller, als du denkst."

„Na und, das heißt doch noch lange nicht, dass ich jemanden verpfeife!"

„Dein Anstand in allen Ehren, aber das wissen *die* doch nicht."

„Lotte", sagte Else mit entschiedenem Ton. „Ich finde es wirklich merkwürdig, dass du immer so eine erbitterte Grenze zwischen denen und dir ziehst."

„Du etwa nicht?"

„Es ist mir egal, Lotte, verstehst du? Egal. Ich finde es nicht schlimm. Ich finde es eigentlich überhaupt nicht der Rede wert.“

„So so.“

„Jeder soll glauben und küssen, wen oder was er will. Aber das habe ich ja bereits gesagt.“

„Hast du. Habe ich auch nicht vergessen.“

„Lass uns gehen, der Abend ist dahin.“

„Allerdings.“

Sie verließen das Lokal, traten auf die Gretchenstraße hinaus und knöpften sich die Sommermäntel zu.

„Das Irmchen durch den Dornwald ging …“, sang Else leise vor sich hin.

„Hör auf, dich lustig zu machen“, wies Lotte sie zurecht. Sogleich verstummte Else, aber nicht für lange. Lotte seufzte und gab schließlich auf, als Else „Ach, du lieber Augustin, Augustin, Augustin“ anstimmte und sie in der lauen Sommernacht nach Hause gingen.

34

Es war Herbst geworden. Lotte mochte das Changieren der Farben in den Bäumen, das mit einem satten Grün begann, bald darauf die Spitzen erreichte, heller und heller wurde und sein Farbenspiel über lichtes Gelb bis zum flammenden Orange versprengte. Sie stellte sich dann immer vor, dass die Natur die kühle Nässe mit feurigen Farben auszugleichen versuchte. Wenn sie so in Gedanken versunken den orangefarbenen, blätterbedeckten Weg der Eilenriede in Richtung Oststadt entlanglief, raschelte es unter ihren Schritten. In der Mittagspause erlaubte sie sich oft einen kleinen Freigang und freute sich jetzt schon auf die Kartoffelsuppe, die Else in der Zwischenzeit zubereitete. Ihre Freundin half ihr jetzt öfter in der Schule aus. Vor einigen Wochen hatte sie ihre Anstellung verloren wie fast jeder dritte in Hannover, aber Lieselotte war sich ziemlich sicher, dass Else bald wieder etwas finden würde, und so lange konnten sie und Erwin ein wenig Unterstützung gebrauchen, denn die kleine Käthe war wegen Krankheit länger ausgefallen.

In der Tat hatte sich Else noch immer keinen Verehrer angeschafft. Ganz geheuer war Lieselotte diese neue Laune nicht, aber ihr sollte es nur recht sein, so konnte sie sich auf Else verlassen.

Gespart wurde gerade an allen Ecken und Enden. An ihrer Schule jedoch waren sie erfinderisch. Wenn es ihnen aufgrund des neuen Zulaufes an Medizinbällen oder Hanteln mangelte, taten es bei ihnen auch mit Sand gefüllte Säcke in allen möglichen Größen. Erwin war einem regelrechten Säckewahn verfallen. Er schaufelte, wog und füllte, und sie nähte. Im Grunde eine praktische Angelegenheit, vor allem hatten die Beutel den Vorteil, dass man das Gewicht selbst bestimmen konnten. Außerdem zerstörten sie beim Herunterfallen nicht das Parkett wie die Eisengewichte, und solange das schöne Fischgrätenmuster noch in Ordnung war, brauchten Erwin und Lotte nicht an Linoleum zu denken.

Erwins Kurse liefen inzwischen richtig gut. In seinen Gruppen tummelte sich einiges quer durch alle sozialen Stellungen. Ganz selten waren mal Berufskünstler mit von der Partie, so wie Artjom. Da kamen sogar Laboranten, Beamte, Handwerker, Tippfräuleins, Wäscherinnen und Lehrlinge zu ihm. Erwin war stolz darauf und konnte gar nicht oft genug betonen, wie wichtig es wäre, dass diese Menschen nur um der Sache willen ihrer künstlerischen Nebenbeschäftigung dienten. Gerne prahlte er damit, dass keiner von seinen Schülern auf die Idee kommen würde, das Tanzen zu einem Brotberuf zu machen. Es gehe ihnen nicht ums Geld. Deshalb könne man seine Laienkurse gar nicht hoch genug bewerten. Sie seien der Fingerzeig in eine neue Gesellschaft. Lotte schmunzelte nur darüber, aber es lief wirklich gut.

Sie beschleunigte ihren Schritt in Richtung Schule in der Lange Laube, denn ein unangenehmer Nieselregen setzte ihr zu. Von allen Seiten trieb er ihr die Nässe in den Überzieher.

„Es ist draußen so widerlich!“, rief sie laut in Richtung der kleinen Küchenzeile, als sie ihren Mantel ablegte und die Tür verschloss, deren Scharniere schon seit Längerem lose waren. „Man könnte meinen, es regnet von unten! Hallo?“ Rasch zog sie die Schuhe aus und wischte sich mit dem Schal das Gesicht trocken. Sie wunderte sich, dass ihr niemand antwortete.

„Else?“, rief sie in Richtung Küche, aus der ein würziger Suppenduft strömte. Sie lauschte, aber niemand antwortete ihr. Besorgt eilte sie zum Herd und erschrak. Dort stand der Topf auf dem Feuer. Sie bückte sich, öffnete die Ofenklappe und stellte mit Erleichterung fest, dass das Feuer bereits erloschen war. Keine Else weit und breit! Die Suppe war heiß, eigentlich genau richtig. Wo blieb Erwin? Normalerweise wäre er längst in der Küche gewesen, zusammen mit Artjom, der inzwischen aus der Schülerriege in die künstlerische Leitung aufgestiegen war.

Lieselotte zog sich die Gymnastikschuhe über, stellte vier Teller zum Anwärmen auf die heiße Ofenplatte und lief die Treppe hinauf zu den Übungsräumen. Laut und deutlich hörte sie Erwins Stimme hinter der Tür zum Tanzraum streiten. Sie diskutierten gerade die neueste Studie. Manchmal konnte Lotte kaum noch unterscheiden, ob sich Erwin in einer KPD-Versammlung oder einem Probegespräch befand. Er war viel aggressiver geworden und verlor sich oft in einem Tunnelblick. Abgekämpft und angespannt kam er dann abends nach Hause und teilte Menschen nur noch ein in die, die sich „der Sache“ verschrieben hatten, und die, die kein Hirn im Kopf, dafür aber schöne schwarze Stiefel besaßen; unerbittlich zog ihr Mann eine harte Trennlinie zwischen denen, die noch tanzen durften, und denen, die schon marschierten. Manchmal jagten ihr seine fiebrige Augen Furcht ein, besonders, wenn er vom Sturz des Kapitalismus sprach, nötigenfalls auch mit Gewehr und Handgranaten. Das klang nach Krieg. Davon wollte sie nichts hören. Was hatte ihr Tanzen mit dem Ränkespiel machtbesessener Meuten zu tun? Nichts. Zersetzendes Parteigeklüngel gehörte nicht auf die Bühne ihrer Schule, denn es verschmutzte die Reinheit der Kunst. Man machte sich dadurch nur zur Dienerin irgendwelcher Ansichten. Es reichte schon, dass Berta sich in irgend so einem linken Kunstverbund engagierte und sogar bei *Linksran!* mitmischte. Erwin übertrieb es mit seinem Eifer, die Welt gut zu machen.

In Berlin, so hatte er letztens berichtet, seien allein Tausende Tänzer und Sänger bei einer KPD-Veranstaltung aufgetreten. Und seit Kurzem hatte er sich auf einen Mann eingeschossen, der Harald Kreutzberg hieß und bei der Wigman gelernt hatte. Sein neues Idol war ihm unglaublich wichtig, weil er mit Arbeiterchören arbeitete. Harald hier und Harald da, dachte sie, als sie ihn drinnen über „die Festidee im täglichen Leben“ debattieren hörte. Die Suppe wird gerade kalt, und ich habe gleich noch drei Gruppen. Beherzt stieß sie die Tür auf und rief ihrem Mann zu: „Ich werde jetzt essen.“

Erwin, der inmitten seiner Laientänzer auf dem Boden hockte, sah nur kurz auf, nickte, nahm aber keine weitere Notiz von ihr. Zu tief war er mit seinen Gedanken in die Debatte verstrickt. Jetzt ärgerte sie sich doch. „Hast du Else Marie gesehen?“, fuhr sie ohne Rücksicht in das Probengespräch.

„Nein“, erwiderte er ungehalten. Dennoch, bei Nennung des Namens ihrer Freundin schaute er sie endlich an. Merkwürdig. „Warum?“, hakte er nach. Elses Verbleib scheint ihn einen winzigen Bruchteil mehr zu interessieren als unser gemeinsames Mittagessen, dachte sie plötzlich.

„Sie ist nicht da. Du bist nicht da. Aber die Suppe steht auf dem Ofen", sagte sie unmissverständlich.

„Nimm sie doch runter. Ich bin gleich bei euch." Damit wandte er sich wieder seinen Leuten zu und fuhr mit der Ansprache fort. Sie mochte sein Gerede nicht mehr hören, sie fand es geradezu lächerlich, wie sie an seinen Lippen hingen, wenn er wieder einmal eine seiner Visionen entwarf, die er Tanzkrieg nannte.

„Die Russen und die Bayern machen das ja in ihren Volkstänzen schon, nur viel rudimentärer, aber ich denke da an eine neue Art …"

Zornig knallte Lotte die Tür ins Schloss, stiefelte nach unten, setzte sich an den wackligen Tisch und aß ihren Teller leer. Dann begab sie sich in die Umkleideräume und versuchte ihre Verstimmung über Erwin und Else wegzudrängen. Rasch zog sie sich um und begab sich in den kleinen Gymnastiksaal. Nur wenige Minuten später trafen ihre Schüler und Schülerinnen ein. Das muntere Geplapper der Kinder verstummte, als sie zur Handtrommel griff. Einige verzogen schon die Gesichter, bevor sie sich bückten. Das Klappsche Kriechen war nicht sonderlich beliebt, aber für Rückenschwächlinge unabdingbar, wollten sie später nicht einen hässlichen Buckel bekommen.

Im Nu war die Stunde verflogen. Sie schickte die Kinder hinaus und öffnete die Läden. Auf dem Parkett hatten sich kleine Pfützen gebildet. Das Holz war undicht und die Fenster schlossen nicht mehr. Irgendwann müsste sie sich auch darum kümmern. Seit einem Jahr hieß es mal wieder, das Geld zusammenzuhalten, der schwarze Freitag hatte eine neue Zeit eingeläutet, die Lotte nur allzu bekannt vorkam. Hoffentlich nicht wieder dieser schreckliche Preisverfall, dachte sie, während sie die Treppe hinunterstieg. Als sie die Küche betrat, erschrak sie. Da stand Erwin in enger Umarmung mit Else Marie. Ihre Freundin atmete heftig und klammerte sich an ihn, während Erwin versuchte, sie ruhig zu halten. Als er Lotte in der Tür stehen sah, wich er von Else zurück, die ein jämmerliches Bild bot.

„Was ist los?", fragte Lotte kühl.

„Bei uns zu Hause wurde eingebrochen!", schluchzte Else.

„Eingebrochen?", höhnte Erwin. „Warum lügst du?"

Lotte war verwirrt. Diebe bei Else? War sie deshalb so plötzlich verschwunden? War die Polizei hier gewesen und hatte Else von einem Einbruch benachrichtigt? Weshalb hatte dann niemand die Schupo vor ihren Fenstern bemerkt?

„Kannst du mir bitte sagen, was genau passiert ist?“, forderte sie, ohne Erwin eines Blickes zu würdigen. Aber ihre Freundin war außerstande, einen klaren Satz herauszubringen. „Meine Mutter hatte angerufen …“ Mehrfach setzte sie zum Sprechen an, kam aber nicht zu Wort, weil ein erneuter Weinkrampf sie schüttelte. Erwin wagte es nicht mehr, sie anzurühren, und auch Lotte hielt sich zurück, sie in den Arm zu nehmen, jedenfalls so lange, bis sie nicht genau erfahren hatte, was los war.

„Im Geschäft ihres Vaters sind die Scheiben eingeschlagen worden. Kein Einbruch, das war Terror“, sagte Erwin.

„Haben sie etwas gestohlen?“

Else vergrub nur ihr Gesicht in den Händen. Langsam wurde Lotte mulmig. Seit Jahrzehnten führte ihr Vater sein gutgehendes Uhrengeschäft. Früher, in der Schulzeit, hatte Else Lieselotte oft mitgenommen. Die vielen goldenen und silbernen Schmuckstücke! An Elses Arm fühlte sie sich wie die gehobene Gesellschaft höchstpersönlich. Der Uhrmacher hatte ihre Hand ergriffen und sie galant begrüßt. In seinen Augen war immer ein Funkeln. Er vergoldet die Zeit, dachte sie damals. Und jetzt?

„Nichts gestohlen. Nur kaputtgemacht. Weiß beschmiert. Und alles ist voller Glas“, brachte Else hervor.

„Terror“, wiederholte Erwin vor Wut. „Brauner Terror.“

„Aber wieso?“, fragte Lotte. Else schüttelte den Kopf und brachte kein Wort mehr heraus. Es dauerte, bis Lotte endlich begriff. Dann ging sie auf Else zu und nahm sie in den Arm.

„Wir brauchen Hilfe beim Aufräumen, meine Mutter ist nicht in der Lage…“, weinte Else.

„Ist ja gut“, flüsterte Lotte und wiegte sie sanft hin und her. Lieselotte wollte nicht glauben, dass ausgerechnet Else, dem immer fröhlichen Schmetterling, etwas Böses zugestoßen war. Dass der Uhrmacher ganz ohne Grund überfallen wurde, erschütterte sie in ihrem Glauben an das Überleben der Tüchtigen. Die Welt zerbröckelte, und je länger sie lebte, umso grauenhafter gebärdete sich die Wirklichkeit. Dabei war sie noch nicht einmal siebenundzwanzig.

35

Das Wort „Jude“ brachte sie völlig durcheinander. Es machte etwas aus der Familie ihrer Freundin Else, was sie gar nicht war. Oder etwas, das sie irgendwann einmal gewesen war und jetzt nicht mehr. Es verwirrte Lotte nur, je länger sie darüber nachdachte. Wer hatte denn das Wort nur so verdreht, umgestülpt wie einen Sack, seinen Inhalt entleert und einen neuen hineingeschüttet?

Zwischen ihr, Else und Erwin war seit dem Überfall eine neue Vertrautheit entstanden. Else hatte seit Tagen alle Hände voll zu tun, und Lotte half aus beim Säubern und Verglasen. Das Eis zwischen Else und ihrem Vater war in der Hitze der Verzweiflung geschmolzen. Jetzt galt es in der Familie zusammenzuhalten. Auch Erwin kam, wann immer er gebraucht wurde. Der Anschlag auf das Uhrengeschäft der Försters befeuerte seinen Zorn gegen das System umso mehr.

„Du musst wieder auf die Beine kommen, Else“, insistierte Lotte, als sie fürchtete, Else würde vom Kummer ihrer Familie verschluckt werden. „Ich weiß da was für dich! Vertrau mir“, versprach sie ihr.

An der Volkshochschule, an der Lieselotte noch immer an zwei Abenden Frauenkurse gab, wurden demnächst Unterrichtsstunden frei. Ein paar Lehrkräfte hatten Hannover überstürzt verlassen und eine andere Frau erwartete ein Kind. Die Stunden waren noch nicht ausgeschrieben worden, weshalb Lotte noch am selben Tag bei Ada Lessing vorsprechen und ihr Else Marie anempfehlen wollte. Sie hatte sich bereits alle Worte zurechtgelegt und würde andere sorgfältig verschweigen, Worte, die verraten könnten, wie lange ihre Freundin schon nicht mehr im Metier war. Worte, die geschickt ihre Bühnenerfahrung umschrieben, ohne zu erwähnen, wo genau sie diese gesammelt hatte. Mit Worten konnte Lotte schon immer raffiniert umgehen, das hatte ihr einstmals sogar eine Berta Habenicht attestiert.

Eilig stiefelte sie die Treppen der Volkshochschule hinauf. Ihr Kurs begann in einer halben Stunde und in der dritten Etage lag das Büro von Ada Lessing. Vielleicht bekam sie für Else einen Fuß in die Tür. Als sie den letzten Absatz erreichte, hielt sie inne. Zwei Frauenstimmen. Jemand redete dort eindringlich auf jemand anderen ein. War das Bertas Stimme? Im Moment herrschte zwischen Berta und ihr Waffenstillstand. Dieser Friede war jedoch genauso fragil wie vertrocknetes Reisig. Nur ein Funke, und alles würde sich erneut entzünden. Und Else hätte das Zeug zu einem Funkenmariechen.

Alarmiert trat sie zwei Stufen zurück. Das würde nicht gut für ihre Freundin ausgehen. Nicht auszudenken, was Berta alles über Else zu sagen wusste. Sie musste umkehren, aber etwas hielt sie zurück. Berta sprach noch immer, und ihr Tonfall ließ Lotte aufhorchen. Er war sanft und warm, fast schmeichelnd. Die andere Stimme antwortete. Leise. Der Treppenaufgang wurde durch einen Vorsprung verdeckt, also wagte sich Lieselotte ein Stück vor. Sie konnte ungesehen nach links ausweichen, den Gang hinunterlaufen zum anderen Trakt, direkt gegenüber. Dort gab es drei schmale Fenster, die einen Einblick auf den Flur vor dem Büro von Ada Lessing boten. Was trieb Berta vor deren Büro? Lief da etwas zwischen den beiden?

Ada Lessing war zwar verheiratet mit dem Herrn Professor, aber hatte ihr Aenne nicht neulich gesteckt, dass Dorothea ebenfalls in eine Affäre mit einer verheirateten Frau verwickelt war? Wieso nicht auch Berta? Vielleicht war das bei den „Freundinnen" sogar üblich, wenn nicht gar legitim?

Geschwind eilte Lotte zu den Fenstern. Der abgetretene Teppich schluckte ihre hastigen Schritte. Der gegenüberliegende Flur war menschenleer. Das Licht fiel günstig, so dass sie die beiden Frauen gut beobachten und selbst im Verborgenen bleiben konnte. Was sie bereits vermutete, fand sie bestätigt: Berta in inniger Umarmung mit Ada. In sich versunken standen die beiden Frauen, einer verschmolzenen Statue gleich, eng beieinander. Die Volkshochschule war ein öffentlicher Raum. Wie konnten sich zwei Frauen von Rang und Namen so unverfroren mitten auf dem Gang vor den Büroräumen intimen Handlungen hingeben? Lotte traute ihren Augen nicht.

Sanft löste sich Bertas Silhouette aus der Umarmung, ihre Hände streiften Adas dunkles Haar, strichen ihr über den Hinterkopf und nahmen ihr Gesicht. Demütig neigte Ada den Kopf. Küsste sie Bertas Handinnenflächen? Bertas Hände öffneten sich, berührten zärtlich Adas Kinn, hoben es an und fuhren ihren Nacken hinab. Offenbar war Ada kurz davor, die Fassung zu verlieren. Berta presste sie fest an sich und näherte sich ihrem Ohr. Flüsterte sie? Ada hob den Kopf, und kurz bevor sich ihre Lippen zu einem Kuss vereinten, öffnete sich die Tür hinter Lotte.

Ein Tippfräulein! Mit einem Arm voller Hefter und pfundweise Papier in den Händen betrat es den Flur. Erschreckt wandte sich

Lotte um. Aber noch bevor das Fräulein Lieselotte bemerken konnte, rutschten dem Mädchen die Ordner schon aus den Händen, und sämtliches Papier flatterte auf den Boden. Lotte stürzte herbei und half dem Mädchen beim Einsammeln.

„Ich war so dumm, alles auf einmal bringen zu wollen!", jammerte das Mädchen. „… die Tür zu schließen, ohne die Hefter aus der Hand zu legen – einfach zu dämlich!"

Bereitwillig bot Lotte ihr, beim Tragen zu helfen. Das Schicksal hatte ihr einen Grund geschenkt, unbehelligt zu ihren Kursräumen zu gelangen, falls Ada und Berta sie doch noch bemerken sollten. Die Fürbitte für Else konnte sie später halten, wenn Berta fort war.

36

„Sie schwächelt ziemlich", hörte Dorothea Berta seufzen, aber es interessierte sie im Moment nicht wirklich, was ihre Gefährtin über Ada erzählte. Besorgt betrachtete sie Baldur, der noch nicht einmal mehr zu einem Schwanzwedeln aufgelegt war.

„Die Stimmung momentan ist auch nicht leicht zu ertragen, nicht wahr, mein Liebling?", säuselte Dorothea und kraulte dem Pudel den Nacken. Mit erschöpftem Blick schaute Baldur aus trockenen Augen zu ihr auf und schnaufte matt.

„Es geht ja schon seit Jahren so, dass die Deutschnationalen gegen Adas Mann Stimmung machen", fuhr Berta fort. „Bislang hat er es immer recht tapfer weggesteckt."

„Ein starker Mann ist eben widerstandsfähiger mit einer starken Frau an seiner Seite. Aber manchmal reicht ein Windhauch und dann klappt man zusammen", konstatierte Dorothea. „Hast du sie denn etwas aufrichten können?"

„Ada kommt schon wieder auf die Beine. Es war nur ein Moment der Schwäche – hoffe ich zumindest." Ganz sicher war sich Berta aber nicht, so entkräftet wie gestern Nachmittag hatte sie Ada noch nie erlebt.

„Und du, Baldur?" Dorothea wandte sich besorgt ihrem Hund zu. „Wann kommst du wieder auf die Füße?"

„Warst du schon beim Doktor mit ihm?", fragte Berta. Seit einiger Zeit schien die Lebenskraft aus dem Tier zu entweichen, wie Luft aus einem Ballon. Mitunter mussten sie Baldur wie einen Holzhund hinter sich herziehen.

„Ja."

Dorotheas Einsilbigkeit ließ auf Unangenehmes schließen.

„Und?"

„Er meinte, das wäre eine normale, natürlich bedingte Schwäche."

„Geht's etwas expliziter?"

„Er hat mich nach Baldurs Alter gefragt."

„Und?"

„Ich hab geschummelt."

„Warum das denn?"

„Ich wollte nicht, dass er vom Alter des Hundes auf meines schließt."

„Liebes, das ist doch nicht dein Ernst!" Berta prustete los. Doros Eitelkeit trieb hin und wieder die seltsamsten Blüten. Brüsk wandte sich ihre Gefährtin ab, und Berta merkte sofort, dass sie es zu weit getrieben hatte. Umgehend kehrte sie zum Thema Theodor Lessing zurück.

„Weißt du noch, als sie Theodor die Lehrerlaubnis entziehen wollten wegen des Artikels über Hindenburg? Seine Ansichten über ‚Den neuen alten Mann in Deutschland'?"

Gedankenverloren nickte Dorothea.

„Und wie sie sein Buch über Haarmann verrissen, weil er die Unfähigkeit unserer Kriminalbehörde ans Licht gebracht hat? Verwilderte Zeiten!"

„Der Staat lässt sich nicht ans Bein pinkeln, nicht wahr, Baldur?", seufzte Dorothea leise und streichelte ihm das Fell. Sie trauert jetzt schon um ihn, dachte Berta. Ihre Freundin konnte den Gedanken an Vergänglichkeit nur schwer ertragen, besonders wenn er so offensichtlich im Raum lag wie Baldur.

„Theodor ist freiwillig ausgeschieden", murmelte Berta. „Ich weiß nicht, ob ich das gekonnt hätte. Einfach so meine Schule aufgeben."

„Es war ja nicht *seine* Universität", erwiderte Dorothea. „Außerdem bekam er immer noch Bezüge."

„Na ja!" Höhnisch lachte Berta auf. „Schweigegeld wohl eher."

„Sagt Ada das?"

Berta nickte. „Aber Theo wird nicht schweigen. Du kennst ihn ja. Und Ada hat Angst. Immer mehr."

„Sicher nicht unbegründet", sagte Dorothea.

„Der kleine Wichtigtuer mit Schwarzbart droht ja schon seit einiger Zeit damit, die Demokratie mittels Demokratie abzuschaffen."

„*Similia similibus solvuntur*", seufzte Dorothea.

„Was so viel heißt, wie?"

„Ähnliches wird von Ähnlichem gelöst. In der Chemie zumindest."

„Die ganze Politik *ist* Chemie. Einfach nur ätzend."

Es klingelte. Dorothea zuckte zusammen. Baldur ließ sich zu einem müden Rutenwackeln hinreißen, und Berta sprang auf und eilte zur Tür. Dorothea fühlte sich erschöpft. Ein Nachmittagsschläfchen würde ihr guttun. Wo war bloß die Kinnbinde? Auf dem Tischchen lag nur das Bändchen für die Stirn. Sie musste wohl auf den Teppich gefallen sein.

„Wo bist du, Liebes?", wunderte sich Berta, als sie mit einem schweren Paket und zwei Briefen zurückkehrte.

„Meine Kinnbinde ist weg!", tönte es unter dem Schlafsofa. Dieses dumme Relikt aus der Jahrtausendwende, dachte Berta kopfschüttelnd, aber Dorothea schwor darauf.

„Die neuen Exemplare der dritten Auflage meiner Kleinkindgymnastik sind da!", verkündete Berta laut, ließ das Paket behutsam auf den Schreibtisch gleiten und studierte die Absender der beiden Briefe. „Hier, einer ist für dich", flötete sie und hörte im selben Moment etwas gegen das Tischchen stoßen, das mit einem spitzen Schmerzensschrei endete. Ungehalten tauchte Dorotheas Kopf zwischen den Möbeln auf. Wenigstens hatte sie ihre lächerliche Kinnbinde gefunden. Berta reichte ihr den schmalen Umschlag. „Vielleicht hebt er deine Laune ein wenig."

Überrascht hob Dorothea die Augenbrauen, als sie den Umschlag erkannte, und zuckte gleich darauf zusammen, als sie die Absenderin las. Vera Grünbaum. Die heimliche Verehrerin. Sollte Bertas betont heitere Bemerkung darauf anspielen? Ahnte sie etwas? Wie viele Briefe dieser verhängnisvollen Person hatte ihre Gefährtin schon aus dem Postkasten gefischt? Verstohlen rieb Dorothea sich den Hinterkopf und äugte zu Berta, die emsig damit beschäftigt war, ihre Büchersendung aufzuschnüren. Die Luft schien rein. Sie war nur auf ihre Bücher konzentriert und fluchte, weil ihr die dünne Paketschnur in den Finger schnitt.

Vorsichtig stand Dorothea auf und schob den Brief zwischen die Seiten ihres schwarzen Notizbuches. Noch immer nahm Berta keine Notiz davon. Erschöpft ließ sie sich auf das Sofa sinken und begann sich sorgfältig Stirn- und Kinnbinde anzulegen. Nur keine Sorgenfalten. Man konnte gar nicht vorsichtig genug sein. In allen Dingen. Berta kannte Vera. Diese quirlige, rothaarige, belesene Person, die trotz ihrer vielen Kinder immer noch Zeit für Lektüre fand. Dass Vera ihr Post bescherte, bedeutete an sich noch gar nichts. Sie war eine entfernte Nichte von Bernhard Kahlbutz und interessierte sich seit Längerem für Dorotheas Gedichte. Aber vor allem für ein bestimmtes Gedichtbändchen, das vor zwei Jahren unter dem Titel *Uferlos* erschienen war.

Dorothea und Vera hatten sich bei einem Nachmittagstee der GEDOK kennengelernt, bei dem auch Handarbeiten und Kunstgewerbe ausgestellt wurden, und seitdem trafen sie sich hin und wieder zu lyrischen Nachmittagen. Beim letzten Treffen brachte Dorothea ihr Versbuch mit und schenkte es Vera. Eine reine Freundschaftsgeste. Drei Tage später erhielt sie bereits den ersten Brief. Vera schrieb, wie sehr sie sich gesehen fühle, und dass sie Dorothea danken würde für die Verse, die sie ihr, also Vera selbst, gewidmet hätte. Nun war Dorothea ihrerseits verwirrt. Niemals hatte sie eine Vera Grünbaum beim Dichten vor Augen gehabt. Umgehend schrieb sie ihr zurück, dass Vera sich irre, keines dieser Gedichte wäre explizit für sie gewesen. Es dauerte drei Tage, schon trudelte der zweite Brief ein. *Ich verstehe, dass du dich nicht offenbaren darfst, aber dennoch durchschaue ich die Botschaft zwischen den Zeilen sehr gut.*

Das Desaster erahnend, las Dorothea weiter: *Ich begreife natürlich, dass unsere Liebe in diesen Zeiten keinen Raum hat, so wie andere, schlichtere Lieben, aber wir beide teilen doch so vieles. Ebenso wie ich bist du gebunden. Dennoch kann ich die neu erweckte, zarte Regung zu dir nicht unterdrücken. Wenigstens auf dem Papier …*

Seit diesem Tag hatte Dorothea keine Chance mehr, der Flut der Briefe etwas entgegenzusetzen. Alle Taktiken erwiesen sich als wirkungslos. Gegenbriefe bewirkten neuere Beteuerungen ebenso wie ihr hartnäckiges Schweigen. Schließlich versuchte Dorothea Vera nur noch aus dem Weg zu gehen, was lediglich Anklagen aufwarf – in Form von Briefen. Sie redete mit Vera, hart und brüsk, was Tränen verursachte und einige Tage später neue Zeilen produzierte. Sie wusste einfach nicht mehr ein noch aus.

„Willst du ihn denn gar nicht lesen?“, hörte sie Berta hinter dem Schreibtisch.

„Bin müde. Nicht nötig. Ich weiß ja, was drin steht“, erwiderte Dorothea in gelangweiltem Ton. Im Prinzip log sie ja noch nicht einmal. Im Prinzip könnte sie Berta auch einfach alles erzählen. „Im Prinzip, im Prinzip …“, murmelte sie ärgerlich vor sich hin.

„Was brummst du denn da?“, ließ sich Berta vernehmen.

Dorothea hatte noch immer die Augen geschlossen, ihre Binden strafften bereits angenehm die Haut an den Schläfen und ihre rechte Hand verfing sich in den Locken von Baldur.

„Prinz, mein kleiner Prinz …“

Sollte sie es Berta sagen? Vielleicht. Aber würde sie das nicht noch mehr verunsichern? Seit der pikanten Begebenheit auf der Insel, als Roger und Bernhard sie überraschten, war Berta durchsichtiger und angreifbarer geworden. Sie mistraute Menschen, an denen sie bislang nie gezweifelt hatte oder die ihr egal gewesen waren. Ihr Argwohn war nicht explizit und offensichtlich, aber Dorothea bemerkte ihn dennoch. Eine neue Habachtstellung.

Sie machte sich daran fest, dass Berta wortkarger war, dass sie auf Festen außerhalb der GEDOK ihre scherzhaften oder zweideutigen Kommentare unterließ und des Öfteren so tat, als wäre sie Schmeicheleien der Herrenwelt nicht ganz abgeneigt. Alles im Rahmen, für andere nicht ersichtlich, aber Dorothea spürte es wie eine minimale Temperaturveränderung, die den Wandel einer Jahreszeit ankündigte.

„Willst du es mir nicht verraten?“, bohrte Berta weiter und schielte hinter ihrem Bücherstapel hervor.

„Ach, nichts von Belang! Eine Einladung von Vera und ihrem Onkel. Bernhard wird doch am Samstag fünfundfünfzig.“ Hoffentlich gab Berta jetzt Ruhe.

„Und du schlägst diese Einladung konsequent aus?“

„Wieso? Nur, weil ich sie nicht sofort öffne?“, murmelte Dorothea.

„Nein, weil sie dich offensichtlich immer wieder einlädt. Genaugenommen dreimal die Woche.“

Also doch, dachte Dorothea, sie weiß es. Betont kühl gab sie zur Antwort: „Wir überlegen uns eine Rede in Versform. Vera richtet Bernhard das Fest aus und schickt mir immer mal wieder Neuigkeiten aus seiner Biografie, die sie ihm Stück für Stück aus der Nase zieht. Du kennst ihn ja. Er lässt sich nicht gern ausfragen. Ich verdichte sie nur. Nichts weiter.“

„Für so was Profanes lässt du dich vor den Karren spannen? Ich erkenne dich ja kaum wieder!“

„Notgedrungen“, erwiderte Dorothea gequält und hoffte, dass Berta nun aufhören würde.

„Du scheinst sie ja sehr zu mögen“, stellte Berta fest.

„Nicht sie. Ihn. Ich mache es für ihn“, erwiderte Dorothea und ergänzte: „Im Prinzip für uns, meine Liebe. Ich will, dass er diskret bleibt, was mich und dich betrifft.“

„Ich weiß dieses Opfer sehr zu schätzen“, tönte Berta frohgemut hinter ihrem Stapel, „Nur schade, dass ich am Wochenende nicht in Hannover bin, um dieser exklusiven Laudatio aus deiner Feder zu lauschen.“

„Und ich bin heilfroh, dass ich mir nach dem Fest keine Bemerkungen von dir anzuhören muss, was für eine Vers-Hure ich sei, die ihr Talent für banale Geburtstagslyrik missbraucht." Ergeben schloss sie die Augen und legte sich zurück. „Würdest du jetzt bitte aufhören, mit mir zu sprechen, Berta? Die Binden lösen sich."

Berta schmunzelte. Der Anblick Dorotheas amüsierte sie immer wieder aufs Neue. Wie ein verletzter, kopfverbundener Vogel in einem fliederfarbenen Gewand lag sie da, in der irrsinnigen Hoffnung, Stirnfalten und Doppelkinn wegbinden zu können. In manchen Dingen war ihre Gefährtin einfach noch im Jahre 1910 hängengeblieben.

37

Dorothea fürchtete sich vor Bertas Rückkehr. Ihr graute vor bohrenden Fragen, neugierigen Anspielungen und scherzhaften Blicken bezüglich einer Geburtstagsfeier, die niemals stattgefunden hatte. Insgeheim bereitete sie sich darauf vor, die Karten bezüglich Veras Briefen offen auf den Tisch zu legen und ihrer Gefährtin endlich einzugestehen, dass sie von einer liebestollen Jüdin verfolgt wurde, auch auf die Gefahr hin, dass Berta ihr vermutlich niemals glaubte, dass dies ohne jeglichen Anlass geschah.

Seit Bertas Abreise waren weitere Briefe eingetroffen. Dorothea machte sich noch nicht einmal die Mühe, sie zu öffnen, sondern warf sie sofort in den Ofen. Beinahe hätte ein falscher Brief das gleiche Schicksal ereilt, wenn Dorothea nicht rechtzeitig festgestellt hätte, dass nicht alle Schreiben von ihrer Verehrerin stammten. Veras Briefe waren mit fliederfarbigen Umschlägen versehen. Dieser fremde auch. Nur war er ein wenig größer und etwas länglicher. Beim längeren Hinsehen erinnerte sich Dorothea auch an die Schrift. Der Brief war an Berta adressiert. Von Roger. Die bittere Erinnerung ihres schönen Abends an Spiekeroog drängte sich wieder auf. Rogers betrunkene Miene. Sein offener Mund, und wie er sich zu Berta ans Bett gesetzt und sie, Dorothea, einfach ignoriert hatte. Bertas Versicherungen, dass ihnen nichts geschehen könne … Wenn sie an Roger dachte, fühlte Dorothea sich tatsächlich sicher, aber die Erinnerung an ihn zog gleichermaßen auch die an Bernhard hervor.

Unwillig schob sie die Gedanken fort und betrachtete die kantige Schrift. Roger schrieb selten. Schließlich war Malen sein Metier. Vermutlich handelte es sich hier um eine besondere Botschaft, also legte Dorothea den Brief behutsam auf Bertas Kopfkissen. Um die Innigkeit der Freundschaft mit Roger beneidete sie sie. Mit Sicherheit teilten die beiden Dinge, über die Berta mit ihr nicht sprach. Einerseits störte das ihre Intimität, aber andererseits fühlte Dorothea sich durch Rogers Liebe zu Berta auch ein wenig mitbeschützt. Sei es, wie es sei, Dorothea hoffte, der Brief würde ihre Freundin davon abhalten, Fragen über eine nicht stattgefundene Feier zu stellen. Wenigstens an diesem Abend.

Geistesabwesend legte sie Baldur an die Leine und ermunterte ihn aufzustehen, denn sie verspürte das Bedürfnis, ein paar Schritte durch das Viertel zu gehen. In Bezug auf das Geheimnis, was Vera anging, brauchte sie einen klaren Kopf. Der Spaziergang erwies sich jedoch als pure Herumsteherei mit geringfügigen Unterbrechungen, in denen sie das Tier unermüdlich animierte. Baldur wollte und konnte nicht mehr. Möglicherweise hatte er Schmerzen. Vielleicht sollte sie auf den Tierarzt hören und ihn einschläfern lassen, doch bei diesem Gedanken krampfte sich ihr Herz zusammen. Andererseits war der Anblick dieser Quälerei kaum auszuhalten. „Jedes Ziel ist der Tod“, seufzte sie leise vor sich hin. „Meint jedenfalls Herr Grabbe.“

Als sich Baldur vor der Haustür weigerte weiterzugehen, nahm sie den Hund kurzerhand auf den Arm und trug ihn die Treppe hinauf. Er kam ihr so leicht vor. Oben angekommen, setzte sie ihn auf die Wolldecke neben dem Eingang und sperrte auf. Die Wohnungstür stand bereits offen. Berta war also zurück. Schon im Flur erkannte Dorothea im Gegenlicht ihre Silhouette vor dem Fenster. Sie hockte im Sessel vornübergebeugt und las. Nein, das war falsch, sie las nicht, sie schaute aus dem Fenster. In ihrer Hand lag der Brief. Etwas an Berthas Haltung war merkwürdig. Es besorgte Dorothea so sehr, dass sie den Hund vor der Tür vergaß.

„Liebes?“, fragte sie, und als sie ihr einen Begrüßungskuss auf die Wange gab, hielt Berta ihr den Brief entgegen.

„Einfach weg.“

Dorothea verstand nicht. Wer war weg?

„Was meinst du?“

„Lies“, erwiderte Berta tonlos. „… ohne mich zu informieren“, murmelte sie. „Warum tut er das? Schreibt und verschwindet.“

Jetzt erst sah Dorothea, wie Berta die Sanduhr, die Roger Treppat ihr schon vor vielen Jahren geschenkt hatte, in ihren Fingern hielt. Unermüdlich bewegten sie sie hin und her. „Unsere Zeit ist dann wohl auch vorbei“, stellte Berta fest. „Vermutlich hatte er mir das von Anfang an mit dieser Uhr sagen wollen. Ich habe es nur nie verstanden. Und nun ist er fort." Rogers Brief hatte genau das erreicht, was sich Dorothea so innig wünschte – dass Berta Vera Grünbaum vergessen sollte. Aber das schien das kleinere Übel zu sein. Beunruhigt nahm Dorothea Berta das Schreiben aus den Händen und las:

Namenloser Spätherbsttag 1931
unweit eines französischen Ackers

Meine liebste Berta!
Ich weiß, die Anrede ist unangemessen, aber nur du weißt, wie du sie zu nehmen hast. Es ist einsam hier. Ich mag nicht lamentieren, denn meine akute Einsamkeit ist selbst gewählt. Ich werde Deutschland hinter mir lassen. Ich habe schnell entschieden und es nur mit einer Handvoll Menschen besprochen. Du gehörtest nicht dazu, und es tut mir unendlich weh. Aber gerade ein Treffen mit dir hätte mein Vorhaben ins Schwanken gebracht.

Ich weiß, du wirst wütend sein, aber ich kann nicht anders. Bernhard meint, ich würde es übertreiben, wenn ich mich fortschleiche, und rät mir, ich soll mich nicht der Verantwortung für das Land entziehen. Welches Land? Welcher Verantwortung? Ich bin Maler. Was sollte ich denn ausrichten mit einem Pinsel? Die Palette ist ärmer bestückt denn je: Weiß, rot, schwarz und ein sich ausbreitender riesiger Klecks von hässlichstem Braun.

Ach, Berta! Was da gerade in Sachsen passiert ist, jagt mir Angst ein. Andere spotten über mich und meine Furcht. Aber wie soll ich den Bildersturm in Weimar denn sonst begreifen? In der Landesregierung hockt auf einmal so ein brauner Frick auf dem Bildungsamt und lässt im Schlossmuseum von heute auf morgen die besten Bilder von den Wänden nehmen. Barlach, Dix, Kokoschka!

„Solange sie unsere Bilder nur ab- und uns noch nicht aufhängen!", spötteln einige meiner Kollegen … mir ist das Lachen im Hals steckengeblieben. Sogar meine Ironie geht mir verloren, Berta. Es gruselt mich, mir ist kalt und zugleich schäme ich mich für diesen Zustand. Nenne mich paranoid und weinerlich. Ich bin Maler. Meine Sinne sind zu anfällig, und findest du nicht selbst, dass sogar die Musik, dass unsere Schlager sich verändert haben? Die kecke Frechheit der Zwanziger ist ihnen abhandengekommen. Es fehlt der Hoffnungsschimmer. Ich glaube, Berta, der schöne Aufbruch weicht einem Abschied, einem Abschied in einem fröhlich beschwingten Marschtakt. Noch zwei Wochen bin ich hier (auf Zwischenstation) in einem

freundlichen Sommerhaus, das dem kalten Wind trotzt, in Barbizon, einer Tausendseelengemeinde, und warte auf Nachricht von meinem Bruder. Er hat Kontakte in Paris und will dort nach einer Unterkunft für uns suchen.

Seufzend ließ Dorothea den Brief sinken und blickte zu Berta. Noch immer hatte sie die Haltung nicht verändert. Verlorengegangen im eigenen Körper, dachte Dorothea. Der Malerfreund musste ihrer Gefährtin mehr bedeuten, als sie bislang meinte. Besorgt las sie weiter.

… eine wirklich hübsche Gartenlaube, nur, dass keine Sommerfrische mehr ist. Nicht vor dem Fenster, nicht in mir. Bislang lasse ich die Einöde auf mich wirken. Das Braun des Ackers ist um einiges wohltuender als das Braun in den Städten. Asche und Urin, mehr produzierte ich kaum in den vierundzwanzig Stunden der Anwesenheit hier. Keine Skizzen. Keine Studien. Ich bin ausgetrocknet. Dafür habe ich einen „Hausmilan". Er umkreist die Hütte. Und ich habe das Waschen mit zwei kleinen, nassen Stofffetzen in Metallschüsseln. Ich habe das Rascheln des Restlaubes im dunklen Buschwerk vor dem Fenster und nachts die absolute Schwärze und Stille. Täglich sehe ich einen sich wiederholenden Vogelflug und mir stellt sich die Frage, ob dort wirklich Süden ist, und manchmal beobachte ich zwei Feldhasen, die sich beim näheren Hinsehen als Rehe erweisen. (Meine Scharfsichtigkeit verlässt mich. Vermutlich, weil das genaue Hinsehen so schmerzt.)

Gerade starre ich in einen Regenhimmel. Er ist hell, trotz tieffliegender Wolken. Dann sind da hin und wieder noch die gleißenden Wolkengebirge am Horizont und vor ein paar Tagen gab es einen Sonnenuntergang ohne Wolken. Das Abendrot wirkte so unzerstörbar, und die Zeit des Wartens vertreibe ich mir damit, nach Gründen zu suchen, um Holz nachzulegen. Wärme heilt. Weißt du, das erste Lebewesen, das mir hier begegnete, war eine konfuse Wespe, ein stattliches Exemplar, das sich im Schutz der Dämmerung unter den Balken meiner Laube verirrte. Das alles habe ich hier. Berta. Nur dich, dich habe ich nicht. Du fehlst. Ich hoffe, du verzeihst.

Dein Roger

„Asche und Urin", sagte Dorothea leise und ließ den Brief sinken. „Es geht ihm nicht gut." Dann ging sie zu Berta. „Und dir auch nicht." Behutsam legte sie ihre Hände auf Bertas Schultern. „Es tut mir leid", sagte sie und spürte, wie sich Berta unter ihren Händen versteifte. „Aber er hat recht."

„Es hat kein Gewicht", erwiderte Berta, und Dorothea wusste nicht, was sie meinte. Traf sein Weggang sie so sehr, dass sie behauptete, er würde ihr nichts bedeuten?

„Für wen hat es kein Gewicht?", fragte sie.

Berta vergrub ihr Gesicht in den Händen. „Für ihn ist es leicht zu gehen", seufzte sie. „Er lässt nichts zurück. Er hat leichtes Gepäck. Ich kann das nicht, selbst wenn ich es wollte. Ganz egal, was hier passiert, ich bin gebunden. Mein Herz ist die Schule, und ganz gleich, was geschieht, ich kann nur dort sein, wo es schlägt."

Unglücklich sah Berta auf. In ihrem Blick lag mehr als nur Schmerz. Ein Flehen lag darin und die Bitte, sie nicht zu verlassen. Es rührte Dorothea so sehr, dass sie sich zu ihr beugte und ihren Nacken mit zahllosen Küssen bedeckte.

„Ich werde bei dir bleiben, was immer uns auch zustößt." Sie wiederholte ihre Worte so lange, bis Berta die Umarmung erwiderte. Der Ärger mit Vera war plötzlich vergessen.

38

1933 – Frühjahr

Die Kinder sprangen um Aenne herum und versuchten mit ihrem Johlen das laute Brummen des Zeppelins am Himmel zu übertönen. Sie standen zusammen auf dem Bahnhofsvorplatz, hüpften außer sich vor Begeisterung, winkten und riefen laut, weil sie glaubten, dass die Passagiere in der kleinen Kabine des Luftschiffes ihre Schreie hörten. Wie ein riesiger Walfisch glitt der ovale Ballon über den strahlend blauen Himmel, über das Café Kröpcke, das Erdmanngeschäft, über Wormland und das Bettenhaus Kaiser hinweg, ungerührt aller Zuschauer, die sich unter ihm, Ameisen gleich, durch die Straßen bewegten. Wie Strichmännchen nahmen sich die Luftschiffpassagiere hinter den Scheiben der Flugkabine aus, und vermutlich winkte sogar der eine oder andere zurück.

Aenne scherte sich weder um die taschentuchwedelnden Kinder noch darum, ob irgendeine Kommunikation zwischen Luft und Erde stattfand. Konzentriert blickte sie durch ihre Kameralinse und versuchte, das Flugboot mit ihrer neuen Liliput-Kamera einzufangen. Die *Bobby* war ein Frischling auf dem Markt, doch Aenne konnte noch nicht sicher sein, ob ihre dreieinhalb Reichsmark gut investiert waren. Dieses streichholzschachtelgroße Ding erweckte in ihrer Hand das sonderbare Gefühl, dass sie unter die Spione gegangen war. Auch die beiden Buben und das Mädchen hörten auf zu winken, als sie die Fotografin entdeckten.

„Ist das ein Taschenfernrohr?", fragte der eine.

„Nein eine Lupe!", mutmaßte der andere.

„Es ist ein Fotoapparat", klärte Aenne sie auf.

„Hab ich doch gesagt!", triumphierte das Mädchen und wedelte stolz mit einem weißen Taschentuch. Sie musste ungefähr zehn Jahre alt sein. Die Jungen boxten sich gegenseitig in die Seite und rückten Aenne auf die Pelle. Sie bemerkte den sehnlichen Wunsch in ihren Augen sofort. Ohne Umschweife hielt sie den Jungen die *Bobby* hin, und ehrfürchtig umfasste der größte Bube die kleine Kamera mit beiden Händen. „Leichter als ein Ei!", stieß er bewundernd hervor. Aenne nickte. Dann glitt das Gerät in die nächste Kinderhand. Alle waren still und vorsichtig, und sie lächelte über die Ernsthaftigkeit der Kinder. In der Fotografie, vor allem in der Technik, überholten sich die Neuerungen seit ein paar Monaten selbst.

„Wenn ihr groß seid", erklärte sie, „gibt es vielleicht sogar schon welche, die man einer Ameise auf den Rücken binden kann!" Ungläubig runzelte der größere Junge die Stirn.

„Oder einem Fisch im Maschteich an den Bauch. Dann kann man bis auf den Grund fotografieren ", stieß das Mädchen hervor.

Die Buben lachten. „Du bist so dumm, Walde! Unter Wasser rostet doch alles!"

Das Mädchen schmollte.

„Ihr seid nicht aus Hannover?", erkundigte sich Aenne. Der muntere Dialekt des Mädels gefiel ihr.

„Wir sind zu Besuch, aus Esslingen", erwiderte Walde. „Mein Vater fotografiert nämlich auch."

„Du hast einen sehr schönen Namen", sagte Aenne.

„Eigentlich heißt sie Waldberta", mischte sich der mittelgroße Bube ein.

„Vielleicht wirst du ja auch einmal Fotografin", schlug Aenne vor.

„Das ist nichts für Frauen", erwiderte der Junge vorlaut.

„Und ob!", lachte Aenne auf. „Oder meinst du etwa, ich wäre ein verkleideter Mann?" In seinem Gesicht arbeitete es. „Schaut mal da drüben!" Aenne wies auf ihren parkenden Sportwagen neben dem Bahnhofsvorplatz. „Was denkst du wohl, wem der gehört?"

Walde lächelte verschmitzt.

„Deinem Mann?", fragte der Junge unsicher.

„Falsch geraten. Ich bin nicht verheiratet." Herausfordernd klimperte Aenne mit dem Autoschlüssel in ihrer Manteltasche. Der Junge blinzelte misstrauisch und reichte Aenne die Kamera zurück.

„Dir gehört er natürlich!", rief Walde. „Wem denn sonst?"

„Wir müssen jetzt nach Hause!", rief der Mittlere, und erschrocken schauten die Kinder zur Bahnhofsuhr. Wie auf Kommando drehten sie sich um und rannten los. Das Mädchen voran. Kopfschüttelnd hörte Aenne die beiden Jungen im Laufen frotzeln: „Na, warte! Walde Huth! – du große Fotografin!"

Sie lächelte. Auf dem Straßenpflaster entdeckte sie das große, weiße Taschentuch. Walde! Noch ehe sich Aenne danach bücken konnte, hatte es bereits ein junger Mann ergriffen. Besessen wedelte er dem Luftboot hinterher, als würde er kapitulieren. Aenne schmunzelte. Nur, dass wir mitten im Frieden sind, dachte sie. Der Herr Hitler schien sich lediglich auf die Kommunisten innerhalb des Landes eingeschossen zu haben. Ein kleiner, merkwürdiger Mann schwimmt plötzlich ganz oben, dachte sie. Und fast zeitgleich wird die Luftmatratze patentiert. Sonderbare Zeiten. Friedlich brummend suchte der Luftkoloss das Weite. An seinem Hinterteil prangte ein roter Aufdruck, in dessen weißer Mitte das schwarze Kreuz blühte. Aenne ließ die Streichholzkamera in ihre Tasche gleiten und machte sich auf den Weg zu ihrem Wagen. Ein paar Männer in schlammfarbenen Hemden blickten ihr lange nach. Aber noch jemand schaute der jungen Frau hinterher.

„Resedagrün!", seufzte Dorothea neidvoll, als sie Aenne von Weitem die Tür ihres Autos zuschlagen sah.

Berta bemerkte ihren bewundernden Blick. Offensichtlich hatte Dorothea sich in den offenen Sportwagen – Marke Adler – verliebt. „Heises rollendes Atelier", scherzte sie und Dorothea nickte anerkennend.

„Sie hat das Kommissbrot einfach übersprungen."

„Das glaube ich nicht", widersprach Berta. „Wenn Aenne genug Geld verdienen würde, hätte sie sicher auch noch einen Hanomag. Was rede ich? Vermutlich würde sie einen ganzen Stall voller Benzindroschken besitzen." Dorothea lachte, und Berta fuhr fort.

„Dieses hannöversche Gewese um diese engen Knatterkästen. Ein bisschen Blech ein bisschen Lack – fertig ist der Hanomag."

„Lass uns im Kröpcke einen Kaffee trinken", schlug Dorothea vor. Die beiden Frauen drängten sich durch die Menge vor dem

Bahnhof an den Braunhemden vorbei, ohne sie eines Blickes zu würdigen, und ließen das Reiterdenkmal hinter sich. Erst ein paar Schritte später schüttelte Berta den Kopf und zischte: „Stehen da rum mit ihren todernsten Gesichtern wie der Herr Hitler höchstpersönlich auf seinem Balkon."

„Ich bin mir sicher, bald ist der Spuk vorbei, Liebes", besänftigte Dorothea sie.

„Hoffentlich. Je eher, je lieber."

„Die Nazis sind ohnehin gerade dabei, sich fürchterlich zu blamieren. Was täten die bloß ohne ihren Leithammel? Immer auf Tour, der Winzling."

„Manchmal frage ich mich, ob es denn vor dem dreißigsten Januar gar kein Radio gegeben hat. Ausschließlich ein Herr Hitler scheint es zu nutzen."

„Wie geht es eigentlich Ada?"

„Es geht. Theo bereitet sich gerade auf einen Kongress vor."

„Berlin?"

„Ja."

„Das freie Wort?"

„Genau."

„Mutig."

„Ja", erwiderte Berta und dachte an Roger. Allein der Gedanke an sein Fehlen stimmte sie traurig. War es eigentlich tapferer zu gehen oder zu bleiben?

„Was schaust du so unglücklich?"

„Ach nichts. Komm einfach, lass uns die trüben Gedanken mit schwarzem Kaffee runterspülen. Ähnliches wird von Ähnlichem gelöst", sagte sie und hakte sich fester bei Dorothea ein.

„So wie du aussiehst, brauchst du aber einen mit Schuss", entgegnete Dorothea. Die beiden rückten eng zusammen und verloren sich zwischen den Passanten in Richtung Kröpcke.

39

„Schau mal, was ich besorgt habe." Voller Vorfreude zog Else Marie etwas Viereckiges in brauner Verpackung aus ihrer Manteltasche und funkelte Erwin an. Das spitzbübische Grinsen entblößte ihre weißen Zähne, zwischen die sie sich das hellbraune Quadrat schob.

„Für Lotte", kauderwelschte sie mit dem Päckchen zwischen den Zähnen.

„Wie bitte?“ Erwin musste lachen. Auch nach Jahren überraschte Else ihn immer wieder aufs Neue mit ihrer albernen Art.

Vorsichtig nahm sie das Quadrat aus dem Mund, wischte den Lippenstift von der Verpackung und sagte: „Eine Sensation! Hat eine geniale Frau erfunden. Clara Ritter. Ich liebe sie dafür! Ganz neu im Handel – eine Schokolade, die in jede Sportjackentasche passt, ohne dass sie bricht.“ Sie hielt Erwin die Tafel unter die Nase und klimperte theatralisch mit ihren schwarzen Lidern.

„Rittersport“, las Erwin. „Hübsch. Und das soll ich Lotte mitbringen?“ Schon griff er danach.

Else entzog ihm die Tafel. „Noch nicht, mein Lieber, erst zum Siebenundzwanzigsten. Ich schiebe es ihr heimlich in den Trainingsanzug.“

„Aber nicht, dass sie es für ein Zigarrenpäckchen hält.“ Erwin schmunzelte, und Else lachte. „Lotte mit Fluppe im Maul? Das ist ein Bild, das kriege ich überhaupt nicht in meinen Schädel.“

Erwin schaute sie eine Weile schweigend an, bis er sagte: „Du bist so anders.“ Wieder schwieg er.

„Was machen wir denn an Lottchens Geburtstag?“, fragte Else. Noch immer standen sie am Ausgang der Schauburg. Die gemeinsame Probe war seit einer Viertelstunde vorbei.

„Gehen wir ins Dornröschen?“, schlug Erwin vor. „Die Saison beginnt ja.“

„Nicht wie immer, es ist doch ein Geburtstag!“, ereiferte sich Else.

Erwin runzelte die Stirn und erwiderte: „Lieselotte wird das sicher selbst einrichten wollen. In dem Punkt habe ich nichts zu bestimmen. Lass doch erst mal den Frühling kommen.“ Wieder sah er sie schweigend an.

„Würdet ihr bitte ein Stück zur Seite gehen. Ihr versperrt den ganzen Ausgang!“ Eilig traten sie auf die Straße hinaus. Es dunkelte bereits. Drei Stunden mühevolle, aber gute Probearbeit lag hinter ihnen. Die Wangen der Teilnehmer, die das Kabarett verließen, glühten vor Anstrengung und Begeisterung für das neues Programm *Drei Schritt vor und zwei zurück.* Einige klopften Else Marie anerkennend auf die Schulter.

„Du bist ein echter Gewinn, Mädel!“, dröhnte eine verrauchte Stimme. Sie gehörte dem ältesten Mitglied des Kabaretts *Linksran!*, einem kriegsversehrten SPDler, den man Hinkeheinz rief. Seinerzeit hatte er die illustre Truppe aus der Taufe gehoben. Dank Lieselottes Unterstützung und Fürsprache bei Ada Lessing war Else Marie vor zwei Jahren Dozentin an der Volkshochschule geworden. Allerdings nur für zwei Abende die Woche. Aufgrund ihrer Umtriebigkeit gelang es ihr jedoch, dass sie binnen kürzester Zeit bei einer Produktion des Kabaretts an der Volksbühne Fechtunterricht erteilen durfte.

Linksran! trieb regelmäßig die politischen Ungereimtheiten im Stadtparlament auf die Spitze, und dank Elses exzellenter Fechtqualitäten nun auch wortwörtlich. *Drei Schritt vor und zwei zurück* – passte haargenau in die Zeit. Ihre Choreografie spiegelte die Bewegungen des Parlamentes innerhalb eines Jahres in dreihundertfünfundsechzig Schritten wider. Die aristokratische Aufmachung der Darsteller wurde durch das feine Klirren von dreißig farbigen Degen untermalt. Mit sicherer Hand sorgte Else Marie für ein gut durchstrukturiertes Gemetzel, das als Gleichnis dafür stand, wie uneins man sich nicht nur in der Regierung war.

Else liebte die Probenabende an der Schauburg viel mehr als die akademischen Ertüchtigungskurse an der Volkshochschule. Hier auf den Bühnenbrettern lebte sie endlich auf und begann wieder zu glühen. Dass sie immer dann, wenn es draußen dunkelte, zum Leben erwachte, war an sich nichts Besonderes, neu waren nur die Ernsthaftigkeit und die Stringenz, mit denen sie die Übungen anleitete. Obwohl Else an der Schauburg noch nicht einmal die Hälfte von dem erhielt, was Ada Lessing ihr an der Volkshochschule zahlte, war sie von Anfang an Feuer und Flamme gewesen. Die häufig bis Mitternacht überzogenen Proben machten ihr nichts aus, und seit zwei Wochen war sogar Erwin mit an Bord. Selbst Berta Habenicht hatte sich hin und wieder für die eine oder andere Produktion engagiert. Das war auch der Grund, weshalb Lieselotte um das Kabarett einen großen Bogen machte. Wenn Erwin und Else bis spät in die Nacht wegblieben, störte Lotte das nicht weiter. Sie machte sich so weniger Sorgen, dass ihrer Freundin etwas zustieß.

Seit dem Überfall auf das Geschäft der Försters war Else Marie in sich gekehrter als früher. Entgegen der einstigen Sprunghaftigkeit blieb sie ihrer neuen Gesinnung treu. Unermüdlich unterstützte sie Lieselotte und Erwin an der Schule, las in den Zeitungen weniger Vergnügungsanzeigen und dafür mehr vom Zeitgeschehen. Ihre Aufmüpfigkeit und ihr Drang, Grenzen zu überschreiten, fokussierten sich auffallend auf das Politische. Und je mehr Else Marie sich hineinsteigerte, umso mehr nahm Lieselotte davon Abstand. Wie immer – fand sie – war in allem, was Else aufbot, ein Stück zu viel enthalten. Im Grunde reichte es Lotte, dass Erwin sich schon mit ganzer Seele einer Weltverbesserung verschrieben hatte. Er glaubte fest daran, das Gute könnte siegen, sobald sich nur alle mittellosen Menschen zusammenrauften, um eine Regierung zu zimmern. Lieselotte aber konnte sich nicht vorstellen, dass abgekämpfte Arbeiter in der Lage sein sollten, die Welt besser zu machen. Erst recht nicht durch Erziehung. Aber Else und Erwin entstammten nicht den Armenvierteln. Sie hatten nie erlebt, wie Mittellose sich das Leben zur Hölle machten, sich bestahlen und betranken, ihre Kinder schlugen oder sie einfach vergaßen. Dass sie sich selbst aus so einem Sumpf herausgearbeitet hatte, war etwas anderes. Die meisten Menschen besaßen nicht ihren Willen, und noch weniger waren sie im Besitz einer Patentante, die zur rechten Zeit das „verlorene Kind" aus dem Dreck zog.

Von solchen Gedanken wollte Erwin nichts hören. Er winkte ab und glaubte weiter an eine gerechte, neue Welt und an seine KPD. Lotte glaubte nur an die eigene Kraft. Am meisten jedoch fürchtete sie sich vor einem Straßenkrieg. Wie an jenem Blutsonntag. Manchmal träumte sie von unkontrolliertem Aufruhr, der sich plötzlich an irgendeiner Ecke entzündete. In diesen Träumen stand sie steif und starr vor den eingeworfenen Scheiben ihrer Schule, blickte auf das Gemetzel und sah zu, wie sich das Rot mit dem Braun vermischte. Kot und Blut, dachte sie angewidert, wenn sie schweißnass erwachte, und keiner dieser Menschen würde im Ernstfall einen Rückzieher machen, denn das Bedrohliche war: Die Linken wollten ebenso Gewalt wie die Rechten. Proleten eben.

Sie wollte keine Nestbeschmutzerin sein und deshalb behielt sie ihre Gedanken für sich. In einigen Wochen würde sie siebenundzwanzig Jahre alt. In den letzten Jahren hatte sie viel geschafft. Es war an der Zeit, endlich Frieden zu schließen mit der Vergangenheit. Ihre Mutter würde sie an ihrem Geburtstag einladen, Tante Almut und Onkel Winfried ebenso, obwohl ihr schon jetzt die Ohren klingelten, wenn sie nur daran dachte, wie ungebremst Almut wieder von Enkelkindern faseln würde, während ihre Mutter mit versteinerter Miene daneben saß. Aber das war nur das geringste Übel. Sie selbst spürte keinen Stachel im Fleisch, weil sie kinderlos geblieben war. Ohnehin hatte sie wenig Zeit, darüber nachzudenken, und langsam wurde sie auch zu alt dafür. Eine Ewigkeit war es her, dass Erwin sie angefasst hatte.

Es gab zwei attraktive Nebenbuhlerinnen. Sie lächelte. Tags die Schule, abends die Partei. Besonders in den Nächten überließ Lotte ihren Mann nur allzu gern den Versammlungen. Sie traf sich an diesen Donnerstagabenden mit Aenne oder genoss die stillen

Stunden allein. Mitunter las sie die Zeitschriften, die Aenne ihr mitbrachte. Ab und an war auch eine Ausgabe der *Freundin* darunter. Sie gab sich dann aufgeschlossen, tat, als würde sie sich darüber freuen, besah sich aber nie mehr als das Titelblatt und gab ihrer Freundin die Zeitschrift ein paar Tage später ungelesen zurück.

Aenne hatte sich zu einer Vertrauten entwickelt, die ihr Halt gab – bis es März wurde.

„Es ist vorbei mit unseren zweisamen Donnerstagabenden", gestand Lieselotte Aenne. „Jedenfalls bis auf Weiteres, und in unserer Wohnung schon gar nicht mehr."

Zuerst huschte ein Bedauern über Aennes Gesicht. Dann weiteten sich ihre Augen vor Empörung. „Wie meinst du das?", fragte sie. „Wirst du etwa bespitzelt?"

„Wie kommst du denn auf so was? Es gibt keinen Grund, mich zu bespitzeln." Wider Willen musste Lieselotte lachen.

„Dann klär mich auf", erwiderte Aenne irritiert.

„Erwin ist jetzt wieder daheim. Im Moment wird draußen nicht mehr getagt. Sie gelten jetzt als Kriminelle." Wieder lachte Lotte. Es war ein kaltes Lachen. Scheußlich und hoch. Sie lachte sich die Angst weg, die sich seit zwei Wochen in ihren Zellen eingenistet hatte, seit dem Dienstag, an dem der Reichstag in Berlin gebrannt hatte und ein Verrückter festgenommen worden war, der von sich behauptete, ein Kommunist zu sein.

Aenne schüttelte den Kopf. „Und was ist mit seinen Bewegungschören? Müsst ihr die Übungsabende mit den Laiengruppen jetzt auch einstellen?"

„Nein", sagte Lotte, „Um Gottes willen. Nur die Auftritte auf den Festveranstaltungen der Partei sind hinfällig. Das ist mittelalterliche Sippenhaft", ereiferte sie sich. „Ich dachte bislang, wir leben in einer halbwegs modernen Zeit. Was die da veranstalten, ist die reinste Hexenjagd." Wütend schlug sie auf den Küchentisch. „Sie sollten lieber jeden, der seine Faust mit einem Stein zu tief in seine braunen Bundfaltenhosen steckt und zu lange vor einem Schaufenster herumlungert, ins Gefängnis stecken."

„Wie geht es denn Else Marie inzwischen?", unterbrach Aenne.

„Besser. Die Auslagen und die Schaufenster haben sie ja damals recht schnell wieder instand gesetzt. Gestohlen worden war auch nichts. Aber Elses Mutter schwächelt seither. Ihr Nervenkostüm ist marode. Sie bedient schon lange nicht mehr am Tresen, und die Buchhaltung macht sie nur noch hinten im Lager. Ein Jammer ist das! Dabei hat sie immer so gerne vorne verkauft. Der Steinitz hat ihr ein Nerventonikum verschrieben, aber das rettet sie nicht. Bei jedem lauten Geräusch zuckt sie zusammen. Else hilft wieder mehr mit, seit es ihr so schlecht geht. Nicht so gut für uns. Ich habe das Mädchen wieder stundenweise eingestellt."

„Käthe Pfeiffer?"

„Ja"

„War sie nicht ernsthaft krank?"

„Sie war schwanger."

„Wie alt ist sie denn?"

„Zu jung."

„Und?"

„Sie hat's bekommen, will es aber zur Adoption freigeben. Ich bin mit ihr zum Mütterheim gegangen. Sie haben sie sofort aufgenommen."

„Armes Ding", seufzte Aenne. „War sie in der Berckhusenstraße?"

Liselotte nickte. „Ist sie immer noch, bis sich jemand für den Knirps findet. Aber es sieht sehr gut aus, zweimal war schon jemand da. Bis der Bub abgeholt wird, darf sie noch bleiben."

„Einmal eine Stunde des Sich-Vergessens. Das ist bitter bezahlt. Als Frau bist du dann abserviert."

„Käthe ist fleißig und zuverlässig. Sie hat es nicht verdient, ihren Beruf in der Ehe zu finden und mit einem Säugling an der Brust zu verkümmern. Sie muss noch einmal neu anfangen dürfen."

„Du hast so recht", sagte Aenne und packte sichtlich verärgert einen Stapel Zeitschriften aus ihrer Tasche auf den Küchentisch.

„Keine *Freundin* für dich dabei, diesmal."

Lieselotte wunderte sich. Warum sagt sie das so missmutig? Hatte ihre Freundin gespürt, dass sie die Zeitschrift sowieso nicht las? Aenne merkte ohnehin alles. Es war nur eine Frage der Zeit.

„Das macht nichts", erwiderte Lotte. „Vielleicht das nächste Mal."

„Das macht wohl etwas!" So plötzlich stand Aenne auf, dass Lotte sich erschreckte. Was war denn in sie gefahren? „Und ein nächstes Mal wird es nicht geben."

„Was ist denn bloß los?", fragte Lotte hilflos.

„Die Polizei hat sie einkassiert."

„Wen?"

„*Die Freundin.*"

„Aber warum?"

„Was ist das für eine Frage, warum? Hast du eigentlich mitbekommen, dass der Roman, den ich dir ausgeliehen hatte, auf dem Index stand?"

Lotte schüttelte den Kopf.

„Seit zwei Jahren schon. Fast alle GEDOK-Frauen haben sich dagegen aufgelehnt und anfangs sogar mit Erfolg. Aber nun ist alles futsch. Manche Sachen gehen wohl komplett an dir vorbei, Lilo!" Aenne lachte bitter und schüttelte den Kopf. „Da passieren die Dinge direkt vor deiner Nase und du merkst es nicht."

„Das muss ich mir nicht sagen lassen." Lotte erhob sich. Sie war erschüttert über die unerwartete Bissigkeit ihrer Freundin. „Du weißt genau, wie viel ich zu tun habe. Mein Schulbetrieb muss laufen, die Abrechnungen machen sich nicht von allein und außerdem liegt mir Erwin die ganze Zeit in den Ohren, seine Versammlungen in unser Schlafzimmer zu verlegen!"

„Gar keine so schlechte Idee", bemerkte Aenne spitz.

„Wie meinst du das?"

„Da passiert doch ohnehin nichts Aufregendes", brachte es Aenne auf den Punkt.

„Jetzt reicht's!" Lottes Stimme klang hoch und schrill, und dahinter stauten sich bereits die Tränen. Dass Aenne sie so in die Enge trieb, machte sie fassungslos. Warum tat sie das? In einer schwachen Stunde, bei einer Flasche Wein hatte sie ihrer Freundin gebeichtet, wie wenig ihr die Intimitäten mit Erwin bedeuteten und dass sie froh war über die stillen Stunden am Abend und die Besuche von ihr. Aenne hatte nur genickt und wie immer gelächelt, sie aber nie damit aufgezogen – wenn man vom ständigen Versorgen mit der *Freundin* einmal absah. In ihrer Gegenwart hatte sich Lotte immer sicher gefühlt. Sogar mit ihren widersprüchlichen Gefühlen. Und nun teilte Aenne aus. Warum?

„Geh bitte!", sagte sie barsch, dann brach ihr die Stimme weg. Fluchtartig verließ sie die Küche und schloss sich im Badezimmer ein. Aenne hörte sie leise schluchzen und auf die marode Wand der kleinen Kammer einschlagen.

Augenblicklich lief sie hinterher. Zu spät. Lotte hatte den Schlüssel zweimal herumgedreht, und sofort bereute Aenne ihre Worte.

„Lilo? Du kannst dich nicht für immer einschließen. Und dein Herz gehört auch nicht auf einen Abort! Hörst du?" Sie klopfte laut an die kleine Holztür. „Es tut mir leid, Lilo! So wollte ich es nicht sagen. Bitte komm raus! Lass uns darüber reden." Aenne versuchte zu retten, was noch möglich schien.

„Verschwinde!", erklang es von drinnen.

Seufzend ließ Aenne von der Tür ab, begab sich zurück in die Küche und setzte einen Kessel Wasser auf. Während das Feuer unter dem Topf loderte, ließ sie sich auf einen Stuhl nieder. Ihre Augen brannten, und mit mattem Seufzen vergrub Aenne ihr Gesicht in den Händen. Die Dunkelheit tat gut.

Inzwischen war sie an der Grenze. Eine Uniformierte hatte sie ein paar Straßen vor Lottes Schule abgefangen und wollte wissen, wohin sie die Zeitschriften trüge, die aus ihrer Tasche lugten, und woher sie sie beziehe. Es waren Gott sei Dank alles alte Ausgaben der *Freundin*, die sie an Bekannte und Freundinnen weitergab. Die Uniformierte hatte also nichts ausrichten können, außer sie auszufragen, und musste dann mit einem süffisanten Lächeln den Weg wieder freigeben, aber es hatte gereicht, Aenne unter Druck zu setzen. Und nun kam Lieselotte mit ihrer hochnäsigen Art daher und eröffnete ihr, dass sie diese Zeitung ohnehin nicht interessierte. Von wegen!

Wieder seufzte sie. Seit Jahren kam sich Aenne vor, als wollte sie Lieselotte missionieren, sie eines Besseren bekehren! Wozu eigentlich? Sollte Lilo doch glücklich bleiben in ihrem Unglück, das sie nicht als Unglück empfand. Aenne wollte und konnte nicht begreifen, wie eine Frau so deutlich ausstrahlen konnte, dass sie vom anderen Ufer war, und es selbst nicht bemerken? Sogar mit Else Marie hatte Aenne schon darüber gesprochen. Ihre Bedenken hatte Lottes beste Freundin mit den Worten heruntergespielt: „Ich weiß es. Du weißt es. Wir beide wissen also, dass Lotte nicht weiß, was sie eigentlich wissen müsste. Diese Frau ist ein einziges Neinerlei, Aenne. Lass sie." Als Aenne sie weiterdrängte, ernsthaft darüber zu reden, erwiderte Else: „Ach, Aenni, ich weiß es ehrlich gesagt auch nicht. Sie ist so furchtbar prüde. Wenn sie ernsthaft lila sein sollte, dann hat sie ja gleich zwei Riesenprobleme mit der Erotik."

Das leuchtete Aenne auch ein, und Else riet ihr: „Wirklich, lass sie diesbezüglich am besten in Ruhe. Sie liebt ihre Arbeit. Die befriedigt sie mehr als alles, was Arme, Beine und Hände hat."

Der Kessel pfiff. Aenne sprang auf, goss das heiße Wasser in die Tassen und rührte den Getreidekaffee ein, den sie auf dem Regal gefunden hatte. Plötzlich stand Lotte in der Tür mit rotgeweinten Augen.

„Entschuldige bitte", sagte Aenne leise. „Diese Zeiten machen mich verrückt und nervös. Meine Nerven liegen blank. Ich hätte so etwas nicht sagen dürfen." Die Stille stand eine Weile im Raum. Nur die Kaffeetassen dampften.

„Bist *du* es eigentlich?", hörte Aenne Lieselotte plötzlich mit dünner Stimme fragen. Die Fotografin atmete hörbar ein.

„Du meinst lesbisch?", erwiderte sie.

Lotte nickte.

Aenne schwieg und setzte sich, bevor sie erwiderte: „Hätte meine Antwort denn irgendeine Bedeutung für dich?"

Schnell wandte sich Lotte ab und schüttelte heftig den Kopf.

„Ach, Lilo, komm her!", rief Aenne, sprang auf und ergriff sie beim Arm. Entschieden drückte sie Lotte auf den Küchenstuhl. „Hiergeblieben. Jetzt wird Kaffee getrunken!"

„Du hast dich vergriffen", murmelte Lotte, als sie nippte. „Das ist der unechte."

Aenne lachte erleichtert auf. „Was ist schon echt, Lotte! Trink jetzt, und vergiss bitte diesen hässlichen Streit."

Fügsam führte Lotte die Tasse an ihre Lippen und trank das heiße Gebräu in kleinen Schlucken.

„Ich bin dir zu nahegetreten. Es geht mich nichts an, wie du lebst", entschuldigte sich Aenne. „Konzentrieren wir uns wieder auf unsere Arbeit. Es gibt im Moment genug zu tun."

Wieder nickte Lotte und sah Aenne aus feuchten Augen an. Ihr Blick aber flehte und schien zu sagen, *gib mich nicht auf, bitte!* – aber ihre Lippen formten die Worte: „Ich liebe ihn doch."

„Ich weiß", beruhigte Aenne sie und strich ihr über den Kopf. „Ich weiß."

40

„Der Vernichtungsfeldzug gegen den Kommunismus in unserem Heimatland hat nichts mit unseren deutsch-russischen Beziehungen zu schaffen! Sie bleiben freundschaftlich wie in all den Jahren zuvor. Es geht uns nicht an, was sich in Russland abspielt, und ebenso die Russen nicht, was sich in Deutschland ereignet!"

„Unfassbar!" Erwin schlug auf den kleinen Volksempfänger ein, als könnte er Goebbels Worte zu anderen Sätzen zurechtrütteln. „Nicht zu glauben", stieß er hervor, ging zum Schrank, zerrte ein Zigarettenpäckchen heraus und riss es auf.

„Was ist mit den Kindern?" Lotte stand in der geöffneten Tür der kleinen Küche. „Sie warten im Saal oben auf dich. Alle sind umgezogen."

„Kannst du nicht die Anwärmung übernehmen?", fragte Erwin barsch.

„Natürlich kann ich das", erwiderte Lotte im gleichen kargen Tonfall. „Aber langsam solltest du aufpassen, dass sich die Politik nicht in unsere Arbeit hineinfrisst." Als Erwin nur ungehalten abwinkte, sich die Zigarette anzündete und sein Ohr noch dichter an den Empfänger presste, fügte sie schroff hinzu: „Es reicht mir schon, dass sie in unser Schlafzimmer Einzug gehalten hat." Ruckartig schaute Erwin hoch. Nichts anderes hatte sie gewollt. Einen einzigen Blick nur, der ihr bestätigte, dass sie auch noch da war, dass sie auch noch etwas zu sagen hatte, dass sie vor allem Leiterin dieser Schule und nicht sein Mädchen für alles war. Und dass sich Erwin tatsächlich mit einigen seiner Parteifreunde in ihrem Schlafzimmer traf, störte Lotte nur insofern, als dass die ganze Heimlichtuerei auffliegen und die Schule in Gefahr geraten könnte.

Noch immer starrte Erwin sie aus seinen großen wasserblauen Augen an, aber der Blick war leer. Die Konzentration richtete sich schon wieder auf das Gebell aus dem Volksempfänger.

Ärgerlich stieg Lotte nach oben und nahm die Kinder in Empfang. *Der Zauberring* tanzte sich schließlich nicht von allein. Bei all dem großen Durcheinander da draußen musste sich doch schließlich irgendjemand um das Kleine kümmern. Im letzten Jahr war der *Geisterkönig* so gut angekommen, dass Erwin dieses Jahr die Regie für ein weiteres Stück bekommen hatte: die Kinderoperette *Der Zauberring*. Es schien ihm egal zu sein.

Ärgerlich betrat sie den Saal und schickte Käthe Pfeiffer hinaus, die so lange ein Auge auf das Gewimmel geworfen hatte. Dann ergriff sie die Handtrommel und ließ die Kinder lieblos im Takt durch den Raum springen. Heute war nicht ihr Tag. Eine Zigarettenlänge später löste Erwin sie ab. Wortlos übergaben sie einander die Handtrommel, und Lieselotte ging hinunter in die Küche, um Käthe beim Abwasch zu helfen. Dann machten sie sich zusammen an die Abrechnung. Als Erwin später die Küche betrat, sah sie an seiner Miene, dass ihm noch etwas auf der Seele brannte. Kurzerhand schickte sie das Mädchen in den Keller, um die Kohlebestellungen zu überprüfen.

„Das ist doch nicht dein Ernst gewesen, vorhin, oder?", sagte Erwin, noch bevor Käthe den Raum verlassen hatte. „Dass das Politische nicht auf die Bühne gehört?"

Lotte stöhnte und erwiderte: „Vielleicht nicht", räumte sie ein, „aber ich wüsste nicht, warum unsere Tanzkinder darunter leiden sollten, dass da draußen jetzt alles so drunter und drüber geht!" Unwirsch kratzte sich Erwin am Kopf. „Es geht mir eher um das Prinzip. Nicht um den konkreten Kleinkram von heute."

„Die Eltern zahlen aber kein Kleingeld für den Kurs. Geld ist konkret. Wovon lebst du denn, Erwin? Von deinen Ideen, von deinem Zorn?“ Aufgebracht warf Lotte den Lappen neben das Waschbecken.

„Herrgott, du weißt genau, was ich meine!“, verteidigte sich Erwin. Unwillig hob sie das Tuch wieder auf. Ja, sie wusste, was er meinte. Er wünschte sich, dass seine Kunst die Welt veränderte. Sie würde ihm da auch nicht im Wege stehen. In letzter Zeit aber gingen die Pferde mit ihm durch.

„Ich will überleben“, sagte sie mit Nachdruck.

„Nichts anderes will ich auch!“, beruhigte Erwin sie und trat einen Schritt auf sie zu, als er sah, wie nahe ihr die Sache ging. In seinen Augen waren wieder Wärme und Zuversicht.

„Komm!“, sagte er, zog sie an sich und umarmte sie. „Wir wollen doch beide dasselbe.“ Er küsste sie innig auf den Mund. Seine Lippen schmeckten nach Rauch und Getreidekaffee. Sie ließ es geschehen. Wie so oft war seine Umarmung fest und kameradschaftlich. Die Art, in der er sie umfing, gab ihr Mut, und der Druck seiner Hände war kräftig und sanft. Seit er gar nicht mehr intim mit ihr wurde, ließ sogar ihre Anspannung nach, sobald er sie küsste. Mit solchen Küssen konnte sie gut leben.

„Gut, dass wir nicht auch noch Kinder durchzufüttern haben“, sagte sie.

„Du hast doch Kinder“, erwiderte er. „Dreißig Stück sogar. Eben gerade. Lauter Goldkinder. Aber die füttern *dich* durch.“

„Nur, solange wir sauber bleiben und die Polizei nicht vor unserer Tür steht“, forderte Lieselotte.

Erwin zwinkerte. „Die schmutzigen Sachen werden ganz sicher in unserem Schlafzimmer bleiben. Die gehen niemanden etwas an.“

Im selben Moment wurde die Tür aufgestoßen, und Käthe trat herein – sichtlich erschrocken, ihre Arbeitgeber überrascht zu haben. Erwin ließ nur schwer von seiner Frau ab und Lotte war Käthe dankbar. War doch in den Augen ihres Mannes etwas aufgeflammt, was sie schon lange nicht mehr gesehen hatte. Sie verspürte keine Lust, schlafende Hunde zu wecken. Käthe sah sie schuldbewusst an.

„Du kannst heute eher gehen“, sagte Lotte, „wenn du noch etwas für mich erledigst.“

Erleichtert atmete das Mädchen auf. Sie hatte erwartet, eine Rüge zu bekommen, weil sie, ohne anzuklopfen, in die Küche getreten war. Geschwind eilte Lotte durch den engen Flur in das Büro und holte einen Brief. „Bringst du den bitte bei meinen Pateneltern, den Brostels, vorbei, dann spare ich das Porto, und er ist heute Abend schon da. Lauf die Georgstraße hinunter und schau auch bei Erdmann vorbei, ob sie neue Ware haben. Frau Brostel möchte das immer gerne wissen. Und kannst du dann noch ins Drogen-Geschäft gehen und Reispuder von Kaloderma besorgen? Auch für die Tante." Käthe nickte und knickste.

„Ist ja gut! Hör auf damit und geh." Eifrig warf sich Käthe den Mantel über. Lieselotte hatte begonnen, Einladungen zu schreiben. Ein wenig Zeit war zwar noch bis April, aber sie wollte zeitig planen. Nicht, dass Tante Almut sich noch beschwerte, zu spät von etwaigen Feierlichkeiten erfahren zu haben. Nur ihre Mutter würde sie persönlich aufsuchen. In nächster Zeit stand ohnehin ein Besuch an. Vielleicht würde sie sich freuen. So eine kleine Feier wäre sicher ein Lichtblick für sie, denn vor Kurzem war sie bei Conti entlassen worden.

Käthe Pfeiffer schob den Brief in die Tasche und lief zur Tür hinaus in Richtung Südstadt.

„Was soll ich nur damit anfangen?" Berta betrachtete die tiefschwarze Brosche zwischen ihren Fingern. „Behalten möchte ich sie nicht. Fortwerfen bringe ich nicht über mich." Sie war gerade damit beschäftigt, einige Dinge auszusortieren; verjährte Briefe, altmodische Andenken und unbedeutende Geschenke, die schon lange verstaubten. Baldur lag zu ihren Füßen, öffnete die Augen, schnaufte leise und schlug müde mit dem Schwanz auf das Parkett, bevor er seinen Kopf wieder zwischen die Pfoten legte.

„Zeig mal her." Dorothea nahm ihr die Gagatbrosche aus den Fingern. „Ach, Gott, das verflixte Ding. Immer noch ein hübscher Modeschmuck dein kleines, dunkles Daube-Erbe."

„Es klebt wie Pech", erwiderte Berta mit säuerlichem Lächeln. „Ich bekomme jedes Mal ein schlechtes Gefühl, wenn ich versuche, es loszuwerden."

„Seit wann bist du denn abergläubisch? Gib es doch endlich im Pfandhaus ab. Oder im Fundbüro oder beim Basar der nächsten Weihnachtshilfe."

„Nicht schon wieder."

„Gib her!"

„Was hast du vor?"

„Ich erledige das für dich. Frag nicht weiter." Dorothea ließ das Schmuckstück in ihre Bademanteltasche gleiten. „Und was ist mit der da?" Stutzig geworden, deutete sie auf die Sanduhr des Malers neben dem Stapel vergilbter Briefumschläge und alter Zeugnisduplikate. „Willst du dich davon etwa auch trennen?"

„Nein, natürlich nicht!“, empörte sich Berta.
„Ich dachte schon.“ Der Tonfall, in dem ihre Gefährtin diese Worte aussprach, klang spitz.
„Was dachtest du?“, hakte Berta nach. Dorothea schaute sie nicht an, sondern wandte sich Baldur zu.
„Dass du es ihm nicht verzeihst“, erwiderte sie.
„Dass er gegangen ist?“
„Dass er *so* gegangen ist.“
Berta schwieg. Dorothea hatte ins Schwarze getroffen.
„Seit er weg ist, bist du anders geworden“, fügte sie hinzu.
„Papperlapapp! Ich bitte dich, Doro, übertreib es nicht, und außerdem: Alles ist anders geworden. Warum sollte ich da eine Ausnahme sein?“
„Lenk nicht ab.“
Trotzig sah Berta zum Fenster hinaus. Sie wusste natürlich, was Dorothea meinte. Seit Rogers Weggang hatte sie sich zurückgezogen. Immer öfter war sie bedrückter, als sie es sich selbst zugestand. Mitunter war ihr zumute, als wäre mit der Auswanderung des Malers eine Liebesbeziehung beendet worden. Und genau für diesen Umstand hatte Dorothea feine Antennen. Während sie Schäkereien mit anderen Frauen von jeher auf die leichte Schulter nahm, verhielt sie sich in Bezug auf Rogers zunehmend merkwürdig. Umso mehr, seit er fehlte. Zu Recht, wie Berta einräumen musste. Aber mit anderen Frauen hatte sie auch keine so tiefe Beziehung wie mit Dorothea oder Roger Treppat geführt. Außerdem kannte sie Roger viele Jahre länger als ihre Gefährtin. Mit ihm teilte sie eine Zeit, in der Dorothea noch gar keine Rolle in ihrem Leben gespielt hatte. Vermutlich war ihre Geliebte auf ebendiese diese Zeit so eifersüchtig.
Berta seufzte. Roger. Es war schwer, sich an diese neue Leerstelle zu gewöhnen. Auch nach mehreren Monaten noch. Und immer, wenn sie sich in Gedanken an ihn verlor, geriet sie ins Schwanken. Es jagte ihr Angst ein, dass seine Furcht vor der Zukunft stärker gewesen sein sollte als ihre Freundschaft, und ebenso wenig konnte sie es sich erklären, dass sie außerstande war, diese Trauer mit Dorothea zu teilen.
Genau dort lag der wunde Punkt zwischen den beiden Frauen.
Es läutete.
„Das wird der Fotograf sein!“, rief Dorothea durch den Flur, eilte zur Tür und ins Treppenhaus. Berta war erleichtert über die geschäftliche Unterbrechung. Sie erhob sich und schaffte rasch einen freien Platz an dem großen Arbeitstisch neben dem Sekretär. Die

aussortierten Briefe stopfte sie in den Kohleeimer neben den Ofen. Sie hatten den erstklassigsten Fotografen der Stadt, den sie bekommen konnten, bestellt: Wilhelm Hauschild. Seit ihrem Film und dank Dorotheas Arbeit bei der *N. T. Z.* interessierte sich zunehmend die Presse für die Berta-Habenicht-Schule. Deshalb brauchte sie repräsentative Fotos. Um den laufenden Schulbetrieb nicht zu unterbrechen, hatte sie die besten Mädchen für den heutigen Sonntag einbestellt, ebenso den Fotografen. Gern hätte sie – und Dorothea sicher noch lieber – Aenne dafür gewonnen, aber die Fotografin blieb sich ihrer Leidenschaft, nur industrielle Objekte abzulichten, treu.

Den großen Holztisch hatte Berta für das anstehende Arbeitsgespräch bereits freigeräumt, als sie im Treppenhaus neben Dorotheas Stimme eine weibliche hörte. Also doch nicht der Fotograf? Hatten sie sich etwa im Tag vertan? Rasch blickte sie auf ihren Tischkalender, der in goldenes Messing gefasst war. Das quadratische Pappkärtchen hatte sie erst heute Morgen ausgetauscht. Es zeigte Sonntag den 26. März. Das Gemurmel wurde lauter und Dorothea betrat den Flur. Neben ihr Ada Lessing. Die Geschäftsführerin der Volkshochschule wirkte seltsam gefasst.

„Ist etwas passiert?", rief Berta, eilte ihr entgegen und nahm sie in die Arme.

„Nein, nichts. Es ist alles in Ordnung", erwiderte Ada reserviert und befreite sich aus Bertas Umarmung.

„Ich wollte mich nur kurz von dir verabschieden." Dann warf sie einen unsicheren Blick auf Dorothea. „Von euch", korrigierte sie sich.

„So plötzlich? Wohin fährst du?", fragte Berta überrascht. Dorothea bemerkte, wie ihre Gefährtin erbleichte. Bitte nicht, dachte sie, nicht noch jemand.

Ada lächelte entwaffnend, und die gewohnte Wärme kam in ihre Augen zurück. Dennoch wirkte sie traurig. „Macht euch keine Sorgen, ich fahre auf Kur. Ich konnte nicht mehr auf die Sommerfrische warten."

„Aber was wird dann aus deiner Kandidatur?", mischte sich Dorothea ein. Berta runzelte besorgt die Stirn. Sie wussten beide nur zu gut, wie lange Ada darum gekämpft hatte, als Sozialdemokratin endlich einen Sitz im Parlament zu ergattern. Vor ein paar Wochen hatte es geklappt und sie hatten jubelnd darauf angestoßen. „Du bist Nachrückerin, Ada! Wie kannst du da jetzt verreisen?"

Ada stieß hörbar die Luft aus und stellte die Reisetaschen auf den Boden. „Sie haben die Quatschbude ausgemistet", erwiderte sie sarkastisch. Bei Berta läuteten die Alarmglocken. Wenn Ada begann, mit dem Vokabular der Braunhemden um sich zu werfen, musste es schlimm stehen.

„Was so viel bedeutet wie …?“ Fragend hob sie eine Augenbraue.

„… von allen guten Freunden der Judenpolitik gesäubert. Ich bin sozusagen entlassen.“ Langsam ließ sich Berta auf einem Stuhl nieder. „Du hast deinen Posten bei der Volkshochschule räumen müssen?“ Dabei musste sie sich an der Lehne festhalten. Ada nickte und Dorothea legte ihrer Gefährtin eine Hand auf die Schulter. Ada stand blass in der Tür, neben sich auf dem Dielenboden die beiden glänzenden, schwarzen Reisetaschen.

„Wann kommst du wieder?“, fragte Berta tonlos.

„Sobald es mir besser geht.“

„Und Theo?“

„Auch verreist.“

Wieder schwiegen sie. Alles Ungesagte hing wie eine dunkle Wolke im Raum.

„Und wo kann ich euch finden?“

„Du wirst keine Zeit haben, mich zu besuchen, Berta. Was glaubst du, wie viel ihr hier zu tun haben werdet? Sie kehren das Unterste zuoberst.“

„Alles wird anders“, flüsterte Dorothea erstickt und setze sich ebenfalls.

„Alles *ist* anders.“ Mit diesen Worten ergriff Ada Bertas Hand und zog sie fest an sich. „Passt auf euch auf!“ Dann verabschiedete sie sich von Dorothea, fasste nach den goldenen Henkeln der Taschen und ging zur Tür hinaus. Ihre Schritte klangen schwer, und es lag nicht am Gewicht der vollgepackten, ledernen Reisetaschen. Gerade wollte Berta die Tür hinter ihr schließen, als plötzlich eine männliche Stimme erklang. Jemand öffnete unten und Berta vernahm, wie Ada sich höflich bedankte. Dann fiel die Tür ins Schloss und abermals waren schwere, entschlossene Schritte zu hören, die die Treppen hinaufstiegen. Wilhelm Hauschild war gekommen.

„Bei diesem Licht sollten wir die Innenaufnahmen verschieben und lieber Außenaufnahmen in den Herrenhäuser Gärten machen“, schlug Wilhelm Hauschild vor. Berta nickte abwesend. Sie hatten eine knappe Stunde lang bei Tee und Gebäck den Auftrag besprochen und soeben die vertraglichen Vereinbarungen unterzeichnet. Draußen vor dem Fenster wärmte die Märzsonne bereits, als wäre es Anfang Mai. Zu dritt brachen sie auf. Dorothea war ein wenig überfordert gewesen mit der Entscheidung, ob sie besser den Wollmantel oder schon ihren Sommerüberzieher aus dem Schrank holen sollte. „Wir müssen auf die Mädchen warten und ihnen Bescheid sagen, dass wir uns in den Gärten treffen“, erinnerte sie ihre Freundin und schlüpfte in das wärmere Kleidungsstück.

„Ja“, erwiderte Berta beiläufig, „Kannst du das übernehmen? Ich fahre dann mit Herrn Hauschild schon mal vor und wähle die Motive aus. Sag den Mädchen, sie sollen sich gründlich aufwärmen, sonst gibt es Zerrungen. Und Umkleiden bitte erst, kurz bevor wir die Fotografien machen, ja?“

Die sonst so entschieden vorgetragenen Anweisungen klangen wie eine Bitte. Bertas Stimme war brüchig, und Dorothea sorgte sich um ihre Freundin. Noch mehr Freunde dürfen auf keinen Fall verschwinden, dachte sie, sonst kann ich mit ihr gar nichts mehr anfangen.

Auch Dorothea hatte der überraschende Abschiedsbesuch von Ada Lessing den Boden unter den Füßen entzogen. Mit jedem Tag überschlugen sich die Geschehnisse. Sogar die Flut der Briefe von Vera Grünbaum hatte schlagartig aufgehört. Das ging Dorothea alles zu schnell. Sie wusste nicht mehr, was sie davon halten sollte. Die zweifelhafte Sekte um den Herrn Hitler glich einer Pflanze, die ihre Äste und Wurzeln durch alle Schichten der Gesellschaft schob und Unheil anzurichten begann. Eine Pflanze, die sich von Feuer, statt von Wasser zu ernähren schien. Von der flammenden Wut der Braven und der Angst der Mittelosen. Der Reichstagsbrand vor wenigen Wochen war für die Nationalen ein Geschenk des Himmels gewesen, nur war er nicht als Wolkenbruch, sondern als Funkenregen über das ausgedörrte Land gekommen, und in Hannover nistete seit acht Jahren der Herr Menge in seinem Bürgermeistersessel. Er brütete nichts Gutes aus, wie man sah.

Eilends schloss Dorothea die Wohnungstür ab, nicht ohne vorher Baldur an die Leine zu legen und ihn nach unten zu tragen. „Hoffen wir, dass sich diese braune Operette bald ihrem Schlussakkord nähert“, murmelte sie in sein Fell. Doch der Pudel schaute sie nur teilnahmslos an. Berta stieg in den Wagen zu Wilhelm Hauschild, während Dorothea mit dem Hund auf dem Arm zu ihrem Opel schritt, um dort auf die Mädchen zu warten. Im Grunde könnte sie auch die Hälfte der Seminaristinnen einsammeln, dachte Berta, sagte aber nichts. Es war ihr egal, und außerdem wusste sie, wie heikel sich Dorothea mit den hellbraunen Ledersitzen anstellte. Für ihre geliebte Benzindroschke hatte sie gute anderthalbtausend Reichsmark hingeblättert. Lediglich Baldur durfte dort ohne spitzfindigen Bemerkungen Platz nehmen.

Eine einzige Wolke verdeckte die Mittagssonne, aber ihr Schatten reichte aus, um die dünn bekleideten Mädchen in leichten Leinenkleidern frösteln zu lassen, während sie auf die Anweisungen warteten. Ein frischer Wind tat sein Übriges.

„Was steht ihr herum wie die barocken Statuen? Immer in Bewegung bleiben! Regt euch, schwingt die Arme, lauft … ganz gleich, was ihr tut. Jede Bewegung ist eine gute Bewegung!"

Wirklich jede?, zweifelte Dorothea. Ihre Gedanken drehten sich noch immer um die unvermittelte Abreise der Lessings und die Nationalsozialisten. Dennoch registrierte sie mit Erleichterung, dass Berta wieder zu ihrer alten Form auflief. Weitschweifig gestikulierend erklärte sie Wilhelm Hauschild das Prozedere. Der Kapitän im Sturm ist wieder an Deck, dachte Dorothea beruhigt.

Sie sah, wie die Mädchen sich die grünen Seidengürtel enger um ihre Taillen schlangen, und vernahm das wiederwillige Getuschel wegen der Kälte, ahndete es aber nicht. Im Prinzip konnte sie die Mädchen verstehen. Schließlich trug sie ihren warmen Wintermantel aus gutem Grund. Selbst Baldur zitterte. Rasch packte sie eine Decke für ihn aus, zog ein kleines Puderdöschen aus Messing aus der Manteltasche, öffnete es und gab dem Hund ein sauber abgeschnittenes Stück Blutwurst. Die Mädchen quittierten es mit verhaltenem Grinsen. Zwischen den Hecken der barocken Gärten sah man bereits einige Frauen und Männer in den Beeten graben. Ein junger Mann mit Schubkarre verlangsamte seinen Schritt, als er die Tänzerinnen in ihren kurzen Leibchen und den langen Kleidern mit den bunten Bändern sah. Sie ignorierten ihn. Berta gab ihm ein ungeduldiges Zeichen weiterzugehen. Er störte das Bild.

„Beginnen wir mit den Paarübungen. Die kleine Mühle bitte", rief sie über die Rabatten und die Seminaristinnen nahmen Aufstellung. Hurtig kletterte der Fotograf auf die kleine Mauer, von der aus er sich eine attraktive Draufsicht versprach. So viel war ihm in der Zwischenzeit klar geworden: sobald Berta in ihre Arbeit eintauchte, spielte auch er nur noch die zweite Geige. Erstklassig hin oder her.

Über zwei Stunden waren sie schon zugange. Nachdem alle Tanzübungen bei den bronzenen Schildträgern absolviert waren, gingen sie zu den Wiesenflächen nahe dem Schloss, die Berta für die

Luftsprünge ausgewählt hatte. Wilhelm Hauschild verbrauchte drei Rollfilme, denn Berta hatte eine ganz bestimmte Phasenfolge im Auge.

„Blick nach vorn! Rechter Fuß rechts ausgerichtet, Becken parallel zum Oberkörper!", rief sie. Wilhelm Hauschild machte Aufnahme um Aufnahme, spulte weiter, kurbelte zurück, nahm den belichten Film heraus, wechselte die Rolle, lichtete erneut ab, hockte, stellte und legte sich sogar auf die Wiese. Aber Berta fand kein Ende. Eines ihrer Mädchen hatte immer eine mangelhafte Haltung oder einen zu laschen Arm. Irgendwann jedoch gab auch Berta auf.

Schließlich beorderte sie ihre Schülerinnen an die große, abgeschaltete Fontäne. Die Spiegelung am Beckenrand, das Doppelbild der Mädchen im Wasser hatten es ihr angetan. „Unsere Innenaufnahmen verschieben wir auf einen anderen Tag", wies sie den Fotografen an. „Ich denke, für heute sind die Mädchen zu abgekämpft für gute Aufnahmen." Der Mann nickte und packte seine Gerätschaften zusammen. Erleichtert schlüpften die Seminaristinnen in wärmere Kleidung. Lachend verabschiedeten sie sich voneinander und schüttelten Wilhelm Hauschild ehrfürchtig die Hand. Berta gesellte sich zu Dorothea und ihrem Pudel.

„Es war gut, dass wir ein bisschen draußen waren. Nicht wahr?", sagte Dorothea, als wäre das alles nur ein Privatspaziergang gewesen.

Berta nickte.

„Ich liebe diese erste Zeit des Aufbruchs", seufzte Dorothea. „Zumindest auf die Jahreszeiten ist noch Verlass."

„Arbeit gibt Kraft", erwiderte Berta und murmelte: „Was wäre ich bloß ohne sie."

„Ein Häufchen Selbstmitleid", erwiderte Dorothea.

41

Es war zwei Wochen später kurz vor vier, als es an der Tür läutete. Berta beugte sich gerade über die Abzüge der Fotoaufnahmen von Wilhelm Hauschild, die recht gut gelungen waren. Allerdings gab es, wie sie befürchtet hatte, keine einzige Aufnahme, auf der nicht irgendein Mädchen unvorteilhaft erschien. Doch insgesamt konnte sie stolz auf sich und ihre Mädchen sein.

Erneut klingelte es. Noch bevor sie zur Tür gehen konnte, hörte sie schon den Schlüssel unten an der Haustür. Wieder einmal war Dorothea mit dem Hund draußen gewesen. Einer ihrer unermüdlichen Versuche, Baldur bis an den Rand der Eilenriede zu bewegen. Offenbar war es ihr nicht gelungen, denn das Wegbleiben hatte knappe zehn Minuten gedauert. Wieso klingelte sie, wenn sie einen Schlüssel hatte? Brauchte sie Hilfe mit Baldur? Gedämpft hörte sie ihre Freundin mit jemandem streiten. Eine ältere Kinderstimme, aber männlich. Vielleicht ein Postbotenlehrling, nur, um diese Uhrzeit? Dorothea erhob die Stimme, dennoch konnte Berta nicht verstehen, worum es ging. Dann schlug die Tür hart ins Schloss.

Neugierig geworden näherte sie sich dem Fenster und schaute hinunter auf die Straße. Das Erste, was sie erblickte, war der alte Wetzlaff. Er stand am Bürgersteig auf der gegenüberliegenden Straßenseite, nickte zu ihr hinauf und feixte. Sein Grinsen gefiel ihr nicht. Ein paar Augenblicke später stürzte Dorothea in die Wohnung, und dann sah sie auch das Bürschlein vor dem Eingang ihrer Schule stehen. Dicht am Zaun auf dem Gehsteig. Der Wetzlaff-Enkel. Das Jüngelchen trug ein Schild um den Hals. Leider konnte sie nicht erkennen, was darauf stand, denn er wandte ihr den Rücken zu.

„Kindischer Hohlkopf!“, schimpfte ihre Gefährtin ungeachtet des erschreckten Hundes, als sie in den Flur trat. Winselnd verkroch sich Baldur unter dem Chaiselongue.

„Was wollte denn der Junge?“, fragte Berta.

In diesem Moment klingelte es ein weiteres Mal. Wutentbrannt stürzte Dorothea zurück ins Treppenhaus, aber Berta hielt sie zurück.

„Lass mich das machen“, sagte sie und schob ihre Freundin in die Wohnung. „Kümmert dich um den Prinzen.“

Geschwind stieg sie die Treppe hinab und öffnete die Tür. Da stand er – einen Kopf kleiner als sie. Die schwarz gemalte Kinderschrift auf dem Schild bellte sie an: *Geht nicht zu den Juden!* Ungläubig starrte sie dem Jungen in die Augen und bemerkte hinter ihm eine Bewegung. Noch immer der alte Wetzlaff. Er lehnte an eine Mauer. „Schickt dich der alte Kläffer?“, fragte sie.

„Arbeiten hier Juden in Ihrem Betrieb?“, erwiderte der Junge. Er trug seine Worte wie ein auswendiggelerntes Gedicht vor. Vielleicht war er bereits mehrere Stunden unterwegs und hatte seinen Spruch schon dutzendmal aufgesagt.

„Wir sind weder ein Geschäft noch ein Laden, sondern eine Schule. Für Mädchen. Deine Mutter weiß das eigentlich. Wenn du tanzen möchtest, hast dich hier gründlichst verirrt." Sie starrte auf sein Schild. Das braune Lätzchen aus Pappe baumelte um seinen schlanken Hals. Der Junge errötete, aber er gab nicht auf.

„Gehen Arier bei Ihnen zum Unterricht?"

„Hast du nicht zugehört? Es gibt hier keine Herren."

„Gehen hier Arierinnen zum Unterricht?"

„Mein lieber Junge, dies ist keine staatliche Einrichtung. Wir sind privat. Weder sitzen hier irgendwo Beamte herum, noch fallen wir unter die behördliche Auskunftspflicht. Hier wird getanzt. Ausschließlich. Steck deine Nase woandershin oder geh marschieren, wenn du dich bewegen willst."

Endlich schien er verstanden zu haben, wandte sich ab und trottete zum Gittertor hinaus. Der alte Wetzlaff war verschwunden. Nachdenklich stieg Berta die Treppen hinauf und fragte sich zweifelnd, ob sie sich trotz ihrer Wut unter Kontrolle gehabt hatte oder ob ihre Wortwahl sie verriet. Seit Adas angeblichem Kuraufenthalt war sie noch feinhöriger geworden. Am meisten sich selbst gegenüber. In Zukunft würde sie nicht nur peinlich darauf achtgeben müssen, nicht durch ihre „bedauerliche Neigung" aus dem Rahmen zu fallen, sondern auch mit ihrer Weltsicht hinter dem Berg zu halten. Was für ein heroisches Wort für rein menschliches Entgegenkommen, dachte sie. Selbstredend hatte sie jüdische Schülerinnen, sehr begabte sogar und sehr begüterte. Sie hatte auch katholische und evangelische. Eine Marxistin unterrichtete sie nicht, soweit sie wusste. Vielleicht aber war eine ihrer geförderten Schülerinnen aus Limmer Atheistin, aber selbst das war ihr gleichgültig. Auf Haltung und Bewegung kam es an. Wenn sie sich jetzt auch noch um die Konfession kümmern sollte, nähme die Bürokratie ja überhaupt kein Ende.

„Hast du ihm den Marsch geblasen?", empfing sie Dorothea.

„Allerdings"

„Frechheit!"

„Ja."

„Diese halben Kinder waren heute überall in der Stadt, sogar beim Kahlbutz war ein Bub in der Praxis."

„Unglaublich. Eine Respektlosigkeit sondergleichen, und?"

„Bernhard hat nicht darauf geantwortet, sondern ihn durch seine Brille angeschaut und besorgt gefragt, ob er behandelt werden möchte."

Berta lachte auf. Dann wurde ihr Blick wieder ernst. „Vielleicht sollten wir uns bald mit ihm treffen?"

Dorothea nickte, denn Dr. Kahlbutz war Jude. „Je eher, desto besser."

Zerstreut ging Berta zum Tisch zurück, schob die Abzüge der Fotos zusammen und legte den Stapel mit der glänzenden Seite nach unten auf das braune Packpapier, in dem sie verschickt worden waren. Gedankenverloren strichen ihre Finger über die Rückseite der Fotografien, auf denen der rote, runde Stempelabdruck von Wilhelm Hauschilds Fotoatelier zu sehen war: *Fördert deutsche Arbeit.* Ihr Blick fiel auf die Worte. Seit dem Besuch des Jungen hatten sie ihre Treuherzigkeit verloren.

„Eine geplante Aktion des spontanen Volkszorns!" Dorothea lachte spitz auf und ließ die Zeitung in ihren Schoß sinken. „Das ist ja formal schon ein Widerspruch in sich!"

Berta blickte von ihrer Schreibarbeit hoch. Ihre Freundin hatte sich sämtliche Zeitungen besorgt und studierte sie gründlich. Hin und wieder zitierte sie laut einige Textpassagen.

„‚Geplante Spontanität'? Was soll das sein? Der von oben organisierte, eigene Antrieb? Dass ich nicht lache. Und besonders erzürnt hat der blasse Jüngling auch nicht ausgesehen. Eher wie einberufen."

„Hast du Bernhard heute Mittag erreicht?", erkundigte sich Berta. Während sie den ganzen Vormittag damit verbracht hatte, die Osterzeugnisse zu schreiben, war Dorothea zum Annastift gefahren, um Dr. Kahlbutz zu treffen.

„Ja. Er war hocherfreut, mich zu sehen. Es kommt ja selten vor, dass ich ihn ohne Aufforderung aufsuche."

„Hatte er Zeit zum Reden?", fragte Berta.

„Ich bin nicht mit der Tür ins Haus gefallen, Liebes, sondern zwischen den Zeilen geblieben. Viele weiße Praxiswände haben inzwischen braune Ohren."

Berta schaute auf, aber ihr Blick ging durch Dorothea hindurch, als hätte sie die Worte nicht wirklich gehört.

„Könntest du bitte nach unten in den Saal gehen und Irma Dorn die Noten bringen?" Fahrig zog Berta unter einem Stapel Papier eine braune Mappe hervor. „Die Stücke, die sie einstudieren muss für die nächste Vorführung."

„Redest du von der großen Ausstellung im Künstlerhaus?", erkundigte sich Dorothea.

„Natürlich, von welcher denn sonst?", fuhr sie Dorothea an. Die leichte Reizbarkeit rührte von ihrer desolaten Verfassung. Eilig nahm sie die Noten an sich, ließ sich nichts anmerken und wandte sich zur Tür. Noch konnte Dorothea das aushalten. Beim Hinausgehen sah sie ihren Bademantel an der Garderobe und dachte an die schwarze Gagatbrosche, die noch immer in seiner Tasche steckte. „Deine spezielle Freundin wird sicher auch anwesend sein", murmelte sie.

Abrupt schaute Berta auf. „Wieso? Das ist doch gar keine GEDOK-Veranstaltung. Hast du etwa schon Einsicht in den Ablaufplan bekommen?"

„Flüchtig. Er wackelt aber noch. Die Abfolge war unklar, auch die Namen der Etüden. Aber Tanzschule Gellert-Daube ist auf jeden Fall dort angemeldet."

„Bitte nicht! Für die Hybris dieser Person habe ich Moment überhaupt keine Nerven. Von mir aus kann sie auch wegbleiben!" Dorothea ging hinaus und hielt auf dem Gang zum Treppenhaus plötzlich inne.

„Dein Wort sei mir Befehl", murmelte sie leise. Unvermittelt drehte sie sich um, ihr war eine Eingebung gekommen. Eine winzige Idee. Nichts Aktives, nichts Bösartiges, nur eine kleine Unterlassungssünde in einer Pressemitteilung, die in den Wirren dieser Zeit leicht entschuldbar wäre, und das Korpus Delikti, den ewigen Stein des Anstoßes, würde sie jetzt gleich entsorgen. Rasch lief sie zurück und befreite den Gagat aus der Tasche.

42

Valeria hatte sich beim Fotografieren vor den Kulissen der Herrenhäuser Gärten so heftig erkältet, dass sie einige Tage das Bett hatte hüten mussen. Nun fehlte die Abschlussnote für ihre letzte Lehrprobe in Haltungsschulung, und die Prüfungsstunde musste nachgeholt werden. Niemand fand das besonders amüsant, denn die Mädchen ihres Jahrgangs erwarteten längst ihre Zeugnisse und waren bereits in Vorosterstimmung. Noch einmal anzutreten, um die Versuchskaninchen für ihre Kommilitonin zu spielen, störte nur ihre Vorfreude.

Ein betriebsames Gedränge beherrschte die Enge des Umkleideraums in der Eichstraße. Missmutig zog die schmale Ilse das Gummiband ihres Schlüpfers über den Bauchnabel.

„Zu hoch!“, feixte Ruth laut. Das kurze, weiße Höschen aus dünnem Rippstoff flatterte bei Ilse um die schmalen Oberschenkel. Niemand von den Seminaristinnen mochte die lediglich durch ein daumenbreites Gummiband zusammengehaltenen, knappen Bewegungshöschen. Sie bedeckten wirklich nur das Nötigste. In Haltungsschulung war das jedoch unumgänglich, denn als Lehrerin in spe musste Valeria bei ihren Quasi-Elevinnen gut erkennen können, welcher Muskel nicht richtig arbeitete und was umgehend zu korrigieren war. Ebenso trugen sie keine Oberteile. Haltungsschulung wurde schon immer halb nackt ausgeführt.

„Zwei Wimpel im Sommerwind zwischen den Beinen! Wie anmutig!“, kicherte Waltraud und kippte in anzügliche Manier ihr Becken in schnellen Wechseln vor und zurück. Die weißen Schlüpfer zeigten mehr, als sie verdeckten. Übermütig kreischten die Mädchen.

„Bei mir flattert nichts“, bemerkte Gertrud trocken.

„Weil du dick bist!“, konterte Waltraud. „Bei dir hält das stattliche Hinterteil die ganze Geschichte zusammen.“ Abermals lachten sie. Wirklich niemand mochte die schlabbrigen Rippstoffteile zwischen den Beinen, aber die Witzeleien machten sie erträglich.

„Was stehst du da noch herum!“, schimpfte Ilse. „Mach hin, Ruth, zieh dich aus!“

„Jawohl!“, fingen die beiden anderen zu singen an: „Zieh dich aus, Petronella, zieh dich aus …“

„Ich hab meine Tage“, entgegnete Ruth unvermittelt und verschwand in Richtung Requisitenkammer. Dort verwaltete die Bragge die schuleigenen Tanzkostüme. In heiklen Fällen durften die Mädchen die braunen Halbhöschen aus der letzten Vorführung anziehen, die enger am Körper lagen und mehr bedeckten.

„Wie oft menstruiert sie eigentlich?“, erkundigte sich Gertrud spitz.

„Frag mal lieber, wie lange?“, konterte Ilse.

„Dauernd“, murmelte Valeria.

„Hat sie eigentlich irgendjemand von euch schon mal ohne dieses braune Extrahöschen gesehen?“, fragte Waltraud. Die Mädchen gackerten. Ruth wusste sich zu entziehen. Aus diesem Grund wurde sie auch die gern die *Blutruth* genannt.

„Alles nur, weil du gleich beim kleinsten Frühlingslüftchen aus den Latschen kippen musst!“, schimpfte Ilse. Valeria verzog keine Miene. Die Prüfungsanspannung stand ihr ins Gesicht geschrieben.

„Hat eigentlich eine von euch schon die Fotografien vom Hauschild gesehen?“ fragte Trude. Unisono schüttelten die Mädchen die Köpfe.

„Spätestens beim Tanzen im Künstlerhaus bekommen wir die zu Gesicht. Zur Ausstellungseröffnung“, erklärte Waltraud.

„Übrigens, wusstet ihr schon? In Russland, also im Süden hat man alle Pferde, also wirklich alle …“ Ein Lachanfall übermannte sie. Das Mädchen hatte ein so ansteckendes Lachen, dass ihre Kameradinnen spontan einfielen – alle, bis auf Valeria und Ilse.

„Das Land heißt Sowjetunion“, bemerkte Ilse mit Nachdruck, aber keines der Mädchen ging darauf ein. Sie wollten wissen, was mit den russischen Pferden war.

„Also“, setzte Waltraud noch einmal an: „Alle Pferde sind mit einem Lichtbildausweis ausgerüstet worden!“

„Nein!“

„Doch.“

„Du schickst uns in den April!“

„Steht in der Zeitung!“

„Aber warum sollten sie das tun?“

„Wegen der Pferdediebe.“

„Das ist ungerecht. Ich möchte auch einen Ausweis!“, empörte sich Trude.

„Warte, bis du großjährig bist!“, sagte Waltraud.

„Aber sie hat ein Pferdegebiss, das reicht vielleicht, um eher einen zu kriegen, zumindest da“, mischte sich Ilse wieder ein. Waltraud wieherte laut und fröhlich. Über solche Anspielungen war sie erhaben. Plötzlich stand Ruth wieder in der Tür des Umkleideraums. Ohne braunes Höschen.

„Was ist? Schlüpfer-Engpass?“, frotzelte Waltraud.

„Noch alle in der Wäsche!“, ergänzte Ilse grinsend. „Wegen der weißen Wochen!“

Ruth schüttelte den Kopf.

„Glaubt dir die Bragge deine Empfangsstörungen nicht mehr?“

„Die Bragge ist gar nicht gekommen“, stieß Ruth hervor. „Die Prüfungslehrprobe fällt aus, und die Zeugnisausgabe morgen wird verschoben. Wir haben zwei Tage frei. Hat Frau Habenicht angeordnet, wegen der Beerdigung.“

Valeria erbleichte. „Etwa die Bragge?“, fragte sie tonlos.

„Nein. Ihr Hund ist gestorben.“

43

Mit geschlossenen Augen und in eine hellblaue Decke gewickelt ruhte der tote Pudel auf dem Tisch des Sargbauers. Neben ihm lag ein mit blauer Borte versehener Leinensack, auf dem wiederum ein handtellergroßes rotes *B* appliziert worden war. Die Modistin Fradel Goldstein war angewiesen worden, so schnell wie möglich das Leichengewand für den verstorbenen Hund anzufertigen. In der Werkstatt stellte sich heraus, dass der Kindersarg, für den Berta sich kurzerhand entschied, zu kurz war.

„Einen anderen habe ich im Moment nicht da." Der Holzbauer hob bedauernd die Schultern. Berta stöhnte leise auf. Was nun? Dorothea lag zu Hause im Bett und konnte noch nicht einmal weinen. Mitten in der Nacht, als es passiert war, hatte Doro einen heftigen Migräneanfall erlitten. Der Campari, sonst so erfolgreich, blieb wirkungslos. Er hatte sie nur mehr aufgelöst und an Schlaf war nicht zu denken gewesen. Auch das Aspirin-Pulver half nicht. Jedes Mal, wenn ihre Freundin aufschluchzte, durchfuhr ein messerscharfer Schmerz ihren Kopf. Das morgendliche Aufstehen erübrigte sich, und so war Berta schließlich, nachdem sie die Lehrprobe abgesagt hatte, mit dem toten Hund allein zum Sargbauer gefahren. Die Frage, wie es weitergehen sollte, stand noch immer im Raum.

„Wann wollen Sie das Tier denn beerdigen?", fragte der Mann. Die hohe und sanfte Stimme passte nicht zu seiner Erscheinung; dieser kahlköpfige Verbrecherschädel samt den dunklen Augenringen lassen ihn unheimlicher erscheinen, als er es ist, dachte Berta.

„Morgen Vormittag", erwiderte sie.

„Bis dahin kann ich keinen größeren herstellen. Leider. Wollen Sie mit der Beerdigung noch warten?"

„Auf gar keinen Fall", erwiderte sie schroff. Sie hatte das Gefühl, jeden Tag, den sie länger mit dem leblosen Tier verbringen müssten, machte ihre Freundin nur kränker. Sobald ihr Liebling unter der Erde läge, würde sich Dorothea sicher beruhigen. Baldurs Tod ging zwar auch Berta nahe, aber der desolate Zustand, in dem sich ihre Gefährtin jetzt befand, war schlimmer. Berta beschlich sogar das Gefühl, die überbordende Fülle an Trauer, welche Dorothea gerade empfand, enthob sie selbst aller Affekte. Sogar der Anblick des verstorbenen Hundes auf der blauen Decke neben dem kleinen Holzsarg ließ Berta kühl. Zu kühl, wie sie sich eingestand. Aber wenn sie sich jetzt auch ihrem Kummer hingäbe, würde alles aus dem Ruder laufen. Es genügte schon, dass zwei Tage Schulausfall der Preis dafür waren, ihn angemessen zu bestatten. Standesgemäß zwar, aber diese Tage bedeuteten Nacharbeit in der Schule.

„Er muss jetzt unter die Erde, koste es, was es wolle."

„Hm", brummte der Holzbauer und nickte nachdenklich.

In der Werkstatt roch es nach frischem Holz, Leinöl und Kiefer. Der würzige Duft erinnerte Berta an ihre geneinsamen Spaziergänge im Wald und an der Nordsee. Die würden nun ohne Baldur stattfinden. Der Mann kniff stirnrunzelnd die Augen zusammen und sagte leise: „Vielleicht gehen Sie einmal vor die Tür."

Mit sanftem Kopfnicken wies er auf einen Seitenausgang, der zum Hinterhof führte. Sie tat, wie ihr geheißen. Als sie den Innenhof betrat, hörte sie hinter der dünnen Holztür ein knackendes Geräusch. Kurz zuckte sie zusammen, fing sich und atmete tief durch. Als weiter nichts geschah, schlenderte sie ein wenig im Hof herum. Aus den Kellerfenstern drang der Geruch von Abfall herauf und von oben zog ein würziger Dunst von Kohlsuppe Richtung Toreinfahrt. Es war zugig und kühl, und sie hatte noch nichts gegessen. Ihr Magen hob sich, und rasch unterdrückte sie die aufkommende Übelkeit. Vor der Torausfahrt sah sie zwei Gassenjungen, die Passanten nach Zigarrenstummeln anbettelten. Ihr Blick ging zurück, glitt die Wände des lichtarmen Innenhofes hinauf und endete im wolkenverhangenen Himmelsquadrat. Was für eine Grotte, dachte sie, Lurche vermögen hier zu leben, aber Menschen?

„Sie können jetzt reinkommen. Ich hab's passend gemacht", hörte sie die Stimme des Mannes. Erleichtert verließ sie das nach Schimmel riechende Atrium. Der kräftige Holzgeruch empfing sie. Duft von Leben. Kurz schloss sie die Augen und in Erwartung des Schlimmsten betrat sie den kleinen Raum.

„Es ist vorbei", beruhigte sie der Sargbauer. Er hatte den Hund bereits mit der Decke zusammen in den Leinensack bugsiert. Berta sah erleichtert, wie sich der schmale Sargdeckel endgültig über dem Berg aus Fell, blauer Wolle und verziertem Leinen verschloss. Sie war dem vierschrötigen Mann dankbar, dass er ihr den Anblick des Genickbruchs erspart hatte, zahlte schnell das vereinbarte Honorar samt kräftigem Trinkgeld und machte sich auf den Heimweg. Die Gassenjungen in der Toreinfahrt hinter sich lassend, eilte sie in Richtung Elektrische. Als die Bahn an den beiden Jungen vorbeiratterte, sah sie durch die staubverschmierten Fensterscheiben, wie sie eine alte Pfeife mit ihren erbettelten Stummeln stopften. Frech grinsten sie der Bahn hinterher. Was für ein anderes Dasein, dachte sie, aber wenigsten Leben. Nach drei Stationen stieg sie aus. Zu früh, doch sie wollte sich bewegen, den

Kopf freibekommen, bevor ihr noch schwerer ums Herz wurde. Jede Bewegung ist eine gute Bewegung.

Zu Hause angekommen, fand sie Dorothea schlafend. Endlich dachte sie. Von dem Genickbruch würde sie ihr nichts erzählen.

„Else Marie hat mich neulich nach der Probe in der Volksbühne ausgehorcht, wie du deinen Geburtstag feiern wirst", erzählte Erwin, als er mit Lieselotte am ersten Samstag im April durch die Eilenriede spazierte. Arm an Arm schlenderten sie der Nachmittagssonne entgegen, die weich durch das Frühlingsgeäst auf den sandigen Weg fiel. Diese langen Spaziergänge gehörten zu ihren wenigen Ritualen außerhalb der Schule, und meistens spazierten sie über die breiten Wege unter den Kronen der Laubbäume entlang. Zwischen den Stämmen rechts und links leuchtete es. Ein Buschwindröschen-Meer überzog in sanften Wellen die Unebenheiten des Waldbodens und verdeckte das modrige Laub des Winters unter seinem Blütenteppich. Der gesamte Stadtwald war übersät mit weißen Sternen. An den Ästen der Bäume brachen die Blattspitzen hervor. Kleine kugelige Knospenköpfe mit grünen Schnäbeln.

„Ich dachte dieses Jahr an etwas Besonderes", erwiderte Lotte schwärmerisch. „Tante Almut habe ich jedenfalls geschrieben, dass ich den Stadthallenpark im Auge habe. Das wird ihr sicher gefallen."

„Stimmt", erwiderte Erwin. „Praktisch. Links die Weinveranda für Almut und rechts die Bierterrasse für Winfried."

„Vor allem ist es schön dort", träumte Lotte. Sie mochte das Bassin mit der Wasservogelskulptur besonders. Immer wieder spazierte sie dorthin, manchmal allein, manchmal mit Erwin, und wenn die Abendsonne den Stadthallenpark um den Kuppelsaal in ein mildes Licht tauchte und die Alleen mit den Beeten so schöne Linien bildeten, keimte immer wieder der Wunsch in ihr auf, dort zu tanzen.

„Aufatmen", sagte sie.

„Was?", fragte Erwin.

„Ach, ich dachte gerade, das wäre ein schöner Titel für eine Tanzetüde im Stadtpark. Weißt du? Dort, wo die Schwäne stehen?"

„Jetzt bist du schon wieder bei der Arbeit!" Erwin lachte, und sie stimmte ein. In diesem Punkt schwangen sie auf einer Ebene. Arm in Arm erreichten sie den Waldrand mit Blick auf die große Stadthalle. Stimmungsvoll waren die Grünflächen mit jungen Krokussen aufgeheitert worden.

„Mir imponiert, wie Else Marie sich entwickelt hat“, sagte Erwin beiläufig.

„Wie kommst du jetzt auf Else?“

„Sie hatte mich nach deinem Geburtstag gefragt.“

„Ach ja.“ Lotte nickte. Sie wusste, dass Erwin ihrer Freundin diesen neuen Schneid niemals zugetraut hätte. Viel zu lange hatte er sie nicht ernst genommen und als schwatzhaft abgetan. Der unter ihrem „Redefett“ verborgene Schatz – ihre enorme Energie – war ihm dabei entgangen.

„Aber mal ganz abgesehen von Else“, sagte Lotte, „ich finde, so insgesamt betrachtet, sollte sich unsere Kultur zurück zum Naturerlebnis statt zum Nachtleben bewegen.“

„So?“ Misstrauisch musterte er sie. Er war sich nicht sicher, ob Lotte damit auf den einmaligen Ausreißer in der Roten Mühle anspielte. Die ganze Geschichte lag nun schon Jahre zurück, dennoch saß sie noch immer wie ein Stachel in seinem Fleisch. Auch wenn Lotte nie mehr darauf zu sprechen gekommen war, auch wenn er sich an gewisse Teile dieses Abends nicht mehr erinnerte, so übermannte ihn doch hin und wieder eine Woge starker und unbestimmter Sehnsucht. Lieselotte war seine erste und einzige Frau. Er hatte sie und keine andere gewollt. Er verachtete die jungen Turner im Verein, die jeden Abend wie wild in Hannover oder Umgebung herumtollten, einen Zug bestiegen und danach irgendein Mädchen. Erwin wusste natürlich, dass er an jenem berauschenden Abend in der Mühle etwas Verbotenes getan hatte. Das Dumme an der Sache war, dass es sich aber richtig angefühlt hatte. Die warme Weichheit und die Fülle von Else Maries Brüsten in seiner Hand … dort im Halbdunkel. Er hatte sich zum ersten Mal als Mann gefühlt. Elses drängendes Begehren, Artjoms sektgeschwängerter Atem … seit jenem Abend hatte Erwin immer das Gefühl, Lieselotte wäre aus Holz.

„Was schaust du so? Habe ich etwas Falsches gesagt?“ Seinen Gedanken entrissen, schaute er auf. In Lottes Stimme lag kein Vorwurf, keine Spitzfindigkeit, nur Wärme und ihre Miene spiegelte Heiterkeit. Er schüttelte den Kopf und suchte in seiner Jacke nach Zigaretten.

„Erzähl nur weiter“, bat er. Wenn Lotte ins Reden kam, hörte er gerne zu. Auch das liebte er an ihren ausgiebigen Streifzügen.

„Erinnerst du dich noch an unser Gespräch, als wir uns zankten und als du glaubtest, dass ich denke, dass das Politische nicht auf die Bühne gehört?“

„Ja.“

„Ich finde, ein Mensch sollte verwurzelt sein. Nach innen und nach außen. Das möchte ich gerne ausdrücken, und wenn so was politisch ist, dann gern." Er lächelte bei ihren Worten. Den Wunsch, aufzugehen in einer Sache oder einer „Tanzfamilie", teilte er ohne Frage. Es war ihre unversehrten Familie, eine, die sie nie gehabt hatte. „Wenn es also darum ginge", fuhr Lotte heiter fort, „die Menschen aus den dumpfen Schulhöhlen hervorzulocken in Regen und Sonnenschein und sie wegzuzrerren von den zerkratzten Pulten, hinaus und mitten in den Wind! Wenn das eine Politik ist, will ich gerne kandidieren!"

Flammende Röte war in Lottes Wangen geschossen und ihre blauen Augen leuchteten. Erwin fühlte die verschüttgegangene Zuneigung in sich aufglimmen, spürte den längst vergessenen Stolz auf Lotte, als er sie das erste Mal getroffen hatte in der Windmühlengasse. Wie furchtlos und ernsthaft sie gewesen war. Ihre Beherztheit, sich dem Elend zu entziehen, ihre Sprödigkeit, ihn zu prüfen, bevor sie ihm das Ja-Wort gab, und nicht zuletzt ihr Wille, ihren Weg zu gehen bis zum Letzten. Er wollte sie küssen, hier und jetzt – auch, um das Bild von Else Marie zu vertreiben. Mitten auf dem Weg zog er sie an sich.

„Lass mich!", lachte sie und schubste ihn weg. „Jetzt doch nicht, du Dummkopf, wo wir gerade so schön reden. Hast du mir überhaupt zugehört?"

„Natürlich habe ich dir zugehört", rechtfertigte er sich. „Darum ja!"

„Dann sag lieber etwas dazu!", befahl sie.

„Wollte ich ja."

„Indem du mir die Mundhöhle ausschleckst? Du nimmst mich einfach nicht ernst."

Erwin seufzte resigniert, ließ von ihr ab und fischte in seiner Hosentasche nach Zigaretten.

„Also gut, was willst du wissen?"

„Was du von dieser Art Politik hältst?"

„Ehrlich gesagt?"

„Ehrlich gesagt."

„Das ist mir zu privat. Ein Rückzug. Einfach im eigenen Körper verschwinden, das ist mir zu wenig."

„Einfach irgendwann im Gefängnis verschwinden. Ist dir das genug?", entgegnete Lotte empört. Ihr Lächeln war verschwunden.

Erwin wand sich. Er war zwiegespalten. „Ja", räumte er schließlich ein. „Du hast ja recht. Es ist schlimm im Moment, aber das geht vorbei. Das ist das letzte böse Aufbäumen der Dummheit in unserer Gesellschaft." Inzwischen liefen sie wieder nebeneinander her. Seine Hände suchten noch immer die Selbstgedrehten. Fahrig zog er schließlich sein Etui aus seiner Manteltasche, fingerte eine Zigarette heraus und zündete sie an. Dann fuhr er etwas zuversichtlicher fort: „Vielleicht ist es sogar hilfreich für uns alle, wenn Hitler jetzt an der Macht ist. Es ist sowieso nur eine Frage der Zeit, bis wir zu sehen bekommen, wie schnell er sich abwirtschaftet."

„Nach dem Abfackeln des Reichstags haben sie sogar in Hannover über hundert Menschen hinter Gitter gesteckt. Was hätte ich denn gemacht, wenn du einer von ihnen gewesen wärst, Erwin! Was wäre mit unserer Schule?"

Er blieb stehen und packte sie bei den Schultern. Beinahe erwartete sie, er würde sie im nächsten Augenblick durchschütteln. Aber genauso schnell, wie er zugepackt hatte, ließ er sie frei.

„Ich werde hierbleiben, Lotte", versicherte er lauter als nötig. „Ich werde nicht ins Gefängnis und auch nicht ins Ausland gehen. Das verspreche ich dir. Aber ich gehöre nicht zu denen, die ihre Parteiarbeit mit der Stechuhr ableisten und nach Feierabend die ganze Arbeiterbewegung in ihrer Schreibtischschublade verschwinden lassen."

„Wie willst du denn weitermachen wie bisher und dabei unsichtbar bleiben, du Dickschädel?"

„Meine Illegalität wird darin bestehen", Erwin sog den Rauch seiner Selbstgedrehten tief ein, „dass die Dummen meine Botschaften nicht lesen können. Ich verschlüssele sie so, dass nur diejenigen sie begreifen, die sich in der Lage sehen, dieses Dreckszeug wieder aus der Welt zu schaffen."

„Das ist mir zu konfus. Erwin, ich habe Angst."

„Wenn unsere Schule nicht das bleiben kann, was sie jetzt ist, Lotte, dann wird es irgendwann auch nicht mehr unsere Schule sein."

„Die Nazis sind aber nicht nur dumm, Erwin."

„Einstein behauptet das aber. Wir Kommunisten haben ein Programm, Lotte. Das haben die nicht. Die haben nur Angstmache und Lobet-den -Herrn-Sprüche."

Lotte ließ sich nicht beirren. „Was nützen denn die ganzen ausgefeilten Pläne der Kommunisten, wenn man erst Akademien besuchen muss, um sie zu verstehen? Die Nationalen versprechen uns, dass das Leben durch sie besser wird. Schnell und auf dem kurzen Dienstweg. Und es sind nicht alles Nazis, die das möchten.“ Lieselotte dachte an ihre Mutter. Seit der Herr Hitler mit seiner warmen Stimme zu den Menschen predigte, leuchteten auch ihre Augen wieder. „Und die Bühnenwende …“, fuhr sie sorgenvoll fort.

„Meinst du die Entlassung unseres Intendanten?“

„Es stand ja in der Zeitung. Ja. Was ich meine, ist, sie haben auch das ganze Theatergewerbe im Auge. Die Bühne. Und da stehen wir auch immer mit einem halben Bein drauf.“

„Spielst du jetzt wieder auf *Linksran!* an? Wir dürfen uns nicht einschüchtern lassen. Else Marie hat jedenfalls keine Bedenken, weiter an dem Programm mitzuarbeiten.“

„Herrgott, ich meine doch nicht Else Marie. Wie kommst du nur immer wieder auf Else Marie!“ Augenblicklich schwieg er, während sie fortfuhr: „Ich rede davon, dass *auch wir* mehrmals im Jahr Stücke aufführen.“

Erleichtert stieß er den Rauch aus. „Keine Angst, Lottchen, wir machen Tanz. Und Tanz hat eine eigene Sprache, und die, die muss man erst mal verstehen.“

„Ich habe trotzdem Angst.“

„Wir kommen da durch“, sagte er. „Ich versprech's. Aber erst mal wirst du siebenundzwanzig.“

Die Fenster schlossen nicht mehr richtig. Seit dem letzten Winter ließen sie noch mehr Feuchtigkeit und Zugluft durch, und das Geld reichte hinten und vorne nicht, sie instand zu setzen. Lieselotte konnte von Glück sprechen, dass Erwins guter Name als Regisseur der Kinderoper noch immer so hochgehalten wurde und dass die begüterten Eltern Hannovers ihre Sprösslinge zu ihnen schickten, auch wenn es tropfte und zog. Dass sie den Unbill der maroden Bausubstanz in Kauf nahmen, nur um der hohen Kunst willen.

Mit einem energischen Handgriff rollte sie die dünne Wolldecke zu einer strammen Wurst zusammen und stopfte sie vor die Ritzen des undichten Fensters. Als sie auf den Gehsteig zur Langen Laube hinuntersah, entdeckte sie Käthe Pfeiffer – in ein lebhaftes Gespräch mit einer jungen Frau verwickelt. Das andere, kräftig gebaute Mädchen hielt zwei junge Hunde in einem Körbchen unter dem Arm, die sie Käthe mit großem Vergnügen zeigte. Käthe bog ihren Oberkörper nach hinten und ihr helles und glockenreines Lachen drang sogar durch die geschlossenen Fensterscheiben hinauf. Trotz der traurigen Geschichte mit ihrer ungewollten Schwangerschaft hatte sie sich ihr fröhliches Gemüt bewahrt.

Neugierig geworden, öffnete Lieselotte das Fenster einen Spalt und lauschte hinaus.

„Zum Totlachen!", hörte sie und: „Ist ja nicht zu glauben, so viel Herz hätte ich der gar nicht zugetraut." Mehr konnte sie nicht verstehen, also schloss sie das Fenster wieder, in der Hoffnung, Käthe würde ihr schon alles berichten. Das tat sie gern, besonders dann, wenn es etwas zu lachen gab.

„Wer war das, vorhin vor der Tür?", erkundigte sich Lieselotte, als sie mit Käthe im kleinen Büro stand und ihr zeigte, in welche Tabellen sie die Stundenpläne zu schreiben hatte.

„Das war eine von den Habe-Nichten!", ulkte Käthe froh. „Trude, Trudchen, also Gertrud, meine ich. Sie hat mir erzählt, dass sie in der Schule zwei Tage frei bekommen hätten, weil der Pudel vom Fräulein Bragge gestorben ist. Jetzt bringt Trude ihr gleich neue. Zwei Stück auf einmal. Zur Sicherheit. Doppelt hält besser. Aber es sind keine Pudel, das verträgt die Bragge jetzt nicht, deshalb bringt sie zwei Terrier. Das sind die Welpen aus dem Wurf von …"

„Der Habenicht ist der Köter krepiert?", fragte Lotte.

„Ja. Und der Bragge auch", erklärte Käthe mit wichtiger Miene.

„Und diese Trude ist eine aktuelle Habenicht-Schülerin?"

„Ja. Eine sehr gute sogar. Sie hat nur Einsen auf ihrem Zeugnis, aber Frau Habenicht sagt immer, sie sei zu dick. Obwohl die ja selbst wie ein Tanzbär aussieht." Käthe lachte und entschuldigte sich sofort. „Das sagt Trude. Nicht ich." Lotte winkte schmunzelnd ab, was Käthe ermunterte weiterzureden. „Aber wer bei der Habenicht eine gute Figur hat, der wird sowieso immer bevorzugt. Dann ist bei der immer alles in Ordnung. Dann lässt sie der alles durchgehen und sogar, wenn die falsch tanzt, wird schön alles zugedeckt, da sieht die Habenicht dann nicht mehr so genau hin. Nur die Trude hat die Habenicht ständig auf dem Kieker." Das Mädchen schüttelte den Kopf. Sie hatte während ihrer munteren Berichterstattung höchstens einmal geatmet.

„Das klingt, als hätte sich nicht viel geändert. Allerdings war sie damals gerecht mit den Noten", erklärte Lieselotte. Es erheiterte sie, aus zweiter Hand zu erfahren, was in ihren alten Schulräumen jetzt so vor sich ging. Seit dem letzten großen Affront mit der Laban-Mahnung herrschte zwischen ihr und Berta Totenstille.

„Trude hat mir auch erzählt, dass sie mit dem abgeschlossenen Semester im Künstlerhaus tanzen. Im Juni!"

„Ich weiß", sagte Lotte kurz angebunden. „Wir doch auch."

44

Auf einer gusseisernen Bank vor dem Mütter- und Säuglingsheim in der Berckhusenstraße saß Dorothea Bragge. Rechts und die links neben ihr lagen die schläfrigen Hundebabys. Beidhändig kraulte sie ihnen das Nackenfell. Berta, die im Versorgungshaus ihre Stunden in Säuglingsgymnastik gab, hatte ihr angeraten, doch wenigstens einen kleinen Spaziergang durch das Blütenmeer – den grünen Sternenhimmel der Eilenriede –, wie sie ihn nannte, zu versuchen. Aber seit Berta das Tor zum Mütterheim durchschritten hatte, saß Dorothea hier herum. Anderthalb Stunden schon. Noch nicht einmal den weitläufigen, schönen Garten des Hauses hatte sie Lust zu besichtigen. Sie ahnte durchaus, dass es nicht gut war, sich so gehenzulassen. Aber was sollte sie tun? Ihr fehlte nun mal die Kraft.

Aus dem Garten schwappte leises Kindergeschrei zu ihr herüber. Sie fühlte sich menschensatt. Erst vorgestern hatte man ihr die kleinen Fellknirpse vorbeigebracht. Eine tröstliche Geste, die von ihrem Kummer ablenken sollte. Die beiden Tierchen waren quirlig und wollten versorgt werden. Sie stammten aus Martin Rissmanns schottischer Zucht. Wie oft hatte sie in seinem Geschäft *Alles für den Hund* eingekauft, in der Schmiedestraße, als Baldur noch da war. Ein schönes, großes Haus, in dem sich der Herr Rissmann jedes Mal aufführte wie ein Hundenarr. Auf seiner Dachterrasse im vierten Stock hatte er einen großen Zwinger gebaut und Dorothea oft dort hinaufgeführt, wenn sie einmal wieder etwas bei ihm gekauft hatte. Dort oben tummelten sich zahlreiche Terrier, wedelten mit dem Schwanz und sprangen bellend herum. Einmal hatte der Riemenmeister ihr damit imponieren wollen, wie auf seinen Pfiff hin sämtliche seiner Angestellten losliefen und ihm die „Hundchen" brachten – ausführfertig! Das hatte Dorothea gefallen, und vielleicht hatte der Meister sie ins Herz geschlossen, denn warum sonst lagen plötzlich zwei aus seiner Zucht neben ihr auf der Bank? Ihre Schülerin war eine seiner Nichten, und Dorothea wusste die Geste zu schätzen. Schottische Terrierbabys – eigentlich müsste ihr das Herz aufgehen.

In ihr ging es aber nur auf und ab. Nach Baldurs Beerdigung meinte sie, jetzt gäbe ihr Herz endlich Ruhe. Und gestern war durchaus ein heller Tag. Sie hatte sogar zu scherzen versucht. Als Berta wieder über dunkle, kommende Zeiten orakelte, hatte sie ihr geantwortet: „Und wenn morgen die Welt unterginge, so würde ich noch heute die Hunde ausführen." Ihre Gefährtin hatte gelächelt und bezüglich ihres Zustandes Hoffnung geschöpft. Im Moment war sie aber wieder in der Abwärtskurve. Eine Berg- und Talfahrt war das. Nur der Schmerz blieb Bestandteil ihrer Tage. Da musste man eben durch. Sie lehnte sich zurück und nahm einen tiefen Atemzug. Nach Bertas Unterricht waren sie mit Bernhard Kahlbutz verabredet. Dann würde sie lange genug im Stadtwald herumlaufen. Im Moment bräuchte sie sich noch nicht aufzuraffen.

„Die Vereinigung für Krüppelfürsorge will mich aus dem Annastift haben." Bernhard Kahlbutzs Schnurrbart zuckte vor unterschwelliger Ärger, als sie zu dritt unter den spärlichen Schatten der Bäume entlangschlenderten. Im Stadtwald fühlten sie sich unbelauschter als in einem der Cafés. Niemand kreuzte um die Tageszeit ihren Weg, nur hin und wieder schimpfte eine Elster oder zeterte ein Eichelhäher. Kurz überlegten die drei, zum Ausflugslokal Bischofshol im Herzen der Eilenriede zu schlendern, ließen aber von dem Gedanken ab. Es gehörte Ada Lessings Vater, und Berta mochte im Moment nicht an die ominöse Abreise erinnert werden.

Der Frühling war mit aller Macht ausgebrochen, und das satte Grün wirkte heilsam. Bernhard war unfähig, Gefühle zu zeigen, aber der Umstand, dass er entlassen werden sollte, kratzte empfindlich an seiner Fassung. Dass es dem besonnenen Mann an die Nieren ging, bemerkte sie am Zittern seiner Hände, als er nach der Zigarrendose griff. Beinahe wäre ihm das teure Stück auf den feuchten Boden gefallen.

„Du bist dort Chefarzt, seit es meine Schule gibt, seit elf Jahren!", erboste sich Berta.

„Theodor ist auch Professor. Das zählt nicht mehr. Nichts zählt mehr", wischte Dorothea Bertas Einwand beiseite und half einem der zappelnden Hunde aus der Lederschlinge.

„Noch schützt mich ja Pastor Arends", sagte Bernhard. Unter den buschigen Brauen hoben sich seine Augen hoffnungsvoll. Nun sah er aus wie ein bekümmerter Uhu. Dorothea seufzte und hielt die Leinen kürzer. Inzwischen hatte die Zigarre ihren Platz zwischen seinen Lippen gefunden und Berta gab ihm Feuer.

„Der Vorsteher des Annastifts?", erkundigte sie sich.

Bernhard nickte.

„Als Inhaber des Bronzenen-Verwundeten-Abzeichens genieße ich selbstredend Schutz, so fordert er."

„Gut, dass es noch Leute mit funktionierendem Gehirn gibt", bemerkte Dorothea und bemühte sich, zuversichtlich zu wirken.

Bernhard sah sie an. Sowohl seine traurigen, braunen Augen als auch die Schatten darunter verrieten ihr, dass es ihm schon länger schlechtging.

„Da schützt mich der alte Krieg vor den neuen Kriegstreibern, wie grotesk ist das bitte?“ Höhnisch lachte er und blies den Rauch in kurzen Stößen aus.

„Hitler will keinen Krieg. Wir sollen friedlich arbeiten können und unsere Ruhe haben.“ Im selben Moment begriff Dorothea jedoch die Absurdität ihrer Bemerkung.

Gereizt murmelte Bernhard: „In meinem Fall trifft das ja wohl eher nicht zu.“

„Er ist ein wildgewordener Kasper, Bernhard. Das Theater dauert sicher nicht mehr lange“, sagte Dorothea schnell und fügte leise hinzu: „Aber was will man schon erwarten von einem dreizehnten Kanzler?“

„Den ultimativen Fluch für einen hundertjährigen Schlaf in Deutschland“, warf Berta ein.

„Sie hat keinen Schlaf verordnet, sondern den Tod“, korrigierte Dorothea ihre Gefährtin. „Falls du auf die dreizehnte Fee anspielst.“

„Fragt sich nur, wer jetzt den Fluch abmildert“, erwiderte Berta. Bernhard schien dem Geplänkel nicht mehr zu folgen. Gedankenverloren lief er zwischen ihnen her und Dorothea widerstand dem Impuls, nach seiner Hand zu greifen. Sie wollte ihm in dieser desolaten Verfassung nicht versehentlich falsche Hoffnungen machen. Der Doktor, der sonst jede kleine Geste ihrer Zuwendung bemerkt hätte, starrte weiter geradeaus.

„Manchmal frage ich mich, ob ‚Krieg‘ und ‚kriegen‘ mehr gemeinsam haben als nur ihren Wortstamm“, sinnierte Dorothea und suchte in ihrer Tasche nach ihrem schwarzen Notizbüchlein.

„Wie auch immer, die Sterne stehen jedenfalls nicht gut für alle, die aus dem Rahmen fallen!“, schloss der Doktor unwirsch. Schweigend liefen sie nebeneinander her. Berta, die sich sonst unbändig über den Blütenteppich ereifert hätte, schien die weiße Pracht nicht zu bemerken, sondern wechselte mit Dorothea einen Blick.

Der Tonfall des Doktors alarmierte sie. Neidete er ihnen in seiner Bitterkeit die verbotene, unbehelligte Verbindung? Spielte er auf die Beobachtung in ihrem Schlafzimmer am Meer an? Vor einer halben Ewigkeit, zu einer anderen, fast sorglos erscheinenden Zeit? Noch einmal schaute Berta zu ihrer Gefährtin. Dorothea kniff die Lippen zusammen. Kurz stieg in Berta eine irrsinnige

Idee auf: wie Dorothea Bernhard Kahlbutz ehelichte. Es entsprang der Frage, ob ihn das als Juden schützen könnte. Vermutlich nicht, aber Dorothea als „Abartige" schon. Sofort verwarf sie diesen absurden und grauenerregenden Gedanken.

„Wie geht es Roger? Habt ihr Kontakt?", fragte der Doktor.

„Frankreich", erwiderte Berta einsilbig.

„Kommt für mich nicht infrage", entgegnete Bernhard Kahlbutz.

„Frankreich?"

„Fortgehen."

Ein schmerzliches Lächeln huschte über Bertas Gesicht. Dorothea sah es sofort. Sie ahnte, dass es Berta lieber andersherum gehabt hätte.

„Wir werden aufeinander aufpassen", versicherte Dorothea den beiden. Die Hunde balgten sich und kläfften. Sie beugte sich hinunter und streichelte sie. „Wir werden alle ganz erstklassig aufeinander aufpassen."

Schließlich hatten sie sich am Steuerndieb getrennt und waren verschiedener Wege gegangen, Bernhard zurück in Richtung Zoo, die Frauen nach links.

„Hast du auch daran gedacht?", fragte Bertha Dorothea, als der Lister Turm in Sichtweite kam. Sie spielte auf den gewissen Moment des Gesprächs mit dem Doktor an.

„Mich zu maskieren?"

„Zum Beispiel?"

„Ja." Dorothea errötete. „Flüchtig, ja."

Berta schluckte. Ruckartig blieb Dorothea stehen, sah ihr in die Augen und fragte: „Wäre Roger noch hier, würdest du es denn tun?" Und als Berta nichts erwiderte, fuhr sie fort: „Rein um der Schule willen?" Zunehmend wurde Berta unsicher und beschleunigte rasch ihren Schritt.

„Warte doch!", rief Dorothea

Berta blieb stehen und wartete, bis sie wieder auf Augenhöhe waren.

„Also?", fragte Dorothea.

„Vielleicht, ja! Herrgott", stieß Berta hervor, doch im selben Atemzug widersprach sie sich: „Nein. Niemals. Nein und nochmals nein!"

Berta sah, wie Dorothea aufatmete. Der Stachel der Eifersucht war hoffentlich gezogen. „Eher würde ich ins Kloster gehen oder in irgendeine Partei, als der Büttel eines Mannes zu werden", fügte sie hinzu.

„In eine Partei?“, fragte Dorothea ungläubig, „Du?“

Berta schoss das Blut in die Wangen, ihre Augen funkelten. „Habe ich denn noch irgendeine Möglichkeit, mich zu entscheiden? Hier in dieser Stadt? Und wenn ja, wie lange? Wenn ich Glück habe, habe ich vielleicht noch die Wahl über die Größe des Areals, in dem ich agiere. Der Umkreis von Heim und Herd ist mir deutlich zu klein. Gar nichts für mich.“ Wütend stieß sie die Luft aus. „Hat sich deine Frage damit beantwortet?“

Ihr harter Ton schnitt Dorothea ins Herz. Sie konnte Bertas Zwiespalt verstehen, schließlich spürte sie ihn selbst. Aber die Rigorosität, mit der Berta diese Hirngespinste vortrug, verletzte sie.

„Ich möchte das nicht!“, stieß Dorothea hervor und kämpfte mit den Tränen.

Berta kam ihr entgegen. „Nicht doch, Dorothea. Bitte nicht. Ich habe mich gehen lassen. Komm, komm.“

Sie nahm die Hände ihrer Gefährtin. Zusammen standen sie da und hielten beide die Leinen der Hunde. Es war ein merkwürdiger Augenblick, während die Welpen zu ihren Füßen an den Lederriemen zerrten. So standen sie mitten auf einem schmalen Weg, der von Buschwindröschen gesäumt war, bis Berta sagte: „Du musst mir eines glauben, Dorothea. Ich binde mich nicht – weder an einen Mann noch an eine Partei – um meine Person zu schützen, sondern einzig an unsere Schule.“

Dorothea nickte ergeben.

„Und an dich“, ergänzte Berta leise.

„Schau mal zwei Matronen mit Struppis im Sprühregen!“ Else Marie deutete durch die Schaufensterscheiben der Parfümerie Liebe nach draußen. Zeitgleich wandten Aenne und Erwin ihre Köpfe in Richtung Flaniermeile, auf der Berta Habenicht und Dorothea Bragge gegen den Wind kämpften. „Hatten die nicht immer einen großen, schwarzen Pudel?“, wunderte sich Aenne.

„Hatten sie“, erklärte ihr Else und schnupperte an einem Flakon, den ihr die Verkäuferin gereicht hatte. Entgegen Erwins und Aennes Einwänden war Else Marie der Meinung, ihre engste Freundin mit einem Fläschchen Parfüm zum Geburtstag zu überraschen.

„Etwas Sportliches!“, wischte sie die Einwände der beiden – dass Lieselotte doch keine Frau für „so was“ war – vom Tisch. Da Else Marie ohnehin keine Ruhe geben würde, bevor sie nicht das Geschäft gestürmt und sämtliche Flakons durchgeschnuppert hätten, gaben Aenne und Erwin klein bei, in der Hoffnung, dass sie ohnehin nichts fänden. Außerdem hatte es draußen zu stürmen und regnen begonnen. Der April war im Anmarsch.

Das Übermaß an Gerüchen überforderte Erwin schon beim Betreten der Parfümerie, und während er versuchte, durch den Mund zu atmen, begutachtete Aenne die vielfältigen Formen der Glasflakons und befand sie fast alle durchweg als unmodern, behäbig oder reaktionär. Einzig der Lichteinfall durch ein aufgerissenes, dunkles Wolkenband, der sich an den regennassen Schaufensterscheiben brach, faszinierte sie. Auch Erwin fühlte sich fremd zwischen den gezierten Gesten der Damen, die ihn allesamt an seine Mutter erinnerten. Noch nie in seinem Leben hatte er sich in eine Parfümerie verirrt, und es drängte ihn, das Etablissement schleunigst zu verlassen. Regen hin oder her. Er war nur mitgekommen, weil im Anschluss die letzte Probe im Kabarett mit Else Marie vor der *Linksran!*-Premiere anstand. Wieder einmal hatte sie ihn überrumpelt, – seiner lieben Frau zuliebe – und er hatte es über sich ergehen zu lassen. Als Else Marie jedoch mit dem fünften Fläschchen auftauchte und es ihm unter die Nase hielt, winkte er entnervt ab.

„Du kannst es ihr gerne kaufen, ich werde keine einzige Mark für aromatisiertes Spritzwasser ausgeben."

Else zog eine Schnute. „Warum nicht?", schäkerte sie. „Du wirst schließlich auch etwas davon haben."

„Eine Frau muss nach Frau riechen", entfuhr es ihm. Ruckartig drehte sich eine Verkäuferin um und verzog angewidert die Lippen.

„Ich gehöre nicht an diesen Ort", brauste er auf, dann schnellte er zur Tür und verließ ohne ein weiteres Wort das Geschäft.

„Ich hab es gleich gesagt", mahnte Aenne. Sichtlich enttäuscht reichte Else Marie der Dame das Fläschchen zurück, entschuldigte sich manierlich und versprach wortreich, recht bald wiederzukommen. Trotz der Verärgerung der Dame verließ Else das Geschäft nicht ohne eine kleine Ampulle. Zufrieden verstaute sie das Werbegeschenk in ihrer Tasche.

Langsam drängte die Zeit, die Kröpcke-Uhr mahnte, ihr Probenbeginn rückte näher. Die drei hatten noch immer keine Idee für Lottes Geburtstag, nur die, dass sie zusammenlegen und ihr „etwas Kolossales" schenken wollten.

„Ich könnte eine Spritztour anbieten", sagte Aenne plötzlich. „Ich stelle mein Auto zur Verfügung."

„In Stuttgart ist am zweiten Juliwochenende das fünfzehnte Turnerfest", schlug Else vor.

„Da ist es schlecht. Ich bin an dem Tag beruflich unterwegs“, sagte Aenne. „Schade.“

„Dann Berlin?“, fragte Else. „Da laufen bis zu zwanzig Tanzvorstellungen an einem einzigen Wochenende.“

„Das würde ihr gefallen“, fügte Erwin hinzu, erleichtert, die Sache zu einem guten Ende zu bringen. Lotte war ihm wichtig. Das Zeremoniell weniger. Es gab Wesentlicheres im Moment.

„Prima. Ich kümmere mich!“, frohlockte Else.

45

Sie hatten alles gegeben. Auf Else Maries Stirn stand noch immer der Schweiß, und ihre Stimme war rau vom vielen Herumkommandieren. Hochzufrieden strahlte sie Erwin an und glitt mit den Händen über die Taille ihrer enganliegenden Hose.

„Das Stück sitzt perfekt.“

„Ja!“ Begeistert packte Erwin Else Marie bei der Hüfte und schwang sie in der Luft. „Herzlichen Glückwunsch zu deiner Choreo“, rief er euphorisch und drückte ihr einen Kuss mitten auf die Stirn.

„Gehen wir noch was trinken?“, rief der alte Hinkeheinz zu ihnen hinüber.

„Natürlich!“, erwiderten Erwin und Else zeitgleich.

„Das muss begossen werden“, stimmten zwei Frauen ein. „Sonst geht unsere Premiere noch den Bach runter!“ Zufrieden und abgekämpft drängten sie nach draußen. Am Hinterausgang der Schauburg erwartete sie ein Mann, den sie alle nicht kannten. Offenbar hatte er die ganze Zeit im Zuschauerraum verbracht.

„Hinten in der Ecke, beim Licht, saß die Type! Kennst du den?“, zischte jemand.

„Nein“, sagte jemand anderes laut. „Kenn ich nicht. Nie gesehen.“ Als sie an ihm vorbeidrängen wollten, hielt er sie auf.

„Wer ist verantwortlich für dieses Stück?“

„Wer fragt das?“ Hinkeheinz baute sich Auge in Auge gegenüber dem hochaufgeschossenen Unbekannten auf. Die Szenerie wirkte insgesamt ein wenig lächerlich – fast wie eine Theaterszene. Als der Fremde nichts erwiderte, drängte Hinkeheinz weiter: „Wer will das wissen?“ Er trat noch einen Schritt näher. Da endlich zog der Lange zwei zusammengeheftete Blätter aus der Manteltasche und hielt sie dem Alten hin.

„Ihre Eintrittskarte für unsere Probe vorhin?“, fragte Hinkeheinz sarkastisch.

Der Mann blieb unbeeindruckt. „Wenn Sie das Stück übermorgen aufführen wollen, müssen Sie folgende Sequenzen aussondieren“, sagte er ruhig. Damit drückte er ihm die Zettel in die Hand, wandte sich um und verließ das Gebäude.

Unwirsch faltete Hinkeheinz das Papier auseinander. Je länger der alte SPDler las, umso stiller wurde er. Als er das Schreiben durchhatte, schwieg er betreten.

„Wer ist das gewesen?“, fragte Erwin zornig.

Mit einer wegwerfenden Geste deutete der alte Hinkeheinz auf den Amtsstempel. Else sah ihm an, dass er die Papiere am liebsten in der Luft zerrissen hätte.

„Einer vom neuen Austauschkommando.“ Gemurmel und Empörung drangen aus den Reihen hinter ihnen und schwollen an. Beruhigend hob der Alte die Hand. „Keine Revolte. Nicht hier.“

„Begießen wir heute Abend lieber den Rest, der uns bleibt.“

„Betrifft es auch meine Fechtsequenz?“, fragte Else Marie.

„Nein“, sagte Hinkeheinz bitter lächelnd.

„Deine Kritik am Hickhack des Parlaments haben sie uns gelassen. Das passt in deren Anschauung. Vielleicht ist es sogar genau die Sequenz, die uns den Arsch gerettet hat“, brummte er.

„Gute Arbeit, Mädel. Gute Arbeit.“ Diesmal klang es nicht mehr anerkennend, sondern nur noch resigniert.

„Und“, erhob er die Stimme und wandte sich an alle: „die nächsten Produktionen sind gestrichen. *Linksran!* gibt es von nun an nicht mehr.“

Ein paar Empörungsrufe schallten durch den Gang, aber die meisten der Laiendarsteller waren verstummt und trotteten nachdenklich schweigend auf die Straße der nächtlichen, sternenlosen Stadt, über der ein wolkenverhangener Himmel brütete. Es hatte aufgehört zu regnen. Die kleine Kneipe war mit dem Tross der Gäste überfüllt, aber der Wirt trug unermüdlich Stühle herbei, schob Tische zusammen und zapfte Bier ohne Unterlass. Man drängte sich eng aneinander. Rechts rückte Erwin dem dicken Hinkeheinz auf die Pelle und links spürte er Elses warmen Körper an sich gepresst.

„Ich werde gequetscht“, entschuldigte sie sich für die unerwartete Nähe, aber er winkte nur ab.

Der Wirt stellte die randvollen Gläser auf die Tische, das Bier schwappte über, das Holz wurde nass, aber ein feuchtfröhlicher Abend würde es dennoch nicht werden, das spürte Erwin. Der

Wirt kannte die kleine Theatertruppe. Oft kamen sie nach den Proben vorbei, tranken, rauchten, lachten, schwadronierten. Nur heute blieb es still. Binnen weniger Minuten hingen dichte Rauchschwaden über ihren Köpfen.

Erwin blickte in zwei Dutzend traurige Gesichter, teils resigniert, teils voller Wut: Er las den Wunsch in manchen Augen, sich das nicht gefallen zu lassen, erkannte aber auch die Angst. Außerdem spürte er bei etlichen den Drang, sich zurückzuziehen vor der Ungerechtigkeit einer Zeit, in der man nicht mehr wusste, was man sagen durfte.

„So können wir doch nicht auseinandergehen“, stöhnte Else, nahm einen großen Schluck Bier und wischte sich über die Lippen.

„Du hast recht“, erwiderte Erwin, stand auf klopfte mit dem Bierglas auf den Tisch. Der Wirt gab ihm ein Zeichen zu schweigen, und Erwin hörte sofort auf. Diese alte Gewohnheit konnte dem Kneipenbesitzer gerade den Kopf kosten. Grimmig setzte Erwin sich wieder und wartete ungeduldig, bis der Wirt eine neue Runde brachte. Dann wandte er sich erneut an die Gruppe und sagte beiläufig: „Wer mich kennt, weiß, dass ich eine Tanzschule und Laienkurse leite.“ Konzentriert sah er in die Runde. Einige nickten, und Erwin fuhr fort: „Wenn die Hauptarbeit an der Kinderoperette über die Bühne gegangen ist, und das ist in zwei Monaten der Fall, dann beginne ich mit einem neuen Laienstück. Ich arbeite mit der Laban-Technik, falls das jemandem etwas sagt.“ Wieder schaute er, Bestätigung suchend, in die Runde. Dieses Mal nickten weniger. Einige schüttelten auch den Kopf. Andere zeigten überhaupt keine Regung. Erwin nickte dem Wirt zu, der schon wieder deeskalierende Zeichen machte, und gab sich betont alltäglich. „Wie auch immer, ich wollte euch nur sagen: Tanzinteressierte können sich gern bei mir melden.“ Flüsternd schob er nach: „Wenn uns der Mund verboten wird, dann reden wir mit dem Körper weiter.“

Sie hatte zu viel getrunken. Viel zu viel. In Else drehte sich alles und wenn sie den Tresen im Auge behalten wollte, verrutschte er unter ihrem Blick. Beinahe hatte sie das Gefühl, nur noch einen Körper zu haben, dem sie mehr folgte, als er ihr. Um Gleichgewicht ringend, stützte sie sich auf Erwins Arm.

„Gleich bist du zu Hause“, sagte er amüsiert. Else nickte, was erneuten Schwindel hervorrief. Die körperliche Erschöpfung und das viele Bier machten, dass ihr übel wurde.

„Ich bin so schrecklich, furchtbar traurig“, wimmerte sie. „Alles, was ich anfange, geht irgendwann den Bach runter.“

Auch wenn die Zensur nicht ihre Fechtszene betraf, so hatte die Truppe heute Abend noch beschlossen, lieber gar nichts als ein durchzensiertes Stückwerk zu spielen, und die Enttäuschung, die ganze Zeit ins Leere gearbeitet zu haben und vor dem Scherbenhaufen ihrer Ideen zu stehen, hatte Else den Boden unter den Füßen weggerissen. Da hatte auch kein Bier mehr geholfen. Sie fühlte sich wie vor anderthalb Jahren. Als Erwin sie schon einmal im Arm gehalten hatte. Als sie noch glaubte, es wäre nur eingebrochen worden im Geschäft ihres Vaters.

Mit verzweifelten Augen schaute sie ihn an, und ihre Stimme klang dünn. „So ein verdammter, verfluchter Mist“, schluchzte sie. Alles Schillernde, alles Überbordende war von ihr abgefallen. Zitternd stand sie vor ihm und schwankte. Erwin versuchte ihr Halt zu geben. Sie tat ihm so leid. Das war nicht mehr die Else der Partynächte, die Königin der guten Laune und Hansdampf in allen Gassen. Vor ihm stand nur noch ein erschöpftes Mädchen, das aufgeben wollte. Ein verletztes Geschöpf, in dem was zu Bruch gegangen war. Noch immer sah sie ihn an. Völlig verstört. Und plötzlich war da wieder die Sehnsucht aus jener Nacht. Traurig, aber genauso aufwühlend. Er presste sie an sich.

Eng aneinander gedrückt liefen sie die Straße hinunter bis vor den Hauseingang der elterlichen Wohnung. Wieder hielten sie an, nahmen sich bei den Händen und wussten nichts zu sagen. Warteten. Warteten, bis Else Marie die Worte hervorstieß: „Wir dürfen das nicht!“

„Nein“, erwiderte Erwin. Dann presste er seinen Mund auf den ihren. Ihre Hände zogen ihn an sich. Sie tauchten ineinander und küssten sich atemlos. Als sie sich voneinander lösten, waren beide von dem Wunsch erfüllt, sich mit aller Kraft voneinander wegzustoßen, aber sie brachten es nicht fertig. Leise und ohne Worte schloss Else die Hintertür zur Treppe auf, nahm Erwin am Ärmel, zog ihn hinter sich her bis in ihre Kammer und schloss ab.

Ab dem Moment, an dem Else Marie ihn am Arm gepackt und mit zu sich ins Bett genommen hatte, bis zu dem Augenblick, an dem Erwin auf leisen Sohlen gegen zwei Uhr morgens das Haus des Uhrmachers wieder verließ, hatten sie kein einziges Wort mehr gesprochen.

46

„Die machen sich gut nebeneinander? Findest du nicht?“

Es war eigentlich keine Frage, sondern eine Feststellung, die Lotte da äußerte.

„Was meinst du?“, fragte Erwin irritiert. „Die Vorhänge?“ Er verstand nicht, was daran besonders sein sollte. Sie hatten doch alle dieselbe Farbe: weiß. Mit hocherhobenen Armen stand Else auf der Holzleiter und hängte die neu gefertigten Blenden aus Nesselstoff in die Schienen. Artjom hielt unten das Gestell fest und reichte ihr peu à peu den Stoff an den Leisten nach oben nach.

Lotte lachte auf. „Natürlich nicht!“ Flüsternd ergänzte sie: „Artjom und Else. Ich finde, sie gäben ein schönes Paar ab. Oder nicht?“

„Ähm. Doch, ja. Schon“, erwiderte Erwin.

„Meinst du, da läuft was?“, fragte Lotte verhalten.

„Keine Ahnung. Vielleicht. Vielleicht auch nicht.“

Lotte bemerkte, dass ihrem Mann diese Frage unangenehm war. Wie immer. Er tratschte nicht gern. Sie eigentlich auch selten. Aber heute war sie in Plauderlaune. Das Einrichten der Bühne für den *Zauberring* machte ihr große Freude. Vor ihrem inneren Auge sah sie schon das leuchtende Ergebnis vor sich. Wie herrlich mild sich das durch die transparenten Stoffbahnen gefilterte Licht der Scheinwerfer auf das Geschehen brechen würde. Ein wunderbarer Effekt! Endlich konnte sie die Stärke des Lichtes regeln, indem sie die Stoffbahnen vor- oder zurückschob, alles komplett an die Dynamik des Stückes angepasst. Aenne hatte ihr mit Ratschlägen zu Seite gestanden, und Lotte machte die Lichtregie.

„Else erzählt nichts mehr über ihre Liebschaften“, sagte sie. Erwin nickte nur beiläufig, wandte sich ab und schickte Käthe nach neuen Metallhaken für die Aufhängung los.

„Ich finde schon, es würde passen“, fuhr sie fort. „Zumindest würde Else ihrer ‚Art‘-Folge treu bleiben. Arthur, Artjom … ich wundere mich nur, dass sie sich diesmal so viel Zeit lässt.“

Erwin überdeckte sein Unbehagen mit Geschäftigkeit. Seit drei Tagen versuchte er zu vergessen, was sich nach der letzten Probe im Haus der Försters abgespielt hatte. Else schien das leichter zu gelingen. Keine Spur von Beklemmung war bei ihr zu spüren, so, als wäre rein gar nichts vorgefallen, als hätte sie mit dem Schweigen so eine Nesselblende dazwischengeschoben.

„Weißt du, ob Artjom aktuell ein Mädchen hat?“, fragte Lotte.

Er schüttelte den Kopf. Es war eine Lüge. Erwin wusste durchaus, dass Artjom ein Eisen im Feuer hatte. Kein Mädchen, sondern einen jungen Verehrer, aber er wusste genauso, dass sein attraktivster Tänzer auch hin und wieder mit Frauen herumtändelte. Dennoch war er tendenziell mehr der Männerwelt zugeneigt. Artjom war Jude, war Emigrant, war Russe und in der KPD. Im Moment bedeutete der Umstand, geschlechtlich verkehrt zu empfinden, für ihn nur eine weitere Kugel im russischen Roulette. Erwin schützte ihn deshalb umso mehr – und das Wissen darum. Sogar vor Lotte.

„Ich habe übrigens das Fräulein Dorn angefragt", versuchte er das Thema zu umschiffen.

Lotte hielt inne und sah von ihrer Flickarbeit auf. „Irma?", fragte sie erstaunt. „Als Klavierersatz?"

Sie hatten am Tag zuvor großes Pech gehabt. Ihre Pianobegleitung war abgesprungen, kurzfristig, wegen eines besser bezahlten Engagements, was man einem Klavierspieler in diesen Zeiten nicht übelnehmen konnte. „Aber wieso ausgerechnet …?"

„Es war so ad hoc niemand zu finden, der gut genug wäre."

„Aber ausgerechnet sie?" Lottes fröhliches Gesicht verwandelte sich in eine ärgerliche Grimasse.

„Was hat sie dir getan?"

„Nichts. Sie ist sogar sehr nett zu mir. Aber was, wenn die Habenicht auch zum Zuschauen kommt? Irma gehört einfach nur dazu."

„Das ist Sippenhaft. Du bist nicht anders als die Nationalen."

„Erwin!", fuhr sie ihn an. „Bitte sag das nicht."

„Dann verhalte dich doch gnädig."

Er sieht wirklich nicht gut aus, dachte Lotte, überarbeitet und überreizt. Die Vorsitzenden seiner Partei hatte man vor Kurzem verhaftet. Ein paar seiner Genossen waren plötzlich auch verschwunden – ob aus Angst oder „fremdbestimmt" wusste niemand genau. Obwohl Erwin offiziell nicht mehr in der KPD war, tat erihr leid.

„Du hast ja recht, verdammt", räumte sie ein. Im Grunde konnte Irma am wenigsten für. Das Fräulein hatte wie alle unter Bertas Fuchtel gestanden und tat es noch immer. Vermutlich litt sie auch darunter.

Kurz flammte die Erinnerung an das Lehrprobenexamen auf. Wie Irma sich am Klavier für sie eingesetzt hatte, ohne sich in den Vordergrund zu spielen. Im Grunde hatte Irma Dorn sie damals gerettet, und egal, was geschah, sie blieb immer höflich und gefasst. Sogar noch, als ihr eine Schülerin nach einer Nacht den Mantel, sämtliches Geld und ihren wertvollen Schmuck gestohlen hatte. Außerdem stand der versprochene Kaffee noch immer aus, zu dem sie das Fräulein damals im Hausflur des GEDOK-Flures eingeladen hatte.

„Au!“ Lotte fluchte, weil sie sich mit der Nadel in den Finger gestochen hatte. Rasch lutschte sie das Blut weg. Die Dorn war sicher auch *so eine*, und vielleicht hatte Lotte genau deshalb ein so zwiespältiges Gefühl. Wie eine dunkle Melodie verfolgte sie das Thema in immer neuer Variation. Mit wechselnden Gesichtern, aber das Grundmotiv blieb.

„Es ist gut, dass sie uns hilft“, sagte sie zu Erwin und biss den Faden ab. Blinzelnd hielt sie den Stoff vor das Licht. Der Flicken auf dem weißen Nessel war gut kaschiert, kaum zu sehen.

„Sie spielt erstklassig und vor allem kann sie exzellent improvisieren. Das ist bei der Arbeit mit den Kindern ein Geschenk“, unterstrich Erwin den Entschluss und hämmerte den letzten Nagel in die schmale Holzleiste.

„Weiß die Habenicht eigentlich davon?“, fragte Lotte plötzlich.

„Das musst du Else Marie fragen, die hat Irma rekrutiert.“ Die letzten Worte rief er ihr schon im Fortgehen zu. „Ich brauch was zu rauchen!“

Rasch raffte Lotte die reparierten Stoffe zusammen und trug sie zur Bühne. Noch immer stand Else auf der Leiter und befestigte die Blenden. Ein Haken klemmte.

„Das musst du Irma selber fragen“, erwiderte sie gereizt auf Lottes Nachfrage wegen der Pianistin und zerrte ungeduldig am Haken. „Unser Fräulein hält sich ja immer sehr bedeckt. Mir ist es egal, ob die Habenicht davon weiß oder nicht!“ Endlich hatte sie es geschafft. Erleichtert schüttelte sie ihre Arme aus, die von der Arbeit über Kopf kalt und steif geworden waren. „Und selbst, wenn!“, sagte sie schließlich. „Die Habenicht hat ja keinen Besitzanspruch auf Fräuleins. Die Zeiten der Leibeigenen sind Gott sei Dank vorbei.“

Auch unter Elses Augen lagen Schatten. Sie wirkte bedrückt, als sie hinunterstieg. Mit einem kleinen Satz sprang sie direkt in Artjoms Arme. „Danke!“, flüsterte sie. „Was wäre ich nur ohne deinen festen Griff.“

Artjom lächelte schelmisch. „Immer wieder gern“, sagte er. „Wer sollte sonst dich holen auf Boden zurück?“ Verschwörerisch lächelte er. „Wir sehen uns morgen!“ Artjom verabschiedete sich und ließ sie zurück.

„Wart ihr gestern noch aus?“, erkundigte sich Lotte, als sie die leichte Alkoholfahne ihrer Freundin roch.

„Nein“, erwiderte Else. „Weg waren wir nicht, wir haben es uns in unseren vier Wänden gutgehen lassen.“

Lottes Augen funkelten neugierig. „Bei wem? Zu Hause, bei deinen Eltern? Und was sagt dein Vater dazu?“

Aber Else erwiderte den Plauderton ihrer Freundin nicht, sondern sagte nur müde: „Der hat es sogar veranlasst. Artjom ist für eine Weile bei uns untergeschlüpft. Die Wohnungsnot in Hannover, du weißt ja. Er schläft im Gästezimmer. Ist nicht so schön, das alles. Wir haben es uns ein wenig hübscher getrunken.“

Lotte nickte mitfühlend. Sie wusste von der gegenseitigen Unterstützung der Juden. „Ist da eigentlich etwas zwischen euch?“, hakte sie nach. Erschrocken schaute Else auf und starrte Lieselotte an. Erst erwiderte sie gar nichts, dann errötete sie. Lotte musste herzlich lachen.

„Else, seit wann bist du denn so schamig?“

„Seit du solche Fragen stellst“, antwortete sie verlegen. „Das ist man ja gar nicht von dir gewöhnt.“

„Stimmt“, erklärte Lieselotte keck. „Aber der Mensch ändert sich eben.“

„Ich mag den Artjom sehr“, erwiderte Else leise.

47

Alle waren sie zusammengekommen. Else Marie, Erwin, Tante Almut, Onkel Winfried, Aenne, die kleine Käthe und natürlich Lottes Mutter Henny. Über Lieselottes Geburtstagsfeier, über den Park der Stadthalle, über ihrer Tafel wölbte sich ein freundlicher Himmel. Kleine zerfetzte Wolken, die ein frischer Wind vorantrieb, zogen im Blau davon. Zu Almuts großem Entzücken hatte sich im Stadtpark einiges verändert. Seit die große Gartenausstellung *Jageda* hier vor Kurzem residierte, gab es ein hübsches Häuschen, eine Art Bauernschenke, wo man Würstchen und Bier bekommen konnte.

„Gediegenheit und Schwung hat die ganze Sache bekommen“, frohlockte sie. „Und dazu noch Musik!“

„Im Café Kröpcke machen sie mittags auch Musik“, erwiderte Käthe wichtig, und nach etlichen Gläsern Wein und einem Likörchen begann Almut etwas schief lauthals zu singen. Es war ein herrlicher Sonntag. Winfried hatte sogar sein Kommissbrot stehen lassen. Tante Almut und er waren mit der Linie 6 gekommen und Aenne erklärte sich bereit, Lottes Pateneltern samt ihrer Mutter Henny wieder nach Hause zu fahren.

Von Almut bekam Lotte als „kleine Beigabe" ein Kaloderma-Gelee und Winfried spendierte voller Stolz auf sein „schönstes Patenkind" das Essen. Zuerst eine Bouillon, dann feine Rouladen mit Kartoffeln und Rotkohl, dazu Leipziger allerlei. Vollmundig schwärmte er für die Fettaugen in seiner Brühe und schaute sie bei jedem Löffel so liebevoll an, dass Almut sich beschwerte. „Du solltest mal lieber mir wieder in die Augen schauen anstatt deiner Rindersuppe." Beschwipst verzog Almut den Mund zu einem Flunsch und selbst Lottes Mutter konnte sich ein fadenscheiniges Schmunzeln nicht verkneifen.

„Auf den großen Feiertag!" Winfried erhob sein Glas. „Und auf unsere grandiose Quasi-Tochter und ihr erfolgreiches Laieninstitut. Du kannst stolz sein, Henny! Meine Investition in dein Mädel hat sich gelohnt!" Ehrerbietig deutete er einen Diener in Richtung Lottes Mutter an, dann zu Lotte selbst und schließlich prostete er den anderen zu. Man erhob die Gläser zum wiederholten Male. Über das Geschenk ihrer Freunde, die Aussicht auf zwei Tage samt einem Abend in Berlin, hatte sich Lotte unbändig gefreut. Aenne, Erwin und Else durften also zufrieden sein.

„Der nächste große Feiertag wird übrigens der 1. Mai sein", setzte Erwin an, als die Feierlichkeiten auf den späten Nachmittag zugingen.

„Aber die Halunken haben ihn euch weggenommen", dröhnte Winfried so laut, dass Almut ihn am Ärmel zupfte und ermahnte, leiser zu reden. „Das haben sie geschickt eingefädelt", fuhr er etwas verhaltener fort. „Ihn einfach nur umzubenennen. Feiertag der nationalen Arbeit! Und wer nicht lesen kann, trottete weiter mit und merkt nicht, wer da ganz vorne läuft."

„Die Idee ist alt", mischte sich Aenne ein. Na klar, dachte Lotte, immer, wenn es politisch wird. „Die Klauerei haben die Christen vor tausend Jahren auch schon fertigbekommen. Einfach den Heiden ihre Bräuche stehlen, den Inhalt austauschen und ein paar Symbole übriglassen. Weihnachtsbaum vor die Nase gesetzt an Heiligabend, und fertig."

„Du kannst doch die Christen nicht mit den Nationalen vergleichen", unterbrach sie Almut lallend. „Und jetzt hört doch auf mit diesem Thema, nicht wahr, Henny?" Lottes Mutter tat so, als wäre sie nicht gemeint, schwieg eisern und schaute sich interessiert die Rittersport-Tafel an.

„Stellt euch doch mal das Bild vor." Else Marie senkte ihre Stimme. „Sie marschieren mit einem Christbaum als Taktstab zur Marschmusik und statt der Kugeln baumeln Handgranaten dran."

„Das brächte die Sache jedenfalls auf den Punkt." Aenne drückte die Zigarette aus, die Erwin ihr spendiert hatte.

„Ich kann jetzt wirklich kein Politikgeschwätz mehr hören, nicht wahr, Henny?" Verzweifelt versuchte Tante Almut das heikle Gespräch umzulenken und zumindest Henny auf ihre Seite zu ziehen. Aber Lottes Mutter blieb wortkarg. Sie nickte nicht einmal, sondern kramte ständig in ihrer alten Handtasche. Was sollte sie auch dazu sagen, dachte Lieselotte, in dieser Runde steht sie mit ihrem Wohlwollen für den Herrn Hitler allein auf weiter Flur. Lotte war sich noch nicht einmal sicher, ob Almut von Hennys Vorliebe für den charismatischen Kanzler wusste. Wenigstens hatte die Tante sich heute noch nicht „nach Kinderchen" erkundigt.

„Was macht denn eigentlich dein Syndikus, Else?", fragte Almut. Else Marie errötete und winkte ab. „Aber, Tantchen, der ist doch schon seit vier Jahren passé", sagte Lotte.

„Du hattest mal einen Rechtsanwalt, Elli?", erkundigte sich Aenne neugierig.

„Aber nein! Almut verdreht nur die Worte", erwiderte Else. „Sie meint Arthur."

„Ich hab jetzt wieder Arbeit. Bei Pelikan", brach Henny unvermittelt ihr Schweigen.

Lotte richtete sich auf. „Mutter! Damit rückst du jetzt erst raus?" Aber die Freude war größer. „Wie schön! Gib zu, du wolltest mir damit ein Geschenk machen." Über Hennys Gesicht huschte zum zweiten Mal an diesem Nachmittag ein dünnes Lächeln.

„Nein, eigentlich nicht", sagte sie verlegen. „Aber hiermit." Bei diesen Worten zog sie ein viereckiges Päckchen aus ihrer Handtasche; ein Kästchen in altrosa Seidenpapier gewickelt, nicht größer als eine Streichholzschachtel. „Das hier." Ihre schmalen Hände mit den angeschwollenen Gelenken schoben das Geschenk über die Tischplatte.

Damit hatte Lotte gar nicht gerechnet. Sie erwartete schon lange keine Gaben mehr von ihrer Mutter, weil sie wusste, dass sie ohnehin kein Geld übrighatte. Umso größer war die Überraschung, als sie nach dem Öffnen feststellte, was sich darin befand. Es trieb ihr die Tränen in die Augen. Da lagen, passend zur Gagat-Brosche ihrer Großmutter, ein paar schlicht gearbeitete hübsche Ohrringe. In der Mitte oval und tiefschwarz glänzend.

„Wie wunderschön!", rief Aenne aus und zückte sofort ihre Kamera.

Lotte erhob sich erschreckt und stand da wie versteinert. „Woher hast du die?", entfuhr es ihr.

„Ich hatte sie eigentlich immer aufbewahrt. Aber zu eurer Hochzeit waren sie noch im Pfandhaus. Aber jetzt habe ich sie endlich wieder ausgelöst."

„Danke, Mutter", sagte Lotte gerührt.

„Ich hatte ja gehofft, du trägst die Brosche heute. Es hätte sicherlich sehr hübsch zusammengepasst." Ein leichter Vorwurf lag in dieser beiläufigen Bemerkung. Irgendwann, das hatte Lotte immer gefürchtet, würde dieser Moment kommen. Der Augenblick, an dem ihre Mutter bemerkte, dass sie ihr Schmuckstück nicht mehr besaß. Ausgerechnet heute! Selbst Erwin blickte fragend auf, denn schließlich hatte sie dieses Relikt vor Jahren zusammengeführt.

„Richtig", stimmte er Henny zu. „Ich habe es lange nicht mehr an dir gesehen. Wo hast du es?" Niemand aus diesem Kreis außer Lotte wusste, dass die schwarze Brosche entweder noch immer im Besitz von Berta Habenicht oder aber verkauft worden war. Was sollte sie jetzt nur sagen? Dass sie sie verloren hatte? Das brachte sie nicht über die Lippen. Ratlos, fast bettelnd schaute sie zu Else Marie, aber die konnte ihr nicht helfen. Sie musste sich schleunigst etwas einfallen lassen.

„Es tut mir leid, Mutter", sagte sie mit belegter Stimme. „Ich habe sie verlegt. Das ist mir sehr unangenehm. Verzeih mir bitte."

Zwischen den beiden Frauen gefror das Gespräch zu einer eisigen Stille. Es dauerte einige Sekunden, die sich bis zur Unerträglichkeit dehnten.

„Wie kannst du so leichtfertig mit unserem Familienbesitz umgehen? Sind wir dir denn gar nichts mehr wert?" Der warme, leise Stolz, der eben noch in Hennys Augen geglommen hatte, war zu einem starren Blick gefroren, den Lotte allzu gut kannte. Brüsk wandte Henny sich ab und verschloss mit einem lauten Klacken ihre Handtasche. Die unsichtbare Wand war wieder hochgefahren.

Mitten hinein in diese Unerträglichkeit schlug Else plötzlich mit der Hand auf den Tisch. „Lotte, wo bist du nur mit deinem Kopf, erinnerst du dich nicht? Mir hast sie geborgt! Für das Bewerbungsgespräch an der Volkshochschule bei Ada Lessing." Und zu Lottes Mutter gewandt ergänzte sie: „Sie hat mir großes Glück gebracht, Frau Daube. Auch wenn es nur geliehenes Glück war. Ich habe die Stelle dann nämlich bekommen. Und ich war wirklich nicht die einzige Bewerberin."

Überrascht schaute Henny auf. Die Härte wich langsam aus ihrem Gesicht und eine große Woge der Erleichterung überrollte Lieselotte. „Ach", erwiderte sie. „Richtig, das war in der Zeit, als uns die Habenicht das Leben so schwermachte. Diese schrecklichen Wochen, als wir unser ganzes Prospektmatial einstampfen mussten wegen der Anzeige. Das habe ich komplett vergessen." Sogar Käthe nickte, als wäre sie damals dabei gewesen. Henny lächelte milde. Damit war die Sache vom Tisch, und der gerettete Nachmittag neigte sich einem guten Ende zu.

Später, als Aenne Lottes Pateneltern, ihre Mutter und die kleine Käthe ins Auto bugsiert und zurückgefahren hatte und die drei Arm in Arm – links Else, in der Mitte Lotte, rechts Erwin – zurückschlenderten, war Lotte noch immer von Dankbarkeit erfüllt. Dass ausgerechnet Else Marie so klug für sie in die Bresche gesprungen war, hatte sie gerührt.

„Du hast jetzt was gut bei mir, Else. Ich hätte Mutters Enttäuschung heute nicht ertragen."

„Nicht der Rede wert, Lotti, du hast mir auch schon mehr als einmal aus der Patsche geholfen." Einträchtig schlenderten sie weiter.

„Und deine Mutter ist jetzt tatsächlich beim Fritz Beindorff untergekommen?"

„Offensichtlich", sagte Lotte.

„Da wird es ihr gutgehen", sagte Else. „Ich weiß das von der Schwägerin vom Fräulein Dorn. Die arbeitet da auch in der Werksbücherei. Bei Pelikan kriegt man bezahlten Urlaub! Und in der Mittagspause, da kann man sich hinlegen, wenn man will. Die haben sogar Liegeräume."

„Der Beindorff ist doch radikal verblendet. Er bezeichnet Hitler als Genie", gab Erwin zu bedenken.

„Ich weiß, ich weiß ja, das sagen viele", räumte Else ein. „Aber wenigstes ist er nicht in die Partei eingetreten."

„Warum hat meine Mutter denn nur so lange damit hinter dem Berg gehalten?", fragte sich Lotte. „Ich war doch erst vor gut einer Woche bei ihr. Da hat sie es doch schon gewusst."

„Ach, Lotti", beschwichtigte sie Else. „Frag nicht so viel nach. Lass ihr die kleinen Geheimnisse. Wer hat denn heutzutage keine?"

Nachdenklich nickte Lotte. „Danke, jedenfalls", murmelte sie und musste an ihre schwarze Brosche denken.

48

„Ich verstehe nicht, was an der Aufstellung einer simplen Auftrittsabfolge für ein Kulturprogramm so lange dauern kann!“, schimpfte Lotte, nachdem sie ihren Briefkasten in der Langen Laube geleert und wieder nichts vorgefunden hatte. Seit Tagen wartete sie schon auf ein Schreiben. „Unsere Truppe weiß noch immer nicht, zu welchen Zeiten wir dran sind!“

Die Tanzvorführung zur Ausstellung im Künstlerhaus *Gesunde Frau – gesundes Volk* sollte am darauffolgenden Tag stattfinden.

„Hattest du der Sekretärin der GEDOK nicht geschrieben? Vor Wochen schon?“

„Natürlich hab ich das, Erwin! In ihrem Antwortschreiben stand, dass sie meinen Brief leider nicht vor Ablauf ihrer Erholungsferien bearbeiten konnte. Außerdem war ihre Schreibmaschine acht Tage zur Reparatur fort, und zudem stünde der Plan noch nicht fest.“

„Hast du mal im Büro angerufen?“

„Mehrfach. Sie haben mir gesagt, darüber hätten sie keinen Überblick, da es ja nicht ihre Veranstaltung ist. Sie hätten nur die Wandplätze für die Fotos reserviert. Alles andere sollen die GEDOK-Beteiligten unter sich klären.“

„Wissen denn die Frauen aus deiner Ortsgruppe nichts?“

„Nicht mehr als ich. Außerdem haben die mit dem Verein und der Veranstaltung gar nichts am Hut. Die sind vom Bund, tanzen nicht und sind lediglich auf den Fotos drauf.“

Lotte war noch ganz außer Atem und gerade von einer Vorführung aus Seelze zurückgekommen. Ihre Gruppe trat oft im Rahmen der *Deutschen Frauenkultur* auf, und dort waren Fotografien gemacht worden, die ihre Tänzerinnen abbildete. Der Gymnastikbund, in dem Lotte schon länger Mitglied war, hatte sich drei Längswände im Künstlerhaus reservieren lassen.

„Welche Abteilungen, außer Tanz, sind denn noch dabei?“, erkundigte sich Erwin.

„Die Gymnastikabteilung.“

„Also unsere spezielle Freundin. Deine Laban-Diebin.“

„Und ihr blonder Schatten. Meist entscheidet ja die Bragge über die Terminierung.“ Lotte erinnerte sich nur zu gut an den Schulbetrieb.

Die Tür flog auf, und Käthe stürmte herein. Freudig erregt wedelte sie mit der *Niedersächsischen* herum.

„Sie stehen in der Zeitung! Sie stehen in der Zeitung. Sogar mit Bild!"

Lotte entriss ihr das Blatt. Ihr Blick suchte den großen Veranstaltungsteil des kommenden Wochenendes. Die Ausstellung hatte eine Viertelseite bekommen! Und tatsächlich! Da stand es schwarz auf weiß an zweiter Stelle nach der Eröffnungsrede: *Tanzgruppe Daube-Gellert nachm. 15 1/2 Uhr, Einleitung: „Zartes Formenspiel" – Variation und Nachklang – anschl. Überleitung zu „Trüber Zug", „Paukentanz und Farbenmarsch".* Darunter ein Foto vom Gymnastikbund, der zwar keine Auszüge aus den Tanzetüden zeigte, dafür aber eine Ballübung ihrer Ortsgruppe. Erbost lachte sie auf.

„Da erfahre ich also mein eigenes Programm aus der Zeitung! Alle Welt weiß Bescheid, nur ich nicht? Wie dumm stehe ich jetzt eigentlich da?", schnaufte sie. Käthe drückte sich erschrocken an die Tür. „Ich kenne jedenfalls nur eine, die dahinterstecken kann!"

„Vielleicht war es einfach nur ein Versehen", versuchte Erwin zu schlichten. Ein halbherziger Versuch, denn eigentlich war es ihm recht, dass Liselotte so von ihrer Arbeit verschlungen wurde. Am liebsten arbeitete er momentan ohnehin lieber allein. Die ständigen Begegnungen mit Else Marie waren nur schwer auszuhalten, denn unter ihrer beider Abwehr lag noch immer die Lust aufeinander. Else machte zwar keinerlei sichtbare Anstalten, aber die erotische Spannung knisterte. Da konnte sie noch so viel mit Artjom herumtändeln. Die reinste Fassade.

„Das glaubst du doch wohl selber nicht, Erwin! Die Habenicht und ein Versehen? Aus Versehen kann die Kuh doch nur eines: aus dem Takt geraten." Käthe versuchte ungesehen aus der Tür zu schlüpfen, hatte sie doch ihrer Arbeitgeberin eine Freude machen wollen und nun das Gegenteil bewirkt.

„Schau nicht wie ein angeschossenes Reh, Käthe, das müssen wir uns nicht bieten lassen. Ich werde mich mal wieder beim GEDOK-Vorstand beschweren."

„Mach das nach deiner Aufführung, Lotte", schlug Erwin vor.

„Was denkst du denn?", fuhr sie ihn an. Erwin zuckte nur mit den Schultern. In diesem Zustand würde er seiner Frau alles Mögliche zutrauen.

„Du kannst ja mitkommen und auf mich aufpassen", schob sie böse lächelnd nach.

Kopfschüttelnd winkte er ab. Morgen würde er ganz sicher nicht dabei sein, wenn die Laientanzgruppe seiner Frau dort glänzte. Die Kinderoperette *Der Zauberring* verlangte seine ganze Aufmerksamkeit. Es gab genug zu tun. Die Bewegungsnotationen wollten geschrieben werden, und die letzte Szenenidee stand nicht fest. Außerdem musste er noch Irma Dorn einarbeiten. Sie kannte das Stück bislang nur vom Notenblatt und hatte wenig Zeit. Else Marie würde bei Lotte im Künstlerhaus sein. Von daher war er froh, ohne Ablenkung in seine Arbeit zu versinken. Dass man *Linksran!* geköpft hatte, entfachte seinen Zorn und seinen Eifer umso mehr, endlich das neue Stück zu produzieren. Das Projekt brannte ihm unter den Nägeln. Aber zuerst musste er die Operette zu Ende zu bringen. Schließlich konnte er nicht auch noch während der Arbeit auf zwei verschiedenen Hochzeiten tanzen.

49

„Denkt mehr an das Körperliche. Weniger an euer Gesicht", erklärte Berta Habenicht den Mädchen in der Vortanzgruppe. Sie hatten die Bühneninspektion im Künstlerhaus beendet, danach gegenüber der Oper etwas gegessen und waren nun wieder auf dem Weg zurück ins Foyer.

Als Berta mit ihren Mädchen die Stufen des Künstlerhauses am steinernen Löwen hinaufeilte, kam ihnen Lieselotte Daube entgegen. Ihre Miene verriet großen Zorn, als sie ihre ehemalige Lehrerin erblickte. Ohne auszuweichen, hielt sie auf die Mitte der Gruppe zu und lief die Treppen hinab. Wäre Berta ihr nicht ausgewichen, hätte Lotte sie umgerannt. Berta schüttelte nur den Kopf und wies ihre Seminaristinnen an, sich zu beeilen.

Eine Stunde blieb ihnen noch. Aber die Garderoben waren gerade durch die Gellert-Daube-Gruppe besetzt worden, und so waren sie gezwungen, im Foyer auszuharren. Mit unterdrückter Aufregung warteten die Seminaristinnen in der kühlen Halle, während Berta hier und da innehielt und einige Kunstwerke erklärte. Vor der Karikatur eines gebeugten Akademikers blieb sie stehen.

„Auch der Leib kann durch zu viel Geist dicht werden, nicht nur das Gesicht, wie man hier sieht", dozierte sie. „Da gehen Leute, so wie heute, auf eine Kunstausstellung, kaufen sich schöne Akte von anmutigen Leibern in Öl. Geben ihnen einen Platz an der Wand statt im eigenen Körper!", spottet sie. Die Tänzerinnen tuschelten.

„Das muss ausgerechnet sie sagen", ereiferte sich Ilse. Trude stieß ihr mit dem Ellenbogen in den Oberarm. „Fülle hat rein gar nichts mit Haltung zu tun, du Dummchen."

Berta beobachtet zwar, dass die Mädchen nicht bei der Sache waren, aber sie ging nicht weiter darauf ein, sondern bemühte sich, die Wartezeit zu überbrücken.

„Die Welt, meine Damen, beschwört ganze Geisteskriege in der Beurteilung der Kunst herauf. Finden Sie nicht, man sollte die Zeit, welche man im Bewerten von Kunstwerken vergeudet, lieber dazu verwenden, die Stellungen der schönen Akte nachzuüben? Warum soll eine Kollektion schöner Gesten nicht ebenso wertvoll sein wie eine Porzellansammlung?“

Trude nickte eifrig, und die blonde Valeria schaute sich ständig um. Berta hatte davon gesprochen, dass ihre Sprungfotos aus den Gärten ausgestellt sein würden, aber sie konnte nichts entdecken, außer Malerei und Plakatkunst.

Langsam wurde Berta die Unruhe zu viel.

„Valeria, was recken Sie so den Hals? Erwarten Sie etwa jemanden? Es dauert noch, bis das Publikum eingelassen wird.“

„Sie sucht die Fotos vom Herrn Hauschild“, erklärte Ilse, als Valeria errötete. Die Ungeduld der Jugend, dachte Berta. Und ausgerechnet den Eitlen fehlt es an Disziplin. Eine Verschwendung von Schönheit, diese Valeria. Stark in der Ausführung, aber schwach beseelt. Ilse, das ganze Gegenteil, schlampige Ausführung, aber genial in ihren Ideen. Nur Trude hatte beides. Leider nur nicht das dazu passende Gesicht.

„Sie hängen dort hinten!“ Berta wies in Richtung eines Flures.

„Dürfen wir sie ansehen?“ Den bittenden Mädchen stand die Ungeduld ins Gesicht geschrieben.

„Ab, Marsch!“, erlaubte Berta. „In fünf Minuten seid ihr wieder hier und auf dem Weg zu den Garderoben.“ Noch bevor sie die letzten Worte ausgesprochen hatte, stürmten die Mädchen los. An ihren kleinen Jauchzern erkannte Berta, wie sehr es ihnen gefiel. Jetzt, wo die Fotos im Passepartout nebeneinander aufgereiht und gut beleuchtet waren, wähnte sich Berta stolz und zufrieden. Ein seltenes Gefühl, wie sie sich eingestehen musste.

„Warum stehen hier noch andere Bilder auf dem Boden herum?“, hörte sie Gertrude laut fragen. Berta blickte um die Ecke. Unter den aufgehängten Hauschild-Fotos standen weitere Abbildungen an die Wand gelehnt.

„Frau Habenicht, ich denke, sie öffnen hier in einer Stunde? Warum haben die Aussteller nicht fertig gehängt?“, wunderte sich Gertrude.

„Räumt sie rasch zusammen, stapelt sie übereinander und bringt sie weg!“, ordnete Berta an.

„Wohin damit?“, fragten die Mädchen, als sie alle Bilder aufgesammelt hatten.

„Folgt mir“, befahl Berta. Und hübsch hintereinander stiegen die Mädchen mit ihrer Lehrerin die Treppe hinab in die Kellerräume, wo ihnen Berta eine Ecke zuwies, in der ein kleiner, alter Schreibtisch stand, auf den sie die Bilder stapelten.

„Das sind alte Fotos. Sie haben sie vermutlich vergessen, nach dem Abhängen wegzustellen. Dann klatschte sie in die Hände.

„So, nun wird es Zeit!“ Die Mädchen parierten. Endlich waren die Garderoben frei.

Die Eröffnung hatte bereits begonnen, aber die Ankündigungsreden zogen sich in die Länge. Noch immer standen alle im Foyer des Künstlerhauses herum. Unzählige Begrüßungsworte strapazierten ihre Geduld. Unausgeschlafen stand der Leiter des Sportamts Hannover neben dem Gauleiter der Fachschaft Sport, Gymnastik und Tanz. Nachdem sich drei Redner unerträglich lange über den Begriff „der deutschen Gymnastik an sich“ ausgelassen hatten, taten den Mädchen die Beine vom Stehen weh. Auch Berta und Dorothea rollten mit den Augen, während sie die Stimme des Redners über sich ergehen ließen.

„Nein, die Frau soll nicht aus dem Beruf gedrängt werden! Aber sie muss zurück zu ihrem Ursprung finden. Politik und die Wehrhaftigkeit gehören zum Manne“, schmettert er. „Leider hat der sich zunehmend verweiblicht und die Frau vermännlicht. Die Schöpfung jedoch gibt uns alles, was wir brauchen. Eine Frau ist von Natur aus schön, wenn sie gesund ist. Sie sehen es alle an den Bildern hier. Sie braucht keine Hilfsmittel dazu.“ Streng sah der Mann in die Runde und beobachtete, wie sich einige Mädchen hastig den Lippenstift an ihren Handrücken abwischten. Hauptsache, das Zeug landet nicht auf den Tanzkitteln, dachte Berta. Wieder erhob der Redner die Stimme. „In diesem Sinne bewundern wir gleich nach den Lyrikvorträgen die Anmut und Schönheit unserer Tänzerinnen.“ Er nickte erst in Richtung Berta und erwies dann auch Lieselotte seine Ehrerbietung durch einen angedeuteten Diener.

„Die Bewegungsschulen Habenicht und Daube-Gellert zeigen ab fünfzehn Uhr erarbeitete Schaubilder und Tanzpoeme aus ihren Ausbildungen.“

„Wenn die Daube-Gellert-Kompagnie so missmutig tanzt, wie sie gerade schaut, dürfen wir uns über einen amüsanten Nachmittag freuen“, raunte Dorothea Berta zu.

„Du hast übrigens die Bilder stehenlassen“, entgegnete Berta leise.

„Ich weiß. Die Hunde sind mir entwischt! Ich hätte mich noch darum gekümmert.“

„Ich frage mich nur, wann?“

„Scht, sei leise, Die Gedichtvorträge beginnen!“ Berta schaute ihre Gefährtin von der Seite an, deren Profil höchste Erwartung verriet. Eines der Poeme stammte aus Dorotheas Feder. Das kleine Kunstgedicht hatte es vor einigen Wochen sogar in die Tageszeitung geschafft, und Dorothea war stolz darauf. Leider zog sich der erste Beitrag quälend in die Länge und der schlecht gesprochene Text sorgte für leichte Unruhe bei den Zuschauern.

„Warum lässt man, bitte schön, so exzellente Autoren als grauenhafte Vorleser auf die Bühne?“, beschwerte sich Dorothea.

„Weil es lediglich auf den künstlerischen Gehalt ankommt, meine Liebe“, erwiderte Berta ironisch lächelnd. „Du sollst eben wach bleiben und dich anstrengen beim Zuhören.“ Da verstand Dorothea jedoch keinen Spaß. Schließlich hatte sie selbst darauf verzichtet, persönlich zu lesen und den Vortag einer Professionellen überlassen.

„Wenn es um die Erziehung der Hörerschaft gehen soll, dann kann man die Zuhörer gleich während der Lesung an eine Sprossenwand hängen und sie Bauchmuskelübungen absolvieren lassen! Hätte denselben Effekt.“

Bei dieser Vorstellung musste sich Berta das Lachen verkneifen. Im Übrigen war sie bestens gelaunt, denn sie war sich sicher, die Habenicht-Mädchen würden ihre Sache gut machen. Während ihres Vor- und Nachspiels, das lediglich von Geräuschmusik untermalt wurde, hatten die Turnerinnen gleich fünf Handgeräte auf einmal in Beschlag genommen. Das war ein Novum! Danach würden sie eine Variation zu einem Thema von Haydn tanzen, die Irma Dorn auf dem Klavier begleitete. Berta hatte unter den Anwesenden die Presse entdeckt und war schon sehr gespannt auf die Kritiken. Mit heimlicher Freude registrierte sie auch, dass Irma eine hübsche, schwarze Brosche an ihrer Bluse trug.

50

Am gegenüberliegenden Rand des Geschehens stand Lieselotte und hörte nicht auf die gesprochenen Worte des Redners. Sie hätte Erwin so gebraucht, gerade jetzt. Seine feste Umarmung, seine mildernden Worte, ihr Mann stärkte ihr stets den Rücken, wenn alles zu viel wurde.

Was sie eben in einem der Seitengänge gesehen hatte, schlug dem Fass den Boden aus. Selbst Else Marie und Aenne hatten sprachlos dagestanden und nicht geglaubt, was passiert war: Sämtliche Bilder von ihr waren ausgetauscht und durch andere ersetzt worden! Wann das geschehen war, konnte Lieselotte sich nicht erklären, denn am Abend zuvor waren sie und Aenne vor Ort gewesen und hatten die Beleuchtung begutachtet. Und vor allen Dingen, wo waren ihre Fotografien hin? Allen wurde langsam klar: Um ein Versehen konnte es sich nicht handeln. Das war ein Affront und er passte wunderbar zur Taktik der gezielten Desinformation in all den Tagen zuvor.

Diese perfide Frechheit signalisierte ihr nur eines: *Da, wo ich bin, kannst du nicht sein.* Es schmerzte zutiefst, und mit einem Mal brach die alte Geschichte in ihr wieder auf. Sie begann zu zittern, verbot sich die Tränen und blinzelte. Nicht hier!

Mühsam offerierte sie Gleichmut, während es in ihr bebte. Was hatte diese Frau, was hatte eine Berta Habenicht nur an sich, dass sie sich so unlösbar mit ihr verbunden fühlte? Der Schmerz tat hundertmal mehr weh als die Blessuren eines normalen Konkurrenzkampfes.

„Da ist sie ein Stück zu weit gegangen.“ Aenne drückte ihr kameradschaftlich die Hand. Es wärmte sie, es tat gut.

„Was hast du ihr bloß getan, dass sie es so auf dich abgesehen hat?“, fragte Else Marie fassungslos. Lotte knetete ihre Hände, bevor sie hervorpresste: „Ich habe mich damals beim Verband beschwert, als sie nach der Laban-Technik unterrichtete. Das war ein Affront, den verzeiht sie mir nicht.“

„Du hast es tatsächlich gemacht? Das erklärt einiges. Sie ist wohl sehr nachtragend.“

„Dennoch“, widersprach Aenne. „Das hier kann man nicht auf sich beruhen lassen. Das klären wir jetzt vor Ort, oder es muss vor den GEDOK-Vorstand. Sonst beginnt unser Verein von innen heraus, sich zu zersetzen.“

„Wie im Großen, so im Kleinen“, sinnierte Else Marie.

„Was meinst du?“, fragte Aenne.

„Der Reichstag hat's auch geschafft. Und was kam dabei heraus?"

„Nein!", widersprach Aenne. „Wenn unsere Emanzipation darin bestehen soll, dass wir uns genauso bekämpfen wie die Herren in der Reichshauptstadt, dann stinkt etwas gewaltig in unserem Verein. Wir müssen das Übel an der Wurzel packen, bevor es eskaliert."

Es klingelte zum Einlass. In wenigen Minuten begann die Vorstellung. Die Gäste strömten bereits in den Saal. Lotte nahm sich zusammen und ging lächelnd mit.

Zwei Stunden waren vergangen, ohne dass Lotte hätte sagen können, ob ihre Mädchen hervorragend, schlecht oder mittelmäßig gewesen waren. Die Frauen der Ortsgruppe, die als Zuschauerinnen gekommen waren – nicht zuletzt, um ihre Fotos zu begutachten –, zogen enttäuscht von dannen. Else Marie kümmerte sich nach der Aufführung um Lottes Mädchen, denn Lotte war nicht zu gebrauchen.

Auf dem Weg zur Toilette blieb Lieselotte im Foyer vor den Bildern stehen. Nein, diese Genugtuung wollte sie Berta nicht verschaffen, indem sie sich fortstahl. Sie würde bleiben. Sie brauchte nur einen winzigen Moment, sich zu sammeln. Das war sie ihrer Schule und den Mädchen schuldig.

Nach wenigen Minuten füllte sich das Foyer wieder. Die Zuschauer strömten aus dem Saal, und die Galerien wurden eröffnet.

„Und, was sagst du?", fragte Berta hoffnungsfroh, denn ihre Gefährtin war bei der Generalprobe nicht dabei gewesen.

„Valeria ist ein Augenschmaus, gelenkig wie ein Kautschukmann, aber Gertrude tanzt sie alle an die Wand. Wie gehabt. Deine Haydn-Variationen haben mir sehr gefallen."

„Nicht wahr?"

„Wie der Wind den Grashalm bewegt, so ist die Musik durch die Tänzerinnen gegangen ..." Prompt zückte Dorothea ihr schwarzes Buch und notierte sich diese Zeilen.

„Die Variationen haben mich auch eine Menge Arbeit gekostet. Aber sie haben es bravourös gemacht. Besonders den Handgeräteteil. Ich fand ..." Berta blieb vor einem der gemalten Bilder stehen, auf denen die Ölfarbe noch zu glänzen schien. Sie hörte mitten im Satz auf zu reden. Dorothea erfasste sofort, worum es ging.

„Du denkst an Roger? Nicht wahr?", kommentierte sie Bertas versunkenen Blick auf die breiten Pinselstriche eines Frauenaktes.

Berta fühlte sich ertappt. Grundlos waren ihre Gedanken wieder abgeglitten. Es wäre zu schön gewesen, wäre Roger jetzt hier mit ihr. Und noch schöner: Er hätte hier ausgestellt. Sie seufzte schwer.

„Wir sind im Künstlerhaus, Berta, komm zurück."

Sie schüttelte sich kurz. „Du hast ja recht." Dann wandte sie ihren Blick von dem Gemälde ab, hinaus aus den hohen Fenstern und blinzelte in die Sonne, die sich durch einen Spalt in der Wolkendecke schob. Da trat von hinten das Fräulein Dorn an sie heran und reichte ihnen die Hand zum Abschied.

„Sie wollen schon gehen?", entfuhr es Dorothea erstaunt.

Das Fräulein nickte. „Ich hab noch zu tun", sagte es. „Einen Termin."

„Was kann man denn an so einem Tag für einen Termin haben?", ereiferte sich Berta und sah, dass Irma den obersten Knopf ihrer Bluse geöffnet hatte. Keine schwarze Brosche hielt mehr den Stoff zusammen. Leider.

„Einen Vorspieltermin", erklärte das Fräulein. „Man muss ja immer sehen, wo man bleibt." Damit wandte sich ab und eilte durch die große Glasschwingtür, die Treppe hinunter, an den Löwen vorbei zur Straßenbahnhaltestelle.

Berta blickte ihr hinterher, schüttelte den Kopf und murmelte: „Seit wann muckt die denn auf?"

„Frag lieber, was in diese drei Damen da gefahren ist", ergänzte Dorothea. Mit einem Kopfnicken wies sie in Richtung einer kleinen, energisch auf sie zueilenden Gruppe. Als Berta erkannte, wer da auf sie zuhielt, nahm sie augenblicklich Haltung an. Von ihrer leisen Melancholie verlor sich jede Spur. Die drei drängten sich durch die Menge und kamen direkt vor ihnen zum Stehen.

„Wo sind meine Bilder?", stieß Lieselotte Daube-Gellert hervor.

„Abgehängt", erwiderte Berta ohne eine Spur Verlegenheit.

„Was gibt es denn für einen Grund?", mischte sich Aenne ein. Dorothea wechselte einen kurzen Blick mit ihr. Während Berta wie ein Fels in der Brandung stand, fühlte sich Dorothea zunehmend unwohl. Irritiert runzelte sie die Stirn und blickte zwischen Aenne und Berta hin und her.

„Die Wand war für die Ausstellung der Habenicht-Schule reserviert, da hingen doch nur die alten Bilder der vorhergehenden Galerie", erklärte Dorothea.

„Das ist nicht wahr!" Lotte schrie beinahe vor Wut. „Es waren meine. Das habe ich schriftlich zu Hause schwarz auf weiß: Die GEDOK hat den Platz für meine Schule beantragt. Und bekommen!"

„Was zu beweisen wäre", fuhr ihr Berta über den Mund. Aenne und Else Marie wirkten ratlos in Anbetracht der ungeklärten Situation. Selbst Dorothea schaute verunsichert drein.

„Lass uns gehen", versuchte Else Marie die aufgeladene Situation abzumildern. Ihr wurde die Sache unangenehm. Die Umstehenden wandten sich bereits von Büfett ab und begannen einen kleinen, neugierigen Kreis um sie zu bilden. Einige der übriggebliebenen Frauen der Ortsgruppe reckten ihre Hälse.

„Warum tun Sie das?", presste Lieselotte zwischen den Lippen hervor.

„Warum tun *Sie* das?", erwiderte Berta ebenso scharf und leise.

Nach einem kurzen Moment spannungsgeladener Stille, fast zeitgleich, wandten sich beide voneinander ab und verließen den Platz vor dem Gemälde. Auch der Kreis der Neugierigen löste sich auf. Man ging wieder über zu Kaffee und Kuchen und beäugte die appetitlich angerichteten Häppchen.

„Ähnliches wird von Ähnlichem gelöst", zitierte Dorothea wieder ihren Lieblingsspruch, als sie sich ein Lachsschnittchen zwischen die Lippen schob.

„Bitte? Willst du mir etwa sagen, dass du mich mit dieser Person vergleichst?", antwortete Berta gereizt. Sie standen in einer abgeschirmten Ecke in der Nähe der Fotografien.

„Nicht dich. Du bist unvergleichlich", spöttelte Dorothea. „Nur das, was du da tust. Mir war übrigens nicht klar, dass die Bilder der Daube gehörten. Du hättest mich ruhig einweihen können in deine kleine Intrige." Dorothea war pikiert, dass Berta diese Sache im Alleingang entschieden hatte und sie, ihre Gefährtin, zum Instrument ihrer Machenschaften degradiert hatte. Dabei hätte sie Berta in diesem Punkt durchaus den Rücken gestärkt. Hatte sie nicht sogar die Daten der Veranstaltung vor dem Däubchen zurückbehalten? Hatte sie nicht Irma die Brosche gegeben mit den Worten, es wäre ein Übrigbleibsel vom Weihnachtsbasar? Weshalb neuerdings diese Heimlichkeiten zwischen ihnen? Vertraute ihr Berta nicht mehr? „Du hattest deine Erzfeindin einstmals als mögliche Erbin im Auge", sagte sie spitz.

„Das waren ganz andere Zeiten", erwiderte Berta schroff.

„Zwischen adeln und tadeln steht nur ein Buchstabe, aber in Grunde seid ihr euch wirklich gar nicht so unähnlich."

„Auf wessen Seite stehst du eigentlich? Wenn du wechseln willst, bitte!"

„Wir sind beide frei. Deine Worte. Jede von uns kann tun und lassen, was sie will."

„In Bezug auf Affären mag das ja noch angehen, aber politisch verlange ich von dir absolute Loyalität."

„Ist das Däubchen jetzt schon Politik?", lachte Dorothea künstlich und trank einen großen Schluck Sekt. „Einerlei! Aber ...", schob sie nach, „... was wäre eigentlich, wenn es bei mir umgekehrt wäre?"

Nun wurde Berta unsicher. „Ich denke, du bist nicht eifersüchtig?", sagte sie.

„Es gab ja auch nie einen Grund."

„Worauf spielst du an? Glaubst du etwa, dass ich eine Affäre habe? Lass mich raten, wen du verdächtigst: Ada? Irma? Leni? Das ist lächerlich, Doro!"

Dorothea schwieg. Dann bemerkte sie leise: „Ich rede ja auch nicht von einer Frau."

„Ach herrjeh, du meinst Roger? Mal wieder?" Laut lachte sie auf. „Immer Roger." Dann verdunkelte sich ihre Miene. „Hör damit auf, er ist nicht da."

„Abwesende haben eine unglaubliche Macht", sagte Dorothea, aber Berta schüttelte unmissverständlich den Kopf.

„Schluss jetzt damit", befahl sie. Im Eifer ihres Disputs bemerkten die beiden Frauen nicht, dass ein schwarzlockiges Mädchen mit arglosem Gesicht in ihrer unmittelbaren Nähe stand. Käthe Pfeifer tat mit einer Tasse Kaffee in der Hand so, als wäre sie ganz und gar in die fotografische Abbildung einer Ringe werfenden Sportlerin versunken, dabei vernahm sie jedes Wort. Das, was Käthe da belauschte, war zwar keine lustige Geschichte, aber in einem Punkt war sie sich sicher: Unterhaltsam für Frau Daube-Gellert war sie allemal.

51

„Wo ist denn die Zeitung von heute?" Lieselotte biss ein Stück von ihrem Marmeladenbrot ab und nahm einen hastigen Schluck schwarzen Bohnenkaffees. Den gönnte sie sich eigentlich nur am Wochenende, aber heute würde *Die Niedersächsische Tageszeitung* über die Vorführungen vom Sonntag berichten.

„Liegt auf Ihrem Schreibtisch“, ließ Käthe sich kleinlaut vernehmen.

Befremdet blickte Lieselotte auf. Die Scheu des Mädchens wunderte sie, denn es war so ganz gegen Käthe Art, mit Neuigkeiten hinter dem Berg zu halten.

„Bringst du sie mir bitte?“, bat sie.

Mit sichtlichem Unbehagen schlich sich das Mädchen ins Büro und holte die Zeitung. Langsam kehrte sie zurück, faltete sie auf und bereitete sie vor Lieselottes Augen aus. Dann ging sie zum Regal, holte ein Glas, füllte es mit Wasser und stellte es auf den Tisch. Dabei nuschelte Käthe ein paar ungeschickte Worte. Dann fiel Lottes Blick auf den Artikel. Es dauerte keine halbe Minute, bis sie verstanden hatte. Deshalb also das Glas und Käthes waidwunder Blick. In dem Artikel stand rein gar nichts über ihre Vorführung. Stattdessen ergoss sich der Schreiber – sie kannte das Kürzel unter dem Artikel nicht – zwei Spalten lang über den Umstand, dass Berta Habenichts Elevinnen zum ersten Mal mit fünf Handgeräten auf der Bühne herumturnten! Das sei eine Novität sondergleichen, das sei revolutionär und zeige noch immer ihren ungebrochenen Willen, auf dem Gebiete der Gymnastik als Pionierin voranzuschreiten. Berta. Berta. Berta. Selbst die Fotos, die ein gewisser Wilhelm Hauschild angefertigt hatte, wurden erwähnt. Es tröstete Lieselotte auch nicht, dass die anderen Darbietungen nur in ein paar Nebensätzen erwähnt wurden.

Mit aufsteigender Wut rollte sie die Zeitung zu einem dünnen Rohr und schlug damit auf den Tisch. „Das sind infame Intrigen“, presste sie hervor. „Ich werde mich nicht nur bei der GEDOK, sondern auch bei der *Niedersächsischen* beschweren. Oder besser, ich beauftrage Aenne. Noch ein Wasser bitte.“

So schnell sie konnte, füllte Käthe das Glas wieder auf. „Sie haben über Sie geredet.“

„Wer?“ Lotte schaute auf.

„Die Frau Habenicht und das Fräulein Bragge.“

„Während der Ausstellung, meinst du?“

„Ja, und nicht nur über Sie!“

Und mit heißen Ohren erzählte Käthe ihrer Arbeitgeberin über den Eifersuchtsdisput zwischen den beiden. „Ich hätte nie gedacht, dass solche Damen richtige Affären haben, und gleich so viele!“

„Sagst du mir bitte noch einmal die Namen?“

Eifrig zählte Käthe auf: „Ada, Irma, Leni und ein Ronald, wenn ich das richtig gehört habe. Auf den war das Fräulein Bragge besonders schlecht zu sprechen.“

Auch wenn Lieselotte ahnte, dass Käthe ein wenig übertrieb in ihrer blumigen Ausschmückung und dass da ebenso viel Sensationslust wie Unwissenheit mitschwang, als sie von „erotischen Machenschaften" berichtete, so dachte sie bei sich: *Also doch*. Ihre Vermutung, als sie Berta und Ada damals an der Volkshochschule in inniger Umarmung beobachtet hatte, hatte sie nicht getrogen. Jetzt bedauerte sie sogar, nicht doch hin und wieder in der *Freundin* gelesen zu haben. Vielleicht hätte sie dann mehr darüber erfahren, wie lose und vielfältig Beziehungen unter Frauen geführt würden. Da sie ja nicht durch einen Ehebund verpflichtet waren, lag es nur allzu nahe, dass diese Liebschaften nach allen Seiten hin offen waren? Aber wer mochte dieser Ronald sein? Doch ein Mann in Bertas Leben? Im Büro der beiden Leiterinnen hatte sich damals lediglich der Dr. Kahlbutz herumgedrückt, und dass Berta etwas mit ihrer Pianistin Irma anfangen würde, passte so gar nicht in Lottes Vorstellungswelt. Aber Fakt war, dass Irma Dorn ebenfalls Frauen zusprach.

Als Lotte am Vortag noch voller Zorn zurück zur Langen Laube eilte und die Tür zur Schule öffnete, war ihr das Fräulein Dorn geradewegs in die Arme gelaufen. Überrascht und mit weiten Augen entschuldigte sie sich bei ihr und fügte hinzu: „Ach, übrigens, die Studie Ihrer Tänzerinnen, der *Trübe Zug*, hat mir sehr gut gefallen. Besonders die dämonische Sequenz." Dabei umspielte wieder ein anderer in keinster Weise trüber Zug ihren schmalen Mund. Bei dem Wort *dämonisch* war Lotte unmerklich zusammengezuckt. So dicht stand Irma vor ihr, dass sie die Fältchen um die Augen sehen konnte. Irma Dorn ist älter geworden, dachte sie, aber die Reife steht ihr gut. Die kleinen Krähenfüße um ihre Augen gaben ihr etwas Schelmisches, etwas, das Lotte als Schülerin nie wahrgenommen hatte.

„Sind Sie denn mit Erwin übereingekommen?", fragte Lotte.

„Bestens", erwiderte Irma. „Ich freue mich auf unsere gemeinsame Arbeit!"

Schon war sie an ihr vorbeigelaufen. Lotte hatte nicht einmal erwidern können, dass die Leitung der Kinderoperette gar nicht in ihren Händen lag. Stattdessen blickte sie dem Fräulein nachdenklich hinterher. Merkwürdig, dachte sie, als wären die damalige Schulpianistin und die verschmitzte Frau von eben zwei grundverschiedene Personen.

52

Sie hatten sich wieder getroffen, und ebenso wie an ihrem ersten Abend liebten sie sich schnell und ungestüm. Immer noch sprachen sie kein Wort. Es schien eine stumme Übereinkunft darüber zu herrschen, dass es Verrat wäre, würden sie sich mit Worten unterhalten und nicht wie ausgehungerte Tiere übereinander herfallen. Ihre Zusammenkünfte blieben in einer animalischen Grauzone. So war es einfacher. Wenn sie sich außerhalb dieses Areals trafen, mussten sie sich gar nicht verstellen. Das, was zwischen ihnen geschah, lag fern von allem anderen Sein. Das Tabu war so unfassbar groß, dass es für sie gar nicht auszuhalten war. Ein Aussprechen zärtlicher Worte oder neuer Verabredungen hätte aus ihren heimlichen Treffen den Betrug an Lieselotte nur dingfest gemacht.

Erwin verließ an diesem Abend das Haus der Försters gegen Mitternacht. Gebückt lief er eine Querstraße weiter, blieb unter einer Laterne stehen, zündete sich eine Zigarette an und rauchte im Schein des Lichtkegels. Else Marie stand oben am Fenster und sah ihm nach. Ihre Eltern schliefen bereits.

Wieder war es einfach so passiert. Die neue, von Erwin ins Leben gerufene Laientanzgruppe war vor drei Stunden zu ihrem ersten konspirativen Treffen zusammengekommen. Hinterher in der Kneipe hatte sich Artjom wie ein Aal gewunden und war dann schließlich im Dunkel der Nacht zu seinem Verehrer, statt zu den Försters verschwunden. Wie von selbst hatte es sich ergeben, dass Erwin Else Marie, obwohl sie diesmal stocknüchtern war, bis zur Haustür brachte. Und dann kam es ihr wie ein Déjà-vu vor. Nur viel schöner, denn sie konnte sich an jedes Detail seiner leidenschaftlichen Umarmung erinnern. Ich nehme Lotti doch nichts weg, sinnierte sie. Warum fühle ich mich nur so furchtbar schuldig? Aber Else wusste, dass sie sich etwas vorlog.

Zwischen ihr und Erwin war mehr geschehen als nur das gegenseitige Stillen eines gemeinsamen Hungers durch den Körper des anderen. Da half auch das Schweigen nichts. Allein schon, dass sie so eng zusammenarbeiteten, machte es schwer, die Bereiche zu trennen. Eine Weile vielleicht würde die Verblendung noch halten. Was danach geschah, das wollte sich Else lieber gar nicht ausmalen. Egal, wie lange diese intime, gesetzlose Zone auch Bestand hatte, eines wusste sie felsenfest: Sie würde es auskosten.

Sie wollte wieder begehrt werden. Von einem Mann, der sie ernst nahm. Sie wollte ihn, Erwin. Viel zu lange hatte sie es verdrängt. Im Grunde wusste sie es schon damals nach dem Abend in der Roten Mühle. Als Erwin so hemmungslos betrunken mitten in seiner Umarmung auf ihrem Rücken eingeschlafen war, während sie sich mit Artjom abgemüht hatte. Erwins warme, fast jungenhafte Schläfrigkeit hatte sie belustigt und berührt. Und jedes Mal, wenn Lotte ihr in ihren seltenen, redseligen Momenten gestanden hatte, wie lästig ihr Erwins körperliche Avancen waren, umso mehr hatte sie gedacht: Was für eine himmelschreiende Verschwendung dieses Herzens. Was Erwin und Lotte genau miteinander verband, verstand Else Marie nicht, aber irgendeine Art von Liebe musste es sein.

Leise öffnete sie das Fenster und zündete sich ebenfalls eine Zigarette an. Erwin hatte sie ihr ohne Worte auf die Fensterbank gelegt.

53

„Jetzt soll ich aus dem GEDOK-Beirat ausgeschlossen werden."

Wütend zerknüllte Berta das Schreiben, nur um es gleich darauf wieder zu glätten. Sofort begannen die jungen Terrier zu bellen. Heute ging ihr das Hundegewusel ziemlich auf die Nerven.

„Beruhige dich. Das ist ein Sturm im Wasserglas. Es war doch überhaupt gar keine GEDOK-Veranstaltung. Da überschreiten sie in ihrem Eifer ein wenig ihre Kompetenzen", antwortete Dorothea.

„Die gesamte Ortsgruppe der Daube steht auf der Matte und verlangt es." Die kleinen Hunde sprangen in freudiger Erwartung an Bertas Waden hinauf, denn sie wollten mit dem Papierball spielen, den sie schon wieder mit den Händen formte. Unwillig stieß Berta sie fort.

„Doro, gib ihnen endlich Namen, damit du sie zurückrufen kannst."

Dorothea zuckte mit den Achseln. „Der Mensch ist nur da ganz Mensch, wo er spielt, und der Hund auch. Nicht wahr, ihr Hübschen?", ermunterte sie die Welpen. „Was hältst du denn von Friedrich und Johann Wolfgang?"

„Dann wohl eher Fritz und Wolf", murmelte Berta abwesend, die erneut den Brief aufgefaltet hatte und ihn zum wiederholten Mal las.

Krieg der Briefe, dachte Dorothea augenrollend. „Warte doch einfach ab. Vielleicht bist du ja auch einen Schritt zu weit gegangen mit deiner Aktion. Lass den Aufruhr sich beruhigen. Was meinst du zu Flick und Flak? Klingt auch nicht schlecht, oder?" Als Berta nichts erwiderte, murmelte sie: „Nomen ist Omen. Ich sollte noch warten, bis mir etwas Besseres einfällt."

„Du weißt schon, dass man Tiere nur ohne Namen belässt, wenn man vorhat, sie zu schlachten?"

Bertas makabrer Witz ließ Dorothea zusammenzucken, und im gleichen Moment tat es Berta leid. Noch immer hatte ihre Gefährtin den Tod ihres Lieblings nicht ganz verkraftet.

„Vergiss meine Bemerkung. Ich bin einfach zermürbt."

„Wann hat es eigentlich angefangen? Mittlerweile habe ich das Gefühl, du und die Daube, ihr führt diese Schlacht schon ewig."

„Seit ich ihre Avancen zurückgewiesen habe. Und als die Sache mit ihren Tänzern passierte, muckte sie noch mehr auf. Sicher hat die Fortbildung beim Herrn Laban ihre Hybris nur verstärkt."

„Ausbildung, meine Liebe."

„Ja, doch! Wie auch immer. Zerfressen von Ehrgeiz, die kleine Tanzratte. Als könnte man in einem einzigen Leben schaffen, alle Systeme zu studieren. Es sind sowieso zu viele. Ein wahrer Wildwuchs. Durch Bildung und Technik allein ist es noch niemandem gelungen, sich aus dem proletarischen Sumpf herauszuarbeiten."

„Du vergisst gerade deine Anfänge, Berta", mahnte Dorothea. „Du selbst hast ein Turnsystem für Schwache und Kranke entwickelt. Das hat sogar Bernhard beeindruckt. Er hat dir dein Vorwort zur Säuglingsgymnastik geschrieben. Erinnerst du dich? Du selbst hast mittelosen Mädchen geholfen. Kaum ein Drittel von denen besaß einen wirklich gesunden Körper. Die meisten haben ihn bei dir gesundtrainiert. Ist das alles passé?"

„Ich habe mich jahrelang damit abgemüht, Dorothea, das weißt du. Es macht mich selbst ganz krank, denn ich vergeude damit nur meine Kraft und man sieht ja, was dabei herauskommt."

„Was willst du tun? Dich auf das Stärken von Starken konzentrieren?"

„Vielleicht, ja, vielleicht ist das der bessere Ansatz."

„Das ganze Volk soll neuerdings radikal geschult werden. Auch in Leibeserziehung."

„Wenn der Staat dafür zahlt, das Volk zu schulen, so werde ich es gerne tun. Aber nicht mehr aus eigenen Mitteln. Das ist reinste Selbstausbeutung."

54

„Was tust du da?", fragte Lotte überrascht, als sie Käthe schreibend am Küchentisch vorfand. Das Mädchen schreckte auf, zerknüllte den Zettel und warf ihn in den Eimer.

„Schreibübungen", erwiderte sie rasch. „Nichts Besonderes."

An ihrem ertappten Blick erkannte Lotte sofort, dass sie log. Schnurstracks ging sie zum Eimer, fischte das Blatt heraus und las. Käthe sackte zusammen und wurde dunkelrot. Sie sah so elend aus in ihrer Kleinmädchenscham, dass Lotte meinte, gleich sonst etwas zu lesen zu bekommen. Einen Liebesbrief vermutlich oder ähnliches. Ihre Augen überflogen die dahingekritzelten, teils durchgestrichenen, teils neu überschrieben Zeilen und ein Lächeln zuckte um ihre Mundwinkeln. „Hattest du gerade nichts zu tun?"

Erleichtert blickte Käthe auf, schon weniger kläglich. Ihre Lippen bebten, als sie Lieselotte erklärte: „Ich sollte doch warten, Frau Daube-Gellert, auf den Herrn Otto mit dem Kohlekarren für die letzte Bestellung. Aber der ist gar nicht gekommen und da habe ich angefangen, dieses kindische Zeug aufzuschreiben. Aus Langeweile." Belustigt hob Lotte die Augenbrauen. Käthe hatte sich einer Reimerei bedient, die sie in einer der Atemgymnastikstunden aufgeschnappt hatte.

„So dumm finde ich es gar nicht. Es ist sehr amüsant. Was hältst du von einer spontanen Veröffentlichung?" Ungläubig weiteten sich Käthes Augen. Sie meinte, sich verhört zu haben, aber Lotte fuhr fort: „Ich denke natürlich an eine exklusive Veröffentlichung, eine Publikation für eine einzige Person." Noch immer starrte Käthe sie verwirrt an.

„Schreib das doch bitte noch einmal sauber ab."

Hatte sie richtig verstanden? Käthe begriff nicht. „Wie meinen Sie das?", stammelte sie hilflos.

„Wie ich es sagte. Wir schicken deine Verse der Dame mit dem toten Hund." Dem Mädchen schienen die Augen aus dem Gesicht zu fallen. Machte Frau Daube-Gellert einen bösen Scherz? War sie vielleicht so wütend auf sie, dass sie sie verhöhnte? Wortlos starrte

Käthe Lieselotte hinterher, als ihre Arbeitgeberin schnurstracks in ihr Büro ging und einen Umschlag samt Briefmarke holte. Als sie zurückkehrte, lächelte sie immer noch freundlich. „Nur eine kleine Revanche, Kind. Mehr ist es nicht. Ich finde, das hat sie verdient. Einmal mehr, nachdem, was du mir berichtet hast.“ Jetzt erst begriff Käthe, dass Frau Daube-Gellert es ernst meinte.

„Aber ist das nicht kriminell? Das ist doch Verleumdung?“

„Mag sein. Aber ohne einen Absender? Wer soll es je herausbekommen?“ Höhnisch lachte sie auf. „Außerdem: Was die Habenicht getan hat, war das etwa rechtens?“ Verächtlich schüttelte sie den Kopf. „Außerdem kennt sie deine Schrift gar nicht, und jetzt starr keine Löcher mehr in die Luft und schreib. Wer A sagt, muss auch B sagen – Damit du nicht umsonst gedichtet hast.“ Sie lächelte milde.

Käthe zögerte, aber als sie sah, dass Lotte sich von ihr abwandte und in ihrem Büro die Bewegungsnotation der nächsten Unterrichtsstunde überarbeitete, begab sie sich an den Küchentisch, überwand ihre Scheu und übertrug in gestochener Schönschrift ihre spontan gereimten Verse auf ein Blatt weißes Büttenpapier.

Warte, warte nur ein Weilchen
in den Beeten blühn die Veilchen
Im Gesicht und an den Armen
blühn sie auch! Ohn' ein Erbarmen.
Einstmals wollten zwei Ameisen
sich ihr Kleid vom Leibe reißen,
schamlos alle Hände strecken nach
den Mädchen u n d den Recken,
Unzucht treiben wild und wilder
Ehre stehlen und auch Bilder.
Wer auf solchem Boden ruht
ist von schändlich schlimmem Blut.

„Ich habe es fertiggeschrieben“, meldete sich Käthe nach zehn Minuten.

„Dann pack es ein! Die Adresse kennst du ja“, erklang prompt die Antwort aus dem Nebenraum.

Käthe tat wie geheißen, faltete das Blatt, schob es in Umschlag, feuchtete die Marke an und machte den Brief versandfertig.

Lotte trat aus dem Nebenraum und besah sich zufrieden das kleine Werk ihrer Vergeltung.

„Jetzt geht es mir deutlich besser", sagte sie zu Käthe und streichelte ihr über den Kopf. „So etwas braucht der Mensch manchmal für sein Gleichgewicht."

Käthe stand noch immer im Bann ihrer Sprachlosigkeit, aber im Grunde fand sie diesen kleinen, bösen Scherz nur angemessen, zumal ihr Frau Daube-Gellert erzählt hatte, dass die Habenicht trotz dieses Vergehens noch immer im Vorstand bleiben durfte und lediglich eine Verwarnung bekommen hatte.

„Soll ich ihn gleich einwerfen?", fragte sie eifrig.

„Ja, aber vorher schaust du bitte noch bei Herrn Otto vorbei, wegen der verpassten Lieferung, und falls er da ist, machst du einen neuen Termin."

„Ja." Käthe trat, nachdem sie aus dem Fenster geschaut und sich in der Diele eine Pelerine angezogen hatte, von einem Bein auf das andere.

„Was ist? Du bist doch nicht aus Zucker. Hast du etwas vergessen?"

„Ja … also ich wollte … also, darf ich Sie vielleicht noch etwas fragen?"

Lotte nickte. „Nur zu." Aber das Mädchen schwieg betreten. „Was ist denn?"

„Und Sie sind mir auch wirklich nicht böse, wenn ich diese Frage stelle?"

„Nein, spuck's aus. Was brennt dir unter den Nägeln?"

Käthe holte tief Luft, nahm Haltung an und stieß hervor: „Warum hat die Frau Habenicht Sie eigentlich enterbt?"

„Wie bitte?" Lotte lachte schrill auf. Hatte sie Käthe richtig verstanden? Das Mädchen war zusammengezuckt.

„Ich meine … ich weiß nicht … vielleicht habe ich es auch falsch verstanden", stotterte sie. Frau Daube-Gellert trat bedrohlich nah an sie heran und Käthe bekam es mit der Angst zu tun. Dieser Blick! Sie hätte die Frage lieber für sich behalten sollen.

„Was hast du da gehört, Mädel?" Ihr Griff an den Schultern tat weh. Käthe wimmerte fast.

Energisch schob sie das Mädchen zurück in die Küche und drückte es auf einen Stuhl nieder. „So, noch einmal ganz von vorn!", befahl sie. „Was ist das für ein himmelschreiend dummes Gerücht?"

„Also", begann Käthe, „in der Galerie, als ich vor den Bildern stand, da haben sie es beide gesagt."

„Was haben sie da gesagt?"

„Die Bragge hat die Habenicht gefragt … nein … die Bragge hat der Habenicht vorgeworfen, dass Sie beinahe ihre Erbin gewesen wären."

Als Lieselotte nichts erwiderte, raffte Käthe all ihren Mut zusammen.

„Wären Sie sonst etwa die Nachfolgerin an der Habenicht-Schule, Frau Daube-Gellert?", fragte sie voller Ehrfurcht. Lotte wurde kurz schwarz vor Augen, sie musste sich setzen. Angesichts dieser Behauptung war sie sprachlos. Ganz sicher hatte Käthe da etwas missverstanden. Sie brauchte jetzt unbedingt ein paar Minuten, um sich zu sammeln.

„Ja", stieß sie leise und beherrscht hervor. „Da hast du tatsächlich eine ganze Menge durcheinandergebracht." Trotz ihrer Erregung versuchte sie möglichst gelassen zu klingen.

„Geh nun schnell zu Herrn Otto, bitte."

„Ja!", rief Käthe erleichtert, sprang auf und eilte zur Tür.

„Der Brief!"

„Ach ja, entschuldigen Sie bitte!" Schon klappte die Tür und Käthe Pfeiffer war verschwunden. Die plötzliche Stille war lauter als alles vorher. Was hatte sie da eben gehört? Sie als mögliche Erbin? Unmöglich! Lotte schnaufte. Mühsam versuchte sie sich an Fetzen von Gesprächen von damals zu erinnern, zu Schulzeiten, zu Aufführungszeiten oder als sie bei der Habenicht in der Wohnung gewesen war. Langsam kehrten einzelne Bilder zurück, aber sie ergaben kein schlüssiges Bild. Erklärte *das* etwa, weshalb Berta ihr anfangs so zugetan war und sie nach ihrer dümmlichen Offenbarung so übermäßig brüsk von sich gestoßen hatte? Hatte sie in ihr tatsächlich eine Nachfolgerin gesehen? Nein! Das konnte sie nicht glauben. Damals waren Scham, Schmerz, Wut und Verzweiflung in ihr gewesen. Alles durcheinander. Nichts hatte sie damals begriffen. Ein junges, dummes Huhn war sie gewesen. Ihre Stärke und das, was sie bis heute geleistet hatte, waren ihr noch gar nicht bewusst gewesen, ja, sie hätte es sich noch nicht einmal vorzustellen gewagt. Aber Berta … hatte sie *das* in ihr gesehen?

Zusammengesunken hockte Lieselotte auf ihren Küchenschemel. Nein, dachte sie immer und immer wieder, das ist ein krankes Hirngespinst, entfacht durch ein dummes Gerücht, bestehend aus lauter Halbwahrheiten. Käthe *musste* sich verhört haben. Sie atmete noch einige Male tief ein, schob die beängstigenden Gedanken beiseite, stand auf, wankte in ihr Büro und widmete sich wieder ihrer Schreibarbeit. Als sie zwischendurch aufblickte und aus dem Fenster schaute, entdeckte sie, dass am blauen Himmel ein halber Mond stand. Es war vier Uhr nachmittags.

55

Berta und Dorothea betraten den Hausflur. Dorothea die beiden Terrier im Schlepptau und Berta mit der Zeitung und einem Stapel Briefen unter dem Arm. Der Postkasten platzte aus allen Nähten. Es war wieder Bewerbungszeit. Außerdem kamen täglich neue Verordnungen ins Haus geflattert. Tanzzeitschriften hatten entweder ihre Namen oder ihre Herausgeber gewechselt oder gleich beides zusammen. Bertas Schule wurde mit neuen Richtlinien zugeschüttet, mit Sonderdrucken der deutschen Kulturwacht, die versprachen, dem Wildwuchs und dem Dilettantismus in der Tanzlandschaft endlich ein Ende zu setzen – was Berta sogar begrüßte –, und hin und wieder waren auch Anträge dabei, bci denen ihr gar nichts weiter übrigblieb, als sie schleunigst auszufüllen, weil wieder irgendein Verband, in dem sie Mitglied war, in einen anderen überführt wurde. Wie es sich abzeichnete, mündete und plätscherte letztlich sowieso alles in das große Freizeitbecken *Kraft durch Freude.* Hauptsache, sie würde nicht geprüft werden, ob sie die „erforderliche Zuverlässigkeit und Eignung" besaß. Nichts wäre erniedrigender für sie, als geprüft zu werden wie ein Schulmädchen – als gestandene Frau, die sie war!

Genervt begann sie die Post zu sortieren und drückte Dorothea die Zeitung und ein paar Briefe in die Hand. Neue Bewerbungsschreiben: eins aus Hamburg, drei aus Hannover und eins aus Bremen, zwei Rechnungen, mehrere Informationsblätter und ein hübscher Brief ohne Absender.

Dorothea fischte ihn als Erstes heraus und wandte sich ab. Mit hochgezogenen Augenbrauen studierte sie die Schrift. Vera Grünbaum war es nicht, dachte sie erleichtert, außerdem standen ja auch beide Namen auf den Umschlag. Also unverdächtig.

„Was schaust du so?", erkundigte sich Berta, der der misstrauische Blick ihrer Gefährtin nicht entgangen war.

„Die Zeit der anonymen Briefe bricht wohl wieder an", murmelte ihre Gefährtin.

„Zeig mal her!" Unwirsch riss Berta Dorothea den Umschlag aus der Hand und musterte ebenso stirnrunzelnd wie Dorothea zuvor die Adresszeilen.

„Das ist Adas Schrift", sagte sie. „Gott sei Dank, endlich ein Lebenszeichen." Oft musste sie in letzter Zeit an sie denken. Erst gestern wieder, als Dorothea von der „Flammenübergabe" berichtete.

„Bücher", rief ihre Gefährtin immer wieder aus. „Man hat Bücher verbrannt! Theo Lessings Schriften allen voran." Alles sträubte sich in Berta bei diesem Gedanken.

Oben angekommen warf sie den Inhalt des Postkastens auf die Mitte des Salontisches und ließ sich in ihren Sessel nieder, um das Schreiben von Ada aufzureißen. Dorothea zog sich den Mantel aus, gab den Terriern zu fressen und setzte sich gegenüber von Berta, um ihre Zeitung zu studieren. Es wurde still. Nur noch das Schmatzen der Hunde und das Rascheln der Zeitung waren zu hören. Berta vertiefte sich in den Brief.

Liebe Berta,
es tut mir so furchtbar leid, dass unser Abschied so kühl und „wie abgeschnitten" verlaufen ist, aber es war der Situation geschuldet. Zudem stand ich noch unter Schock. Ich wusste nicht mehr, wem ich was hätte anvertrauen dürfen. Deshalb fehlt bei diesem Schreiben auch der Absender. Ich weiß, dass es uns nicht schützen wird, denn falls sie diesen Brief abfangen, ist ja sowieso alles offensichtlich. Fast alles. Hoffentlich bringt er euch nicht in Schwierigkeiten. Aber so viel kann ich dir sagen: Wir sind Hals über Kopf weg. Erst über Prag, dann immer weiter, und nun sitzen wir in einer hübschen Villa mit einem blumigen Namen hoffentlich vorerst gut geschützt vor Verleumdungen und Schlimmerem. Mein Mann ist ja schon in Hannover gewarnt worden. (Ein Freund bei der Polizei) Er sprach sogar von einem Attentat. Wir haben ihm ohne Weiteres geglaubt nach den vielen Pöbeleien auf dem Gehweg an den Tagen zuvor. Und nicht nur das. Berta, ich mag dir gar nicht schreiben, was sie mit unserem Haus in Anderten angestellt haben … hinterher jedenfalls war es unbewohnbar. Man konnte es kaum eine Stunde drin aushalten. Es stank nach Exkrementen, das kannst du dir gar nicht vorstellen. Wie Hunde haben sie gewütet, und eine Jauchewüste ist uns geblieben. Mein Mann war Gott sei Dank weg, als es passierte. Ich habe mit R. ein paar persönliche Dinge – seine Schriften und das viele Papier! – in vier Kisten zusammengepfercht. Nun stehen sie hier herum, halboffen. Wann ich es schaffe, sie auszupacken und in die hellen, hübschen Regale einzusor-

tieren, das weiß ich selbst nicht. Gerade bin ich wie gelähmt. Irgendwann, wenn alles wieder ruhiger geworden ist … dann vielleicht. Aber das wird es wohl nicht mehr. Gestern stand hier in der Zeitung, dass eine Jagdprämie auf T. festgesetzt ist. 80.000 Reichsmark. Auf seinen Kopf. Ich habe es ihm vorgelesen. Er hat gelacht und gemeint, endlich hätten sie den Wert seines Geistes begriffen, das hätten sie ihm mal an der Uni zahlen sollen. Da hatte er schon den gleichen auf seinem Hals gehabt. Sein Galgenhumor tut not. Gestern Abend, als wir von unserem Balkon in das Abendrot hineinsahen, fassten wir den Beschluss, in diesem hübschen Haus, das für uns beide viel zu groß ist, demnächst ein Landschulheim für Kinder zu eröffnen, für Knirpse aus Familien, denen es so ergangen ist wie uns. Eine Art „Zwischenhausen". Ach, Berta, wenn die Umstände nicht so verstörend wären. Dieses Anwesen ist ein Traum! Es würde dir gefallen, und wenn – wie jetzt – das ahnungslose Abendlicht durch die hohen Fensterscheiben auf seinen Schreibtisch fällt und die letzten Strahlen ein Tänzchen mit den Rauchfäden von T.s Havanna veranstalten, und wenn das emsige Anschlagen der Tasten seiner Reiseschreibmaschine durch das hohe Zimmer klappert, dann könnte man meinen, wir leben in einem unzerstörbaren Idyll. Es ist so schrecklich und ich habe Angst. Unsere Tochter ist bereits auf dem Weg zurück nach Hannover. Sie ist erst zwanzig. Du weißt ja, dass sie am gleichen Tag wie ihr Vater Geburtstag hat? Ist das nun ein gutes oder ein schlechtes Omen? Ich grüße dich und Dorothea aus bangem und vollstem Herzen. Passt auf euch und eure Schule auf. Eure A.

PS: Ich bin damals übrigens nicht nur aus dem P. ausgeschlossen, sondern auch aus der V. entlassen worden. In der Zeitung haben sie dann behauptet, dass ich *mein Amt niedergelegt habe. Es ist so erbärmlich. Nur, dass du Bescheid weißt.*

„Ich wusste es, ach, meine arme, liebe Ada", stöhnte Berta leise. Dorothea blickte auf. Sie wagte kaum zu fragen. Ihre Gefährtin erwiderte ihren besorgten Blick. Wortlos reichte Berta Dorothea den Brief, während Dorothea ihr die Zeitung gab, und Berta las die fettgedruckten Nachrichtenzeilen, den Beitrag zum Gesetz, das Schuld daran war, dass Ada, Theo und Bernhard aus dem öffentlichen Dienst getilgt worden waren, las, dass in Zukunft große Unterstützungen für Bewegungsschaffende zu erwarten waren, aber nur jene, die wirklich etwas konnten und deren Verhalten nicht gegen elementare Normen der Gesellschaft verstieße.

Berta vermochte sich nicht mehr zu konzentrieren. Die einzelnen Buchstaben verschwammen vor ihren Augen, und die Zeilen und Spalten der Textblöcke verwandelten sich in Stäbe und Gitter. Der Raum dahinter öffnete sich. Er wurde groß und weit und spannte sich zu einer bedrohlichen Leinwand auf, über die Bilder ohne Ton liefen: Ada in der Tür mit zwei schwarzen Reisetaschen. Bernhard in Großaufnahme mit zitternden Lippen unter dem grauen Bart, die verstörten Gesichter ihrer Seminaristen Ruth und Ilse, als sie davon erfuhren, dass auch vor Bertas Schule eines von diesen Mannskindern mit Schild gestanden hatte.

„Mir fehlen die Worte", hörte sie Dorothea seufzen. Traurig nickte Berta.

Auf dem Tisch lag noch immer der Stapel der vielen, ungeöffneten Schreiben, und beiden war entgangen, dass es einen weiteren Brief ohne Absender gab.

Zur gleichen Zeit schaute Lotte aus dem Küchenfenster. Im Innenhof stand eine kleine Gruppe von Tänzern und Laiendarstellern. Sie scharten sich um Erwin, einige davon rauchten. „Dezente Dienstbesprechung für das neue Tanzstück" hatte er es genannt, aber Lotte wusste, dass die Scheiterhaufen auf den Maschwiesen vor zwei Tagen ausschließliches Thema der kleinen Runde waren. Erst vorgestern hatte sich Else in die Wiesen geschlichen und von Weitem zugeschaut. Sie wollte nicht mitten unter „denen" sein.

„Als wären die Farben gestorben", sagte sie Lotte, als sie zurück war. „Nur noch braun und gleißendes Orange. Dauernd schrien alle von Reinigung, während der Himmel voll schmutzigem Qualm war. Kein Stern war mehr zu sehen! Nicht lange gefackelt haben die – alles Papier auf einmal rein!"

Lieselotte hatte ihrer Freundin beim Ausziehen der Sachen geholfen und ihr schnell heißes Wasser zum Waschen aufgesetzt. Alles an Else stank penetrant nach kaltem Rauch. Als sie sich auszog, fiel Lotte auf, dass Else abgenommen hatte. Ihre Schlüsselbeine traten sichtbarer hervor denn je. Danach musste Else dringend weg. „Etwas Wichtiges klären."

Unten im Hof stand Artjom neben Erwin, Else tauchte auf und fasste Artjom bei der Schulter. Sofort wandte sich Erwin ab und verließ die Runde. Auf der anderen Seite der Schule, vor der Tür, die zur Langen Laube hinausführte, warteten bereits die ersten Kinder mit ihren Eltern auf die nächste Probe des *Zauberrings*. Im Moment schien alles drunter und drüber zu gehen, sogar die „Spritztour" nach Berlin rückte in eine weite Ferne.

Lotte hatte sich zu ihrem Geburtstag eine Veranstaltung aussuchen dürfen, hatte geliebäugelt mit einem der jährlichen Tanzkongresse unter der Leitung von Rudolf Laban. Kolossale Treffen, auf denen sich die Crème de la crème des neuen deutschen Tanzes versammelte. Mary Wigman, Claire Eckstein, die Palucca, die Skoronel und natürlich – Laban! Das würde nun warten müssen. Sie verspürte jedoch große Lust, ihren alten Meister wieder einmal in persona zu erleben. Die Abende lockten mit Tanzdarbietungen, die Tage mit Disputen und Vorträgen. Auch Erwin war für die Kongressidee Feuer und Flamme, doch das müsste nun bis mindestens zum nächsten Jahr warten. Eigentlich störte es Lieselotte nicht im Geringsten, dass sie sich noch gedulden musste. Im Gegenteil: Ein Schimmer am Ende eines langen, dunklen Tunnels würde sie erwarten, ein Lichtblick, auf den man sich freuen und an dem man sich wärmen konnte. Nur Else hatte enttäuscht geseufzt: „Und ich hatte mich schon so auf Berlin und die Rolltreppen gefreut!"

56

Bisher hatte Erwin die Arbeit an seiner neuen Idee noch zurückgesteckt, dem *Zauberring* zuliebe. Aber die Geschehnisse in den Maschwiesen drängten ihn, jetzt etwas zu tun.

„Viele ziehen sich in ihr Schneckenhaus zurück. Gut, dass ihr gekommen seid", wandte er sich an die kleine Gruppe, die sich im Hinterhof der Langen Laube traf. Seine Stimme klang rigoros.

„Ich werde meine nächste Arbeit nicht in einem Poem mit dem Namen ‚Elegie der Jahreszeiten' oder ‚Träumende Blätter im Wind' vergeuden, und ich werde auch nicht bis Oktober warten. Wem es genauso geht, dem sei gesagt: Treffen am Donnerstag im kleinen Saal."

Sogar Lotte war einverstanden gewesen, auch wenn es doppelte Arbeit bedeutete. Vorher hatten sie Sicherheitsabsprachen getroffen. Vor allem, dass während der für jedermann offenen Laientanzabende ausschließlich in Tanzvokabular geredet werden durfte. Verbale Anspielungen auf die politische Lage waren ebenso tabu wie das Austauschen persönlicher Daten. Man nannte sich bei den Vor-, besser noch beim Spitznamen. All das war im engsten Kreis unter den Stammtänzern vereinbart worden.

Ein Abend hatte schon stattgefunden – ganze neunzig Minuten –, in denen Erwin und Lotte den eingeweihten und den neuen

Laientänzern die ersten wichtigen Grundlagen der Laban-Technik näherbrachten. Lotte war froh, dass Erwin den Kurs mit ihr zusammengeben würde. Diese Vorgehensweise war weniger radikal als seine früheren und fühlte sich geschützter an. Hier konnte sie sich einbringen, ihn zügeln und außerdem war *diese* Art der Sprache ohnehin ein vertrauter Teil ihrer Seele. Schade nur, dass Else Marie am Abend das letzte Mal dabei sein konnte. Sie hatte Lotte gesagt, sie bedauere es sehr, aber es fehle ihr gerade die Kraft weiterzumachen. Ihre Mutter brauche sie im Moment mehr als diese ganze, verrückt gewordene Gesellschaft, für die sich Erwin mit diesem Stück ins Zeug legte. Und tatsächlich, Else sah überhaupt nicht gut aus. Erste, dünne Linien zogen sich um ihre Mundwinkel und ein neuer, müder Ausdruck begann ihr Gesicht zu beherrschen. Etwas Ausgezehrtes nahm den Platz ein, den sonst ihre Fröhlichkeit ausfüllte. Abgenommen hatte sie, fast dünn war sie geworden, wenn auch nicht mehr der magere Backfisch von einst.

„Ist gut", hatte Lotte zu ihr gesagt. „Aber irgendwann bald gehen wir mal wieder etwas Schönes machen, oder?"

Ein trauriges Lächeln flitzte über Elses Gesicht. „Auf jeden Fall. Der Vorschlag hätte eigentlich von mir kommen sollen", erwiderte sie, ging zu den Garderoben und zog sich ein letztes Mal für das Tanztraining um.

Artjom und Erwin standen noch immer unten vor der Schule und flüsterten miteinander. Ganz sicher ging es um Politisches. Das war gegen die Vereinbarungen! Lotte beobachtete sie von oben aus dem Fenster des Proberaums mit Unmut. Dann wandte sie sich ab.

„Wir erinnern uns", dozierte sie eine Viertelstunde später während des Aufwärmens: „Es gibt insgesamt vierundzwanzig Schrägrichtungen. Wir gehen sie jetzt alle nacheinander durch und beginnen mit hochrechtsvor." Weiter ging es dann mit hochlinksvor, vortief, linkshochvor und so fort, bis sämtliche Raumrichtungen und Körper durchgearbeitet waren. Dann übernahm Erwin. Lotte begab sich an die Instrumente in der hinteren Ecke des Raumes neben die aufgehängten Verblendungen für den *Zauberring*. Plötzlich entdeckte sie einen kleinen Blutfleck auf dem weißen Nessel. Verdammt, dachte sie, wie ungeschickt von mir.

„Wir beginnen wie immer mit den einfachsten aller Bewegungsmotive", rief Erwin durch den Raum. „Ihr startet als diffuse Masse und endet im Führen-Folgen-Prinzip."

In diesem Moment öffnete sich die Tür des Tanzsaals und ein schlanker, großer Mann betrat den Raum. Geschmeidig glitt er hinein und begab sich an den Rand. Erwin erkannte ihn sofort. Es war derjenige, den Hinkeheinz als jemanden vom „Austauschkommando" identifiziert hatte. Einige schraken unmerklich zusammen und auch Lotte spürte, aus welcher Richtung der Wind wehte. Nur Erwin blieb gelassen und trat dem hochgewachsenen Mann mit den ernsten, feinen, Gesichtszügen entgegen. „Was kann ich für Sie tun?", erkundigte er sich höflich.

Der Mann lüftete seinen Hut und erwiderte: „Ich werde einige Zeit bei Ihrer Probe hospitieren."

„Sie können auch gern mittanzen. Die Umkleideräume befinden sich gleich um die Ecke. Sie sind soeben hindurchgegangen!", ließ Lieselotte sich betont heiter hinter den Trommeln vernehmen.

„Sie haben sogar Glück, in diesem Kurs wird demnächst ein Platz frei", fügte Else Marie in der gleichen flötenden Tonlage hinzu.

Der Mann jedoch schüttelte den Kopf. Es brauchte ein paar Sekunden, bis sich die Gruppe wieder gesammelt hatte. Lotte und Else versuchten ihre unbekümmerten Mienen beizubehalten, lächelten sich an, und Erwin setzte den Kurs fort. Unwillkürlich fühlte sich Lieselotte an die Jury der Prüfungskommission vor nunmehr fast zehn Jahren erinnert.

Noch bevor sie den Mann näher in Augenschein nehmen konnte, tönte Erwins Stimme laut durch den Saal: „Ihr startet in absichtsloser Haltung. Agiert aus dem Moment heraus. Seid spontan, lauft, rennt, geht und schüttelt euch, bleibt aber immer zusammen. Nach einiger Zeit wird sich ein Leittänzer herauskristallisieren. Das passiert ohne Absprache. Ihr folgt ihm, indem ihr alle seine Bewegungen nachahmt."

Liselotte entging nicht, wie Else Marie mit den Augen rollte. Sie wusste, was ihr auf der Zunge lag. *Ob auch eine Frau führen dürfe.* In Anbetracht der gespannten Situation verkniff sie sich jedoch, die Frage laut zu stellen. Lotte war ihr dankbar und konzentrierte sich auf ihren Mann.

„An den Führer sei die Aufgabe gerichtet, präzise, große, und nachvollziehbare Bewegungen anzubieten. In dieser Phase sind alle Tänzer, und ich sage explizit alle, egal, ob sie führen oder folgen, mitverantwortlich für das große Ganze. Verstanden?" Lotte beobachtete die Miene des hageren Mannes, der inzwischen in Ermangelung einer anderen Sitzgelegenheit auf einem Kinderstuhl Platz genommen hatte. Konzentriert und ohne Regung schaute der Fremde ihnen beim Springen, Laufen und Kriechen zu. Äußerst zufrieden verfolgte er, wie sich ein Tänzer aus der Gruppe herausschälte und die übrigen sich an ihm ausrichteten. Artjom. Der Schwarm folgte, und mit dem jungen Russen an der Spitze verwandelte sich die diffuse, graue Masse nach und nach in ein strömendes Gebilde aus vielen. Die Gruppe floss durch den Raum, ergoss sich auf dem Boden, erhob sich, hüpfte, stampfte, marschierte und sank abermals nieder. Harmonisch wie Blätter an einem Baum im Wind, dachte Lieselotte, individuell und doch chorisch. Freudig begleitete sie die Tänzer mit hurtigen Trommelschlägen.

„Wenn ihr das Gefühl bekommt, eure Improvisation hat ihren dramatischsten Höhepunkt überschritten, folgt Phase zwei!", instruierte Erwin die Tänzer. „Die Abspaltung der Gruppen. Die Masse zerfällt in vier Hauptteile. Neue Führer entstehen und übernehmen."

Wieder äugte Lotte zu dem Mann. Seine langen Beine wirkten grotesk angewinkelt auf dem winzigen Stühlchen. Und trotz der Lächerlichkeit der Pose signalisierte seine Haltung subtile Gefahr. Erwins Stimme tönte unbeirrt durch den Saal. „Die Bewegungseinfälle hat immer nur *eine* Person. Es bleiben also vier verschiedene Bewegungsspiele. Die Einheiten, die sich begegnen, tanzen weiter – und ich sage es noch einmal: ausschließlich auf *ihren* Führer bezogen. Vielleicht laufen sie gegenseitig durch sich hindurch, aber immer, ohne sich zu beeinflussen."

Lotte unterstützte die neuen Tanzimpulse mit einem Gong oder kommentierte eine interessante Bewegung durch ein helles Klappern. Langsam entstanden ineinander verflochtene und auseinanderstrebende Tanzchöre. Eine nonverbale Geschichte wurde erzählt. Rasch griff Lotte nach ihren Notizen und schrieb in Tanzschrift mit, wenn ihr eine Zufallsbewegung so gut gefiel, dass sie die Sequenz wiederverwerten wollte, weil sie bühnenwirksam erschien.

„Phase drei!", rief Erwin. „Die Gegenrichtung der Opposition! Denkt daran: Diese Bewegung ist immer abgelenkt. Nur dadurch kann Harmonie im Gleichgewicht entstehen." Nun runzelte der Mann die Stirn, aber niemand nahm Notiz davon. Auch Lotte nicht. Sie schrieb emsig, während Erwin erläuterte: „Die Schrägbewegung ist immer aktiver, immer lebendiger und immer positiver!"

Belebt durch die energetische Stimme improvisierten die vier Gruppen nach seinen Anweisungen. Der Raum hatte sich durch die vielen Körper aufgeheizt; einigen Tänzern stand der Schweiß auf der Stirn. Nur der Hospitant hatte seinen Mantel noch nicht abgelegt. Unbeirrt verfolgte er das Geschehen. Mittlerweile lag ein handtellergroßes Notizbuch auf seinen spitzen Knien. Fast sechzig Minuten waren vergangen. Die Tänzer waren erschöpft, und die körperliche Verausgabung ließ sie langsamer werden.

„Ja! Folgt diesem Impuls", rief Erwin begeistert. „Jede Bewegung führt irgendwann zum Stillstand. Spürt das, und findet euren Platz im Raum. Geht in euch." Einige der Tänzer machten Anstalten zu pausieren, ein Mädchen eilte in Richtung Toilette. „Falsch!", rügte Erwin. „Wer hat denn was von Ende gesagt? Stillstand war die Anweisung. Ich sagte: Jede Bewegung findet einmal zu einem Stillstand."

Der Fremde lauschte hochkonzentriert auf Erwins Worte und notierte abermals etwas. Die Flüchtigen eilten erschrocken zurück auf ihre Plätze, und Erwin fuhr fort: „Jeder neue Beginn speist sich aus einem absoluten Niedergang. Stillstände sind wichtig. Nur sie gliedern eine Bewegung in deutliche Phasen. Also wartet so lange, bis aus eurer Ruhe etwas Neues hervorgeht."

Die nun folgende Stille wurde nur noch durch lautes Atmen unterbrochen. Der Raum dampfte, und der Mann schrieb. Lotte hatte aufgehört zu protokollieren, denn das Mitschreiben des Hospitanten machte sie nervös. Ganz allmählich kam erneute Bewegung in die vier Gruppen. Eine kroch erschöpft, aber synchron über das Holzparkett, die andere erhob geschlossen einen Arm und schritt voran, die dritte heiligte eine Bewegung mit heroischen Mal-Gebärden in der Luft, und die vierte profanierte, indem sie eine Arbeitsbewegung – das Kehren – auf eine einzige, rudimentäre Geste zurückschraubte.

Zufrieden beobachte Erwin die Chöre. „Phase vier!", unterbrach er erneut. „Vermischt euch, inspiriert euch oder kämpft! Am Ende aber kann nur *eine* Hauptströmung als Sieger aus dem Zwiespalt hervorgehen."

Wieder hörte der Mann auf zu schreiben und nun starrte er nur noch. Den Stift hielt er wie eingefroren über die Seiten. Seine Beine hatten den rechten Winkel aufgegeben und waren ausgestreckt und die dunkelbraunen, glänzenden Schuhspitzen standen nach rechts und links ab. Gefesselt kauerte er auf seinem Platz, als wohnte er einer Kindertheateraufführung bei, und der winzige Stuhl unterstütze den Eindruck.

Es vergingen neunzig Minuten wie im Flug, bis Erwin die Stunde beendete: „Gute Arbeit heute. Ganz im Sinne des Meisters. Wie sehen uns nächsten Donnerstag." Er begleitete die Teilnehmer zur Tür. Draußen wies er Artjom unauffällig an, auf das Umziehen zu verzichten und sich schleunigst aus dem Staub zu machen.

„Verschwinde, du wurzelloser Ästhet“ zischte er ihm zu. Auch Else Marie gab er ein rigides Zeichen. Eine Viertelstunde später befanden sich nur noch Lieselotte, Erwin und der Unbekannte im kleinen Saal.

„… und dass Sie diesen Abend genau auf den Wochentag gelegt haben, an dem ihre Kabarettgruppe geprobt hat, ist sicher nur ein Zufall?“

Erwin runzelte nur die Stirn. Dann erwiderte er: „Es war nicht *meine* Kabarettgruppe. Ich wollte dort einsteigen und war erst seit drei Wochen dabei.“ Dass Else Marie ihn dorthin gelotst hatte, verschwieg er. Das würde heikle Nachfragen nach der Herkunft seiner Kursteilnehmer nach sich ziehen.

„Der Donnerstag war mein freier Abend. Nun arbeite ich wieder. Ich muss ja Geld verdienen“, fügte er hinzu.

„Allerdings.“ Der Mann nickte. Noch immer hatte er sich nicht namentlich vorgestellt. „Laban ist übrigens ein jüdischer Vorname“, konstatierte er. „Aber das nur nebenbei.“

„In diesem Fall ist es ein Nachname, und soweit ich weiß, ist Rudolf von Laban kein Jude“, mischte sich Lieselotte ein. Interessiert blickte der Fremde sie an. Die Klarheit ihrer blauen Augen schien ihm zu gefallen. Ebenso ihre Geradlinigkeit.

„Ich bin im Bilde“, erwiderte er, und etwas zugewandter fügte er hinzu: „Es war nur eine Randbemerkung.“

Lieselotte blickte sich nach Artjom und Else Marie um und lauschte in Richtung Garderoben. Auch die beiden hatten das Haus verlassen und waren verschwunden.

„Nun ja. Dieses Durcheinander sollte bald ein Ende finden“, führte der Mann seinen Gedanken fort. „Es wäre ratsam, endlich festzusetzen, dass Deutsche deutsche Vornamen und Juden jüdische Vornamen erhalten. Das würde diese Sache wesentlich vereinfachen.“ Als weder Erwin und Lotte sich äußerten, fuhr er fort: „Ich habe eine Nachfrage bezüglich ihrer Anleitungsformeln. Sie behaupteten da vorhin während einer Übung, dass, wenn der rechte Arm in eine linke Richtung geführt würde, eine engere Körperhaltung entstünde, als wenn er nach rechts geführt wird?“ Wachsam schaute Erwin ihn an und nickte zögerlich. Der Mann lächelte zum ersten Mal.

„Das hat mir sehr gut gefallen. Das deutsche Volk braucht Raum.“ Dann wandte er sich an Lotte: „Was haben Sie denn da immerzu aufgeschrieben, vorhin?“

Lotte antwortete prompt: „Ich habe mir Bewegungsnotationen gemacht, Herr …?"

Die Pause, die nun entstand, versetze den Mann in Verwirrung. Dann fing er sich und lächelte. „Hannes Kunz", erwiderte er geschliffen und reichte ihr die Hand, die sie artig drückte. Sie war feucht und kalt. „Würden Sie mir ihre Aufzeichnungen zur Ansicht geben?"

Lotte reichte ihm ihre Notizen. Er begutachtete sie, runzelte die Stirn, musterte Lieselotte und dann erneut das Papier. Skeptisch blickte er auf die Tanznotation, als würde es sich um eine Geheimschrift handeln.

„Es sind Aufzeichnungen in Kinetografhie", klärte Lotte ihn auf. Noch immer schwieg der Mann und besah sich die Hieroglyphen.

„Wir haben Herrn Laban viel zu verdanken. Er hat sie erfunden. Es ist wie mit Noten, verstehen Sie? Nur so kann man unsere flüchtige Tanzkunst festhalten. Herr Laban hat diese Zeichen übrigens alten germanischen Runen nachempfunden. Diese Schrift ist ein Gottesgeschenk!", schloss sie.

Hannes Kunz schaute hoch. „Glauben sie an Gott?", fragte er.

„Ich würde nur an einen Gott glauben, der tanzen kann", antwortete Lotte wie aus der Pistole geschossen.

„Nietzsche?", fragte er mit gezückten Mundwinkeln.

„Nietzsche", erwiderte Lotte lächelnd.

Er nickte zufrieden. „Warum haben ausgerechnet Sie sich hinter ihren Trommeln verkrochen?"

Lieselotte errötete.

„Ich bin mir sicher, Sie gehören aufs Parkett." Täuschte sie sich oder streifte sein Blick gerade wohlwollend ihr blondes Haar? „Warum tanzen Sie nicht?", erkundigte er sich.

Sie räusperte sich. „Weil mir diese Schule gehört und ich im Augenblick in der Rolle der Kursleiterin bin", erwiderte sie. „Aber hin und wieder trete ich auch auf."

„Und Ihr Mann ist der Einstudierer? Nun, dann bin ich ja im Bilde." Hannes Kunz warf einen spöttischen Blick zu Erwin. „Und, um noch einmal mit Ihren Worten zu sprechen: Wer sich in die Schräge begibt, ist stabiler. Heil Hitler!"

Mit diesen Worten schoss sein rechter Arm in die Höhe.

„Auf Wiedersehen, Frau-Daube-Gellert. Bis auf Baldiges, der Herr." Damit ging er hinaus.

„Er hat dir nicht bis zum Ende zugehört", sagte Lotte leise, obwohl die Tür längst ins Schloss gefallen war. „Die einfachste Form der Harmonie ist die Symmetrie. Er müsste demnach beide Hände zum Hitlergruß heben."

Erwin schwieg, doch Lotte ereiferte sich weiter: „Und den Unterschied zwischen einem Regisseur und einem Einstudierer kennt er offensichtlich auch nicht."

„Den kennt noch nicht mal die Journaille", erwiderte Erwin missmutig. Ratlos standen sie im leeren Raum. Im Treppenhaus hörten sie Kunz beim Verlassen des Gebäudes einen Gassenhauer pfeifen. *Bei der blonden Kathrein.* Dann wurde es ruhig.

Die Stille fühlte sich an wie nach einem Sturm.

„Mach dir keine Gedanken. Er hat's gefressen", beruhigte Lotte ihren Mann. „Wir haben sicher nichts zu befürchten. Glaub mir. Ich habe seine Augen leuchten sehen." Aber noch immer konnte sie die Miene ihres Ehemanns nicht deuten.

Finster blickte er drein und murmelte: „Sie schauen sich alles zurecht."

„Sei doch froh drum!", sagte Lotte.

„Nein", erwiderte Erwin.

Wieder schwiegen sie. Lieselotte sah, dass die ungeklärte Situation ihm zu schaffen machte. So oder so war es nicht in seinem Sinne. Kam seine Botschaft falsch an, machte ihn das eben so verrückt, als würden sie ihm die Arbeit deshalb verbieten. Er befand sich in einer Zwickmühle, und es quälte ihn. Versöhnlich legte sie ihm eine Hand auf die Schulter, aber er ging nicht darauf ein.

„Ich brauche kurz frische Luft", sagte er.

„Geh nur, ich räume auf. Bis gleich", erwiderte sie.

„Bis gleich."

57

Erwin tigerte durch die Straßen. Er musste einen klaren Kopf bekommen, aber aus zweierlei Gründen. Bei Else Marie konnte er nicht mehr unterschlüpfen. Vor zwei Tagen hatte sie das gemeinsame Schweigegelübde gebrochen und ihm gesagt, dass es aus war mit ihren Donnerstagabenden. Es gab also nie wieder einen Grund, Else nach Hause zu begleiten. Jedes Mal, wenn er in den letzten beiden Tagen allein war, ging es ihm hundsmiserabel. Seit ihre heimlichen Treffen ein jähes Ende gefunden hatten, fühlte er sich leer – an einer ganz bestimmten Stelle seines Körpers, irgendwo zwischen Herzgegend und Magen. Dennoch nahm er den Weg durch die Straßen in Richtung Elses Wohnung.

Vorsichtig umrundete er ein paar Häuser in ihrem Viertel und schaute nach, ob Licht in ihrer Stube brannte, aber er fand alles dunkel vor und schlich sich zurück nach Hause. Vielleicht ist es besser so, redete er sich ein. Noch hatte Lotte nichts bemerkt. Im Grunde bewunderte er die Unabhängigkeit seiner Frau von Dingen und Menschen. Manchmal wirkte sie sogar, als ob sie auch ohne ihn recht zufrieden sein könnte. Aber ob sie tatsächlich ganz ohne ihn leben könnte, wenn die Schule nicht wäre? Das hatte er sich schon mehr als einmal gefragt. Oder auch, was wäre, wenn er zum Beispiel stürbe?

Die Antwort wollte ihm nicht einfallen. Nur eines wusste er: Lotte war eisern und unabhängig. Dafür liebte er sie.

Als er sich leise in das gemeinsame Schlafzimmer schlich, sich auszog und zu Lotte ins Bett legte, hörte er sie flach atmen.

„Schläfst du schon?“, fragte er.

Träge wandte sie sich um, schob zur Antwort ihre warme Hand unter seine Bettdecke und legte sie dorthin, wo er dieses ominöse Loch verspürte. „Sie werden uns nichts tun“, flüsterte sie. „Schlaf jetzt.“

Er atmete tief ein und spürte ihrer ruhigen Wärme auf seiner Haut nach.

„Man kennt sich in diesen Zeiten einfach nicht mehr aus, wo etwas beginnt und wo etwas aufhört“, murmelte Lotte schläfrig. „Alles überschneidet sich, alle Grenzen verschwimmen und niemand weiß mehr, was richtig und was falsch ist.“

„Ja“, erwiderte Erwin. Mehr sagte er nicht und schob seine Finger unter die ihren. So schliefen sie ein, eine Hand in der des anderen.

Else Marie lag längst noch nicht im Bett. Zu Hause angekommen, hatte sie sich heißes Wasser zum Baden aufgesetzt. Auf die verwunderte Frage ihrer Mutter erklärte sie, dass die Probe übermäßig anstrengend gewesen war und dass sie sich erkältet fühle. Ihrem Vater hingegen gab sie etwas später zu verstehen, weshalb sie so desolat zur Tür hereingestürzt war. Das unvermittelte Auftauchen des Hospitanten hatte ihr Angst eingeflößt. „Ich brauche Wärme von innen“, sagte sie.

Ihr Vater hatte genickt und sich dann mit Artjom ins Raucherzimmer zurückgezogen. Lieselotte hörte sie gedämpft reden, denn die Mutter sollte davon nichts erfahren. Auf den Weg nach Hause hatte Artjom, um Else aufzuheitern, eine große Rose aus einem fremden Vorgarten stibitzt. Sie war gerade voll erblüht und die orangefarbene Mitte duftete herrlich. Else legte sie auf den Wannenrand und wartete, bis das Wasser kochte. Endlich war es so weit, und sie goss es ins Becken. Dampfend vermischte es sich mit dem kalten in der Wanne. Langsam entkleidete sie sich, ließ die Sachen auf den Boden gleiten, stieg hinein und erschauderte. Zu heiß. Schnell drehte sie den Hahn auf, setzte sich wieder auf den Wannenrand und betrachtete die Rose. Sie hätte sie auch Erwin schenken und als geheimes Zeichen mit einer Botschaft in seinen Trainingssachen verschwinden lassen können.

Rosen mochte Erwin, das wusste sie. Immer wenn er Lotte Blumen besorgte und genug Geld in der Tasche hatte, waren es Rosen. Sie hätte auf einen passenden Moment warten können. Morgen. Während der Arbeit an der Schule. Aber nun hatte sie kurzerhand alldem selbst ein jähes Ende gesetzt. Sie musste ihn loslassen. Ein paar ersehnte Küsse, ein paar heißhungrige Nächte. Das war genug gewesen. Nichts weiter sollte sie sich erhoffen. Es war vorbei und alles Weitere gefährlich. Ihre Liebe war eine Handgranate, die endlich entschärft werden musste. Wenn sie es nicht tat, würde sie alles in die Luft sprengen.

Traurig sah Else Marie dem prasselnden Wasser zu, nahm die Rose und zerpflückte sie bedächtig. Vor einem Monat noch hätte sie mit dem Finger in die Luft schnippen und alles Unbill wegwünschen wollen. Auch Lotte. Heute war es genau anders herum. Langsam glitt sie bis zu den Ohren in das warme Bad hinein und spürte, wie das Wasser ihrem unteren Haaransatz die Schwere nahm und sich wie ein flüssiges Kissen um den Hals legte. Die Blütenblätter schwammen im warmen Wasser. Else sank tiefer und tiefer bis über die Ohren in die Wanne. Die Blätter schlingerten herum und trieben leise schaukelnd vor ihren Augen.

„Wir wollen ja niemanden umbringen, nicht wahr?“ sagte sie leise. Ihre Worte schlugen Wellen und die Rosenblätter nickten. „Von jetzt an müssen wir aufpassen. Überall“, flüsterte sie. Ihre Beine wurden weich und eine Erschöpfungswelle nahm sie mit. „Bestimmt werde ich nie wieder einen Mann anfassen.“ Die Rosenblätter klebten am Rand. „Nie wieder.“ Sie tauchte ganz unter. Gleich würde ihre Mutter klopfen; ihre schwache Blase. Besonders nachts. Oder sie brauchte ihr Nerventonikum, das auf dem Bord vor dem Spiegel stand. Sie merkte ohnehin, was los war, auch wenn man ihr nicht alles sagte.

Ihre Mutter war ein Seismograf, ein Indikator aller Stimmungen, die in der Luft hingen, und wenn es an der Badezimmertür klopfte, würde sie gezwungen sein, die Wärme und das Rosenblätterbad zu verlassen. Noch einmal tauchte sie unter und genoss die gedämpfte Stille. Das warme Wasser verschloss ihre Ohren, und während Else am Badewannengrund ausatmete, perlten die Luftblasen nach oben und versetzten die versprengten Blätter ins Schaukeln. Inbrünstig wünschte sie sich, der nächste Impuls zum Luftholen möge Ewigkeiten dauern. Sie schloss die Augen und die Erinnerung tauchte wieder auf …

Nach einigen Wochen mit Erwin hatte ihr Geheimnis undichte Stellen bekommen. Artjom musterte sie eindringlicher als gewöhnlich. Ihr Vater stellte verwirrende Fragen, denn die Unruhe in den Donnerstagnächten war ihm nicht entgangen, und jemand aus der Gruppe lächelte immer dann süffisant, wenn sie beide zu nahe beieinanderstanden. Die Sache war aus dem Ruder gelaufen, die Situation gekippt und ihr selbstbestimmtes, leichtes Gefühl bekam Risse.

„Nein, bitte nicht abbrechen, Else!" Erwin flehte sie an, als sie ihr gemeinsames stummes Vermächtnis mit den drei endgültigen Worten brach. „Es ist aus." Es hatte ihr selbst so wehgetan, vor allem, ihm dabei in die Augen zu sehen.

Er versuchte seinen Atem unter Kontrolle zu halten. Dann bildete sich Schweiß auf seiner Stirn. Seine Hände wurden feucht, und er fasste nach ihren. „Wir haben das im Griff, Else. Wir können das kontrollieren. Ich werde uns schützen, das verspreche ich dir." Sie schwieg. Die Stille zwischen ihnen wurde kühl. „Else …"

„Es geht nicht", erwiderte sie mit fester Stimme.

Er sah ihr noch immer in die Augen. „Bitte!" Aber die ersehnte Antwort blieb aus. Schluchzend brach er vor ihr zusammen.

„Erwin!", sagte sie leise. „Nicht doch!" So hatte sie ihn noch nie gesehen. Geschockt nahm sie ihn in den Arm. Als er versuchte, sie abermals umzustimmen, blieb sie hart. Es war ihr so schwergefallen. Die ganze verfluchte Abhängigkeit, die Macht der Sirenen, die da so herrlich sangen, so dicht und doch meilenweit entfernt, das lockende Lied, welches hinter ihrem eigenen Nein erklang, die wunderbare Melodie hinter dem Schweigen der Nächte … das alles loszulassen, war schier unerträglich.

Else tauchte auf und sog tief die kühle Abendluft ein. Ihre Mutter hatte seltsamerweise nicht geklopft. Das Wasser begann sich abzukühlen.

„Es ist ja doch nur Badewasser …“, tröstete sie sich selbst, als sie aus der Wanne stieg, „… mit ein paar Rosenblütenblättern drin. Und morgen ist schon alles wieder in der Gosse.“

58

Auf dem Schreibtisch des Büros der Habenicht-Schule stapelten sich Anträge, Papiere und diverse Bewerbungsschreiben. Auf einen der zahllosen Haufen hatte Berta Dorotheas silbernen Aschenbecher gestellt, zum Beschweren. Die Fenster standen weit offen. Es war warm, und der August zeigte sich von seiner schönsten Seite. Stirnrunzelnd saß Berta an ihrem Schreibtisch und studierte ein Anschreiben, dessen oberste Zeile die Überschrift *Aufforderung zur Mitarbeit für die Erarbeitung von Richtlinien* titelte.

„Als ob ich nicht schon genug zu tun hätte“, stöhnte sie. „Aber Arbeit gibt ja bekanntlich Kraft.“

„Was denn für Richtlinien?“, fragte Dorothea, die eben aus der Küche gekommen war. Im Gegensatz zu Baldur mussten die beiden Hunde unter der Fensterbank fressen.

„Maßnahmen zur körperlichen Ertüchtigung innerhalb der Provinz Hannovers“, erwiderte Berta und seufzte entnervt.

„Was soll das bedeuten?“

„Noch mehr Arbeit.“

„Ja, das sagtest du bereits. Von wem kommt das?“

„Wie immer.“

„Die da oben?“

Berta nickte. „Die da oben“ war inzwischen ein Synonym für alles geworden, was mit neuen Änderungen, Bestimmungen oder Aufforderungen verbunden war. Es hatte sich zu einem geflügelten Wort zwischen ihnen entwickelt und war zwangsweise an das unvermeidliche Ausführen von Dingen geknüpft. Meist behördlicher Natur.

„Bis wann?“

„Hat Zeit. Aber es macht den Stapel noch höher.“

„Worum geht es?“

„Um eine Mitarbeit für ein neues Blatt. Neue Normen.“

„Alles neu macht die Partei. Und wozu diesmal?“

„Sie wollen der Unübersichtlichkeit aller frei florierenden Gymnastikschulen entgegenwirken und einheitliche Regeln mit uns zusammen erstellen. Vorschriften, nach denen sich alle Schulen auszurichten haben."

„Hm."

„Aber die Anordnung 48 scheint mir doch ein wenig überambitioniert."

„Warum?"

„Die Reichstheaterkammer will einen allgemeingültigen Bewegungskanon für alle Tänzer."

„So."

„Wir würden dann eine Anerkennung als *Ausbildungsstätte mit eigener Schulgruppe* bekommen. Und Förderungen natürlich. Es gäbe auch keine Bevorzugung mehr für einzelne Schulen."

„Nicht schlecht."

„Vor allem würde dann endlich der tausendjährige Hickhack aufhören", dachte Dorothea laut, „dieses Gerangel um ‚wer hat den besseren Ansatz', ‚welche Atemtechnik ist die förderlicher' und ‚wer tanzt am modernsten'. Dieser ganze zerfaserte und zerfressene Eigenwille um jeden Preis."

Nachdenklich wiegte Berta den Kopf.

„Vermutlich könnte dich dann auch niemand mehr denunzieren, meine Liebe, nur weil du hin und wieder ein klein wenig nach der Laban-Technik unterrichtest ... Nanu, was ist das denn?" Überrascht zog Dorothea einen schmalen Umschlag unter den Stapeln der Amtsschreiben hervor. „Warum hast du ihn denn wieder zugeklebt?"

„Wovon redest du?"

„Na hier, der Brief von Ada." Dorothea reichte ihr den unversehrten Umschlag.

„Das ist nicht der Brief von Ada."

„Da steht aber kein Absender drauf."

Misstrauisch besah sich Berta den Umschlag. Dann griff sie zu ihrem silbernen Brieföffner und schlitzte den Brief auf. Neugierig beugte sich Dorothea über ihre Schulter. Aufmerksam lasen sie gemeinsam die holprigen Verse. Berta ließ den Brief sinken.

„Die kleine Drecksdaube! Das ist ja wohl das Allerletzte." Aufgebracht stiefelte Dorothea im Salon auf und ab und wusste nicht, wohin mit ihrer Empörung.

„Es ist nicht ihre Schrift", sagte Berta betont ruhig. Sie erinnerte sich noch zu gut an die rundliche, leicht schräg gestellte, brave Handschrift ihrer ehemaligen Seminaristin. Den flammenden Liebesbrief hatte das Mädchen in seiner Verzweiflung damals zwar mitgenommen, aber schließlich besaß Berta noch diverse, alte Unterlagen. Allerdings war das über zehn Jahre her. Gerade vor kurzer Zeit hatte sie etliche Papiere ausgemistet.

„Ich schau noch einmal nach“, erklärte sie. „Irgendwo habe ich ihre Examensarbeit sicher noch.“ Und während sich Berta auf die Suche begab, den riesigen Aktenschrank öffnete und auf den Knien in den hintersten Fächern wühlte, besah sich Dorothea noch einmal das Schreiben. Kalt war es ihr soeben den Rücken hinuntergelaufen. So explizit ausgesprochen oder gar aufgeschrieben hatte noch nie jemand den Verdacht, dass Berta und sie ein Liebespaar waren. Natürlich hatte das Biest den Schund verfasst. Niemand anderes hätte Grund dazu.

„Du hättest dich nicht anlegen sollen mit einer, die du selber stark gemacht hast. Das ist Selbstmord“, lamentierte sie.

Inzwischen hatte Berta gefunden, was sie suchte. Lieselottes Examensarbeit. Ebenmäßig und nach der linken Seite gerichtet – so war die Handschrift ihrer ehemaligen Seminaristin. Rund und bieder, genau wie sie es in Erinnerung hatte. Dem Schriftbild der verstörenden Verse ähnelte es nun ganz und gar nicht. Das waren eher spitze, dynamische Schwünge. Sie flossen nicht, sondern schossen wie kantige Pfeile steil nach oben.

„Haben wir etwas von ihr zu befürchten?“, wimmerte Dorothea. Sie war all ihrer Fassung beraubt. Sofort erinnert sich Berta, dass ihre Freundin genau diese Frage schon einmal gestellt hatte, damals, kurz, nachdem Lieselotte so überstürzt ihren privaten Salon verlassen hatte. Das Mädchen war seit jeher eine tickende Bombe, dachte Berta, Dorothea hatte leider recht behalten. Sie blickte auf. Inzwischen hatte sich Dorothea an der Hausbar bedient. Auch für Berta stand ein Glas auf dem Tischchen: bis zum Rand mit Campari voll. Während Berta sich in den Sessel niedersinken ließ, nahm Dorothea einen großen Schluck.

„Vielleicht war es ja auch irgendeine von der Ortsgruppe“, murmelte Berta. „Aber die kennen uns eigentlich gar nicht.“

„Meinst du, es wird ernst?“

Berta schüttelte den Kopf. „Nein! Hör auf, dir Sorgen zu machen. Es gibt überhaupt keine Indizien gegen uns. Das hier geht doch glatt als haltlose Verleumdung durch. Weder habe ich *Die Freundin* abonniert noch bin ich offiziell im Bund für Menschenrechte.“

„Gibt’s beides sowieso nicht mehr“, sagte Dorothea und stürzte ein zweites Glas hinunter.

Berta beobachtete sie und versuchte gelassen zu klingen, als sie sagte: „Und dass wir nur Frauen unterrichten, ist nichts Verwerfliches. Hörst du? Damit kann uns niemand ans Bein pinkeln. Beruhige dich doch bitte." Doros Unruhe hatte sich inzwischen auf die Hunde übertragen, die aus der Küche kamen und aufgeregt an ihr hochsprangen.

„Was sollen wir nur tun?", stöhnte Dorothea immer wieder.

„Wir konzentrieren uns auf unsere Arbeit. Wie immer."

„Der Campari ist alle", schluchzte sie.

„Im Keller ist noch Henkel", erwiderte Berta. „Trocken." Dann ging sie nachdenklich zu ihrem Schreibtisch zurück, setzte sich hin und zog ein Formular hervor, welches sie vor wenigen Tagen an unterster Stelle ihrer Ablage postiert hatte. Noch einmal warf sie einen kurzen Blick auf ihre desolate Freundin und begann das Papier zu studieren: den Antrag für die Aufnahme in die NSDAP.

59

Sie fand ihn auf den Treppenstufen vor dem Eingang der Schule. Bleich sah er aus. Seiner Hände waren ineinander verkrampft, sodass die Fingerknöchel weiß hervortraten. Er zitterte, obwohl noch Hochsommer war. Die Tür zur Schule stand halboffen.

„Mein Gott, Erwin, was ist passiert!" Lotte war vom Einkaufen zurückgekommen, stellte die Körbe mitten auf dem Gehsteig ab und stürzte auf ihren Mann zu, dessen Gesicht eine besorgniserregende Starre zeigte.

„Tot", sagte er leise und ohne den Kopf zu heben.

Lotte erschrak. „Wer?", rief sie und nahm seine Hand. „Sieh mir in die Augen. Bitte. Was ist passiert? Wer ist tot?"

Erwin schüttelte den Kopf. „Jetzt geht es los. Das war nur ein Startschuss." Seine Stimme hörte sich leer an.

„Mein Gott, Erwin, sprich doch in ganzen Sätzen. Wer ist gestorben?" Sie hockte sich direkt vor ihn, nahm ihn bei den Schultern, zwang ihn, sie anzusehen.

„Einfach abgeknallt", sagte er.

Sie hielt es nicht länger aus. „Wer denn?", flehte sie ihn an. In ihr begann sich bereits alles zu drehen. Als Erstes dachte sie an Else, dann an Elses Vater, dann an Artjom. „Wer? Erwin, jetzt sprich doch endlich."

Er hob den Kopf und sah sie an. „Theodor Lessing", sagte er tonlos. Im ersten Moment fiel ihr ein Stein vom Herzen. Sie ließ sich neben ihn auf die Treppe sinken und atmete unmerklich auf. Wenigstens kein Straßenkampf, dachte sie, bei dem es Verletzte und Tote gab, wenigstens kein neuer Überfall bei den Försters, wenigstens das nicht. Der Verlust von Artjom oder der Tod von Else Marie wären für sie unvorstellbar gewesen.

„Lass uns hineingehen, ich mache dir einen starken Kaffee", schlug sie vor, aber Erwin machte keine Anstalten, sich zu erheben. „Komm schon." Beherzt griff sie nach seinem Arm. Unter seiner Starre fühlte sie die angespannten Muskeln. Die Nachricht vom Tod des Professors machte aus ihrem resoluten Mann einen apathischen Zementsack. Erwin stand langsam auf und sie gingen hinein.

Auf dem Küchentisch lag noch die aufgeschlagene *Niederdeutsche*. Lotte beugte sich über den Bericht und erfuhr aus wenigen Zeilen, dass der Philosoph in seiner Villa in Marienbad erschossen worden war. „… nun ist auch dieser unselige Spuk weggewischt", schloss der Artikel. Sie faltete die Zeitung so geräuschlos wie möglich zusammen und legte sie außer Sichtweite.

„Ich übernehme heute Abend den Kurs", bot sie ihm an. Es war Donnerstag.

„Nein", stieß er hervor. „Ich muss arbeiten." Dann sah er endlich auf. „Etwas anderes bleibt mir nicht übrig." Seine Worte klangen wie eine Entschuldigung. Aber wenigstens war das Stumpfe aus seinen Augen verschwunden, dachte Lotte. Wenigstens wieder Leben in seinem Blick, wenn auch ein unsagbar trauriges.

„Von hinten. An seinem Schreibtisch", fiel es Berta tonlos von den Lippen. Verstört hob sie den Blick und ließ die Zeitung sinken. Alles Blut war aus ihrem Gesicht gewichen. „Mein Gott, Ada. Arme, arme Ada!" Vehement presste sie sich die Faust vor ihren Mund, weil sie das Gefühl hatte, losschreien zu müssen. Gott sei Dank war Dorothea nicht im Raum, sondern mit den Hunden draußen. Tränen schossen ihr in die Augen. „Was machen sie nur … was passiert nur mit uns?", flüsterte sie.

Das Ereignis war unfassbar. Aber da stand es doch schwarz auf weiß in der Zeitung: Theodor war tot. Jetzt erst bekam sie aus der Zeitung mit, wo ihre Freunde untergekommen waren. Marienbad. Es war abstrus. Jemand hatte sie aufgestöbert. Verraten. Aber sie, Berta, hatte noch nicht einmal ihre Adresse gehabt. Sie konnte Ada keine Trostworte schreiben. Nackte Angst stieg in ihr auf. Alle dunklen Ahnungen waren wahr geworden. Alles, was eintreten konnte, war eingetreten. Sie durfte nicht mehr hier herumsitzen. Sie musste weg. Raus.

Schnell erhob sie sich aus dem Sessel, viel zu schnell, der Schock hatte ihr das Blut in die Adern sacken lassen und bereits im raschen Aufstehen tanzte ein weißer Nebel vor ihren Augen. Vom Schwindel überwältigt verlor Berta das Bewusstsein.

Eine halbe Stunde später fand Dorothea sie liegend auf dem Teppich des Salons. Nur langsam kam sie wieder zu sich. Das Erste, was sie wahrnahm, war ein dichter, graumelierter Schnauzer vor ihrem Gesicht und der Geruch von Pfefferminze. Zwei warme Finger an ihrem Gelenk. Sie spürte ihren Puls, blinzelte, ihr war übel und das einzige, was ihr einfiel, war: „Ada ist allein."

Bernhard Kahlbutz nickte. Dorothea stand hinter ihm und blickte besorgt über seine Schulter. In der Hand hielt sie noch immer die unselige Zeitung. Wo waren die Hunde? Dann tanzten abermals weiße Schatten vor Bertas Augen. Bernhard Kahlbutz verschrieb ihr ein kreislaufstärkendes Mittel und murmelte ein paar beruhigende Worte. Aber alles fühlte sich falsch an: seine ruhige Stimmlage, das weiße Kissen und vor den Fenstern die rote Sonne. Sie musste an Adas Zeilen denken, vom unzerstörbaren Abendrot.

„Die Natur ist pietätlos", stieß sie hervor. „Sie schenkt uns einen Abendhimmel, selbst wenn das Allerschrecklichste passiert." Bernhard erhob sich. „Nicht die Natur an sich", erwiderte er leise, „nur die Natur des Menschen."

„Es sind Bestien", hörte sie Dorothea flüstern.

Berta lag auf dem Chaiselounge und sah die beiden nebeneinanderstehen und auf sie herunterblicken. Die Situation hatte wirklich etwas zutiefst Irreales. Die zwei hätten ein Ehepaar abgeben können. Eines, das gerade damit begann, friedlich miteinander alt zu werden.

„Ich werde jetzt gehen", ließ sich der Doktor vernehmen und packte seine Geräte zusammen.

„Was mache ich jetzt?", fragte Berta wieder, aber diese Frage umfasste nicht nur Ada, sondern alles. Wer war jetzt in Marienbad und kümmerte sich? Was konnte sie tun, und durfte sie es überhaupt oder war es bereits zu gefährlich, Ada ausfindig machen? Was bedeuteten diese Verstrickungen für den Schulbetrieb, so weitermachen wie bisher? Ihr Blick streifte den vollen Schreibtisch. In der Mitte der polierten Platte lag noch immer unausgefüllt der Antrag für die Partei. Die Tür fiel ins Schloss; der Doktor war gegangen.

„O mein Gott! Hat er ihn etwa gesehen?" Berta fuhr in die Höhe, aber der Schwindel drückte sie erneut nieder.

„Bleib liegen, Liebes, bitte!", forderte Dorothea streng.

„Hat er diesen Antrag gesehen? Auf dem Tisch? War er an meinem Tisch?!"

„Dein Antrag? Was denn für ein Antrag? Das ist doch jetzt nicht wichtig", entgegnete Dorothea und tupfte ihr Stirn und Schläfen mit dem Pfefferminzläppchen ab.

„Ach!" Berta stöhnte und sank in ihr Kissen zurück. Es hatte ja doch keinen Zweck. Sie musste raus mit der Sprache. Selbst Dorothea hatte sie noch nicht eingeweiht.

„Aber gut, wenn es dir so wichtig ist." Dorothea stand auf ging hinüber.

„Ich hatte … ich wollte … es war nur ein Gedanke", versuchte Berta irgendeine Art von Erklärung. Doro stand hinter dem Schreibtisch, und das hereinfallende Licht umspielte ihre Silhouette, so dass sie wie eine Lichtgestalt wirkte. Ein Engel mit einer Botschaft in der Hand, durch das die Abendsonne schien.

„Wir können nicht einfach weggehen, Dorothea", setzte Berta noch einmal an. „Wir müssen doch bleiben."

„Mitten im Rachen eines Raubtieres", murmelte Dorothea und ließ das Blatt sinken. „Wie willst du das hier Ada erklären, und Bernhard?", fragte sie.

„Es ist nicht erklärbar, Dorothea. Nichts ist mehr erklärbar. Sie dürfen es nicht erfahren. Wir müssen doch weiterarbeiten." Berta richtete sich ein drittes Mal auf. Ihr Hirn begann wieder zu funktionieren, der Nebel verschwand. Ada war bis auf Weiteres unerreichbar. Niemand wusste, was als Nächstes geschah.

Wenn man vor einem Tunnel lag, mitten auf den Schienen, angebunden zwischen den Stahlgleisen, und der Zug auf einen zurollte, dann konnte man warten, bis man starb, oder man versuchte, trotz aller Bedrängnis, die Seile zu lockern, und wenn man es nicht rechtzeitig schaffte, sie ganz zu lösen, dann musste man sich beherzt von unten am vorbeirasende Gestänge festhalten, sich mitreißen lassen und mitsamt den zerfetzten Seilen in den Tunnel einfahren – wenn man am Leben bleiben wollte.

„Arbeiten", hörte sie Dorothea murmeln.

„Wo sind die Hunde?", fragt Berta. Die Stille erschien ihr ungewohnt.

„Oh, nein!" Dorothea sah sich hektisch um und lief in die Küche zu den Fressnäpfen. Berta hörte die schnellen Schritte auf den Steinfliesen, dann ein bestürztes Aufseufzen, dann ein Poltern im Flur, schließlich ihr panisches „Er hat die Tür aufgelassen!" und dann das Hallen der harten, klappernden Absätze ihrer Hausschuhe auf der Treppe. Erneut erklang ein Aufschrei, diesmal ferner. Die Hunde waren ausgerissen. Alles lief aus dem Ruder.

Vorsichtig erhob sie sich und versuchte sich am Rand der Lehne abzustützen. Mit etwas Mühe gelang ihr das gut. Jetzt spürte sie einen pochenden Schmerz an der Stelle, wo sonst ihr Haar mit einer Spange zusammengehalten wurde. Vorsichtig tastete sie den Hinterkopf ab. Nur ein dumpfer Schmerz, ein blauer Fleck, keine offene Verletzung, stellte sie erleichtert fest. Auch ihr Knie war geschwollen. Humpelnd bewegte sie sich ins Badezimmer zum Medizinschränkchen, nahm das letzte Tütchen Schmerzpulver, das sie fand, und hinkte zurück in die Küche, um ein Wasserglas zu holen.

Ein kühler Luftzug wehte ihr entgegen. Alle Türen standen weit offen, und draußen hatte es gerade zu regnen begonnen. Nach langen Sommertagen ohne Wolken war es der zweite Regen seit Wochen. Dorothea war doch nicht etwa in Hausschuhen und ohne Mantel aus dem Hause gestürzt, dachte Berta.

Noch immer das Glas in der Hand, schloss sie die Wohnungstür, trat ans Fenster und sah hinaus. Keine Dorothea weit und breit. Vorsichtig schwenkte sie das Glas, und das Pulver vermengte sich mit dem Wasser. Alles beginnt sich aufzulösen, unser ganzes Leben, dachte sie und trank es in einem Zug.

60

Einige Wochen später hatten die Herbststürme Hannover fest im Griff. Fast täglich regnete es. Wer seinen Schirm oder seine Pelerine vergaß, wurde klatschnass. Lotte saß in der Küche ihrer Schule und versuchte zu heizen, aber die feuchte Luft machte es schwierig. Eben hatte es leise geklopft. Sie dachte schon, Erwin sei zurück, und erhob sich. Vielleicht hatte er den Schlüssel vergessen. Die Probe am *Zauberring* war vor einer halben Stunde zu Ende gegangen, und weil dem Fräulein Dorn ein Regenschirm abhandengekommen war, hatte sich Erwin erboten, sie unter seinem bis zur Haltestelle zu bringen.

Aber es war nicht Erwin, der vor der Tür stand, sondern der ernste, hochaufgeschossene Mann mit den klaren, grauen Augen. Hannes Kunz. Er war offensichtlich erfreut, sie zu anzutreffen. Mit einem feinen Lächeln lüftete er den nassen Hut und fragte leise: „Darf ich eintreten?“ Seine Aktentasche glänzte schwarz vom Regen.

„Bitte“, sagte Lieselotte überrascht und nahm ihm schnell den durchnässten Mantel ab. „Möchten Sie heute wieder hospitieren?“

„Nein“, sagte der Mann. „Können wir in Ihr Büro gehen?“

Lotte nickte. „Natürlich, Herr Kunz.“

Sie ging voraus. Er folgte ihr, ein wenig zu dicht, wie sie fand. Hannes Kunz trug heute einen gepflegten, aber kaum erkennbaren Schnurrbart. Dünn wie ein Strich. War der neu oder hatte sie ihn beim letzten Mal gar nicht bemerkt? Sie roch den Duft seines Rasierwassers. Es hatte eine blumigere Note als das, was Erwin benutzte.

„In einer halben Stunde beginnt mein nächster Kurs“, sagte sie kurz und freundlich. „Wird das reichen für die Besprechung?“

„Ist Ihr Mann auch zugegen?“ Es klang nicht wie eine Frage, sondern wie eine Anordnung.

„Er wird gleich hier sein. Er bringt noch eine Kollegin zur Elektrischen, mit unserem Schirm.“ Sie lächelte entschuldigend. „Jemand, der uns beim *Zauberring*, unserer neuen Kinderoperette, unterstützt.“

„Genau darum geht es“, sagte Kunz.

Irritiert sah Lotte auf. „Wieso denn der *Zauberring*?“, fragte sie perplex. „Da kommen Sie jetzt leider zu spät zum Hospitieren, ich gebe gleich den Erwachsenen-Laientanzkurs, bei dem Sie schon das letzte Mal waren.“

„Gut“, sagte Kunz. „Oder nicht gut. Ich habe nicht allzu viel Zeit und muss Ihnen auch nur diese Mitteilung machen. Sie können es ja an Ihren Mann weiterreichen.“

„Was denn für eine Mitteilung?“

„Ihr Mann Erwin Gellert ist in linken Verbänden tätig gewesen, ist das richtig?“ Er wartete ihre Antwort gar nicht ab. „Es tut mir leid für Sie …“, Kunz machte eine Pause und sah Lotte lange in die Augen, „… und ich meine besonders für Sie“, wiederholte er noch einmal mit einem warmen Glanz im Blick. „Sehr leid sogar. Aber die Propaganda-Hauptabteilung für Volkskunst und Heimatschutz hat Ihrem Mann mit sofortiger Wirkung die Regie an der Kinderoperette entzogen.“

Lotte wurden die Knie weich und sie sank auf den Stuhl. Innerlich war sie taub.

Kunz setzte sich ebenfalls. Dennoch überragte er sie um einen halben Kopf. Fast mitfühlend blickte er auf Lotte herab und beugte sich ein Stück vor. Wieder roch sie sein Rasierwasser. Die Lippen unter dem kurz geschnittenen Bart lächelten. Als Lotte noch immer nichts erwiderte, legte er seine Hand auf ihre. Sofort erwachte sie aus der Starre.

„Die Kinderoperette?“, fragte sie und zog die Hand fort. Er nickte. „Aber die ist doch fertig“, schob sie nach.

„Das ist unerheblich“, erwiderte der Mann, lehnte sich zurück und öffnete seine Aktentasche, um etwas zu suchen.

„Das geht aber nicht“, widersprach Lieselotte. „Die Kinder, die Eltern ... das macht unsere Arbeit von Monaten kaputt.“

„Ich habe nicht gesagt, dass der *Zauberring* nicht aufgeführt werden darf“, räumte Kunz ein.

„Das verstehe ich nicht.“

Kunz schwieg. Ein dünner Hoffnungsschimmer stahl sich in Lieselottes aufgewühlte Seele. Deutete der Mann damit an, dass sie die Regie übernehmen dürfte? Sie allein. Ohne Erwin? Dann wäre wenigstens das Stück gerettet. Sie war weder in der kommunistischen Partei, noch war sie an der Volksbühne bei *Linksran!* mit von der Partie gewesen. Wie sie das Erwin später erklären sollte, wusste sie noch nicht, aber zumindest das Einkommen wäre gesichert. Sie könnten weiterarbeiten. Hoffnungsvoll sah sie Hannes Kunz in die Augen. Inzwischen hatte er einige Formulare auf ihren Schreibtisch ausgebreitet.

„Wie gesagt, es tut mir um Ihretwillen leid, aber die Regie wird diesmal leider jemand anderem übertragen, jemandem, der ohnehin mehr und vor allen Dingen längere Erfahrungen mit Kindern hat, und ...“, nachdenklich blickte er auf ihren Schreibtisch, „... zudem Parteimitglied ist.“

„Aber ...“, warf Lotte ein.

„Die Leitung geht an Frau Habenicht“, unterbrach er ihren Widerspruch. „Wir haben sie bereits informiert. Sie wird sich bald mit Ihrem Mann in Verbindung setzen müssen für die Übergabe.“

Aufmerksam studierte er ihre Augen und fuhr fort: „Ich schätze Ihre Bildung, Frau Daube, und Ihre Schule.“

Er bemerkte, wie sie etwas erwidern wollte, es aber sein ließ. „Wir wissen, Sie haben sich trotz vieler Schwierigkeiten von ganz unten hochgearbeitet. Ihre Mutter ist eine einfache, aber ehrliche Frau. Der von Ihnen entwickelte *Farbenmarsch* und das *Zarte Formenspiel,* das wir im Künstlerhaus besichtigen konnten, tragen eine gesunde Kraft in sich. Wir würden es begrüßen, wenn Ihre Arbeit demnächst noch mehr als bisher dem deutschen Volk zugutekäme.“

Damit schob er mit Nachdruck die mitgebrachten Blätter in die Mitte ihres Schreibtisches, aber sie hörte schon längst nicht mehr hin. Berta.

Plötzlich ging die Tür auf, und Erwin stand im Büro, den nassen Hut auf dem Kopf. Er war überrascht. „Was verschafft mir die Ehre?", wandte er sich sofort an Herrn Kunz, der gerade im Begriff war aufzustehen. Erwins Augen funkelten angriffslustig, als er Lotte so elend auf dem Stuhl sitzen sah.

„Ihre Frau wird Sie unterrichten", erklärte Kunz reserviert. „Vielen Dank, ich finde selbst hinaus." Eilig drängte er sich an Erwin, der keinen Schritt beiseitetrat, vorbei zur Garderobe, nahm seinen Hut und seinen Mantel, zog sich an und verließ die Schule.

„Was ist das denn?", fragte Erwin erbost, nahm die Papiere vom Schreibtisch, die der Mann dagelassen hatte, und besah sie sich genauer. „Was wollte der von dir?" Dann verstummte er abrupt und las.

„Er hat dich angeworben?"

„Was? Nein!" Lotte erhob den Blick.

„Und was ist das hier?" Mit verhaltenem Zorn drückte er ihr den Antrag für die NSDAP in die Hand. Verwirrt besah sie sich den Briefkopf des Schreibens. *Dezernatsleiter der Hauptabteilung 3 der NSDAP.* Ihre Augen weiteten sich. Vehement schüttelte sie den Kopf. „Du denkst doch nicht wirklich …!"

Erwins Gesicht blieb kalt, als er fragte: „Warum triffst du dich allein mit einem von denen in unserem Büro?"

„Erwin bitte!"

„Was? Erklär es mir."

„Er kam, um mir zu sagen, dass …" Dann versagte ihr die Stimme.

Erwins Miene wurde wieder weich. „Was ist denn passiert, Lotte?"

„Die Operette, Erwin … sie, sie … liegt nicht mehr in unserer Hand."

Er begriff nicht sofort.

„Wieso?"

„Sie haben sie uns weggenommen."

„Wie bitte?"

„Die Habenicht übernimmt. Sie ist Parteimitglied. Wusstest du das?"

Nun war es an Erwin, sich zu setzen. Abermals klopfte es an der Haustür. Sie blickten sich an. Die ersten Teilnehmer für den Kurs wollten vermutlich ins Trockene.

„Ich kann jetzt nicht unterrichten!", bat Lotte. Schweigend nickte er und begab sich zur Tür. Aber draußen im Regen war nur Else. Nass bis auf die Schuhe.

„Komm rein", sagte er, trat aber nicht zu Seite. Nur ein Spaltbreit war Platz. Er sah sie noch nicht einmal an. Else schlüpfte hindurch. Lotte hob den Kopf.

„Willst du jetzt doch wieder einsteigen?", fragte sie tonlos. „Der Kurs fällt heute aus."

„Nein", sagte Else Marie und etwas Ungutes lag in ihrer Stimme. „Ich muss mit euch reden."

„Setz dich", sagte Lotte.

Dann begann Else zu weinen und sackte auf den freigewordenen Stuhl. „Ich kann einfach nicht mehr!"

Im Flur betraten die ersten Kursteilnehmer den Raum. „Kannst du dich um die Leute kümmern?", wies Lieselotte ihren Mann an, der noch immer die Türklinke in der Hand hielt und die Teilnehmer an sich vorbeiziehen ließ. „Erwin!" Sie warf ihm einen strengen Blick zu. Der Alltag musste weitergehen. Auch wenn sie selbst jetzt nicht den Kopf dafür hatte, ohne Weiteres zu unterrichten, organisiert werden musste es dennoch. Auch die Absage. Erwin schloss die Tür und begab sich nach oben.

„Ich muss aus diesem Raum raus!", sagte Lieselotte. „Lass uns in die Küche gehen."

Lotte bückte sich nach den Blättern, die Hannes Kunz ihr auf den Schreibtisch gelegt und Erwin unter die Nase gehalten hatte, und zerriss sie. Dann schob sie die schluchzende Else aus dem Büro.

„Möchtest du heiße Suppe?", fragte sie. Ihre Freundin schüttelte den Kopf. Lotte öffnete die Klappe des Küchenherdes, kontrollierte die Glut, warf das Papier hinein, gab noch etwas Holz dazu und ließ es auflodern. Dann verschloss sie die Eisentür und stellte den Topf auf die gusseiserne Platte. Eine in Tränen aufgelöste Else Marie war jetzt nur schwer zu ertragen. Sie war ja selbst neben der Spur. Mechanisch stellte sie drei Teller auf den Küchentisch.

„Ich hatte vergessen, dass heute dieses Training stattfindet", entschuldigte sich Else Marie kleinlaut. „Darf ich warten, bis es vorbei ist?"

„Natürlich darfst du. Das ist doch selbstverständlich", antwortete Lotte.

„Gehst du denn gar nicht nach oben?", fragte Else.

„Nein, ich kann gerade nicht. Wir sind erledigt."

„Seid ihr aufgeflogen?", fragte Else Marie bang.

„Nein. Oder doch, wie man es nimmt. Seine Vergangenheit hat ihn eingeholt."

„Euer Donnerstagsstück?"

„Nein, die Operette wird ihm verboten."

Else schien nicht zu verstehen, aber sie fragte auch nicht nach, sondern schaute nur entsetzt. Sie sah noch schlechter aus als vor drei Wochen, an dem Tag, als Lotte sie das letzte Mal getroffen hatte. Plötzlich sackte Lotte das Herz in die Hose. „Ist was mit deiner Mutter?", fragte sie erschrocken. Else schüttelte nur den Kopf und fing an zu weinen. Von draußen drückte die Nässe den Qualm zurück durch die Ritzen des Ofens. In der Küche roch es nach verbranntem Papier. „Nein", erwiderte Else unter Tränen, „mit meiner Familie ist alles in Ordnung. Aber ich muss euch unbedingt …" Sie brachte den Satz nicht zu Ende.

„Bist du krank?", insistierte Lotte.

„Nein, mir geht es gut."

„Das sehe ich", sagte Lotte. „Scheußlich siehst du aus."

„Ich weiß", erwiderte Else matt. „Ich halte es einfach nicht mehr aus. Seit Wochen schon."

In Lotte keimte langsam ein Verdacht. „Du bist schwanger."

Nun brach es mit aller Macht aus Else heraus. Voller Verzweiflung warf sie sich über den Tisch, dass ein Teller beiseite sprang, vom Tisch fiel und am Boden zerschellte.

„Welcher Monat?", fragte Lotte und holte ein Kehrblech und einen Feger für die Scherben.

„Fast im fünften, sagt der Arzt." Sie hatte kurz aufgehört zu weinen. Ihre Augen waren klar auf Lotte gerichtet. „Ich muss …", fing sie an, aber da unterbrach sie Lotte schon.

„Du weißt, ich habe Käthe damals auch geholfen, wenn du es nicht haben willst. Im Mütterheim in Kleefeld kümmern sie sich auch um die Kleinen."

„Ich will es aber." Abermals stiegen Else die Tränen in die Augen. Auch Lotte musste blinzeln, aber das lag am beißenden Qualm, der aus den Ritzen der Küchenhexe drang.

„Also gut", erwiderte sie und ließ das Kehrblech mitsamt den Scherben in den Eimer gleiten. Musste sie das verstehen?

„Ich wollte es mit euch beiden besprechen", setzte Else von Neuem an. „Ich muss das mit euch besprechen!", korrigierte sie sich.

„War es Artjom?", fragte Lieselotte. „Weiß er es schon?"

Elses Blick sprang nach oben in Richtung des kleinen Saals, in dem die Teilnehmer sich gerade warmmachten für die Probe. Man hörte das Stampfen und Hüpfen bereits durch die Decke.

„Erwin wird diese Probe auf jeden Fall durchziehen", sagte Lotte. „Deshalb können wir erst in anderthalb Stunden mit den beiden rechnen."

„Nein, bitte ohne Artjom", flüsterte Else Marie.

„Wie du willst." Verständnislos schüttelte Lieselotte den Kopf. Eigentlich müsste sie ihre Freundin jetzt in den Arm nehmen, aber etwas hielt sie davon ab. War es das eigene Unglück? Sie wusste es nicht oder konnte selbst nicht sagen, was da zwischen ihr und ihrer besten Freundin stand. Trotz ihrer himmelschreienden Verzweiflung lag eine Aura um Else, die es Lieselotte unmöglich machte, sie zu trösten.

„Gut, warten wir. Lass uns aber was essen. Die Suppe ist heiß." Sie aßen, und nur das Klappern der Löffel auf den Tellerböden und das leise Aufschluchzen von Else Marie unterbrachen ihr stilles Mahl. Eine Henkersmahlzeit, dachte Lieselotte. Else Marie tat ihr unendlich leid.

Nachdem sie die Teller abgeräumt und mit kaltem Leitungswasser abgespült hatte, zog sie beherzt einen Stuhl heran und setzte sich ihrer Freundin gegenüber.

„Elli", sagte sie mitfühlend. „Wie auch immer. Wir werden das Kind schon schaukeln." Zwar konnte sich Lotte im Moment überhaupt nicht vorstellen, wie auch das noch zu bewerkstelligen sei, aber die Försters hatten schließlich Geld. Auch wenn ihnen ein unehelicher Enkel ungelegen kam, waren sie nicht hartherzig. Jetzt ging es erst einmal um Elses desolate Verfassung. Dabei hätte sie ihrer Freundin doch so sehr eine gute, solide Ehe gewünscht, mit einem Kind, das rechtzeitig kam und nicht vorzeitig.

Unbeholfen streichelte sie Elses Hände, aber sie zog sie zurück. Warum wollte Else zuerst mit ihr und Erwin sprechen, bevor sie es Artjom sagte, wunderte sich Lieselotte. Beinahe war sie schon froh darüber, dass Elses Dilemma sie von ihrem eigenen abhielt. Diese Wut auf Berta Habenicht hatte ihr wieder einmal den Boden unter den Füßen weggerissen. Eigentlich müsste sie jetzt genauso dasitzen wie Else dort auf dem Stuhl, aber Elses Kummer gab ihr Halt. Wir sind zwei Schiffbrüchige, dachte sie, wir treiben im gleichen aufgewühlten Gewässer, selbst wenn die Ströme, die es speisen, aus zwei verschiedenen Quellen kommen.

Die Tür wurde aufgestoßen und Erwin betrat die Küche.

„Nanu, jetzt schon?", fragte Lieselotte.

„Ich habe Artjom die Aufsicht übertragen."

„Möchtest du Suppe?", fragte Lieselotte. „Es ist noch welche …"

„Wie kannst du jetzt an Essen denken!“, fiel Erwin ihr kopfschüttelnd ins Wort.

Lotte erstarrte kurz – den leeren Teller in der Hand –, dann aber knallte sie ihn wütend auf den Tisch. „Bevor es jetzt gleich wieder politisch wird, Erwin, wir müssen uns um Else Marie kümmern!“

„Ach ja? Was gibt es denn so Wichtiges?“, höhnte er, ohne einen Blick auf sie zu werfen.

„Sie erwartet ein Kind.“

Er verstummte sofort. „Nein“, sagte er nach ein paar Sekunden. „Nein.“ Dann lief er aus der Küche.

„Deine Zigaretten sind hier. Im Trocknen“, rief Lotte ihm hinterher. „Du hast sie vorhin aus deinem Mantel genommen, bevor du mit Irma weg bist.“

Er kehrte zurück, zerrte sich eine aus der Packung und zündete sie an. Die kleine Küche versank im Nebel. Der Ofen qualmte, und Erwin rauchte. Else Marie hatte die Hände im Schoß gefaltet und starrte demütig auf den Boden.

„Ich finde, wir sollten Artjom Bescheid sagen. Wir können ihn doch nicht gehen lassen, ohne mit ihm zu reden. Wenigstens *wir* müssen doch alle zusammenhalten.“

„Wieso denn Artjom?“, entfuhr es Erwin, und im selben Moment wurde er rot.

Plötzlich fiel es Lieselotte wie Schuppen von den Augen: Der Russe war nicht der Vater. Die Küche lag still, und die Stille begann sich auszubreiten, einzufrieren. Diese Stille, schrecklich, diese Stille! Lotte wollte nicht verstehen. Sie sah von Erwin zu Else und von Else zu Erwin. Ruhelos ging ihr Mann die Küche auf und ab. Warum starrte Else Marie sie an, als wäre sie ein Gespenst? Und plötzlich tat sich ein bodenloses Loch auf.

Sie musste sich festhalten. Da war die Spüle. Sie wankte hin, griff mit beiden Händen danach und stützte sich ab. Das kühle Metall unter ihren Fingern war der einzige Halt, den sie spürte. Ihr Herz raste. Sie starrte in den Abfluss, den Abgrund. Ich könnte kotzen, dachte sie, das ganze, schmutzige Becken voll. Sogar durch den Rücken hindurch spürte sie die Blicke der beiden. Allein sein. Sofort. Zerstören, alles. Die abgewaschenen Teller, zerschmettern, gegen die Wand werfen, in tobender Raserei sämtliche Regale leerfegen, die Schränke aufreißen, alles, alles kaputtmachen, bis nichts mehr übrigblieb, bis nichts mehr auf seinem Sockel stand. Brüllen. Schreien. Das ganze Unverständnis, die Wut, alles herausschreien.

Aber Nichts von dem tat sie. Mit bebenden Armen hielt sie die Umrandung der Spüle fest. Nichts anderes konnte sie tun, als diesen inneren Sturm durchzustehen und sich festzuhalten. Atmen. Warten, bis das Schlimmste vorüber war. Atmen. Ein und aus. Ein, aus.

Erwin und Else beobachteten jede ihrer Regungen. Lotte zitterte nicht mehr, aber noch immer hielt sie sich am Waschbecken fest, schaute konzentriert auf den Abfluss und stieß die Luft aus, als wollte sie damit das Becken füllen, nur, um sie beide zu verschonen. Einen kurzen Moment lang hatten Erwin und Else befürchtet, Lieselotte würde auf sie losgehen. Else hatte Lottes Hände bereits un ihren Hals gefühlt. Unbändig, wie ein wildes Tier. Ihre beste Freundin hätte an ihr gezerrt, hätte sich in ihr Fleisch gekrallt und sie hemmungslos geschüttelt. Vielleicht wäre das besser gewesen.

Aber Lotte hatte sich zusammengenommen, hatte ihre Fassungslosigkeit in Fesseln geschlagen und irgendwo in ihrem Inneren angebunden. Da stand sie nun und bebte. Ihre sehnigen, langgezogenen Muskeln zeichneten sich unter ihrer Haut ab. Jede Faser war zu erkennen. Die Haut um Lottes Fingerknöchel wurde weiß. Dann hob sie den Kopf und schaute sie beide an. Else sah den Zorn. Ein gefangenes Tier in ihrem Blick. Ihre Augen waren schmal. Alles, alles stand auf dem Spiel.

61

„Schon wieder ein Unterrichtsausfall?", lachte Käthe. Sie fand das, was ihr Trude da gerade erzählt hatte, einfach zu komisch. Kaum starb ein Hund, gab es schulfrei. Die beiden Mädchen hockten trotz des ungemütlichen Wetters auf einer Bank nahe den Herrenhäuser Gärten unter einem Baum und kicherten. Aus einer schicken kleinen Blechschachtel, die die Aufschrift *Ernst August* zierte, klopfte Waltraud zwei Zigaretten heraus. „Ja, und ich war dann den ganzen Tag in den Geschäften unterwegs. Einfach bummeln. Herrlich!" Waltraud zündete sich die Zigarette an, nahm einen tiefen Zug und sprang auf. Dabei schloss sie die Augen, breitete die Arme aus, drehte sich um die eigene Achse und lächelte genießerisch. Die Spitze des Zigarettenstengels in ihrer Hand glomm vom

Luftzug orange auf. Käthe beneidete sie um diesen sorgenfreien Tag.

„Schade, dass es nun keine Hunde mehr gibt", sagt Waltraud und setzte sich zu Käthe.

„Musst du eben wieder wie alle anderen auf die Ferien warten."

„Lang ist's noch hin."

Auch Käthe hatte sich inzwischen eine angesteckt, lehnte sich zurück und blies vornehm Wölkchen um Wölkchen in die Luft. Der Wind nahm sie mit. Das kalte und feuchte Wetter machte alle Mondänität kaputt, dachte sie und nahm einen zweiten Zug.

„Aber vielleicht ziehen wir auch demnächst nach Essen. Mein Vater meint, dort gibt es eine Schule, die mich besser fördert", erklärte Trude. „Warte mal", unterbrach sie sich und fingerte in der Blechdose herum. „Hier!", sagte sie und holte ein kleines Goldmundstück heraus. „Nimm das dazu."

Käthe grinste und schob sich die Zigarettenspitze auf den Stengel.

„So lässt sich's leben", erwiderte sie, „Und? Gibt es sonst noch Neuigkeiten bei den Habe-Nichten?", fragte Käthe betont beiläufig. Sie glaubte zwar nicht, dass eine so heikle Nachricht wie dieser schmutzige Versbrief bis zu den Schülerinnen durchsickerte, aber man konnte ja nie wissen. Es hätte sie brennend interessiert, wie die beiden Damen darauf reagiert hatten. Das schlechte Gewissen und die moralischen Bedenken, die sie hin und wieder heimsuchten, ließen sich leicht aufheben, schließlich war dieser Brief allein die Idee von Frau Daube-Gellert.

„Nein, es ist eigentlich alles wie immer. Frau Habenicht arbeitet jetzt an neuen Richtlinien und hat doppelt so viel zu tun. Bis nachts sogar. Sagt jedenfalls die Bragge, wenn wir vor dem Büro stehen und was von ihr wollen."

„Viel zu tun haben wir auch", betonte Käthe. Obwohl sie gehört hatte, dass gerade das Gegenteil der Fall war. Die Nachricht vom Verlust der Operettenregie war bis zu ihr durchgedrungen.

„Vermutlich bekommen wir zwei oder drei neue Fächer", fuhr Trude fort.

„Ach, und welche?"

„Führungskunde, Erb- und Rassenlehre."

„Wie interessant."

„Und in Volkstanz wird jetzt beim Marsch auf das Gesetz der rhythmischen Schwingung, das heißt, auf den richtigen Wechsel von Spannung und Lösung geachtet."

„Und das dritte?"

„Sitten- und Ahnenforschung.“

„Dauernd erfinden sie neue Sachen. Pass auf, bald werdet ihr noch euren Doktor machen müssen, um tanzen zu dürfen“, lachte Käthe.

„Andersrum wird ein Schuh draus“, konterte Trude. „Wer in Preußen jetzt seinen Doktor machen will, muss erst nachweisen, dass er über längere Zeit Geländesport getrieben hat, sonst wird das nichts mit dem Titel.“

„Ehrlich?“

„Wenn ich's doch sage.“

„Gott sei Dank ist jetzt auch wieder erlaubt, sich zu schminken.“

„Hatte Frau Habenicht das verboten?“

„Nein, die Habenicht und die Bragge haben nie was gesagt, ich meine im Turn-Klubb. Als Zuschauerin bei den Wettkämpfen wurde man ziemlich schräg angeschaut.“

„Und warum jetzt doch wieder?“

„Da war einer von ganz oben, von der SA, der hat gesagt, sie wollen sich jetzt nicht mehr so als Moralästheten aufspielen. Und selbstverständlich darf sich eine deutsche Frau auch schminken. Sogar rauchen. Sie sagen, sie seien schließlich Revolutionäre und keine Spießer.“

„Du rauchst auch in der Schule?“

„Ach was, Käthe. Nur hier oder im Lokal. Außerdem raucht die Habenicht doch selber. Marke Dagmar!“ Trude kicherte.

Käthe kam ihre Arbeitgeberin auf einmal so brav vor. Bei Frau Daube-Gellert rauchte nur der Herr Gellert. Und in der gesamten Schule war es verboten. „Was macht eigentlich dein Kleiner?“, erkundigte sich Trude mit gedämpfter Stimme.

„Er ist seit einiger Zeit in guten Händen.“

„Musst du jetzt ausziehen aus dem Mütterheim?“

„Ja.“

„Weißt du schon wohin?“

„Zurück zu Mutter. Aber Frau Daube-Gellert hat mir angeboten, zur Not dürfe ich auch hin und wieder in der Schule schlafen, hinter den Umkleideräumen, wenn es schlimm wird.“

„Sie ist gut zu dir. Und was gibt's sonst Neues bei euch?“

Käthe brannte schon die ganze Zeit das belauschte Gespräch der beiden Schulleiterinnen unter den Nägeln. Aber dann wäre sie nicht mehr weit davon entfernt, auch ihr eigenes, kleines, schmutziges Geheimnis preiszugeben, und das wollte sie auf gar keinen Fall. Stattdessen fragte sie: „Findest du es nicht merkwürdig, dass die Bragge und die Habenicht noch immer nicht geheiratet haben?“

„Zwei alte Jungfern eben. Der Krieg hat nicht viele Männer übriggelassen, die es wert sind, dass man sie nimmt.“

„Aber wohnen die nicht zusammen in einer Wohnung?“

„Ja, direkt über der Schule. Warum fragst du?“

„Die sind doch reich genug, um sich getrennte Wohnungen leisten zu können?“

„Was weiß ich. Vielleicht sind sie auch verwandt. Cousinen oder so. Warum interessiert dich das? Du schläfst doch auch bei der Daube in der Schule.“

„Ich hab ja auch kein Geld übrig für zwei Wohnungen und zwei Hunde … nur ein Kind.“

„Nun nicht mehr.“

Plötzlich wirkte Käthe um Jahre älter. Trude taten ihre Worte sofort leid. „Ach, Käthe, nur ein böser Ulk! Ich bin so ein Teufel! Das wollte ich nicht. Wirklich.“

„Das geht schnell“, sagte Käthe.

„Was?“ Trude sah ziemlich unglücklich aus.

„Das mit den bösen Scherzen.“ Schon lächelte Käthe wieder und blickte sie an. „Ist nicht schlimm, Trude, wirklich nicht. Kleiner Teufel, du!“

62

Der Ofen bullerte. Lotte starrte auf die Ritzen, hinter denen es flackerte. Orange und Braun. Zwei Farben, die sie verfolgten, die sich in ihr eingenistet hatten und ihr nicht mehr aus dem Herzen gingen. Seit dem Tag, als die Seiten ihres Liebesbriefes brannten. Zwei Farben, eine so dunkel, so tief, die andere hell und gleißend. Die eine existierte nicht ohne die andere.

Noch immer war Lieselotte in der Küche, aber sie stand längst nicht mehr vor der Spüle. Erwin und Else hatte sie fortgeschickt. Dumpf krachte das geschichtete Holz aufeinander. Sie hatte den Ofen regelrecht gestopft mit allem Holz, das sie finden konnte. Manisch. Bis oben hin. Nicht nötig für die kleine Küche. Angeschrien hatte sie sie. Mit nur zwei Worten. *Geht jetzt.* Und dann waren sie tatsächlich aus der Küche verschwunden, leise, geräuschlos. Wie Schall und Rauch.

Der Qualm war abgezogen, seit es draußen aufgehört hatte zu regnen, und durch das kleine Fenster sah sie, dass der Himmel ein Stück aufriss, aber kein Mond war da. Auch kein halber. Nur ein paar Sterne. Die Hälfte des großen Wagens. Weit und breit noch nicht einmal der Schimmer eines Mondes. Nie wieder wollte sie einen Mond sehen. Wo Erwin heute wohl schlief? Sie stand auf. Es war ihr egal. Eine Wirtschaft fand sich sicher. Und Else? Ach, Else. Ihr konnte sie am wenigsten übelnehmen, was passiert war. Aber es tat so weh. Auch, wenn Lotte nie Kinder gewollt hatte, auch, wenn sie das, was Erwin da mit Else veranstaltete, gar nichts für sie war, es tat weh.

Sie setzte sich wieder. Ein kleiner Haufen Holz lag noch da. Da war kein Zweifel in ihr, ob Erwin sie und die Schule verlassen würde. Da war sie sich sicher, dass er blieb. Ob nun bei Else oder bei ihr. Er blieb. Aber es schmerzte so.

Lotte stand auf und legte Holz nach. Noch mehr Holz. Die Küche war heiß. Der Schweiß hätte ihr auf der Stirn stehen müssen, aber sie fror bis ins Mark, als hätte sie etwas Giftiges gegessen. Etwas, das, würde sie diese Nacht überleben, einen Teil in ihr ausrottete.

Ein Kind von Erwin. In Else. Lotte war leer. Schon lange, zu lange, immer schon. Das Herz, das sie einmal besaß, hatte ihr jemand genommen. Beiseitegeschafft, als sie noch zu jung und zu dumm gewesen war, es festzuhalten. Berta. Sie war der Ursprung aller Leere und allen Zorns. Seit jeher. Wieder setzte sie sich. Alles Holz war verbraucht.

Berta hatte sie einst heraufgehoben. Unter ihr hatte sie gestrahlt, unter ihren Augen war sie erblüht und unter ihren Händen gereift. Unter Lieselottes Füßen wurde der Tanzboden damals wahrhaftig, waren die Lichtstrahlen von einst im Zimmer ihres Vaters Wirklichkeit geworden. Selbst die Schule, die sie jetzt führte, fußte auf niemand anderem als auf Berta. Und dennoch blieb ihr nur eins: Berta oder Lotte. Einen anderen Ausweg gab es nicht. Sie hatte es bis hierhin geschafft, trotz und durch Berta, aber nun musste sie ohne sie weitergehen, denn das nächste Loch, das sich vor ihr auftäte, würde so tief sein, dass es ihr nicht mehr gelänge, sich allein darauszubefreien.

Ihr Blick fiel auf das zerknüllte Papier hinter dem Kohleeimer. Die Wut durchzuckte sie erneut. Der kleine Giftbrief, die Verse von Käthe. Wieso hatte sie die nicht längst verbrannt? Wieder stand sie auf und warf das Indiz ihrer Rachsucht in den Ofen. Hatte es etwas genutzt? In Anbetracht der Umstände war dieser

Brief eine kleine, dumme Mädchenkritzelei auf einem verstörenden Zettelchen, das die Lehrerin in die Finger bekommen hatte und das ihr nur ein müdes Lächeln entlockte. Ein Nichts war dieser Brief gewesen! Vermutlich hatten sich Berta und ihre Geliebte ausgiebig darüber amüsiert. Was konnte sie schon ausrichten? Mit einem Brief?

Die Tür zum Büro bewegte sich leicht. Ein Luftzug. Auf dem Schreibtisch brannte noch immer Licht. Nach dem Besuch von Hannes Kunz war alles unberührt geblieben. Nur seine Formulare waren im Ofen. Der Antrag für die NSDAP zu Asche und Rauch geworden. Berta war also bei den Nazis eingetreten. Sie hatte alle Register gezogen und sich damit unanfechtbar gemacht. Es gab keine Achilles-Ferse mehr, an der Lotte sie hätte noch treffen können. Ein Panzer aus Immunität umgab sie.

Plötzlich blitzte in Lotte ein böser Gedanke auf. Waren Lesbierinnen bei den Nazis erlaubt? Oder geduldet? Lotte schritt in der kleinen Küche auf und ab. Endlich drang die Wärme bis in ihr Innerstes vor. Juden wurden verfolgt. Kommunisten wurden verboten. Genetisch kranke, abartige Männer wurden versteckt. Berta und die Bragge waren doch Abartige. Und jetzt nutzten sie sogar den schmutzigen Eintritt in die Partei, um ihre Perversität zu schützen. Das musste sie verhindern.

Der Gedanke war so reinigend, wie er böse war. Jetzt endlich wurde ihr warm. Es tat gut, Böses zu denken. Auch das Böse hatte ein Gutes. Es vernichtete alles. Das Gute ließ immer etwas übrig. Es hatte Augen, Ohren und einen Sinn für Grauzonen und Schlupfwinkel. Es hatte Erbarmen. Unter den Augen des Guten konnte immer wieder Böses gedeihen. Ein Herr Hitler hatte es auch nur geschafft, weil er das System der guten Schwachen genutzt hatte. Unter der Flamme des Bösen blieb nichts mehr übrig, wurde alles radikal niedergebrannt. Aber etwas anderes war möglich, nachdem es gewütet hatte. Wo Asche war und sonst nichts rissen irgendwann die Wolken auf, fiel ein Regen durch den Staub auf den Boden und die Luft wurde klar. Neue Erde entstand, auf der etwas anderes beginnen könnte.

Sie wollte einen Neuanfang. Vernichten bedeutete auch eine Zäsur. Jede Bewegung hat einmal ihren Stillstand. Wer sagte das neulich, Erwin? Stillstände sind wichtig. Sie gliedern eine Bewegung in deutliche Phasen. Lotte ging ins Büro, verschloss die Tür von innen, setzte sich und nahm ein Blatt Papier nebst einem Federhalter. Minutenlang starrte sie auf das weiße Blatt. Eine Hinrichtung würde es werden. Sie oder Berta. Noch einmal fiel ihr Blick auf die Tür, hinter der die leere Küche lag. Erwin und Else waren fort, fernab ihrer Gedanken. Das, was sich eben noch in der Küche abgespielt hatte, kam ihr vor wie ein Stummfilm mit Geflacker, ein Drama, das kaum noch etwas galt, eine lachhafte Tragödie, die das Fräulein Dorn mit hämmernden Akkorden begleitete. Lotte zückte den Federhalter und schrieb.

An den Dezernatsleiter der Hauptabteilung 3 der NSDAP

Betrifft die Handlungen und Einstellungen der Person Berta Habenicht, Leiterin des gleichnamigen Institutes in Hannover

Hiermit halte ich es für meine Pflicht, Sie, als Ordnung schaffende Institution, auf ein dem Staate und der Bildung schädigendes Verhalten der Personen Berta Habenicht und Dorothea Bragge hinzuweisen.

In der Öffentlichkeit zeigt sich Frau Berta Habenicht nur selten als Geliebte von Fräulein Bragge. Aber ihr gegenseitiges eindeutiges Verhalten, u.a. durch die Eifersuchtsausbrüche von Fräulein Bragge, verrät ihren wahren Charakter. Fräulein Bragge lebt seit Jahren mit Berta Habenicht in perverser, sexueller Verbundenheit. Blind gegen ihre Umgebung, bilden sich die Damen ein, man würde solchem Verhalten als unwichtige Einzelheit nicht nachgehen; doch sie genügen, um ihre perversen Neigungen restlos bloßzustellen. Frau Habenichts Haltung zu ihren Schülerinnen war immer gewagt und zweideutig. Instinktmäßig wusste sie immer, Macht über jene Mädchen zu gewinnen, die ahnungslos waren. Es gilt ja bei den Frauen heutzutage als schick und bedeutend, anders zu sein. Aber unter der Maske der Kulturarbeit leben die beiden Frauen nur ihre kranken Instinkte aus. Arrogant und verlogen sind die Prospekte, deren Versprechungen nicht erfüllt werden, anmaßend das Verhalten gegenüber Fachgenossen. Frau Habenicht ist abhängig und in sexueller Hörigkeit von Dorothea Bragge. Sie ernährt und unterhält sie. Fräulein Bragge selbst ist skrupellos und eitel, wenn es gilt, ihre eigene Persönlichkeit zur Geltung zu bringen. Wie Wäsche wechseln sie Partnerinnen oder ihre politischen Ansichten. Staatspartei, KPD und jetzt NSDAP. Anständige Frauen sind nicht gewillt, solche moralische Unsauberkeit unter dem Deckmantel der Kulturarbeit an der deutschen Frau und deren Kindern weiterzuführen, zumal die Zugehörigkeit zur NSDAP sicher mithilfe ahnungsloser Bürger erschlichen worden ist. Ihre Wankelmütigkeit zugunsten der Verfolgung ihrer egoistischen Ziele zeigt auch folgendes Verhalten …

Lieselotte unterbrach das Schreiben. Sollte sie so weit gehen? Gerade war sie im Begriff, Berta der Mitgliedschaft der KPD zu bezichtigen. Bislang hatte sie nur ihre Janusköpfigkeit angeprangert. SPD, KPD, Judentum … Erwin, Winfried, Else … es fühlte sich an, als würde sie die ihr Nahestehenden gleich mit ans Messer liefern.

Lotte erhob sich, knetete ihre Hände, setzte sich wieder. Aber wenn dieses Schreiben wirklich etwas bewirken, wenn er aufrütteln soll, dann *musste* sie es tun. Entschlossen nahm sie den Füller erneut zur Hand und schrieb:

Lange Jahre unterrichtete Frau Habenicht Angehörige von SPD-Mitgliedern und hielt enge Verbindungen zur KPD, wenn sie nicht sogar zeitweise Mitglied dieser Partei war. Plötzlich im Sommer wechselt sie die Seiten und tritt in die NSDAP ein. Dennoch beherbergt sie in ihrer Schule viele Juden. So ist es nicht mehr hinzunehmen …

Wieder stand sie auf und warf den Federhalter auf den Schreibtisch. Sie musste jetzt sofort abbrechen. War das noch sie, die das schrieb? Konnte sie jetzt einfach aufhören? Nein! Und noch einmal nein. Das hier war zu einem Ende zu bringen. Dieses Mal wirksam. Dazu gehörte unabänderlich, dass sie alles aufschrieb, was sie wusste und beobachtet hatte. Sie musste nur aufhören, dabei an Else und Erwin zu denken.

Abermals setzte sie sich hin und schrieb weiter:

So ist es also nicht mehr hinzunehmen, dass sie in ihrem Institut ein unsauberes Verhalten weiter unterhält oder duldet. Zu allem Übel pflegt Frau Habenicht innige Kontakte zu Ada Lessing und verkehrte mit sehr vielen Juden. Ihre Geliebte Frau Bragge ebenso. Diese betrieb es so innig, dass sie beinahe eine verheiratete Frau ihrer Familie entzogen hat!

Vera hieß sie doch, diese Frau, oder? Lotte setzte den Füller ab und überlegte. Das war zwar schon lange her und ein Gerücht, aber jetzt war ohnehin alles egal. Das musste reichen. Sie setzte den Schlusspunkt und formulierte den letzten Satz:

Es ergeht an Sie die Bitte, zu diesem unsauberen Treiben Stellung zu nehmen, mit besten Grüßen,
Heil Hitler, Ihre Frau …

Und nun? Mit ihrem Namen könnte sie nicht unterschreiben. Dieser Brief musste anonym eingehen. Oder besser noch, mit einem Decknamen. Vielleicht Käthe. Ja, Käthe musste ihn abschreiben. Wirklich Käthe? Lotte zögerte noch bei dem Gedanken. Wer aber sonst? Sie könnte ihr Geld anbieten. Das brauchte das Mädchen dringend nach dem Auszug aus der Berckhusener Straße. Lieselotte musste sich nur ihres absoluten Stillschweigens versichern. Das wäre nicht so schwer. Den Willen dazu brachte das Mädchen sicher auf. Nur ihre Klatschsucht könnte zum Verhängnis werden. Aber Käthe wäre ruhigzuhalten mit der Androhung der Preisgabe ihres Geheimnisses, nämlich, unter welchen Umständen sie schwanger geworden war. Das wusste nur Lotte. Und sie hatte kein Bedürfnis, es jemandem anzuvertrauen, so charakterlos war es gewesen. Aber diese Drohung lag unter ihrer Würde. Vielleicht sollte sie Käthe ganz in die Ausbildung aufnehmen. Es würde sich lohnen. Sie faltete den Brief zusammen, steckte ihn ein, löschte das Licht und ging zu Bett.

63

„Es ist nicht gut. Aber es ist, wie es ist."

Abermals saßen sie zu dritt am Tisch. In der Küche, an dem Ort, an dem es herausgekommen war. Gleich am nächsten Tag hatte Lieselotte es verlangt. Erwin war in der Früh nach Hause gekommen. Er sah nicht nach einer durchzechten Nacht aus.

„Das Kind von …", sagte sie und stockte, „… von euch, also …"

Sie musste sich zusammennehmen. „Es ist, wie es ist. Wir dürfen auf keinen Fall auseinanderbrechen, jetzt, wo alles, wo die ganze Welt …"

Else stürzte auf sie zu, umarmte sie, weinte. Erwin zog an seiner Zigarette und schaute sie ungläubig an – fast so wie damals, nach den Geschehnissen in der Roten Mühle. Misstrauisch wirkte er, als würde er ihr die Ruhe nicht glauben. Obwohl – so ruhig war sie gar nicht. Nur seit sie den Brief verfasst hatte, war der Groll auf Else und Erwin erträglicher geworden. Eine Ahnung war da, dass alles gut werden würde. Heute Nacht hatte sie alles unternommen, um ihre kleine Familie zu schützen. Nichts anderes waren sie jetzt. Eine Familie.

Der Brief war geschrieben, mit einem Umschlag versehen und einer vier Pfennigmarke beklebt worden. Er wartete oben in ihrem Wäscheschrank. Käthe war die einzige, die Lotte eingeweiht hatte.

Auf das Mädchen konnte sie zählen. Das schlechte Gewissen, das sie gestern noch geplagt hatte, war einer klaren, aufgeräumten Stimmung gewichen. Nichts Falsches hatte sie getan. Nur Notwendiges. Es war alles wahr, was über Berta in dem Schreiben stand. Das chamäleonhafte Gebaren, die besondere Neigung zu Ada Lessing, Bertas Machtgier. Auch, wenn sie Erwin und Else Marie davon nichts erzählte, so war sie sich sicher, dass zumindest Erwin hinter ihrer Radikalität stehen würde, Juden und Kommunisten ins Feld geschickt zu haben. Sie hatte ja niemanden namentlich denunziert, außer der Lessing, und die war über alle Berge und sowieso schon Opfer der Umstände geworden. Und wie oft hatte Erwin von Opfern gesprochen, die gebracht werden mussten? Sie hatte mit den legetimen Mitteln der Kommunisten gekämpft. Es wäre sicher in seinem Sinne. Eine Feindin Verleumdungen auszusetzen, die ihm und Else den Kopf hätten kosten können, war Kriegstaktik.

Berta hatte ihr den Krieg erklärt. Sie musste sich verteidigen. Mit allen bescheidenen Mitteln, die ihr zur Verfügung standen. Weder hatte sie viel Geld noch besaß sie Einfluss, und sie unterhielt auch nicht die Beziehungen, auf die die Habenicht zurückgreifen konnte. Sie hatte nur dieses eine Mittel: das Wissen um Bertas Verderbtheit.

Auch Erwin arbeitete illegal. Immer seltener weihte er sie ein. Illegalität hatte ihre eigenen Regeln, und dazu gehörte, dass niemand zu viel erfahren durfte. Käthe genügte. Als Mitwisserin war sie für das Ziel, Berta auszuschalten, unumgänglich.

All das ging Lieselotte durch den Kopf, während sie Else im Arm hielt, deren Schluchzen an ihrer Schulter langsam verebbte.

„Ich werde Zeit brauchen“, sagte Lotte.

Erwin nickte. Seine Miene war mild. Als hätte ihn die durchwachte Nacht, die er sich in den Straßen Hannovers um die Ohren geschlagen hatte, weich gemacht. Plötzlich kamen ihr Almut, Winfried und Elses Eltern in den Sinn. Von ihrer eigenen Mutter ganz zu schweigen.

„Wir müssen uns eine Geschichte dafür ausdenken“, forderte sie. „Ich möchte nicht, dass mehr als wir drei Bescheid wissen. Ist denn schon etwas zu sehen?“ Die Frage beantwortete sich von selbst, als sie an Else herunterschaute, die ihr Kleid nach hinten zog, so dass sich der graue Stoff über ihren Bauch straffte. Unerheblich, dachte sie. Else war rank und schlank wie noch nie.

„Ich bin erst am Anfang des fünften“, sagte Else. „Der Arzt sagt, mein Gewebe wäre sehr straff. Zu durchtrainiert. Ich hätte eine schmerzhafte Geburt vor mir.“

„Gut, dass wir Herbst haben und der Winter kommt. Du kleidest dich locker. Das verschafft uns einen Vorsprung zum Nachzudenken. Lasst uns am Ende der Woche zusammenkommen. Ich muss jetzt weg, etwas erledigen."

Erwin trat auf sie zu und hob seinen Arm. Sie kannte die Geste, er wollte sie an der Schulter berühren. Freundschaftlich.

„Jetzt nicht", sagte sie zu ihm. „Ich muss los."

Alles war gesagt. Sie ging aus der Küche. Dann begab sie sich in ihr Schlafzimmer, schlüpfte aus dem Küchenkittel und zog sich festlich an. Die Handschuhe, die Erwin ihr zur Verlobung geschenkt hatte, wirkten so rein wie am ersten Tag. Der Mantel, den sie vor drei Tagen aus der Reinigung geholt hatte, roch wie neu. Mit einer leichten Geste schlang sie das taubenblaue Seidentuch, das Aenne ihr zum Geburtstag geschenkt hatte und das so gut zu ihren Augen passte, um den Hals. Der Himmel draußen war blau, und der kleine Brief sah unschuldig aus, als sie ihn unter dem Wäschestapel hervorzog. Sie lief die Treppe hinunter, trat ins Freie und atmete tief ein.

Manchmal kann man den Herbst nicht vom Frühling unterscheiden, dachte sie. Die Luft fühlte sich an wie nach einem langen Winter. Die Sonne strahlte und der Wind war frisch. Beschwingt trat Lotte aus dem Haus und lief die Lange Laube hinunter. Dann nahm sie die Elektrische und fuhr drei Stationen. Hinter dem Bahnhof stieg sie aus, in der linken Hand den Umschlag, in der Rechten den abgelaufenen Fahrschein. Sie lächelte einem Buben zu, der sich über das Trudeln der Fahrkarte freute, die sie mit elegant lässigem Schwung in die Luft warf.

Zügigen Schrittes näherte sie sich einem blauen Postkasten. Eilige Passanten kreuzten ihren Weg, während sich das Kreischen der Straßenbahnräder in der Ferne verlor. Die Luft war gesättigt vom Duft der Auspuffgase. Dem Geruch der Zukunft. Ihrer Zukunft. Einer Zukunft ohne Berta. Das Licht der Herbstsonne blendete sie, und eine milde Kühle drang durch den Stoff ihrer Handschuhe, als sie den Briefkasten erreichte. Wirklich wie im Frühling, wunderte sie sich noch einmal. Die Vorosterzeit war doch stets ein Beginn in meinem Leben.

Der Junge beobachtete sie noch immer. Schwarz kündete die Schrift im Fenster des blauen Kastens die nächste Abholung an. *Sonntag, sieben Uhr dreißig.* Inmitten des Straßenlärmes reihte sich das metallische Zuschlagen der Briefklappe in all die flüchtigen Geräusche ein. Den Jungen im Blick behaltend, deutete Lieselotte einen höflichen Diener vor dem Postkasten an und gab dem Dach einen Klaps zum Abschied. Das Kind lachte über ihre kleine Vorstellung, und sie winkte fröhlich zurück. Nun musste sie noch bei ihrer Mutter vorbei, wenigstens einmal nach ihr sehen.

Erstaunlicherweise verspürte Lieselotte heute eine seltsame Sehnsucht nach dieser kalten und mageren Frau. Nach all dem, was in den letzten Tagen geschehen war, fühlte sie sich ihr verbundener als je zuvor. Sie hatten sich nicht verabredet, aber es war Samstag. Oft schaute sie an diesem Tag vorbei. Ein wenig Zeit blieb ihr also noch, bis die Mutter vom Markt nach Hause kommen würde. Lotte besaß einen Schlüssel und nahm sich vor, sie zu überraschen. Vielleicht könnte sie die Wohnung einheizen und einen Bohnenkaffee kochen, den sie eingepackt hatte. Inständig hoffte Lotte, ihre Mutter würde nicht wieder nach der Brosche fragen.

Es war ein so schöner Tag. Noch einmal blieb sie stehen und stellte sich vor, es wäre Frühling. Dann entschloss sie sich zu einem kleinen Spaziergang statt der Elektrischen. Nach einer halben Stunde betrat Lotte das kühle Backsteinhaus ihrer Kindheit mit den roten Klinkern, eilte die Treppen hoch und sperrte die Wohnungstür auf. Es roch noch immer wie damals. Nur der strenge Geruch des Vaters fehlte. Schon lange. Die Strahlen der frühen Nachmittagssonne fielen durch die geputzten Fensterscheiben und wie damals tanzten sie auf den Dielen. Der Baum vor dem Fenster war groß geworden und es schafften auch nur noch vereinzelte Strahlen, sich durch die Lücken der Äste zu brechen. Nein, dachte Lotte, sie tanzen ja gar nicht; ruhig und gespannt liegen sie da wie die Saiten eines goldenen Instrumentes. Die Rahmen der Fenster waren abgeblättert und brauchten einen neuen Anstrich. Das Braun unter dem Weiß erinnerte an Altersflecken.

Fröstelnd schlang sie ihre Arme um den Körper. Vielleicht sollte sie ihren Mantel wieder anlegen. Offenbar hatte ihre Mutter weder nachts noch morgens geheizt. Sie lebt noch sparsamer als ich, dachte Lotte. Den einzigen Luxus, den Henny sich zugestand, fand sie wohl bei Pelikan, ihrem neuen Arbeitgeber. Sogar eine Bibliothek haben wir da, hatte ihr Henny stolz erklärt. Lieselotte fragte sich, warum sie das so betonte, denn ihre Mutter las doch gar nicht.

Kurzerhand beschloss sie, mit dem Heizen noch ein wenig zu warten, und schlenderte durch die winzige Dachgeschosswohnung – einem Museum ihrer Vergangenheit. Noch immer gab es keine Toilette, noch immer befand sich das Abort eine halbe Treppe unter ihr, und auch das Doppelbett stand genauso wie vor Jahrzehnten zurechtgemacht. Die leere Seite, auf der der Vater auch gestorben war, hatte sie mit einem glatten Laken bezogen und mit Zudeck und Kissen bedeckt. Über allem lag eine alte, mehrfach geflickte Tagesdecke. Nur sehr wenig hatte sich verändert. Lediglich die verblichene Reproduktion einer blumigen Gebirgslandschaft über dem Bett fehlte. Stattdessen blickten die dunklen Augen des Führers auf sie herab.

Lotte schlenderte weiter. Überall in der Wohnung fand sie kleine Andenken; Zeichen der Verehrung der Mutter für den neuen Reichskanzler. Stifte mit winzigen Hakenkreuzen, Kissenhüllen rot-weiß-schwarz bestickt, kleine SA-Püppchen und Teddys mit Armbinde und sogar eine Haarspange und eine Zigarrenkiste mit dem Nazi-Emblem lagen auf dem Bord im Flur. Rauchte ihre Mutter neuerdings?

Sie öffnete die Kiste. Keine Zigarren, dafür aber eine Zigarettendose. Nachdenklich betrachte sie die Blechschachtel mit der Prägung „Kaiserpreis". Oder gab es einen neuen Verehrer? Lotte lächelte, ganz sicher würde sie nicht danach fragen. Amüsiert legte sie die Dose zurück und beschloss, zwei Eimer Kohlen aus dem Keller zu holen.

Nachdem das Holz loderte und die Kohlen langsam Glut fangen, setzte sie sich in die Küche und schob ihre Hände in die Manteltaschen. Hier an diesem Tisch hatte sie so viele Jahre gesessen, ihre Schularbeiten gemacht, Schönschrift geübt, davon geträumt, einmal etwas Besseres, etwas Schöneres zu werden, besonders, wenn der Vater sie aus seinen stumpfen Augen angesehen hatte. Hier an der kurzen Kante des Tisches wartete sie einst ungeduldig auf Tante Almut und ihren Fliederseifenduft. Lange hatte sie das zwiespältige Lächeln ihrer Mutter nicht verstanden, wenn ihr die Patentante ein Stück Schokolade oder ein neues Unterhemdchen mitgebracht hatte. Richtig warm geworden waren die beiden Frauen ohnehin nie miteinander. Die Freundschaft der Familien war über die Männer entstanden. Vor dem Krieg. Alles andere hatte sich dann aus Almuts traurigem Verlangen heraus entwickelt, sich um was Kleines zu kümmern, das sie selbst nicht haben konnte.

Im Grunde hatte Tante Almut ihrer Mutter auch noch das letzte Kind genommen. Vielleicht schlich sich deshalb dieser missgünstige Tonfall in Hennys Stimme, wenn sie über Almut sprach.

Langsam wurde es warm. Lotte stand auf und verriegelte die Klappe. Ein Blick auf die Küchenuhr verriet, dass ihre Mutter gleich kommen müsste. Sie erhob sich und schaute aus dem Fenster. Tatsächlich erblickte sie die schmale Frau unten auf dem Gehweg. Lotte lächelte. Mit ihren kleinen, harten Schritten lief sie genau in der Mitte des Trottoirs. Kurz überlegte sie, das Fenster zu öffnen und ihr entgegenzuwinken, ließ es dann aber. Wenige Augenblicke später hörte sie bereits den Schlüssel im Schloss und einen verdutzten Ausruf. Dann erkannte Henny offenbar die Schuhe ihrer Tochter neben der Fußmatte und rief durch die Wohnung.

„Ja, ich bin's", erwiderte Lotte und trat aus der Küche. Die Augen ihrer Mutter weiteten sich. Sie schien sich zu freuen.

„Ich habe geheizt", sagte Lotte zur Begrüßung.

„Schön, schön", erwiderte Henny. In ihrer Wartezeit hatte Lieselotte einen Kaffee aufgesetzt. Der Duft zog bereits durch die Wohnung und Henny schnupperte mit gereckter Nase. Wie eine Maus sah sie aus. Wieder blitzten ihre Augen freudig. „Bohnenkaffee?", fragte sie beschwingt. „Willst du mir etwas Besonderes sagen?"

„Nein", erwiderte Lotte, „wie kommst du denn darauf?" Noch im selben Moment fiel ihr auf, wie ihr kleiner Überraschungsbesuch auf Henny wirken musste.

„Na dann", erwiderte die Mutter und legte ihren Mantel ab. Erneut musterte sie neugierig Lieselottes Aufputz.

„Ich war vorhin bei einer Kollegin wegen ein paar neuer Richtlinien vom Amt und dann dachte ich, ich schau kurz bei dir vorbei."

„Vom Amt?"

„Ja, nichts Besonderes. Aber notwendig."

Henny hakte nicht weiter nach.

„Wie geht es denn mit deiner Arbeit?", fragte Lotte, während sie zwei Tassen Kaffee einschenkte.

„Ich hatte nie eine Bessere", erwiderte die Mutter. „Selbst vor dem Krieg nicht." In kleinen, emsigen Schlucken nippte sie an ihrem Kaffee und ihre Augen wanderten ständig zur Küchenuhr, deren Mittelpunkt ebenfalls ein Hakenkreuz zierte.

„Wo hast du nur all dieses Zeug her?", fragte Lieselotte. „Gekauft? Es scheint dir ja gut zu gehen."

„Ja, das tut es", erwiderte Henny stolz. „Ich kann mir endlich wieder etwas gönnen. Aber das da …", sie nickte in Richtung ihrer schwarz-weiß-roten Häkelarbeit, „… ist ja jetzt schon wieder verboten worden."

„Verboten?"

„Man darf die Embleme nicht mehr zum Dekorieren nehmen. Ich hab sogar schon drei Rollen Einwickelpapier wegwerfen gemusst. Ein Jammer. Aber sie haben ja recht, es profaniert den Ernst der Sache."

Profaniert? Solche Worte aus dem Munde ihrer Mutter klangen grotesk. „Hauptsache, es geht dir gut."

„Ja, durchaus."

„Warum schaust du dauernd auf die Uhr? Musst du noch weg?"

Henny schüttelte den Kopf und nippte wieder an ihrem Kaffee.

„Vielleicht werd ich bald meinen allerersten Urlaub antreten", sagte sie. „Auf einem Kreuzfahrtschiff. Auch ich kann dann endlich reisen." Wieder leuchteten ihr Mäuseaugen. Es funkelte eine Lebendigkeit aus ihnen, die Lotte noch nie zuvor gesehen hatte.

„Das ist aber schön!"

„Ja", entgegnete Henny. „Dass ich solch schöne Zeiten noch erleben kann. Ich weiß nicht, wie lange ich es noch mach. Vielleicht ist in ein paar Jahren alles vorbei."

„Bist du etwa krank?"

„Nein", sagte Henny, „Nur alt. Ich geh ja auch keinen Arzt besuchen. Konnten uns ja noch nie helfen."

Lotte verkniff sich den Einwand, dass sie als kleines Mädchen nach dem Brand ohne die Hilfe der Ärzte wohl nicht überlebt hätte.

„Und du fährst dann ganz allein auf so einem großen Schiff mit?", fragte sie stattdessen.

„Ich bin ja nicht allein. Ein paar von den Köchinnen kommen noch mit und welche aus der Farbenabteilung."

„Wie schön", erwiderte Lieselotte noch einmal und meinte es ehrlich. Ihre Mutter war Ende fünfzig. Warum sollte sie nicht endlich in ihrem Leben einmal etwas anderes sehen als die vier Wände oder die verschmierten Kacheln der Betriebsküche? Sie gönnte es ihr so. Deshalb sagte sie auch nichts mehr über den unerträglichen schwarz-weiß-roten Plunder. Es ging sie nichts an. Ihre Mutter hatte ein Leben lang geschuftet. Jetzt sollte sie auch ein wenig leben dürfen.

„Schreibst du mir eine Karte?"

„Du weißt doch, ich schreibe gar nicht gerne", erwiderte ihre Mutter.

„Nur drei Worte", bettelte Lotte. „Ein ‚Ich war hier' reicht mir doch schon!" Sie legte ihre Hand auf Hennys knotige Finger. Überraschenderweise ließ die Mutter sie gewähren.

„Ich freue mich so auf Sonne und das viele Wasser bis zum Horizont", sagte sie. „Ich hab ja noch nie in meinem Leben das Meer gesehen."

„Ja."

„Du ja schon. Erst in Hamburg und dann damals bei deiner Ausbildung, wo ihr zu der Sommerschule gereist seid. Sommerschule war so ein schönes Wort."

„Hattest du mich beneidet?"

„Nein. Ich war froh, dass du ..." Sie stockte.

„Dass ich weg war?" Lotte lachte besänftigend.

„Nein, Nein. Dass du geschafft hast, was die andern nicht geschafft haben bei uns. Bei unserer Familie", sagte Henny leise. „Das gibt meinem Leben einen Sinn. Ein anderer ist ja nicht mehr da."

„Aber nun fährst du ja auch ans Meer", versuchte Lotte die leise Traurigkeit zu vertreiben.

„Ja", erwiderte Henny. „Hauptsache, ich geh nicht unter."

Sie hatten ihren Kaffee fast ausgetrunken. In der Küche breitete sich eine wohlige Wärme aus, aber Lotte wollte wieder fort und ihre Mutter schien darüber sogar erleichtert zu sein. Nach weiteren Blicken auf die Uhr war sich Lotte ziemlich sicher, dass Henny noch einen Termin hatte, von dem sie ihr nichts sagen wollte. Es ist ihr Leben, dachte sie noch einmal, und das ist ihr gutes Recht. Und ich gehe jetzt zurück in meines.

„Besuchst du noch Vaters Grab?", fragte Henny beim Abschied.

„Natürlich", erwiderte Lotte. Ihre Mutter huschte noch einmal zurück in die Küche. Dann kam sie mit einem Windlicht zurück. „Kannst du das tauschen?", bat sie.

„Sicher." Sie nahm das Glas und musterte es.

„Es ist das letzte, was ich noch bekommen konnte. Die Friedhöfe werden sie schon nicht kontrollieren", sagte Henny verhalten.

„Bestimmt nicht", erwiderte Lieselotte und ließ das Grablicht mit dem Hakenkreuzaufdruck in ihrer Tasche verschwinden. „Sie interessieren sich nur für die Lebendigen."

„Auf Wiedersehen, mein Kind", sagte Henny.

„Auf Wiedersehen!", antwortete Lotte überrascht. Die letzten beiden Worte klangen ungewöhnlich aus dem Mund ihrer Mutter.

Es begann am Hinterkopf. Am Schädelbasisknochen. Von dort aus rieselte es ihre Halswirbelsäule und den Nacken hinunter. Eine Armee winziger Ameisen, die hinabperlten, statt zu krabbeln, und die wie Bläschen zerplatzen. Diesen Bläschen entströmte ein lähmendes Gift, das sich auskristallisierte und sich als Kralle langsam in ihren Rücken und bis hin zum Brustkorb schob. Richtung Herz.

Angestrengt versuchte Lotte zu atmen. Flach. Sie musste raus aus ihrem Bett. Reglos hockte sie zwischen ihren Kissen, die nackten Beine über der Bettkante. Es half nichts. Noch mehr Angst stieg auf. Wie vom Teufel besessen atmete sie, aber die Luft sättigte sie nicht, und je mehr und je schneller sie sie einsog, umso weniger schien der Sauerstoff zu werden. *Du musst atmen, Kind, atmen!,* hallten wie von fern Bertas Worte durch ihr schwindendes Bewusstsein. Und wie zum Hohn halfen sie ihr in all der Panik und dem Chaos, die Besinnung zu behalten. Ihre Lungenflügel besänftigten sich, pumpten langsamer und langsamer und gaben dem wilden Drang nach Sauerstoff Raum. Und mühsam, Stück für Stück, begann sie aus der Angst herauszufinden und kam zur Ruhe.

Erschöpft und schweißnass fiel sie in ihr Kissen zurück. Was war das? Neben ihr regte sich Erwin. Sie griff nach seiner Hand. Warm war sie.

„Du hast geweint im Schlaf", murmelte er leise und richtete sich auf.

„Ein Alptraum", erwiderte sie. Die Angst, dic Luft würde ihr erneut wegbleiben, hallte wie ein Echo in ihr nach.

„Es tut mir leid, was passiert ist", sagte Erwin und hielt ihre Hand. Seine Wärme tat gut. Sie erwiderte den Druck.

„Ich kenn mich einfach nicht mehr aus", sagte sie. „Ich habe gerade gedacht, ich müsste sterben."

Erwin rückte dicht an sie heran. Die Decke behielt er zwischen Lotte und sich. Über dem Berg aus alten Daunen hinweg schob er seinen rechten Arm, drehte sich auf die Seite zu ihr und umarmte sie fest. „Du bist so stark, Lotte, du bist die Letzte, die stirbt."

Eine Stunde lagen sie so zusammen, dann dämmerte es vor dem Fenster. Beide hatten keinen tiefen Schlaf mehr finden können. Erwin war der Erste, der aufstand. Lautlos schlüpfte er aus dem Bett, und sie hörte ihn das Frühstück machen. Sie fühlte sich matt. Langsam erhob auch sie sich, warf sich etwas über und trottete in die Küche. Auf der Leine, die sie gestern vor dem Fenster gespannt hatte, hing noch die Wäsche. Der Anblick der weißen Hemden stimmte sie heiter, fast leicht fühlte es sich an, jedes Mal ein bisschen mehr, wenn sie hinsah.

64

Dorothea hielt zwar noch innerlich die Zügel in der Hand, aber sie fragte sich, wie ihr das in Anbetracht der Lage eigentlich gelang. Weinend wie ein kleines Mädchen, hockte Berta seit einer halben Stunde keine zwei Meter von ihr entfernt. Zusammengesunken und bebend. Die Vorladung lag zwischen ihnen auf dem kleinen Tisch. Im Laufe der letzten zwanzig Minuten war unter Bertas erschütterten Lauten der robuste Panzer von ihr abgefallen und ein zitterndes Wesen kam zum Vorschein. Beruhigend legte Dorothea ihr wieder und wieder eine Hand auf die Knie.

„Scht“, sagte sie besänftigend und wie zu einem Kind. Etwas anderes ließ Berta nicht zu. Bei dem Versuch, sie zu umarmen, war Dorothea auf das Heftigste weggestoßen worden. Sie hatte es hingenommen. Immer, wenn Berta schwach wurde, was äußerst selten der Fall war, passierte etwas Merkwürdiges in Dorothea. Wie durch eine geheime Kraft begann sie dann zu erstarken. Ihre Furcht verschwand immer in genau dem Augenblick, in dem Berta sich zu ängstigen begann. So wie jetzt. Eine ruhige, kraftvolle Gewissheit durchströmte sie. Vielleicht aber stand sie auch nur unter Schock, weil das Unfassbare, das Unbegreifliche eingetreten war.

Fast wie von fern sah Dorothea ihrer Gefährtin beim Weinen zu. Wie rein ihre Stimme plötzlich ist, dachte sie, wie viel wahrhaftiger als sonst, und darunter das dünne Mädchen, welches den Betrachter von den Fotos aus ihren alten Familienalben anblickt. Dieses zarte Ding in Schwarzweiß, das Nesthäkchen mit den viel zu großen Kniescheiben.

„Warum“, schluchzte Berta immer wieder, „warum?“ Wieder streichelte Dorothea ihre Knie und dachte: Warum fragen wir uns in ausweglosen Situationen eigentlich immer *warum*? Warum glauben wir, dass es einen Sinn für den Unglückschmerz geben soll? Es gibt keinen. Es ist so, weil es so geschieht, und es gibt doch nur eine Richtung, um zu leben.

Das Indiz des Verrates, der an ihnen begangen worden war, dieser Brief, der dort geöffnet vor ihnen auf dem Tisch lag, wies ihnen die Richtung. Nach vorne. Immer weiter.

Eine Woche noch. Der Termin der Vorladung lag auf den Punkt genau in sieben Tagen, nachdem Berta den Empfang des amtlichen Schreibens quittiert hatte. Sieben Tage, in denen sie an nichts anderes denken konnte, in denen sie sich niemandem anvertraute, noch nicht einmal ihrer Gefährtin. Einhundertachtunsechzig Stunden, die sie damit verbrachte, sich aufrechtzuhalten, um das Nötigste an ihrer Schule zu bewerkstelligen.

Einige Tage, bevor der unglücksbringende Brief der Gaugeschäftsstelle sie erreichte, war ihr die Leitung einer Kinderoperette übertragen worden. Bis Ende des Jahres musste das begonnene Werk der Daube-Gellert-Schule überarbeitet und fertiggestellt sein. Fräulein Dorn war von Herrn Gellert damit beauftragt worden, ihr die Aufzeichnungen der bereits geleisteten Arbeit sowie die Noten und alles, was schriftlich damit zusammenhing, mitzubringen. Er selbst verbot sich jeden Kontakt mit ihr. Erst in diesem Zusammenhang erfuhr Berta, dass Irma Dorn als Aushilfe in der Daube-Gellert-Schule eingesprungen war. Eigentlich hatte sie diesbezüglich mit ihr sprechen wollen, aber nun standen ganz andere Dinge im Vordergrund. Im Moment war es unerheblich, auf wessen Seite die Pianistin stand. Nur in einem war Berta sich sicher: wer hinter dieser Denunzierung steckte.

Sie hatte sich nicht geirrt, damals, als sie diesen blonden, schlanken Backfisch in ihrem Büro zum ersten Mal sah. Die Wölfin in Lieselotte Daubes Augen war nie ein Irrtum gewesen. Wie hatte Berta diese Angelegenheit nur derart entgleiten können! Sie hatte das Mädchen unterschätzt, sie hatte sich selbst Herkuleskräfte und ihrem Leben ein Riesenvertrauen zugeschanzt, aber besessen hatte sie nur Letzteres. Was für ein naiver Dilettantismus, den sie sich bezüglich Lieselotte Daube vorwerfen musste! Sie hatte versagt, hatte sich, ihre Schule und ihre Gefährtin nicht schützen können.

Dorothea hielt sich tapfer, aber Berta war unsicher, ob nicht der kleinste Windhauch genügen würde, sie ebenfalls zusammenfallen zu lassen. Es hatte gereicht, dass Dorothea sie so desolat erleben musste. Von nun an würde sie gezwungen sein, sich zusammenzunehmen, sonst bestand die Gefahr, auch noch Dorothea an den Nervenarzt zu verlieren.

Seit die jungen Hunde von der Elektrischen erfasst worden waren, war Dorothea ein Nervenbündel gewesen. Dass sie sich jetzt so wacker hielt, grenzte an ein Wunder. Berta musste diese eine Woche der Ungewissheit durchstehen, egal wie.

Berta tat also das, was sie immer tat. Sie stürzte sich in ihre Arbeit.

Am 3. Oktober begab sie sich um neun Uhr morgens aus dem Haus und ging in Richtung Gaugeschäftsstelle, die sich in der Dincklagestraße befand. Die Begleitung von Dorothea hatte sie rigoros abgelehnt. Erstens stärkte das nur den Verdacht, unter dem sie stand, und zweitens konnten sie beide im Moment einfach nur nebeneinander stark sein. So jedenfalls empfand es Berta. Jedes Gefühl, das sie zuließ, unterspülte ihre Kraft.

Während sie die Straße entlangging, dachte sie: Ich muss mich an einen Boden gewöhnen, der trittsicher scheint und verdeckte Löcher hat. Im schlimmsten Fall breche ich ein. Schon beim Gedanken daran verkrampfte sich Bertas Haltung. Ihr Schritt wurde hart und sofort stolperte sie. Kurz hielt sie inne, als sie plötzlich ein Unkraut zu ihren Füßen entdeckte. Der Anblick eines kleinen Dreifingersteinbrechs zwischen den aufgebrochenen Platten des Gehwegs tröstete sie und stimmte sie hoffnungsvoll. Das sekundenlange Innehalten und Betrachten des Krautes gab ihr neuen Mut. Unter den ausgehöhlten Löchern würde immer wieder neues Leben entstehen, sagte sie sich. Es würde weitergehen.

Lange stand Dorothea am Fenster und blickte ihr nach. Ich mache mir solche Sorgen, dachte sie. Andere beten zu Gott. Ich bete zu meiner Kunst, von der ich nicht einmal mehr weiß, ob sie mir wirklich hilft. Nur die Aussicht darauf hilft.

Und auch Dorothea tat, was sie immer tat, wenn etwas Unüberschaubares hereinbrach: Sie griff nach ihrem schwarzen Notizbuch und schrieb.

Nach einigen Seiten überhitzter Zeilen klappte sie ihr Buch zu, stand auf, ging zur Garderobe und zog sich an. Bernhardt Kahlbutz erwartete sie im Café Kröpcke. Nun teilten sie vermutlich dasselbe Schicksal.

65

Vor einem guten Jahr noch hätte das massive Gebäude in der Dincklagestraße erhabene und festliche Gefühle in Berta ausgelöst, aber nun wirkten die fünf Steinsäulen, die das kantige Portal mit der Aufschrift *Karl-Dincklage-Haus* trugen, bedrohlich. Vier Fahnen flatterten fröhlich im Wind. Mit eiserner Miene stiefelte Berta unter ihnen hindurch, drückte die schwere Eingangstür nach innen auf und begab sich in die dritte Etage. Im Treppenhaus roch es nach Scheuermilch und Essig.

Als sie das Büro des Gauleiters betrat, fiel mit einem Mal alle Anspannung von ihr ab. Sie war da, und sie würde funktionieren.

Sie würde tun, was zu tun blieb, und nichts würde passieren. Plötzlich spürte sie die zehnfache Energie in sich und eine stählerne Gewissheit. Es war wie in einem reißenden Strom, in den man sie hineingestoßen hatte und den sie nun mit aller Kraft durchschwamm.

„Guten Tag!“, sagte sie entschlossen, als sie den Raum betrat.

„Heil Hitler!“

Nur leicht zuckte sie zusammen. Noch immer hatte sie sich nicht angewöhnt, die gängige Begrüßungsformel zu benutzen.

„Heil Hitler“, ergänzte sie. Der diensthabende Gauleiter sah kurz auf und verwies sie mit einer knappen Armbewegung auf den Stuhl gegenüber seinem Schreibtisch. Berta setzte sich auf die äußerste Kante. Sprungbereit. Er fragte nach ihrem Namen und ihrem Geburtsdatum. Dann fingerte er mit einer ungeschickten Bewegung den Verräterbrief aus dem Umschlag, entfaltete ihn und räusperte sich.

Zum ersten Mal erblickte Berta das Original. Ein leiser Schauer durchlief sie. Natürlich, ein handgeschriebener Brief! Ohne dass der Gauleiter großartig Notiz von ihr nahm, begann er das Schreiben zu studieren. Wortlos. Das Schriftbild des Briefes ähnelte dem der Versschreiberin, so Berta das aus dieser Entfernung ersehen konnte. Spitze, dynamische Schwünge. Sie kannte den detaillierten Inhalt nicht. In der Vorladung waren nur einige markante Bezeichnungen gefallen. Es war bedrohlich, dieses Stück Papier auf einem offiziellen Schreibtisch zu sehen. Offenbar hatte der Mann sich einige Passagen markiert, die er auszugsweise vorlas. Von ihren sogenannten perversen Neigungen bis zu ihrem unzüchtigen Umgang mit ihr Untergebenen musste sie sich einiges anhören, und überdies war es schwer, den massigen Beamten zu verstehen. Beim Sprechen bekam er das Gebiss nicht auseinander – eine Fehlstellung der frontalen Schneidezähne. Säuerlich wehte sein Atem zu ihr herüber. Die halbleere Kaffeetasse stand in seiner Reichweite, dicht an der Schreibtischkante. Eine ungeschickte Bewegung, und sie würde hinunterfallen.

Seine Kiefer bewegten sich kaum, und die Worte blieben halbzerkaut in seinem Mund, bis sie undeutlich herausdrängten. Dieser Mann, von dem alles für sie abhing, hockte da wie eine unbeholfene Masse. Eine seltsame Aura von Arroganz haftete ihm an, die sie beunruhigte. Ein Hamsterkarpfen, dachte sie verächtlich, um sich von seinem Einschüchterungsversuch abzulenken. Während er redete, beobachtete sie sein Gesicht. Es wiedersprach jedem Schönheitsempfinden.

Plötzlich unterbrach der Gauleiter sein Lesen, legte den Brief beiseite und begann nach etwas zu suchen. Sein Hals war starr, und sein Kopf schien keine Verbindung zum Rest zu haben. So einer kümmerte sich nicht um eine gute Linienführung, dachte sie. Seine Linientreue bezieht sich auf anderes. Die Position verlieh ihm genügend Macht, Berta ohne Weiteres fertigzumachen. Dieses Stumpfe durfte nicht siegen. Niemals.

Kurz schloss sie die Augen. Seine Gestalt widersprach so sehr dem Idealbild eines gesunden Deutschen. Aber was nützte ihr schon die Ironie des Schicksals? Was konnte sie von so einem erwarten? Was befürchten? Ihr guter Körperblick war Fluch und Segen zugleich. In diesem Fall hätte Berta es vorgezogen, weniger über seinen Charakter zu erfahren. Die Einsicht raubte ihr den Mut. Endlich hatte der Mann gefunden, was er suchte, und las ein paar Sätze aus dem letzten Teil des Briefes vor. Angespannt ließ sie seine Anschuldigungen über sich ergehen.

Schließlich war er mit dem Verlesen fertig und starrte sie an. Schweigend. Was erwartete er? Panik stieg in ihr auf. Was hatte sie zu tun? War es klüger zu schweigen, oder sollte sie in die Verteidigung gehen? Sekundenschnell versuchte Berta die passende Entscheidung zu treffen. Dieser Typ Mensch war bequem. Sicherheitsversessen. Er schätzte es, in seinem warmen Büro zu hocken und Unruhe zu vermeiden. Tat seine Pflicht. Selbstgerecht. Kleiner Horizont. Auf irgendeine Weise musste es ihr gelingen, ihn rasch für sich zu gewinnen. Ein wie auch immer gearteter Kampf mit diesem trägen Koloss wäre sinnlos.

„Sagt Ihnen der Name Erna Sturm etwas?“, brach der Gauleiter das Schweigen.

„Nein“, erwiderte Berta wahrheitsgemäß.

„Das haben wir uns bereits gedacht“, entgegnete er und reichte ihr den Briefumschlag über den Tisch. Sie musste dazu aufstehen, denn das Möbelstück war ein Monstrum.

Was hatte er sich bereits gedacht? Dass sie eine Erna Sturm nicht kannte oder dass sie sowieso rein gar nichts zugeben und alle seine Fragen mit einem Nein beantworten würde?

„Uns auch nicht“, beantwortet er ihre Gedanken. „Es gibt sie nicht. Zumindest das konnten wir mit hundertprozentiger Gewissheit feststellen. Was wir allerdings nicht feststellen können, und deshalb haben wir Sie vorgeladen, sind die Ihnen unterstellten, delikaten Belange.“ Jetzt, da er frei mit ihr sprach, blitzte etwas in seinen Augen auf, was Berta an die Jagdlust einer Katze denken ließ, die mit einer Maus spielte.

„Da gibt es auch nichts festzustellen“, erwiderte sie verbindlich. „Es ist reine Zeitverschwendung, sich mit so etwas zu befassen, und sicherlich haben Sie Wichtigeres zu tun.“ Ihre kühle Höflichkeit enttäuschte offenbar sein Jagdfieber. Vermutlich hätte er sie gern mehr in die Enge getrieben. Vielleicht sollte sie sich eine winzige Spur devoter zeigen, um sein kleinliches Gelüst zu befriedigen und schnellstmöglich diesem Gefängnis zu entkommen.

„An Frau Dorothea Bragge ist ja ebenfalls ein Schreiben gegangen.“ Überrascht blickte sie auf. Dorothea war angeschrieben worden und hatte ihr nichts davon gesagt? Nun hatte der Fette endlich das, was er wollte: sie in einem unbeherrschten Moment aus der Reserve locken. Genau da setzte er an. „Wie steht es nun mit Ihrer Beziehung zu Frau Lessing?“

Innerlich atmete sie auf. „Sie war rein beruflicher Natur, zwangsläufig, da wir aufgrund unserer Geschäftsbeziehungen eng zusammenarbeiten mussten. Allerdings weiß ich nicht, wo sich Frau Lessing im Moment aufhält.“ Berta war wieder im Lot. Diese Sätze hatte sie sich zu Hause zurechtgelegt.

„Bedauern Sie, was mit ihrem Mann passiert ist?“, erkundigte sich der Gauleiter, ohne Luft zu holen. Auch mit dieser Frage hatte sie gerechnet.

„Einer ehrlich liebenden Ehefrau wird der Verlust ihres Gatten immer Schmerzen bereiten, ganz gleich, aus welchem Grund er ihr fortgerissen wurde. Aber da ich selbst nicht verheiratet bin, kann ich diesen Verlust nicht nachvollziehen. Als Frau hat sie natürlich meine Anteilnahme.“

„Haben Sie denn Frau Lessing gegenüber Ihr Beileid würdig äußern können, so als … Frau?“, fragte er süffisant.

„Wie schon erwähnt, ich weiß nicht, wo sie sich im Moment aufhält. Unsere Verbindung ist seit dem Frühsommer dieses Jahres kontaktlos abgebrochen.“

„Sie haben *Linksran!* unterstützt?“, wechselte der Dicke plötzlich das Thema. Sie blickte ihn ohne Regung an.

„Ein paar ausgeschiedene Seminaristinnen haben sich nach Beendigung ihrer Ausbildung bei mir aus meiner Requisitenkammer bedient. Wir haben nur einmal im Jahr Inventur, deswegen habe ich es nicht rechtzeitig bemerkt. Außerdem ist es kein großer Verlust gewesen. Dies alles geschah ohne mein Wissen.“ So hatte sie es sich zurechtgelegt. Bitter bereute sie ihr damaliges Engagement.

„Waren Sie, bevor Sie in unsere Partei eingetreten sind, in der kommunistischen?“

„Nein!“, begehrte Berta ehrlich auf, und das entsprach der Wahrheit. Wie viele ihrer Kolleginnen hatte sie eine Zeit lang im linkskulturellen Umfeld agiert, aber eingetreten war sie nie.

„In Ihrer Schule unterrichten Sie Jüdinnen.“ Das war eine Feststellung. Auf diesen heikelsten aller Vorwürfe hatte Berta schon gewartet.

„Ja“, erwiderte sie.

„Warum ist das noch nicht bereinigt?“ Sie biss sich auf die Lippen, und er fuhr fort: „Es lässt an Ihrer Einstellung zweifeln und nimmt Ihnen die Möglichkeit, künstlerisch aufzutreten, wie Sie vielleicht wissen?“

„Ich bin mit den Schülerinnen noch im Gespräch“, warf sie ein.

„Im Gespräch, im Gespräch!“, höhnte er. „Mit Juden im Gespräch! Was soll ich davon halten? Aber vielleicht ist ja doch etwas dran, an der Behauptung, dass zumindest Ihre …“, wieder machte er eine süffisante Pause, „… Sekretärin, das Fräulein Bragge, mehr als nur Gespräche mit den Jüdinnen sucht?“

Sie ignorierte diese Anspielung und blieb bei ihrer Antwort. „Ich bin mit den Seminaristinnen im Gespräch, weil sie sowieso vorhatten, meine Schule zu verlassen. Es sind genau zwei Mädchen, um die es sich handelt. Ihre Familien beabsichtigen schon seit einiger Zeit, ihren Wohnort zu wechseln. Sie finden die Folkwang-Schule in Essen attraktiver. Außerdem, Sie müssen verstehen, mein Ausbildungsjahr muss durch eine Finanzierung gesichert sein. Was die Neuaufnahmen betrifft, ist das natürlich etwas anderes“, schloss sie, versuchte ein freundliches Lächeln und hoffte, er würde das Zittern ihrer Mundwinkel nicht bemerken.

„Sie scheinen Feinde zu haben?“

„Wer hat das nicht?“, erklärte sie schulterzuckend. „Jedes erfolgreiche System hat seine Widersacher.“ Sie wagte ein weiteres Lächeln. Der Gauleiter musterte sie interessiert.

„Bis auf Weiteres sind wir heute fertig“, sagte er schließlich. Wie versteinert hockte Berta auf ihrem Platz in Erwartung eines letzten verbalen Angriffs, aber es kam nichts. Der Mann schob die Papiere auf seinem Schreibtisch zusammen, und ein Blick auf die Uhr verriet ihr, dass sie mit ihrer anfänglichen Einschätzung Recht behalten hatte. Es schlug zwölf. Mittagspause. Diese männliche Masse hatte Hunger. Vielleicht rettet ihr das den Kopf.

„Heil Hitler“, sagte sie zum Abschied und der Mann nickte.

„Heil Hitler!“

Als sie das Gebäude verließ, war ihr zwar nicht leicht zumute, aber immerhin hatte sie wieder das Gefühl, ihr Kopf ragte so weit aus dem Wasser, dass sie einigermaßen atmen konnte.

Bis zum Hals, dachte sie.

„Er war hässlich“, war das Erste, was sie zu Dorothea sagte, als diese ihr den Mantel abnahm. Dann schauten sie sich an und Dorothea sah: Berta war wieder zurückgekehrt. Sie nahmen sich lange in den Arm.

„Lass uns hineingehen“, schlug Dorothea vor, und sie begaben sich in den Salon. In knappen Sätzen berichtete Berta über das „Verhör“ – wie Dorothea es nannte.

„Es war lediglich eine simple Befragung“, spielte Berta die Sache herunter, „und ich glaube wirklich, wir sind aus dem Schneider. Bring mir bitte einen Campari.“ Nichts tat Dorothea lieber. Normalität kehrt wieder ein, dachte sie, endlich.

„Ich muss nur noch eine eidesstattliche Erklärung abgeben, dass ich niemals in einem kommunistischen Verein war, und den Ariernachweis. Ach, Liebes, er war so abgrundtief hässlich.“

„Schönheit ist in der neuen Politik vermutlich sekundär“, bemerkte Dorothea mit zurückgewonnener Ironie.

„Zumindest hinter diesen klobigen Schreibtischen wie seinem. Aber der besaß wenigstens noch eine hübsche Schnitzerei. Aber diese halslose Qualle. Scheußlich!“

„Je schwächer der Körper ist, desto gebieterischer tritt er auf“, zitierte sie. „Auch wenn Rousseau es vielleicht ganz anders gemeint hat. Aber wozu sollte so einer eine flexible Nackenlinie anstreben, zumal, wenn er alle Macht bereits besitzt?“

„Ein einziger Widerspruch. Nirgends würde man derzeit noch auf ein Gemälde oder eine Statue treffen, auf der so ein Doppelkinn zu sehen ist. Und er sprach so entsetzlich schlecht, Dorothea. Ihm zuzuhören war eine Quälerei. Außerstande, dieser Mann, die Länge von ganz normalen Sätzen mit seinen Atemzügen in Einklang zu bringen“, seufzte sie. Dorothea lehnte sich zurück. Dass Berta sich so ausführlich über Äußerlichkeiten ergoss, sah sie mit wachsender Erleichterung.

„Seufzt inmitten jedes dritten Satzes auf, nur um schnappartig Luft zu holen und noch hastiger weiterzunuscheln. Ich habe mich dann auf seine Lippen konzentriert. Eine Mundpartie ohne Charme. Und die Unterarme! Mir wurde säuerlich im Mund. Eine hässliche Breite. Und wie er den Brief festhielt, als wäre der Umschlag ein Schneidebrett und nicht aus Papier.“

„Und du meinst, es war wirklich die Daube?"

„Ja. Sie nannte sich in dem Brief Erna Sturm. Eine fingierte Signatur. Die Schrift war eindeutig. Du hast auch eine Vorladung bekommen?", schwenkte Berta plötzlich um, und ihre Freundin errötete. „Wann?", erkundigte Berta sich scharf.

„Ich war schon da", gab ihre Gefährtin zu.

Ihr stockte der Atem. „Aber warum … warum hast du …"

„Weil ich dich nicht noch mehr beunruhigen wollte. Du warst ja ohnehin kaum zugänglich."

„Aber …"

„Nun ist es ja ausgesprochen. Und längst vorbei", erklärte Dorothea mit ungewohnter Härte. Verständnislos schüttelte Berta den Kopf.

„Aber ich verstehe das nicht, du hättest doch … es war deine Pflicht … wir müssen doch", murmelte sie ununterbrochen.

„Ich konnte dich doch überhaupt nicht greifen!" Dorothea wurde laut. „Ich wusste doch gar nicht, was ich dir noch hätte zumuten können. Ständig bist du weggerannt. Noch nicht einmal angesehen hast du mich, wenn ich mit dir geredet habe. Der Brief kam nur einen Tag nach deinem. Da warst du noch völlig aufgelöst, hattest die ganze Nacht nicht geschlafen und am nächsten Tag Unterricht gehabt und zu guter Letzt noch den *Zauberring* am Hals! Ich habe gedacht, ich bringe das erst mal allein über die Bühne, und wenn es nicht gut läuft, dann hätte ich es dir sowieso noch gesagt."

„Ist es denn gut verlaufen?", fragte Berta erschüttert.

„Sie haben sich fast ausschließlich für meine Beziehungen zu Juden interessiert", gab Dorothea zu.

Berta wurde hellhörig. „Der Fette sagte da was von einer jüdischen Ehefrau, mit der du getändelt hattest?"

Nun musste die Sache wohl doch noch auf den Tisch. „Es gab da eine Verehrerin", rückte sie heraus.

„Die lila Briefe?", erkundigte sich Berta.

„Du hast es geahnt?"

„Die fliederfarbene Dominanz in unserem Postkasten war ja nicht zu übersehen."

„Vera Grünbaum", gestand Dorothea. „Vielleicht erinnerst du dich noch? Die kleine Agile, die wir mal bei einer Teestunde kennengelernt haben. Vera ist verheiratet und hat vier Kinder. Sie ist wahnsinnig gewesen. In Bezug auf mich. Ich habe diese Briefe nie erwidert ebenso wenig wie ihre Zuneigungsbekundungen."

Berta schwieg.

„Glaubst du mir?", fragte Dorothea verhalten.

„Ja, das tue ich", erwiderte Berta. „Aber ich kann es nicht ertragen, wenn du Sachen von mir verheimlichst." Wieder eine Pause. „Und sonst wollte er nichts von dir wissen?", erkundigte sie sich nach dem kurzen Moment des Innehaltens.

„Sie waren zu zweit", erzählte Dorothea. „Aber gesprochen hat nur einer mit mir. Dann sind sie in den Nebenraum gegangen. Kurz darauf kam eine Sekretärin und hatte vergessen, beim Hinausgehen die Tür zum Besprechungszimmer richtig zu schließen, da habe ich etwas gehört."

„Was?"

„Nicht viel, aber sie haben gesagt, dass sie es unerheblich fänden, also die Tatsache, dass ich einer jüdischen Familie die Mutter und Ehefrau entziehe. Das wäre das Letzte, um das sie sich kümmern würden. Dann haben sie gelacht und die Tür zugezogen. Ein wenig später durfte ich gehen."

„Ich komme einfach nicht darüber hinweg, dass du mir rein gar nichts gesagt hast." Wieder schüttelte Berta den Kopf. „Wenn wir uns noch nicht einmal gegenseitig vertrauen, wie soll das alles weitergehen?"

„Ich vertraute dir, Berta, aber du verstehst es einfach nicht! Ich stehe Tag und Nacht mit ausgebreiteten Armen da, die dir sagen: Du darfst dich fallen lassen! Aber du? Rennst an mir vorbei. Vorwärts, immer nur vorwärts! Es war kein Rankommen an dich. Ich wollte dich nicht noch mehr belasten."

Angriffslustig sah Berta auf. In ihren Augen stand Überraschung.

„Das Gleiche dachte ich von dir."

„Vielleicht sollten wir aufhören, uns gegenseitig wie rohe Eier zu behandeln. Das sind wir nicht", sagte Dorothea.

„Im Innersten vielleicht schon", erwiderte Berta leise.

66

Jetzt hätte sie Aenne gebraucht. Äußerlich verliefen Lieselottes Tage ruhig, soweit man das unter diesen Umständen sagen konnte, aber es war eine trügerische Ruhe, und die Nächte machten ihr weiter zu schaffen. Leider war Aenne schon seit Tagen im Harzer Land unterwegs. Nicht nachlassende Auftragsanfragen hielten sie fest im Griff, meist ging es darum, bäuerliches Kunsthandwerk abzulichten. Wuchtige, im ländlichen Stil geschnitzte Möbel sollten für einen Prospekt herhalten – das jedenfalls hatte sie stolz erzählt.

Bei Aenne lief das Geschäft inzwischen reibungslos. Sie war gefragter denn je, und ihr Kundenstamm florierte. Über Politik hatten sie nie wieder ein Wort gewechselt. Vielleicht redete Aenne auch beruflich nicht darüber. Ihre sachliche, unvoreingenommene und gründliche Art waren ihr Pfund, mit dem sie wohl besonders unter den männlichen Kollegen Ansehen errang. Nur Lotte fehlte sie so sehr. Hin und her hatte sie schon überlegt, Aenne in das Dilemma von Else einzuweihen. Es belastete sie. Niemand war da, mit dem sie sich aussprechen konnte, entweder waren alle involviert oder sollten es auf keinen Fall sein.

Wenn sie nur an Aennes dunklen Blick dachte, an ihre nachdenkliche, ruhige und unprätentiöse Art, fühlte es sich an wie die kleine Sehnsucht, wie in dem Lied, das Else immer so gern vor sich hin gepfiffen hatte. Wäre Aenne ein Mann, Lotte hätte ihr auf Dauer nicht widerstanden. Vielleicht war das ja so zwischen Erwin und Else gewesen.

Doch die Fotografin blieb unerreichbar, jedenfalls für die nächste Zeit. Stattdessen stand eines Morgens das Fräulein Dorn vor ihrer Schule. Lieselotte wollte ihr schon die Tür vor der Nase zuschlagen, als Irma Dorn sie am Ärmel packte.

„Bitte nicht!", bat sie. „Es ist eine unmögliche Situation, ich weiß, aber köpfen Sie nicht die Überbringerin der schlechten Botschaft, die ich nun einmal bin." Ihre Augen beschworen sie voller Inbrunst. „Gezwungenermaßen", fügte sie hinzu. So emotional aufgeladen kannte Lotte das Fräulein nicht.

„Ich dachte, mein Mann hätte Ihnen bereits alle nötigen Unterlagen für den *Zauberring* übergeben?", fragte sie ungehalten.

„Ich komme gar nicht wegen der Unterlagen", erklärte sie.

„Sondern?"

„Wegen Ihnen."

Heiß schoss ihr das Blut durch die Adern. War das Fräulein von Berta geschickt worden, um sie wegen des dubiosen Briefes auszuspionieren?

„Ich wollte Sie auf einen Kaffee einladen", sagte Irma Dorn.

„Warum das denn?" Zu schroff hatte sie geantwortet.

Aber Irma Dorn blieb ungerührt wie eh und je und lächelte sogar. „Sagen wir es mal so. Erstens steht der schon seit Jahren aus und zweitens: Vielleicht gefällt mir Ihr künstlerischer Ansatz besser? Vielleicht finde ich ihn interessanter und weniger eintönig als das, was sich jetzt langsam überall durchzusetzen scheint?“ Als Lieselotte nur die Augenbrauen hob, fuhr sie fort: „Ein Gespräch unter Fachverständigen. Wären Sie denn dafür zu haben?“ Irma Dorn wollte sie ganz offensichtlich aus der Reserve locken. Sollte das eine Falle sein, würde sie das sicher schnell herausfinden.

„Warum nicht?“, erwiderte Lotte schon etwas weniger kühl. „Ich habe gerade Mittagspause.“

„Ich weiß“, entgegnete das Fräulein, „ich habe einige Zeit bei Ihnen und Ihrem Mann gearbeitet.“

Dass sich Irma so offenkundig zu ihr und Erwin bekennt, spricht im Grunde für sie, dachte Lieselotte. Schließlich könnten wir ja von der Habenicht gesehen werden, das müsste die Musikerin dann in Kauf nehmen. Es sei denn, es war tatsächlich ein abgekartetes Spiel. Vielleicht meint sie es ernst, hoffte Lotte, Vielleicht ist sie eine der wenigen in dem ganzen GEDOK-Verein, die auf unserer Seite steht.

Rasch warf sie sich den Mantel über. Die Verlobungshandschuhe ließ sie im Schrank, aber das taubenblaue Seidentuch schlang sie sich um den Hals, obwohl es heute viel zu kühl dafür war. Als sie aus der Tür trat, leuchteten Irmas Augen auf.

„Das steht Ihnen aber gut“, sagte sie.

„Danke“, erwiderte Lieselotte, „Ein Geschenk einer Freundin.“ Irma lächelte lange.

Sie tranken einen Kaffee, aber nicht bei Kröpcke, sondern in der Nähe des Bahnhofs unweit der Habenicht-Schule. Dieses Fräulein legt es wirklich darauf an, dachte Lotte, oder bin ich schon so paranoid, alles nur noch in diesem Licht zu sehen?

„Wo wohnen Sie eigentlich“, erkundigte sie sich, als sie auf Höhe von *Erdmann* über die Georgstraße flanierten.

„In einer Wohnung“, scherzte Irma, und als Lieselotte nur müde lächelte, ergänzte sie: „Aber nicht allein, ich teile sie mir mit vier anderen Frauen. So bleibt es für uns alle bezahlbar, jede hat ihre kleine Welt und trotzdem sind wir nicht einsam. Wir residieren am Georgsplatz fünfzehn. Im Frauenzentrum. Dort, in der Nähe, wo wir uns vor Zeiten schon einmal über den Weg gelaufen sind.“ Wieder spielte sie auf ihre flüchtige Begegnung im Hausflur an. Lotte erinnerte sich noch genau. Der glückliche Tag ihrer Aufnahme in die GEDOK.

„Interessant“, erwiderte sie.

„Was ich Ihnen eigentlich sagen wollte“, rückte Irma schließlich mit der Sprache raus und blieb stehen, „die Arbeit an Ihrer Schule hat mir sehr gut gefallen im Gegensatz zu … na ja, Sie wissen schon.“ Ein leidiges Lächeln zuckte über ihre Mundwinkel.

„Diese Frau ist eine Qual“, ergänzte Lieselotte und ging damit in die Offensive.

„Allerdings.“ Ein Seufzer entfuhr Irma von so tief unten herauf, dass Lieselotte lachen musste.

„In Anbetracht der Arbeit in Ihrem Haus ist mir das erst einmal klar geworden. Aber, die Habenicht … na ja, sie ist eben meine Sicherheit, leider“, fügte Irma hinzu. „Zuckerbrot und Peitsche.“

„Wenn Sie es so nennen wollen.“

„Eigentlich ist sie ein Monster.“ Irmas Augen wurden schmal. Gleich darauf grinste sie dämonisch und ihr Lächeln öffnete etwas in Lieselotte. In Irmas Gegenwart fühlte sie sich wie in einer verschworenen Gemeinschaft, an einem Ort, an dem jemand sie verstand, obwohl Irma ja gar nichts wusste – nichts wissen konnte. Etwas wurde weich in ihr.

„Wissen Sie noch?“, sagte Irma, „diese verrückte Examenslehrprobe mit Ihnen, dem Fräulein Meinhardt, der Förster?“

„Oh, ja!“, lachte Liselotte auf, und es tat gut, sich endlich wieder befreit zu fühlen. Das Eis war gebrochen. Lebhaft unterhielten sie sich, und Lotte beschlich das Gefühl, durch einen glücklichen Zufall auf einer kleinen Heile-Welt-Insel gestrandet zu sein. Was an den Rändern dieser Insel dunkel aufbrandete, konnte warten. Diese knappe Stunde, in der sie munter miteinander schwatzen wie zwei alte Freundinnen und sie sich lachend über Bertas unselige Unterrichtsmethoden aussprachen, öffneten sämtliche Schleusen in Lotte. Nach dieser Mittagsstunde fühlte sie sich erfrischt. Das einstige Bild von Irma hatte sich gewandelt, und sie war der Pianistin dankbar dafür.

„Wollen wir es wiederholen?“, fragte Irma, als sie sich verabschiedeten.

„Umgehend“, scherzte Lieselotte.

„Ich weiß ja nun, wann Sie Pause haben“, betonte Irma nachdrücklich charmant und deutete sogar einen Handkuss an. „Es war mir eine besondere Ehre!“

Lieselotte musste grinsen, bedankte sich ebenso artig und knickste. „Ganz meinerseits.“

Dann gingen sie auseinander. Irma sehr aufrecht und Lieselotte mit schwungvollem Schritt. Irma Dorn hatte ihr gutgetan.

67

„Wie soll es jetzt weitergehen?", fragte Dorothea.

„Angriff ist die beste Verteidigung."

„Du wirst die Daube anzeigen?"

„Daube-Gellert, meine Liebe. Soweit ich gehört habe, ist der Gellert in der KPD. Ich habe irgendwann Irma belauscht, als sie mit einer Kollegin darüber tuschelte."

„Du wirst beide anzeigen?"

„Davon kannst du ausgehen. Die Dummheit der Daube schreit zum Himmel. Allein schon das muss bestraft werden."

„Dann hat diese unselige Sache zwischen euch vielleicht endlich ein Ende."

„Allerdings habe ich keine Probleme damit, mit meinem richtigen Namen dafür einzustehen. Das unterscheidet uns nämlich, falls du wieder auf unsere angebliche Ähnlichkeit zu sprechen kommen möchtest." Auf den Seitenhieb reagierte Dorothea mit einem leiderfüllten Stoßseufzer. „Ich werde heute Nachmittag mit unserem Rechtsanwalt reden", sagte Berta. „Vielleicht lässt sich ja erst einmal eine Verleumdungsklage gegen Unbekannt aufsetzen. Schließlich stellen diese Behauptungen eine schwere Ehrenkränkung und eine nicht unerhebliche wirtschaftliche Schädigung dar. Und wenn sie herausfinden, dass es tatsächlich die Daube war, soll sie öffentlich widerrufen, sonst werden wir zivilrechtliche Schritte gegen sie einleiten. Und zwar unter Hinzuziehung unserer Rechtsanwaltskosten. Damit wäre sie doppelt tot." Berta ergriff Dorotheas Hand und drückte sie fest. Endlich waren sie wieder beieinander.

„Man hat uns angezeigt", empfing Erwin Lieselotte, kaum dass sie die Tür hinter sich zugezogen hatte. „Morgen müssen wir zum Verhör." Wie ein Fallbeil schob sich diese Meldung zwischen die heitere Stunde mit Irma Dorn von eben und das, was folgte.

„Warum?", fragte sie und ahnte es schon.

„Was wohl", erwiderte Erwin.

„Deine Partei?"

„Meine Partei."

„Ich denke, ihr tagt nicht mehr? Ich dachte, sie haben die Vorsitzenden verhaftet und der Rest wäre auf Tauchstation gegangen?"

An Erwins unstetem Blick und seinem grimmigen Schweigen erkannte sie, dass dem wohl nicht so war.

„Ihr habt also weitergemacht?"

„Je weniger ich dir sage, Lotte, umso sicherer ist es."

Also doch, dachte sie. Im Herbst des letzten Jahres war ihr Mann mit sich im Zwiespalt gewesen, ob er bei der Kundgebung der *Eisernen Front* dabeisein wollte. Die KPD war dagegen gewesen, der Sportbund dafür. War er dort aufgetaucht? Und hatte er den feierlichen Eid geschworen, nicht nur mit dem Stimmzettel, sondern auch mit seinem Leben für seine Ideen einzustehen? Sie wusste es nicht. Aber vor wenigen Tagen hatte sie Artjom und Else über einen illegalen Widerstand mit dem Namen *Sozialistische Front* reden hören. Aber den Gedanken daran, dass Erwin dort mitmischte, hatte sie immer weit von sich gewiesen. Wie dumm, wie naiv sie gewesen war.

„Sie haben uns zwar zur gleichen Zeit vorgeladen, Lotte, aber sie werden uns getrennt verhören."

„Wer hat uns angezeigt, Erwin?"

„Das weiß ich nicht. Es gibt ein Leck in der Front. Von den Leuten, die ich bislang erreichen konnte, ist außer mir noch niemand betroffen." Also doch, dachte Lotte, die *Sozialistische Front.*

„Was muss ich aussagen?"

„Das, was du bis heute gedacht hast. Es gibt keine KPD mehr. Alles ist aufgelöst. Du bist schockiert von dem Vorwurf. Sag ihnen, sie haben uns schon genug damit bestraft, dass *der Zauberring* nicht mehr in unseren Händen liegt. Sag, wir haben keine Zeit für außerberufliche Tätigkeiten, da wir ja gezwungen waren, das fehlende Geld mit ehrlicher Arbeit zu beschaffen. Und dass sie aufhören sollen, unsere Schule zu belästigen. Je rigoroser du auftrittst, umso schneller bist du wieder draußen. Ich habe ja gesehen, welchen Charme du auf diese Herren ausstrahlst." Lotte meinte einen verächtlichen Untertonn herauszuhören. „Vielleicht hast du Glück", schloss er.

„Und du?", fragte sie.

„Ich werde das Gleiche behaupten."

Lotte sagte nicht, was ihr noch auf der Zunge lag, nämlich, dass er nun auch die Verantwortung für sein Kind und für Else trüge. In diesem Moment war sie einfach nur froh, dass dieses Ungeborene nicht ihres war. Eine Sorge weniger. „Weiß Else Bescheid?", hakte sie nach.

„Nein", antwortete Erwin, „aber wir sollten sie informieren."

So kam es, dass sie sich am selben Abend zu dritt zusammensetzten und die Dinge zu ordnen versuchten. Die familiären wie die politischen. Else wirkte etwas schwach, aber gefasst, und nach drei Stunden waren beide Versionen abgesprochen, sowohl die Else und Erwin betreffende als auch die für das Verhör am nächsten Tag. Am Wochenende würde Else Marie ihren Eltern mitteilen, dass sie ein Kind erwartete, deren Vater sie nicht angeben konnte und der sie gegen ihren Willen zum Geschlechtsakt genötigt hatte. Sie würde das Geschehene abmildern, indem sie eine Version entwarf, bei der sie das Vergehen eines Gastturners – einer flüchtigen Sportbekanntschaft in Stuttgart – so schilderte, dass sie auf dem Turnfest, zu dem sie tatsächlich für zwei Tage gereist war, am letzten Abend zu viel getrunken und die Kontrolle über sich verloren hatte. Sie würde einräumen, den Fremden aufgrund ihres Rausches – sie ließen es einen Engländer sein – übermäßig gereizt zu haben und danach mit auf sein Zimmer gegangen zu sein. Mit ihrem schlechten Englisch und seinem Deutsch war die Sache missverständlich aus dem Ruder gelaufen.

Else wusste nicht, ob sie diese haarsträubende Lüge einer Vergewaltigung so detailliert und glaubhaft widergeben konnte. Nur Lotte war sich dessen sicher. Es war der schwerste Gang, der Else bevorstand. Selbst Aenne gegenüber wollten die drei es so darstellen, zumindest vorerst. Was die Vorladung betraf, so hielt sich Erwin mit weiteren Informationen bedeckt, womit er die Frauen entlastete.

„Im Moment können wir nur Schritt für Schritt denken. Es ist ein Ausnahmezustand. Aus dem einen Schachzug entwickelt sich der nächste, und dann sehen wir weiter." Optimistisch sah er bei diesen Worten nicht aus. Eher wie ein gebrochener Mann, dachte Lieselotte. Dass er illegal geworden war, nahm sie ihm übel, aber geahnt hatte sie es sowieso.

Sein Tanzstück war nur die Oberfläche seines Protestes gewesen, Makulatur. Möglicherweise auch, um sie ruhig zu halten, aber vielleicht hatte er auch erst, nachdem Hannes Kunz bei ihnen hospitiert hatte, gemerkt, dass er mit seiner Idee, zwischen den Zeilen zu agieren, nicht das erreichte, was er wollte, und möglicherweise hatte er erst *nach* jenem verhängnisvollen Donnerstag den Untergrund aufgesucht. Hätte, wäre, könnte … was spielte das jetzt noch für eine Rolle?

„Lass uns zeitig schlafen gehen", schlug sie vor.

Erschöpft, müde und aufgekratzt gingen sie auseinander, aber keiner von ihnen tat in der Nacht ein Auge zu.

„Sie haben ihn verhaftet."

„Was?" Blankes Entsetzen stand in den Augen von Else Marie, als Lotte diese Worte sagte.

„Eingesperrt."

Else Marie ergriff ihre Handgelenke und zog sie in die Uhrmacherei. Sprachlos hielten sie sich bei den Unterarmen und standen auf der Schwelle.

„Was ist? Wer ist da?", hörte Lieselotte die Stimme von Elses Mutter aus dem Hinterzimmer.

„Komm schnell rein", sagte Else und schob Lotte in den Verkaufsraum.

„Sie haben Erwin einbehalten! Lotte ist gerade da", rief sie nach hinten und bemühte sich um einen ruhigen Ton. Danach hörten sie etwas Metallisches auf den Boden fallen. Else stürzte nach hinten, und dann vernahm Lieselotte, wie sie leise auf ihre Mutter einredete. „So beruhige dich doch!"

Fünf Minuten später saßen sie oben in Elses Kammer.

„Du hättest es ihr nicht sagen dürfen", stöhnte Lotte leise, aber Else schüttelte den Kopf. „Ich weiß nicht mehr, was ich noch sagen oder nicht sagen kann", erwiderte sie. „Man kann doch nicht von einem Menschen das ganze Leben fernhalten."

„Weiß sie schon von deiner Schwangerschaft?"

„Das wird jetzt allerdings warten müssen."

Else Marie starrte Lotte an. „Mein Gott, wo führt das alles nur hin?"

Lotte hatte keine Antwort, und so wie Else da vor ihr kauerte, schien sie noch nicht wirklich begriffen zu haben, was es bedeutete. Man hatte Lieselotte vorerst gehen lassen ohne weitere Informationen außer der, dass Erwin festgesetzt worden war. Weder wusste sie über die Dauer Bescheid noch über irgendetwas anderes. Es war genauso passiert, wie er es vorausgesagt hatte: Man hatte sie in einem Kreuzverhör befragt.

„Das ist das Ende", flüsterte Lieselotte. „Es ist aus."

Sie fühlte sich leer, als sie diese Worte aussprach. Alles war ihr entglitten. Fassungslos schaute sie in Else Maries Augen, und Else Marie starrte zurück. Es war, wie in einen Spiegel zu blicken. „Jede Bewegung hat einmal ihren Stillstand. Stillstände sind wichtig", sagte Lotte mit dünner Stimme und lächelte tapfer.

Else Marie schluckte. „Schritt für Schritt, Lotte."

Aber sie konnte noch nicht einmal einen einzigen Schritt weiterdenken, weil sie überhaupt nicht wusste, wohin sie den Fuß setzen sollte. Nichts blieb ihr übrig, als nach Hause zu gehen. Nur, was sollte sie dort? Ein Zuhause wäre die Schule nicht mehr. Ganz sicher würde sie sie nicht weiterführen können ohne Erwin. Sie wären gebrandmarkt. Tränen liefen ihr über die Wangen.

„Ich hab dich noch nie weinen sehen, Lotte“, sagte Else und wischte ihr die Tränen weg.

„Übermorgen muss ich noch mal hin“, flüsterte Lieselotte.

„Warum?“

„Ich weiß es nicht. Sie sagen einem ja nie etwas.“

Else streichelte sie weiter.

Dann stand Lotte auf. „Ich gehe jetzt. Kümmere dich um deine Mutter und pass auf, auf dich und das …“ Sie blickte auf Elses Bauch.

„Ja“, erwiderte Else gefasst. „Mach ich.“

Dann gingen sie hinunter.

68

Lieselotte hatte die Verabredung glatt vergessen und war überrascht, als es klingelte, Käthe in die Küche trat und das Fräulein Dorn meldete. Den ganzen Vormittag war Lotte bei den Pateneltern gewesen, um sie zu informieren, was mit Erwin geschehen war. Während Almut, wie erwartet, völlig in Panik geriet, versuchte Winfried die Nerven zu behalten.

„Sie setzen im Moment alles fest, was mit den Kommunisten im Bunde steht. Und nicht nur das, mein Kind, auch gegenüber uns Sozis gibt es keine Schonung mehr. Unser gesamtes Parteivermögen wurde beschlagnahmt.“

Und dann hatte er ihr und Almut einen doppelten Schnaps eingeschenkt. Danach musste Almut Lotte versprechen, ihrer Mutter nichts davon zu sagen. Den letzten Besuch bei ihr sollte Henny so lange wie möglich als schöne Erinnerung in sich tragen können. Die schillernde Blase würde ohnehin bald zerplatzen. Winfried hatte seiner Patentochter Mut zugesprochen, den Schulbetrieb auch ohne Erwin aufrechtzuerhalten. „Vielleicht kann dir Else unter die Arme greifen“, ermunterte er sie. Lotte hatte dankbar gelächelt und kurz mit einem „Sicher“ geantwortet.

Ein Kinderkurs erwartete sie am Nachmittag noch. Der war bereits seit einer Woche vorbereitet, und deshalb hatte sie die restliche Zeit nur grübelnd an ihrem Küchentisch ausgeharrt, als es unvermittelte an der Tür klingelte und kurz darauf Käthe erschienen war. Am liebsten hätte sie Käthe postwendend zu Irma zurückgeschickt und ihr abgesagt, aber etwas in ihr mahnte sie aufzustehen.

Also schleppte sie sich zur Tür, fest entschlossen, das Kaffeetrinken abzublasen, als sie sich im selben Moment, als sie Irma in die Augen sah, eines Besseren besann. Vielleicht lag es am eisigen Windhauch, der frisch zur Tür hereinwehte, vielleicht auch an Irmas aufrechter Erscheinung, vielleicht aber war es nur die Erinnerung an die unbeschwerte Stunde vor einigen Tagen. „Warte bitte, ich ziehe mich rasch an. Es ist ziemlich frisch geworden." Irma nickte lächelnd.

Als sie einige Augenblicke später auf die Straße trat, hakte sich die Pianistin ungefragt bei ihr ein und musterte sie kurz.

„Vielleicht sollten Sie sich besser nicht so dicht an meiner Seite sehen lassen", eröffnete Lotte das Gespräch. „Erwin ist gerade verhaftet worden." Tatsächlich zog Irma sofort die Hand zurück, blieb stehen und blickte ihr bestürzt in die Augen.

„Das ist nicht Ihr Ernst", stieß sie hervor. „Auch das noch. O mein Gott, Sie Arme!" Dann drückte sie Lieselotte unversehens an sich und klopfte ihr mit ihrer kleinen, festen Hand auf den Rücken. Lotte ließ es geschehen.

„Was werden Sie jetzt tun?", fragte Irma, als sie sich von ihr löste.

„Warten", sagte Lieselotte.

„Meine Arbeitgeberinnen mussten auch antanzen bei denen!", verriet sie. Lotte nickte ohne jede Regung. Noch vor einer Woche hätte sie diese Botschaft in eine ganz andere Stimmung versetzt. Aber so? Was machten sie nur? Zerstörten sich gegenseitig. Wurden zu Ungeheuern. War das die neue Zeit?

„Eigentlich wollte ich Sie heute Abend zu einem Getränk einladen", verriet Irma. „Aber danach ist Ihnen jetzt sicher nicht zumute?"

„Doch", erwiderte Lieselotte. „Ich werde ohnehin nicht schlafen können. Wo wollen wir uns treffen?" Irma strahlte dunkel.

„Bei mir am Georgsplatz? Es ist ja praktisch gleich um die Ecke bei Ihnen."

„Ich fände es angemessen, wenn wir endlich aufhören würden, uns zu siezen. Es klingt so albern."

„Gern", erwiderte Irma froh. „Meinen Namen kennst du ja."

„Und der Kaffee, den wir uns jetzt gönnen, geht auf meine Kappe."

Irma hatte gar nichts dagegen, und so verbrachten sie eine weitere Stunde im selben Café. Lotte hatte kein Bedürfnis, sich tiefer über die Umstände der Verhaftung auszutauschen, und so sprachen sie über dies und jenes, aber das Bild der schönen Insel von vor zwei Wochen ließ sich nicht mehr wachrufen. Dafür verhielt sich

Irma sehr geschickt, fragte nicht zu viel und nicht zu wenig und blieb immer sachlich. Ein bisschen erinnerte sie Lieselotte am Aenne. Schließlich bot ihr Irma an, ihren Unterricht bei Bedarf musikalisch zu unterstützen – weit unter dem üblichen Honorar. Dankbar nahm sie das Angebot an. Recht bald gingen sie auseinander, wollten sich aber am frühen Abend am Georgsplatz wiedertreffen.

Durch den breiten Hausflur über eine Holztreppe gelangte Lotte bis ganz nach oben in den zweiten Stock, auf deren rechter Seite die Wohngemeinschaft von Irma lag. Nachdem Irma sie den zwei anderen Frauen vorgestellt hatte – eine war gerade außer Haus –, von denen sie die Gesichter flüchtig von GEDOK-Veranstaltungen wiedererkannte, begaben sie sich in das hintere Zimmer, eine eher längliche Kammer, welche Irma geschickt durch einen kleinen Paravent mit geschnitzten Jugendstilornamenten zweigeteilt hatte. Ihr kleines Zuhause war hübsch eingerichtet. Der Fußboden strahlte in einem warmen Braun und die Wände waren hellgrün gehalten. Direkt gegenüber der Eingangstür befand sich ein winziger, aus dem Dach herausgebauter Erker mit einem Fenster zum Georgsplatz. Vor dem Erker linkerhand stand eine braun glänzende Kommode, aus deren oberster Schublade Irma eine Schachtel Pralinen hervorzauberte, und in der Ecke neben der Tür lud ein rundes Tischchen mit zwei Sesseln dazu ein, es sich gemütlich zu machen. An den Wänden hatte Irma Kerzenleuchter befestigt. Sie scheint ein Händchen für Einrichtungen zu haben, dachte Lieselotte. In der Mitte des kleinen Tisches platzierte Irma galant eine gläserne Schale mit Süßigkeiten in Stanniolpapier.

„Nimm dir ruhig eins“, bot sie Lotte an und ließ langsam ihren Strickumhang von der Schulter gleiten. Lotte versteinerte. Irmas Bluse wurde von einem schwarzen Gagat zusammengehalten. Ihrem Gagat. Die dünne Schokoladenschicht der Praline, die sie sich gerade zum Mund führen wollte, schmolz zwischen ihren Fingern.

„Was ist mit die los? Du siehst aus, als hättest du ein Gespenst gesehen!“, sagte Irma und stellte die Weinflasche beiseite, die sie gerade köpfen wollte.

Lotte glaubte nicht, was sie sah.

„Lotte! Was hast du?“ Besorgt hockte Irma sich hin und umfasste ihre Knie.

Aus der Nähe sah Lotte es nur allzu deutlich. Das Silber war an exakt jenen Stellen verfärbt, wie sie es kannte. „Das da ist meine“, stieß sie hervor.

Irma griff sich an den Hals. „Die Brosche?"
„Ja."
Kopfschüttelnd ließ Irma ihre Knie los und erhob sich. Ihre Hand bedeckte das Schmuckstück, als wollte sie Lotte den Anblick ersparen.
„Ist sie dir etwa gestohlen worden?" Irma war außer sich vor Erregung.
Vehement schüttelte Lotte den Kopf und gleichzeitig nickte sie. „Woher hast du sie?", fragte sie mit belegter Stimme.
Hastig nestelten Irmas Finger an der Brosche herum, bis sie sich vom Kragen gelöst hatte. „Ein Geschenk für treue Dienste", stieß sie fassungslos hervor. „Von der Bragge. Ich dachte, sie wollte mich binden, weil ihr jemand gesteckt hatte, dass ich bei euch aushelfe." Endlich hatte sie sich von dem Ding befreit. „Bitte!", sagte sie und legte sie vor Lotte auf das Tischchen. Ihre Hände zitterten. „Ich stehle nicht. Das musst du mir glauben!" In ihren Augen stand die pure Verzweiflung.
Natürlich glaubte Lotte ihr. Auch sie selbst war fassungslos. Das perfide Spiel schien kein Ende nehmen zu wollen. Nachdem die Bragge damals das Schmuckstück auf dem Weihnachtsbasar verschwinden ließ, hatte sie es der arglosen Pianistin untergejubelt in dem Wissen, dass Lotte es irgendwann zu Gesicht bekommen würde. Sie starrte auf ihre Finger. Schokoladenbraun. Hastig legte sie die ausgewickelte Praline auf das Stanniolpapier und leckte sich die Fingerkuppen ab. Bittersüß. Wie ein Kind stand Irma vor ihr. Mit großen Augen, die um Verzeihung baten, obwohl sie doch gar nichts verbrochen hatte.
„Setz dich bitte hin, Irma", sagte sie und versuchte ein Lächeln. „Ich glaub dir doch."
„Wirklich?" Irma war völlig durch den Wind. Sie setzte sich aber nicht. Kein Wunder, sie war ja selbst mal bestohlen worden. Böse Geschichte – die mit der Schülerin.
„Ja", sagte Lotte, und ihre Finger umschlossen das verloren geglaubte Schmuckstück. „Wirklich."
Unsicher sah Irma sich um.
„Die Weinflasche steht da drüben." Lotte zeigte auf die Kommode. Sie hatte wieder alle fünf Sinne beisammen, im Gegensatz zur Pianistin. Der Verdacht, der kurzzeitig im Raum gestanden hatte, setzte ihr arg zu. Lotte müsste ihr, um sie zu entlasten, die ganze Geschichte preisgeben.
„Eine unliebsame Episode", sagte sie stattdessen. „Ich mag darüber jetzt nicht sprechen. Der Abend ist zu schade dafür."

Endlich entspannte sich Irma. „Gott sei Dank!“, murmelte sie und nahm den Korkenzieher zur Hand. „Gott sei Dank!“

Immer wieder, bis Lotte endlich sagte. „Nun lass doch mal gut sein. Ich hab sie ja jetzt zurück.“ Es brauchte eine Weile, bis der Abend wieder so gelassen und freudig wurde, wie er begonnen hatte. Die Uhr schlug bereits zehn. Lotte nahm sich schon die vierte Praline. Die satte und dunkle Süße auf ihrer Zunge schmolz, tat gut und erinnerte sie an die Zeit, in der sie als kleines Mädchen von Almut so etwas Köstliches geschenkt bekommen hatte. Nach einem Glas Wein begann sie leise über Erwins Verhaftung zu sprechen.

„Du bist nicht allein, Lieselotte. Es müssen im Moment sehr viele dran glauben. Kennst du noch Valeska Gert?“

Natürlich kannte sie die tanzende Kabarettistin aus Hannover.

„Die Presse hat sie angegriffen, sie ist weg. Ins Ausland. Muss jetzt auf Hunde-Katzen-Flöhe-Bühnen auftreten.“

„Aber wenigstens sitzt sie nicht hinter Gittern.“

„Er wird rauskommen. Glaub dran. Es ist nun schon eine Weile her“, lenkte Irma Lotte vom Thema weg, „aber ich wollte dir unbedingt noch einmal sagen, wie sehr mir deine Studie *Trüber Zug* im Künstlerhaus gefallen hat. Der subtile Humor! Es war höchst ironisch. Und dieses rätselhaft Unheimliche.“

„Findest du?“

„Ja. Leider sind unsere musiklosen Tänze neuerdings dekadent geworden und jedes Ringen mit dem Dämonischen gilt als zersetzend.“ Irma kaute noch und griff bereits nach dem nächsten Konfekt. Dann stand sie auf und trug eine weitere Schüssel herein. Randvoll mit Keksen. Hätte Lieselotte damals einer Mitschülerin erzählt, dass dieses reservierte, ernste Fräulein so genussfreudig war, niemand hätte ihr geglaubt.

„Na, ja. Es wird ja wieder eine gewisse Ferne im Tanz gewünscht. Hauptsache heroisch.“ Ja, dachte Lotte, die Fachblätter berichteten ständig darüber und in einem hatte es sogar geheißen: Wir sind jetzt aus einer Ich-und-Du-Zeit in eine Wir-Zeit hinübergewachsen.

„In der *Niedersächsischen* loben sie sich dumm und dämlich über die Habenicht-Aufführungen und ihre Ausrichtung auf das Ganze. Und wie großartig es ist, wenn Einzelbewegung und Gruppenbewegung einen harmonischen Ablauf bilden, und wie grandios unsere Göttin den letzten Sinn der Gymnastik erfüllt! So ein Gebläse. Allen anderen fehle es angeblich an diesem unglaublich-vollkommenen Aufeinanderbezogensein.“

„Da hatte sie früher aber eine ganz andere Meinung", warf Lotte ein. „Ich erinnere mich noch gut daran, als es unter ihrer Fuchtel hieß: ‚Meine Damen, selber denken ist die höchste Devise!'"

„Sie ist eben auch nur ein Rückenschwächling. Mental betrachtet", spottete Irma.

Wieder dachte Lotte an die Zeit ihrer Prüfungen. Was hatte ihr Berta damals nachgerufen? Alles eine Frage der Haltung?

„Nun ja", erwiderte sie. „Auch das Ändern von Haltungsgewohnheiten braucht seine Zeit."

„Einiges hat sich geändert. Sogar ihre Elevinnen. Da gibt es so eine blonde Valeria, die ist dir nicht unähnlich – gerade, groß, mit Augen wie ein Sommerhimmel –, aber sonst wenig Ausstrahlung. Die ist jedenfalls überall mit von der Partie. Und ich weiß, dass deren Familie die neue Regierung nicht gut findet und wegwill. Aber sie blockiert und sagt: Ich bin zweiundzwanzig! Jetzt bin ich dran." Irma erhob sich und zauberte durch das Aufklappen eines Kastens auf der Kommode einen Plattenspieler hervor. Wenige Augenblicke später erklang eine heitere Melodie im Dreivierteltakt.

„Was ist das?"

„Ein Keks-Walzer von Stegemann. Lustig nicht? Wenn du nicht so traurig wärst, ich würde dich glatt zum Tanz auffordern."

Sie stießen an. „Auf alte Zeiten", seufzte Irma. Es war wirklich ein guter Rotwein. Ebenso wie die dunkle Schokolade wärmte und tröstete er von innen.

„Soll ich dir mal ein Geheimnis verraten?", fragte Irma, nachdem der Pegel der Weinflasche unter das Etikett gerutscht war.

„Du bist vom anderen Ufer", erwiderte Lotte prompt und wunderte sich, wie leicht es ihr von den Lippen ging. Wie warm und wohlig ihr dabei war.

„Ja, natürlich, aber das meine ich nicht. Ich dachte, dass wusstest du schon."

„Wusste ich auch."

„Was anderes", sprach Irma weiter. „Was Delikates. Ich hab mich vor etlicher Zeit mal ganz schrecklich in die Habenicht verguckt."

Lotte glaubte, sich verhört zu haben, und starrte auf ihr Glas und dann auf die Flasche, in der nur noch einen Finger breit Wein war.

„In wen?", fragte sie unsicher.

„In den Drachen", erwiderte Irma. „In Berta." Sie lachte, und Lieselotte verstummte.

„Heute finde ich das abartig. Nicht, dass ich mich in eine Frau verliebt habe, aber dass ich mein Herz an diese Despotin verlieren musste, aber sie hatte einfach ein unglaubliches Charisma. Bis heute. Nur langsam blättert auch dieser Charme ab, findest du nicht?“

„Ich kann dazu gar nichts sagen“, erwiderte Lieselotte und versuchte sich aufrecht hinzusetzen, obwohl der Wein in ihr alles zum Drehen brachte.

„Weißt du“, Irma redete munter weiter, „als du damals aufgenommen wurdest, habe ich bei mir gedacht, du wärst auch eine von uns.“ Dann schwieg sie und funkelte herausfordernd mit ihren dunklen Augen. Mit einem Mal wurde Lotte übel. Sie erhob sich, aber alles drehte sich nur noch schlimmer. Sie hatte keine Chance und setzte sich rasch wieder hin.

„Ich vertrage so viel Wein überhaupt gar nicht.“

Irma ignorierte ihren Zustand. „Die Habenicht war ja regelrecht vernarrt in dich. Ist dir das gar nicht aufgefallen?“ Noch immer kämpfte Lotte gegen die Übelkeit.

„Nun gut“, räumte Irma ein, „Das ist ja auch schwer zu erkennen bei so einer Unerbittlichkeit in persona. Aber allein das Ausbleiben von Zurechtweisung bedeutet ja bei ihr schon helle Begeisterung. Und du warst so allerliebst anzuschauen. Ich habe es sehr gemocht, dich zu begleiten. So schnell begriffen wie du hat keine, obwohl du all die Jahre dein Licht immer unter den Scheffel gestellt hast.“

Lotte hatte ihren Brechreiz wieder im Griff, den Schwindel allerdings nicht. Betreten blickte sie auf. Was Irma da erzählte, klang wie ein Traum aus ferner Zeit. Aber kein guter. „Ich glaube, sie hat dich im Auge gehabt“, beharrte Irma.

„Im Auge gehabt?“ Endlich fand Lotte ihre Sprache wieder, nur die Zunge mochte nicht richtig folgen.

„Nun ja, sie sucht ja immer mal wieder geeignete Mädchen, die sie rekrutieren will. Ziehtöchter, sozusagen. Zuerst nur als ihr Personal und später …? Ich weiß jedenfalls aus ihrem Munde, dass sie diese Schule einmal vererben wird, wenn sie sich zur Ruhe setzt, und zwar ausschließlich an eine Habenicht-Schülerin. Und wenn ich mich nicht ganz täusche, dann warst du eine ihrer favorisierten Idealbesetzungen. Aber dann hat sie dich ja fallen lassen wie eine heiße Kartoffel.“ Irma blickte ihr tief in die Augen. „Hatte sie eine Affäre mit dir?“

„Was? Nein! Nie um Gottes willen!“ Lotte war aufgesprungen, wollte zur Tür, taumelte und fiel zurück in den Sessel.

„Ach so, ich dachte nur … nichts für ungut." Schwungvoll schenkte Irma den letzten Rest des Weines nach.

Beidhändig umklammerte Lotte die Sessellehnen und atmete tief und schnell. Die festen, grausilbernen Polster unter ihren Fingern gaben ihr Halt. Sie kämpfte mit einem neuen Anfall und sah hilfesuchend auf, doch sie kam nicht hoch. Der Sessel und das Zimmer waren Magneten, die sie zurückzogen. Endlich erkannte Irma ihr Dilemma, sprang auf, holte eine Schüssel und einen wollenen Überwurf.

„Meine Güte, du zitterst ja. Bleich wie der Tod", rief sie besorgt, stellte die leere Schüssel neben den Sessel und packte Lieselotte warm ein.

„Besser?", erkundigte sie sich und hielt ihr das Gefäß zum Spucken hin. Lotte nickte. Irma stellte die Schüssel wieder ab. Fest hielt sie sie bei den Schultern, aber Lotte fühlte sich elend und wund von innen. Und dann war Irma ganz nah. Und sie hatte nur einen Wunsch. Sie wollte heil werden. Irma strahlte so viel Wärme aus. Klein fühlte sie sich, ganz klein. „Ach, du armes Ding!", flüsterte Irma und zog sie fest an sich. Lotte ließ es einfach geschehen. Von innen drängte etwas in ihr hoch. „Was auch immer mit dir ist", besänftigten sie die leisen Worte von Irma, „ich halte dich jetzt fest. Du brauchst keine Angst zu haben. Keine Angst, hörst du?"

Und dann musste Lotte auf einmal weinen, so heftig, dass es durch den ganzen Körper ging. Da war kein Grund mehr, die Tränen zurückzuhalten. Hemmungslos schluchzte sie, und Irma war da und hielt sie die ganze Zeit, wie der Tränensturm durch sie hindurchfegte, so lange, bis in ihr nur noch ein fragiles Gerüst übrigblieb, ein Bäumchen im Wind. Sie spürte die bebenden Blätter wie nach einem heftigen Regen.

Langsam kehrte Klarheit in ihr Bewusstsein zurück. Noch bevor sie sich entschuldigen konnte, legte ihr Irma den Finger auf die Lippen und sagte: „Du musst dich nicht erklären. Vor mir nicht. Vor niemandem." Dann zog sie den Finger sachte fort und legte ihre Lippen auf Lottes Mund.

Ein Kuss. Flüchtig, zart und tröstend. Lieselotte schloss die Augen und schwankte. Wieder wurde ihr schwindelig, aber Irma hielt sie fest, und in diesem langen Kuss löste sich alles auf: die Zeit, die Angst, die hundertjährige Betäubung. Es dauerte fort und fort. Es hätte ewig sein können. Dann löste sich Irma von ihr und sagte: „Du bist ja völlig durch den Wind." Aus ihrem Lächeln war alles Dämonische verschwunden.

„Morgen muss ich in die Dincklagestraße“, sagte Lotte.
„Wenn du mich brauchst, schick das Mädchen vorbei“, erwiderte Irma. „Und jetzt bring ich dich heim.“

69

Sie hatte alles dabei: die eidesstattliche Erklärung, ihren Ariernachweis, sämtliche Ausbildungspapiere, Geburtsurkunde und Heiratsurkunde. Ihre Bluse schmückte der schwarze Gagat. Mit einem Stoßseufzer drückte Lotte die schwere Tür der Gaugeschäftsstelle auf und begab sich in die dritte Etage. Ihre Schritte hallten durch die erhabenen Räume des Gebäudes. Als sie ihren Marsch in Richtung Zimmer 342 lenkte, sah sie, dass vor der Tür bereits jemand wartete. Eine Frau. Im Gegenlicht konnte Lotte nichts weiter erkennen als ihre Silhouette. Die andere hockte auf einem Stuhl und wandte ihren Kopf in ihre Richtung. Im selben Moment wurde ihr klar, wer dort saß.

Auch Berta zuckte zusammen, als Lieselotte auf sie zukam. Ihre ehemalige Schülerin hatte zwar kurz innegehalten, näherte sich aber nun mit entschiedenen Schritten. Vor dem Zimmer der Geschäftsstelle standen nur vier Stühle. Auf dem zur Tür gewandten saß Berta. Lieselotte setzte sich ihr direkt gegenüber. Gefasst. Vis-à-vis. Auge um Auge, dachte Berta, die einbestellt worden war, um ihren Ariernachweis zu erbringen. Beiden Frauen geisterte der Verdacht durch den Kopf, dass genau diese Situation absichtlich herbeigeführt worden war. Vielleicht ein Vorgehen, das Methode hatte? In diesem Moment schoss Lotte der Gedanke durch den Kopf, dass es Berta gewesen war, die sie angezeigt hatte.

Sie sah hoch und stieß auf die Unerbittlichkeit ihres Blickes. Gut, dann war es eben so. Als würde sie Bertas Anwesenheit nichts angehen, bückte sie sich, entnahm ihrer Tasche alle Papiere, die sie dabeihatte, und begann sie auf dem Schoß durchzusehen. Berta saß aufrecht, die Hände auf ihren Oberschenkeln gefaltet, und schaute nach rechts zum hohen Fenster hinaus in Richtung der kahlen Linden, an deren Astspitzen ein heftiger Wind zerrte. Die Atmosphäre war zum Zerreißen gespannt. Eine Aura des Sich-gegenseitigen-Verleugnens schützte die Frauen voreinander. Das eisige Schweigen beherrschte den hohen Flur. Noch nicht einmal hinter der Tür des Gauleiters war etwas zu vernehmen. Und wieder drängte sich die Vermutung auf, dass dieses rein zufällige Treffen mutwillig herbeigeführt worden war.

Und wenn sie uns nun gemeinsam verhören?, schoss es Lieselotte durch den Kopf, und ihre mühsam aufgebaute Contenance begann zu wackeln. Berta dachte ähnlich. Allerdings beunruhigte sie diese Vorstellung nicht so wie Lieselotte.

Plötzlich öffnete sich die Tür, ohne dass jemand hinaustrat. Von drinnen ertönte die Aufforderung: „Fräulein Habenicht, bitte!" Berta erhob sich und Lotte sah auf.

„Dann noch viel Freude beim Warten auf das Fräulein Sturm!", sagte Berta.

Ihr schneidendes Lächeln traf Lieselotte mitten ins Herz. Das harte Schließen der Tür hallte von den Wänden wider. Natürlich hatte Lotte damit gerechnet, dass Berta ihren fingierten Brief längst durchschaut hatte, aber in ihrer Gegenwart damit konfrontiert zu werden, war schmachvoll. Der Versuch, Berta zu vernichten, prallte auf sie zurück. In blinder Wut hatte sie andere erniedrigt und wurde nun selbst erniedrigt. Wie dumm, wie kopflos war sie gewesen. Jetzt konnte sie nur noch hoffen. Auf was eigentlich? Selbst wenn Berta nichts Genaues über Erwins Aktivitäten wusste, so kannte sie sicher Leute und hatte genügend Einfluss, um der Gaugeschäftsstelle dubiose Hinweise zuzuspielen, die vernichtend für Erwins und ihre Schule wären.

Berta hatte gewonnen.

Zu retten war nichts mehr. Betreten starrte sie auf ihren Ariernachweis. Die einzige Wahrheit, die ihr noch blieb, war, dass sie durch und durch deutsch war. Nützen würde ihr das auch nichts, denn wenn schon die Verheiratung eines Ariers mit einem Juden geahndet wurde, was bedeutete es dann für jemanden, der mit einem reinblütigen Kommunisten verheiratet war? Den Unterrichtserlaubnisschein wäre sie in jedem Fall los.

Lotte wollte alles nur noch schleunigst hinter sich bringen. Das endlose Warten nagte an ihr. Ihr Kampfgeist erlosch und nach einer gefühlten Ewigkeit wurde die Klinke heruntergedrückt und sie hörte Bertas Stimme von drinnen: „Ich würde mich niemals um diese Dinge gekümmert haben, wenn ich nicht durch die Ihnen bekannte Angelegenheit – die Affäre Erna Sturm – damit in Verbindung gebracht worden wäre. Heil Hitler."

Berta trat hinaus in den Flur. Automatisch erhob sich Lieselotte, und wieder standen sie sich gegenüber. So dicht, dass kein Mensch zwischen ihnen hätte hindurchgehen können. Sie blickten sich an, und die Erinnerung brach über Lotte herein, als wäre es erst gestern Nacht gewesen. In der Windmühlenstraße, damals, als Berta die Worte gesagt: *Es gibt noch andere Tage, Lieselotte. Sie müssen sich nicht fürchten vor denen da drinnen* – und sie daraufhin geküsst hatte. Wie anders war die Situation damals. Der gleiche Abstand. Die gleiche Intensität. Nur eine andere Farbe.

Der Augenblick verflog, Berta drehte sich um und verließ den Flur. Lotte stand da, als hätte sie den Grund ihres Hierseins vergessen. Im gleichen Moment hörte sie ihren Namen und trat in die Stube des Gauleiters.

„Setzen Sie sich." Sie gehorchte und ließ sich auf dem Platz nieder, auf dem nur wenige Sekunden zuvor Berta gesessen hatte. Er war noch warm.

„Sie haben die eidesstattliche Erklärung dabei?", fragte der Mann.

„Und den Ariernachweis", ergänzte Lotte tonlos und schob die Blätter über den Tisch. Der Gauleiter nahm die Formulare, besah sie und brummte unverständlich vor sich hin, offenbar das, was er gerade ablas. Lotte kannte den Text auswendig. „Hiermit bekunde ich aufrichtig und an Eides statt, dass ich deutsch und arischer Abstammung bin und mich voll und ganz für die Belange des nationalsozialistischen Staates und seinen Führer Adolf Hitler einsetzen werde …"

„Was ist mit meinem Mann?", fragte sie, noch bevor der Beamte fertig war.

„Das werden Sie noch früh genug erfahren."

Er ließ die Papiere los und stand auf. Ein wahrer Berg von einem Menschen, dachte Lotte. Sein Gewicht schien ihm ziemlich zu schaffen zu machen.

„Sagt Ihnen der Name Erna Sturm etwas", fragte der Mann, nachdem er hinter ihrem Rücken zum Stehen gekommen war. Ein behäbiges Schnaufen ertönte.

„Nein", erwiderte Lieselotte. „Sollte das eine Schülerin von mir sein?"

Der Berg lachte. „So, so …", sagte er, „… eine Schülerin. Auch gut." Sofort schlug sein Lachen in einen strengen Ton um. Dabei nuschelte er entsetzlich. „Eine andere Frage, wie sieht Ihr Verhältnis zu Berta Habenicht aus?"

„Sie ist eine Berufskollegin, und ich habe vor neun Jahren die Ausbildung bei ihr abgeschlossen", erwiderte Lieselotte wahrheitsgemäß.

„Hatten Sie Konkurrenz in der Volkshochschule mit der Habenicht?"

„Nicht mehr als andere auch. Allerdings knüpft Frau Habenicht immer mehr berufliche Beziehungen als ich, die sie bei ihrer großen Geschäftstüchtigkeit voll auszuweiten weiß. Und nur unter diesem Blickwinkel ist auch ihr plötzlicher Eintritt in die Partei zu sehen."

„Sie wissen, dass Ihre Lehrerin auch eine Art Berufskollegin von Ada Lessing ist?"

„Ja, das ist mir bekannt."

„Wir haben da Informationen vorliegen, dass da eine sehr enge Verbindung bestand. Kennen Sie denn die…", er lachte respektlos, „… die Kassiererin der Volkshochschule, diese Lessing, ebenfalls persönlich?"

Unsicher schaute Lieselotte auf, und der Beamte fuhr fort: „Es gibt da ein Empfehlungsschreiben von Frau Habenicht in Frau Lessings Unterlagen. Acht Jahre alt, aber gut erhalten. Sie sind ihr auf das Wärmste anempfohlen worden."

„Ach", fiel es Lotte von den Lippen. „Das wusste ich nicht. Ich habe lange Jahre Kurse an der Volkshochschule gegeben. Wie viele andere meiner Kollegen auch."

„Ihr Mann ist ein Sympathisant von Theodor Lessing?"

„Dazu kann ich nichts sagen. Wir reden am Esstisch nicht über Politik und haben unsere Gesellschaften immer auseinandergehalten", sagte Lieselotte und fügte schnell hinzu: „Aber mit Ada Lessing hat er nie etwas zu tun gehabt."

„Nun gut, das Elend Lessing ist ja auch vom Tisch. Aber noch einmal zu der Verbindung Ihrer ehemaligen Lehrerin mit der Frau von dem …", ihm fiel offenbar spontan kein verächtliches Wort mehr ein, „… dem Lessing! Wenn Sie so oft an der Volkshochschule zu tun hatten, gibt es da doch sicher Beobachtungen, die Sie uns mitteilen möchten, die für uns interessant sein könnten?"

Fieberhaft dachte sie nach, was sie preisgeben könnte, um ihren Kopf aus der Schlinge zu ziehen. Vielleicht, wenn sie nur kooperierte, würde sich das auf Erwins Entlassung auswirken.

„Ja, es ist etwas Auffälliges gewesen", gab sie zu.

„Und?"

„Bei den Besprechungen wurde Frau Habenicht von Frau Lessing immer in einer besonders bevorzugten Form empfangen, die allgemein auffiel. Nicht nur mir."

Der Dicke nickte, sah aber äußerst unbefriedigt aus. „Sind Sie in der *Sozialistischen Front* tätig?"

„Um Gottes willen, nein!", rief sie, und ihre Aufruhr schien den Beamten zu überzeugen.

„Ihr Mann?"

„Wir haben niemals der kommunistischen Partei angehört. Wir hatten auch keinen Umgang mit diesen Kreisen. Das sind alles Gerüchte. Wir haben lediglich unsere Arbeit gemacht. Zu mehr hatten wir keine Zeit. Schließlich mussten wir ja die Lücke ausfüllen, die uns die Wegnahme des *Zauberringes* gerissen hatte, aufgrund der Beschuldigung, wir wären alles Kommunisten. Andere treten mir nichts, dir nichts in die Partei ein, und alles ist gut!" Lotte war laut geworden. Jetzt erinnerte sie sich wieder an Erwins Worte, sich stark zu zeigen, Kopf und Blick aufrecht und frei zu halten und ihre Asse auszuspielen. Kämpfen sollte sie mit den Waffen einer deutschen Frau, die dem Idealbild entsprach, zumindest äußerlich.

„Dabei …", fuhr sie schon selbstsicherer fort, „… hat uns letztens ein Kollege von Ihnen, Herr Kunz, besucht und sich beeindruckt von unserem neuen Stück gezeigt. Wir hatten ein Gespräch über die Kultur im Allgemeinen."

„So", sagte der Mann und hob die Augenbraue über der spiegelglatten Stirn, die in eine Glatze überging. Im Übrigen besaß er fast gar keine Haare, nur an den Seiten über den Ohren bemerkte Lieselotte einen dünnen Flaum, der millimeterkurz rasiert war. Ermutigt durch die Sprachlosigkeit des Mannes begann sie ein Plädoyer über ihre Arbeit zu halten.

„Im letzten Sommer waren wir im Zeltlager der Kinderfreunde. Die Kinder tanzen täglich vier Wochen lang. Es waren tausend. Sie können sich nicht vorstellen, welche Kraft von ihnen ausging und welche Freude es war, ihnen zuzusehen. Und deshalb verstehe ich wirklich nicht, warum Sie uns derartigen Verdächtigungen aussetzen?", schloss sie.

„Lieben Sie Ihren Mann?"

Diese Frage warf sie wieder aus der Bahn. Welcher Teil in ihr sollte jetzt erwidern, welche Auskunft war die richtige? War es loyal in den Augen des Dicken, Erwin zu lieben? War es verräterisch? Welche Rolle, welche Maske sollte sie bedienen? Es stand außer Frage, dass sie Erwin schützen musste, aber im selben Moment, in dem sie ihn abschirmte, gab sie ihre eigene Deckung auf. Und im anderen Fall, wenn sie sich selbst in Sicherheit begab, gab sie Erwin preis. Händeringend suchte sie nach einem Mittelweg. Der Mann jedoch schien gar keine Antwort zu erwarten.

„Natürlich lieben Sie ihn!", antwortete er vernehmlich. „Sie wissen, was das bedeutet?"

Aus dem Nebenraum trat plötzlich ein weiterer Herr. Hannes Kunz. Erschrocken sah sie ihn an. „Es tut uns sehr leid, mir persönlich ganz besonders", sagte er mit weicher Stimme und musste sich sofort einen strafenden Blick seines Vorgesetzten einfangen. Dann fuhr er fort: „Leider erfordern es die Umstände, alles, was auch nur im Entferntesten mit dem jüdischen Kulturbolschewismus im Bunde steht, in Haft zu setzen."

„Nein, ich …", versuchte sie Einspruch zu erheben, aber Kunz gebot ihr durch eine sanfte, aber entschlossene Handbewegung zu schweigen. Er holte das dünne Heft heraus, in dem er während seiner Hospitation bei ihr mitgeschrieben hatte, und zitierte: „‚In dieser Phase sind alle, und ich sage explizit alle, egal, ob sie führen oder folgen, mitverantwortlich für das große Ganze …' die Worte Ihres Mannes!"

Sie sackte zusammen. Sein Ton wurde versöhnlich. „Da wir in Ihrem Fall noch keine eindeutige Beweislage haben, Frau Daube, sind Sie nur vorläufig inhaftiert, so lange, wie wir die Sachlage prüfen und Ihre Aussagen mit anderen vergleichen können. Vor der Tür erwarten Sie zwei zuständige Beamte, die Sie jetzt mitnehmen. Vor Ort können Sie dann jemanden beauftragen, Ihre persönlichen Sachen holen zu lassen. Nur für die Dauer, die Sie in Gewahrsam sind."

„Aber nein … wirklich … ich kann doch nicht!"

„Sie haben gehört, was befohlen wurde. Und ab!" Wieder warf der Dicke seinem Untergebenen einen mahnenden Blick zu, der zeigte, dass ihm allein diese Aufgabe zugestanden hätte und er ihm übelnahm, um sein Vergnügen gebracht worden zu sein.

Als Liselotte aus der Tür trat, erwarteten sie zwei Uniformierte, die sie rechts und links am Arm packten. Reflexartig schüttelte sie ab. „Ich kann den Weg alleine gehen!", sagte sie.

Die Uniformierten wechselten einen Blick mit Kunz und dem Dicken. Ersterer nickte, und man ließ sie gewähren. Aufrecht schritt sie den Flur entlang, wissend, was ihrer Schule nun bevorstand: eine Razzia, die nichts auslassen würde, die kein Papier auf dem anderen ließ. Sie hoffte nur inständig, dass ihr Mann die Regeln der illegalen Arbeit peinlichst genau eingehalten hatte und das Haus sauber war. Arme Käthe, dachte sie noch, und der Gedanke an das Mädchen lenkte sie von dem eigenen Schrecken ab, während sie die schwere Tür des Eingangsportales hinter sich zuschlagen hörte.

„Es ist uns von nebensächlicher Bedeutung, wie sich die Habenicht in ihren vier Wänden aufführt", wies der Gauleiter Kunz zurecht, nachdem Lieselotte abgeführt worden war. „So lange jedenfalls, wie sie sich nicht an Minderjährigen vergreift. Einschneidend wäre einzig und allein ihre Zugehörigkeit zur KPD!"

„Ich bin schon der Meinung, dass solche Neigungen die Arbeit an unserem Kindermaterial und vor allem an den jungen Mädchen unmöglich macht", erwiderte Kunz.

Der Dicke ließ sich hinter seinem Schreibtisch sinken. „Tja, mein Lieber, leider gibt es bei uns aber noch kein Gesetz, das weibliche Homosexualität zur Straftat macht. Eine widerwärtige, gefährliche Seuche, die unter der alten Regierung rapide um sich gegriffen hat."

„Man muss sie in naher Zukunft unterbinden."

„Allerdings."

70

Sie fror. Man hatte ihr eine Decke bringen lassen und noch ein paar andere Dinge, aber die Kälte kam von innen. Käthe war in der Schule angetroffen worden, und Lieselotte konnte sich vorstellen, dass das Mädchen sofort zu Else Marie gelaufen war und ihr die unfassbare Botschaft überbracht hatte.

Die Luft in der Zelle war kalt und feucht. Links im Raum auf einer Bretterpritsche lag eine Frau, die zu schlafen schien. Vielleicht war sie krank, vielleicht bewusstlos. Es roch nach Schweiß und leicht fruchtig, ein wenig nach Aceton. Hin und wieder stöhnte die Frau und atmete auf merkwürdige Art. Lotte konnte nicht schlafen. Nie wieder würde sie schlafen können. Sämtliche Teile ihres Körpers waren zersplittert. Kleine Partikel schwirrten in ihr herum und erzeugten eine fiebrige Diffusität. Sie war ein Nebel aus elektrisierter Spannung, den eine äußere Hülle notdürftig zusammenhielt.

Fröstelnd ließ sie sich auf ihrer Pritsche nieder und starrte auf die gegenüberliegende Wand. Von draußen drangen Rufe durch die Stahltür, deren Wortlaut sie nicht verstand. Schreie. Die Metallbetten im Raum erinnerten sie an ihren einzigen Aufenthalt im Krankenhaus, damals, als sie mit fünf den Flammen der Reifenfabrik entkommen, damals, als sie auf den Fenstersims geklettert war, damals, als sie noch fröhlich Tauben fütterte und eine Krankenschwester sie zurück aufs Bett setzte. Alles war weiß gewesen.

Jetzt war alles grau. Ein Fenster gab es nicht. Man hatte eine Kerze auf einem an die Wand angebrachten Brett hinterlassen. Man hatte auch Papier und Stift bereitgestellt, falls ihr noch etwas einfiele. Aber ihr fiel nichts ein. Sie war leer bis auf Erinnerungsfetzen, die sich wie Bilder übereinander schoben. Auch nach vorne zu denken gelang ihr nicht mehr. Das Ziel war verloren, der Weg in diese Richtung abgeschnitten. Vor eine Mauer war sie gelaufen, gezwungen, sich umzudrehen. Mit dem Rücken zur Wand blickte sie auf ihr Leben zurück, in ein endloses Dunkel hinein. Und je weiter sie diesen Weg zurückgehen müsste, umso unerträglicher würde es werden. Nie hatte sie dahin zurückgewollt. Niemand, der nicht in so eine Welt hineingeboren war, würde sie je begreifen. Ein Morast, an dessen Oberfläche sie mit kindlichen Kräften herumgerudert war, ihre Hände emporgereckt hatte, in der Hoffnung, jemand würde sie ergreifen und sie herausziehen, bis diese Hände endlich gekommen waren. Almuts Hand. Bertas Hand.

Lieselotte erhob sich und wanderte rastlos in der Zelle umher, in der Hoffnung, dass die Kälte sie verlassen würde. Die Filzdecke fest um den Leib gewickelt. Und jetzt? Jetzt hatte sie dieselbe Hand, die sie einst aufhob, zurückgestoßen in den Schlamm. Schlimmer, in den Abgrund, der nicht einmal mehr ein Sumpf war. Hoffnungslos setzte sie sich wieder auf den Stuhl. Vor ihr auf dem Brett flackerte die Kerze. Beleuchtete schwach das Papier. Sie strich darüber. Es war wie damals in der Dachkammer. Als sie in eine Wolldecke von Tante Almut gewickelt unter der Luke saß, schlaflos mit pochendem Herzen, und der Mond durch die Scheiben geschienen hatte, als sie zuerst in ihr Tagebuch schrieb und später an Berta. Nun schien kein Mond, aber wie damals ergriff sie den Stift. Das Blei kratzte über das Papier, so sehr drückte sie auf.

Lieselotte schrieb, ohne nachzudenken, schrieb, was aus ihr herausdrängte, weil sie es nicht mehr verleugnen konnte. Es war das Herz der Sechzehnjährigen, das diese Zeilen verfasste, es war der Teil in ihr, der schon immer gewusst hatte, wie es um sie stand.

Ich habe dich verraten, Berta. Ich tat es, weil ich dich liebte. Weil mich diese Liebe zerstörte. Diese rätselhafte Liebe fraß alle Zeit, in der ich hätte leben können, und am Ende stand nur noch die Frage: ich oder du. Ich wollte dich auslöschen, Berta. Aber nun haben sie mich zu fassen bekommen. Nicht dich. Du bist der Fisch, der entschlüpfte. Mich holten sie heraus. Ein dummes Stück Treibholz, denn was bin ich mehr gewesen als ein fauler Scheit, der einen Fisch liebte … starr statt biegsam. Fasern statt Schuppen. Von Beginn meines Lebens an war ich vom Großen und Ganzen abgespalten, von Geburt an der Fäulnis preisgegeben, dem Abwasser übereignet. Ich war treibend statt treibend. Bis gestern, bis zum Schluss hatte ich geglaubt, all dem entrinnen zu können. Ich habe dich verraten, weil du lebtest, Berta. Und nicht ich.

Noch in derselben Nacht verbrannte Lieselotte diese Zeilen. Vom Rauch in dem winzigen Raum regte sich ihre Zellengenossin. Hustend erwachte sie aus ihrer Ohnmacht, rang nach Luft und wimmerte um Hilfe. Es war ihr Glück. Lotte schrie nach den Aufseherinnen und hämmerte minutenlang an die Stahltür. Das Gesicht der Kranken glänzte vom Schweiß und ihr Mund war zusammengezogen. Endlich holte man die Frau aus der Zelle. Was auch immer sie hat, dachte Lotte, ohne Medizin wird sie nicht überleben.

Den Rest der Nacht verbrachte sie in Einzelhaft. Am nächsten Morgen führte man sie in eine Zelle mit vier Personen. Eine der Insassinnen war die Schwester der Kranken. Sie hieß Silva und war aufgrund des neuen Heimtückegesetzes festgesetzt worden. Die lebhafte, blonde Frau betrieb eine kleine Gastronomie und hatte sich lautstark geweigert, ausländische Bezeichnungen von der Speisekarte zu streichen. Nun galt sie als Landesverräterin. Durch sie erfuhr Lotte auch, dass die vermeintliche Ohnmacht ihrer Schwester bereits ein diabetisches Koma gewesen war. Sie litt an der Zuckerkrankheit und nur eine Dosis Insulin hätte ihr noch helfen können. Zwei Tage lang tröstete sie Silva und redete ihr gut zu. Am vierten Tag öffnete sich die Tür.

Für Lieselotte.

„Folgen Sie mir!“

Sie erhob sich nur langsam, ging zur Tür, nickte Silva zum Abschied zu und trat ins Licht. Zuerst führte man sie aus dem Dunkel der Zelle durch den schwach beleuchteten Flur, dann hinüber in den nächsten zum übernächsten Gang und weiter durch das halbvergitterte Treppenhaus, bis schließlich zum Hof und von dort auf die Straße hinaus.

Sie war frei. Die Sonne stand an ihrem höchsten Punkt und ein eisiger Wind empfing sie. Krachend schloss sich das Tor hinter ihr. Das harte, metallische Geräusch trennte die erste Welt von der zweiten. Wie viele Welten gab es noch? In den vergangenen Tagen war in Lotte eine Ahnung erwachsen, dass sich hinter der ersten und zweiten noch weitere verbargen. Pforten, die ins Niemandsland führten. Sie musste nun durch keine dieser Türen mehr gehen, man hatte ihr den Rückweg angeboten.

Ihre plötzliche Entlassung konnte sie sich nur so erklären, dass man fest daran glaubte, sie hätte die hochverräterischen Ziele der *Sozialistischen Front* nicht erkannt. Ganz offensichtlich waren die Entscheidungsträger davon ausgegangen, dass Lotte eine verirrte Seele gewesen war, eine, die bekehrt werden müsse, eine, die dem Volkskörper doch noch nützlich sein würde.

Wie leuchtend die Sonne war. Obwohl ein kalter Wind wehte, spürte Lotte die Kraft der Strahlen auf ihrem Gesicht. Sie schloss die Augen, vergrub ihre Hände tief in den Manteltaschen und sog die Helligkeit in sich auf. Die klamme Kälte der feuchten Zelle hockte noch in den Knochen. Das Gefühl, sich unerwartet unter diesem hohen, lichten Himmel wiederzufinden, löste in ihr einen tiefen Seufzer aus. In der Haft, noch kurz vor der Entlassung, hatte sie inständig versucht, Käthe oder Else Marie kontaktieren zu lassen. Sie wusste nicht, ob es gelungen war.

Als sie vom Gehweg auf die Straße trat, konnte sie weder Else noch Käthe finden. Stattdessen erblickte sie jemand anderen.

Gegenüber auf dem Gehweg wartete sehr aufrecht eine kleine, dunkle Gestalt. Irma, dachte sie überrascht. Die Pianistin lächelte, und als sie sah, dass Lieselotte sie erkannte, stürmte sie auf sie zu. „Fräulein Förster hat mir gesagt, dass du jetzt wieder unter uns sein wirst. Gott sei Dank!"

Mit diesen Worten schob sie ihre kleinen, energischen Hände in die Manteltaschen zu Lieselottes hinein und umschloss sie fest.

„Gott sei Dank!"

„Ist Else nicht gekommen?", fragte Lotte mit brüchiger Stimme.

„Nein, sie musste heute Morgen rasch zum Krankenhaus fahren und holt dort ihre Mutter ab. Ich soll dir ausrichten, du sollst dir keine Sorgen machen, es geht ihr gut." Und dann, so selbstverständlich, als hätte Lotte es schon tausendmal getan, schloss sich Lottes Linke um Irmas Rechte, zog sie aus der Tasche, öffnete ihre Faust und verschränkte ihre Finger mit ihren.

„Komm", sagte sie und zog Irma sanft mit sich.

„Ja. Weg von hier."

„Ich bin ohne alles", sagte Lotte.

„Ich weiß, wovon du sprichst", erwiderte Irma.

Fest umschloss Liselotte Irmas Finger. Diese tiefe Wärme, dachte sie. Es ist, als hätte diese Hand schon immer auf mich gewartet. Und plötzlich war sie von einer Gewissheit erfüllt. Von nun an würde sie diese Hand nicht mehr loslassen.

71

1936 – Drei Jahre später

Der Himmel zeigte einen weißen Wolkenstreifen, der sich langsam nach Osten schob. Sie lagen auf der Wiese; Bertas Kopf ruhte in Dorotheas Schoß. „Wir müssen wohl", sagte Berta zu ihrer Gefährtin. Langsam erhoben sie sich. Ein erster, frischer Wind aus Nordwest war zu spüren, als sie aufbrachen. Bertas linke Körperhälfte badete noch in der lauen, von der Sonne erwärmten Luft, während ihre rechte fröstelte. Der Herbst löst bereits den Sommer ab, dachte sie, und die Luft ist wie polarisiert. Ihr gemeinsamer, langer Wanderausflug durch den Deister wäre die letzte, größere Unternehmung zu zweit. In wenigen Tagen begann der Schulbetrieb.

„Es ist ruhiger geworden die letzten Jahre", ließ Dorothea verlauten, und Berta wusste, dass sie wieder einmal auf die Angelegenheit Daube anspielte. Wie jedes Jahr um diese Zeit. Dorothea liebte Rhythmen, nicht nur in ihren Versen.

„Es war pures Glück damals, dass die Angelegenheit als Brotneid fallengelassen wurde", erklärte Berta.

„Mehr war es auch nicht, meine Liebe."

„Brotneid oder Glück?", entgegnete Berta.

„Ersteres", erwiderte Dorothea lapidar.

Berta schwieg eine Weile, bevor sie einwandte: „Andere hatten Pech. Laban zum Beispiel."

„Weil Göbbels ihm jetzt das *Weihespiel* entzieht?"

„Nun ja, Er stand kurz vor der Olympiade. Die Generalprobe fand vor zweitausend Zuschauern statt, und alle waren begeistert, bis auf den einen."

Dorothea schwieg und nickte versunken.

„Ich hätte mich umgebracht vor Zorn", sagte Berta.

„Hättest du nicht."

„Ja doch. Was meinst du denn, warum die Daube mit ihrer Laban-Schule keinen Fuß mehr auf den Boden kriegt?"

Dorothea nickte. „Man kann von Glück reden, nicht allzu zu groß zu sein, in großen Zeiten."

„Von wem ist das?"

„Von mir."

Berta lächelte schwach. Noch immer waren sie nicht sicher. Noch immer lauerten an jeder Ecke Gefahren. Nirgends konnten sie innehalten, aber sie blieben eng beieinander und bahnten sich ihren Weg durch das braune Dickicht. In diesen neuen Wäldern aus Heimtücke, Gehorsamkeit und fröhlichem Volkserleben würden sie sich zurechtfinden. Bislang hatten sie alles gemeinsam durchgestanden. Sie würden auch morgen noch existieren. Wer auch immer regierte, wer auch immer sie misstrauisch beäugte, sie würden überleben – unter ihren Augen.

Epilog

Erwin verbüßte – wie dreihundert andere über Nacht in Hannover Festgenommene – eine Haftstrafe von mehreren Monaten, wurde aber kurz nach der Geburt seines ersten Sohnes Rudolf aus der Haft entlassen. Nachdem es Lieselotte nicht gelungen war, ihre Schule aufrechtzuerhalten, trennten sich schließlich ihre und seine Wege.

Zu einem gerichtlichen Verfahren gegen die Berta-Habenicht-Schule kam es nicht. Sowohl Erwins folgendes Bühnen- als auch das Unterrichtsverbot hinderten ihn jedoch nicht daran, für den Unterhalt seines Kindes aufzukommen. Er fand eine vorübergehende Anstellung in den Sichelwerken Hannover Limmer. Nach den Pogromen 1938 emigrierte er zusammen mit der Familie Förster nach Amerika. Sie kamen bei entfernten Verwandten der weitverzweigten Familie unter. Erwin blieb bis zum Ende des Krieges im Widerstand. Auch hielt er mit Lotte brieflichen Kontakt. Rückblickend auf das Jahr 1934 – als fast die gesamte SA-Riege ermordet wurde, schrieb er ihr: „*Wie ich dir immer schon gesagt und es selbst so gehofft habe, Lotte, erinnerst du dich noch, kurz vor deinem Geburtstag im Stadtwald? Sie haben begonnen, sich endlich selbst zu zerfleischen. Hitler hat seine engsten Leute ermordet. Bei euch schrieben sie damals: wegen um sich greifender Homosexualität. Eine Farce. Wer bis in seinen engsten Kreis hineinwütet, Lotte – das verspreche ich dir –, wird irgendwann bei sich selbst ankommen. Es ist nur noch eine Frage der Zeit, bis er die Waffe auf sich richtet oder ein anderer es tut ... Haltet durch!*“

Nach mehreren Monaten starken Heimwehs und unzähliger Briefe an Lieselotte begann Else Marie endlich die Freiheit im neuen Land zu genießen und wieder das zu tun, was sie in Hannover hatte lassen müssen. Den Revuetanz. Zuerst fand sie Anschluss in einem Ensemble der jüdischen Kulturgemeinde und eroberte später mit einem eigenwilligen Burlesqueprogramm „Die Deutsche Marie“ – eine tanzende Komödieuse – die kleinen und mittleren amerikanischen Bühnen. Kurz nach der Geburt ihres Sohnes Rudolf schrieb sie an Lieselotte:

„*... weißt du, was, Lotte? Seit den Höllenqualen meiner Geburt habe ich einen einfachen Trick herausbekommen. Den kannst du auch anwenden, wann immer es schlimm wird. Egal, was wehtut, egal, wie es dir geht, wenn du jemals das Gefühl hast, dass du deinen ganzen Halt verlierst, hilft es, wenn du dir an die Schlüsselbeine* *greifst. Du musst dich dazu auf den Rücken legen. Ganz entspannt. Ja, glaub mir. Dann mit beiden Händen anpacken. Dann spürst du erst, wie stark sie sind. Wie hart. Greif einfach dort hinein und denke an schmal gebogene Türklinken aus Messing oder an Äste von jungen Kiefern oder an dünne Reckstangen aus Stahl oder, oder, einerlei … wenn du nur lang genug an rein gar nichts Vernünftiges dabei denkst und einfach nur spürst, dann kannst du dich nämlich an deinen eigenen Schlüsselbeinen festhalten.*

Als hätte dir der eigene Körper diese beiden Mulden nur gelassen, damit du irgendwann einmal draufkommst, da hineinzugreifen und dich festzuhalten. An dir selbst.“

Bernhardt Kahlbutz musste Ende März 1936 endgültig seinen Posten als Chefarzt im Annastift räumen. Einige Wochen danach eröffnete er eine private Praxis in der Stadtmitte von Hannover. Dort behandelte er nur noch Menschen jüdischen Glaubens. Drei Jahre später wanderte er nach Rio de Janeiro aus. Die Orthopädie ließ ihn auch in der Fremde nicht los. Viele Jahre lang schrieb er an einem wissenschaftlichen Werk, für das er später weltweite Anerkennung erhielt.

Roger Treppat wurde, wie er selbst vorausgesehen hatte, politisch verfemt und das künstlerische Schaffen in Deutschland untersagt. Er blieb in Paris bei seinem Bruder und verdiente sich seinen Unterhalt durch Lehrtätigkeit an diversen Kunstschulen. Seine Malerei nahm er nie wieder auf. Im fortgeschrittenen Alter heiratete er schließlich seine Nichte Lisa, die Berta rein äußerlich sehr ähnlich war und die ihm in der gesamten, dunklen Zeit zur Seite stand.

Artjom tauchte nach Erwins Verhaftung unter und nahm auch später keinerlei Kontakt mehr zu alten Bekannten oder Freunden auf. Er galt als verschollen. Ob er sich unter neuem Namen ein anderes Leben aufbaute oder starb, ist unbekannt.

Aenne Heise Unter der Herrschaft der Nationalsozialisten konzentrierten sich ihre Aufträge auf den kunstgewerblichen Bereich. Nach dem Krieg eröffnete ihr der Aufschwung der Baubranche im zerstörten Land eine Karriere als Industriefotografin.

Irma und Lieselotte blieben ein Paar und verließen zusammen ein Jahr dem Tod von Lottes Mutter Henny die Stadt. In Hamburg, der Stadt ihrer Laban-Ausbildung, fand Lotte bei Shell Beiersdorf und der Deutschen Bank ein zeitlich begrenztes Engagement für innerbetriebliche Gymnastikkurse, die ihr Überleben sicherten. Irma hingegen tingelte, später auch im Rahmen der Truppenbetreuung, herum und unterstützte kleinere Tanztourneen mit leichter Programmkost. Beide versuchten in Hamburg weiter Fuß zu fassen. Irma sammelte Erfahrungen beim Rundfunk. Lotte sprach bei größeren und kleineren Bühnen vor, aber der neue Tanz und die Improvisation stießen im Nachkriegsdeutschland nur auf geringes Interesse. Anspruchsvolle, tiefgründige Themen wollte niemand mehr sehen. Zusammen entwickelten sie schließlich die Idee einer Frühsendung mit Morgengymnastik und bewarben sich um einen Rundfunksendeplatz.

Nachwort

Die Geschichte dieses Romans beruht auf der Grundlage einer tatsächlichen Begebenheit.

Eine Gymnastikschule aus Hannover, die von zwei Frauen – einem Paar – geleitet wird, gerät in Schwierigkeiten. Eine ehemalige Schülerin, an ebendieser Schule ausgebildet, denunziert ihre Lehrerin. Diese Schule existierte in Hannover von 1923 bis 2015. Die letzten zehn Jahre ihres Bestehens habe ich selbst an dieser Schule unterrichtet. Die Gründerin war Doris Reichmann. Später stieß Tilla Grabbe dazu. Die ehemalige Schülerin heißt mit wahrem Namen Gertrude Bosse (später Einecke-Bosse). Denunziert hat sie jedoch unter dem Namen „Daube" – einem Namen, den es nicht gab.

Ich habe mir die Freiheit genommen, die Umstände, die zu dieser Denunziation führten, als auch die Hauptpersonen fiktiv zu gestalten. Zu einigen erfundenen Figuren in diesem Buch gibt es eine tatsächliche Entsprechung in der Geschichte. Manche Figuren sind aber auch eine Verschmelzung aus mehreren historischen Personen. Andere sind frei erfunden und wieder andere bevölkern die Geschichte in ihrer tatsächlichen Namensgestalt. Dort jedoch, wo die Lebenswege der historischen Personen stark von ihren tatsächlichen Wegen abweichen, habe ich mir erlaubt, ihnen einen anderen Namen und eine andere Gestalt zu geben. In dieser Geschichte geht es mir nicht darum, eine *spezielle Person* auszuleuchten, sondern das Phänomen der damaligen Zeit: Viele Gymnastik- und Tanzschulen entstanden – ein wahrer Boom. Was heute der Breitensport und das Fitnessstudio an jeder Ecke ist, waren damals das Laienturnen und das Tanzstudio. Es gab harte Konkurrenz unter Männern *und* unter Frauen. Denunziert wurde nicht wenig. Es war eine Zeit des schnellen Aufbruchs und des baldigen Niedergangs.

Ich möchte nicht über jemanden richten, sondern aufzeigen, wie vielschichtig Entscheidungen in schaffender wie in zerstörender Weise zustande kamen. Es ist auch nicht die Geschichte von Widerständler*innen, sondern von Menschen, die sich angepasst und mit ihrer Zeit arrangiert haben.

Ausgangspunkt war der Verräterbrief von „Frau Daube", den ich in seinem Originalwortlaut bis auf fünf kleine Änderungen belassen habe. Ich wollte erforschen, wie jemand „dorthin kommen kann, so etwas zu tun", und habe mich auf einigen hundert Seiten dieser Frage zu nähern versucht.

Ob sich die Begegnungen und die Dialoge der historischen mit den fiktiven Figuren so zugetragen haben könnten, sei dahingestellt. Das ist die künstlerische Freiheit, die ich mir genommen habe. Mit bestem Wissen und Gewissen habe ich mich immer bemüht, einer möglichen Wahrheit sowie den Figuren gerecht zu bleiben.

Viele Äußerungen der wörtlichen Rede, besonders im Fachjargon, sind damaligen Lehr- und Fachbüchern entnommen oder an sie angelehnt.

Ein großer extra Dank gilt der letzten Schulleiterin der Doris-Reichmann-Schule, Jutta Welge, die mir sämtliches Archivmaterial übereignet hat, aus dem ich diese Geschichte entwickeln durfte.

Historische Personen, die von echten inspiriert sind und die ich aus Gründen der Abweichung von der tatsächlichen Geschichte umbenannt habe:

Doris Reichmann und Bess Mensendiek verschmelzen zur literarischen Figur Berta Habenicht.

Tilla Grabbe teilt mit Dorothea Bragge einige wahre Begebenheiten.

Gertrude Bosses (später Einecke-Bosse) Geschichte gab mir Ideen für die Figur der Lieselotte Daube (später Daube-Gellert).

Die Biografie des Landeskrüppelarztes Bruno Valentin lieferte mir in Teilen das Material für die Erschaffung von Bernhard Kahlbutz.

Was dem Worpsweder Maler Georg Tabbert widerfuhr, passierte nicht unbedingt immer auch Roger Treppat (und umgekehrt). Aber die beiden haben einiges gemeinsam.

Mein Dank für fachliche, dramaturgische und sprachliche Hilfe geht an: Anja Rudnick, Corinna von Kietzell, Dirk David, Patricia Harlos, Martin Widdel, Joan Weng, H.D. Radke, die 42erautoren, Antonia David, Ilona Bubeck und Jim Baker vom Querverlag, Inge Lütt, Jutta Welge als letzte Schulleiterin der Doris-Reichmann-Schule (ehem. Schülerin), Gertrud Heinze (ehem. Schülerin) als Zeitzeugin, Silva Winkler, Dr. Christian Heppner vom Stadtarchiv Hannover, Eva Blaschke, Ulrike Renk und Kirsten Plötz.

Für die Versorgung und Unterstützung in der „Eremitage" (meinem Schreibexil) danke ich: Renata und Reinhard Korth, Ingo Heinze, Manuela Hartmann sowie Bärmich und Bärmich.

Quellen

Ackers, Maximiliane, *Freundinnen*, Feministischer Buchverlag, 1995.

Benne, Simon, *66 Tage – eine Reise durch die Geschichte Hannovers*, HAZ Madsack, 2016.

Bense, J., *Kosmetikon*, Ausgabe Pest, Wien und Leipzig, 1861.

Bode, Rudolf, *Ausdrucksgymnastik*, C.H. Beck München, 1926 (zweite Auflage).

Deutsche Kultur-Wacht, Heft 9, 1933.

Dörr, Evelyn, *Die Schrift des Tänzers: Ein Portrait*, Books on Demand GmbH, 2005.

GEDOK, Hefte und Zeitungsauschnitte, Stadtarchiv Hannover (Archivakten).

Grabbe, Tilla; *Lyrik*, Europäischer Verlag, Wien, 1969.

Hannoversche Allgemeine (HAZ), (diverse Artikel).

Hirth, Dr. Georg (Hg.), *Zeitschrift Jugend*, Dr. Georg Hirth, 1911.

Historisches Museum Hannover (Unterlagen/Zeitungsartikel).

http://www.weimar-im-ns.de/ort11.php (letzter Abruf: 29.01.2018).

https://www.pimath.de/saaleck/paul_schultze_naumburg/berufung_weimar.html (letzter Abruf: 29.01.2018)

https://www1.wdr.de/stichtag8201.html (letzter Abruf: 20.05.2016)

https://www.spiegel.de/geschichte/kalenderblatt-16-3-1925-a-946731.html (letzter Abruf: 29.01.2018)

https://www.fembio.org/biographie.php/frau/feature/aenne-heise/frauen-aus-hannover (letzter Abruf: 5.09.2018)

https://www.diakovere.de/unternehmen-und-mehr/krankenhaeuser/annastift/mzeb/ueber-das-zentrum/bruno-valentin/ (letzter Abruf: 5.09.2018)

https://de.wikipedia.org/wiki/VfL_Hannover (letzter Abruf: 5.09.2018)

https://de.wikipedia.org/wiki/Griechische_Revolution (letzter Abruf: 10.02.2017)

Laban, Rudolf von, „Die Schönheit", Heft 1 in: *Viertes Rhythmusheft XXII*, Postverlagsort, Leipzig.

Laban, Rudolf von, *Choreografie*, Eugen Dietrichsen, Jena, 1926.

Landesarchiv in Hannover-Pattensen, Dokumente, ab 1930.

Lessing, Theodor, *Haarmann – Die Geschichte eines Wehrwolfs*, Verlag Projekt Gutenberg-DE, 1925.

Mensendieck, Bess M., *Anmut der Bewegung im täglichen Leben*, F. Bruckmann AG., München, 1929.
Mensendieck, Bess M., *Funktionelles Frauenturnen*, F. Bruckmann AG., München, 1923.
Müller, Hedwig & Stöckemann, Patricia, *„… jeder Mensch ist ein Tänzer“ – Ausdruckstanz in Deutschland zwischen 1900 und 1945*, Anabas-Verlag, Gießen, 1993.
Müller, Helmut M., *Schlaglichter der deutschen Geschichte*, Bundeszentrale für politische Bildung, 1988.
Plötz, Kirsten, „… ihre perversen Neigungen restlos bloßzustellen”, In: *Invertio – Jahrbuch der Geschichte der Homosexualitäten*, Männerschwarmskript, Hamburg, 2002.
Prager, Wilhelm, *Wege zu Kraft und Schönheit*, Ufa-Palast am Zoo, Berlin, 1925 (Film).
Reichmann, Doris, *Gymnastik mit den Kleinsten*, Wilhelm-Limpert-Verlag, Frankfurt am Main, 1961.
Reichsverband deutscher Turn- und Sportlehrer e.V (Hg.), *Gymnastik und Tanz*, Wilhelm-Limpert-Verlag, Frankfurt am Main, 1936.
Rischbieter, Henning, *Hannoversches Lesebuch*, Friedrich Verlag, Velber, 1978.
Sarkowicz, Hans, Horchler, Andreas & Hillebrand, Christiane et al., *Unterwegs in der Geschichte Deutschlands*, Hessischer Rundfunk (Hg.), 2012 (Hörbuch).
Schröder, Christiane & Sonnek, Monika (Hg.), *Außer Haus – Frauengeschichte in Hannover*, Reichhold Verlag, Hannover, 1994.
Schularchiv der Doris-Reichmann-Schule Hannover, Dokumente, Fotos und Broschüren, Unterrichtsverträge, Zeugnisse, Pressemitteilungen, ab 1919.
Sellke, Herbert & Donop, Gerhard von, *Vom Sport zur Kunst*, Dieck & Co, Stuttgart, 1926.
Stadtarchiv Hannover, Dokumente, ab 1919.
Struss, Dieter, *Das war 1924*, Wilhelm Heyne Verlag, München, 1984.
Struss, Dieter, *Das war 1933*, Wilhelm Heyne Verlag, München, 1980.
Union deutsche Verlagsgesellschaft, *Bibliothek der Unterhaltung und des Wissens 1924-1925*, Union deutsche Verlagsgesellschaft, 1924-1925.
Weber, Brigitta & Niemann, Carsten, *Yvonne Georgi*, Prinzenstraße, 2009.